악에 피는
꽃

악에 피는 꽃 3

초판 1쇄 펴낸 날 │ 2018년 4월 30일

지은이 │ 로토스
펴낸이 │ 서경석

편집책임 │ 조윤희 **편집** │ 이은주, 이예진   **디자인** │ 신현아
마케팅 │ 서기원 **경영지원** │ 서지혜, 이문영

임프린트 │ MUSE
주소 │ 경기도 부천시 부일로 483번길 40 서경B/D 3F （우）14640
전화 │ 032-656-4452 **팩스** │ 032-656-4453
이메일 │ roramce@naver.com **블로그** │ bolg.naver.com/roramce
홈페이지 │ http://www.chungeoram.com

발 행 처 │ 도서출판 청어람
출판등록 │ 1999년 5월 31일 제387-1999-000006호
어람번호 │ 제11-0081호

ⓒ 로토스, 2018

ISBN 979-11-04-91700-4 04810
ISBN 979-11-04-91697-7 （SET）

뮤즈는 도서출판 청어람 단행본사업본부의 임프린트입니다.

도서출판 청어람은 언제나 여러분의 소중한 작품 투고와 도서 출간 기획 등 다양한 제안
을 기다리고 있습니다. chungeorambook@daum.net

악에 피는 꽃

III

로토스 장편소설

MUSE

목차

2부

외전

2부

2. 피어나는 꽃봉오리 (2)

라이산더 홀 앞에는 마차가 즐비했다. 온갖 가문의 문양을 새
긴 마차들이 홀 옆의 공간을 메우고 있었다. 안에는 그에 준하는
귀족들이 홀을 가득 채우고 있겠지. 홀의 문이 열리고 그 안에
들어서자 나를 기다리고 있던 황제가 보였다.

"늦어서 죄송합니다."

"괜찮다. 여자의 치장 시간이 오래 걸리는 것은 이미 알고 있는
것을."

황제가 손을 내밀었다. 황녀의 귀환을 환영하는 환영식이니 에
스코트하는 자는 내 아비인 황제였다. 그래야 했다. 역겹게도. 황
제의 손 위에 내 손을 올렸다. 얇은 장갑을 낀 것이 그나마 다행
이라고 생각하며 그의 손을 잡고 계단을 올랐다. 계단을 올라오
는 황제와 나를 발견한 시종 둘이 입장을 알리며 크게 소리를 쳤
다. 그 소리에 맞춰 커다란 연회장 문이 열렸다.

문 틈새로 새어 나오던 소란이 잦아들었다. 나를 에스코트하는 황제의 손을 잡고는 바닥에 깔린 카펫을 밟았다. 카펫 양옆으로 나뉘어 서 있는 귀족들의 모습이 이제는 익숙했다. 똑바로 앞을 쳐다보자, 단상 바로 아래에서 이쪽을 향해 허리를 숙인 디온의 모습이 보였다. 단상 위로는 먼저 도착한 황가의 사람들이 있었다.

황태자, 2황비, 3황자, 4황자. 아델라이네는 아직 황성에 돌아오지 않았고 황후는 처벌을 받지 않았다 뿐이지 죄인인 건 누구나 다 아는지라 공식적인 자리에는 참석하지 못했다. 황제와 오늘의 주인공인 내 뒤로 그 누구의 출입도 허하지 않겠다는 의미로 시종들이 붉은 카펫을 걷어냈다.

황제와 함께 단상 위로 한 걸음, 한 걸음 옮겼다. 올라가며 마주치는 황태자의 시선이 마음에 들었다. 태연을 가장한 눈빛에 가득 담긴 건 적의였다. 이제 그는 나를 무시할 수 없을 것이다. 라이산더 홀을 내 이름으로 연 지금부터, 그와 나는 암묵적으로 어깨를 나란히 한 동등한 후계자나 마찬가지였다.

마침내 단상의 맨 위로 올라서자 허리를 숙이고 있던 귀족들이 자세를 바로 했다. 귀족들의 제일 앞줄에 서 있는 디온이 보였다. 그는 남색 제복에 하늘색 셔츠를 받쳐 입고, 흰색 크라바트를 맸다. 평소 그가 입던 스타일과 많이 다르지는 않았다. 하지만 그걸 이루는 색들이 내가 입고 있는 드레스의 색상과 정확히 맞아떨어져서, 우리 둘이 나란히 선다면 시녀들의 말대로 페어룩처럼 보일 게 분명했다.

그를 향해 가볍게 웃어주고는 시선을 왼쪽으로 돌렸다. 그 시선 끝에 걸리는 것은 날카롭게 나를 훑어 내리는 황태자였다. 나는 그의 시선을 태연하게 흘려 넘겼다. 황제의 등장에 앉아 있던 황족들이 자리에서 일어나 가볍게 예를 갖추었다. 그들의 인사에 황제는 왼손을 들어 인사를 대신했다.

환영식의 인사는 간단했다. 축사라든지, 연설이라든지 그런 것은 별로 필요 없었다. 내가 이곳에 온 것 자체가 내 존재를 증명하는 것이었으니까. 오히려 환영식을 열어주고 나와 다른 귀족들이 대화를 나누게 하는 것이 공식 행사의 일반적인 순서였다. 생각해 보면 상당히 비효율적이었다. 내가 돌아왔음은 이미 모두가 알고 있는데 굳이 이렇게 홀을 열고 귀족들까지 소집하여 얼굴도장을 찍게 한다. 나름 황권을 내세우기에 적합한 행사겠지만 홀 밖에 세워져 있던 마차들을 생각하면 이 하루를 위해 얼마나 많은 사람들이 움직인 걸까 싶기도 했다.

내 생각이 어떻든 간에 환영식은 진행되었다. 황제는 시종에게서 술이 담긴 잔을 받아 들었다.

"좋지 않은 이유는 생략하도록 하지. 나의 딸에게 진심 어린 사과를 전하며, 다시 돌아온 적법한 후계자에게 축복의 잔을."

황가의 핏줄이 다시 돌아온 자리였다. 물론 모두에게 경사는 아니겠지만 표면적으로 황족이 누명을 벗고 다시 제집으로 돌아온 경사 중에 경사였다. 그렇기에 황제는 부정적인 말을 생략했다.

굳이 이곳에서 구구절절 과거의 사건을 입에 올리는 것은 나도 내키지는 않지만, 그렇다고 이렇게 흐지부지 넘겨서 황후의 죄가 언급되지 않는 것은 싫었다. 그래도 황제의 입장에서는 이것이 최선이었겠지. 1황자인 데비스가 아직 황태자인데 공식적으로 그의 모친을 깎아내리기에는 자리가 좋지 않았다. 더구나 그 황후가 회임을 한 상황이라면 더더욱 그럴 것이었다. 지금은 일단 그저 내게 사과를 표하고 내 환영식을 라이산더 홀에서 열어준 것에 만족해야 했다.

황제가 잔을 높이 들자 귀족들이 따라서 잔을 들어 올렸다.

"1황녀 전하께 축복을!"

귀족들이 외치는 소리가 홀 안에 울려 퍼졌다. 나는 무감한 표정으로 황제의 옆에서 그들을 바라봤다. 경외, 존경, 경계, 흥미, 갖가지 표정들을 가진 자들이 잔을 높이 들었다가, 그 안에 담겨 있던 소량의 술을 입안에 털어 넣었다.

원치도, 와 닿지도 않는 축복 후 황제는 예의 그 인자한 표정으로 귀족들을 내려다보며 내게 말했다.

"마음에 드느냐, 벤지?"

"물론입니다. 이만한 환영 선물이 어디에 있겠습니까?"

내가 증오하는 자의 물음이었지만 마음에 든다는 대답은 진심이었다. 이 풍경이, 상황이, 나를 향하는 적의 가득한 데비스의 표정이 정말이지 마음에 들었다. 그리고 이것이 제 목을 노리는 첫 걸음인지도 모르고 내 옆에서 지껄이는 황제 역시.

"마음에 들었다니 다행이야."

황제는 술을 한 잔 더 받고는 입안에 털어 넣었다. 황제는 두 잔, 나머지 귀족들은 한 잔. 황제의 의식이 끝났다. 황제는 할 일이 끝났다는 듯 단상 아래의 귀족들을 향해 몸을 돌렸다.

"아무래도 짐이 여기 있으면 편치 않을 테니 이만 나가지."

그 한마디에 귀족들은 다들 허리를 숙였다. 축사 후 자리를 뜨는 것이 의무는 아니었다. 하지만 그는 제 나름대로 인자한 성군을 연기하는 중이었다. 귀족들은 황제가 있으면 내게 말을 거는 것을 조금 불편해할 터였다. 그것을 고려한 퇴장이었다.

"짐은 이만 자리를 뜰 테니 이제 네 나름대로 짐의 선물에 보답하도록."

마지막 한마디를 남긴 채, 황제는 단상을 내려갔다. 보답이라, 우스운 단어였다. 스쳐 지나간 그의 눈에는 기대의 빛이 담겨 있었다. 나는 그의 기대에 부응하겠다는 듯 가볍게 허리를 숙여 보였다. 그가 내게 기대하는 것은 지금의 황태자를 끌어내리고, 그 자리를 차지하는 것. 그것만은 확실하게 해 보일 생각이었다.

황제는 홀을 나갔고, 문이 닫히는 소리와 함께 모두의 시선이 나를 향했다. 나는 그들을 내려다보며 가볍게 미소 지었다. 별다른 감정 없는 미소를.

"그럼 연회를 시작하도록 하죠."

홀 안에 선율이 울려 퍼졌다. 연회의 시작을 알리는 첼로의 음률이 춤의 서두를 알렸다.

귀족들은 내가 첫 춤을 시작하는 것을 기다리고 있었다. 한 남자가 걸음을 옮겨 내 앞으로 다가왔다. 붉은 머리, 부드러운 녹안, 단정하고 잘생긴 얼굴. 디온이었다.

디온은 나를 바라보며 허리를 가볍게 숙이고는 오른손을 내밀었다. 온기를 담은 시선과 부드러움 저음으로 내게 춤을 신청했다.

"부디 저와 첫 춤을 열어주시겠습니까?"

"기꺼이요."

나는 단상에서 내려와 부드럽게 내밀어진 그의 손을 잡았다. 여전히 따뜻하고, 검을 잡아 조금은 거친 그의 손이 내 손을 감쌌다. 그가 나를 플로어로 이끌었고, 동시에 부드러운 바이올린 곡조가 시작되었다.

홀 안의 광경은 디온의 계승식 때랑 별반 다르지 않았다. 우리가 먼저 춤을 추기 시작하고, 한 악장 후에 다른 귀족들도 춤을 시작했다. 가운데에 그와 내가 춤을 추고, 그 주변으로 다른 자들이 빙글빙글 돌며 춤을 추었다. 여전히 익숙하지 않은 여자 스텝을 밟으며 나름 춤곡의 리듬을 따라가려고 노력하고 있을 때, 귀에 디온의 부드러운 음성이 들려왔다.

"잘 어울리십니다."

디온이 입가에 미소를 달고 말했다. 그의 시선은 내 목에 걸려 있는 목걸이에 닿아 있었다. 그의 선물이 조금 더 잘 보이도록 목 주변은 일부러 심플하게 했다. 고맙다는 마음이 전해지도록 조금 더 돋보이는 디자인을 고른 것인데 그걸 알아준 것 같아 살짝 미소 지었다.

"고마워요. 그런데, 음."

고맙긴 고맙다. 하지만 별개로 걱정되는 것, 아니, 걱정이라고 해야 하나. 선물이 자주 오는 것에 대해 조금 염려스러워 운을 떼었다. 다음 말을 어떻게 내뱉을까 고민하는 내게 디온이 걱정스러운 표정을 지어 보였다.

"혹 마음에 들지 않으십니까?"

걱정이 뚝뚝 떨어지는 표정이었다. 내 망설임을 오해한 그에게 아니라며 나 역시 진심을 다해 그의 말을 부정했다.

"아니요. 예뻐요. 이렇게 나랑 잘 어울리는 목걸이를 찾기도 힘들 거예요. 다들 잘 어울린다고 해주었는걸요."

그의 손에 의해 한 바퀴 돌고는, 다시 그와 마주 보는 자세가 되었다. 마주친 그의 눈에는 여전히 미세한 불안함이 담겨 있었다. 내가 제 선물을 마음에 들어 하지 않으면 어떻게 하나, 혹시 예의상 이런 말을 내뱉는 건 아닌지 하는 그런 불안. 그 터무니없는 오해를 어서 풀어줘야 했다.

"근데, 너무 자주 보내면."

"부담스럽다는 말씀은 안 하셨으면 합니다."

조금 망설이는 말에 디온은 보기 드물게 정색했다. 무슨 말을 하든 선물을 보낼 것이니 부담스럽다는 이유라면 거부하지 말라는 의미임이 분명했다. 나를 부드럽게 리드하는 그의 손길을 따랐다. 계속해서 마주 보는 자세다 보니 마주치는 눈빛에서 그의 굳건함이 보였다. 이런 부분까지 그렇게 단단할 필요는 없는데. 그의 확고한 표정에 밀려 나도 모르게 목소리를 줄였다.

"부담보다는 걱정인데요."

"무엇에 대한 걱정입니까?"

"세그다드가의 기둥이 뽑히지는 않을까 하는 걱정?"

부담, 부담이라고 생각하면 부담이지만 정확히는 미안했다. 나는 황녀고, 마음만 먹으면 내게 내려오는 품위 유지비로 장신구들은 구매할 수 있었다. 지금까지야 괜찮지만 디온의 성격상 분명 이후에도 계속 꾸준히 선물을 보낼 것이 분명했다. 내가 할 수 있는 걸 괜히 디온에게 떠맡기는 느낌이었다. 하지만 미안하다고 답해 버리면 그가 어떤 표정을 지을지 알 것 같아 장난 섞인 대답으로 내 감정을 덮어버렸다.

그런 내 대답에 디온이 가볍게 웃었다. 갑작스레 휘어지는 그의 눈이 완벽한 웃음을 만들어냈다. 그가 조금 더 강하게 내 허리를 잡아당기는 바람에 나는 그의 품 안에 폭 안긴 꼴이 되었다. 발은 여전히 스텝을 밟으며 그가 웃음기 어린 목소리로 말했다.

"돈 많다고 자랑해도 뭐라고 안 하신다 하셨습니다."

"내가 언제."

내가 언제 그랬냐고, 반발하려다가 퍼뜩 머리를 스치는 기억이 있었다. 처음 공작저를 보고 세그다드가 돈이 많기는 많다고 생각했던 때. 지금으로부터 몇 달이나 전의 일이었다. 아카데미에도 들어가기 전의, 엄청 오래는 아니지만 그렇다고 바로 전도 아닌 시기. 그런데 디온이 그걸 아직도 기억하고 있을 줄이야.

나는 급하게 고개를 들어 그를 바라봤다.

"세상에, 그걸 지금까지 기억하고 있었어요?"

그의 손에 따라 한 바퀴 돌면서도 시선은 그를 향해 고정되어 있었다. 아무렇지 않게 춤을 출 상황이 아니었다. 도대체 그게 언제 적 이야기인데. 뜻하지 않게 한 바퀴 돌고 다시 마주한 디온은 여전히 웃고 있었다.

"그때는 벤지의 눈에 차는 건 공작가의 돈밖에 없구나 싶었기에."

"아니, 그, 뭐, 잠깐만요."

나는 급하게 디온의 말을 막았다. 그때 이미 디온은 나를 좋아하고 있었다? 그래, 내가 그의 기억을 바꾸지 않았다는 것이 확실해진 지금 그 말은, 나를 만났던 그 순간부터, 그는 나를 사랑하고 있었단 것이다.

분명히 알고 있었다. 계속 알고 있었지만, 디온의 입으로 직접 들으니 조금 더 강하게 그 말이 가슴에 와 닿았다. 그가 오래전부터 나를 사랑해 왔다는 사실이 강하게 느껴졌다 해야 하나. 그렇기에 당황스러웠다.

잠깐만, 이라는 내 말에 디온이 갑자기 뚝 멈춰 섰다. 그게 또 갑작스러워 그를 올려다봤다. 춤을 멈추라는 말은 아니었는데. 내 말을 오해한 모양인지 그가 걱정스러운 얼굴로 나를 내려다보고 있는 것이 보였다.

"아니, 춤을 멈추지는 말고요. 그냥 생각 좀 해보려고요."

그가 춤을 멈추느라 잠깐 놓은 그의 손을 다시 잡으며 계속 춤을 출 것을 재촉했다. 춤이라도 추지 않으면 표정 관리조차 못 할 것 같아서. 서로 마음을 확인하고, 공식적으로 연인 사이임을 밝힌 것이나 마찬가지지만 그래도 이상하게 직접적으로 감정을 확인하는 건 부끄러워지고는 했다. 지금처럼.

디온은 다시 나를 리드했다. 시선은 여전히 내게 향한 것이 느껴졌다. 그 시선을 애써 비껴내며 그의 손길에 따랐다.

여자 파트는 가뜩이나 익숙하지 않은데 다른 생각을 하며 춤을 추다 보니 스텝이 조금씩 엉키기 시작했다. 춤에 집중해야 하는데, 그렇게 생각하면서도 굳이 알 필요 없는, 하지만 정말 궁금한 의문이 계속 저 아래에서 올라오고 있었다.

그러니까, 정확히 언제부터 나한테 마음이 있던 거지? 아니, 그건 벤지안스인데, 나라고 정의 내려도 되나? 하지만 언제부터인가 계속 기억을 더듬으면 떠오르는 건 벤지안스의 기억이었다. 지금조차도 그가 언제부터 나를 사랑했는지 생각하면 육 년 전 황성에 있을 때 그가 날 찾아왔던 기억들이 자연스럽게 떠올랐다.

"궁금하신 것이 있는 표정입니다."

내 표정을 관찰하듯 바라보던 디온이 입을 열었다. 참 예리한 자였다.

"없는 건 아닌데……."

이걸 물어봐도 되나? 싶었다. 물어보면 안 될 이유도 없지만 그렇다고 또 물어보면 조금 곤란해하지는 않을까? 싶기도 했다.

"물어보십시오."

"그냥 언제."

못 이기는 척 물어보려다가 말을 멈췄다.

"아니에요."

그래, 그게 중요한 것도 아니고, 우리는 이미 마음을 확인했다. 언제부터 그가 나를 사랑했는지가 뭐가 중요하다는 말인가? 그런 마음도 있었고, 그의 마음을 알고 있었음에도 자꾸 그를 밀어내고 있었던 것이 미안한 것도 있었다.

정확한 이유를 설명하기는 힘들었다. 그저 물어보기에 뭔가 민망해서. 그래서 그냥 말을 멈췄다. 다른 말을 꺼내려고 했는데 그보다 더 빨리 디온의 답이 들렸다.

"벤지가 생각하는 것보다 훨씬 전부터 좋아했습니다. 아마 당신을 처음 봤을 때부터 좋아했다고 해도 틀린 말은 아닐 겁니다."

내가 하려던 질문에 정확한 답이었다. 놀라서 비껴 내렸던 시선을 들어 그를 바라봤다. 마주친 눈에서 그의 진심이 가득 묻어 나오고 있었다. 부드럽고 강하게 잡아오는 손을 맞잡았다. 그 시선이 간지러워서 그의 눈을 또다시 피해냈다.

쿵쿵거리는 심장 소리가 그에게 들릴까 한 발 뒤로 빠지려는 걸 그가 다시 잡아당겼다. 정말이지, 이런 직접적인 고백에는 약했다. 스텝을 옮기며 여전히 그의 눈을 마주치지 못한 채 최대한 태연하게 목소리를 가다듬었다. 아무렇지 않은 척, 그에게 물었다.

"독심술 같은 거 배웠어요?"

"그 정도는 알 수 있습니다."

"이제는 디온 앞에서 뭘 숨기지도 못하겠네요."

음악은 끝나가고 있었다. 나는 결국 고개를 들 수밖에 없었다. 어디를 보고 있든, 나를 좇아오는 시선에 당해낼 수가 없었다. 디온은 언제나 나를 향해 있었다. 부드럽게 휘어진 그의 녹안이 언제나 따스했다. 그는 다정하게 웃었다. 정말이지, 당해낼 수가 없는 자였다. 아마 그는 자신이 내 마음을 얼마만큼이나 붙들고 있는지 알지도 못할 것이다.

그의 웃음에 마주 웃어줬다. 그의 앞에서만 비로소 진심으로 웃을 수 있었다. 한 걸음, 두 걸음, 느려지는 음악에 맞춰서 스텝을 옮기고 음악은 그렇게 천천히 멈췄다. 우리의 스텝도. 그가 내 손등에 가볍게 입을 맞추었다.

"곡이 끝났습니다. 한 곡 더 추시겠습니까?"

"아니요. 아무리 생각해도 아직 익숙해지지 않아서요."

작게 고개를 저었다. 말 그대로였다. 디온이 리드했기에 망정이지 잘못했으면 그의 발등에 구멍이 뚫릴 정도로 스텝이 엉망이었다.

음악은 끝났고, 이제 남은 것은 이 라이산더 홀에 가득한 저 귀족들과, 아직까지 남아 있는 황족들을 상대하는 것이었다. 공식적으로 내가 귀족들의 앞에 나서는 첫 연회였다. 본격적인 움직임은 이제 시작이었다.

디온이 팔을 내밀었다. 나는 그 팔을 잡아 우리가 가까운 사이임을 보였다. 그의 팔을 잡고 댄스 플로어에서 나오며, 그의 이름을 작게 속삭이듯 불렀다.

"디온."

"말씀하십시오."

나는 이제 손속에 자비를 두지 않을 것이다. 그것은 한 사람의, 아니, 한 가문을, 나라를 파멸시키는 것일 수도 있었다. 누군가의 목숨을 정확히 끊어낼 것이다. 그 과정에서 누가 희생될지 나조차도 확신할 수가 없었다.

무자비할 것이고, 혹자의 시선으로는 잔인할 것이다. 그리고 그 모든 것은 겉으로 보기엔 황제에 다가가기 위한 권력욕으로 보일 것이다. 눈앞에 있는 디온에게조차도. 그렇기에, 나는 그에게 허락 아닌 허락을 받아야 했다. 그의 마음을 다시 한 번 확인해야 했다.

일전에 아델라이네의 일로 비슷한 말을 한 적이 있다. 하지만 그때와 지금은 상황이 다르다. 분명했다. 그 극단적인 정도의 차이를 내 정인, 디온이 견딜 수 있을까? 견딜 수 있다면, 그래야 했다. 나는 그의 눈을 똑바로 바라보며, 그에게만 들리도록 작게 속삭였다.

"이제부터 나는 황태자의 자리에, 그리고 제위에 오르기 위해서 무슨 일이든 할 거예요. 물론 디온을 배신하지는 않겠지만, 나는 내 손으로 그들을 나락으로 끌어내릴 거예요. 그러니까 디온은."

말이 끝나기도 전에 그가 내 손을 가져갔다. 손등에 부드러운 입술이 닿았다. 일전에 들었던, 아니, 그보다도 더욱 단단한 답변을 그가 고했다.

"무슨 일이 있어도 벤지, 전하의 뜻을 거스르지 않을 겁니다. 모든 것은 전하의 뜻대로."

디온의 에스코트를 받아 도착한 곳은 베른의 앞이었다.

"오랜만입니다, 공작 각하."

어색함을 깨고 베른이 먼저 인사했다.

"오랜만입니다, 베른 경."

그나마 다행인 것은 이 둘은 그렇게 허물없는 사이가 아니었다는 것일까. 적당히 예의를 차렸던 사이인 만큼 지금도 그 예의를 유지하고 있었다.

"전하를 잘 부탁드립니다."

"이렇게 보니 생각보다 적응이 힘드네요."

베른은 표정이 다양한 자가 아니었다. 가끔 감정을 표정에 드러내는 경우도 있었지만 그 역시 풍부하지는 않았다. 그리고 지금 베른은 상당히 어색해하고 있었다.

우리 둘을 번갈아 보는 것이 우리의 바뀐 위치에 적응하지 못하기보다는 항상 봤던 우리의 사이가 이런 식으로 진전된 것에 적응을 못 하고 있는 듯 보였다. 그런 베른을 보며 디온이 가볍게 웃으며 한마디 보태었다.

"아직 적응하지 못하면 어쩌려고 하십니까?"

"그렇다기보다는 전하께서 계속 각하에 관한 걸 물어보……."

잠깐만. 예상치도 못한 말이 베른의 입에서 나오고 있었다. 저 말을 막아야 한다.

"베른, 루치스 후작이 날 보고 싶다고 하지 않았나요?"

나는 얼른 가운데 끼어들어 베른의 말을 막았다. 둘이 날 어떻게 보든 상관없었다. 베른의 말을 막는 것이 최우선이었다. 내가 베른에게 계속 디온의 서신이 어떤 의미일지 물어봤던 걸 말하려던 것이 분명한데. 정말, 정말로 다시 한 번 후회했다. 다시는. 절대로. 그에게 아니, 누구에게도 디온에 관한 걸 구구절절 물어보지 않겠다고. 곱지 않은 눈으로 베른을 보았다. 제발 입 다물라는 내 눈빛을 읽은 모양인지 베른의 얼굴에 조금 더 당황의 빛이 짙어졌다.

"아, 예. 아버지께서는 저쪽에 계십니다."

다행스럽게도 베른은 정확히 내가 뭘 말하고 싶은지 알아챈 모양이었다. 더 이상 내가 디온에 대해 물어본 걸 언급하지 않았다. 디온이 작게 한숨을 내쉬었다. 기분이 살짝 좋지 않아 보였지만 어쩔 수 없었다. 지금 내게 중요한 건 베른의 입을 막는 거였으니까.

"여기서 기다리겠습니다. 다녀오십시오."

"금방 다녀올게요. 조금만 기다려요."

디온에게 미안해져 애써 더 웃어 보였다. 아무래도 언짢아 보이는데, 삐진 건 아니겠지. 설마, 디온이. 그렇게 합리화를 하며 베른의 뒤를 따랐다. 테이블을 몇 개 지나 누군가 앞에서 멈춰 섰다. 그의 앞에는 누가 봐도 베른의 가족이라고 할 것 같은 중년의 사내가 서 있었다.

"아버지, 황녀 전하십니다."

"고귀하신 1황녀 전하를 뵙습니다. 와비엔 루치스가 황녀 전하께 인사드립니다."

깔끔하게 정리된 짙은 회색 머리카락에 무에 특화된 집안인 것을 확인이라도 시켜주듯 그의 체격은 크고 단단해 보였다. 얼굴에는 작은 흉터가 있었고, 예를 취하느라 가슴 앞에 갖다 댄 손에는 거친 굳은살이 박여 있어 그가 얼마나 검을 쥐고 사는지 보여주었다.

"반가워요, 와비엔 루치스."

나는 가볍게 치맛자락을 들어 올리며 인사에 답했다. 그의 첫 인상은 거친 벽과 같았다. 군사를 통솔하고 훈련시키면서 다져진 단단함일 것이다. 그리고 그 단단함이 쌓여서 그의 가문이 드물게 중립을 유지할 수 있도록 주변의 바람을 막아주고 있었을 것이다. 그가 가볍게 목례를 하고는 먼저 입을 열었다.

"육 년간 황성을 떠나 계셨다는 게 믿기지 않는군요."

"칭찬으로 들을게요. 할 말이 있다고 들었어요."

"못난 아들을 거두어주셔서 감사합니다."

뻔한 감사 인사였다. 나는 그에게 계속 말하라는 눈짓을 보냈다. 그가 날 보자고 한 이유가 단순히 인사 때문은 아닐 것이 분명했다.

"더불어 여러 가지 해결책을 제시해 주신 것 역시 감사드리고 있습니다."

"그 대가로 훌륭한 아드님을 호위로 데려왔으니 내게는 그것이 더 큰 이익입니다."

나는 루치스 후작에게는 내가 제위를 노리고 있다는 거짓된 욕심을 보일 생각이 없었다. 물론 루치스 가문의 막강한 군사력이 탐나기는 했다. 황제를 위해서, 제국을 위해서 움직이는 군사들을 통솔하는 자. 그가 와비엔 루치스였다. 그의 휘하에 있는 기사들의 수준도 높을 것이며, 그 자체의 무예도 상당히 높을 것이 분명했다.

루치스 후작가라는 세력을 얻는다면 내게도 좋을 것이다. 하지만 그들은 내 목표에 다다르기까지 꼭 필요한 세력도 아니었다. 그들이 내게 자진해서 세력을 얹어준다면 받겠지만 몇 십 년 간 중립으로 있던 자들을 들쑤셔 괜한 분란을 일으키고 싶지도 않았다.

그들에게 반감을 사느니 그냥 하던 대로 중립을 유지했으면 하는 게 내 바람이었다. 그렇기에 그에게 아무런 요구도 하지 않았다. 내가 실질적으로 필요했던 것은 호위였고 내가 원한 것은 이미 손에 들어왔으니.

내 대답에 후작은 만족스러운 미소를 지었다. 예상치 못했던 호의의 뜻이었다.

"루치스가는 가족을 끔찍이 아낍니다. 그렇기에 의도야 어찌 됐든 사랑하는 가족의 목숨을 노린 자에게는 좋은 마음을 품을 수가 없습니다. 하니, 도움이 필요하다면 찾아오십시오. 전하께 마음이 기운 것은 아니지만 반감을 가지게 한 자보다는 낫다고 생각합니다."

뜻밖의 수확이었다. 루치스가는 대대로 잘 움직이지 않았다. 그렇기에 건드리지 않았다. 루치스가를 욕심내지 않은 것이 오히려 내게 이득을 가져다준 것이다.

"고맙습니다, 루치스 후작. 나는 사양하는 법을 모른답니다. 잘 기억해 두고 있지요."

군사 가문인 루치스 가문의 지지라니. 그의 말을 빌리자면 황태자와 나의 대결에서 그들은 내 편에 서겠다는 말이었다. 황제와 대결한다면 그들은 황제의 편에 서겠지만 황태자에 오를 때까지 루치스 가문은 내 쪽에 있겠다는 의미였다.

후작과의 대화를 마무리하고 자리를 떴다. 우선 디온과 함께 내 쪽에 서겠다고 한 귀족들을 만나 얼굴을 익힐 심산이었다. 그리고 아직 자리를 뜨지 않은 2황비와의 대화도 생각하고 있었다.

그녀와의 대화가 조금 중요했다. 2황비는 지금 황후와 대립점에 있는 여자였다. 현재로서는 둘 중 우위에 있는 자는 황후였다.

공식적으로는. 하지만 언제까지 그럴지는 모르는 일이었다. 황제는 황후와 2황비 모두에게 은총을 내렸다. 황후에 대한 은총은 황후의 죄를 바로 벌하지 않은 것이고, 2황비에 대한 은총은 마치 황제가 진심으로 사랑하는 것처럼 2황비를 대하는 것이었다.

그렇기에 2황비와 이야기를 나눠야 한다. 과연 내 뜻대로 움직여 줄 사람인지 알아야 했다. 디온을 찾아 걸음을 옮기는 내 앞을 막아서는 사내가 있었다.

"축하한다, 벤지안스."

황태자였다. 복도에서 마주쳐도 무시하고 지나가던 자가 무슨 일로 내게 먼저 말을 건네나 싶었다. 지금, 내 환영식을 라이산더 홀에서 열기 전까지 그는 나를 경쟁자라고 인식하기는 했지만 손쉽게 처리할 수 있는 자라고 생각했다. 하지만 지금은 달랐다.

그의 날 선 눈빛은 내가 라이산더 홀에 들어선 순간부터 한층 짙어져 있었다. 육 년 전처럼 쉽게 나를 처리할 수 없다는 걸 알게 된 것이 분명했다.

"감사합니다, 오라버니."

"대단한 걸 손에 넣었구나."

대단한 것. 코웃음이 나올 뻔한 것을 참았다. 그가 말한 대단한 것은 하나였다. 황제의 신임. 라이산더 홀이야 그것에 따라오는 부산물일 뿐이었다.

"겨우 이 정도로 대단하다 말하는 건 좀 과장된 언사라고 생각합니다, 오라버니."

그의 표정에는 웃음도, 노기도 없었다. 그의 표정만 본다면 우리는 별다를 것 없는 일상 얘기를 나누고 있는 것처럼 보일 것이다. 하지만 나를 향한 그의 눈동자는 그가 얼마나 화가 나 있는

지 여실히 보여주었다.

이 정도의 적의라면 표정을 이만큼 감추는 것이 대단하다고 칭찬해 줄 수 있을 지경이었다. 그는 내내 분노하고 있었다. 나를 다시 황성으로 데려온 황제에게, 결국에 내가 또 다른 후계자가 되어 황성 안을 걸어 다니는 그 상황에. 그는 목소리를 낮춰 날카롭게 내게 말했다.

"얼마나 자신만만하겠나. 역모 죄를 벗고, 밖에 나가 있다가 황제의 눈에 들어 황성으로 다시 돌아온 후계 자격을 지닌 황녀. 심지어 신분을 숨기고 있을 때는 아카데미 수석까지 했고, 평민 신분으로 나조차도 들어가지 못하는 지성소에 들어갔다 나왔지. 아마 의기양양할 거야. 네 손안에 모든 것이 떨어진 것 같겠지."

비꼬는 투가 역력했다. 그의 적의는 익숙했지만 이렇게 생생한 적의는 신선했다. 이제 인자한 척은 그만두기로 한 모양이었다.

뭐든 상관없었다. 그가 내게 적의를 드러내든, 자상한 오라버니인 척을 하든. 그는 내 손으로 처리해야 하는 적, 그 이상도 이하도 아니었다. 그의 악의 어린 시선에 상처받을 것도 아니었고 그의 날 선 단어 하나하나에 심장이 쿵쾅거릴 것도 아니었다. 내가 황성에 다시 돌아오는 순간 그가 내게 적의를 가질 것은 충분히 인지하고 있었다.

나는 1황자의 눈을 똑바로 바라봤다. 그의 눈에는 나를 향한 분노가 넘실거렸다. 나 또한 마찬가지였으나 감정을 드러내는 어리석은 짓은 하지 않았다. 그를 찢어 죽이고 싶은 마음은 여전했으나 태연함을 얼굴에 뒤집어쓴 채 그에게 답했다.

"칭찬 감사합니다, 오라버니. 오라버니를 만난 이후 제일 황송한 칭찬 같군요."

목소리는 내가 들어도 평온했다. 내 대답에 황태자가 웃었다. 비틀어 올리는 웃음이었다. 페이스가 깨진 것은 그였다. 적어도 이 홀 안에서 승리자는 나였다. 그가 즉위식 때나 열었을 이 홀을 내 이름으로 열었고, 내가 이 홀 안에서 걷고 있었으니까.

"폐하의 호의가 계속 네게 향할 것이라 확신하고 있는 건 아닐 테지."

"물론입니다, 오라버니. 아바마마의 호의가 오라버니에게서 제게 옮겨온 것처럼 언젠가 다른 곳으로 옮겨갈 수도 있겠지요."

"충고 하나 해주지."

"오라버니의 충고 새겨듣겠습니다."

"폐하께서는 후계자의 다툼에 일절 관여하시지 않는다."

단번에 잡아채지 못한 그 의미를 곱씹어 생각해 보니 그의 의도가 보였다. 충고라더니 협박이라도 하고 싶었던 건가. 어디에서나 몰래 내 목숨줄이라도 끊을 생각 중인 것 같았다.

황제는 후계자의 다툼에 일절 관여하지 않는다. 즉, 1황자가 수단과 방법을 가리지 않고 나를 해한다 한들, 그가 후계의 자격을 갖고 있는 한 그것에 대한 벌을 받지는 않는다는 말이었다. 일종의 경고였다. 조금 안타까운 것은 이미 나도 알고 있는 사실이라는 것이었지만.

나는 살짝 치맛자락을 들어 올렸다. 오라버니께 최대한 상냥한 미소를 지으며 화답했다.

"좋은 정보 감사합니다."

황제는 후계자 다툼에 관여하지 않는다. 관여하지 않는다고 제 입으로 말했다. 그러니 나는 열심히 당신을 노리겠다고 그에게 선전포고한 것이나 다름없었다. 황태자의 입꼬리 한쪽이 비틀려 올라갔다. 명백한 비웃음과 함께 그는 돌아섰다. 마지막 인사는 없었다.

그는 내게 왜 온 걸까? 고작 이따위 적의를 드러내기 위해서? 아직도 내가 여리고 순한 황녀라고 생각하고 제 말에 벌벌 떨 것이라 생각해서? 뭘 생각하든 안일한 협박이었다. 뒤돌아 사라지는 황태자의 뒷모습에서 초조함을 느꼈다. 그가 초조해할수록 나는 기뻤다. 그가 심적으로 수세에 몰릴수록 유리한 것은 나였다.

황태자가 인파 사이로 사라지고 거의 바로 디온이 성큼성큼 다가와서는 내 앞에 섰다.

"괜찮으십니까?"

걱정이 한가득인 표정이었다. 시야에 들어올 때부터 걸음이 빨랐는데 아무래도 나 때문인 모양이었다. 괜찮냐고 묻는 그의 질문 안에 '황태자와'라는 말이 생략되어 있었다. 황태자와 이야기하는 걸 디온이 보지 못했을 리가 없었다. 이제는 보이지 않는 황태자의 흔적을 좇는 디온의 눈에는 평소에는 잘 찾아볼 수 없는 날 선 증오가 담겨 있었다.

아카데미에서 오르도를 죽이려 했던 것은 황제의 짓이지만, 결국 진짜로 오르도를 죽인 것은 황태자의 소행이었다. 그것을 황제가 묵인했단 사실을 디온은 알고 있었다. 그렇기에 내가 황태자와 있고, 황태자가 내게 내비치는 적의를 걱정하는 것이었다. 그의 걱정을 조금이라도 덜어주고자 나는 더 태연한 표정을 지어 보였다.

"괜찮지 않을 건 없잖아요?"

"그가 악의를 담은 말이라도 퍼부을 줄 알았습니다."

"어, 그건 그랬어요."

마치 본 듯 말하는 디온에게 별다른 높낮이 없이 답했다. 그 말에 디온의 표정이 구겨졌다. 표정은 담담했을지언정 그와 나 사이에 오고간 대화는 절대 온화하지 않았다. 아무도 듣지 못했을 거라 생각하는 건 오만이니, 나중에 주변의 누군가가 그때의 분위기를 말하느니 그냥 내 입으로 말하는 것이 낫지 않을까 싶어 던진 말이었다.

확연히 구겨지는 디온의 표정이 썩 마음에 들지 않았다. 조금이나마 그의 표정을 풀어주고 싶었다. 그런 마음을 담아 살짝 웃는 표정을 지어 보였다.

"어차피 예상했던 일이고, 사실 이 상황에서 내게 웃으며 좋은 말만 한다는 게 더 소름 돋지 않아요?"

"그렇긴 합니다만."

따스한 손이 내 손을 잡아왔다.

"그래도 걱정됩니다. 혹여나 벤지가 상처받지는 않을지, 그의 언행 하나하나에 벤지의 황성 생활이 더 고단해지지는 않을지."

어찌 보면 과보호라고 보일 법도 했다. 황성 생활이야 원래 고단했다. 황태자나 황후의 뒷공작이야 애초에 각오하고 황성으로 돌아왔다. 더불어 내가 그들의 의미 없는 말에 상처를 받지 않는다는 것도 알고 있을 텐데, 상처를 받을까 걱정이라니.

"음, 그럴 일은 없을 것 같은데. 가끔 디온은 나에 대해서 다 아는 것 같다가도 모르는 것 같기도 해요."

디온이 웃음을 터뜨렸다. 다정하지만 그 안에 조금의 쓸쓸함이 담겨 있었다.

"몰라서 그런 것이라면 좋겠습니다."

입가에 쓴웃음을 지은 그의 말에는 여전히 걱정이 한가득이었다. 걱정할 것 없다고 말하려는데, 우리 옆으로 누군가 다가왔다.

"두 분이서 좋아 보이네요."

옆에서 들려오는 목소리에 고개를 돌렸다. 아델라이네와 같은 머리 색에 갈색 눈을 가진 여자. 익숙한 외양이었다. 조찬에서 봤던 여자. 2황비인 로위나였다. 이제 황후와 어깨를 나란히 할 수 있을 정도로 황제의 총애를 받고 있는 그녀에게 디온이 허리를 숙여 예를 갖추었다.

"고귀하신 2황비 마마를 뵈옵니다."

만나려고 했던 여자가 제 발로 내 앞에 찾아와 말을 걸었다. 그녀의 인사에 최대한 부드러운 미소를 지어 보였다.

"축하해요, 세그다드 공작. 얼마 전에 계승식을 무사히 끝냈다고 들었어요."

2황비는 한 발 더 가까이 다가오며 디온에게 인사를 건네었다. 진심인가? 2황비의 얼굴에는 깨끗한 미소만이 자리 잡아 있었다. 말투 역시 비꼬는 기색이 없었다. 그저 순전히 호의로 우리에게 다가온 느낌이었다.

오랜만에 황성에 돌아온 내게 살갑게 구는 황족은 없었다. 황태자와 황후를 제외하고 내게 적의를 갖고 있는 자가 더 있냐 물어보면 확신할 수는 없었다. 하지만 적어도 내게 대놓고 살갑게 굴기는 힘들 거라는 게 내 판단이었다. 1황녀와 친하게 지낸다는 것은 지금 황제 다음으로 권력을 쥐고 있는, 성격도 악독한 황후와 황태자의 눈 밖에 나는 것이니.

내가 누명을 쓰기 전에도 나와 친하지 않았다. 이제 갓 돌아온 내게 살갑게 군다는 것은 그녀가 내게 무언가 바라는 게 있다는 결론밖에 나오지 않았다. 디온 역시 나와 같은 결론을 내린 모양인지 잠시간 얼굴에 경계의 빛이 떴다가 사라졌다. 디온이 나를 한 번 살짝 살피고는 내가 별다른 반응이 없자 2황비의 호의에 답했다.

"예, 1황녀 전하 덕에 과분한 축복을 받았습니다."

"어머, 나도 들었어요. 대신관께서 축복을 내려주셨다지요? 정말 축하해요."

"감사합니다, 비마마."

"돌아온 우리 1황녀 덕에 대신관이 세그다드가를 축복한 거라는 말도 돌아요. 벤지안스는 지성소에도 들어갈 수 있는 축복받은 황녀니까요."

2황비는 나를 향해 환히 웃어 보였다. 순백이라고 말해도 될 정도로 화사한 미소에 순간 당황스러웠다. 처음 보았을 때부터 그녀는 지성소를 계속해서 언급해 왔다. 신의 축복이라는 게 어지간히 그녀에게 큰 의미가 되는 모양이었다.

2황비는 여전히 화사하게 웃고 있었다. 하지만 그녀의 호의를 전적으로 믿을 수가 없었다. 2황비의 호의는, 내가 평민으로 있을 때 아델라이네가 내게 다가온 것과 겹쳐 보였다.

진심처럼 보이는데 정말 진심인지 감을 잡을 수가 없었다. 그래도 우선 호의를 보여줬으니 호의로 답하는 게 맞는 것 같았다. 내 계획을 위해서도 2황비가 내게 적의를 표하는 것보다는 호의를 표하는 것이 훨씬 좋았다.

"순전히 저 때문만은 아닐 겁니다. 대신관께서 고작 인맥 하나로 움직이실 분은 아니잖아요. 그나저나, 몸은 괜찮으신지요? 출산일이 얼마 남지 않았다고 들었습니다."

아델라이네처럼 2황비가 어떠한 목적을 갖고 내게 다가왔든지 나는 그녀의 호의를 이용할 것이다.

"어머, 황제 폐하의 일에도 쉽게 움직이지 않는 분이 벤지안스의 정인인 세그다드 공작의 계승식에 나타났잖아요? 그것이 더 중요한 사실이죠. 정말 대단해요. 그리고 걱정해 줘서 고마워요. 벤지안스랑은 조금 더 가깝게 지내고 싶었는데 황성에 돌아온 지 얼마 되지 않아 나를 어떻게 생각할지 몰라서 조금 걱정이 앞섰어요. 이렇게 이야기를 나누니 정말 좋네요."

나와 가깝게 지내고 싶다는 노골적인 호의에 그녀가 나에게 어떠한 목적도 없다고는 절대 생각할 수 없었다.

적의 적은 동지라고 했던가. 황후라는 공통의 적을 가진 2황비가 나와 손을 잡기 위해 움직인 것이라면, 그녀 역시 권력에 욕심이 있는 것은 아닐까, 라는 생각이 들었다. 더불어, 어쩌면 생각보다 그녀는 순수하지만은 않을 수도 있겠다는 생각이 들었다.

디온이 걱정스러운 표정으로 나를 힐끔 살피는 것이 보였다. 나는 걱정하지 않아도 된다는 뜻으로 가볍게 눈짓해 보였다. 디온은 내 눈짓에 고개를 작게 끄덕였다. 하지만 그럼에도 감출 수 없는 걱정이 그의 얼굴에 드러났다. 그래도 더 이상 내게 뭐라고 하지는 않을 것 같았다. 그에게 살며시 웃어주고는 다시 2황비에게 시선을 돌렸다.

2황비의 눈을 마주쳐 그녀의 기억을 읽었다. 2황비를 둘러싼 황제와 황성 사람들, 그리고 황성 안에서의 그녀의 위치가 어떠한지를 알아냈다. 그 기억들을 읽으면서 2황비가 황후를 적대하는 이유에 대해 어느 정도 이해가 갔다.

황제가 2황비에게 호의를 보일수록 궁내 시종들의 대우가 달라졌다. 이제껏 황후에게 밀려 황제의 후궁이면서도 그보다 못한 대접을 받던 2황비는 황제의 총애가 얼마나 대단한 건지 체감했다. 그리고 황후의 실각과 더불어 내가 나타났다. 나는 분명히 황후와 대적하는 사람이고, 내 존재로 인해 황후가 구석에 몰린 게 뻔히 보이자 2황비는 생각한 것이다. 이제 더 이상 있는 듯 없는 듯 살고 싶지는 않다고. 그렇기에 내게 호의를 보이는 것 같았다.

2황비의 기억 중 재밌는 기억을 찾아냈다. 4황자와 황태자의 검술 대련이었다. 그 둘은 패기가 넘쳤다. 둘의 실력은 비등비등했고, 그만큼 둘은 비슷한 상처를 갖게 되었다. 뺨에, 허리에, 등에 몇 개의 자잘한 상처들이 생겼다. 치명적이지 않았으며 대련을 한다면 충분히 가질 수 있는 자상들이었다. 지극히 당연한 이 상처들이 공교롭게도 황제의 입을 통해 언급됐다.

"황태자의 몸에 상처를 낸 죄로, 4황자는 일주일간 근신하도록 해라."

2황비는 잔뜩 굳어 황제를 올려다봤다.

"하오나, 폐하! 그것은 단순한 대련이었습니다."
"하지만 폐하의 뒤를 이을 황태자에게 상처를 낸 것 역시 사실이죠. 그렇지 않습니까, 폐하?"

황후가 덧붙여 말했다. 2황비는 말문이 막혀 입만 벙긋댔다. 고작 대련일 뿐이다. 진검도 아니었고, 검술의 성취 여부를 판단할 수 있는 대련. 하지만 그 대련에서 생긴 자상으로 벌을 내렸다. 그것은 있을 수 없는 일이었다. 2황비는 황제에게 호소했다.

하지만 황제는 2황비를 바라보지 않았다.

"황태자에게는 그에 걸맞은 대우가 필요하지. 이번 기회에 깨달았으면 하네."

아무렇지 않게 덧붙여진 말이 선고나 마찬가지였다. 일주일간 근신은 그렇게 큰 벌이 아니었다. 하지만 이유가 마땅치 않았다.

"말도 되지 않습니다, 폐하! 부디 선처를……!"

하지만 황제는 듣지 않고 자리에서 일어나 2황비의 앞에서 사라져 버렸다. 그 뒤를 따라가는 황후가 작게 입을 움직였다.

"황비, 태생이라는 것은 바꿀 수가 없는 거라네."

2황비만 들을 수 있는 목소리였다. 2황비는 그대로 그 자리에 무릎 꿇을 수밖에 없었다. 태생이 다르다. 태생이 다른 것은 하나뿐이었다. 2황비의 아들은 이능을 갖고 태어나지 못한 것. 그것이 말도 안 되는 결과를 가져왔다. 황후가 이렇게 한 이유는 하나였다. 본인과 2황비 사이의 차이를 2황비에게 단단히 새겨주기 위해. 그리고 그 효과는 제대로 먹혀들었다.

2황비는 근신 때문에 방에서 나오지 못하는 아들의 목소리를 무시해야 했다. 2황비를 찾아오던 귀족들의 수가 줄었고, 그녀를 바라보는 그들의 눈빛이 조금씩 변했다. 그녀는 치욕을 느꼈다. 그리고 2황비는 다시 아기를 가졌다. 그녀는 습관처럼 배를 쓰다듬으며 되뇌었다.

"너만은 이능을 갖고 태어나야 한다. 그것이 우리가 살 길이란다."

같은 황족임에도 황제가 될 수 있는 자와 기회조차 얻지 못하는 자는 천지차이였다. 그녀는 그것을 뼈저리게 깨달았다.

평생을 죽은 듯 살아온 2황비는 새로운 아이를 가졌다. 황후와 같은 위치에 설 수 있는 마지막 기회일지도 모르는 것이다. 이 기회에 살을 더 붙여야겠다고 생각했다. 하여 조금 더 이 대화를 이어가야 했다. 이미 시작된 바람에 살을 붙여 태풍으로 만들어야 한다.

"저도 비마마와 이야기를 나누고 싶었는데 어떻게 다가가야 할지 몰라서 고민했어요. 먼저 말 걸어주셔서 얼마나 감사한지 몰라요. 한데 이렇게 혼자 다니셔도 괜찮으신지요? 황후마마께서는 옥체를 보존하시느라 요양 중이신데 비마마께서는 괜찮으십니까?"

황후에 관한 것을 흘렸다. 황후라는 단어에 2황비의 얼굴이 굳었다가 순식간에 돌아왔다. 그 잠시에도 황후에 대한 반감이 보였다가 사라졌다.

"황후마마께서는 그 외에도 아마 여러 의미로 몸이 좋지 않을 거예요. 높은 분의 몸보신을 제가 알 수는 없죠."

황후가 저지른 죄를 말하는 것이 분명했다. 그 사실을 굳이 같은 황족인 내 앞에서 언급했다. 나를 황후의 적으로 생각한 것이 분명했다. 2황비는 황후를 적대시하기로 한 것이다. 그리고 제 위치를, 더 나아가 제 자식들의 위치를 조금 더 높이기를 바라고 있는 듯 보였다.

2황비의 눈을 다시 한 번 더 마주쳤다. 이능을 발휘했다. 내가 생각한 계획이 실행 가능한 것인지 확인해야 할 때였다. 2황비의 임신 증상 중, 보통 임산부에게는 나타나지 않는 특이한 점은 없는지를 확인했다.

찾았다. 우선 조금 잦은 건망증이 있었다. 하지만 그것은 보이지 않는 특이점이었다. 겉으로 보이는 특이한 점은 없나? 찾았다. 2황비는 눈 색이 옅어졌고, 더불어 온몸에 흰색 반점이 생겼다. 처음 보는 증상이었다. 어쩌면 그것이 그녀의 건강에 적신호일 수도 있었다. 하지만 그건 내가 굳이 걱정할 필요 없었다. 그냥 일반적인 임산부의 반응과 다른 반응이 필요할 뿐이었다.

나는 최대한 티 나지 않게 2황비의 몸을 살폈다. 반점을 가리기 위해 장갑을 끼고 있었지만, 그 장갑 밖으로 반점이 살짝 보였다. 다행이었다. 저것으로 운을 띄워 그녀를 혼란스럽게 만들기엔 충분했다.

"비마마께서도 건강을 잘 챙기셔야죠. 태중 아이가 범인(凡人)은 아닌 것 같은데."

"범인(凡人)이 아니라니요?"

2황비, 로위나는 눈이 휘둥그레져서는 내게 물었다. 놀란 표정과 호기심에 흔들리는 눈빛이 마음에 들었다. 기대한 반응이었다. 사실 나는 백반이 나타나는 증상이 무얼 의미하는지 몰랐다. 그저 그녀가 황후를 처치하려 움직일 수 있도록 약간의 자극을 만들어주기 위함이었다.

나는 일부러 흠칫해 보였다. 그래야 했다. 나는 이 발언 자체를

'실수로' 내뱉은 것이어야 한다. 지금부터 말하는 모든 것들은 아무것도 아닌 것처럼 들려야 한다.

"제가, 말을 실수한 것 같습니다, 죄송합니다."

말실수를 했다는 듯, 당황스러운 표정을 지어 보였다. 그러고는 다급하게 사과했다. 모든 것을 실수로, 의도치 않은 상태에서 말을 내뱉은 것처럼 보여야 했다. 내 말에 로위나는 다급하게 손을 저어 괜찮다는 표시를 해 보였다.

"아니요, 죄송할 것 없어요. 혹시 태아에 대해 알고 있는 것이 있나요?"

2황비는 다른 것보다도 '범인이 아니다'라는 말에 격하게 반응했다. 그것 하나만으로 알 수 있었다. 그녀는 제 아이에게 이능이 있기를 바라고 있었다.

이능이 없는 황족들은 그 이능이 무엇인지 정확히 알지 못한다. 하지만 황제가 되기 위한 조건으로 이능이 있어야 한다는 것은 알고 있었다. 그녀의 아이들, 3황자, 4황자, 2황녀 아델라이네까지 전부 이능을 타고나지 못했다. 그녀는 이능을 가진 아이를 간절히 원하고 있었다. 2황비가 제 지위를 조금이라도 올리고 싶은 건지, 아니면 황태자가 될 수 있는 아이를 갖고 싶은 건지, 아니면 둘 다인지. 그것을 알아봐야 했다.

"그냥 예전에 들었던 것이 생각나서 말입니다."

"어떤 걸 말하는 건가요?"

그 말을 하는 자가 나이기 때문에 충분히 신뢰가 가겠지. 이제 황성에 황제를 제외하고 둘밖에 남지 않은, 이능을 타고난 황족 중 하나인데.

나는 괜히 조심스레 주변을 살폈다. 해서는 안 되는 말을 하는 것처럼 보이기 위해서. 더불어 진실만을 고하고 있는 것처럼 위장하기 위해서. 괜히 목소리를 낮췄다.

"비마마의 손을 보니 걱정이 되어서 괜히 참견을 하게 되었습니다."

2황비는 흠칫 놀라며 제 손을 바라보았다. 낭패한 듯한 기색과 그에 더해 기묘한 기대가 그녀의 표정에 드러났다.

로위나는 제 손을 조심스레 맞잡으며 내게 한 걸음 더 다가왔다. 우리가 대화하는 사이 디온이 주위 경계를 살피고 있었기 때문에 그녀는 내게 조금 더 수월하게 다가올 수 있었다. 2황비는 목소리를 한껏 낮추고는 마치 비밀이야기라도 하듯 내게 물었다.

"혹시 이 증상에 대해서 아시나요?"

"어마마마께서 저를 임신하셨을 때 같은 증상이 있었다고 합니다. 혹 눈 색이 옅어지거나, 머리카락이 많이 빠지지는 않으십니까? 더불어 건망증도 혹시 생기지 않으셨나요?"

그녀의 기억을 읽었기에 알 수 있는 사실들을 말했다. 그녀는 이능이 정확히 무엇인지 모른다. 그러기 때문에 내가 그녀의 기억을 읽었을 거라고는 의심조차 할 수 없겠지.

"어떻게 알았…… 설마."

그녀의 얼굴에 갖가지 표정이 드러났다. 처음의 걱정이, 이제는 자그마한 기대감으로 바뀌었다. 나는 그녀의 기대감을, 의심을, 이제 환희로 만들어야 했다.

"네, 어마마마께서 저를 태중에 뱄을 때 그런 증상을 겪으셨다고 들어서요."

"세상에."

2황비는 정말로 기쁜 듯한 얼굴이었다. 같은 증상을 겪은 내 어머니가 나를 낳았고, 나는 황위 후계자가 되었다. 그렇다면 제가 낳을 아이도 그렇게 될 수 있다. 진실 여부는 상관없었다. 그냥 그녀가 그렇게 생각하는 것이 중요했다.

손을 모아 입을 막는 모습이 소녀와 같았다. 그리고 그 소녀의 모습에 어울리는 순수한 욕심이 보였다. 끝없는 욕심. 그래, 이걸 원했다. 하지만 그 티는 내지 않았다. 나는 다시 입을 다물고 걱정이 가득한 표정을 지어 보였다. 더더욱 목소리를 낮췄다.

"아, 혹 말하면 안 되는 것인지……."

"아니요, 아니에요. 아니, 정말 고마워요, 벤지안스."

로위나는 환희에 가득 차 말했다. 그녀는 왼손을 가슴에 올리고 감격에 겨워했다. 그런 그녀의 순진한 기쁨에 나 역시 가벼운 웃음을 지어 보였다. 우리 둘은 한패라고, 그녀가 그리 믿게 해야 한다.

"그저, 조금 수척해 보이셔서 걱정됐을 뿐이에요. 일반적인 임신 증상은 아니라 많이 걱정하실까 봐요."

그리고 더불어, 내가 이렇게 그녀를 기쁘게 만든 이유 또한 알려주어야 한다. 태연한 척, 아무것도 모르는 척, 아무것도 의도하지 않은 척. 태풍에 바람을 하나 더해야 했다.

"황후마마께도 똑같은 증상을 봤거든요. 어디선가 들었던 증상인데 생각이 안 나다가 딱 떠오른 차에 비마마에게서 같은 증상을 본 거예요."

덧붙인 말에 2황비의 얼굴이 눈에 띌 정도로 굳었다. 순식간의 표정 변화를 놓치려야 놓칠 수가 없었다. 그것이야말로, 내가 정말로 원하던 반응이었으니까.

"황후마마도 같은, 증상이라고요?"

반문하는 그녀의 어조에서 초조함이 뚝뚝 묻어나왔다. 안절부절못하는 표정이 너무나도 마음에 들었다. 나는 그녀와 마찬가지로 표정을 굳혔다. 표정에, 그리고 내 어투에 걱정스러운 기색을 덧씌웠다.

"아, 혹시 제가 말실수를."

"아니요, 고마워요. 정말로."

조금 전의 혼란이 언제 있었냐는 듯, 2황비는 순식간에 평정을 되찾았다. 입꼬리를 끌어 올리는 그녀의 표정이 묘했다. 그녀의 눈빛에는 몇 초 전에는 있지도 않던 날카로움이, 그리고 누군가를 향한 독기가 깃들어 있었다.

"조만간 같이 티타임을 하지 않겠어요? 좋은 차가 들어왔거든요."

2황비는 나를 티타임에 초대했다. 나는 그에 응했고, 이후로 그녀와 나눈 대화는 특별할 것이 없었다. 서로에게 좋은 감정을 안기기 위한 겉도는 대화뿐이었다.

2황비와 헤어진 후에는 디온의 에스코트를 받으며 1황녀파 귀족들을 만나 가벼운 인사를 나눴다. 어떤 귀족들이 내 편이고 어떤 귀족들이 황태자 편인지 인지할 수 있는 기회였다. 의외로 상당히 많은 귀족이 내 쪽으로 돌아선 걸 알 수 있었다.

누명을 벗은 지 얼마 되지 않았고, 육 년 간 황성 밖에서 돌았던 황녀가 폐쇄적인 귀족 사회에서 이렇게 빨리 받아들여질 것이라고는 상상도 하지 못했다. 황제의 애매한 태도와 내 환영식에 열린 라이산더 홀도 한몫했겠지만 제일 큰 이유는 따로 있겠지. 나는 시선을 돌려 나를 에스코트하는 디온을 슬쩍 바라봤다.

자연스럽게 귀족들 사이에서 1황녀파가 생긴 데에는 디온의 덕이 상당히 컸다. 오늘 그와 대화하는 귀족들이 그에게 표한 신뢰를 생각하면 더 분명했다. 디온을 거쳐 나를 보는 눈에는 그를 향한 신뢰가 이어져 있었다. 아마 그 덕에 내가 황성에서의 생활이 편해질 것이 분명했다.

적지 않은 귀족들에게 인사를 하고, 시끄러운 홀에서 잠시 나왔다. 홀과 이어져 있는 정원은 조용했다. 곳곳에서 속삭이는 연인들의 기척이 느껴졌지만 홀에서 흘러나오는 작은 소음에 그들의 나직한 대화 소리까지 들리지는 않았다. 나는 디온의 팔에 손을 얹은 채로 걸었다. 꽤 서늘한 바람이 정신을 맑게 해주었다. 따스한 손이 내 손을 감싸왔다.

"괜찮겠습니까?"

무엇에 대한 질문이지? 나를 바라보는 그의 얼굴에는 여전히 걱정이 한가득이었다. 밤하늘에 빛나는 달빛에 그의 표정이 그대로 드러났다.

이미 그와 많은 귀족들을 만났다. 그가 무엇을 걱정하는 것인가 생각을 하다가 아, 하는 소리를 냈다. 2황비한테 한 행동. 그는 그것을 걱정하고 있었다. 내가 일전에 그에게 이미 태풍을 만들겠다 언질을 준 바 있지만, 그것을 옆에서 직접 보니 다른 생각을 하게 된 걸까? 아니, 어쩌면 내 계획을 제대로 꿰뚫어 보고 있을 수도 있었다.

내가 2황비에게 한 행동은 명백히 그녀를 말로 쓰기 위한 것이었고, 그 성패에 따라 내 스스로의 안위까지 걸었다고 볼 수도 있었다. 어쩌면 지금 내게 호의적인 2황비의 태도가 한순간에 방향을 바꿔 적의로 돌아설 수도 있다. 그의 눈에는 모든 것이 외줄타기로 보일 것이다.

그가 무엇을 걱정하는지는 알지만 내가 제일 걱정되는 것은 따로 있었다. 내 안위 따위 알 바 아니었다. 복수가 목표이기는 하지만, 내 계획의 성패 역시 중요하기는 하지만, 지금 걱정되는 것은 하나였다.

"디온."

"예."

내 부름에 답하는 그의 얼굴에는 여전히 걱정이 가득했다.

"나는 디온이 지금 나를 걱정하는 것 외에 다른 생각도 할 수 있다고 생각해요."

"무슨 말을 하고자 하는지 모르겠습니다."

"일말의 의심도 들지 않나요?"

벌써 몇 번이나 같은 걸 물었다. 하지만 의심이, 그리고 불안감이 들지 않을 수가 없었다. 이유는 하나였다. 나는 그의 기억을 바꿨으니까. 그의 기억 속 내 목표가, 복수에서 황좌로 바뀌었으니까.

나는 그의 안에서 그저 권력을 위해 자비를 두지 않는 1황녀일 수도 있었다. 아니, 그렇게 자리매김할 가능성이 컸다. 내가 하는 행동이 그에게 있어 황태자와 다를 바 없다고 느껴질 가능성이 컸다. 그는 이 나라를 사랑하는 공작이니까.

망설이듯 던진 내 질문에 그의 표정이 바뀌었다. 잠시 놀란 듯 커다래졌던 눈이 원래대로 돌아오고, 그의 얼굴에는 평소와 같은 미소가 자리 잡았다. 그 미소가 감사하면서도 여전히 무서웠다.

"무엇에 대한 의심을 말씀하시는 겁니까?"

"무엇이 되었든 할 수 있는 의심이요. 예를 들자면……."

말하려다가 멈췄다. 혹시 내 질문에 그가 그렇다, 라고 대답하면 어쩌지. 쓸데없는 걱정이라는 것을 알고 있다. 지금까지의 디온을 보건대, 그런 반응을 보일 확률은 확연히 낮았다. 하지만 여전히 나는 불안했다. 내게 남은 것은 디온 하나뿐인데, 그가 내 행보를 못마땅해할까 봐, 그것이 불안했다. 이렇게 불안해하는 것을 그가 탐탁지 않게 여길까 봐 그것 역시 불안했다.

"내가 나라를 망쳐 버리지는 않을까, 소르트를, 절망으로 빠뜨리지는 않을까 하는 그런 의심이요."

그를 바라보는 내 표정이 어떨지 나는 알지 못한다. 하지만 썩 보기 좋은 표정은 아닐 것이다. 그런데도 나는 그에게서 눈을 뗄 수가 없었다.

나를 바라보던 디온이 제 팔을 잡고 있던 내 팔을 떼어냈다. 무릎을 꿇고는 짧게 인사하고 다시 일어났다. 그 행동이 너무나도 자연스러워 무어라 말할 겨를도 없었다. 나는 디온을 그저 바라볼 수밖에 없었다. 그가 지금 한 행동은 연인에게 하는 행동이 아닌, 제 주군, 황제에게나 할 법한 행동이었으니까.

"벤지…… 아니, 지금은 전하라고 부르겠습니다. 전하께서 한 가지 오해하고 계시는 것이 있는 것 같습니다."

갑자기 나를 부르는 호칭이 바뀌었다. 마주친 그의 얼굴에 진중함이 잡혔다.

"일전에 제가 전하께 세그다드 공작가에 대해 개국공신이라 말했던 때가 있었을 겁니다."

"네, 있었어요."

"그 의지는 대대로 내려왔습니다. 애국과 충심으로. 충심은 절대로 사적인 감정으로 움직이지 않습니다."

그가 내뱉는 말은 무거웠다. 말 한마디 한마디에 평소와는 다른 힘이 있었으며, 진중함이 엿보였다. 지금은 그가 연인이 아닌 충신처럼 보였다. 그와 나 사이는 연인이 아니라 군신이었다.

"그리고 황제의 길을 걸으시려는 전하를 지지하는 것은 세그다드가의, 더 나아가 디르케온 세그다드의 충심입니다. 연정이 아닙니다."

그의 입가에 미소가 돌아왔다. 하지만 평소와는 다른, 충신의 강직함이 있었다.

"가시고자 하는 길을 가십시오. 그 뒤를 묵묵히 따라가는 것이 저의 길입니다. 전하를 지지하며 전하의 뒤를 따르겠습니다. 그렇게 가시다가, 전하의 말씀대로 그 길이 걱정된다면 제가 간언을 올릴 것입니다. 하지만 그렇다고 제 말을 맹목적으로 따르지는 마십시오. 그것이 군주가 할 행동입니다."

어떻게 보면 지금 역시 간언이었다. 그의 말 하나하나에 진심이 담겨 있었다.

그래, 알 수 있었다. 그는 지금 연인으로서, 맹목적인 정인으로서가 아니었다. 충신으로서, 내가 가는 길에 불안을 덜어주고자 하고 있었다. 더 이상 불안해하지 말라고, 당신을 따르는 것은 단순히 사랑 때문이 아니라고. 그렇게 말하고 있었다.

"그러니 가시는 길에는 제 눈치를 보지 마십시오. 신하로서 묵묵히 전하의 등 뒤를 지켜 드리겠습니다. 하지만, 하나만은 벤지의 마음속에 새겨주셨으면 합니다."

어느새 '벤지'로 호칭이 바뀌었다. 군신 사이를 논하는 것은 이제 그만두려는 모양이었다. 그의 손이 나를 향해 뻗어왔다. 나는 그 손을 맞잡았다. 따스했다. 따스했고, 강하고, 믿음직스러웠다. 절대 놓지 않을 것이라고 신하로서, 정인으로서 그가 맹세하고 있었다.

울컥, 심장 언저리에서 무언가가 올라오는 것을 눌렀다. 이 마음을 받아도 되는지. 이런 마음을 여태껏 받아본 적이 있는지. 정말, 내겐 그의 감정이 과분했다. 매번 그가 주는 신뢰를 꼬아서 다시 의심하고, 불안해하고, 묻고, 결국 확답을 들어야만 다시 안심하고. 그리고 또다시 불안해하고. 이런 내 자신이 싫었다. 그것이 부끄러워서, 그리고 미안해서 고개를 숙였다. 지금만큼은 그의 눈을 마주칠 수가 없었다.

하지만 디온의 시선은 집요했다. 그가 맞잡은 손을 놓지 않고서 몸을 낮추면서까지 내 눈을 보려 했다. 다시 마주친 그의 눈은 온전히 나만을 담고 있었다. 다시 돌아온 연인의 애정이었다. 그리고 그 얼굴에는 여전히 묵직한 걱정이 남아 있었다.

"벤지의 행보를 지지하지만, 그 과정에 있어서 걱정을 할 수밖에 없다는 것을 부디 알아주셨으면 합니다. 부디, 제발 위험한 행동은 삼갔으면 좋겠습니다. 지금에 와서 위험한 행동을 조심하라고 하는 것도 우스운 말이지만, 그래도 선을 넘어서지는 않으셨으면 합니다. 이것은 정인으로서의 걱정입니다. 더 이상 제가 사랑하는 사람이 제 곁을 떠나지 않았으면 좋겠습니다. 부디."

그는 내게 애원했다. 부디, 내 곁을 떠나지 말아주십시오. 그것은 내가 그에게 하고 싶은 말이었다. 부디 당신만은 내 옆을 떠나지 말아줘요. 울컥 목이 메어 입을 떼기가 힘들었다. 눈을 마주하며 겨우겨우 그의 말에 답했다.

"네, 알았어요."

숲을 닮은 눈에서 간절함이 읽혔다. 그의 말은 오르도를 보내는 길에서 내게 했던 말의 연장선이었다. 그때만큼의, 아니, 그에 몇 배는 덧씌워진 절절함이었다. 나는 디온에게 손을 뻗었다. 그의 눈가를 쓸었다. 그의 얼굴이 마치 울고 있는 것 같아서, 그렇게 할 수밖에 없었다. 엄지로 그의 눈가를 쓸었다.

"곁에서 떠나지 않을게요."

일종의 다짐이었다. 그의 얼굴이 가까워졌다. 부드러운 입술이 내 입술에 닿았다. 그것은 서로 곁에서 떠나지 않겠다는 맹세의 입맞춤이었다.

정원을 한 바퀴 돌아 다시 연회장 쪽으로 돌아왔다. 에스코트하듯 그의 팔에 얹었던 손은 어느새 그와 깍지를 끼고 있었다. 차가운 바람이 불었지만 잡고 있는 손만은 여전히 따뜻했다. 연회장 근처에서 디온이 멈춰 서더니 품에서 무언가를 꺼냈다. 그는 작은 통을 내게 내밀었다.

"일전에 드려야겠다고 생각했지만 구하기가 힘들어 이제야 얻을 수 있었습니다. 품에 넣으십시오."

"이게 뭔가요?"

"해독제입니다. 부디 쓰실 일이 없길 바라지만 만전을 기하기 위해 드립니다."

나는 의아했다. 해독제라니, 정말로 의외였다. 황족들은 매 식사 전에 독살 위협을 방지하기 위해 '트레팔'이라는 음료를 마시고 있다. 그것은 어떻게 만들어냈는지는 모르겠지만, 거의 모든 독살을 예방할 수 있는 예방제나 마찬가지였다. 그런데 해독제라니.

"하지만 트레팔이라면 마시고 있는걸요."

"트레팔이 소용없는 독이 딱 하나 있습니다."

"처음 듣는 얘기예요."

다시 황녀로 돌아온 지 얼마 되지 않았지만, 과거의 기억 속에서도, 짧은 황성 생활 중에도 처음 듣는 말이었다.

"그럴 수밖에 없을 겁니다. 저 역시 최근에야 그런 독이 있다는 것을 알았으니 말입니다. 트레팔은 귀족들 역시 마시는 음료입니다. 특히 정쟁에 긴밀히 참여하고 있는 귀족이라면 말이죠."

트레팔은 황족들만 마시는 예방 음료가 아니었다. 독살에 예민한 귀족들도 마시고 있었고, 특히 황제의 옆에서 나랏일을 돕는 공작이라면 더더욱 마시고 있었을 것이다. 여기까지 생각이 미치자 퍼뜩 뇌리를 스치는 것이 하나 있었다. 트레팔을 마시면서 독살의 위협에 대비하던 전대 공작은 독살을 당했다. 도대체 어떤 독에 당했다는 말인가?

더 나아가서 트레팔이 소용없는 독의 존재를 알고 있는 자들이 있었다. 황성. 황가의 사람들. 황제, 혹은 황태자. 전 세그다드 공작을 죽인 건 황태자였다. 그렇다면 그 독의 존재를 황가가 모르고 있을 리가 없었다.

"그 독의 존재를 알고 있는 자들이 제 근처에 있겠군요."

"예, 아버지를 누가 죽였는지 생각해 보면 그가 이 독을 모르고 있을 수가 없습니다."

"그게 뭐죠?"

"두갈이라는 독입니다."

돌아온 답은 생각지도 못한 것이었다. 두갈, 황성에 돌아와 공부한 책에서 몇 번 본 적이 있는 이름이었다. 하지만 두갈은 독이아니라, 약재로 책에 기재되어 있었다. 동상에 걸린 환자들에게자주 쓰인다는 것이 책에 서술된 전부였다.

"두갈이요? 하지만 책에서는······."

"예, 독이라고 분류하지 않지요. 하지만 독으로 충분히 쓰일 수 있다고 합니다. 숙성된 포도와 함께 섭취하는 두갈은 치명적입니다."

처음 듣는 말이었다. 아직 발견되지 않은 부작용인가? 그럴 가능성이 컸다. 이걸 말해준 게 다른 자라면 믿을 수 없는 말이지만, 디온은 아니었다. 숙성된 포도와 함께 섭취하면 독이라, 와인에 섞어 쓰기 상당히 좋을 것이 분명했다.

"와인이나 숙성된 포도즙 같은 것을 마신 후, 두갈을 먹일 수 있다는 말이군요."

"예, 그렇기에 걱정입니다. 식사 중에 와인을 곁들이지 않는 경우는 거의 드무니까요. 폐하는 아직 모르겠지만 1황자전하나 황후마마는 어떻게 나올지 도무지 가늠을 할 수가 없습니다. 그렇기에 걱정됩니다. 꼭 지니고 다니십시오."

그가 통을 쥔 내 손을 조금 더 세게 쥐었다.

"혹여나 와인이나 숙성된 포도가 들어간 음식을 드신 직후 급격한 졸음과 함께 손과 발이 함께 저리고 숨쉬기가 힘들어지기 시작하면 꼭 그때 드셔야 합니다. 두갈은 유예 시간이 길지 않습니다. 그 느낌이 온 후 오 내로 즉사입니다. 사인은 심장마비로 나올 것이고 독의 사용 여부를 밝히는 것조차 힘들 겁니다. 사인조차 제대로 밝혀지지 않는데 범인이 밝혀질 리가 없죠. 겨우 찾아낸 해독 방법입니다. 다시는 같은 방법에 내 사람을 잃을 수 없습니다. 그러니까 꼭 지니고 다니십시오."

다짐에 다짐을 요하는 눈빛이었다. 나는 손에 든 작은 통을 바라봤다. 가죽으로 겉이 싸인 단단한 통이었다. 살짝 흔들어보니 액체 소리가 들렸다.

"……정말 고마워요."

할 말은 그것밖에 없었다. 어떤 말이라도 덧붙이면 그 의미가 퇴색될까 봐, 그 말의 의미가 변색될까 봐, 어떤 말도 붙일 수가 없었다. 그가 나와 떨어져 있는 동안 얼마나 나를 생각하고 걱정하는지 몇 번이나 확인받고 확인받는 느낌이라서, 이 고마움을 도무지 어떻게 표현해야 할지 알 방도가 없었다.

"정말, 정말 고마워요."

그 말밖에 하지 못하는 내게 그는 그저 미소 지을 뿐이었다.

⚜

나름대로 만족스러운 환영식이었다. 1황녀의 환영식은 무사히 끝이 났다. 황제도, 황태자도, 황후도, 2황비도, 다른 황자들도 전부 내 환영식에서 아무런 뒷공작도 하지 않았다.

라이산더 홀이라는 대단한 곳에서 열린 환영식은 1황녀의 입지를 만천하에 보여주고도 남았다. 황제가 나를 특별 취급한다는 사실이 제국에 널리 퍼지고 있었다. 그 결과는 황성 안의 사용인들의 태도에서도 확연히 보였다.

내 성에서 나를 따르는 사용인들의 표정이 당당해졌다. 특히 황태자의 사용인들과 마주할 때 더욱 그랬다. 은근히 내 시종들을 깔보던 황태자의 시종들이 조금씩 내 성에 거하는 자들의 눈치를 보고 있었다.

황성 안에서도 벌어지는 이 차이가 성 밖에 미치지 않았을 리가 없었다. 민심을 직접 보고 느낄 수는 없었지만 사용인들 중에는 귀족이 아닌 자들도 더러 있기에 그들의 태도 변화가 민심의 변화라 볼 수 있었다.

이것으로 내가 그를 이겼다고는 결코 생각하지 않는다. 하지만 이 정도의 변화는 있어야지 내가 앞으로 행할 계획이 조금 더 부드럽게 진행될 수 있었다.

나는 눈앞에 놓여 있는 두 가지 물건을 바라봤다. 하나는 디온이 내게 주고 간 해독제, 그리고 또 하나는 오늘 아침에 온 2황비의 티타임 초대장이었다.

나는 디온이 독에 대해 했던 말을 다시 떠올렸다. 두갈, 독으로 알려지지 않은 독이 있을 줄은 몰랐다. 트레팔이 듣지 않는 독이라니, 아니, 기실 따지고 보면 독이 아니었다. 맞지 않는 음식으로 인한 부작용이 사망이라는 결과에 이르는 것일 뿐이었다. 결과만 보고서 그저 그게 독이라고 하는 것일 뿐이다. 여기까지 생각하자 떠오를 듯 떠오르지 않는 것이 있었다.

"독살…… 황성?"

황성에서 누군가 죽은 일이 기억났다. 분명 '독살'이었다. 독살당한 자는 황족이었다. 그렇다고 내 기억이 말하고 있는데, 안개 저편을 보는 것처럼 기억이 흐릿했다.

이미 벤지안스가 된 지 시간이 꽤 흘렀고, 오기 전에 잠시 읽었던 책의 세세한 내용은 기억 저편으로 날아간 지 오래였다. 지금 내 안에 갖고 있는 지식은 커다란 얼개와, 잊어버리지 않기 위해 적어뒀던 내용들뿐이었다.

품에 넣어뒀던 종이를 꺼내 읽어도 황성과 독살에 관련된 메모는 없었다. 최소한 황태자인 데비스나 황제가 나를 독살하려 한 것은 아니었다. 이미 죽은 지 오래되어 얼굴조차 모르는, 친모인 넥토즈의 왕녀가 독살당한 것도 아니었다. 그랬다면 내가 적지 않았을 리가 없었다.

아무리 머리를 쥐어짜도 떠오르지 않는 기억에 짜증이 났다. 조금만 더 머리가 좋았다면, 조금만 더 기억력이 좋았다면.

무언가, 이걸 알게 되면 계획이 조금 더 쉽게 진행될 것 같은데, 그런 확신이 드는데 그 기억이 뭔지 도무지 알 수가 없었다. 짜증이 치밀어 오르지만 어쩔 수 없었다. 지금 내가 할 수 있는 것이 없었다.

해독제는 품 안에 넣고, 여전히 책상 위에 놓여 있는 초대장을 바라보았다.

"전하, 2황비마마와의 티타임 시간이 다 됐습니다."

똑똑, 타이밍도 좋게 문을 두드리는 소리와 함께 시녀의 목소리가 들렸다.

"와줘서 고마워요, 벤지안스."

정원에서 티타임을 갖기에는 상당히 서늘한 날씨였다. 해서 2황비는 나를 정원에 있는 온실로 안내했다. 유지비가 꽤나 들 텐데 역시나 황성이었다.

그녀의 손짓에 시녀가 다가와 차를 따라주었다. 향을 맡았다. 다행히도 포도 향은 나지 않았다. 티 테이블 주변에는 시녀들뿐이고 테이블에서 조금 떨어진 곳에 내 호위기사인 베른이 서 있었다.

"저야말로 먼저 찾아뵈었어야 했는데 초대장까지 보내시게 만들었습니다. 죄송합니다."

"어머? 아니에요. 내가 먼저 티타임을 가지자고 했는걸요? 이런 걸로 미안해하면 안 돼요. 장차 크게 될 분인데."

급작스러운 발언에 눈을 크게 뜨고 2황비를 바라봤다. 눈이 마주친 그녀는 그저 여상히 웃을 뿐이었다. 2황비는 지금 나를 지지하겠다는 말을 한 것이나 다름없었다. 진위 여부는 알 수 없지만, 그녀는 황태자, 더 나아가 황후에게 등을 돌리겠다고 내게 대놓고 말하는 꼴이었다.

이렇게 보니 아델라이네와 상당히 닮아 보였다. 문득 아델라이네와의 티타임이 생각났다. 그래, 2황비 역시 순수한 호의로 나를 부른 것이 아니겠지. 황성 안에서, 피 한 방울 섞이지 않은, 심지어 몇 년 만에 만난 가족 같지도 않은 사이에 호의가 있을 리가 없었다.

역시나 이런 관계가 편했다. 내 복수는 소르트가의 멸문에 닿아 있는 것이니. 나는 차를 한 모금 마셨다. 차가운 속에 따뜻한 차가 들어온다. 그 차가 내 안에 응어리진 소르트 황가를 향한 복수까지 데우는 느낌이었다.

"차 맛은 어떤가요?"

"좋아하는 향입니다."

"다행이에요. 벤지안스가 좋아하는 차를 수소문했거든요. 다행히도 좋은 차가 있어 급하게 샀답니다."

웃는 그녀의 모습이 해맑았다. 그 모습을 보며 다시 한 번 2황비에 대한 평가를 바꿔야겠다는 생각이 들었다. 순수하고 해맑은 모습을 가장할 줄 아는 여자. 하지만 그 모습 뒤에 나를 이용하려는 목표가 없을 리가 없었다. 아무리 뛰어난 권력을 갖고 있지 않다고 해도 이 황성 안에서 이십 년이 넘는 세월을 산 여자였다. 그렇다면 그녀는 과연 어디까지 내 계획대로 움직여 줄까?

"몸은 건강하십니까? 거동이 불편하실 텐데 괜히 저 때문에 무리하시는 건 아닌지 걱정이 됩니다."

"걱정해 줘서 고마워요. 하지만 이렇게 내 성에서 갖는 작은 티타임일 뿐인데 이조차 마음대로 하지 못하면 난 지루해서 죽을지도 몰라요."

"그렇게 생각해 주니 감사합니다."

손가락으로 찻잔을 가볍게 쓸어내리는 그녀의 모습이 제 나이로 보이지는 않았다. 차를 한 잔 마시며 무언가 생각하듯 보이던 그녀가 내 눈을 마주하고 살포시 웃어 보였다. 다분히 호의가 가득인 얼굴이었다.

"흐음, 나는 벤지안스가 조금 더 편하게 날 대했으면 좋겠어요. 가끔 이렇게 티타임을 가져도 좋고 말이에요. 아무래도 하나뿐인 딸이 아카데미에 가 있으니 어미로서는 적적한 참이었는데 이렇게 벤지안스가 돌아오니 정말 좋군요."

2황비가 손뼉을 치며 말했다. 아델라이네까지 들먹이며 나와의 친분을 쌓고 싶단 제안이었다. 그 모습에서 그녀가 얼마나 황후, 황태자와 다른 길을 가고 싶어 하는지 눈에 보였다. 그들을 얼마나 적대하고 있는지, 그리고 그 반대 방편으로 나를 찾아낸 것이 눈에 보였다.

나는 그녀를 향해 마주 웃어주었다. 나 역시 그녀를 이용해야 한다. 서로 이용하는 관계인 것이 마음에 들었다.

"그렇게 말해주시니 감사해요. 웃는 모습이 아델과 많이 닮았습니다. 아델의 당찬 성격이 2황비마마를 많이 닮은 것 같아서 보기 좋아요."

"아델과 내가 많이 닮았나요?"

2황비의 얼굴이 굳었다. 뜻밖의 반응에 나는 의아해졌다. 도대체 왜?

"웃는 모습이 많이 닮았습니다. 혹 제가 말실수라도……."

우선 그녀와 나는 겉으로는 호의적인 관계였다. 그녀의 심기를 거스르는 것은 좋지 않았다. 하지만 확인하고 넘어가야 했다. 황성 안에서 작은 것이라도 하나 놓쳤다가는 후에 어떤 폭풍으로 되돌아올지 가늠하기 힘들었다.

2황비의 기억 속에는 그리 이상한 것이 없었다. 아델라이네는 여전히 해맑았으며 그렇다 할 괴롭힘이나 특별할 것이 없었다. 아델라이네가 아카데미에 입학하기 전 둘은 가끔 안부를 물었고, 황가의 아침을 같이했다. 아델라이네가 2황비를 따르는 것에 비해 둘의 교류가 적어 보이기는 했지만, 그렇다고 둘의 사이가 아예 좋지 않다고 말하기도 힘들었다. 그럼 지금 느낀 이 묘한 위화감은 나의 과대망상인 것일까? 혹시 뜸한 둘의 교류가 힌트를 주지는 않을까? 답을 찾지 못하고 2황비를 쳐다보자 그녀가 표정을 빠르게 바꾸었다. 그녀의 얼굴에 또다시 호의 가득한 순수한 표정이 자리했다. 표정이 바뀌었다는 건, 뭔가 그녀의 감정이 바뀌었다는 걸 뜻했다.

"어머, 아니, 전혀 아니에요. 그냥 보통은 아들들이 나를 닮았다는 말을 듣고, 아델은 황제 폐하를 닮았다는 말을 자주 듣거든요. 그렇기에 유독 황제 폐하의 총애를 독차지하기도 했고 말이에요. 처음 듣는 말이라 놀랐을 뿐이에요, 미안해하지 말아요."

변명하지 않아도 될 것에 변명하듯 설명이 장황했다.

2황비와 아델라이네 사이에 내가 모르는 또 다른 문제가 있는 거라면 그걸 알아내야만 한다. 하지만 2황비는 말해줄 것 같지가 않았다. 그렇다면 아델라이네가 황성에 돌아오는 날을 기다려야 했다.

그리 생각하며 애써 태연하게 2황비의 말을 받았다.

"그렇다니 다행입니다. 돌아온 지 얼마 되지 않아 혹 말실수라도 할까 조심스러워지곤 하거든요."

"벤지안스는 상당히 배려심이 깊은 것 같아요. 적적한 황성 생활에 말동무가 생긴 것 같아 너무 좋아요. 곧 아이가 태어나면 자주 보러 와요. 아이도 좋아할 거랍니다."

"허락해 주신다면 자주 찾아올게요. 한데 정말 몸은 괜찮은 건가요? 백반은 많이 나아지신 것 같습니다만……."

나는 최대한 걱정하는 표정을 지어 보였다. 그녀는 내 질문에 제 손을 한 번 쥐었다가 놓았다.

"벤지는 참 관찰력이 좋은 것 같아요. 다행히도 백반은 많이 줄어들었어요. 궁의의 말에 따르면 출산 후에는 완전히 사라질 거래요. 이런 경우는 흔치 않다고 덧붙이기도 했고 말이에요."

"흔치 않다는 건 일전에 몇 번 봤다는 말인가요?"

궁의라는 말에 살짝 긴장했다. 백반 이야기는 그냥 한번 해본 말인데, 2황비가 걸려든다면 더할 나위 없이 좋을 것이고, 걸려들지 않더라도 내게 해가 될 것 없는 수였다. 그렇기에 전문가의 이야기가 나오자 긴장할 수밖에 없었다.

의원이 만약 이것이 흔한 경우라고 한다면, 아니더라도 한국에서와 달리 여기는 임신할 경우 드물게도 이런 증상이 나타난다고 한다면 계획을 변경해야 했다.

내 질문에 2황비가 찻잔을 내려놓으며 웃었다. 제 배를 감싸 안으며 그녀가 목소리를 낮추었다. 마치 비밀 이야기라도 하듯.

"걱정하지 않아도 돼요. 황실 전용 주치의니까요."

2황비의 얼굴에는 묘한 확신이 서려 있었다.

"혹 그 궁의께서 제 어머니도 진찰하신 분인가요?"

"그렇다고 알고 있어요."

2황비는 확신하고 있었다. 나는 여전히 그녀의 증상이 이능을 가진 아이를 뱄을 때 나타나는 증상인지 알지 못한다. 이능을 가진 아이를 가졌을 때 나타나는 증상을 알고 있는 자가 있는지 없는지도 몰랐다. 하지만 상황들이 맞물려 내게 아주 좋은 기회로 닿아 있었다.

2황비는 이제 이능을 가진 아이를 낳을 거라고 믿고 있었다. 이능을 가진 아이를 출산한다면 그녀의 위치도 단숨에 변할 게 분명했다. 하지만 그녀의 웃음에 단순히 기쁨만이 느껴지지 않았다. 숨기려 하지 않는 우려가 엿보였다.

"혹시 무슨 걱정이라도 있나요?"

내 질문에 2황비는 기다렸다는 듯이 입을 열었다.

"일전에 진찰했다던 황가의 사람이 벤지안스의 모후뿐만은 아닌 모양이에요. 그 궁의는 저뿐 아니라 황후마마까지 진찰하거든요."

"그 얘기는 황후마마께서도……."

"확실하지는 않지만, 나와 같은 증상을 보이시는 모양이에요."

2황비가 어두운 얼굴을 했다. 나는 웃음이 나오려는 것을 참았다. 황후가 같은 증상을 가지고 있다고 그냥 흘렸던 말을 의원이 확신시켜 줬다.

2황비가, 황후를, 황후의 복중 태아를 더욱 신경 쓰기 시작했다. 2황비의 권력에 대한 절박함과 황후의 권력에 대한 탐욕. 과연 승자는 누구일까? 우연히 떨어뜨린 불씨가 황성 안에 부는 바람을 만나 커지고 있었다.

"정확히 말인가요?"

"아직 백반 증상은 없어요. 하지만 그걸 제하고는 나와 정확히 같아요."

걱정스러운 얼굴. 그리고 그 안에는 억눌린 적개심이 보였다. 나는 황후를 향한 그녀의 적개심을 조금 더 키울 수는 없을까 싶은 마음에 2황비의 기억을 읽었다. 그러고는 순간 바뀌려는 표정을 유지하려 노력할 수밖에 없었다.

황후가 2황비를 대하는 태도는 생각과는 달랐다. 황후와 황비, 누가 봐도 서로 이를 드러낼 사이였다. 나 역시 그렇게 생각하고 있었다. 심지어 아델라이네의 기억을 읽었을 때, 황태자는 마술의 반동을 2황비에게 향하도록 만들었다. 그렇기에 당연히 황성 내에서 황후가 2황비를 대하는 태도가 악랄할 것이라 생각했다. 하지만 그것이 아니었다. 황후는 2황비에게 더없이 상냥하게 대해 주고 있었다. 2황비의 건강을 걱정해 주기도 했고, 3황자와 4황자의 교육에 대해서 황제에게 건의해 주기도 했다. 내가 알고 있는 황후와는 다른 사람과도 같았다.

"축하할 일이네요."

"그…… 렇죠. 축하드릴 일이죠."

그녀의 답이 삐걱였다. 그녀가 할 말을 고르는 잠시 동안 나는 빠르게 머릿속으로 들어오는 기억들을 분석해야 했다. 그녀의 기억이 내 예상과 달라 시간이 조금 필요했다. 황후와 황태자가 내게 한 것처럼 2황비에게 목숨을 위협하는 행동을 하지 않았다면, 황후를 향한 2황비의 적개심은 무엇 때문인가?

황후가 2황비에게 상냥하게 대하고, 아니, 대했다. 하지만 어느 순간부터 황후의 태도가 갑자기 변했다. 2황비가 임신을 한 후부터. 대놓고 그녀를 핍박하지는 못하지만 이전의 여유로운 태도와는 상당이 차이가 있었다. 이전의 상냥함이 사라진 것은 황후의 죄가 밝혀지고 나서부터였다. 제 위치가 내려가고, 2황비의 위치가 서서히 부상하자 황후는 본격적으로 2황비를 견제하기 시작했다.

그래, 황후가 2황비에게 호의적으로 대한 것은 그녀가 제 위치를 위협할 수 없는 사람이기 때문이었다. 2황비는 그녀의 안에서 견제할 가치도 없는 아랫사람이었기에 제 경쟁 범위 안에 넣지도 않은 것이었다.

그렇기 때문에 여기서 또 한 가지 의문점이 있었다. 2황비의 기억 속에서, 그녀는 단 한 번도 황후를 좋아했던 적이 없었다. 그것은 일종의 열등감과도 같았다. 그래, 2황비는 계속 위로 올라가고 싶어 했다. 황후와 같은 위치, 아니, 그보다 더 높은 곳에 올라서고 싶어 했다. 권력을 중요시하는 이 황성에서 살아남기 위해서는 권력을 손에 넣는 수밖에 없으니. 즉, 2황비 역시 계속해서 황후를 끌어내리고 위를 향해 가고 싶은 여자인 것이다. 그리고 그 기회가 지금, 바로 지금 코앞에 다가온 것이다.

그녀의 기억 속에서, 내가 듣고 싶던 한마디를 잡아냈다. 그녀가 제 배 속의 아이를 어루만지며 내뱉었던 말.

"황후의 아이가 죽어버린다면 네가 얼마나 편할까? 그년이 임신하지 않았더라면, 지금 네가 얼마나, 우리가 얼마나 편했을까?"

진심이 묻어 나온 한마디였다. 그리고 내가 원하던 한마디였다.

2황비의, 황후에 대한, 더불어 지금 상황에 대한 적의가 대단했다.

"먹고 싶은 다과가 있나요? 다음 티타임 때 준비를 해두려고요."

로위나가 부드럽게 웃으며 다음 티타임을 언급한다. 별것 아닌 말이었지만 내가 그녀와 같은 길을 걸을지 아닐지 재보고 있었다. 물론 나는 그녀와 진심으로 뜻을 같이할 생각이 없었다. 그녀와 뜻을 같이하는 척, 그녀 역시 지금 황성에 휘몰아치는 태풍의 피해자로 만들 것이다. 황가의 멸문. 그것이 나의 목표였다.

"조심하세요, 황비마마."

"네?"

나는 목소리를 낮췄다.

"황후마마는 마술에 손을 댄 적이 있어요."

내 말에 2황비가 놀란 표정을 지어 보였다. 마술에 손을 댄다는 것은 대역죄에 준하는 대죄였다. 황후가 황제를 해하려 했다는 사실은 나왔지만, 어떤 방법으로 황제를 해하려 했는지는 공식적으로 나온 바가 없었다. 그저 주변인들의 증언만이 있었을 뿐이었다. 만약 황후가 마술에 손을 댄 것이 황성에 이미 알려져 있었다면 그녀가 지금 목을 붙이고 황성 안을 돌아다니고 있을 리가 없었다.

2황비가 눈을 크게 떴다.

"황제 폐하께서는 이 사실을 모르시나요?"

"거기까지는 저도 알지 못해요."

"세상에……. 상상도 못 했어요."

2황비는 손으로 입을 막으며 하얗게 질린 얼굴로 말했다. 그래, 마술에 손을 대는 것은 아무나 상상할 수 있는 일이 아니었다. 일반인들 중에는 평생 마술사를 보지 않고 사는 사람도 많고, 마술사와 계약을 한다는 생각은 해보지도 않는 사람이 태반이었다.

나는 짐짓 그녀를 걱정하는 표정을 지으며 말을 이었다.

"그렇기에 조심하라는 말을 하고 싶었어요. 비마마가 저를 아껴주시니, 비마마께 이 사실만이라도 알려야겠다고 생각했습니다. 비마마가 보인 증상에 대해서 황후마마께서도 알고 계실 거라 생각합니다. 황후마마께서는 궁내 사정을 많이 알고 계시니까요. 그래서 비마마가 걱정되네요. 황후마마께서는 머리가 좋으시니 아마 비마마를 노리지 않을 거예요. 이미 태어나서 장성한 생명을 해하는 것은 마술에서도 어려운 일이라고 알고 있어요. 하지만 아직 태어나지도 않은 아이라면……."

나는 2황비의 안위를 걱정하는 척, 황후가 태아를 노릴 수도 있다는 말을 함으로써 2황비 역시 그 방법을 사용할 수 있다는 것을 암시했다. 그녀가 그것을 행동에 옮길지는 나 역시 알 수 없었다. 마술이라는 것은, 일반적인 마음으로 쓸 수 있는 것이 아니었다.

제물을 통해서 힘을 빌어오는 것이고, 의식이 실패할 경우 돌고 돌아 내게 돌아올 수도 있는 것이 마술이었다. 그렇기에 나 역시 마술에 손을 댈 생각은 하지 않았다. 그런 마술을 과연 2황비가 수용할까? 과연, 그녀가 황후를 공격할까?

"한 번 마술에 손을 댄 사람에게 두 번이 어려울까요. 그렇기에 조심하라고 말씀드리는 겁니다. 배 속의 아이를 해하는 마법은 굳이 대마술사가 아니라도 가능하다고 알고 있으니 더더욱 빠른 시일 내에 가능하겠죠. 부디 만전에 만전을 기하세요."

"배 속의 아이를 유산시키는 것이 그리 어려운 일이 아니란 말인가요?"

"마술에서는 그렇다고 들었어요."

"그런 정보는 어디서……."

"제가 받은 저주를 해결하려 하다가 그쪽 정보를 취급하는 길드와도 연이 닿은 적이 있어요. 아마 저를 눈앞에서 치워 버리고 싶으셨던 모양이에요. 죽을 뻔했던 자가 죽지 않기 위해서 뭔들 못 할까요?"

우선은 2황비가 나를 최대한 믿도록 만들어야 했다. 나는 애써 처연한 미소를 지어 보였다. 나는 황후의 권력에 대한 피해자였을 뿐이라고, 나는 당신 편이라고. 그녀에게 그렇게 비춰지도록 미소를 지어 보였다.

한동안 2황비는 아무런 말이 없었다.

"그렇군요, 그랬어……."

잠시의 침묵 후에 그녀가 작게 중얼거렸다. 그녀가 무슨 생각을 하는지 나는 알 수가 없었다. 나는 별다른 대꾸 없이 차를 한 모금 들이켰다. 차 맛이 꽤나 마음에 들었다.

2황비가 어떤 행동을 보일지 나는 모른다. 그저 확실한 것은, 2황비도 제 나름대로 황후를 해할 방법을 찾을 것이라는 사실뿐이었다. 그녀는 지금이 호기라 생각했고, 황후에 적대할 제일 좋은 시기라고 생각했다. 그리고 이 기회는, 황후가 출산을 하는 즉시 사라질 것이라 확신하고 있었다.

과연 2황비는 어떻게 움직일까? 그렇다면 황후는 어떻게 움직일까?

예상외로 황후는 움직이지 않을 수도 있었다. 황후는 이미 한 번 이능을 가진 아이를 출산한 적 있다. 제 몸에 나타난 증상들이 이능을 가진 아이를 임신했을 때 나타나는 증상인지 아닌지는 그녀가 누구보다 더 잘 알고 있을 터였다. 우선은 황성 안에서 무엇이 어떻게 돌아가는지를 눈여겨볼 필요가 있었다.

그때였다. 똑똑, 문을 두드리는 소리가 들렸다.

"황후마마의 시녀입니다. 전할 것이 있어 찾아왔습니다."

뜻밖의 손님이었다. 게다가 전할 것? 설마 위험한 물건이라도 가져왔나 싶었지만 이내 고개를 저었다. 간당간당한 제 위치에 그런 강수를 둘 여자가 아니었다.

나는 고개를 끄덕였다. 옆에 있던 글레나가 그 말을 알아듣고는 문을 열었다.

"고귀하신 1황녀 전하를 뵈옵니다. 황후마마께서 서신을 보내와 전해 드리고자 찾아왔습니다."

"황후마마께서 서신을?"

의아해한 것은 글레나였다. 문 앞에 서 있던 베른 역시 미간이 찌푸려진 것이 보였다. 그만큼 1황녀에게 보내는 황후의 서신은 썩 내키는 것이 아니었다.

나는 별말 없이 그 서신을 받아 들었다. 내용이라도 확인하자 싶어서.

서두는 별다를 것 없는 안부 인사였다. 작은 카드에 적혀 있는, 간결하지만 나름의 예의를 차린 내용은 꽤나 시시한 것이었다. 하지만 의아한 것은 그 서신이 내일 오후 티타임에 나를 초대한다는 내용을 담고 있다는 점이었다.

황후가 초대한 티타임으로 갈 준비가 끝났다. 그동안에도 글레나가 몇 번이나 걱정을 담은 말을 건네왔다. 나는 고개를 끄덕이며 몇 번이나 조심하겠다고 그녀를 안심시켰다. 치장을 끝내고 방문을 나오니 문밖을 지키고 있던 베른이 말을 걸어왔다.

"괜찮으시겠습니까?"

그 말 안에는 걱정이 담겨 있었다. 그는 이제 누가 봐도 내 사람인 것처럼 행동하고 있었다.

"어차피 일어났을 일이에요. 그쪽에서 안 왔으면 나라도 가려고 했으니까. 오히려 그쪽에서 움직여 줘서 고마울 지경인걸요."

"혹 위험한 일이 생긴다면 무슨 수를 써서라도 큰 소리를 내십시오. 최대한 전하를 살피겠지만, 과연 황후마마께서 저를 정원 안으로 들일지 의문이라 말입니다."

"아마 무력으로 당할 일은 없을 거예요."

황후가 황성 안에서 무력으로 나를 해할 리는 없었다. 심지어 공식적으로 초대한 자리에서 나를 위협해 제 입지를 더 좁게 만들 리 없었다. 운이 많이 작용했지만 어찌 됐건 황후는 제 죄가 밝혀진 이후에도 황성에 남아 있는 여자였다. 무슨 수를 썼든, 황제의 목숨을 노리는 죄를 지었음에도 황성에 끈질기게 붙어 있는 것은 그녀의 능력이었다. 그런 황후가 지금 나를 대놓고 공격한다는 것이 얼마나 멍청한 짓인지 모를 리가 없었다.

"아, 베른. 이거 갖고 있어요."

나는 품을 뒤적여 덜어놓은 해독제를 꺼냈다. 그녀가 나를 해치려 할 가능성은 낮았지만 조심해서 나쁠 것은 없었다.

"이게 무엇입니까?"

"해독제예요."

"하지만 전하께서는 이미 트레팔을 드시고 계시는 걸로 알고 있습니다."

"그게 들지 않는 독이 있다더라고요. 그에 대한 예비책이고요. 왠지 나도 아는 걸 황후가 모르지는 않을 것 같아서."

조금 커진 눈으로 베른이 나를 바라보았다. 그 역시 후작가의 아들이다. 베른 역시 트레팔을 먹고 있을 것이 분명했다. 그런데 트레팔이 들지 않는 독이 있다는 것에 놀란 게 분명했다.

그를 향해 손에 쥔 해독제를 흔들어 보였다.

"자세한 건 다녀와서 알려줄게요. 우선 갖고 있어요. 만약 황후가 날 노린다면 그 독을 사용할 테니까. 무슨 일이 있더라도 소리를 낼 거예요. 소리를 지르지 않더라도, 꼭 들을 수 있는 소리를 낼 테니까 그러면 들어와요. 그리고 바로 그걸 먹이면 돼요."

"그렇다면 전하께서 갖고 계신 것이 더 좋지 않겠습니까?"

나는 품 안에서 하나를 더 꺼내 보여줬다.

"내 건 이미 하나 있어요. 그건 만에 하나의 경우에 대비한 거예요. 하지만 아마 별일은 없을 거예요. 성내에서 뭔 짓을 할 수 있는 위치가 아니거든요."

"명심하겠습니다."

내 말에도 여전히 그는 염려의 빛을 지우지 못했다. 나는 거듭 조심하겠다는 말로 그를 안심시켰다. 그래봤자 글레나와 마찬가지로 별다른 표정 변화는 없었지만.

베른과 글레나와 시녀 몇을 데리고 황후가 거하는 스테파냐성으로 향했다. 향하는 길에 마주친 황후 성의 사용인들은 의아한 표정을 짓고 있었다. 그만큼이나 황후와 나의 티타임은 어울리지도 않는 일이었다. 스테파냐성에 들어가자 시녀가 예를 갖추고는 실내 정원으로 안내했다. 정원에는 티타임을 위한 다과 등이 먼저 준비되어 있었다. 그 티 테이블에 앉아 있던 황후가 나를 보더니 자리에서 일어났다.

눈을 마주하는 순간, 도무지 어떤 표정을 지어야 할지 알 수가 없었다. 사실 오면서 황후와 어떤 이야기를 해야 할지, 어떤 표정을 보여야 할지 많은 생각을 했지만 막상 눈앞에 대면하니 그런 생각들은 아무런 소용이 없었다.

늙었지만 여전히 아름다운 여자는 웃으며 내게 다가왔다. 나를 향하던 그 표독스러움이 갈무리되어 있었다. 이게 가능하기나 한 일인지. 이제껏 황후는 나를 볼 때마다 적의, 악의를 숨기지 않았었다. 그런 그녀가 지금 웃으며 내게 다가오고 있었다. 무려 자리에서 직접 일어나기까지 하면서 나를 반긴다는 게 믿기지 않았다.

"왔는가?"

황후가 웃으며 말을 건넸다. 그 미소에 약간의 어색함이 담겨 있는 것이 마치 진심처럼 보일 정도였다. 말도 안 되는 일이었다. 그녀가 내게 호의를 보이다니.

나는 애써 평정심을 유지하며 인사를 보냈다.

"황후마마를 뵈옵니다."

"그래, 우선 자리에 앉지. 자네가 좋아하는 다과를 준비했어."

내가 방금 잘못 들었나? '분명 자네가 좋아하는'이라는 말을 한 것 같은데. 황후가 내게 그런 말을 할 리가 없었다. 주변에 다른 황족이나 귀족들이 있었다면 그들에게 체면을 차리느라 나를 위하는 척 여유를 부릴 수 있겠지만, 그들이 없을 때는 아니었다. 하물며 주변에 누군가 보고 있을 때조차도 나를 향한 황후의 표정은 언제나 날이 서 있었다. 지금의 상황은 어떻게 생각해도 자연스러운 상황이 아니었다.

"위해주시니 감사합니다."

나는 티 테이블에 앉으며 마음에도 없는 인사를 건넸다. 시녀가 따라주는 티를 받는 황후를 바라보며 생각했다. 그녀가 왜 갑자기 나에게 호의를 내비치는 걸까? 무슨 꿍꿍이인지는 모르겠지만 황후가 2황비처럼 나를 갑자기 챙기려고 하는 것은 분명했다.

그렇기에 이해가 가지 않는 것이다. 2황비는 나와 경쟁 상대가 아니었다. 그녀에겐 황위에 올라갈 수 있는 황자도, 황녀도 없었다. 황태자에 가까운 황녀인 나는 그녀의 경쟁 상대가 아니었다. 그렇기에 2황비는 내게 손을 내밀 수 있는 것이었다.

하지만 황후는 아니다. 황태자와 나는 누가 뭐래도 팽팽한 대립점에 있었다. 그렇기에 황후와 황태자가 몇 번이나 나를 해하려 하지 않았는가? 근데 이제 와서 이런 태도라니.

나는 아차 하는 생각이 들었다. 황후가 내게 호의를 보인다니, 말도 안 되지. 무언가 황후의 계책 중 하나일 것이 분명했다.

"많이 놀랐을 것이라 생각하네. 내 이제껏 자네를 챙기지 못했지."

황후의 표정이 가증스러웠다. 마치 진심으로 미안한 듯 웃고 있었다. 이 상황만 뚝 떼어놓고 생각한다면 그녀가 내게 진심으로 사과의 손길을 내밀고 있다고 여길 수도 있을 정도였다.

어떻게 대답해야 좋을까 고민하다가 입을 열었다. 얼굴에 가면까지 써가며 살갑게 답하지 않아도 될 것 같았다. 멍청하지 않은 이상 황후도 이제껏 그녀와 나 사이가 어떤지 알고 있을 테니. 더불어 내가 여기서 웃으며 대한다면 내가 얻을 수 있을 것도 얻지 못할 것이라는 생각이 들었다.

"……사실 많이 놀랐습니다. 저를 개인적으로 초대하실 거라고는 상상도 못 했거든요."

"그래, 그럴 것이라 생각했네. 우선 편하게 앉아. 오늘은 그간의 벽을 허물고자 초대한 것이니."

"벽을, 허문다는 말씀이신가요?"

황후가 그 말을 먼저 꺼낼 줄은 상상도 하지 못했다. 도대체 무슨 의도일까? 며칠 전까지만 해도 그녀는 나와 좋은 사이로 지낼 생각이 없어 보였다. 그렇기에 지금 이 상황을 만들어낸 이유가 정말 궁금했다. 내게 무엇을 바라고 이렇게 나를 불러낸 건지. 이제 와서 저자세로 나오는 그녀에게 나는 호의적인 웃음을 짓고 싶지는 않았다.

황후가 내게 무엇을 원하는 건지 알아보기 위해서라도 나는 그녀를 냉정하고 차갑게 대해야 했다. 하지만 그녀를 대번에 쳐 내고 높은 벽을 세울 생각은 없었다. 표면적일 뿐이지만, 아슬아슬한 관계겠지만, 그녀와 가깝게 지내는 것이 어떤 의미에서 보면 내 복수에 유리한 것이 있을 테니까.

황후와 황태자를 효과적으로, 처참하게 무너뜨리기 위해 생각했던 방법이 있었지만 불가능하다고 여겼었다. 하지만 황후가 내게 먼저 다가왔다면 그 방법을 쓸 수도 있었다.

"그래, 오해라고는 말하지 않겠네. 용서해 달라고 하지도 않겠네. 하지만 그래도 자네한테 사과는 해야겠다는 생각을 했다네. 정말 미안했어. 내 한낱 욕심으로 한 사람의 삶을 망칠 뻔한 것 말이야."

'망칠 뻔한 것.'

웃음이 나오려는 것을 참았다. 망칠 뻔하다니. 그래, 황후의 머릿속에서 내 인생은 망친 것이 아니었다. 망치기는커녕, 얼마나 승승장구하고 있는 것처럼 보일까? 이제는 거의 황제에 다다랐다고 생각하는 제 아들과 어깨를 나란히 하게 될지도 모르는 1황녀. 나라의 관심을 한 몸에 받고 있는 1황녀. 그녀의 시선으로 볼 때, 황제의 총애를 받고 있는 1황녀. 당신의 눈에는 그렇게 보이겠지.

나는 당신으로 인해, 황태자로 인해, 그리고 황제로 인해 이미 죽었는데. 죽고, 또 죽었는데. 두 번의 죽음을 경험했는데. 그것을 그녀는 '뻔'한 거라고 치부하고 있었다. 별것 아닌 한마디 사과에서 그녀가 내게 한 짓을 어떻게 생각하고 있는지 여실히 알 수 있었다.

사과 한마디로 끝날 수 있을 것이라 생각하지는 않겠지. 그렇다면 인간일까? 사과 같지도 않은 사과로, 이제는 나와 하나라도 된 것처럼 구는 그들을 향한 분노가 치밀어 올랐다. 표정 관리를 할 필요도 없었다. 굳이 노력하지 않아도 자연스러운 미소를 지을 수 있었다.

"사과는 감사합니다만, 저로서는 황후마마께서 제게 보이는 호의를 좋게 해석할 수가 없습니다."

내 말에 황후는 조금 더 과장되게 미안한 웃음을 지었다. 처연하게 내려간 눈썹 끝이 마치 황후가 내게 진심으로 미안해하고 있다고 보여주는 것만 같았다.

황후가 내게 이렇게 저자세로 나오는 정확한 이유를 알아야 한다. 황후가 갑작스레 태도를 바꾼 이유를 알아야 한다. 나는 그녀의 눈을 마주쳐 요 며칠간의 기억을 뒤졌다. 그리고 이내 그 이유로 보이는 것을 찾아낼 수 있었다. 답은 황제였다.

"자네의 처리는 이미 내 손을 떠났네. 그냥 자네는 나와 이전처럼 지내면 돼."

여전히 웃는 낯짝에 소름 끼치도록 자상한 어조였다. 그 말을 듣고 잔뜩 굳어 있었을 그녀의 얼굴이 눈에 보이는 듯했다. 내 손을 떠났다. 그렇다면 황제가 황후에 대한 처벌을 넘긴 사람은 누구일까? 황후가 생각하기에 그것은 단 한 명이었다.

"그래, 그렇게 나올 만도 하지. 나도 자네가 내 사과를 바로 받아들일 것이라고 생각하지 않았어."

눈꼬리를 내려 애써 미안한 표정을 짓던 그녀가 입을 열었다. 저 표정이 가증스럽기 짝이 없었다. 이제야 황후가 나를 초대한 이유를 알 수 있었다. 제 죄에 대해 조금이라도 자비로운 벌을 받기 위해서. 그리고 잘된다면, 그녀와 내가 조금이라도 좋은 사이가 된다면, 어쩌면 내가 용서해 주지는 않을까 하는, 지극히 이기적인 마음으로.

거짓된 표정을 얼굴에 뒤집어쓴 채, 황후는 내게 물었다. 내가 그녀의 목을 틀어쥘 수 있는 시발점이 될 수 있는 질문을.

"그래, 내가 무엇을 하면 자네가 내 마음을 알아주겠나?"

황후는 진정으로 제 잘못을 뉘우치는 것처럼 위장하고 있었다. 그 가증스런 표정을 마주하고 있자니 웃음이 터져 나오려는 것을 꾹 참았다. 무엇을 해야 내가 마음을 알아줄까, 라니? 아니, 애초에 당신은 진심이 아닌데 내가 어떻게 당신의 마음을 알까?

혹여나, 정말 있을 수 없는 일이지만 그녀가 진정으로 제 죄를 뉘우치고 있고, 정말로 내게 사죄하려고 묻는 것이라면 나는 눈 하나 깜빡하지 않고 그녀에게 답해줄 수 있었다.

온 제국의 백성이 보는 앞에서 당신의 손으로 당신의 팔과 다리를 잘라내라. 스스로 혀를 뽑고, 눈을 파내고, 그리고 심장을 도려내라. 네년이 내게 진정으로 사죄하는 방법은 그것뿐일 테니.

바라는 것은 당연히 가증스러운 표정을 짓고 있는 여자의 처절한 죽음이었다. 하지만 그녀가 내게 방법을 묻는다 한들 '나는 당신의 죽음을 바랍니다'라고 말할 수는 없는 노릇이었다. 죽어주세요, 라고 한들 그녀가 내 말을 들을 리가 없을뿐더러, 무엇보다 그녀는 지금 내 안에서 사용 가치가 무궁무진했다. 내가 계획한 복수에 그녀 스스로 발을 들이민 것이나 마찬가지였다.

나는 황후를 처절하게 무너뜨릴 것이다. 그리고 그녀에게 지옥을 선사한 후에야 비로소 진심으로 웃을 수 있을 것 같았다.

황후가 내게 먼저 숙이고 들어왔으니, 표면적으로나마 그녀와 우호적인 관계를 맺어야 한다. 내가 생각한 계획을 성공적으로 끝맺기 위해서는 우선 나를 황후의 안에 넣어야 했다. 그녀도 인지하지 못한 새에 서서히.

생각보다 굉장히 골치 아픈 계획이었다. 지금 황후가 호의적으로 나오고 있지만, 그녀 역시 속으로 한껏 나를 경계하고 있을 것이 분명했다. 내가 쉽게 믿어버리는 것처럼 굴면 황후가 의심할 것이 분명했다. 나는 황후와 싸울 의사가 없다는 것을 보여줘야 했다. 황후가 나를 공격하지 않으리라는 보장은 없었지만 나는 그녀를 공격하지 말아야 했다.

황후와 내가 서로를 향해 겨눈 칼날을 없애기 위해서는, 아니, 그런 척하기 위해서는 우선 황후의 사정을 알아볼 필요가 있었다. 유용한 기억을 찾기 위해 황후의 눈을 마주하고 이능을 사용했다.

밀려들어 오는 황후의 기억에 헛웃음을 속으로 삼켰다. 굉장히 유용한 기억이기도 했다. 하지만 그보다는 역시나 그녀라는 생각이 드는 기억이었다.

얼마 전 2황비와의 티타임에서, 나는 2황비에게 황후가 배 속 아이를 노릴 수 있다고 말했다. 하지만 그것은 2황비를 흔들어놓기 위함이었지 황후의 행동을 알고 있기 때문이 아니었다. 그저, 황후라면 충분히 그럴 수도 있다고 생각했을 뿐이었다. 그것에는 2황비 역시 동의했고, 그렇기에 그녀를 흔들어놓을 수 있었다.

하지만 황후는 실제로 그 일을 한 상태였다. 황후는 2황비의 배 속 아이를 해할 의식을 이미 치렀다. 고작 며칠 전의 일이었다. 그 의식을 행한 마술사는 네르아테안이 아니었다.

역시나 다 자라지 않은 생명이라 의식에 바치는 제물도 대단한 것이 필요치 않았다. 그 의식의 결과가 아직 황성에는 나타나지 않았다. 이대로라면 조만간 2황비에게 끔찍한 결과가 나타날 것이다.

정말 황후다운 행동력이었다. 2황비의 배 속 아이가 정말로 이능을 가진 아이라도 되는 것일까? 아니, 어쩌면 황후에게는 그것이 중요치 않았을 수도 있다. 황후는 제 자리를 노리는 단 하나의 위험 인자라도 처리하고 싶었던 것이다.

어떻게 생각하면 굉장한 호기(好機)였다. 나는 2황비에게 진심 어린 조언을 한 셈이고, 그 진심은 2황비의 신뢰를 가져오기에 충분할 터였다. 더불어 이것은 내가 황후에게 깔아놓을 미끼로도 적절했다.

나는 황후에게, 당신의 죽음을 바라지 않는다는 것을 보여줘야 했다. 하지만 그것을 지금 당장 말한다 한들 그녀가 믿을 리는 없었다. 그래서 조금 먼 길을 돌아가기로 했다.

"비마마를 공격하지 말아주셨으면 합니다."

황후는 이미 2황비를 공격했고 나는 2황비를 공격하지 않을 것을 요구했다. 이미 끝난 의식에 대해 황후가 바로잡을 수는 없었다. 그렇기 때문에 부러 2황비의 이야기를 입에 올렸다. 사소한 일부터 내가 황후를 용서하는 모습을 보여주는 것이 좋다고 생각했기에.

내 제안에 황후는 의외라는 표정을 지어 보였다. 그 표정 안에 딱히 적의는 보이지 않았다. 그저 순수한 놀람만이 황후의 표정에 숨겨져 있었다.

나는 그녀의 반응에 여전히 표정을 바꾸지 않은 채 덤덤하게 질문을 던졌다.

"설마 제가 어려운 부탁을 한 것인가요?"

"아니, 아니네. 그냥 의외라서 말이야. 2황비와 이렇게 빨리 친해질 것이라고는 생각지 못했어."

황후의 표정이 잠시 굳었다가 이내 풀어졌다. 황후는 내가 2황비와 가까워지는 것을 꺼려했을 것이 분명했다. 내가 2황비와 손을 잡으면 황후와 황태자를 위협하는 세력이 커지는 것이나 진배없었다.

사실 그런 의미에서 보면 2황비와 우호적인 관계를 표하는 것이 썩 좋은 선택지는 아니었다. 하지만 그렇다고 나쁠 것도 없었다. 오히려 대놓고 황후 앞에서 2황비를 챙기는 것이 뒤에서 딴짓을 하지 않는 것으로 보일 수도 있었다.

"아무래도 아델과 먼저 친했으니까요. 아, 아델과는 아카데미 학생회에서 같이 지내기도 했답니다. 비마마께서 그것을 어여쁘게 여기셨는지 당신을 어머니라고 생각하라 하셨습니다."

별로 중요치도 않은 말을 하고 바라본 황후는 여전히 웃는 낯짝이었다.

"내게 로위나와 친하다고 말할 줄은 몰랐네."

황후는 조금 섭섭하다는 어투로 말했다. 하지만 어조는 여전히 부드러웠다. 제 목숨줄을 손에 쥔 것이 나라는 것을 뼈저리게 실감하고 있는 모양이었다. 황후가 애써 태연하게 내뱉은 말은 내게, 2황비와 손을 잡은 것이냐는 질문으로 들렸다. 나는 그녀의 의도를 파악한 것을 숨길 필요가 없었다.

나는 티스푼으로 차를 한 번 휘젓고, 버터쿠키를 한 입 베어 물었다. 풍미가 상당히 좋았다. 어디에도 포도가 들어간 것 같은 음식은 없었다. 그래, 지금 황후는 나를 해할 생각조차 하지 못하고 있었다. 그녀는 황제를 무서워하고, 그에게서 저를 처벌할 수 있는 권리를 받은 나를 경계하고 있었다.

나는 속으로 몇 번이나 내 태도에 대해 고민했다. 황후에게 진심의 표정을 가린 채 웃는 낯짝을 보일까? 아니면 현재 우리의 관계를 적나라하게 보여줄까? 고민하다가 그냥 직접적으로 부딪치기로 결론 내렸다. 마치 지금 내 행동들이 내 본심이라는 것처럼 보이도록, 뒤에 꿍꿍이가 없다는 것처럼 호의적이지도, 적대적이지도 않은 태도로 그녀와 부딪치기로 했다. 그녀를 혼란스럽게 해야 했다.

"친한 것이 아닙니다. 황후마마께서 제게 사과를 하고자 하셨으니 기회를 드리는 겁니다."

황후의 표정이 구겨지는 것이 보였다. 아슬아슬했던 가면이 무너져 내리는 순간이었다. 내가 당신보다 위에 있음을 당당하게 밝힌 것이나 마찬가지였다.

"제게 지금 하시는 것처럼 더 이상 사과할 일을 만들지 않으셨으면 하는 바람입니다. 저는 생각보다 과거에 집착하지 않는 사람이랍니다."

물론 거짓이었다. 한 치의 진실도 담지 않은 거짓.

이 문제에 있어서만큼은 나는 황후의 위에 있다. 그렇기에 황후 앞에서 내 스스로를 낮출 필요가 없었다. 나는 지금 내 위치를 아는 자여야 했고, 권력의 정점으로 향하고 있는 자여야 했다.

나는 많은 것을 숨겼으나 아무것도 숨기지 않은 것처럼 꾸며야 했다. 마치 지금 내가 황후에게 보이는 모습이 진심인 것처럼. 물론 그녀가 믿을지 확신할 수는 없었다. 하지만 최소한 혼란은 줄수 있겠지.

"황후마마께서 먼저 호의로 다가오셨으니 저는 그에 맞는 대답을 할 뿐입니다. 하지만, 여전히 황후마마를 온전히 믿을 수는 없다는 걸 알아주셨으면 합니다. 그렇기에 이런 부탁을 하는 겁니다. 이건 제게도 좋고, 황후마마께도 좋은 제안이니까요."

당신을 믿을 수 없다. 하지만 당신의 호의는 받아들이겠다는 뜻이었다. 나는 황후의 표정을 살폈다. 구겨졌던 표정이 펴지는 것이 보였다.

"그래, 로위나를 공격하지 않는 것은 어렵지 않아. 애초에 공격할 생각도 없었고. 한데 정말 그걸로 다인가? 자네의 마음을 조금이라도 풀기 위해서 꽤 큰 각오를 하였는데, 혹 내게 더 원하는 것은 없나?"

흘끗 바라본 황후는 조금 전보다는 한껏 편안해진 표정이었다. 내 의도가 제대로 먹혀들었는지는 확신할 수 없지만 최악의 상황은 아닌 듯했다. 그 편해진 표정에 이제는 흔들림조차 없었다. 죄책감이라고는 한 점 덧붙여지지 않은 표정으로 황후가 2황비를 공격하지 않겠다 말한다.

그녀의 뻔뻔한 대답에서 한 가지를 유추할 수 있었다. 황후는 황가의 이능이 기억에 대한 것인지는 모른다. 황태자가 이것까지는 제 어미에게도 말하지 않은 모양이었다. 알고 있다면 내게 당당히 2황비를 공격하지 않겠다 말할 리가 없으니.

황후는 내 제안에 안색 하나 변하지 않고 거짓을 말했다. 이미 2황비를 공격했으면서도, 2황비를 공격하지 않겠다고 내게 말하고 있었다. 도리어 그 당연한 것에 더해 제게 원하는 것이 있다면 무엇이든 이야기해도 좋다고 말했다. 참으로 뻔뻔한 언사였다. 역시나 눈앞의 이 여자와는 호의적인 관계를 맺을 수가 없었다.

황후와의 관계를 끊기 위해, 지금은 그녀와 장단을 맞춰야 했다. 이대로 찢어 죽여 버리고 싶지만, 황후뿐 아니라 황태자까지 무너뜨리기 위해, 지금은 때가 아니었다.

"더불어 더 이상 저를 적대하지 않으셨으면 좋겠습니다. 먼저 손을 내민 황후마마께 이건 과한 부탁이 아니라고 생각합니다."

지금 내가 황후에게 하고 있는 말이 진심이라도 되는 것처럼 스스로를 몇 번이나 세뇌시켰다. 그 세뇌의 결과 나는 한 치의 떨림도 없이 황후의 눈을 똑바로 보며 말할 수 있었다. 같지도 않은 말을 진심인 양 내뱉을 수 있었다.

"저는 정정당당하게 황태자 전하와 겨루고 싶습니다. 저는 폐하께서 저를 황태자위에 앉히기 위해 데려왔다고 생각하지 않습니다. 어쩌면 오히려 황태자 전하의 잠재된 능력까지 끌어올리기 위해 저를 이용하시려 데려왔을 수도 있다고 몇 번이나 생각했습니다."

나는 진실과 거짓을 교묘하게 섞었다. 내 말을 믿지 않아도 좋다. 그냥 혼란 하나면 좋았다. 그리고 그 혼란으로 틈이 하나라도 생기는 것을 원했다. 나는 여기서 깊은 한숨을 내쉬며 쓴웃음을 지어 보였다. 마치 고민하고 고민한 것처럼.

"물론 황태자의 자리에 욕심이 없냐고 하신다면 확답할 수 없습니다. 하지만 황후마마께서도 아시다시피 저는 이미 한 번 죽은 사람입니다. 황태자의 자리보다 제 한목숨 지키는 것이 더욱 중한 사람입니다. 황후마마께서, 그리고 황태자 전하께서 제 목숨을 노리지 않는다면 황후마마 역시 걱정 없이 이 황성의 풍경을 감상하실 수 있을 겁니다."

황후의 눈이 미미하게 가라앉았다. 내가 제안한 것은 일종의 거래였다. 너희가 나를 노리지 않는다면 나 역시 당신을 살려주겠다는. 황후가 내 제안을 진심으로 받아들이는 것은 바라지도 않았다. 그저, 황후가, 그리고 황태자가 나를 노리려고 할 때마다 제 목을 쥔 듯 까슬거림을 느꼈으면, 그래서 그 행동에 미세한 제동이라도 걸리길. 더불어 내 목숨을 노림에도 여전히 제 머리가 목에 붙어 있다는 것을 깨닫기를 바랄 뿐이었다. 내 목을 노릴 때도, 나는 황후를 죽이지 않는다는 것을 깨닫는 것을 노릴 뿐이었다.

내 말을 몇 번 곱씹던 황후가 가벼운 미소를 입가에 걸었다.

그 미소가 무엇을 의미하는지 나는 알 수 없었다. 황후가 부드럽게 답했다.

"그래, 이제 앞으로 자네를 해할 행동은 하나도 하지 않겠네. 불편할 것이 뻔한 초대에 응해줘서 고맙네. 하지만 다음번에는 불편함이 가실 것이라고 생각하네."

"물론 저도 그렇게 생각합니다, 황후마마."

몇 번 더, 황후와 이런 시간을 가져야 할 것이다. 차를 한 모금 더 들이켰다. 실내 정원 밖에는 찬바람이 불고 있었다. 한겨울이었다.

ꙮ

닫아둔 창문 틈새로도 차가운 바람이 느껴졌다. 살을 에는 듯한 추위는 아니었지만 야외 활동을 하기엔 힘든 계절이었다. 창문 밖 정원의 나무들은 앙상한 가지를 보였고, 정원사들은 떨어진 낙엽을 치우기 바빴다. 언제나 깔끔함과 화려함을 유지하는 레이퓌르성 안의 풍경은 그렇게 시간이 어떻게 흐르고 있는지를 깨닫게 해주었다.

처음에는 어색했던 백금발의 머리가 이제는 처음부터 내 것인 듯 익숙했다. 아침에 시녀들이 깨우러 오는 것도, 매일 짜인 계획에 따라 수업을 받고 몇 개의 회의에 참석하는 것도 점차 익숙해져 갔다. 매일, 매시간 촉각을 곤두세우고 나를 노리는 자들과 기 싸움을 하는 것도 익숙했다.

언제나 나를 벼려낼 듯 날카로웠던 황후의 시선은 달라졌다. 티타임을 가진 후 황후의 태도는 많이 수그러졌다. 물론 황태자의 태도는 그대로였지만 황후의 기억을 읽었을 때 아직 그 둘이 나를 노렸던 일은 없었다.

2황비의 일도 마찬가지였다. 2황비야 이미 의식이 끝났으니 더 이상 그녀를 공격할 의사가 없는 것도 같았다. 따지고 보면 2황비 자체가 위협이 되는 것이 아니라 2황비 배 속의 아이가 위협이 되는 것이니 그들로서는 굳이 과하게 손을 쓰지 않아도 될 터였다.

어찌 됐든 그렇게 조금씩 시간은 흘렀고, 2황비의 출산일이 다가오고 있었다. 황성이 조금씩 어수선해지는 것이 느껴졌다. 황손의 출산은 그 자체만으로 경사였다. 온갖 자질구레한 일들을 전부 멈추고 2황비의 출산에만 집중한다 해도 뭐라 할 사람은 없었다.

그리고 그 어수선함에는 아델라이네가 황성에 다시 돌아온 것도 한몫 더했다. 제 어머니의 출산일이 다가오니 다녀간다고 해도 이상하지 않을 일에 말이 많은 것은 그녀가 잠시 외출이 아니라 아예 자퇴서를 제출하고 돌아왔기 때문이었다.

아델라이네가 2황비의 출산일 즈음에 맞춰서 돌아온 것은 어찌 보면 그녀 나름대로 머리를 굴린 결과일 것이다. 중퇴의 핑계를 적당히 대면서도 제가 돌아온 것이 별다른 논란거리가 되지 않을 정도로 혼란스러운 시기를 잘 잡은 것이다.

오늘 그녀가 나를 찾아올까 생각했지만 이내 고개를 저었다. 돌아왔으니 제 어머니를 먼저 만나고 오라비들을 만나고 황제를 만나고, 그 외에 좀 더 가까운 자들을 찾아가 인사를 나누면 나를 찾아올 시간은 내일로 미뤄지겠지.

수업을 끝으로 오늘 하루 일정은 이제 끝이었다. 여차하면 내일 내가 먼저 아델라이네를 찾아가도 좋겠다고 생각하며 글레나에게 편한 옷을 준비할 것을 부탁하려는 순간이었다.

문이 두드리는 소리가 들리고는 시녀가 급하게 들어왔다.

"무슨 일이죠?"

"전하, 급하게 죄송합니다. 손님이 오셨습니다."

"손님?"

"2황녀 저하께서 찾아오셨습니다."

"아델라이네가?"

이렇게 빨리 찾아올 것이라고는 생각지 못했다. 적어도 내일 아침은 되어야 올 것이라 생각했다. 그렇기에 내가 먼저 찾아가 볼까 생각도 한 것이니.

아델라이네가 응접실에서 기다리고 있다는 소리에 시녀에게 가벼운 다과를 준비할 것을 명했다. 응접실로 들어서자 소파에 앉아 있던 아델라이네가 일어났다. 낯익은 소녀가 나를 향해 가볍게 고개를 숙였다.

"오랜만이에요, 언니."

목소리는 맑았고, 입에 걸린 미소는 싱그러웠다. 하지만 이제는 그것이 그녀 나름의 방어라는 것을 알고 있었다. 아델라이네는 기억을 잃기 전에 한 번, 그리고 잃은 후에 한 번, 내게 저를 이 황성에서 구해달라 애원하다시피 매달렸다.

"이렇게 빨리 올 줄은 몰랐어."

"언니를 돕기로 했으니 제가 먼저 찾아와야지요."

시녀가 들어와 다과를 테이블에 두었다. 나는 그들에게 더 이상 아무도 안으로 들이지 말 것을 명했고, 응접실 안에는 그녀와 나 둘만 남았다.

"비마마는 뵈었고?"

"오자마자 어마마마부터 뵈어야지요."

"3황자와 4황자까지 보고 오려면 시간이 빠듯했을 텐데."

그저 말의 포문을 열기 위한 쓸데없는 내용들이었다. 내 말에 아델라이네가 웃었다. 그 웃음이 조금 부자연스러운 것은 기분 탓일까? 잠시 쓴웃음 비슷한 것이 스쳐 지나간 후, 아델라이네가 답했다. 석연치 않은 웃음이 스쳐 지나간 후에 그녀의 얼굴에 자리 잡은 것은 걱정이었다.

"오라버니들보다는 언니한테 먼저 오는 것이 이치에 맞다고 생각했거든요. 혹 바쁘신데 제가 방해가 된 걸까요?"

"아니, 내일 내가 먼저 찾아가려고 했어."

"어머, 그럼 내일까지 기다릴 걸 그랬어요. 가족이 먼저 찾아오는 것만큼 기분 좋은 게 없으니까요!"

해맑게 웃는 표정이 제 어머니와 그대로였다. 하지만 그냥 넘기기가 쉽지 않은 내용이었다. 가족이 먼저 찾아오는 것이 기쁘다는 아델라이네의 얼굴은 진심이었다. 한 번도 경험해 보지 못한 일이라 기대하는 것처럼.

그러니까 도대체 왜? 아델라이네는 가족들이 있다. 오빠가 둘이고 어머니가 있고 아버지가 있었다. 아비 같지도 않은 아비인 황제 하나만 온전한 혈육인 나와는 달리, 그녀는 진짜 가족이 주변에 넷이나 있었다. 황제를 제한다고 해도 셋이었다. 그런데도, 마치 가족이 먼저 저를 찾는 일이 드물다는 어조였다. 말없이 아델라이네를 바라보는 나를, 조금 커진 눈으로 그녀가 마주 보았다. 뭔가 할 말이 있냐는 듯한 표정이었다.

어떤 의도가 있는 것 같지는 않았다. 저도 모르게 무심결에 나온 말 같았다. 뭔가가 있는 걸까? 일전에 2황비에게 아델라이네에 대해 언급했을 때 그녀의 표정이 이상했던 게 떠올랐다. 생각보다 사이가 좋지 않은가?

사실 아델라이네가 나를 돕겠다고 했을 때 조금 걸렸던 것이 하나 있었다. 그녀의 어머니인 2황비 로위나의 목숨. 나는 그녀의 목숨을 굳이 살릴 필요를 못 느꼈다. 3황자, 4황자 역시.

그렇기에 아델라이네가 불편했다. 최후의 복수가 완성될 때까지 아델라이네를 이용할 것인데, 그녀가 제 가족의 죽음에 이성이라도 잃으면 나도 어떻게 그녀를 대해야 할지 알 수 없어진다.

우선은 황후가 2황비의 복중 태아를 노리고 있다는 것을 알려야 했다. 원래는 아델라이네가 로위나에게 가서 말하기를 바라기 때문이었다. 하지만 거기에 또 하나의 이유를 덧붙였다. 아델라이네의 반응이 궁금했다.

"아델라이네, 할 말이 있어."

나는 비밀 이야기라도 하려는 듯 목소리를 낮추고 표정을 굳혔다. 덩달아 심각해진 그녀를 보며 작은 목소리로 입을 열었다.

"비마마가 위험해."

내 한마디에 아델라이네는 화들짝 놀랐다. 삽시간에 잿빛이 된 얼굴로 되물어왔다.

"어마마마께서요?"

"정확히 말하자면 비마마의 배 속에 있는 태아가 위험해."

"어머니께는 해를 끼치지 않는 건가요?"

"아마 그럴 거야. 약물에 의한 것이 아니라 마술에 의한 거니까. 위험한 건 태아뿐일 거야."

"아아, 다행이네요."

아델라이네는 가슴에 손을 얹고 안도의 한숨을 내쉬었다. 그 안심하는 모습은 진심이었다. 적어도 내 눈에는 진심으로 보였다. 그렇기에 의아했다. 이것이 일반적인 반응인가? 태어나지는 않았지만 제 동생이었다. 어머니의 배 속에 있는 아이가 위험해질 거고, 최악의 경우 그 아이는 죽게 될 텐데 어머니는 무탈하다고 해서 이렇게 진심으로 안심할 상황일까?

무언가 확실치 않지만 꺼림칙했다. 눈을 마주한 아델라이네의 표정에는 어느새 미소가 다시 돌아와 있었다. 진심으로 괜찮아 보였다. 제 어머니가 위험하지 않는다는 사실, 그것 하나만으로.

"그래도 어머니께는 말씀드려야겠어요."

"걱정되지 않아?"

"물론 걱정이 되지요. 하지만 언니가 말했잖아요. 그리고 저도 마술에 대해서는 배운 게 있는걸요. 한 번의 마술에는 한 번의 목적만이 있다고 배웠어요. 언니의 말도 그렇고, 제가 배운 바도 그렇고, 어머니는 정말로 무사하실 거예요."

여전히 핀트가 엇나간 대답이었다.

"아니, 곧 태어날 동생 말이야."

내 말에 아델라이네는 무언가로 얻어맞은 것 같은 표정을 지으며 입을 다물었다. 순식간에 얼굴에서 핏기가 사라지는 것이 보였다.

아델라이네는 또래에 비해 영특하고 다음, 다음 일을 내다볼 줄 아는 소녀였다. 하지만 그래봤자 십대였다. 이제 고작 열다섯 살인 아이에겐 표정 관리와 사람의 심리를 다루는 데 있어 분명 한계가 있었다. 무의식적인 표현까지 컨트롤할 수 없었겠지. 그리고 그것이 표면에 드러났던 것이 틀림없었다.

아델라이네는 돌처럼 굳어서는 나를 바라보았다. 무언가 변명거리를 찾고 있는 것이 분명했다. 나는 그런 그녀의 눈을 마주했다. 2황비와 3, 4황자, 그리고 아델라이네. 분명 뭔가가 있다. 2황비의 기억을 읽었을 때는 나오지 않았지만, 무언가가 있다. 그런 확신이 들었다. 아델라이네의 눈을 마주하고는 기억을 읽었다.

그동안에도 아델라이네의 입은 떨어지지 않았다. 순식간에 치부를 들킨 사람처럼.

찾았다. 아델라이네의 반응의 이유로 보이는 기억을. 나는 그 기억의 내용을 변형해서, 그녀에게 질문을 던지기로 했다.

"혹 오라버니들과 사이가 좋지 않아?"

아델라이네의 눈이 크게 흔들렸다. 그녀는 내내 입술만 깨물어 댔다. 정곡이라도 찔린 사람의 반응이었다.

"그, 어떻게……."

그녀의 입술이 몇 번 달싹거렸다. 무엇을 말해야 할지 고민하는 표정이 역력했다.

"혹 오라버니나 어마마마께서……."

무언가 질문을 던지려는 순간이었다. 응접실 밖에서 문을 두드리는 소리가 들려왔다. 순식간에 아델라이네의 입이 도로 닫혔다.

나는 인상을 찌푸렸다. 분명 아무도 들이지 말라고 했을 텐데. 하지만 또 생각해 보면 내 명을 허투루 여길 자들이 아니었다.

"무슨 일이죠?"

"죄송합니다, 전하. 밖에 손님이."

"손님? 난 오늘 더 이상 약속이 없는데요. 혹 황제 폐하라도 되시나요?"

황제가 갑자기 찾아온 게 아니라면, 아무도 들이지 말라는 내 명령을 어긴 것에 대해 그냥 넘어갈 생각은 없었다. 당황해서 쩔쩔매는 밖의 상황이 보지 않아도 보이는 것 같았다.

갑자기 문이 벌컥 열렸다. 동시에 칼이 뽑히는 소리가 들렸다. '무엄하다!'라는 말이 들리는 것으로 보아 직위가 높은 귀족이나 황족은 아니었다. 그렇다면 이 미친 짓을 할 자가 누구지?

"아이고, 소인이 눈이 보이지 않아 이만, 황공무지하옵니다. 아이쿠, 소인 눈이 보이지는 않지만 촉각에는 예민하여 그런데, 혹제 목에 있는 것이 날붙이이옵니까?"

익숙해서 오히려 당황스러운 목소리였다. 나는 고개를 돌려 그 목소리의 주인을 바라봤다. '당신이 어떻게 여기에!'라고 나도 모르게 나올 뻔한 말을 입으로 삼켰다. 머리 색은 바뀌었지만 얼굴은 낯이 익었다. 황성에 들어오면서 눈을 감고 있는 걸 보니 내 말을 듣기는 들은 모양이었다. 그런데도 나사 하나 빠진 듯한 저 어투는 유지하고 있었다. 베른의 칼에 목이 겨눠진 채 시시한 말이나 내뱉고 있는 자는 내게 평생 고객 운운하던 자, 블레로 길드의 길드장이었다.

당황스러웠다. 순간적으로 '황성의 보안이 이 정도밖에 되지 않는가?'라는 생각이 들었지만 지워냈다. 하긴, 다른 곳도 아니고 뒷세계의 정보 길드장을 해먹으려면 웬만한 담력과 능력으로는 살 수도 없을 것이다. 어떻게든 알아서 들키지 않게 들어왔겠지.

나는 문 밖에서 전전긍긍하고 있는 글레나를 보았다.

"아, 약속이 있는 걸 내가 깜빡했네요."

"하나, 전하 오늘은."

내가 글레나를 전적으로 믿는 건 아니었지만 그래도 제일 가깝게 두는 만큼, 그녀는 내 스케줄을 관리하고 있었다. 그래서 내게 오늘 약속이 없다는 것 정도는 그녀도 알고 있었다. 즉 그녀에게 이 사내는 불청객이나 마찬가지였다.

"아니요, 약속이 되어 있었어요."

나는 단호하게 말했다. 내 뜻을 읽은 모양인지 글레나는 더 이상 아무 말도 하지 않았다. 자리에서 일어나 베른 쪽을 바라봤다

"베른, 칼을 치워요. 내 손님이니까."

"네, 전하."

잠시 망설이던 그가 칼을 치웠다. 세넨시아는 이제껏 벌벌 떠는 척 연기하고 있었지만 그가 진심으로 두려워하고 있다는 생각은 하나도 들지 않았다. 일전에 길드에서 디온의 위협을 받으면서도 나와 팽팽하게 눈싸움하던 것을 생각해 보면 더욱 그러했다.

칼이 치워지자 세넨시아가 내 쪽으로 몸을 돌리고는 허리를 과장되게 굽혀 보였다. 눈은 여전히 감은 채였다. 장님인 척하는 것은 상당히 마음에 들었다.

"오오, 오랜만입니다, 전하. 그때는 정말 감사했습니다."

"……우선 자리를 마련할게요."

세넨시아 나름대로 여기에 이렇게 나타게 된 합당한 뒷배경이 있는 모양이었다. 그가 무슨 말을 하는 건진 알아듣지 못했지만 어떻게 들키지 않고 황성에 들어와 내 앞에 서 있게 된 건지 그 이유를 알아야 했다.

나는 아델라이네를 돌아봤다. 그녀는 조금 굳은 얼굴로 여전히 소파에 앉아 있었다.

"아델라이네, 미안해. 내가 선약이 있는 걸 깜빡하고 있었어. 내일 오찬 후에 엘피스성으로 가도 될까?"

입술을 잘근잘근 깨물던 아델라이네의 표정은 어느새 평소대

로 돌아와 있었다. 하지만 살짝 부자연스러운 표정과 흔들리는 동공이 여전히 내게 하고 싶은 말이 남아 있는 모양이었다. 이내 마음을 다잡은 듯 그녀가 가볍게 웃으며 맑고 또랑또랑한 목소리로 내게 답했다.

"먼저 기별도 없이 찾아온 제 잘못인걸요. 아니면 제가 내일 다시 들를게요."

"아니, 내가 미안해서 그래. 내일 내가 그쪽으로 갈게."

내 말에 아델라이네의 표정이 활짝 펴졌다. 진심으로 기뻐하는 표정이었다. 이제야말로 확신할 수 있었다. 생각보다 2황비의 가족들은 그렇게 단단하지 않았다. 아니, 그들은 아델라이네와는 단단하지 않았다.

내 말에 밝게 웃은 그녀가 조금 더 달뜬 목소리로 내게 말했다.

"어머, 좋아요. 언니가 좋아하는 차를 준비해 놓을게요! 과자도요! 아직 하나도 잊어버리지 않고 있어요."

"응, 고마워. 내일 봐."

자리에서 일어나 짧게 고개를 숙여 인사하고 나가는 아델라이네가 세넨시아의 옆을 지나친다. 세넨시아가 그 인기척을 느낀 모양인지 화들짝 놀라며 그녀에게 인사했다. 하지만 눈을 감고 있기 때문에 그녀가 있는 곳에서 조금 비껴난 곳에 절을 했다.

"허어, 2황녀 저하께서도 계셨습니까? 아이고, 귀한 분을 동시에 뵙다니요. 고귀하신 2황녀 저하를 뵈옵니다."

"반가워요, 그런데 어디서……?"

"예? 아니, 이 하찮은 것을 어디서 보셨겠습니까? 흔한 얼굴이다 보니 그리 느끼실 법도 하지요 예. 귀한 분의 눈에 소인은 흔한 자일 뿐이지요."

여전히 굽실거리는 그를 아델라이네가 잠시간 빤히 바라보았다. 혹시 그때 대신전에서 봤던 것을 기억하고 있나? 조금 긴장되는 순간이었다. 고개를 갸웃하던 아델라이네가 이내 그에게서 관심을 끊었다.

"내가 착각했나 봐요. 담소 나누세요. 저는 이만."

치맛자락을 살짝 들어 가벼운 인사를 하고는 아델라이네가 밖으로 나갔다. 베른이 그 뒤로 시선을 잠시 두었다가 다시 고개를 돌려 나와 마주하고 있는 세넨시아를 바라보았다. 그 눈빛에는 의심이 가득했다. 한껏 의심 중인 그에게 나는 안심하라는 듯 입을 열었다.

"걱정하지 말아요. 잘 아는 사람이니까. 가족들과 식사하는 자리보다 훨씬 안전할 거예요."

"그렇게 말씀하신다면 나가 있겠습니다만, 무슨 일이 생긴다면 부르십시오."

"네, 알고 있어요."

나는 걱정하지 말고 어서 나가라는 눈빛을 보냈다. 몇몇이 여전히 의심스러운 눈초리를 보내기는 했지만 내 말을 어기지는 못하겠는지 이내 몸을 돌려 나갔다. 이 응접실 안에 세넨시아, 블레로 길드의 길드장과 나 이렇게 둘만 자리하게 되었다.

"앉아요."

도대체 무슨 일이지. 물 아래 정보를 다루는 자가 황성에 직접 왔다. 그에게 어서 이야기를 무슨 일인지 들어볼 필요가 있었다.

"고귀하신 1황녀 전하를 뵙니다."

소파 근처로 다가온 그가 대뜸 내게 인사를 올렸다.

"어울리지도 않는 인사는 집어치워요."

"제아무리 목숨을 내놓은 정보상이라지만 저도 소르트 제국민이랍니다, 전하."

"입은 살았죠. 갑자기 무슨 일이에요? 연락도 없이. 보냈던 연락은 먼저 끊어놓고서."

황성에 들어온 후, 그와 나 사이에는 연락이 끊겼다. 어느 순간부터 내게 오는 서신도 없고, 큐라를 보내도 연락이 닿질 않아 초반에는 조금 당황했으나 그냥 이렇게 끊기는구나 생각하고 있었다. 블레로 길드와의 거래는 내게 유리한 조건이었기에 언제 갑자기 연락이 끊긴다 하더라도 이상할 것 없는 관계이기는 했다. 하지만 이렇게 직접 그가 황성에 나타날 줄은 상상도 하지 못했다. 내 질문에 한 번 주변을 휘익 둘러보던 그가 자세를 풀었다.

"제가 아무리 생사기로에 발을 들이밀고 살고 있기는 합니다만, 황성에 제 종적을 남기는 짓까지는 쉽지 않지요. 그렇지 않겠습니까?"

"그래서 지금 이렇게 스스로 찾아온 건 쉬운 일이구요?"

"우선은 듣는 자가 없지 않습니까? 저 동상 뒤에 사람 하나가 들어가 있지 않다면 말이죠! 전하께서 저를 상대하는데 사람을 주변에 둘 리가 없지 않겠습니까. 그리고 이렇게, 전하께서 말씀하셨던 대로 눈을 감고 있고 말이죠! 한번 칭찬해 주시죠, 하늘에 닿아 있는 황녀 전하."

역시나 말이 많았다. 그리고 여전히 정신이 없었다. 그는 과장되게 허리를 숙이며 손가락으로 제 눈을 가리켜 보였다.

"그건 잘했어요."

"뭐, 이것저것 대충 짐작 가는 바는 있지만, 말한다고 알려주실 분도 아니니 함구하도록 하지요."

"정보 길드의 길드장답게 눈치도 빨라서 편하네요."

"대충 짐작은 했습니다만 정말 1황녀 전하일 줄이야. 아카데미에서 정체를 드러내시고 황제 폐하와 황성으로 돌아가셨다는 말을 들었을 때는 아주 까무러치는 줄 알았습니다요."

세넨시아는 과장되게 손을 휘저어가며 말했다. 눈살이 절로 찌푸려졌다. 정말이지 집중을 할 수가 없는 자였다.

그런데 내가 1황녀라는 사실을 그때 알았다니? 이미 파악하고 있을 것이라 생각했다. 1황녀가 살아 있다는 정보를 준 것도 나고, 쉬얌이 잠시간의 조사로 내가 1황녀인 것을 알아챈 것처럼 그역시 확신하고 있을 줄 알았다.

"알고 있던 거 아니었나요?"

"방금 전에도 말씀드렸지만 짐작뿐이었습죠. 그렇게 존재를 확실히 남기고 가셨는데 어찌 마벨이라는 소년이 없다 생각할까요? 1황녀라는 신분이 아니셨다면 무슨 수를 써서라도 스카우트하거나 존재를 지우거나 둘 중에 하나를 생각했을 정도니까요."

황족 앞이라는 걸 제 스스로 티 내듯 극존칭을 쓰지만 그 내용이 황족에게 할 말은 아니었다. 여전히 목숨을 내놓고 장사하는 자였다.

"목숨이 아깝지도 않은 말을 잘도 지껄이네요. 그래서 여기에 온 이유는 뭐죠? 고작 수다나 떨자고 여기까지 온 건 아닐 텐데요?"

본론을 묻는 내 질문에 그의 표정이 묘하게 바뀌었다. 가늠할 수 없는 그 표정이 조금 깨졌다. 그답지 않게 약간의 진중함이 표정에 가미되었다. 그가 다시 한 번 주변을 살피고는 입을 열었다.

"이 얘기를 드릴 분은, 그리고 해결할 수 있는 분은 전하밖에 없다고 생각해서 찾아왔습니다."

그가 진지한 표정을 짓고 있는 이 상황이 상당히 이해가 가지 않았다. 무슨 일인지는 모르겠지만 해결할 사람이 나뿐이라니, 상당히 후한 평가 같았다.

"과대평가 아닌가요?"

"과대평가라 할 것도 없답니다. 황제에 가까운 자들을 순위대로 내려서 손에 꼽았을 때 마술에 한 번도 손대지 않은 자가 황녀님뿐인 것을요. 거참, 말하고 보니 기가 차지만 사실인 걸 어찌합니까?"

세넨시아의 표정은 과장해서 표현하자면 엄숙했다. 물 아래 정보를 관할하는 길드라지만 길드장은 실제로 마술사들과 계약한 적이 없었다. 그 길드원들 역시 마찬가지였다. 그가 다루는 것은 단지 돈을 위한 정보, 그 이상도 이하도 아니었다.

이유를 묻는다면 나는 답할 수가 없었다. 워낙 제정신이 아닌 듯 보이는 자라 이유가 무엇인지는 알지 못하겠지만, 아무래도 마술에 손대지 않는다는 것이 그의 철칙인 것 같았다. 하긴, 온갖 마술과 관련된 정보들을 다루다 보면 마술사와 계약한 자들의 말로를 눈으로 빤히 볼 텐데, 그 경계를 넘기 힘들 수도 있겠다는 생각도 들었다.

어찌 됐건, 그는 마술에 손을 댄다는 것이 어떤 것을 의미하는지 알고 있는 자였다. 그럼에도 정보를 다루고 정보를 판다는 것이 우습기는 하지만. 기묘한 모순이었다.

"마술사에 대한 정보를 다루는 사람치고는 표정이 상당히 좋지 않군요."

"정보를 판다고 마술에 호의적일 거라는 생각은 접어주시죠. 외려 이쪽은 마술에 대해 지독하게 생각하고 있는 쪽이니까. 어찌 됐든, 제국에서 금지한 바를 제국의 하늘에 닿아 있는 자들이 다루고 있답니다. 웃을 수는 없는 일 아니겠습니까?"

"내가 그새 마술에 손을 댔을 거라고는 생각하지 않나요?"

"몇 십, 아니, 몇 백의 손님을 상대하는 정보 상인의 눈을 얕보지 마시지요, 전하. 미천한 제국민이지만 마술에 대한 정보만 필요한 손님과 마술에 손을 댈 손님들을 구분할 수 있답니다. 그리고 전하께서는 전자이시고 말이지요."

조금 전보다는 풀어진 표정으로 그가 말했다. 하지만 이전의 오락가락하던 가벼운 표정은 아니었다. 내게 말하고자 가져온 사실이 생각보다 더욱 무거운 내용인 모양이었다. 여전히 눈을 감은 그가 잠시 무언가 생각하듯 숨을 고르다가 다시 입을 열었다.

"대신전에서 말하고자 하는 바를 전부 전하지는 못했지만, 당신이라면 많이 알아냈을 것이라 생각합니다."

그가 날 대하는 호칭과 말투가 이전처럼 변했지만, 차라리 이게 이자에게 더 잘 어울렸다.

"황제가 마술에 손을 댔다는 것과 네르아테안과 거래하고 있는 것이 황제라는 사실 말인가요? 황태자와 황후는 다른 자와 거래 중이고 말이죠. 아, 얼마 전에 황후는 그 마술사와 또 다른 계약을 했더군요."

"네, 정확합니다. 이거 블레로 길드의 존재 이유가 좀 무색해지지만 당신이라면 어쩔 수 없는 노릇이군요. 제가 오늘 온 이유는 하나입니다. 당신도 황제와 대화해 보았다면 알고 있을 겁니다. 진정으로 무서운 자는 황태자가 아니라는 사실을 말이죠."

"상당히 많은 것을 알아낸 모양이네요."

"적어도 호칭을 붙이고 싶지 않은 자들이라는 것까지는 알아냈습니다. 불경죄로 잡혀간다 하더라도 당사자 앞이 아닌 이상 경어는 못 쓰겠군요."

이것저것 알게 된 그라면 충분히 그럴 수도 있다는 생각이 들었다. 하지만 동시에 조금의 걱정도 들었다. 이렇게 불경한 말을 하다가 혹여나 황제가 어딘가에서 어떤 경위로 그의 기억을 읽게 된다면 위험해지는 것은 그뿐만이 아니었다. 나 역시 마찬가지였다.

"아무도 없다지만 그래도 최소한의 조심은 하는 것이 좋을 텐데요. 당신이라면 절대 이곳에 오지 않는다는 보장도 없고 말이죠."

"혹 전하께서는 이것을 염려하시는 겁니까?"

그가 눈을 떴다. 그리고 나는 나도 모르게 숨을 들이삼키고 말았다. 그의 눈꺼풀 뒤에 있어야 할 것이 없었다. 그 사이로 보이는 것은 검은 구멍뿐이었다. 그가 금세 눈을 감는다.

"전하께서 걱정하시는 일은 없을 거라 확신합니다! 그 근본을 제가! 제 손으로! 뿌리 뽑았으니까요."

"……미쳤군요."

"대단하다고 말해주시죠. 저는 제가 컨트롤할 수 있는 것은 컨트롤하길 원하니까요. 눈 하나 없애고 안전을 얻는다면 남는 장사라고 생각할 뿐! 장사꾼의 마인드죠."

"그 모습을 보아하니 알고 있군요."

"확신은 아니지만 목숨을 잃는 위험보다는 낫다고 생각했지요."

악에피는꽃

이제야 그가 나와 말을 하고 있을 때조차도 왜 눈을 감고 있었는지 알 수 있었다. 눈을 뜰 필요가 없었기 때문에. 눈이 없는데 떠서 무얼 할까? 지독한 자였다.

나는 할 말을 잃고 그를 바라봤다. 이 꼴을 하고 내게 와서 하려는 말이 도대체 무얼까? 그는 방금 전 황제에 대해 운운했다. 황제가 하고자 하는 마술사와의 계약이 내 상상을 초월한 것이라는 확신이 머릿속을 지배했다.

세넨시아가 편하게 소파에 기댄 채 입을 열었다. 비밀 이야기라도 하듯 은근한 어조였다.

"저 역시 확실하지 않은 것을 모두 말씀드릴 수는 없답니다. 목숨을 위해 눈도 버릴 수 있는 장사치인지라, 모든 것을 거는 도박은 피하고 싶단 말이죠. 그래서 전하께 말할 수 있는 것은 한정되어 있답니다. 빠른 시일 내에 전하께서 유모와 머물던 시골로 가보십시오. 과거의 향수와 마주할 수 있는 좋은 기회이지 않습니까? 더불어 네르아테안이라는 새로운 주민을 만날 수도 있고 말이죠."

그가 내게 말하는 바는 하나였다. 네르아테안과 황제와의 계약에 대한 실마리를 그곳에서 얻을 수 있다는 것. 그는 그곳에서 무언가가 일어났거나, 일어날 것이라고 확신하고 있었다.

⚜

"언니!"

응접실 문이 열리고는 익숙한 목소리가 들려왔다. 아델라이네의 등장에 나는 소파에서 일어나 가볍게 웃어줬다.

오늘 아델라이네를 찾아온 이유는 약속한 것도 있지만, 그녀와의 대화를 미루기 위해서였다. 아델라이네와의 대화와 블레로 길드장의 말을 따르는 것, 두 가지의 우선순위를 저울질해 봤을 때, 추가 기운 쪽은 후자였다.

처음 그의 말을 들었을 때, 혹시 모를 의심이 들었다. 세넨시아를 믿어도 되는 걸까? 그런 의심에서 출발해 내 생각은 극단적인 가정으로까지 달려갔다. 혹 그가 스스로 눈을 없앤 것이 아니라 누군가가 그의 눈을 없앤 것이라면?

분명 불가능한 가정은 아니었다. 하지만 그런다 한들 작은 단서 하나라도 놓칠 수는 없었다. 결국 나는 세넨시아의 말에 따르기로 결정했다.

아델라이네를 찾아온 이유는 그녀와의 약속을 지킬 수 없다는 것을 말하기 위해서였다. 사실 이렇게 귀찮게 직접 발걸음 하지 않아도 됐다. 간단한 서신을 보내도 되는 일이지만 뭔가 미심쩍은 부분이 있어 확인하기 위해서였다. 어제 그녀와의 대화에서 석연찮은 점을 발견했다. 아델라이네를 조금 더 효율적으로 이용하기 위해서는 그녀를 직접 찾아가는 것이 좋다는 결론을 내렸다.

아델라이네는 가족이란 것에 생각보다 크게 집착하고 있었다. 황제뿐만 아니라 어머니와 오빠들이 모두 살아 있기에 상상조차 하지 못했던 부분이었다. 사실 그런 구성원만 봤을 때는 누가 상상이나 했겠는가.

아델라이네의 기억 안에서 그녀는 가족 구성원에게 환영받지 못하고 있었다. 3황자와 4황자는 교묘하게 아델라이네를 따돌렸고, 그것은 2황비인 로위나 역시 마찬가지였다. 정확한 이유는 알 수 없었지만 대충은 짐작이 갔다. 황제가 제일 챙긴 것이 아델라이네였으니까. 하지만 이 역시 추측일 뿐이었다.

아델라이네의 감정적인 측면을 이끌어내기 위해서는 그녀에게 조금 더 친밀하게 다가가야 했다. 그러기 위한 방법이 내가 지금 하고 있는 짓이었다. 사소한 일에도 직접 찾아오는 것. 아델라이네와의 짧은 대화에서 그녀가 바라는 것은 가족의 방문이었다.

역시나 내 생각이 맞아떨어진 모양인지 아델라이네의 표정이 밝았다. 내가 이제껏 본 그녀의 표정 중에 제일 화사했다. 내 짐작이 맞아떨어졌다. 아델라이네는 가족의 방문에 대해 집착적으로 기대하고 있었다.

"사실 별로 좋지 못한 소식을 전하려고 들렀어. 급한 일이 생겨서 어제의 약속을 지키지 못할 것 같아. 기다렸을 텐데 미안."

최대한 미안한 표정을 지으며 말하는 나를 아델라이네는 조금 놀란 표정으로 쳐다보았다. 그러고는 이내 활짝 웃어 보였다. 그 웃음이 어두운 구석 없이 해맑았다.

"아니요, 괜찮아요. 서신으로 보내도 되는 걸 이렇게 직접 와서 말해주니 고마워요!"

"그리고 이거."

"이건 뭐예요?"

"그래도 약속을 한 건 난데 내가 취소하려니 미안해서. 디저트야. 사과 선물이라고 생각해 줘."

나는 몽블랑 케이크가 담긴 작은 상자를 내밀었다. 굳이 이렇게까지 해야 하나 싶었지만, 이왕 아델라이네를 감정적으로 이용할 것이라면 확실하게 하는 것이 좋다, 라는 결론을 내렸다.

"고마워요. 그리고 아델이라고 불러줘요."

"응?"

"앞으로 언니랑 더 가깝게 지내고 싶어서요. 아델이라고 불러 줘요, 언니."

디저트가 담긴 작은 상자를 받아 드는 그녀의 얼굴에는 미미한 감동마저 깔려 있었다. 나는 미소를 지으며 짧게 고개를 끄덕였다.

응접실에서 나와 엘피스성을 벗어나는 순간까지 아델라이네가 함께했다. 나를 어려운 사람으로만 대하던 태도가 조금 더 친밀하게 바뀌었다. 나는 마지막 순간까지 미소를 유지하며 그녀와 대화했다.

"먼저 서신을 보낼게요. 꼭 함께 식사해요."

밝은 얼굴로 배웅하며 아델라이네가 덧붙였다. 나는 속내를 숨긴 채 손을 흔들어주었다. 아델라이네와 조금 더 가까워지면, 그녀는 내 복수에 기꺼이 손을 얹어줄 것이다. 그 대상이 제 오라비가 되는 한이 있더라도.

아델라이네를 만나고 곧장 황성을 나서 세그다드 공작저로 향했다. 처음 세넨시아의 이야기를 들었을 때 혼자 갈까 생각도 해봤지만 이내 고개를 저었다. 세넨시아에게 여러 차례 신뢰할 수 있는 정보를 얻었지만 끝까지 그를 맹신하는 것은 위험했다. 사실 마술로 만든 함정에 나를 유인한 것이라면 무력은 소용없었다. 하지만 그 함정에 발을 넣기 직전이라면 무력이 유효하지 않을까 하는 생각이 들기도 했다.

내가 세그다드가에 가는 줄로만 아는 시녀들이 치장을 하는 내내 나보다 더욱 들떠 보였던 것이 생각났다. 몇 번이나 그런 것이 아니라 해도 들은 척도 하지 않는 그녀들이었다.

심지어 화장을 도와주던 시녀가 '에이, 이쯤 되면 솔직해지세요'라는 말을 던질 정도였다. 물론 시녀장인 글레나가 눈을 흘기자 이내 입을 다물기는 했지만.

나는 익숙한 공작저의 응접실 안에서 깊은 심호흡을 했다. 세넨시아가 찾아온 것이 어제 오후였고, 그곳에 가기로 정한 것이 어제 늦은 밤이었다.

원래대로라면 시종이든 전서구든 무언가를 이용해 먼저 방문을 알리는 것이 일반적이었다. 하지만 아델라이네를 먼저 만나러 가는 차에 정신이 없었고, 황성을 떠나며 생각난 차에는 이미 늦었다는 생각이 들기도 했다.

사실 그때라도 서신을 보냈다면 내가 직접 공작저에 도착하기 전에 전서구가 도착했을 것이다. 하지만 문득 올라오는 장난기가 내 행동을 제지했다. 갑자기 방문하면 그는 어떤 모습으로 나를 맞이할까. 놀란 모습을 보이겠지. 하지만 더없이 반가워하지 않을까? 하는 생각들이었다. 그런 생각을 하자 좀 더 빨리 그가 보고 싶었다.

평소와는 달리 문이 급히 열렸다. 언제나 정제되고 깔끔했던 디온의 발걸음이 흐트러져 있었다. 그리고 언제나 단정하던 그의 머리가 미처 정리되지 못한 상태였다.

"디온!"

거의 달려오다시피 하는 그를 보고는 나도 모르게 웃음을 터뜨리고 말았다. 그래, 역시 여기가 내 집 같았다. 그의 옆이 내가 있을 곳 같았다. 날카롭게 날을 세워야만 하는 황성에서 벗어나 디온의 옆에 서서야 진심으로 웃을 수가 있었다.

그가 내 앞으로 빠르게 다가왔다.

"갑자기 이렇게 오시면."

서둘러 채비를 마친 티가 역력했다. 옷은 평소와 같이 깔끔했다. 얼굴 역시 평소의 잘생긴 모습 그대로였지만 머리카락이 뻗쳐 있었다. 엉망은 아니었지만 급하게 나오느라 대충 손본 것이 틀림 없었다. 기숙사에서조차도 보지 못했던 모습이었다. 나는 그를 향해 손을 뻗었다.

"머리 못 만졌어요?"

웃음기가 담긴 내 말에 그의 귀가 빨개진 것이 보였다. 평소답지 않은 모습에 픔, 하고 나도 모르게 웃음이 나왔다. 언제나 든든하게 내 옆에 서 있던 그였다. 생각해 보면 지금까지 그는 내게 완벽한 모습만 보여주었다. 하지만 이상하게도 나는 이런 그의 인간적인 모습도 좋았다.

웃음을 터뜨린 나를 바라본 디온이 어쩔 수 없단 미소와 함께 작은 한숨을 내쉬었다. 그 한숨이 이상하게 반가웠다. 그는 내 손에 잠시 제 머리를 맡기고 섰다.

음, 이렇게 이쪽으로 했던 것 같은데. 이리저리 머리를 만지고 있자니 아무래도 내가 더욱 망치고 있는 것만 같았다. 더 이상은 미안해서 안 되겠어. 나는 손을 거두고는 조금 난처한 표정으로 디온을 바라봤다.

"으음, 아무래도 못하겠어요. 여기엔 소질이 없나 봐요."

손을 펴 보이며 한숨을 보탰다. 역시 익숙하지 않은 일은 힘들어, 하고 생각하는데 순식간에 몸이 앞으로 당겨졌다. 그의 품 안이었다.

"디온?"

갑작스러운 포옹에 얼이 빠져 있는데, 내 머리 위로 웃음기를 머금은 저음의 목소리가 들려왔다.

"보고 싶었습니다, 벤지."

얼굴이 홧홧해지는 것이 느껴졌다. 그리고 다시 한 번 깨달았다. 그래, 나는 디온이 보고 싶었구나.

"나도요."

나는 그의 품 안에서 작게 답했다. 웅얼거리듯 내뱉은 내 말이 들렸는지는 모르겠지만, 낮게 웃는 목소리가 귀에 내려앉았다. 이마에 디온의 입술이 가볍게 닿았다 떨어졌다.

그의 손을 잡고 소파에 편하게 앉았다.

"올 줄 모르고 있었습니다."

그가 손가락으로 내 손등을 쓸며 말했다. 공작저의 입구에서 나를 맞이하지 못한 데에 대한 조금의 핑계처럼 보였다. 굳이 그러지 않아도 되는데 사과하고 있었다.

"응, 알아요. 내가 너무 갑작스러웠죠?"

"그래도 눈 뜨자마자 벤지를 보니 기분이 좋습니다. 한데 갑자기 무슨 일이십니까? 혹시 위험한 일이 생긴 건……."

"위험하지 않다고는 차마 말할 수 없고요."

아무리 생각해도 안전한 일은 아니었다. 그가 썩 내켜 하지는 않겠지만 그렇다고 거짓을 말하기에도 좀 그랬다. 무엇보다 어차피 같이 그곳에 갈 사람인데, 그래서 찾아왔는데 안전해요, 하고 말하는 게 더 웃겼다.

시선을 이리저리 피하며 답한 내 말에 그의 미간에 조금 주름이 잡힌 것이 보였다. 나는 손을 뻗어 그의 미간을 살살 문질렀다. 그러자 작은 한숨이 그의 입에서 새어 나왔다.

디온의 고집을 꺾을 방도를 알아낸 기분이었다. 속으로 그는 모르게 고개를 끄덕이며 그에게 길드장과의 대화를 대충 줄여서 전했다.

세넨시아가 찾아온 것, 네르아테안과의 거래, 내가 살던 곳에 대해 두루뭉술하게 전한 정보. 그리고 그의 정보가 진실 된 정보라고 확신할 수 없다는 사실까지 그에게 전했다.

집중해 듣던 그가 고개를 끄덕였다.

"벤지의 말에 동의하기도 하고요. 그것이 진실 된 정보라면 그만큼 정확한 것도 없을 겁니다. 하지만 그것이 벤지를 끌어들이기 위한 함정이라면 위험부담이 너무 큽니다."

"알고 있어요. 하지만 어쩔 수 없잖아요. 만약 함정이라면 정말 잘 판 함정이죠. 알면서도 갈 수밖에 없도록 해놨잖아요."

"꼭 가셔야겠습니까?"

"네, 꼭 가야겠어요. 그거 물어볼 줄 알고 있었어요. 그래서 디온을 찾아온 거잖아요. 같이 가려고."

그의 눈을 똑바로 바라보고 말했다. 나 위험한 데에 가는데 당신이랑 같이 갈 거니까 뭐라고 하지 말라는.

내 말에 그가 부드럽게 웃었다.

"믿어주셔서 감사합니다."

곱게 접힌 눈이 그가 진심으로 기뻐하고 있다는 것을 보여주었다. 그리고 동시에 나 역시 깨달았다. 아, 내가 디온을 믿었던 거구나.

손등을 부드럽게 쓸어내리는 디온의 손가락에 손등이 간질거렸다. 굳은살이 박인 손인데도 거칠지가 않았다. 괜히 얼굴이 홧홧해 그의 시선을 애써 피해냈다.

내 하는 꼴을 보고는 그가 작게 웃었다. 비웃는 것이냐 따져

볼까 했지만 아닌 것을 알고 있기에 관뒀다. 그래, 본론만 이야기 하자. 큼큼, 괜히 헛기침을 한 번 하고는 입을 열었다.

"그리고 우리가 그곳에 간다는 것을 아무도 몰랐으면 좋겠어요."

나는 디온에게 우리의 행선지 및 목적을 아무에게도 말하지 않기를 요구했다. 황제가 알아서는 안 된다. 이미 다녀온 이후라면 상관없겠지만, 내가 굳이 디온을 찾은 이유가 시골에 가야 하기 때문이라는 사실이 알려지는 것은 좋지 않았다. 최악의 경우, 우리가 그곳에 다다르기도 전에 황제가 우리를 방해할 수도 있었다.

분명 그곳에 가면 황제의 귀에 내가 그곳을 방문했다는 소식이 들어갈 것이다. 그 사실이 알려진다면 그 이후에도 내가 무언가를 조사하는 데에 방해를 받을 수도 있었다. 하지만 그것은 내가 그곳에 도착한 이후의 일이었다.

그런 리스크를 등에 업고서라도 그곳에 가는 이유는 하나였다. 정말 그곳에서 정보를 얻을 수 있을 것이라는, 작지 않은 단서를 얻을 수 있을 것이라는 뜻 모를 확신이 들었다. 이건 아마 블레로 길드장인 세넨시아의 능력에 대한 신뢰 때문일 것이다.

"세그다드가의 사용인들에 대해서는 걱정하지 않으셔도 됩니다. 걱정해야 할 것은 레이퓌르성의 사용인들과 벤지의 여정을 아는 다른 자들입니다."

"내 목적지는 공식적으로는 이곳이에요. 카르디안에 도착하기 전까지 황성에 내가 그곳에 갔다는 말이 전해지지는 않을 거예요. 도착한 후에는 어떻게 될지 모르겠지만."

나는 '황제'를 직접적으로 거론하지 않았다. 그것은 아까 세넨시아와의 대화를 디온에게 전할 때도 마찬가지였다. 나는 '황제'

를 의심하는 것이 아니라 황성의 누군가를 의심하는 것으로 가장해야 했다.

그리고 다행스럽게도 디온은 내가 말하는 '황성'이 누구를 뜻하는지 정확히 이해하고 있었다. 내 말을 들은 디온이 고개를 끄덕였다.

"최대한 빨리 채비를 마쳐야겠군요."

"디온의 채비는 완벽해요. 머리 정도는 내가 만져 줄게요."

"……조금 전 재능이 없다고 하셨습니다."

드물게 불신을 담는 그의 얼굴에 조금 오기가 생겼다. 물론 원래 하던 사람에게 맡기는 것이 좋겠지만, 내가 다시 만져 보는 것도 나쁘지 않을 것 같았다. 무엇보다 기분도 좋았고.

"이런 것도 해봐야 느는 거라고 했어요."

"……믿어보겠습니다."

조금의 불신이 그의 얼굴에 스쳐 지나갔지만 아무렴 어때. 효율성을 생각하자고요. 장난스럽게 내뱉은 말에 디온은 그저 가벼운 한숨을 내쉬며 미소 지을 뿐이었다.

✤

이동진에서 내뿜던 빛이 사라졌다. 다시 생각하지만 영 마음에 들지 않는 울렁거림이었다. 신녀가 여상한 인사를 건네었다. 오늘은 내가 로브를 써서 못 알아보는 건가 생각해 봤지만, 남장을 하고 있을 때조차 내게 의미 모를 말을 걸었던 것을 생각하면 그것은 아니었다. 어찌 됐든 우리는 다시 카르디안에서 가까운 번화가에 도착했다.

이곳에 온 사람은 나와 디온뿐이었다. 베른과 글레나, 디온까지 적극 반대했지만 아무에게도 알리지 않으려고 하는 건데 함께 움직이는 사람이 많아서 좋을 것 없다는 이유로 그들을 설득했다. 그리고 그 설득은 내 진심이기도 했다. 퍽 타당한 설득에 그들은 결국 고개를 끄덕였다.

나는 변방의 작은 신전에서 나와 눈앞의 풍경을 휘 둘러봤다. 내가 이곳을 떠날 때는 축제가 열리는 시기였다. 떠들썩했고, 사람들로 북적였었다.

그리고 지금은 그저 평범했다. 나무를 중심으로 광장, 그리고 상점들이 즐비한 중심가는 지극히 평범했다. 그 길을 사람들이 다녔고, 끔찍한 일이 스쳐 지나간 것 같은 긴장감은 보이지 않았다.

세넨시아가 말했던 곳은 여기가 아닌 카르디안이다. 내가 몇 년 동안 살았던 변방의 작은 시골. 목적지는 그곳이다.

"여기까지는 평범해 보입니다."

카르디안으로 향하는 지금도 특별한 것이 없었다. '그러게요.' 짧게 답하고는 걸었다. 정말 오랜만에 걷는 거리였다. 유모가 나를 데리고 카르디안에서 도망쳐 나올 때 처음 걸었던 거리였다. 하지만 그때의 기억이 강렬해 마치 어제 걸었던 길처럼 느껴졌다.

썩 좋지 않은 기억이 가득인 거리를 디온과 손을 잡고 걸었다. 그의 온기에 한 걸음 그 변방의 작은 시골로 내디딜 때마다 몰려오는 긴장이 조금씩 진정됐다. 그럼에도 불안함이 밀려왔다. 아니, 불안함보다는, 그래, 불쾌함이었다. 불쾌함과 불안함이 섞여 속이 울렁댔다. 심리적인 요인 때문인지, 혹은 다른 외부적 요인 때문인지는 확언할 수가 없었다.

나는 고개를 돌려 디온을 바라봤다. 로브로 가려져 얼굴이 제대로 보이지는 않았지만, 그 역시 기분이 썩 좋지 않다는 것 정도는 알 수 있었다. 그것이 나와 같은 것을 느끼기 때문인지는 모르겠지만.

"여기에 오는 동안 무슨 일이 있어도 제가 벤지를 지킬 수 있다고 자신했지만, 목적지에 가까워질수록 이상하게 불안합니다. 혹무슨 일이 생기면 곧바로 도망치십시오."

디온 역시 기묘한 불안함을 느낀 모양이었다. 한 걸음 한 걸음 내디딜수록 가슴을 옥죄어오고 울렁거리게 만드는 감정이었다.

"디온도 마찬가지예요. 괜히 남아서 나 먼저 보내지 말고 같이 도망쳐요."

"마음이라도 읽힌 것 같습니다."

내 말에 그는 한 박자 늦게 대답했다. 디온 특유의 쓴웃음이 느껴져 나는 잡고 있던 그의 손을 괜스레 더욱 꽉 쥐었다.

"약속해요. 아니, 명령이에요."

"예, 알겠습니다."

"방금 못 당하겠다고 생각했죠?"

"기억이 아니라 생각을 읽으시는 것 같습니다."

작게 웃는 디온의 목소리가 들려왔다. 그 덕분에 나를 옥죄던 불안감이 조금 가라앉는 것 같았다. 우리는 그렇게 한 걸음 한 걸음 걸어 나갔다. 점점 내가 머물렀던 변방의 작은 마을이 눈에 보였다.

마을 입구에서 가장 가까운, 그나마 싸움 좀 하던 덩치 큰 자가 살던 집이 우리를 맞이했다. 한 발 걸을 때마다 그 뒤로 펼쳐진 풍경들이 눈에 들어오기 시작했다.

시기가 시기인 만큼 들판은 한산했다. 곳곳에 다음 농사를 준비하는 기구들이 정리되어 있었고 그 주변에 자리한 집들의 굴뚝으로 연기들이 올라오고 있었다. 평범해 보였다. 하지만 이상한 위화감이 있었다. 걸음을 옮길수록, 주변을 살필수록 떨칠 수 없는 위화감이 발밑에서부터 스멀스멀 올라오고 있었다.

내겐 익숙한 풍경이었다. 육 년간 살았던 마을이다. 지금 내 안에 이곳은 사진처럼 선명했다. 모든 것이 그대로였다. 그래, 위화감이 들 정도로 편안한 모습 그대로였다. 나를 범하던 그들이 살던 집, 외부인이라고 멸시하던 아낙네들이 살던 집, 모든 것들이 그대로였다. 지금처럼 밝은 낮이면 저 붉은 지붕 옆 커다란 나무 아래에서는 아이들이 뛰어놀곤 했다. 나 역시 그들과 함께 놀았었다.

여기까지 생각한 순간, 아까부터 나를 괴롭혀 대던 위화감의 정체를 깨달았다. 나는 이곳을 잘 안다. 그렇기에 깨달을 수 있었다. 나는 디온을 바라봤다. 그는 이 위화감을 알아챘을까? 그를 잡은 손에 더욱 힘을 줬다. 손으로 먼저 부르고, 입으로 그의 이름을 말했다.

"디온."

그를 바라보며 말을 이었다.

"여기가 너무, 소름 끼치도록 조용해요. 마치 아무도 살지 않는 것처럼."

소란스럽지는 않았지만 이렇게 조용한 마을도 아니었다. 소리 지르며 뛰어노는 아이들이 있었고, 아낙네들은 삼삼오오 수다를 떨거나 남편들을 도왔다. 하지만 지금은? 아무런 소리도 없었다. 아니, 소리야 있었다. 나뭇가지가 바람에 흔들리는 소리, 멀지 않은 곳에서 물이 흐르는 소리. 하지만 그중에 사람이 내는 소리는 없었다.

이 비현실적인 상황에서 내가 제일 처음 한 것은 현실도피였다. 굉장히 희박한 확률이지만 단체로 어디로 놀러 간 건 아닐까?

확인해야 했다. 나는 앞으로 한 발 나섰다. 그러자 곧바로 디온이 내 손을 당겼다. 움직이지 말라는 경고와도 같은 행동이었다.

"위험합니다."

그의 목소리에서 걱정이 뚝뚝 떨어졌다. 로브 안 그의 얼굴은 보이지 않았지만, 보기 드물게 딱딱하게 굳어 있을 게 분명했다.

"아무런 기척도 느껴지지 않습니다. 사람뿐만이 아닙니다. 살아 있는 기척이 하나도 느껴지지 않습니다."

"가축도요?"

"적어도 제가 느끼기엔 그렇습니다. 아마 제가 느끼지 못하는 것이라면, 무엇이든 없을 가능성이 높습니다. 그리고 무엇보다."

디온이 말을 골랐다. 아마 적절한 말을 찾고 있는 것처럼 보였다.

"어떻게 설명해야 할지 모르겠지만, 이곳과 가까워질수록 이상한 불쾌감이 강해졌습니다. 그냥, 본능적으로 이곳에 대한 거부감이 들었습니다."

나는 디온의 말에 고개를 끄덕였다. 내가 느낀 느낌과 정확히 똑같았다.

"그거 나도 느꼈어요."

"벤지가 이곳에 살 때도 그랬습니까?"

"아니요. 전혀요. 저 나무 밑에 아이들이 없었던 적은 없어요. 계절과 상관없이 말이에요."

나는 디온의 손을 다시 잡아끌었다. 이전에는 느끼지 못했던 불쾌함, 그리고 눈앞에 펼쳐진 기묘한 현상. 이 광경을 눈으로 보고도 아무것도 알아내지 못한 채 돌아갈 수는 없는 노릇이었다.

"가봐야겠어요."

"위험합니다."

짐짓 엄하면서도 내가 무얼 할지 알고 있는 듯한 말이었다. 하지만 나를 필사적으로 말릴 때의 단호함은 없었다. 이제는 대충 알 수 있었다. 그가 나를 말리지 않을 것이라는 것을.

"어쩔 수 없잖아요. 이렇게 아무 수확도 없이 돌아갈 수는 없어요. 세넨시아가 한 말이 정말이라면, 무언가 알아낼 수 있을 것이 분명해요."

디온은 내 말에 잠시 망설이다가 입을 열었다.

"꽉 잡으십시오. 그리고 제가 앞서겠습니다."

"싫어요. 우리 나란히 걸어요."

그의 걱정 끝에 나온 나름의 해결책 아닌 해결책이었다. 하지만 나는 그것이 싫었다. 재빨리 그의 손을 잡고서는 한 걸음 내디뎠다.

"소중한 사람을 떠나보내고 싶지 않은 건 디온뿐만이 아니에요. 나를 위해 희생하려고 하지 말아요."

여차 하면 목숨을 바쳐서라도 나를 지키려고 하는 그 모습이 정말이지 마음에 들지 않았다. 그렇기에 굳이 하지 않아도 될 말을 내뱉었다. 그렇지 않으면 자꾸 그가 그렇게 제 자신을 희생하고자 할 것 같아서.

내 말에 디온의 입이 무엇을 말할 듯 열렸다가 이내 닫히는 것이 로브 아래로 보였다.

"감사합니다."

"당연한 거예요. 그러니까 빨리 가봐요. 불쾌한 기분이 가시질 않아요. 최대한 빨리 둘러보고 여기를 벗어나고 싶거든요."

"알겠습니다. 그래도, 다시 한 번 조심하십시오."

"당연하죠. 디온도요."

우리는 걸었다. 좋지 않은 느낌이 계속 드는데, 이 불쾌감이 우리가 예민해서인지 다른 사람 역시 그렇게 느끼는지는 알 수가 없었다.

마을 안으로 깊이 들어갈수록 내 생각은 점점 사실이 되어갔다. 사람이 한 명도 없었다. 집 근처를 지날 때조차도 그 흔한 말소리 하나 들려오지 않았다. 더불어 디온의 말대로 다른 생명체의 소리조차 들려오지 않았다. 나무와 풀이 있으면 으레 들려오곤 했던 새소리와 풀벌레 소리도. 심지어 흔한 강아지 소리도. 그 아무것도 들려오지 않았다.

"다 같이 어딘가로 이사를 간 것이라 생각하고 싶지만요."

정말 그렇게라도 생각하고 싶었다. 사람뿐만 아니라 살아 있는 무언가의 기척이 단 하나도 느껴지지 않는다는 것은 정말이지, 소름 끼치는 일이니까. 더더욱 소름이 돋는 것은 이곳만 이 모양이라는 것이었다.

카르디안에서 시내까지는 걸어서 한 시간도 채 걸리지 않았다. 이곳과 별로 멀지도 않는 곳에서는 평상시처럼 사람들이 웃고, 장사하고, 생활했다. 분명 내 눈으로 봤다. 그들은 애완견을 끌고 다니기도 했고, 커다란 나무에는 새들이 앉아 지저귀고 있기도 했다.

그렇기에 이 마을의 고요가 더 무서워졌다. 나는 주변을 살펴

다가, 연기가 나오고 있는 집을 향해 걸었다. 겉보기에는 마치 사람이 있을 법한 광경이었으니까. 창문으로 그 안을 들여다봤다. 들여다본 집 안에는 예상대로 사람이 없었다.

나는 이 집에 누가 살고 있는지 잘 알고 있었다. 딜마 부인의 집이었다. 딜마 부인에겐 늦게 낳은 갓난아이 하나가 있었다. 갓난아이가 있었기에 집에 사람이 비는 일은 드물었다. 가끔 집을 비우더라도 열 살짜리 큰딸은 꼭 집에 붙여놓고 나가던 부인이었다. 그런 집에 사람이 단 한 명도 없었다.

나는 집의 문고리를 잡았다.

"들어가 보시려고 합니까?"

"네. 좀 더 확인해 보고 싶어서요."

"위험합니다."

"알고 있어요. 하지만 확인해야 할 것 같아서요."

"설득해도 소용없겠죠?"

"여기 이후로는 들어가지는 않을게요."

내 말에 알겠다는 듯 디온이 고개를 끄덕였다. 문고리를 돌려 문을 열었다. 끼이익, 소리를 내며 문이 열렸다. 아무도 없는 고요한 곳에서 울리는 문소리는 음산하기 짝이 없었다.

한 발 안으로 내디뎠다. 시골 어느 집에나 깔려 있는 나무판자로 이루어진 바닥이 삐그덕 소리를 냈다. 문 옆에 있는 옷걸이에는 옷이 걸려 있었다. 그 옆 벽 뒤에 있는 부엌으로 향했다. 이 부엌이 내가 이곳에 들어온 이유나 마찬가지였다. 이 집은 굴뚝으로 연기가 새어 나오던 집 중 하나였다. 즉, 불을 태운 지 얼마 지나지 않은 곳이라는 뜻이었다. 요리를 끝낸 지 얼마 안 됐을 가능성도 높았다.

우리는 조심스레 걸어 부엌으로 뚫린 곳에 다다랐다. 그리고 눈앞에 펼쳐진 광경에 자리에 멈춰 서고 말았다. 위화감? 아니, 기묘함? 이걸 무어라 표현해야 할까?

식탁 위에는 식기구들이 자리하고 있었다. 포개진 것도 아니고, 정리된 것도 아니었다. 그릇 옆에 숟가락과 포크가 떨어져 있었고, 가운데 자리한 스튜 냄비 안에는 스튜를 뜨다가 빠진 것처럼 보이는 국자가 있었다. 식탁 위의 음식에서 연기는 나지 않았지만 썩지 않고 멀쩡한 것이 그리 오래되어 보이지도 않았다. 아무리 봐도 눈앞에 펼쳐진 장면을 묘사할 문장은 하나였다. 일반적인 농가의 식사 장면에서 딱 사람만 빠진 모양새. 갑자기 사람이 증발해 버린 것만 같은 광경이었다.

우리는 아무 말도 하지 않았다. 못한 건지 안 한 건지는 알 수가 없었다. 굴뚝과 연결된 아궁이로 시선을 향했다. 장작은 불에 타며 작은 소리를 내고 있었다. 다시 한 번 집 안을 둘러봤다. 아무리 봐도, 급하게 짐을 싸서 떠난 광경이 아니었다. 그렇다고 누군가가 침입해서 사람들을 잡아간 것도 아니었다.

"정상적인 광경이 아닙니다."

디온이 목소리를 낮춰 말했다. 그 역시 나와 같이 느낀 모양이었다. 나는 고개를 끄덕였다.

"사실, 여기에 들어오기 전까지만 해도 집 안에서 갑작스러운 습격을 받았나 생각하기도 했습니다만 아무리 봐도 아닙니다. 가구도 흐트러지지 않았고, 공격을 당한 증거가 하나도 존재하지 않습니다."

"마치 사람들만 갑자기 사라진 것처럼 말이에요."

"이걸, 황성에서 묵과하고 있다는 말입니까?"

디온의 목소리에는 미미한 분노마저 담겨 있었다. 그래, 이건 기묘한 일이었다. 디온이 황성에 대해, 황제에 대해 아무것도 몰랐다면 그는 바로 황제에게 달려가 이 광경을 고했을 것이다. 하지만 이제는 그도 알고 있었다. 이 기묘한 광경이 황제와 맞닿아 있다는 것을. 그것에 분노하고 있는 것이 틀림없었다.

나는 말없이 그의 손을 한 번 꽉 잡아줬다. 이제야 세넨시아가 왜 나 말고는 말할 사람이 없다 얘기했는지도 알 것 같았다. 그의 말이 맞았다. 이건 황제에게 고할 것도 아니고, 황태자에게 고할 것도 아니었다.

사람이 증발한 곳이 이 집뿐일까? 절대 아니다. 온 마을을 뒤져 보지 않아도 알 것 같았다.

만약 이 모든 것들이 누군가의 소행이라면, 한 마을의 사람들을 한꺼번에 없앤 게 누군가의 짓이라면. 여기까지 생각한 순간 퍼뜩 한 가지가 떠올랐다.

"마농."

"예?"

마농의 왕자가 굳이 소르트의 아카데미에 찾아온 이유는 마농과 소르트 국경과 맞닿은 변방에서 일어난 학살 때문이라고 했다.

생각해 보면 조금 미묘한 일이었다. 학살이라고 하면 분명 증거가 있을 테고, 그렇다면 마농과 소르트는 전쟁을 개시하고도 남았겠지. 하지만 쉬얌은 증거가 없다는 식으로 말했었다. 사람이 직접 저지른 학살이라면 증거가 없을 리가 없었다.

'하지만……'

나는 눈앞의 풍경을 다시 눈에 담았다. 그래, 마농에서 벌어진 일이 바로 이런 것이라면, 그가 증거를 찾고자 한 것이 충분히 이해가 갔다.

나는 다시 그를 만날 필요를 느꼈다. '마농에 가야겠어요' 입을 열려는 순간이었다. 디온이 갑자기 나를 제 품으로 끌어당기고는 허리춤의 칼에 손을 갖다 댔다.

"쉿."

나는 고개를 들어 디온을 바라봤다. 그의 시선이 향한 곳은 내가 아니었다. 그는 부엌에선 보이지 않는 거실 쪽을 바라보고 있었다. 나를 감싼 디온의 팔에 힘이 들어가는 것이 느껴졌다. 그가 내게만 들릴 목소리로 말을 이었다.

"기척입니다. 누군가가 문밖에 있습니다."

그가 말을 끝내자마자 끼이익, 문이 움직이는 소리가 들렸다. 그리고 바로 다음 발소리가 들렸다. 누군가가, 이 집 안에 들어왔다. 우리는 숨죽였다. 누군지는 모르겠지만 아군일 것이라는 기대는 하지 않았다.

발소리가 조심스러웠다. 낡은 나무판자 바닥이 정체 모를 누군가의 걸음을 따라 삐그덕, 음산한 소리를 자아냈다. 우리는 숨을 집어삼켰다. 허리춤의 검을 쥐는 디온의 손에 힘이 더해졌다.

인기척은 정확히 이쪽을 향하고 있었다. 마치 이쪽에 누군가 있는 걸 알기라도 하듯, 일말의 망설임이라고는 느껴지지 않았다.

점점 발소리가 가까워졌다. 멀리 예민한 기척을 느끼지 못하는 나라도, 부엌의 벽 뒤편에 누군가 서 있다는 것을 충분히 알 수 있었다. 삐걱, 마룻바닥이 밟히는 소리가 들렸다. 그 소리를 따라 검은 형체가 서서히 몸을 드러냈다.

사람이었다. 나와 디온처럼 로브를 입고 있는. 다른 점이 있다면 우리는 후드까지 써서 얼굴을 가렸고, 그는 얼굴을 훤히 드러냈다는 점이었다.

그와 마주친 순간, 나는 그가 누구인지 알 수 있었다. 이유는 알 수 없었다.

"……네르아테안."

나는 그 이름을 입 밖에 내뱉었다. 내 의지가 아니었다. 이름을 말하고는, 숨을 들이켰다. 나를 보호하듯 안고 있던 디온의 팔에 더욱 힘이 들어갔다.

갑자기 불쾌함이 급격하게 느껴졌다. 그의 몰골이 험악해서라든가, 그를 마주해서라든가 하는 이유가 아니었다. 아까 이 마을에 들어설 때부터 느꼈던 근거 모를 불쾌함이 형태라도 갖추듯이 가슴 한편을 묵직하게 누르고 있었다.

그의 시선이 나를 향했다. 그 행동이 과히 부자연스러웠다. 돌리는 목에서는 삐걱 소리가 날 것 같았다. 기름칠하지 않은 기계가 돌아가는 것 같았다.

눈이 마주쳤다. 검은색의 눈동자 주변으로 핏줄이 잘게 터져 흰자가 붉게 변해 있었다. 주름 하나 없는 얼굴은 기이해 보이기까지 했다. 검은 로브와 대조되는 새하얀 피부에 마치 얼굴만 그 자리에 둥둥 떠 있는 것 같았다. 나이를 가늠할 수 없는 백발은 산발한 채였다.

정말로 기묘했다. 더불어 나는 내가 어째서 그를 '네르아테안'이라 생각했는지 알 수 없었다. 마치 이미 알고 있던 것처럼 뇌리에 박혔을 뿐이었다.

그의 얼굴에선 표정을 읽을 수가 없었다. 나를 바라보던 그가 입을 열었다.

"누구지, 너?"

높낮이가 이상한 쇳소리가 그의 입에서 들려왔다. 손톱으로 칠판을 긁듯 거슬리는 소리였다. 나는 침묵했다. 디온은 금방이라도 튀어 나갈 기세였다.

그가 눈을 또르륵 굴렸다. 어딜 보고 있는지 알 수가 없었다. 지금 이 상황과 그의 등장이 모두 비현실적이었다. 이 비현실을 깨기 위해서는 나나 디온, 둘 중 누구 하나라도 입을 열어야 할 것 같았다. 하지만 나보다 네르아테안이 입을 여는 것이 먼저였다.

"마술의 반동 흔적. 알 것 같아. 내가 실패한 마술은 하나뿐이 거든. 그래, 기어코 왔군. 그의 말대로였어."

그의 말이 나에게 하는 말인지, 혼자 하는 중얼거림인지 도무지 알 수가 없었다.

"1황녀께서 여기엔 어쩐 일인가?"

그의 눈이 빠르게 회전했다. 소름 끼치는 몰골이었다.

"당신을 만나러 왔다."

"호오, 내가 예 있는 건 어찌 알고? 그래, 그인가? 아니, 그인가? 아무렴 어떤가? 그래, 목적은?"

그와 대화하는 것에 근본적으로 거부감이 밀려왔다. 황태자도, 그리고 황제조차도 도무지 어떤 정신으로 그와 대화했는지 알 수가 없는 노릇이었다.

"당신을 포획하는 것."

내 말이 끝나자마자 그가 웃기 시작했다. 바닥을 기어 다니는 듯 작고 가래가 끓는 듯 사그작거리는 웃음이었다.

"포획? 포획 말인가? 누가? 자네가? 아니면 옆에 그 사내가?"

네르아테안이 입을 멈췄다. 그리고 찰나였다. 내 눈 바로 앞까지 그가 다가왔다. 그리고 순식간에 짙은 회색의 등이 내 앞을 가로막았다.

"네가 손댈 분이 아니다."

내 앞을 막은 디온의 등에서 오르도가 겹쳐 보였다. 지금까지 나를 지배하던 불쾌함과는 다른 거부감이 발끝에서부터 훅 밀려 올라왔다. 본능과도 같은 거부였다.

"안 돼. 절대!"

나는 디온을 뒤로 잡아당겼다. 내가 낼 수 있는 최대한의 힘이었다. 뜻밖의 힘에 디온이 잠시 휘청거렸다. 나는 그 틈을 놓치지 않고 디온의 옆에 섰다.

절대, 나를 막고, 그의 심장에 칼을, 칼을 쥐고 있지는 않지만, 나를 막아 그를 잃게 할 수 없었다. 잃지 않았지만, 무슨 일이 있어도.

"벤지."

"막지 마요. 절대 나를 가로막지 말아요. 나 대신 죽을 생각은 꿈에도 하지 말아요. 당신이 죽으면 나 역시 죽어버릴 테니까. 날 살리려거든 절대 내 앞을 막지 말아요."

나를 가로막은 디온의 등에서 오르도가 겹쳤다. 디온의 등을 관통하는 피 묻은 칼이 환상처럼 눈앞에 나타났다 사라졌다. 나는 가쁜 숨을 몰아쉬었다.

디온의 어쩌지 못한 손이 나를 가로막으려 하다가 이내 아래로 떨어졌다. 더 이상 내게 무어라 말하지 않았다. 그럴 틈이 없었다. 디온의 칼은 네르아테안의 목에 닿아 있었다.

하지만 목에 닿은 그 날카로운 날에도 네르아테안은 신경조차 쓰지 않고 있었다. 마치 그의 눈에는 칼이 보이지도 않는 것 같았다. 네르아테안의 시선은 계속해서 나를 향해 있었다. 쉿소리가 가득 섞인 목소리로 중얼거렸다. 숨길 의도는 없는 모양인지 내 귀에도 똑바로 그 말이 들렸다.

"왜지. 죽음이 아닌, 속박이, 먹히지 않을 리가 없는데."

뜻을 알 수가 없는 중얼거림이었다.

"너를 죽일 수는 없지. 이건 황제가 1황녀에게 준비한 선물이거든. 선물, 황제, 말하지 말라고 했던가? 말해도 된다고 했던가? 몰라, 상관없어. 하지만 왜 네게 마가 닿지 않는 거지?"

네르아테안의 시선이 내게서 디온에게로 옮겨졌다. 겉보기에는 아무런 변화가 없었다.

"크윽."

하지만 미약한 신음이 새어 나오고 있었다.

"디온? 뭐, 무슨 짓을 한 거야?"

미세하게 떨리는 디온의 팔이 보였다. 무언가 눈으로 보이지 않는 싸움이 일어나고 있음에 틀림없었다. 하지만 네르아테안은 내 질문에 답할 마음이 전혀 없어 보였다.

그의 시선이 다시 나를 향했다. 그는 계속 중얼거렸다. 제 스스로 무어라 가정하고 결론 내리고 그것을 이내 다시 번복하는 것처럼 보였다.

"다비네의 은총을 받았나? 그년이 어떻게 여기까지 알았지? 아니야, 그래도 이자에겐 마가 들어가. 튕겨낼 뿐이야. 하지만 넌?"

도록도록 굴러가던 그의 눈알이 정확히 나를 향했다. 내가 그 안에 알 수 없는 무언가를 건드린 것이 틀림없었다.

"넌 뭐지? 왜 마신의 힘이 닿지 않지? 고작 반동으로 거부반응이 올 리는 없다. 근원적인 거부야. 영혼이 거부하고 있어."

그가 나를 향해 손가락을 까딱였다. 그가 손가락을 양옆으로 움직일 때마다 불쾌함과 더불어, 어떤 일이라도 일어날 것 같은 불안함이 엄습했다가 사라지곤 했다.

그의 행동은 일반인의 것이 아니었다. 미친 것처럼 보였던 세넨시아와도 달랐다. 미친 거 아닌가 싶더라도 사람이기는 했다. 하지만 눈앞에 이 남자는 아니었다. 인간의 범주가 아니었다. 마치 광신도와 같았다.

어찌 됐건, 내가 지금 확신할 수 있는 것은 하나였다. 그는 나를 죽일 생각이 없다는 것. 눈앞에서 손가락을 몇 번 까딱이던 그가 검지를 정확히 내 눈 사이에서 멈췄다.

"너, 마신을 만난 적이 있군."

"마신?"

터무니없는 소리였다. 여신조차 만난 적이 없는데 마신이라니.

"말도 안 되는 소리를."

"아닌 척 잡아떼도 소용없어. 내가 그것조차 모를 리가 없으니까. 너는 산산조각 찢겨 있다. 살아 있을 수 없는 존재다. 어떻게 살아 있지?"

네르아테안이 하는 말을 단 하나도 알아들을 수가 없었다. 하지만 떠오르는 것이 있었다. '벤지안스'의 죽음. 마족에게 뜯겨 산산조각 난 그녀의 죽음. 갑자기 그 죽음이 떠올랐다.

하지만 그럴 리가 없었다. 그건 일어나지도 않은 미래의 일이었다. 아니, 일어날지조차 모르는 일이었다. 나는 아직 제물로 바쳐진 적도 없고, 찢겨 죽은 적도 없으며, 마신을 만난 적도 없다. 그 사건을 겪은 것은 소설 속의 벤지안스였지 내가 아니었다.

"말할 생각이 없는 건가? 하지만 나는 알아야겠어. 꼭 그래야겠어."

입을 꾹 다물고 있는 나를 바라보며 그가 쉿소리를 냈다. 그가 내뱉는 내용이 불안했다. 마치 그것을 위해서라면 무슨 일이든 행할 것만 같았다. 그리고 그 불안함은 그의 검지가 내 미간을 떠나 디온에게 향할 때 점점 짙어졌다.

그가 바닥을 긁는 듯한 하비작대는 목소리로 말했다. 그 소름 끼치는 목소리로 내 귀에 꽂힌 것은 끔찍한 내용이었다.

"그래, 1황녀가 소중히 여기는 자의 목숨이라도 걸리면 진실을 토해낼까?"

"컥."

숨이 막힌 소리가 바로 오른쪽에서 들려왔다. 동시에 디온이 바닥에 꿇어앉았다. 그가 쥐고 있던 칼이 챙그랑 소리를 내며 바닥으로 떨어졌다. 네르아테안이 어떤 짓거리를 하고 있는 건지 도무지 알 수가 없었다.

"디온! 아니야, 멈춰!"

단 하나만큼은 정확히 알 수 있었다. 디온의 목숨이 그의 손아귀에 잡혀 있다는 것을. 나는 패닉에 빠졌다. 디온이 내 소중한 사람인 것을 티 내면 안 됐던 것일까. 그의 앞에서 특별한 사람인 양 대했던 것이 문제였을 수도 있다.

아니, 아무렴 무슨 상관인가? 지금 디온의 목숨을 위협하고 있는 것은 눈앞의 저 미친 남자, 네르아테안이었다.

머리를 굴려야 했다. 무언가 방법이 있을 것이다. 나는 어떻게 해야 하나? 그가 원하는 답을 해야 하나? 하지만, 그것은 나도 모르는 일이었다. 내가 만약 말을 꾸며낸들, 그가 거기에 속아 넘어간다는 보장을 할 수도 없었다.

그렇다고 내 안에서 이제야 떠오르고 있는, 확실치도 않은 가정을 말해야 하나? 만에 하나 그것이 진실이라면……. 나는 디온을 바라봤다. 그리고 이내 그것을 저 안으로 밀어 넣었다.

네르아테안에게 나는 그저 책 속의 인물에게 빙의한 거라고, 원작을 비틀었다고 말해서 좋을 게 있을까? 과연 그것이 지금 상황을 타개하는 유일한 해결책일까? 절대 아닐 것이다. 합리화에 가까운 적절한 이유를 대고는, 그것을 제외한 것을 향해 머리를 굴리기 시작했다.

"네 비밀이 이 사내보다 중요하다는 것이겠지?"

가래가 끓듯 안으로 삼키는 네르아테안의 웃음소리가 증오스러웠다. 그 옆에서 디온이 가쁜 숨을 몰아쉬고 있었다. 초조해지기 시작했다.

생각해야 한다. 분명 방법이 있을 것이다. 절대로, 나 때문에, 또다시, 누군가를 잃을 수는 없다. 절대로.

머리를 필사적으로 굴렸다. 내가 알고 있는 모든 지식, 모든 걸 조합하고 엮고, 방법을 찾아내야 한다. 잠깐이라도 디온의 숨을 그의 손에서 빼앗아야 한다. 찰나면 충분할 것이다. 적어도 그렇게 생각했다.

디온의 신체적 능력은 뛰어나다. 만약 마술사가 손 하나 까딱해서 뛰어난 기사를 한 번에 죽일 수 있다면, 이것이 문제가 되지 않을 리가 없었다. 물론 네르아테안이 어떤 특별한 능력을 지녔을 수도 있지만, 그 긴 역사 속에서 그런 일이 없었을 리는 없다는 생각을 했다.

우리는 어떠한 특수한 상황 안에 있는 것이고, 그가 손쉽게 디온을 어쩌지 못하는 것으로 보였다. 그러니까 디온을 고통스럽게는 하지만, 적어도 죽이지는 못하는 것으로 보였다.

그래, 죽이지 못할 것이다. 분명 이유가 있다. 내 안에 들어차 있는 지식들이 그렇게 말하고 있었다. 나는 특이한 점을 찾아내기 위해 집중했다.

그에게 진실을 말한다는 사안은 이미 머릿속을 떠난 지 오래였다. 눈으로, 온몸의 감각으로 이 상황을 제대로 해석하기 위해 심혈을 기울였다.

아까 그가 말했다. 빌어먹을 여신이 축복이라는 귀찮을 짓을 했다고. 그 말이 무엇을 의미하는지 알 것 같았다. 디온의 공작 계승식 때 왔던 대신관. 그때의 축복이 네르아테안을 방해하고 있는 것이 분명했다. 내가 해결책을 찾을 때까지 디온이 버텨줘야 한다. 그 축복으로라도 잠시간 시간을 끌어주기를.

그렇게 간절히 바라는 중에 눈에 들어오는 것이 하나 있었다. 그의 손가락. 주름이 가득 진 빌어먹을 저 손가락이 움직일 때마다 형언할 수 없는 불쾌함을 느꼈다.

그리고 저 손가락이 내게서 디온에게 넘어갔을 때 디온이 위험해졌다. 이걸 확신이라고 하기는 조금 그랬다. 그냥 감이었다. 하지만 조금의 가능성이라고 생각하는 순간, 나는 그대로 몸을 날려 디온과 네르아테안 사이로 들어갔다. 네르아테안의 몸에 손을 댈 수는 없으니. 머리를 감싼 채 주저앉은 디온의 앞을 막아섰다.

그의 손가락이 또다시 내 미간을 향했다. 그리고 순식간에 불쾌함이 밀려왔다. 심장을 내리누르는 기묘한 압박감이었다. 하지만 그 이상도 이하도 아니었다. 숨이 막히거나, 갑자기 목숨이 그의 손에 저당 잡힌 느낌은 전혀 들지 않았다.

그리고 그와 동시에 숨이 터지는 소리가 들렸다. 내 뒤에서 나는 소리였다. 그리고 그 순간이었다.

"뭐야, 아무도 없어? 다들 어디 간 거야?"

누군가의 외침이었다. 그리고 그 순간 직감적으로 파악할 수 있었다. 지금이 기회라는 것을.

표정이 없던 미친 마술사의 얼굴에 이제야 표정이라는 것이 떠오른다. 당혹? 혹은 화? 그런 표정은 아니었다. 그저 아쉽다는 느낌, 그 이상도 이하도 아니었다. 그리고 그와 동시에 순식간에 내 옆을 바람이 지나갔다. 동시에 칼이 내게 손가락을 내밀고 있던 자의 목을 갈랐다.

찰나였다. 보이지도 않는 빠르기였다. 목이 떨어지고 그 바로 뒤에 익숙한 자의 얼굴이 보였다. 사람의 목이 잘린다는 것이 끔찍한 일이건만, 나는 디온의 안전하다는 것에 안도의 한숨을 내쉬었다.

그리고 그 짧은 찰나에 느낀 위화감이었다. '왜 목이 잘렸는데 피가 나오지 않지?'라고 생각한 순간이었다. 절단된 목에서부터 재가 날리듯 검은 가루가 흐트러졌다.

"재밌어. 재밌는 조합이야."

들려서는 안 되는 목소리가 들려왔다. 분명 목이 잘렸는데. 하지만 이 목소리는 네르아테안의 것이었다. 아니, 지금까지보다 더욱 소름 끼치는 쇳소리였다.

"벤지!"

디온이 몸을 날려 내게 다가왔다. 그러고는 나를 안다시피 해 한 발 뒤로 물러선다. 본능에 가까운 행동이었다. 내 발 아래에 떨어져 있던 그의 머리는 이미 검은 재가 되어 날아가고 있었다.

창문 쪽으로 빠져나가는 동안에도 귀를 거슬리는 그의 목소리가 계속 들려왔다.

"나는 클리시스에게 말했지. 듣지 않은 것은 그였어. 내 술을 떨쳐 낸 자가 이걸 선물이라 받아들이는 일은 없다고 나는 말했어. 하지만 클리시스는 끝까지 네게 선물을 주고 싶어 했다."

알지 못할 소리를 끝까지 주절거리는 그였다. 하지만 헛소리로 무시하기엔 그 목소리도, 내용도 무시할 수가 없었다. 그가 입에 올린 '클리시스'는 바로 황제였으니까.

산화되듯 그의 몸이 가루가 되어 날아갈수록 그가 입고 있던 검은 로브가 무너져 내렸다. 검은 재가 바람이 없는 실내에서 어디론가 날려 사라졌다.

"상관없어, 상관없어. 거대한 역사가 시작된다! 미래를 기다려라, 여신의 졸개들이여!"

바로 옆에서 들려오는 것처럼 거슬리는 목소리를 끝으로 응축된 불쾌감은 모두 사라졌다. 나와 디온은 한동안 말없이 바닥에 떨어진 로브를 바라보고 있었다.

다행스럽게도 더 이상 아무 일도 일어나지 않았다.

"괜찮으십니까?"

"괜찮아요?"

동시에 말하고는 이내 후, 안도의 한숨을 내쉬었다. 디온은 무사하고, 나 역시 무사하다. 하지만 웃음은 나오지 않았다. 네르아테안이 한 말이 머릿속을 떠나지 않았다.

"대신전을 찾아가야겠습니다."

디온이 말했다. 내가 생각한 바였다. 그는 여신의 축복이 저를 방해한다고 말했다. 대신전을 찾아가면 무언가를 알아낼 수도 있다. 아니, 그들은 알고 있다. 그런 확신이 들었다. 신녀들이, 대신관이 내게 계속해서 말해왔던 그 애매한 한마디 한마디를 상기하니, 여신이 무언가를 알고 있을 것이라는 확신이 들었다.

"내키지는 않지만 말이에요. 알아봐야 할 것들이 갑자기 많아진 기분이에요. 아, 그리고."

손에 쥐고 있던 칼을 칼집에 넣던 디온이 고개를 들었다. 의아함과 걱정을 한데 담은 그의 눈과 마주쳤다.

"조심해요."

나는 주어를 말하지 않았다. 황제를 조심해요. 그는 이것들이 황제의 소행이라는 것을 알고 있었지만, 그리고 오늘 더더욱 명확하게 알게 되었지만. 나는 아직 내 복수를 위해 부정확한 정보만을 흘릴 수밖에 없었다. 나는 이런 사람이었다.

"그리고 미안해요."

모든 것을 말할 수가 없어서. 당신이 알고 있음에도 모든 것을 털어놓을 수가 없어서. 그렇게 당신에게 모든 것을 말하지 않은 주제에 또다시 당신을 위험에 빠뜨리게 해서.

사실 복수만 아니라면 다른 것은 전부 말해도 좋았다. 하지만 내가 다른 곳에서 왔다는 것은 말할 수가 없었다. 나는 이미 내가 '벤지안스'라고 느끼고 있었지만, 다른 사람이 그것을 어떻게 받아들일지 알 수 없었다.

한쪽으로 나를 안고 있던 팔이 조금 더 부드럽게 감싸왔다. 그는 남은 다른 한 손으로 내 등을 가볍게 두드려 주었다.

"사과해야 할 것은 저입니다."

그의 말투에서 숨길 수 없는 자괴감이 느껴졌다. 그가 지금 무엇에 대해 미안해하는지 확신할 수 있었다. 방금 전, 나를 지키지 못하고 제가 위험에 처했던 것에 대해 자책하고 있음이 분명했다. 나는 그의 품에서 빠져나와 시선을 들었다. 눈을 마주했다.

"디온."

그의 이름을 불렀다. 마주한 그의 눈에는 여전히 자책이 가득이었다.

"나를 위해서 목숨을 걸지 말아요. 절대로요. 방금 전 봤잖아요. 나는 디온을 위해서 목숨을 건 것이 아니에요. 내가 죽지 않을 것을 알기에 뛰어든 거지. 난 그 정도로 이기적이니까, 날 위해서 목숨을 걸지 말아요."

그에게 바라기 때문에 나온 진심이었다. 디온이라면, 오르도보다도 더욱 망설임 없이 제 목숨을 던질 것 같았다. 그것을 몇 번이나 보아왔다. 지금 이 상황에서조차도. 그렇기에, 나는 그를 말려야 한다.

사실 이제는 내 안에 중요한 것이 복수인지, 아니면 디온의 안위인지 확신하지 못하는 상태였다. 나도 내 속을 제대로 알 수는 없었다.

그저 지금 확실한 것은, 디온이 나 때문에 목숨을 잃는다면, 지금 겨우 잡고 있는 이 한 줄기 희망이라는 줄조차 끊어질 것이라는 사실이었다. 디온을 잃을 수는 없었다.

내 말에 알 수 없는 눈으로 디온이 나를 바라보았다. 무어라 말을 하려다가 디온이 다시 손을 옮겨 제 허리춤에 있는 칼을 잡았다. 아까와 같은 끔찍한 경계는 아니었지만, 그의 행동으로 보아 누군가가 근처에 와 있다는 것을 알 수 있었다.

"어이구! 뭐야, 사람이 여기 있었네!"

아까 밖에서 들려왔던 목소리와 같은 목소리였다. 제 기척을 숨길 생각도 없어 보이는 그는 우리를 발견하고는 아주 반갑다는 듯이 소리쳤다. 등에 인 짐이, 입고 있는 복장이 그가 상인이라는 것을 보여주었다.

"여기에 아무도 없는 거요? 아니, 마을이 왜 이 모양 이 꼴이 되었대?"

그의 얼굴에는 우리를 발견한 반가움과 함께 영문을 모르겠다는 의문이 동시에 떠올라 있었다. 대답은 디온의 입에서 나왔다. 아직 경계를 늦추지 않은 모양인지 디온은 손을 여전히 검 위에 올린 채였다.

"우리도 지나가다가 들렀습니다. 아무도 없는 모양이더군요."

"그런가? 그럼 다행인데."

"예?"

뜻밖의 답변이었다. 그리고 이어지는 내용은 더더욱 예상외였다.

"얼른 황성으로 돌아가야 할 것 같습니다. 2황비마마의 출산이 앞당겨졌다던데. 아마 황성 식구들이 전하를 찾을 겁니다. 빅티, 미카."

예상치도 못한 이름이 그의 입에서 나왔다. 나와 디온을 향해 부르는 이름에 그의 소속이 어딘지 정확히 알 수 있었다. 그가 이곳에 온 이유 역시 단번에 알 수 있었다.

황족의 출산일에는 모든 황족이 황성에 있어야 한다. 그것을 지키지 못하는 것은 커다란 죄에 속했다. 눈앞의 남자는 그것을 알려주기 위해 부러 여기까지 온 것이 틀림없었다. 지금 당장 황성으로 가야 했다.

마을을 벗어나자 원인 모를 불쾌함은 씻은 듯이 사라진 상태였다. 왔던 길 그대로 서둘러 황성으로 향했다. 사실 디온과 남아더 이야기할 계획이었지만 그럴 수가 없었다.

"생각을 조금 정리해야겠어요. 정리되면 말할게요."

"제게 말해주셔도 되는 겁니까?"

"음, 최대한 말할 수 있는 범위까지 말할게요. 그리고 전부 다 말하지 않더라도 디온은 전부 파악하고 있잖아요. 으음, 설마 내 착각은 아니죠?"

"적어도 지금까지의 대화에서 벤지의 반박이 없던 것을 보니 파악은 제대로 하고 있던 것 같습니다."

이야기를 나누다 보니 어느새 공작저였다. 헤어지는 것은 언제나 아쉬웠다. 그것도 예상하지 않은 시간에 헤어지는 것은 정말로 아쉬웠다. 하지만 지금은 때가 아니었다. 글레나와 베른이 기다리고 있는 곳으로 향하자 안절부절못하며 나를 기다리고 있던 글레나가 황급히 다가왔다.

"전하, 2황비마마께서."

"알고 있어요."

대답을 하고는 디온을 바라봤다. 아마 내 눈에는 아쉬움이 뚝뚝 떨어지고 있겠지. 내 눈을 마주친 그가 가벼운 웃음을 걸고 한 발 다가왔다.

"다음번엔 제가 찾아뵙겠습니다."

"괜찮을까요?"

'황제가 당신의 기억을 읽어도 괜찮을까요?'라는 질문이었다.

"막아야지요."

디온이 답했다. 무엇을 막겠다는 것인지 명확하지는 않았다. 황제가 제 기억을 읽는 것을 막는다는 것인지, 이유 모를 학살을 막는다는 것인지, 혹은 황제가 저를 해치려는 것을 막는다는 것인지. 아니면 셋 다인지.

나는 그저 고개만 끄덕였다. 막아야지. 무엇이든 간에. 그리고 그대로 그에게 돌려줘야지. 황제가 무엇을 하려든지 간에 그에게 모든 것을 돌려줄 것이다.

"가보십시오. 더 지체하다가는 외려 벤지에게 피해가 갑니다."

그가 단단한 웃음을 지으며 나를 배웅했다. 공작으로서 황성에 드나드는 일이 드물지는 않을 것이다. 그와 비례해 나와 만날 기회도 늘어나겠지만, 더욱 걱정되는 것은 그가 황제와 부딪칠 일도 늘어난다는 점이었다. 더 나아가 나 없이 디온과 황제가 만난 자리에서 황제가 어떻게 행동할까 걱정되었다. 디온이라면 알아서 하겠지만, 그래도 걱정되는 것은 어쩔 수 없었다.

"가볼게요. 조심해요."

"벤지야말로."

그 걱정을 담아 내뱉은 인사에 디온 역시 걱정이 가득 담긴 말로 내 말을 받았다. 손등에 스친 따스한 그의 입술을 마지막으로 공작저를 나섰다. 곧 폭풍이 휘몰아칠 황성으로 발걸음을 옮길 차례였다.

돌아온 황성은 분주했다. 레이퓌르성으로 돌아오자 익숙한 시녀들이 서둘러 달려 나왔다.

"전하, 늦으시는 줄 알고 걱정했습니다. 어서 가야 해요."

아직 출산이 끝나지는 않은 모양이었다. 글레나와 베른, 그리고 시녀 두셋을 더 대동하고는 황성 안의 신전으로 향했다.

날 급히 재촉했던 것치곤 신전 안에는 황족 전부가 모인 게 아니었다. 2황비의 자식들인 3황자, 4황자, 아델라이네 그리고 황후가 있었다. 황후가 나를 보고는 눈짓으로 인사를 건넸다. 내게 악감정 따위 갖고 있지 않다는 듯 태연하게 쓴 가면이 대단했다.

"어서 오거라. 아직 데비스는 오지 않았어. 여기 서도록 해."

어투가 상냥했다. 상냥함을 가장한 그 위선에 치가 떨렸지만 애써 모르는 척했다.

"비마마의 상태는 괜찮으십니까?"

"상태는 괜찮다 하더구나. 하나 예정일보다 이른 출산이라 태아의 건강은 확신하기 힘들다고 한다."

황후의 얼굴이 마치 2황비를 크게 걱정하는 것처럼 보였다. 원래 2황비의 출산 예정일은 두 달 후였다. 지금 낳는다면 비정상적인 조산이 될 터였다. 그리고 그렇게 만든 장본인이 걱정하는 척 지껄이고 있었다. 대단한 여자였다.

아델라이네와 황후 사이에 섰다. 눈앞에는 여신의 사도들을 묘사한 그림들이 그려져 있는 벽과 커다란 문이 있었다. 그 문 너머 또 다른 공간에 황제가 있고, 그보다 더 깊은 곳에 2황비가 있을 것이었다.

황족은 황성 내 신전에서 출산을 해야 한다. 여신을 받드는 곳에는 신성력이 충만하고, 그 신성력은 치유 효과를 더 높여준다. 조금이나마 건강한 출산을 위한 방법이었다.

더불어 2황비는 꼭 이곳에서 출산해야 할 상태였다. 조산은 누가 봐도 좋지 않은 징조였으니까. 문제는 이 조산이 자연적인 게 아니라는 데에 있었다. 마술로 인해 벌어진 결과임이 분명했다.

내 옆에 서 있던 아델라이네가 내 손을 잡았다. 그녀의 떨림이

고스란히 느껴졌다. 마주한 그녀의 눈에는 걱정이 가득이었다.

"언니, 어마마마는 괜찮으시겠죠?"

"비마마께서는 괜찮으실 거야."

이전에 2황비는 괜찮을 것이다 말했지만 그럼에도 걱정되는 모양이었다. 나는 끄덕여 줬다. 2황비는 무사할 것이다. 그럴 수밖에 없었다. 오히려 2황비의 안위에 문제가 생긴다면 그것이 더 큰일이었다. 내 말이 어느 정도 위안이 됐는지 새파랬던 얼굴에 그나마 혈색이 돌아오는 것이 보였다.

2황비 배 속의 태아가 무사하기는 글렀다. 하지만 내가 아는 지식 내에서라면 2황비는 무사하다. 그리고 무사해야 한다. 내 계획을 위해서는 꼭 그래야 했다. 설마 2황비까지 죽이려고 하진 않았겠지.

순간이었다. 타이밍에 맞게 신전의 문이 열렸다. 그 사이로 황태자가 걸어 들어오는 것이 보였다. 그는 우리를 한 번 훑고는 아무런 말도 하지 않았다. 그렇다고 호의가 담긴 표정은 아니었다. 훑어가는 시선이 내게 닿은 순간에는 더욱 깊어진 적의가 스쳐 지나갔다. 하지만 여전히 별다른 말은 하지 않았다.

"아직입니까?"

"늦지 않게 와서 다행이야, 데비스. 울음소리가 들리지 않는 걸 보니 아직인 모양이다."

황후의 말이 우스웠다. 울음소리가 들리지 않을 것을 모를 리가 없었다. 제 손으로 끝내 버린 태아의 생명인데 그것을 모를 리가. 황후의 말이 신호라도 된 듯, 굳게 닫혀 있던 문이 열렸다.

우리는 입을 다물었다. 2황비의 출산이 끝난 것이 분명했다. 하지만 문틈 사이로 들려야 할 울음소리는 들리지 않았다. 들릴

리가 없었다. 나는 애써 이 사달의 주인공인 황후를 보지 않으려 애썼다. 나는 황후가 저지른 짓을 모르는 상태여야 하니까.

열린 문 사이로 황제의 뒷모습을 지나 천 너머의 모습이 보였다. 천은 걷혀 있었다. 출산이 끝났다는 뜻이었다. 그리고 그 걷힌 천 사이로 백지장처럼 새하얘진 2황비의 얼굴이 보였다.

출산의 고통이라고 하기엔, 아이를 안아 드는 어머니의 웃음이 없었다. 아이의 울음소리도 없었다. 축하하는 신녀들의 목소리도 없었다. 그래, 꼭 있어야 할 모든 것들이, 출산의 축복이 없었다.

문 너머는 침묵이었다. 긴장의 침묵. 애도의 침묵. 신녀가 떨리는 목소리로, 하지만 명확히 이쪽까지 들릴 목소리로 입을 열어 내가 이미 알고 있는 내용을 고했다.

"사산하셨습니다."

숨을 들이켜는 소리가 들려왔다. 3황자와 4황자였다. 아델라이네가 한 발 앞으로 다가갔다.

"어마마마께서는요?"

"무사하십니다."

그 말과 동시에 안심하는 아델라이네의 표정이 보였다. 하지만 그 소식에 안심하는 건 오직 아델라이네뿐. 문 너머에서 날카로운 단말마와 같은 외침이 들려왔다. 자지러지는 비명과도 같은 소리였다.

"말도 안 돼. 말도 안 돼! 내 아이, 말도 안 돼. 숨을 쉬지 않는다니, 이리 내요. 내가 내 눈으로 확인해야겠어. 어떻게, 내가 어떻게 기다린 아인데!"

핏기라고는 하나도 없는 표정이었다. 벼랑 끝에 매달린 자의 목소리였다. 그녀의 표정이, 그녀가 지금 어떤 심정인지 여실히 보여주었다. 절망, 불신, 상실, 분노. 모든 것이 한데 섞인 표정이었다.

2황비가 자리에서 일어나려 몸부림을 치자 신녀들이 그녀를 막았다. 그 모두의 행동이 급박했다. 그 급박함 사이로, 갈라져 쉬어버린 2황비의 목소리가 들려왔다.

"말도 안 돼! 내 아이! 이게, 이것이 그냥 일어날 리 없어. 누군 가의 소행이야! 그래, 그럴 수밖에! 폐하! 조사해 주시옵소서! 이 일을 낱낱이 파헤쳐야 합니다, 폐하!"

신녀들에게 가로막힌 2황비가 고함을 질러댔다. 걷었던 천이 다시 방을 가렸다. 하지만 방음은 되지 않아 그 소리가 적나라하 게 울려 퍼졌다. 2황비의 목소리가 절박하기 짝이 없었다. 아이를 잃은 슬픔인지 혹은 제가 의심하는 자를 향한 확신 어린 분노인 지는 알 수 없었다.

"폐하! 뒷공작이 있는 것입니다, 폐하!"

그래도 2황비는 제 입으로 황후라는 말은 꺼내지 않았다. 아직 은 그 정도 이성까지 잃지는 않은 모양이었다. 2황비의 외침에도 황제는 아무런 움직임도 없었다. 뒷모습만 보이는 황제가 지금 무 슨 표정을 짓고 있는지 도무지 알 수가 없었다. 과연, 당신은 어 떤 행동을 취할까? 잠시나마 가치를 가졌다가 순식간에 추락한 2황비에게 당신은 어떤 모습을 보여줄까?

"2황비가 불편함 없이 편히 쉴 수 있도록 하게."

고작 한마디였다. 2황비가 편히 쉬게 하라. 그 한마디가 무얼 의미하는지 나는 알고 있었다. 2황비는 사산아를 출산한 순간부 터 황제의 총애를 잃었다.

황제가 등을 돌렸다. 이제 2황비는 황제의 기대에서 벗어났다. 완전히 버림받은 말, 그 이상도 이하도 아니었다.

"폐하! 폐하!"

천 아래로 멀어지는 황제의 발이라도 본 것일까? 날카롭게 이어지던 비명이 우뚝 멈췄다. 부자연스러운 멈춤이었다.

"마마!"

큰일이라도 난 듯 2황비를 불러대는 신녀들의 목소리가 신전을 울렸다. 보이지는 않지만 2황비가 졸도한 것이 뻔했다. 하지만 황제는 아랑곳하지 않고 그대로 걸음을 옮겨 아델라이네에게 다가갔다.

"어머니를 잘 보살펴 주거라."

그것이 끝이었다. 사산한 부인을 안쓰러워하는 어떠한 모습도 없었다. 황제는 그렇게 멀어져 갔다. 그 등에서는 어떠한 감정도 보이지 않았다. 아쉬움도, 분노도 그 무엇도.

"어마마마!"

황제가 가고 나서 기다렸다는 듯이 뛰어 들어가는 아델라이네의 뒷모습이 보였다. 흘끗 시선을 돌린 곳에는 손으로 입을 막아 제 얼굴을 가린 황후가 있었다.

"세상에, 2황비가 너무 걱정되는구나."

같지도 않은 걱정을 내비치는 황후를 바라보고, 다시 천 너머를 바라봤다. 나는 아델라이네에게 황후가 2황비를 노린다는 사실을 이미 알려주었다. 곧 그 말은 2황비의 귀에 들어갈 것이 뻔했다.

천 너머의 소란은 아직 가시지 않았다. 신녀들의 걱정, 황자들의 충격, 아델라이네의 외침. 모든 것이 아비규환이었다. 그리고 동시에 나는 확신할 수 있었다. 황성 안을 휘몰아치는 폭풍이 거세지기 시작했다는 것을.

황성 안은 한동안 조용했다. 숙연했다는 표현이 더 옳을 것 같기도 했다. 조산도 불길한 징조다. 더불어 사산아는 더더욱 불길한 징조였다. 사산아를 낳은 2황비의 입지는 이전보다 훨씬 좁아질 수밖에 없었다. 이것까지 노리고 황후가 손을 쓴 것일까? 그랬을 가능성이 높았다. 어찌 됐건 황성에서 황제 다음으로 그 영향력이 강하던 여자였으니.

2황비는 신전에서 삼 일간 머물다가 제 궁으로 옮겨갔다. 들려오는 바에 의하면 처음 이틀간은 정신 나간 사람처럼 황제를 찾아 울부짖었다고 했다. 제 아이를 죽인 범인을 찾아달라며, 듣지 않을 황제를 향해. 그 말이 황제의 귀에 닿을 리가 없었다. 닿았다 한들 황제가 움직일 리가 없었다. 어쩌면, 황제는 모든 것을 알고 있을 수도 있었다. 아니, 이제는 황제가 전부 알고 있다고 확신한다.

그럼에도 황제는 움직이지 않을 것이다. 이제 2황비에게는 그럴 가치가 없기 때문에. 가치 없어진 나를 버렸을 때처럼.

황제가 돌아오지 않을 것을 깨달았는지 2황비는 조용해졌다고 한다. 정신을 잃었다가 다시 돌아온 것처럼 웃고, 대화하고 생활했다. 사산했다는 것이 믿기지 않을 정도로 평소와 같아 소름 끼칠 정도였다고, 아델라이네가 말하고 있었다.

"아바마마께서는 그 이후로 찾아오시지 않았대요. 하지만 어마마마께서는 아바마마에 대한 것은 한마디도 하지 않고 계세요. 마치 없던 일처럼요. 그래도 예전처럼 웃어주셔서 좋기는 한데……

그게 썩 행복해 보이지는 않아요."

아델라이네의 얼굴에 쓸쓸한 미소가 지나갔다. 2황비가 그렇게 된 후, 아델라이네는 2황비가 정신을 회복하는 요 며칠간 하루도 빠짐없이 나를 찾아왔다.

처음에는 2황비가 사산하게 된 이유를 알려주어 고맙다는 인사로 시작했다. 사실 내가 보기에는 찾아올 이유도 없어 보였다. 항상 가져오는 이유가 별다른 것이 없었다. 그게 의심스러워 찾아올 때마다 기억을 읽었지만, 나를 해하려는 움직임은 없었다.

조금 과하다 싶을 때는 하루에 두 번 찾아오는 경우도 있었다. 2황비를 보러 가기 전, 보러 다녀온 후. 올 때마다 꼭 하는 이야기는 '제게도 언니가 생겨서 너무 좋아요!' 였다. 해맑게 웃으며 하는 말이 이제껏 봐왔던 어느 표정보다 진실해 보여 오히려 의심이 되기도 했다.

어찌 됐건, 오늘도 그녀는 내 앞에 앉아 있었다. 쫓아낸다거나, 굳이 하지 않아도 될 말을 해서 상처 주는 일은 하지 않았다. 아델라이네는 내가 가만히 앉아만 있어도 혼자 조잘조잘 떠들었고, 시간이 되면 돌아갔다. 그리고 가끔 하는 말 중에 꽤 쏠쏠한 정보가 담겨 있기도 했다. 가끔은 그녀가 내게 준다던 정보가 이 정보인가 싶을 정도로.

"아, 어마마마께서 조만간 언니와 왔으면 좋겠다고 했어요. 제가 아카데미에서 언니와 학생회를 함께했던 일을 말했더니 언니도 보고 싶다고 하셨어요! 혹시 괜찮으시면……."

아델라이네는 끝말을 살짝 얼버무렸다. 내 눈치를 보는 모양이었다. 하지만 그건 오히려 내게 더 좋은 소식이었다. 어차피 2황비에게 찾아갈 생각을 하고 있었다.

지금쯤이면 2황비의 황후에 대한 악의와 열등감이 폭발해야 할 때였다. 2황비는 지금 너무 조용했다. 궁의 사용인들은 2황비가 사산한 충격에 잠시 정신을 놓았던 거라고 수군거렸다. 해사하고 자비롭고 욕심이 없는 2황비가 드디어 몸과 마음을 추스르고 원래대로 돌아왔다고. 하지만 내가 보기에 그녀는 그런 여자가 아니었다. 2황비 역시 황후만큼의 욕심을 갖고 있었다. 그저 그 기회를 잡지 못했을 뿐.

원래 있던 곳보다 높은 곳에서 떨어진 추락은 더없이 아플 것이 분명했다. 2황비가 조용해진 이유를 대충은 알 것 같았다. 하지만 내 눈으로 확인하고 싶었다.

"오늘도 상관없어. 오늘은 비마마께서 좀 곤란하신가?"

"아니요, 같이 가요! 여기서 기다릴게요!"

내 말에 일말의 고민 없이 그녀가 답했다.

"아, 물론 언니만 괜찮다면요."

그렇게 말하며 올려다보는 아델라이네는 또 내 눈치를 보았다. 그녀와 대화를 하면 할수록 의심이 생겼다. 과연 모든 것이 진심일까? 진짜 나를 언니라고 생각하는 것일까? 하지만 아니라고 생각하는 것이 오히려 더 이상할 수준이었다.

마벨이었던 내게 다가왔을 때보다 지금 그녀의 모습이 훨씬 자연스러웠다. 그런 생각을 하다가, 이내 생각을 떨쳐 냈다. 아무렴 어때. 그냥 내가 사용하기 위한 말인 것을. 잠시간 잡념에 빠져 있던 동안에도 아델라이네는 내 대답을 기다리고 있었다. 긴장 어린 표정으로. 도대체 왜 긴장을 하고 있는지 모를 노릇이었다.

"상관없어. 그냥 편한 데서 기다려."

"그럼, 언니 옆에서 기다려도 돼요?"

눈이 반짝이는 것도 같았다. 아델라이네를 상대하고 있자니 이상하게 머리가 아파오는 기분이었다. 나오는 한숨을 속으로 삼키며 가볍게 답했다.

"마음대로 해."

"네!"

준비는 생각보다 별로 걸리지 않았다. 외출용 드레스로 갈아입고 화장을 조금 더하는 것 말고는 할 게 없었다. 나는 아델라이네에게 편한 대로 하라고 말했고, 그녀는 정말로 편한 대로 행동했다. 물론 예의를 지키지 않은 것은 아니었다. 액세서리를 고를 때 제 의견을 더하기도 하고, 호위로 서 있는 베른에게 말을 걸기도 했다.

그러면 베른이 조금 난처한 눈빛으로 나를 쳐다보기도 했지만 그냥 가볍게 고개를 끄덕여 줬다. 아카데미에서와는 달리 황성이고, 아델라이네가 내 적인지 아군인지 베른은 언질을 받은 적이 없었으니 당연한 반응이었다. 이제는 그가 완전히 내 사람이 된 느낌에 조금은 마음에 들었다. 문제는 아델라이네였다. 친하게 다가오는 그녀의 의중을 알 수가 없었다.

그저 지금은 경계할 뿐이었다. 그렇게 있다 보니 시간은 빠르게 지났고, 아델라이네의 재잘거림을 듣다 보니 어느새 2황비의 궁, 그녀의 방 앞이었다.

우리를 확인하고는 시녀가 문을 열었다. 방 안은 조용했다. 간호하는 시녀들이 분주하게 움직이고 있었고, 신녀가 2황비의 머리맡에 앉아 있었다. 그녀들은 나와 아델라이네가 들어가자 자연스럽게 밖으로 나갔다. 2황비의 얼굴은 수척했다.

"왔구나. 왔군요, 벤지안스."

"여신의 축복이 찬란하게 스며들길. 오랜만입니다. 몸은 괜찮으신지요?"

"많이 괜찮아졌어요. 이제는 이렇게 앉아서 뜨개질 정도는 가능하답니다. 사실 그냥 해본 말이었는데 이렇게 와줘서 고마워요."

2황비는 애써 밝게 웃으려 했다. 2황비가 원래대로 돌아왔다는 사용인들의 말을 단번에 이해할 수 있었다. 신전에서 본, 황제를 찾으며 비명에 가까운 호소를 하던 2황비는 온데간데없었다.

하지만 그 눈에 담겨 있는 악의를, 그리고 독기를 나는 알고 있었다. 거울로 보던 내 눈에서, 오르도를 잃은 디온의 눈에서 저 날카로움을 찾곤 했다. 그녀와 눈을 마주치자 나는 직감적으로 깨달았다. 2황비가 나를 이용하려 한다는 것을. 호의에 덧씌워진 기묘한 불쾌함이었다. 이전에 2황비와 대화할 때는 느낄 수 없는 것이었다.

"아델라이네와 친하게 지내서 고맙다는 말을 하고 전하고 싶었어요."

"하나밖에 없는 여동생입니다. 친하게 지내야죠."

"그렇게 말해주니 고마워요. 우리 아델이 예의도 많이 부족하고 친화적이지 못해요. 아무래도 벤지안스가 잘 이끌어줘서 아카데미에도 적응을 잘한 것 같아 그게 고마워요. 동복은 아니지만 그래도 같은 성을 이었으니 얼마나 안심이 됐겠어요."

지금 그녀의 말에는 딱히 거짓이 없어 보였다. 하지만 무언가 이상했다. 아델라이네가 친화적이지 못하다고? 내가 있어서 아카데미에서 적응을 잘한 것 같다고? 아델라이네는 아카데미에서 우리가 자매인 것을 몰랐다.

나는 고개를 돌려 아델라이네를 바라봤다. 그녀는 긴장해 있었다. 내 앞에 있을 때보다 훨씬 더. 내 성에서는 조잘조잘 잘도 떠들던 아델라이네가 지금은 조용했다. 마치 다른 사람처럼 보일 정도였다.

아델라이네는 제 어머니를 사랑한다. 2황비를 생각하는 그녀의 마음은 진심이었다. 지금도 미워해서 긴장하는 것은 아니었다. 하지만 내 예상보다 그리 가까운 사이는 아닌 모양이었다.

"그래도 정말로 폐하의 총애를 받는 벤지안스와 아델이 친하게 지내서 얼마나 다행인지 몰라요."

칭찬이랍시고 던지는 이 한마디에 아, 하고 깨달은 것이 있었다. 왜 아델라이네와 2황비가 사랑을 주고받는 행복한 가족으로 보이지 않았는지, 그 이유를 알 것 같았다. 정말로 폐하의 총애를 받는. 그렇다면 아델라이네가 받는 총애는 가짜라는 말이었다. 그런데 그걸 제 딸이 있는 앞에서 직접 말한다?

아델라이네의 어깨가 움찔 떨리는 것이 보였다. 아델라이네는 제 어미의 사랑을 갈구한다. 하지만 2황비는 아델라이네를……?

"그렇게 생각해 주신다니 다행이네요. 이렇게 가까이서 뵈니까 아델과 비마마께서 더더욱 닮아 보여서 보기 좋네요."

그 한마디에 순간적으로 두 사람의 얼굴에 상반된 표정이 스쳐 지나갔다. 2황비의 얼굴에는 불쾌함이, 아델라이네의 얼굴에는 기쁨이. 명확했다. 더불어 아델라이네의 행동이 진심이라면, 왜 그녀가 내게 계속해서 찾아왔는지 알 것도 같았다. 아델라이네를 향한 2황비의 사랑은 거짓이니까.

"정말요?"

진심으로 기뻐하며 물어오는 아델라이네의 질문 뒤로, 2황비가 애써 웃음을 지었다.

"벤지안스가 그렇게 여러 번 말하는 걸 보아하니 정말 그런 모양이에요. 아카데미에서의 일은 가끔 듣고 있어요. 수석으로 입학한 것은 알고 있었지만 최근에야 그 과정을 들었답니다. 우리 아델도 얼른 벤지안스처럼 똑똑해져야 할 텐데요."

"이렇게 칭찬해 주시니 부끄럽네요. 한데, 정말 몸은 괜찮으신지요?"

대화가 계속 겉돌았다. 2황비가 아델라이네를 통해 나를 부른 이유가 분명히 있을 것이었다. 그리고 나는 그 이유를 대충은 짐작하고 있었다.

"신전에서 많이 신경을 써주어 이제 괜찮아요. 이렇게 황성의 미래와 대화하기에는 무리가 없답니다. 그저, 고맙다는 말을 전하고 싶었어요."

그 눈에는 어딘가를 향한 악의가 흘러넘치고 있었다.

"아델에게 벤지안스의 말을 전해 듣고, 우리가 궁극적으로는 같은 벽을 마주하고 있다는 것을 알게 되었거든요. 무너뜨리고 싶은 높은 벽 말이에요."

2황비의 눈에 든 적개심, 그리고 그녀가 지칭하는 높은 벽. 나는 황제를 떠올렸지만 2황비가 말하는 벽은 황제가 아닐 터였다. 내 말을 들었다는 것은 하나였다. 황후가 2황비의 뱃속 태아를 노리고 있다는 것. 그 말 바로 다음에 이어진 높은 벽이라는 것은 단 한 명을 지칭하고 있었다. 황후.

원하는 것을 손에 넣을 뻔했던 2황비는, 이미 손안에서 빠져나간 것을 놓지 못하고 있었다. 하지만 이미 모래처럼 빠져나간 권력은 어쩔 수 없는 것이었다.

그래서 2황비는, 지금 그 권력을 뺏어오고자 다짐했을 것이다. 황후에게서. 그리고 나를 이용하고자 이 자리에 부른 것이 분명했다. 아니, 정확히 말하자면 황제가 내게 갖고 있는 호의를 이용하고자.

"2황비마마의 앞을 막는 것이라면, 부숴야지요."

나는 미소를 지었다. '우리'라는 단어는 사용하지 않았다. 그 뜻을 그녀가 알아들었을 리는 확신할 수 없지만.

어수선했던 황성은 이제 언제 그런 일이 있었냐는 듯 평소처럼 돌아왔다. 황제가 흐트러지지 않았으니 황성이 그렇게 크게 흔들릴 일도 없었다.

이제 황제의 총애는 다시 황후에게로 옮겨갔다. 죄가 드러나 고꾸라질 뻔했던 황후는 임신으로 구사일생 살아났다. 그뿐만 아니라 2황비의 사산으로 인해 원래의, 아니, 원래보다 더 많은 힘을 손에 쥐게 될 것처럼 보였다.

그 덕에 지금 2황비는 더 이상 떨어질 곳이 없었다. 사산을 했다는 건 그만큼 불길한 일이었다. 그러나 그보다 더 큰 문제는, 황제가 2황비에게 향하던 태도를 한 번에 뒤집었다는 데에 있었다.

더 이상 황후도, 황제도 챙기지 않는 2황비는, 황성에 있지만 그럼에도 버림받은 존재나 마찬가지였다. 잠시나마 2황비에게 줄을 대던 자들은 하나같이 발길을 끊었다. 2황비가 황후를 해하거나 다시 아이라도 갖지 않는 한, 그녀가 다시 원래 위치로 돌아가는 것도 요원해 보였다.

그렇기에 2황비는 내게 자주 서신을 보내오고 있었다. 대부분이 아델라이네를 사이에 껴서 나와의 접점을 만들려는 목적이었다. 나는 그에 대해 적당히 대응해 줄 뿐이었다. 아직은 내가 나설 때가 아니었다.

2황비는 곧 움직일 것이다. 내가 말해줬던 단서들을 한껏 활용해서. 내가 적극적으로 도와주지 않는다면 2황비는 아델라이네라도 이용할 것이다.

그 와중에 아직도 풀리지 않은 한 가지 의문이 있었다. 아델라이네와 2황비의 사이. 아델라이네가 제 모친을 사랑하는 것은 맞다. 하지만 2황비가 아델라이네를 아끼느냐고 물어본다면 고개를 끄덕일 수가 없었다. 아니, 이젠 아델라이네가 2황비를 어떤 마음으로 사랑하는지도 확신할 수 없었다. 어머니로서 사랑하는 것인지, 아니면 받지 못한 사랑에 집착하며 발버둥 치는 것인지.

어느 것도 확신할 수 없는 이 상황에서 단 하나 확실한 건, 아델라이네는 가족의 사랑을 갈구한다는 것이다. 그리고 2황비는 그것을 알면서도 그녀에게 사랑을 주지 않는다. 그것이 가짜라도 황제의 총애를 받고 있는 제 딸을 향한 열등감인지 다른 무엇인지는 알 수가 없었다. 이유가 무엇이든 간에 아델라이네는 어머니에게 사랑을 바라며 매달리고 있었다. 어리석게도. 제 자식에게 처음부터 애정을 주지 않는 자는 무슨 일이 있어도 주지 않는다는 것을 모른 채.

마치 과거의 나처럼.

나는 고개를 내저었다. 아니, 그녀와 나는 다르다. 아델라이네는 이곳의 주인공이고, 나는 죽음으로 끝맺는, 결국에는 조연이다.

대신관이 말한 적이 있었다. '큰 흐름은 바꿀 수가 없다'고. 그렇다면 그녀가 말하는 큰 흐름은 무엇이고, 작은 흐름은 무엇인가?

내가 알고 있던 원작과 이미 많은 것이 달라졌다. 디온과 내가 사랑에 빠졌고, 내가 황녀로 돌아왔다. 아델라이네 역시 다시 황성으로 돌아왔으며, 아직까지 황제가 죽지 않았다. 원작에서는 디온이 공작이 되고 반년 정도 후에 황제가 죽고 황태자가 마족을 소환한다. 나를 제물로 바쳐서. 아니, 제물은 나만이었나? 정확한 것이 기억이 나지 않았다.

나는 제물로 바쳐진 것이 맞았다. 하지만 지금 생각해 보면, 아무리 이능을 갖고 있다고 해도, 그리고 그것이 여신이 내린 능력이라고 해도, 한 사람만을 대가로 마족을 소환했다고는 믿을 수 없었다.

마술은 대가를 치르고 누군가를 저주하는 술법이다. 술법을 사용하는 데에도 대가가 필요한데, 마족을 소환하는 데에 고작 한 사람을 제물로 삼고는 불가능하다.

한 사람으로는 되지 않았다. 제물로 생명이 필요하다면, 마족이라는 인간을 뛰어넘는 것을 소환하기 위해서는 수많은 사람들의 목숨이 필요할 것이다. 마족을 소환한다면 그 마족은 도시 하나는 파괴할 수 있는 힘을 가졌다고 원작에서 읽었다. 그만큼의 피해를 가지고 올 존재를 소환하려면 그만큼의 목숨을 바쳐야 했다. 수십 명, 아니, 수백 명. 전쟁이나 학살을 통해서나 얻을 수 있는 숫자였다.

학살과 전쟁. 여기까지 생각하자 머릿속을 관통하는 것이 있었다. 카르디안에서 사라진 사람들. 마농과 소르트 국경 지점에서 사라진 사람들.

그리고 마농의 일로 인해 두 나라 간에 전쟁이라도 터진다면, 그 전쟁에서 목숨을 잃는 수천, 아니, 수만의 생명들. 그 생명들이 모두 제물이 된다면? 여기까지 생각하자 등줄을 타고 소름이 일었다.

네르아테안이 말했다. 카르디안에서의 학살은 황제가 내게 주는 선물이라고. 만약 그가 그곳에서 내가 겪은 일들을 알고 있다면, 그 학살을 내게 주는 선물이라고 생각할 수도 있었다. 하지만 확실하지 않았다. 황제는, 내 생각보다 위험한 자였다. 무슨 짓을 저지를 수 있을지 모르는 사람이었다.

오르도가 죽기 전에 아카데미에서 우리에게 말했다. 권력욕은 대물림 된다고. 마족의 소환과 권력욕을 결부시킨다면, 결론은 하나였다. 이미 커다란 영토를 차지한 황제가 더욱 욕심내는 것. 더 많은 영토, 더 커다란 힘. 남은 영토를 전부 삼키고 대륙이라도 통치하고 싶은 것이 분명했다. 그러기 위해서는 지금보다 훨씬 큰 힘이 필요했다.

가령, 여신과 마신의 힘을 등에 업는 것.

"……미쳤군."

"예?"

"아니, 혼잣말이에요. 하던 것 계속 하도록 해요."

치장을 해주던 시녀가 화들짝 놀라 나를 보았다. 나는 고개를 저었다. 미쳤군. 미쳤다는 말밖에 할 수가 없다. 제 이상에 닿기 위해 마술을 쓰다니.

학살당한, 사라진 사람들은 제물이었다. 원작에서 마족을 소환하려 한 건 황태자였다. 하지만, 과연 황태자가 모든 것을 지휘

했을까? 만약, 황제가 모든 것을 준비했고 그것을 황태자가 가로챈 것이라면? 그리고, 그 몇 백의 생명 위에 이능을 가진 나의 생명이 추가된 것이라면? 그것이, 중요한 키가 된 것이라면?

황제를 막아야 한다. 신전을 찾아가 여신을 만나야 한다. 그것도 아니라면 여신의 목소리를 빌린 대신관이라도 만나야 한다. 그녀를 만나서 내가 바꿀 수 있는 것, 바꿀 수 없는 것들을 물을 것이다. 더불어, 네르아테안이 했던 말에 관한 것 역시 물어야 한다.

내가 마신을 만난 적이 있다는 말. 내 영혼이 산산조각이 나 있다는 말. 내게 마술이 듣지 않는다는 말. 네르아테안이 했던 말이 가리키는 것은 원작의 벤지안스였다.

왜 그가 그것에 대해 언급했는지 여신이 알 것이라고 확신할 수는 없었다. 하지만 지금까지 대신관, 신녀들이 내게 하던 말을 떠올리면 작은 실마리라도 그들은 알고 있을 것이다.

디온에게 이 말을 해야겠다고 생각하다가 고개를 저었다. 대화를 나눠야 하나? 이전의 사안들은 황태자인지 아니면 다른 황족인지 뭉뚱그려 전했다. 하지만 이 일은 그럴 수가 없는 일이었다. 주어를 생략하고 내가 알아낸 걸 말한다고 한들, 황제가 그의 기억을 읽으면 끝이었다.

어쩌면 지금 황제가 디온을 노리지 않는 것은 나와 그가 서로를 좋아하기 때문이라는 생각도 들었다. 황제는 내가 저를 지지한다고 생각하고 있다. 내가 그와 같은 사상을 공유한다고 생각하고 있었다. 그렇기에 나를 다시 황성으로 부른 것이다.

하지만 지금, 내가 디온에게 이것을 말한다면, 황제는 디온뿐만 아니라 나를 의심할 것이고, 그렇다면, 그 후는 어떻게 될지

불 보듯 뻔했다.

나는 아직 황태자도, 황후도, 그 누구도 처리하지 못했다. 심지어 마술사와의 결탁에 다른 어떤 귀족이 끼어들어 있을지조차 모르는 일이었다. 아직은 디온과 이것에 대해 대화할 상황이 아니었다.

머리가 복잡해지기 시작했다. 이능이라는 것은 유용했지만 성가셨다. 내가 믿는 자에게 모든 것을 털어놓지 못하게 만들었다. 하지만 황가에서는 이것을 여신의 선물이라고 말했다. 역시나, 나는 여신이 마음에 들지 않았다.

"다 되었습니다, 전하."

생각을 하다 보니 어느새 준비가 끝난 모양이었다. 그리고 거의 동시에 문을 두드리는 소리가 들렸다.

"세그다드 공작님께서 응접실에 와 계십니다."

적절한 타이밍이었다. 오늘은 시급한 회의라며 지방의 귀족들까지 모였다고 했다. 그리고 그 회의가 끝나고 나를 보러 온 모양이었다.

며칠 전에 얼굴은 봤지만 급하게 헤어져 아쉬웠다. 그래서 그런지 문 너머로 보이는 그의 모습이 굉장히 반가웠다. 사실, 반갑지 않은 적이 있냐고 묻는다면 할 말이 없기는 했다.

응접실 문이 열리자 그가 일어났다. 저번과는 달리 머리카락까지 완벽하게 단정한 모습이었다. 아니, 유독 머리에 신경을 많이 쓴 것 같았다.

"오늘은 머리가 차분하네요."

놀리는 것이 아니라고는 단언하기 힘들었다. 아마 내 입가에 웃음이 걸려 있을 것이 뻔했다. 내 쪽으로 오던 디온이 잠시 멈칫

하고는 머리카락을 한 번 만졌다. 민망하게 웃으며 작게 한숨을
내쉬었다.

"그런 모습은 벤지에게만 보여 드리기로 했습니다."

"특별 취급이라 생각해도 되는 거죠?"

"물론입니다."

디온은 내게 다가와서는 손을 잡고 이끌었다. 나를 소파에 앉
히고 그는 내 맞은편에 앉았다. 마주한 그의 얼굴에 평소와는 다
른 피곤함이 묻어 있었다.

"많이 피곤했어요?"

"하, 형님의 말이 맞았습니다."

"오르도요?"

"아라온 남작은 멍청, 아닙니다."

오르도가 아라온 남작에 대해 멍청하다고 얘기한 적이 있었다.
그때 디온은 상대할 가치가 없을 뿐이라고 덧붙였었다.

"상대하지 않을 수 없게 되니, 형님 말이 절절히 와 닿더군요."

"무슨 일 있었어요?"

"평소였다면 신경 쓰지 않으면 될 자였지만, 오늘 회의 주제가
그가 발화한 내용이라 무시할 수가 없었습니다."

"남작이 회의 주제를 발화했다고요? 그런데 그게 이렇게 대회
의로 이어질 수 있어요?"

내가 알기로도 아라온은 큰 영향력이 없었다. 하지만 그런 자
가 가져온 사안이라니. 그리고 그 영향력 없는 자가 가져온 것이
대회의로 이어진다니. 아라온 남작이 가지고 왔고, 대회의로 이어
질 만한 사안. 여기까지 생각하자 떠오르는 것은 하나였다.

"아, 카르디안."

카르디안은 아라온 남작령에 속한다. 한 마을의 사람들이 한순간에 증발한 기묘한 사건은 아라온의 귀에 들어갈 수밖에 없었다. 황제가 무능한 자작에게 제 계획을 흘렸을 리도 없으니 헐레벌떡 그 사안을 들고 왔을 것이 틀림없었다.

"오늘 회의가 그것에 관한 것이었나요?"

"예, 그렇습니다."

"카르디안의 일이 공론화가 된 것은 그나마 다행이네요."

"문제는 그가 벤지까지 들먹였다는 겁니다. 능력이 안 되는 자가 줄을 타려 하면 나오는 문제점이 전부 보이더군요."

"나를요?"

"아마 나름대로 머리를 굴린 것이겠죠. 황태자 전하를 버리고 벤지를 지지할 모양입니다. 하등 도움이 되지 않겠지만 말입니다."

정말로 불쾌하다는 듯 그의 미간 사이는 잔뜩 찌푸려져 있었다. 디온이 특정인에 대해 이 정도로 박하게 말하는 것은 처음이었다. 그 모습이 신기했다. 그에 더해 언제나 냉정을 유지하던 그를 화나게 만든 말이 무엇인지 궁금하기도 했다.

"나에 대해 뭐라고 말했나요?"

디온은 잠시 머뭇거렸다. 썩 좋은 말은 아닌 모양이었다. 하아, 아까와는 달리 깊은 한숨을 내쉰 그가 무거운 얼굴로 입을 열었다.

"카르디안의 사건을 알게 된 게 벤지 덕분이라고 말했습니다. 벤지와 제가 카르디안에 다녀간 것을 그가 어떻게 알았는지 모르겠지만, 귀족들이 전부 모여 있는 곳에서 그 이야기를 언급했습니다."

어째서 디온이 남작이 도움이 되지 않았다 말한 것인지 알 수 있었다. 디온과 내가 카르디안에 다녀온 것은 가능하면 오랫동안 비밀로 했어야 할 일이다. 그런데 그걸 공론화시켜 버린 것이다.

"도대체 어떻게 알게 된 걸까요?"

"신녀가 말했다고 합니다."

"신녀가요? 도대체 왜?"

우리가 그곳에 간 것을 아는 자는 한정되어 있었다. 블레로 길드, 네르아테안, 글레나와 베른, 그리고 어쩌면 황제.

그런데 신녀라니? 신녀는, 신전은 그저 그 자리에 있을 뿐이다. 위급한 상황이 아니면 움직이지 않는다. 더불어 정치에 관여하지 않는다.

문득 다른 생각이 들었다. 어쩌면 신녀는 이 사안을 정치와 떨어뜨려 생각하고 있을 수도 있었다. 이유가 무엇이 됐든 간에, 당장 생각해서는 좋은 것이 아니었다. 내가 그곳에 갔다는 사실이 누군가에게는 헐뜯을 만한 문제가 될 수도 있었다.

카르디안은 내가 평민으로 산 곳이었다. 사정을 모르는 자의 시선으로 본다면, 그곳을 추억해 찾아갔다고 생각할 수도 있었다. 시골, 그것도 촌락을 추억한다는 것은 고귀하게 자라지 못한 황녀의 취약점을 다시 한 번 물 위로 끌고 올라오는 행위였다.

더불어 그곳은 이미 사건이 벌어지고 난 후였다. 아무것도 모르는 자의 시선으로 보면 워낙 기묘한 사건이다. 그렇기에 나 역시 용의 선상에 올라갈 수도 있었다. 디온의 말을 듣자면 나를 위해서 한 행동이라는데, 도무지 어디가 날 위한 건지 알 수가 없었다.

"아, 이걸 역으로 활용할 수도 있을 것 같은데요. 가령, 내가 그에게 이 사건에 대해 알렸다던가 하는 방법으로요."

"송구스럽게도, 아라온 남작이 이미 그렇지 않았다고 증언했습니다."

디온이 이렇게까지 말한다면, 내 편에 서려고 하는 아라온 남작이 정말로 내게 하나도 도움 되지 않는 행동만 했다고 봐도 될 것 같았다.

하아, 나는 디온을 따라 한숨을 깊게 내쉬었다. 정말이지, 하등 도움이 되지 않는 자였다. 분명 누군가는 이 문제를 갖고 떠들어댈 것이 분명했다. 이럴까 봐, 몰래 다녀오려고 했던 것인데.

생각보다 일이 더 꼬였다. 무능한 자와 같은 편이 되는 게 이렇게 골 때리는 일일 것이라고는 생각지도 못했다. 그것도 내가 원하지도 않은 자를 말이다. 머리가 지끈지끈 아파왔다.

"디온이 왜 그렇게 굳은 표정이었는지 알 것 같네요."

"제가 굳은 표정이었습니까?"

"네, 생각이 가득 차 있다고 얼굴에 써 붙이고 있었어요."

"걱정이 커 숨길 수도 없었던 모양입니다."

우리는 동시에 한숨을 내쉬었다. 한숨이 나올 수밖에 없었다. 생각지도 못한 자가 상황을 꼬아버렸다. 아무리 머리를 굴려도 이 상황을 타개할 방법은 하나밖에 생각나지 않았다.

"그럼 방법은 하나밖에 없네요."

"좋은 방법이라도 있습니까?"

"하나밖에 더 있나요, 빨리 유일한 후계자가 되어버려야지요. 빌미 하나 잡았다고 나한테 불리한 여론이 생기기 전에요."

처음에는 카르디안 사건이 황제의 소행이라는 것을 밝혀야 할까, 생각을 하기도 했었다. 하지만 그것은 뒤로 미루기로 했다. 내 입지도 아직 단단하지 않은 상태에서 황제에게 덤벼봤자 이길 확률은 낮다. 여론이 움직이기 전, 내 반대 세력이 득세하기 전에 무마시킬 방법은 하나다. 그들이 옮겨갈 세력을 아예 없애 버리는 것. 어서 빨리 황태자를 처리해 버리는 것. 황태자를, 그리고 황후를 제거하면 더 이상 나를 공격할 수 있는 자는 없다. 그렇게 된다면 외려 내게 등을 돌리려던 자들이 도움을 주게 될 수도 있었다. 황제를 향한 칼날은 그 이후에 드러내는 것이 좋았다.

"이미 해결된 사건을 가져온다고 하더라도 귀족들의 반발이 거세지는 않겠지요?"

"어떤 류의 사건 말씀이십니까?"

"황족의 죽음과 같은 사건 말이에요."

"귀족들의 반발은 보통 사건의 내용에 중점을 두지 않습니다. 그 사건에 연루된 자가 누구인지에 중점을 두기 마련입니다."

"2황자의 죽음이 귀족들이 반발할 거리가 될까요?"

나는 1황자가 2황자를 죽인 것을 도마 위에 올릴 생각이었다. 내 예상대로 2황비가 황후를 해한다면, 과거 1황자가 동족 형제를 살해한 사실을 들먹여 함께 추락시킬 수도 있을 것이다.

그것이 황태자에게 치명적일지는 확실하지 않았다. 우선은 그에게 타격을 줄 수 있다면 그것만으로 충분했다. 내 질문을 들은 디온의 표정에 의문이 떠올랐다.

"2황자님의 죽음이 어떤 의미가 있습니까? 외려 황족의 죽음을 다시 꺼낸다고 반발할 자들이 많습니다. 황후의 세력이 생각보다 강합니다."

"하지만 2황자는……."

1황자에게 죽임을 당했잖아요, 라고 말하려다가 입을 다물었다. 디온의 표정에는 여전히 의문이 떠올라 있었다. 마치 내가 지금 왜 아무 연관이 없는 2황자의 죽음을 꺼내는지 모르겠다는 것처럼. 디온은 그 사건이 황태자와 전혀 상관이 없다고 생각하고 있었다.

설마 싶은 마음이 들었다. 원작을 통해 나는 진실을 알고 있지만 실제로는 전혀 다르게 알려진 것들. 책에서는 서술됐었지만 이곳에서는 비밀인 것들.

"디온, 2황자가 어떻게 죽었어요?"

"식사를 마친 후 갑작스러운 심장마비가 왔다고 알고 있습니다. 이후 어의가 살펴보았지만, 원인을 알 수 없다고 나와 모두가 후계를 잇는 자의 불행이라 입을 모아 안타까워했습니다만."

디온이 말을 멈추고는 나를 바라보았다.

"벤지는 다른 것을 알고 있는 것처럼 보입니다."

"그냥 단순한 심장마비로 끝났다고요?"

단순한 심장마비라고? 아니, 절대 그럴 리가 없었다. 1황자는 황태자가 되기 전에 동복형제를 독살했다. 제 동생이 이능을 타고났다는 이유 하나만으로.

원작에서는 황태자가 제 동생을 독살했다고 했다. 그리고 여기에선 2황자가 심장마비로 죽었다고 한다. 정확히 어디서 들은 지식이었다.

디온이 얼마 전, 내게 해독제를 주면서 했던 말. 두갈이라는 독이 있다고 했다. 독으로 분류되지는 않지만 포도와 만나면 독과 같은 반응을 보인다고 했다. 그리고 사인은 심장마비.

"2황자와 같이 식사한 자들이 있지 않았나요? 혼자 식사하지는 않았을 것 같은데."

"예, 폐하와 황후마마, 황태자 전하께서 함께 식사를 하셨다고 합니다."

디온은 여전히 의아해 했다.

"심장마비로 사망한 것은 식사가 끝난 후이고 말이에요."

"예, 한데 그것은 왜……."

"황족들의 식사이니만큼 식탁 위엔 당연히 술이 올라왔겠죠. 가령 품질 좋은 포도주와 같은 것들 말이에요."

디온의 눈을 똑바로 마주쳤다. 디온의 눈에 이채가 일었다. 무언가라도 깨달은 듯 아, 하고 탄성을 내질렀다.

"그렇다면 설마,"

"쉿. 아직은 아니에요. 2황자가 죽은 건 언제였죠?"

"이 년 전, 벤지가 아직 황성에 돌아오기 전이었습니다."

생각지도 못한 수확이었다. 2황자의 죽음이 단순한 심장마비로 처리되어 있었다니. 과연 황후와 황제도 모르고 있었을까? 그것은 아직 나조차도 확신할 수 없었다. 다시 조사를 해야 했다. 모두에게 황태자의 소행을 낱낱이 고할 증거들, 혹은 증인들을 모아야 한다.

그리고 확인해야 할 것이 있었다. 황후가 이 일을 알고 있는가? 제가 배 아파 낳은 2황자의 죽음에 대한 진실을 알고 있는가? 그것을 알아야 한다. 어쩌면, 그들의 추락은 내 생각보다 빨리 일어날 수도 있었다.

그때였다. 급하게 응접실 문을 두드리는 소리가 들렸다. 허락하자 열린 문 사이로 응접실 밖의 소란이 들려왔다.

지금 이렇게 소란스러울 일이 있나? 문을 열고 시종이 다급하게 들어왔다. 내 성의 사람은 아니었다. 헐떡거리는 숨에서 그가 얼마나 급하게 뛰어왔는지가 느껴졌다. 문고리를 잡고 몇 번 숨을 몰아쉬던 그가 입을 열었다. 중대사를 밝히는 자의 표정이었다.

"전하, 황후마마께서, 황후마마께서."

"물 좀 갖다 줘요."

그의 뒤에 있던 시녀가 가져다주는 물을 마시고는 호흡을 고른 모양인지 시종의 숨에 안정이 찾아왔다. 하지만 그의 표정은 여전히 심각했다.

"황후마마께서 유산하셨습니다. 황성의 규율에 따라 황족의 죽음을 전하께 알리는 바입니다."

충격적이었다. 하지만 예상했던 바였다. 조금 이른 감이 있지만 충분히, 그 범인이 누구인지 애써 찾아보지 않아도 알 수 있었다.

나는 나오려는 웃음을 깊숙이 집어삼켰다.

"빛을 보지 못한 황족의 조사(早死)라니, 정말 슬프네요."

짐짓 태아를 애도하는 척 입을 열었다. 진심은 목 안에 삼켰다.

황성에 몰아치는 피바람의 시작이었다.

✙

황성 안은 아비규환이었다. 황성 안뿐만이 아니었다. 안팎이 전부 난리였다. 아니, 외려 조용한 것은 황성 안이었다. 연이은 죽음에 황성 사람들은 그 누구도 함부로 죽음을 입에 올리지 못하고 있었다.

불안에 떨며 떠들어대는 자들은 황성 밖의 평민들이었다. 평민들에게 황족은 신녀들을 제외하고는 여신과 제일 맞닿아 있는 자들이었다. 그런 황족들이 연이어서 죽음을 맞았다. 비록 빛을 보지 못한 배 속 태아였지만, 그들에게 있어서는 그들 또한 황족이었다. 그 피가 두 번이나 연속으로 사라졌다.

사람들은 불안에 떨기 시작했다. 소르트에서 여신의 영광이 사라지고 있다고 입을 모아 이야기했다. 마신이 대륙에 다가오고 있다며 걱정에 사로잡혀 떠들었다.

웃긴 것은, 그들의 말이 그리 틀린 이야기가 아니라는 데에 있었다. 황족들이 이례적으로 마술에 손을 댄 것도 사실이었다. 여신이 그로 인해 분노했을지는 알 수 없었지만.

2황비와 황후의 연이은 임신은 축복이었지만, 연이은 사산 및 유산은 저주였다. 며칠간 황족들은 성에서 나가지 않았다. 일종의 조문이었다.

그리고 정확히 나흘 후, 대신전에서 제를 올렸다. 여신의 분노를 가라앉히기 위한 제였다. 지극히 형식적인 제였고, 태어나지 않은 황족들의 장례는 그날 치러졌다. 제국 곳곳에 만장이 올랐다. 황손의 죽음을 추모하는 행렬이 잇따랐다. 그 행렬이 끝나고, 애도하는 깃발이 내려갈 무렵, 황성에는 이상한 소문이 돌기 시작했다.

황후의 유산은 2황비의 소행이다.

황족의 뒷얘기를 좋아하는 사람이라면, 혹은 정치 세력 싸움에 몸담고 있는 사람이라면 나서서 퍼뜨리고 다닐 법한, 이런 흉흉한 상황에 꼭 돌 법한 이야기였다. 문제는, 그 소문이 사실이라는 것에 있었다.

소문의 출처는 알 수 없었다. 어쩌면 가십거리를 좋아하는 사람들이 만들어낸 소문일 수도 있었다. 어느 간 큰 자들이 황족을 들먹일까 하는 의심도 있겠지만, 음모론을 좋아하는 자라면 입에 올리고도 남을 소문이었다. 하지만 그 출처가 그런 자들의 입은 아니었다. 2황비의 사산에 대한 이야기는 나오지 않으면서, 황후의 유산에 대한 이야기가 떠돌아다니는 것 자체가 모든 것을 알려주었다.

뜬소문이라고 치기엔 2황비가 황후를 해하려 했다면서 방법까지도 완벽하게 간파하고 있었다. 2황비가 마술사와 결탁하여 황후를 유산시켰다는 정확한 정보를, 일개 황성 사용인들이 재미로 입에 올릴 리가 없었다.

소문은 마치 누군가가 부러 퍼뜨리기도 한 것처럼 뱅뱅, 계속해서 돌았다. 마치 2황비를 끌어내릴 만한 적절한 상황을 준비하기라도 하는 것처럼.

이틀이 지나, 황족들이 모여 조찬을 함께하는 날이 되었다. 악재가 황성을 휘몰아친 후 처음이었다. 대신전에서 제와 장례를 치를 때를 제외하고는 황족들은 밖으로 나오지 않았다. 함부로 활동을 하기에는 상황이 여의치 않았다. 황손들이 줄줄이 죽어나간 마당에 움직일 자는 없었다.

그렇기에 오늘의 조찬이 공식적으로 첫 식사였다. 모든 황족이 한자리에 모인다. 2황비를 사산시킨 황후와, 황후를 유산시킨 2황비. 서로를 해한 그 둘이 한자리에 모이는 날이었다.

나는 황족의 조찬에 참가하기 위해 옷을 차려입었다. 제가 끝난 지 얼마 되지 않은 때라 치장은 평소보다 수수했다. 치장을 마치고, 만찬장으로 향하는 이 순간까지 황성은 조용했다. 마치 폭풍 전야와 같은, 알 수 없는 묵직한 고요함이었다. 식당 안으로 들어가는 동안 그 무거운 잔잔함이 나를 짓눌렀다. 직감적으로 알 수 있었다. 그들이, 서로의 목에 칼을 댄 자가 무언가를 꾸미고 있었다.

식당 안에는 여느 때처럼 먼저 도착한 2황비와 3황자, 4황자가 앉아 있었다. 달라진 풍경은 아델라이네가 그 옆에 앉아 있는 것 정도였다. 그들 모두 밝은 표정은 아니었지만 그렇다고 어두운 표정도 아니었다.

아델라이네는 한껏 긴장하고 있는 게 눈에 보일 정도였다. 무엇에 대한 긴장인지는 알 수가 없었다. 제 어미를 중심으로 도는 소문에 대한 것인지, 황성을 덮친 흉사 때문인지. 혹은, 모든 것을 알고 있는 자의 불안인지.

나는 말없이 내 자리에 앉았다. 맞은편에 앉은 아델라이네의 시선이 나를 따라왔다. 무언가를 말하려는 것도 같았다. 나는 안심하라는 듯 고개를 끄덕여 주었다. 의미 없는 행동이었다. 그녀가 무엇을 원하든 그것을 지금 내가 들어줄 수 있을 리가 없었으니까.

문이 열리고 황후와 황태자가 들어왔다. 황후는 수척한 몰골이었지만 표정은 의기양양했다. 걸음에 자신감이 있었고, 여유가 흘러넘쳤다. 2황비와는 사뭇 다른 표정이었다.

들어오며 황후가 웃었다. 황후의 승리자의 웃음이 2황비를 스쳤다가 나를 향했다. 그녀는 나를 보곤 눈매를 죽여 웃었다. 내게는 더 이상 악의를 보이지 않았다.

남은 건 황제뿐이었다. 황제를 제하고 모두가 참석한 자리에서는 침묵만이 맴돌았다. 몇 마디 형식적인 인사라도 나누던 과거와는 다른 풍경이었다.

그 침묵을 깨기라도 하듯 황제가 들어왔다. 모두가 자리에서 일어나 가볍게 허리를 숙여 예를 올렸다. 예상한 바였지만 제일 변화가 없는 것이 황제였다. 부인들에 대해 안타까운 마음이 들기는 할까? 사라져 버린 제 자식들에 대한 슬픔이 있기는 할까? 그는, 가족을 가족으로 생각하기는 할까? 답은 알고 있었다. 그럴 리가 없다는 것.

자리에 앉은 황제가 입을 열었다.

"오랜만에 모두가 함께하는 식사인데 너무 조용하지 않소. 과거의 일은 잊고 편하게 식사를 하도록 하지."

마치 아무 일도 없다는 듯한 말이었다. 이 상황에서 해서는 안 될 말이었다. 하지만 황제이기에 할 수 있는 말이었다. 과연 황제는 황후에게, 그리고 2황비에게 들르기는 했을까?

황제의 말에 멈칫하는 2황비의 표정이 보였다. 황후에 비해 훨씬 예민한 반응이었다.

그렇게 식사가 시작되었다. 완벽한 제삼자나 마찬가지인 나는 식사가 목구멍으로 잘 넘어갔다. 하지만 당사자들은 그럴 리가 없었다. 더군다나 2황비는.

식사를 하며 나누는 대화가 자연스럽지는 않았다. 평소처럼 말하고자 노력하지만 그들 사이에 흐르는 긴장을 감출 수는 없었다. 2황비는 긴장하고 있었고, 황후는 기회를 노리는 자와 같았다.

"몸은 많이 나아졌는가, 비."

"염려해 주신 덕에 몸이 나아졌답니다."

먼저 시작한 것은 황후였다. 부드러운 어투였지만 그것은 분명 공격이었다. 2황비는 태연자약하게 황후의 공격을 받아쳤다.

황태자는 말을 던진 황후 옆에서 여유롭게 칼질을 하고 있었다. 아델라이네는 2황비의 옆에서 눈에 띄게 움츠러들었다.

"그래, 로위나. 폐하께 계속해서 사건의 진상을 파헤쳐 달라 했다고."

황후는 아무렇지 않은 척 제일 예민한 주제를 식탁 위로 던졌다. 그 한마디에 2황비가 잠시 굳었다가, 표정을 다시 풀었다. 그녀 나름으로 이런 상황에 대한 준비라도 한 모양이었다.

"계속해서는 아니었어요. 아이를 잃은 어미가 이성을 잃는 것은 당연하지요. 현실을 믿을 수가 없어 폐하께 매달렸답니다. 믿을 수 없는 현실에 누군가를 탓하기라도 해야 제가 살 수 있을 것 같아서요. 같은 경험을 하셨으니 아실 테지만 말이에요. 하지만 현실을 직시한 후에는 그저 순응하기로 했답니다. 아이를 잃은 어미로서, 황손을 잃은 제국민으로서 너무 가슴 아픈 일이지만 받아들여야 앞으로 나아갈 수 있는 것이니 말이에요."

2황비는 폭 한숨을 내쉬며 처연하게 말했다. 독기는 사람을 변화시킨다. 생명을 해한 데에 일말의 죄책감도 느끼지 않아 보였다. 너도 같은 유산을 겪지 않았느냐고, 너도 황손을 잃지 않았느냐고, 2황비는 황후를 공격했다. 하지만 그 공격에도 황후는 조금의 타격도 입지 않았다.

아무렇지 않다는 듯 잘 구워진 닭 요리를 잘라서 입에 넣는다. 냅킨으로 입가를 닦아내는 모습은 그저 여담을 나누고 있는 것처럼 보이기도 했다. 황후는 입에 음식을 삼키고, 레몬 물로 입을 헹구었다.

"그래, 로위나. 현실을 받아들일 수 없어서, 현실을 부정해 누군가를 탓하고 싶어서……."

황후가 크리스털 잔을 내려놓았다. 테이블과 부딪치는 소리가 영롱했다. 그 소리가 묘한 긴장감을 자아냈다. 황후의 표정에 더욱 여유로운 미소가 걸렸다. 승리자의 미소였다.

"마술에 손을 댔나?"

하고 싶었던 말이 이 말이라는 듯, 또렷하게 박혀오는 한마디였다. 장내에 침묵이 내려앉았다. 나는 황제를 흘끔 바라봤다. 여전히 속을 알 수 없는 표정이었다. 하지만 적어도, 그의 마음이 2황비에게 유리할 것은 아니었다. 그는 승자를 우대한다. 제 기대를 채워야 했다. 그리고 2황비는 지금, 실망의 나락으로 떨어지고 있었다.

"무슨 말씀을 하고 계신지 모르겠습니다, 황후마마."

침묵은 잠시뿐이었다. 당황한 기색도 없이 2황비는 바로 반박했다. 마치 준비한 것처럼 자연스러웠다. 하지만 그 목소리에서 미세한 떨림이 느껴졌다.

2황비는 멍청하지 않았다. 제 위치를 알고, 주변을 살펴가며 몇 십 년간 이 황성에서 살아남은 여자다. 누구보다 황후를 잘 알고 있을 여자가 2황비였다. 그렇기에 그녀는 지금 알고 있을 것이다. 황후가 아무런 증거도 없이 이렇게 나오지 않을 것이라는 것을. 그럼에도 이렇게 잡아떼는 것은 2황비 역시 믿는 구석이 있기 때문이겠지.

나는 식기를 내려놓았다. 황제 역시 식기를 내려놓은 상태였다. 다행스럽게도 메인 요리는 꽤 비워져 있었다. 식사가 마무리 단계였다.

흘끔 황제의 표정을 살폈다. 그의 표정은 고민하는 사람의 것이 아니었다. 하지만 웃고 있지도 않았다. 어느 정도 무겁고 진지하게 그들의 논쟁을 바라보고 있었다. 그 표정에는 어떠한 감정도 느껴지지 않았다. 저 멀리, 저와 상관없는 연극이라도 보고 있는 듯한 태도였다.

그것이 더욱더 소름 끼쳤다. 끼어들어 말리는 것도 아니고, 자리를 파하는 것도 아닌 태도. 마치 이 싸움의 승자가 누구인지 기다리는 것과 같이, 그저 자리에 앉아 둘을 바라볼 뿐이었다.

"설마 자네가 계약한 마술사인 더글러스를 죽인 것으로 안심하고 있는 것인 겐가?"

"무슨, 소리이신지."

2황비는 이번엔 떨림을 숨기지 못했다. 잡아떼야 하는데 잡아뗄 수가 없는 상황이었다.

"자네의 몸에 최근 나타난 붉은 반점이 무엇 때문인지 알고 있는가?"

여유로운 황후와 달리 2황비는 이제 당당하던 태도를 잃었다. 그래, 마술사와 길게 내통한 자가 황후였다. 그녀만큼 마술에 대해 잘 알고 있는 자도 없을 것이다.

굳어 있는 2황비를 바라보며 황후가 말을 이었다.

"자네는 자네와 계약한 마술사를 죽이면 그것이 곧바로 자네의 몸에 붉은 반점들을 몰고 오는지 모르고 있는 모양이야. 이내 곪아 터지겠지."

"그걸 어떻게…… 그렇죠. 황후마마께서도. 마술에 손을……."

"자네가 계약한 마술사를 죽이기 전에 그 사실을 다른 누군가에게 퍼뜨렸는지 아닌지 확인을 했어야지. 그 증상을 그 친우인 플레온에게 말한 것을 아직까지 모르면 어떡하나, 로위나."

2황비의 안색이 점점 하얗게 질렸다. 하지만 더더욱 눈에 띄는 것은 아델라이네의 얼굴이었다. 그녀는 적잖이 충격을 받은 표정이었다. 그것은 황후가 2황비의 죄목을 고할 때부터 시작했다. 그것은 제 어머니의 죄를 들켰기 때문이 아니었다. 어머니가 어떤 죄를 지었는지 아무것도 몰랐던 자의 표정이었다.

하지만 3황자, 4황자는 달랐다. 그들은 들키지 않았으면 하는 죄를 들킨 자들의 표정이었다. 그래, 3황자와 4황자는 2황비의 공범이었다. 다른 가족들은 전부 아는데 저만 모르는 사실. 아델라이네는 그것에 또 적잖이 충격을 먹은 모양이었다.

황후의 말은 계속됐다. 승리자의 미소가 만면에 가득이었다.

"그리고 자네는 한 가지 간과한 것이 있네."

그 한 가지가 무엇인지 갈구하는 표정이 2황비의 낯에 떠올랐다.

"자네는 황가의 이능을 무시했어. 물론 폐하, 저는 이능이 어떤 능력을 갖고 있는지 알지 못합니다. 하지만 데비스가 제게 모든 것을 알려주었습니다. 2황비가 어떤 마술사와 결탁하고, 어떻게 증거를 인멸했는지에 대한 사실을 전부."

그래, 이능의 정체는 완벽히 비밀에 부쳐야 했다. 나는 황태자가 이능이 무엇인지 밝혔다고 생각하지 않는다. 그는 제게 어떤 이익도 되지 않으면서, 제 지위에 조금이라도 타격이 가는 행동은 하지 않을 남자였다.

이능. 이것은 2황비가 어떻게 할 수 있는 것이 아니었다. 알 수도 없을뿐더러 이능의 근처에도 가지 못한 자가 2황비였다. 그렇기에 황후는 아주 적절한 수를 둔 것이었다.

2황비는 이능, 즉 후계를 이을 자격이 있는 핏줄에 대해 열망과 동시에 열등감을 갖고 있는 여자였다. '이능을 통해 모든 것을 알았다'라는 말은 그녀를 무기력하게 만드는 동시에 흥분하게 할 수 있는 한마디였다.

2황비의 표정이 삽시간에 변했다. 하얗게 질려 무슨 변명이라도 내뱉을 것처럼 파들거리던 2황비의 표정이 증오와 분노로 물들었다.

생전 처음 보는 표정이었다. 해맑게 웃을 줄 알던 그녀에게 어울리지 않는 듯하면서도 마치 제 옷을 입은 듯 퍽 잘 어울리는 얼굴이기도 했다. 그녀의 옆에 앉은 아델라이네는 두 손을 꽉 쥔 채 어찌할 바를 모르고 있었다. 나는 그녀에게 눈짓했다. 안심하라는 표시였다. 나는 아직 아델라이네라는 말을 잃을 수 없었다. 그리고 나에게는, 아델라이네를 2황비와 황자들 사이에서 빼올 방법이 있었다.

잔뜩 긴장했던 아델라이네의 눈이 나와 마주쳤다. 잠시 그녀는 놀란 표정을 짓다가 이내 내가 하고 싶은 바를 알아차렸는지 피가 날 듯 깨물었던 입술을 풀었다. 하지만 여전히 바들바들 떨리는 몸은 어찌할 수 없는 모양이었다.

"그건 황후마마도 마찬가지 아닙니까!"

자제심을 잃은 2황비가 소리쳤다. 악이었다. 분노였다. 2황비의 목에서 터져 나오는 것은 그간 숨겨왔던 증오, 악의, 그리고 이제 닥쳐 올 미래에 대한 절망이었다.

"황후도, 황후도 마술에 손을 대지 않았습니까! 지고한 황제 폐하의 목숨을 노리지 않았습니까! 한데 왜! 도대체 왜 살려둔 겁니까!"

악다구니였다. 마지막 발악과도 같았다. 2황비는 자리에서 일어나 황제를 향해 고함을 질러댔다. 그 모습이, 그녀가 사산했던 날, 황제를 향해 그리도 울부짖었던 그때의 모습과 겹쳐 보였다.

예상했던 대로였다. 그녀는 괜찮아진 것이 아니었다. 마음속으로 칼을 갈고 있던 것이었다. 황후의 소행을 밝혀내려고 무진 애를 썼을 것이다. 하지만 이능이 없는 2황비 측이 할 수 있는 것은 없었다. 그래서, 분에 이기지 못한 2황비는 마술에 손을 뻗은 것이다. 제 복수를 하기 위해. 내 조언대로.

악을 쓰는 2황비를 앞에 두고도 황제는 비상식적으로 차분했다. 제게 호소하는 2황비를 조용히 바라보다가, 황제는 평온하게 한마디를 입에 올렸다.

"그 처벌권은 이미 내 손을 떠난 지 오래네."

황제의 목소리는 너무나도 평온했다. 평소 다정하던 말투와 다를 것이 없었다. 그 고저 없는 목소리로, 황제는 2황비의 부르짖음을 한 번에 내쳤다. 끔찍한 자였다.

2황비의 얼굴이 순식간에 절망으로 물들었다. 끝을 모를 절망이었다. 절망에 가득 빠진 그녀가 손가락을 쳐들어 황후를 가리켰다.

"하나, 황후는, 황후는, 이번에도 마술사와 결탁하였사옵니다! 그리해, 제 배 속의 황손을 해하였습니다! 그렇다면 황후가 더욱 중죄인인 것 아닙니까! 황족을 해하려 한 것이 이미 두 번입니다! 어찌 그 죄를 저에게만 물으려 하십니까!"

2황비는 정확하게 알고 있었다. 황제가 죄를 저에게만 물을 것이라는 것을. 이것은 그녀가 더 이상 이 밑바닥 아래로 떨어지지 않기 위한 마지막 발악이었다. 나락으로 떨어지기 직전에 잡은 벼랑이었다.

순간이었다. 황제의 표정에 흥미가 떠올랐다. 그 표정을 마주했을 때 나는 알 수 있었다. 역시나 황제는 모든 것을 알고 있었다. 황후가 2황비의 아이를 죽였다는 것을.

"어떤 근거로 그렇게 생각하는 건가? 황후가 어떤 마술사와 결탁을 하였으며, 어떻게 자네 배 속의 아이를 죽였는지 내게 고할 수 있는가?"

감정에 치우친 황비는 알아채지 못하겠지만, 나는 정확히 알아챌 수 있었다. 황제는 모르는 것을 알게 된 자의 반응이 아니었다. 그것을 어떻게 알았고, 어떻게 황후에게 빠져나갈 수 없는 덫을 씌울 것인지. 그것을 묻고 있었다.

또다시 제 안에서 시험을 보고 채점을 하고 점수를 매기듯이. 2황비가 그가 생각했던 것보다 가치 있는 자인지, 황제는 지금 시험을 하고 있었다.

이것은 마지막 기회였다. 2황비가 목숨을 부지할 수 있는 마지막 기회. 하지만 2황비의 얼굴에는 기쁨이 없었다. 종전과 비교도 할 수 없는 파리한 낯짝이 되었다. 증거를 잡을 수 없었을 것이다. 황후가 어떤 마술사와 결탁했는지도 모르고 있는 것이 분명했다.

2황비가 새하얗게 질린 얼굴로 주변을 살폈다. 그러고는 이내 나와 눈이 마주쳤다. 마주한 2황비의 표정이 순식간에 바뀌었다. 희망을 발견한 표정이었다. 황후를 향했던 손가락이 그대로 내게 향했다. 그랬다가 이내 황급히 손가락을 내렸다. 그녀는 내가 제 마지막 구명줄이라 생각하고 있음이 틀림없었다.

핏기라고는 하나도 없었던 2황비의 얼굴에 웃음이라고 말할 수 있는 것이 걸렸다. 희망에 가득 찬 표정으로 나를 바라보며 2황비가 입을 열었다.

"1황녀 전하께서 알고 계십니다. 1황녀 전하께서 알려주셨습니다! 소르트 황가의 고귀한 이능을 가진, 황가의 후계를 이을 자격이 있는 1황녀 전하께서, 아델라이네를 통해 제게 알려주셨습니다! 그렇기에 알 수 있었습니다! 황후가 마술을 이용해 제 배 속의 아이를 죽였다는 것을요! 1황녀 전하께서 알고 계실 겁니다. 누가 어떻게 그런 짓을 했는지, 전부!"

그녀는 이제 제 승리를 확신하는 듯했다. 입가에 미소가 걸렸다. 스스로 승리를 향해간다는, 절망과 희망 사이에 걸친 광기의 미소가 그녀의 얼굴에 걸려 있었다. 2황비가 쏟아질 듯이 테이블 너머에서 내게 몸을 향했다. 그러고는 내게 물었다.

"그렇지요, 1황녀 전하?"

나는 2황비의 눈을 잠시간 바라봤다. 그녀의 눈에서 번뜩이는 희망이 내게 전해져왔다. 나는 입을 열었다.

"비마마."

모두의 시선이 내게 집중되는 것이 느껴졌다. 황제마저 나를 바라보고 있었다. 황태자는 못마땅한 눈빛으로, 황후는 걱정이 가득한 표정으로 나를 바라보고 있었다. 황태자가 이능을 이용해 2황비의 행동을 알아내는 것이 가능하다면, 내가 불가능할 리가 없다. 황후는 자신이 2황비에게 한 행동을 내가 모두 알고 있다고 확신하고 있겠지.

3황자, 4황자는 잿빛이 된 얼굴 위에 자그마한 희망을 얹었다. 2황비와 같은 얼굴이었다. 아델라이네는 제 드레스 자락을 꽉 잡은 채 나를 바라보고 있었다. 복잡한 속내가 얼굴에 고스란히 드러났다. 아마 지금 그녀는 내가 제 어미를 변호해 주길 바라고 있을 것이다. 하지만 나는 그럴 생각이 없었다.

그들의 시선을 애써 무시한 채 말을 이었다.

"공교롭게도, 저는 비마마께서 조심하셨으면 좋겠는 마음에 아카데미에서 친하게 지낸 아델에게 비마마의 걱정을 전한 것이었습니다. 황후마마께서는 이전에 이미 마술에 손을 댄 적이 있으니, 이능을 가질 가능성이 있는 황손의 탄생을 반기지 않을 것 같다는 제 걱정 때문에요. 하지만 그것은 확신 없는 걱정이었습니다. 그렇기에, 저는 황후마마께서 진정으로 비마마를 노렸는지 확신할 수 없습니다. 만약 비마마께서 원하신다면 알아볼 수는 있을 겁니다.”

2황비의 얼굴이 삽시간에 흙빛이 되었다. 하지만 희망이 완전히 사라진 표정은 아니었다. 나는 그녀가 무어라 말을 하기 전에, 다시 말을 이었다.

“하나, 이능을 사용해 모든 일을 파악하기 위해서는 시간이 꽤 걸립니다. 폐하께서 그 기간을 기다려 주실 수 있으시다면 제 이능을 사용해 보도록 하겠습니다.”

2황비의 시선이 황제에게, 황제의 시선은 나에게 닿았다. 나는 지금 대화로, 내 책임을 황제에게 전가했다. 이제 2황비가 매달릴 수 있는 사람은 황제였다.

지금만큼은 황제가 흥미로워한다는 것쯤은 쉽게 알 수 있었다.

“네 이능의 사용은 내 소관이 아니다. 벤지안스, 너는 내가 어떤 대답을 하길 원하느냐? 2황비가 벌을 받지 않길 원하는 것이냐?”

그라면 이렇게 말할 줄 알았다. 황제는 황족 사이에 휘몰아치는 알력 다툼을 알면서도 눈감고 있는 자였다. 아니, 그보다 더 악독하게 바라보고, 판단하고, 제 시험의 도마 위에 올려놓는 자였다.

한 발 떨어져 제 일이 아닌 듯 말하는 그에게, 나 역시 한 발 떨어진 입장을 취하기로 마음먹었다.

"비마마에 대한 처벌 여부는 제게 물을 것이 아니지요. 황후마마께서 그 피해를 입으셨으니, 그것은 황후마마께 여쭤봐야 옳다고 생각합니다."

황후의 죄를 묻는 것에 대해 황후의 손에 맡긴다. 그 말이 뜻하는 것은 하나였다. 나는 2황비를 도울 생각이 없다. 2황비의 얼굴이 사색이 되었다. 그녀는 더 이상 움직이지 못하고 있었다. 일어난 채로 정신을 잃은 것만 같았다.

황제는 다시 모두를 한 번 둘러보았다. 황후의 걱정 어린 표정은 다시 승리자의 표정으로 바뀌었다. 나를 향했던 미묘한 눈빛이 이제는 호의로 바뀌었다.

"황후는 어떻게 생각하는가?"

"저는 저를 매도하고, 환상에 사로잡혀 제 배 속의 황손까지 해한 자에게 자비를 베풀고 싶지 않습니다."

당연하다면 당연한 대답이었다. 이능을 통해 제 뒷조사를 하면 또다시 온갖 증거가 줄줄이 나올 것이 분명했다. 그것을 그대로 둘 황후가 아니었다.

"조찬은 이로 끝이군. 달콤한 후식을 먹지 못하다니 유감이지만 황손을 해한 극악한 자를 추려냈으니 그 달콤함은 포기해야겠지. 황후의 말이 맞는지에 대해서는 수색대가 다시 한 번 수색할 것이니, 비는 성으로 돌아가 수색대를 기다리도록."

황제가 자리에서 일어났다. 조찬은 끝이었다. 우습게도 더 이상의 추궁은 없었다.

황제는 황후와 2황비가 마술사와 계약했다는 것을 알고 있다. 하지만, 손을 들어준 것은 황후였다. 황후가 그의 기대를 충족했기에. 황손을 해한 것은 그 죄가 엄중하다. 밝혀지지 않았다면 문제지만, 밝혀진 후에는 그 죗값을 치러야 했다. 죽음으로.

황제가 문을 향해 걸어갔다. 2황비가 그에게 달려갔다. 빛과도 같은 속도였다. 그녀가 황제의 다리에 매달렸다.

"폐하! 아니옵니다! 제발! 기회를! 폐하! 황후의 죄의 증거를 전부 밝혀내겠습니다! 제발! 황후의 죄를 밝혀낼 기회를!"

마지막 발악이었다. 마지막 악다구니였다. 황제의 다리에 매달린 2황비에게서, 과거의 내 모습이 겹쳐 보였다. 이랬구나. 황성이라는 이름의 지옥에서 서로 물고 뜯는 악귀들에게 밀려난 거였구나.

"1황녀! 벤지안스! 어떻게! 네가! 네가! 나를! 아델! 아델! 네 언니를 믿으라고 하지 않았느냐!"

나는 눈을 감고 고개를 돌렸다. 내 목표는 소르트의 몰락이다. 소르트의 핏줄을 살려둘 이유가 없다. 나는 내 발로 이 지옥에 발을 들이밀었다. 그렇다면 나도 악귀가 된 것이다. 나는 모두를 지옥 불에 떨어뜨릴 것이다. 2황비는 그 첫 타자나 마찬가지였다. 복수를 위해 발을 들이민 이상, 나는 다시 뒤로 물러날 수 없다.

"아델! 쓸모없는 년! 너 때문에! 황제의 총애를 받아 제멋에 취해 날뛰던 네년 때문에! 우리 일가가! 어서 나를 도와! 그 총애로 우리를 함부로 여겼으면, 이제 우리를 도와야 할 것 아니냐!"

2황비가 발악했다.

"너 때문이야! 너만 아니었어도!"

눈이 번쩍 떠졌다. 익숙한 말이었다. 비록 내게 하는 말은 아니었지만, 뇌리에 강렬하게 박혀 있던 한마디였다.

아델라이네가 자리에서 일어나 제 어미에게 가려고 발을 떼었다. 그녀의 얼굴에는 죄책감이 덕지덕지 붙어 있었다.

나는 저 마음을 잘 알고 있다. 내게 마음을 주지 않는 자를 향한 지독한 집착. 모래알보다 작은, 있지도 않은 애정 한 톨이라도 받기 위해 발버둥 치는 저 끔찍한 집착. 그녀의 모습에서 과거의 내가 보였다. 가족의 사랑을 위해 매달리던 나. 가족뿐이 아니라 그 누구라도 매달리던 내 끔찍했던 모습.

그 모습이 꼴 보기가 싫었다. 내가 과거에 그랬던 것처럼, 아무것도 모른 채 저를 원망하고 증오하고 있는 자에게 마음을 주는 걸 더 이상 보고 싶지가 않았다. 더불어 아델라이네가 여기서 황제에게 간청이라도 한다면, 만에 하나의 확률로 황제가 아델라이네의 청을 들어줄 수도 있다는 생각이 들었다. 나는 자리에서 일어나 아델라이네를 막았다. 그녀의 손을 잡았다. 홀린 듯 2황비를 향해 걷던 그녀가 화들짝 놀라 고개를 돌렸다. 나는 고개를 저었다.

"가면 너 역시 참형당할 수도 있어."

"하지만, 어마마마께서, 어마마마께서."

아델라이네의 눈동자에 혼란이 내려앉았다. 어떻게 행동하는 것이 이성적인 것인지 도무지 가늠하지 못하는 표정이었다.

"어마마마께서 절 필요로 해요. 처음으로, 저를 필요로 해요."

나는 그녀의 손을 더욱 꽉 잡았다. 여기서 아델라이네라는 패를 잃을 수는 없었다. 그녀는 적들을 혼란시키기에 좋은 패였다.

"너를 필요로 하는 건 나야."

나를 바라보는 아델라이네의 눈이 커다래졌다.

"내게 황성의 정보를 알려주겠다고 하지 않았어? 내게 도와달라며. 잘 생각해 봐. 저쪽으로 가는 것과 내 쪽에 남는 것 중 무엇이 더 나은지. 2황비는 이미 끔찍한 마술에 손을 댔어. 잘 생각해 봐. 네 오라버니들과 어머니가 널 어떻게 대했는지. 그들이 다음에 또 마술에 손을 댄다면, 네 팔에 반동이 하나 더 늘지 않을까?"

감언이설을 흘렸다. 나는 아델라이네가 지금 어떤 마음인지 알고 있었다. 그녀가 지금 간절히 원하는 것이 무엇인지 알고 있었다.

"아델, 난 네 언니야. 나도 네 가족이야. 나를 도와줘. 난 네가 꼭 필요해."

내게서 벗어나기 위해 힘을 주던 아델라이네의 팔에 힘이 빠져나가는 것이 느껴졌다. 앞으로 쏠렸던 그녀의 몸이 우뚝 멈추었다.

"나는 더 이상 진짜 내 가족을 잃을 수 없어."

"……정말이죠, 언니?"

"물론이지."

나는 그녀에게 미소를 지어주었다. 아델라이네가 나를 보며 활짝 웃었다. 아직도 2황비는 악을 지르고 있었다. 하지만 더 이상 아델라이네에게 2황비의 소리는 들리지 않는 모양이었다.

✤

이틀 후, 2황비와 그녀의 두 아들에 대한 벌이 내려졌다. 공개 처형이라고 했다. 황족의 기강을 떨어뜨리고, 황손을 벌한 중죄에 따른 중벌이었다. 3황자와 4황자는 2황비의 범죄를 알고서도 묵인한 공범이라는 판단 하에 2황비와 같은 벌이 내려졌다. 그들의 처형은 공개 처형을 선고받은 후 일주일 후였다.

2황비가 처형당하던 그 시간, 아델라이네는 내 성에 있었다. 나와 차를 마시며. 그녀의 얼굴에는 웃음이 걸려 있었다. 더 이상 제 어미에게 집착하지 않는 모습이었다.

아델라이네는 2황비의 계획을 모르고 있었다. 나는 황제에게 그것을 강력하게 피력했다. 황제는 아델라이네를 선처해 달란 말에 고개를 끄덕였다.

2황비와 3황자, 4황자는 아델라이네를 따돌리고 있었다. 제 가족이라고 생각하지 않았다. 2황비의 외침으로 그 사실을 알 수 있었다. 그리고 그것이 아델라이네에게 좋은 결과를 가져왔다. 물론 내게도 좋은 결과였다.

나는 아델라이네라는 말을 잃지 않았고, 황후의 환심을 샀다. 오늘은 그런 황후와 오찬을 갖는 날이었다.

"가죠."

황후를 만나기 위해 치장을 끝마치고 자리에서 일어났다. 베른과 글레나가 나를 따라왔다.

이 년 전, 황태자가 2황자를 어떻게 죽였는지 알게 되었다. 원작 덕에 황태자가 2황자를 죽였다는 건 확실했고, 디온 덕에 그것이 두갈로 인한 독살이라는 것도 알게 되었다. 이제는 이 사실로 황후를 흔들어놓을 차례였다.

이전에도 한 번 온 적 있었던 황후의 성 앞에는 의외의 인물이 기다리고 있었다.

"어서 오게."

황후가 성의 입구에서부터 마중을 나와 있었다. 그녀의 얼굴에는 웃음이 만개했다. 이제 황성에 황제의 여자는 황후, 오로지 그녀 혼자뿐이었다.

나를 향한 표정에 호의가 보였다. 그것이 진심인지 아니면 억지로 가장한 호의인지는 모르겠지만, 아직까지 그녀는 내게 잘 보이려고 애를 쓰고 있었다. 머리가 나쁘지 않은 자였다. 아마 황후는 내 입으로 당신은 이제 무죄라고 말할 때까지 내게 저자세를 취할 것이 분명했다.

"식사에 초대해 주셔서 감사합니다."

"이제 가깝게 지냈으면 좋겠다고 말했지 않나. 종종 같이 차를 마시는 사이가 되고 싶어."

황후의 표정은 굉장히 부드러웠다. 내가 황성에 돌아온 직후와 너무나도 달라진 모습이었다. 목적을 위해서는 사람이 이렇게까지 달라질 수 있구나, 를 황후를 보며 느낄 수 있었다. 여러 가지 의미로 대단한 여자였다.

오찬을 들기 위해 식당으로 향했다. 이전에 티타임을 가졌던 정원을 지나 보이는 곳곳이 호화롭게 치장되어 있었다. 식당 안에 들어서자 둘이 앉기에 상당히 커다란 테이블에 식기가 준비되어 있었다.

애피타이저가 나오고, 수프, 메인 요리가 나올 때까지 우리는 별다른 말을 하지 않았다. 그저 서로 안부를 묻고, 겉도는 이야기만 나눌 뿐이었다. 수프가 지나가고 윤기가 흐르는 흰 살 생선 요리가 나왔다. 그리고 그에 걸맞은 와인이 나왔다.

와인, 즉 포도 음료. 번개같이 두갈이 생각이 났다. 나는 내 뒤에 서 있을 베른을 힐끔 바라보고는 시선을 앞으로 돌렸다.

"넥토즈의 북부에서 나는 와인을 용케도 구하셨네요. 향이 좋지만 타국에서는 구하기 어려울뿐더러 잘못 보관하면 향이 금세 날아가 예민하기로 유명한 와인인데, 향도 그대로고요."

며칠 전 배웠던 지식을 괜히 주절거렸다. 2황비를 쓰러뜨린 직후의 승리감이라면 충분히 나를 노릴 수도 있을 것이라는 생각이 들었다. 황후와 눈을 마주쳤다. 혹시 이 자리에서 날 독살할 계획인가를 살폈지만 두갈을 사용한 흔적은 없었다. 기억을 샅샅이 뒤져도 나를 독살하겠다는 의지가 없었다.

"어머, 아는구나. 타에크즈 지방에서 나는 청포도로 화이트 와인을 주조하면 그 맛이 일품이거든. 타엔 와인을 알아보는 자가 황성에 있다니, 참으로 반가워."

말이 통하는 사람을 만나 즐겁다는 어조였다. 나는 와인을 마시기 전 내 뒤에 있는 베른이 보이도록 손가락을 두 번 까딱거렸다. 이곳에 들어오기 전 급하게 만들어낸 신호였다. 혹시라도 모를 일이다. 내게 여기는 적진이었다. 무슨 일이 생기면 해독제를 준비하라는 의미였다. 나는 화이트 와인을 한 모금 마셨다.

와인을 마시고 한참이 지났는데도 다행스럽게도 아무런 증상이 없었다. 그 이후로 나오는 음식들 모두 괜찮았다. 마지막으로 후식이 나와 황후 앞에 놓였다. 무거운 이야기를 하기에 딱 좋은 타이밍이었다.

운이 좋게도 후식으로 나온 가토쇼콜라 케이크는 황후가 2황비에게 절망을 안겨줬던 날 조찬에서 먹지 못했던 그것이었다.

"조찬 때 먹지 못해 아쉬웠는데 이렇게 황후마마께 대접을 받으니 기분이 좋군요."

포크를 들어 케이크를 찍었다. 황후는 나를 가만히 쳐다보았다. 알 수 없는 표정이 지나가고 그녀의 얼굴에 뜻 모를 미소가 걸리는 것이 보였다.

"벤지안스, 자네는 황족으로 타고난 자 같아."

"황후마마의 입에서 그런 이야기를 듣다니, 황성에 들어온 이후로 최고의 칭찬 같습니다."

그녀의 말뜻을 알 수 없어 그렇게 답했다. 나를 비꼬기 위해 내뱉은 말인지 진심인지 파악할 수가 없었다.

"칭찬이니 그렇게 생각해 주면 나는 기분이 좋아. 그래, 하고 싶은 말이 무엇인가?"

역시나 만만치 않은 여자였다. 굳이 지금 내가 그날을 언급한 이유를 황후는 정확히 파악하고 있었다.

"꼭, 2황비를 공격하셨어야 했습니까?"

"그건 내가 할 말이 없네. 하지만 가만히 있다가는 내가 당할 것 같았어. 로위나는 황손을 가진 이후로 나를 보는 시선이 달라졌네. 그 시선 안에 전에는 없던 악의와 욕심이 있었어. 처음부터 그런 눈빛으로 나를 바라봤던 자라면 차라리 나는 가만히 있었을 것이야. 하지만 갑작스러운 사람의 변화는, 특히 이 황성 안에서 사람의 변화는 방심할 것이 못 되네. 그 점에 대해서는 자네에게 미안하게 생각하고 있어."

황후는 마치 준비한 것처럼 줄줄이 변명을 늘어놓았다. 내게 진심으로 미안해하고 있는 것처럼 보이기까지 했다. 어디서부터 어디까지가 진심인지 알 수가 없는 여자였다. 내게 호의를 보여도, 미안해도 그 밑바탕에는 평온이 깔려 있었다.

어찌 됐든, 나는 그녀의 말에 고개를 끄덕였다. 황후가 내게 진심으로 미안해하든 아니든 그것이 중요한 것이 아니었으니까. 그저 그녀가 내게 미안해해야 한다는 사실이 중요했을 뿐이었다. 그래야 내가 하는 행동이 마치 관용처럼 보일 테니까.

"황후마마께서는 제가 황후마마의 죄를 벌하지 않기를 원하시는 것 아닙니까?"

여유롭던 황후의 미소에 조금 금이 갔다. 하지만 나는 그녀가 대답할 때까지 기다려 주지 않았다.

"제가 2황비를 공격하지 말아줄 것을 부탁드린 것은, 딱히 그녀와 친해서가 아니었습니다. 황후마마께서 한 번 더 중죄를 저지르실 경우 제 선에서 막지 못하기 때문이었습니다. 저도 2황비가 황후마마를 대하는 태도가 어떻게 변했는지 아델에게 들어 잘 알고 있었습니다. 그렇기에 걱정이 되어 황후마마께 말씀을 드린 것인데, 그것을 지키지 않아 곤경에 처할 뻔하지 않으셨습니까?"

황후의 눈이 커다래졌다. 그녀에게 있어서 예상치 못한 말임이 틀림없었다. 그녀는 내가 저를 아군으로 보지 않을 것이라 확신하고 있었을 테니까.

"2황비에게 황후마마를 조심하라고 한 것도 그것 때문이었습니다. 일어나지 않은 일에 대해서는 아무도 추궁하지 않으니까요. 하지만 이미 저지르셨으니 굉장히 난감했습니다. 지금, 아델에게 어떻게 고개를 들어야 할지 마음이 너무 쓰일 정도로요."

나는 내 마음이 정말 그렇기라도 하듯 표정을 지어 보였다. 그녀를 나락으로 떨어뜨려야겠다는 절박함이 내게 그런 표정 연기 정도는 가능하게 만들었다.

"제가 말씀드렸습니다. 저는 살고 싶다고요. 제가 살기 위해서는, 황후마마께서 사셔야지요. 그래서 제게 그 은혜를 갚아야 하지 않나요?"

나는 최대한 안타까운 표정을 지어 보였다.

"이런 식이면, 제가 황후마마를 믿을 수가 없게 됩니다. 심지어 방금 전, 와인을 마실 때조차 황후마마를 의심할 뻔했으니까요."

황후를 떠볼 좋은 기회였다. 나는 아직 그녀가 두갈이 독으로 작용할 수 있다는 사실을 아는지 확신할 수 없었다. 내 말에 황후의 낯빛이 굳었다.

"내가 자네를 독살할 것이라 생각했나?"

"제게 아직 믿음을 주지 못하셨으니까요."

"내가 자네를 독살할 일은 절대 없을 것이네. 아니, 애초에 독을 사용할 수조차 없지 않은가? 자네가 걱정하게 만든 것은 미안해. 하지만 더 이상 자네의 목숨을 노리는 일은 없을 것이야. 게다가 독이라니, 가당치도 않은 일이야. 황족에게 독을 쓸 수 있다는 것은 나조차 위험해지는 일 아니겠나?"

그녀는 지금 내게 트레팔을 먹는 한 독살이 불가능하다고 말하고 있었다. 마치 두갈의 위험성을 모르는 것처럼. 황후가 정말 그 사실을 모르는 것인지, 아니면 그저 나를 떠보는 것인지 확인해야 했다.

"하나 황후마마께서는 와인을 준비한다는 것이 얼마나 위험한 일인지 알고 계시지 않으신가요?"

내 말에 그녀의 표정에 스쳐 지나가는 것은 의아함이었다. 이전의 표정들은 가늠할 수가 없었다. 하지만 지금 그녀의 표정에는 거짓이라고는 없었다. 그녀는 도대체 무슨 말을 하냐는 표정으로 나를 바라보았다.

"벤지안스, 무슨 말인가? 와인을 준비하는 것이 위험하다니? 모든 독은 트레팔에 의해 차단되고 있어. 그렇기에 우리가 그 맛없는 트레팔을 매일 두 번씩 먹는 것이 아닌가? 하지만 자네는 마치, 와인을 마시면 안 되는 독이 있는 것처럼 말하고 있어. 나는 그것을 알지 못하는데, 내가 모르는 게 있는 것인가?"

황후의 표정에 거짓은 없었다. 오히려 두려움이 어리고 있었다. 제 목숨을 노릴 수 있는 수단을 제가 모르고 있었다는 것에 대한 두려움. 마치 독살로 황성 사람이 목숨을 잃을 수 없다는 듯 되묻고 있었다.

이마저도 연기인가? 이 정도로 저를 숨길 수 있는 자였나? 확실하게 알아봐야 했다. 나는 황후의 눈을 마주쳤다. 황후의 기억을 뒤졌다. 독살. 두갈. 2황자가 죽은 진정한 이유. 없었다. 황후의 기억 안에 이것들은 없었다.

황후는 1황자, 데비스가 제 동복동생인 2황자를 독살한 사실을 모르고 있었다.

흐트러지려는 얼굴을 다잡았다. 환호할 뻔한 것을 참아냈다. 황후는 1황자이자 지금은 황태자인 제 아들의 죄를 눈감아준 것이 아니었다. 그녀 역시 그 사실을 모르고 있었다.

나는 그녀의 눈을 마주하며 내 표정에도 의아함을 가득 담았다. 정말로 모르는 것을 말하듯 목소리를 꾸며냈다.

"황후마마께서 모르시고 계신다니요? 포도를 먹은 이후, 두갈을 섭취하면 독살과 같은 반응이 나타납니다. 숨이 조여오고 심장이 서서히 멈추고 이내 사망하게 되지요. 하나 사인은 심장마비로 나옵니다. 독이 아니기 때문에요. 황태자 전하께서는 이 사실을 알고 계신 걸로 알고 있습니다. 그래서 황후마마께서도 당연히 알고 계실 것으로 생각했는데. 모르실 줄은 꿈에도 생각지 못했습니다."

황후의 표정이 무너졌다. 조금 전에 떠올랐던 그 미미한 동요가 아니었다. 걷잡을 수 없는 흔들림이었다. 언제나, 내 앞에서도 평온을 유지하던 그녀의 표정이 완전히 무너져 내렸다.

"사인이, 심장마비라고?"

그녀의 목소리가 떨려왔다.

"황후마마께서 덮어준 것이 아니란 말입니까? 저는 이제껏 황후마마께서 2황자 전하의 죽음을 알고도 눈감아주고 계신 줄 착각하고 있었습니다."

"확실한가? 아니, 그것을 어디서 들은 거지?"

그래도 황후는 황후였다. 동요하는 마음을 숨기려고 무진 애를 쓰고 있었다. 하지만 이미 깨어진 평온은 혼란을 가리지 못했다. 나는 놀라는 표정을 지어 보였다. 의외라는 마음이 우러나오도록 노력했다.

"이능입니다. 저 역시 이능을 갖고 있는 황족이기에 알고 있었습니다. 하지만 황후마마께서도 아시다시피 이 이능이라는 것이 전지전능한 것이 아닌지라, 황후마마께서 그 사실을 모르고 있다는 사실은 알지 못했습니다. 그런 줄 알았다면 말하지 않았을 텐데요. 충격이 크실 텐데."

미소는 속 안에 감추고는 목소리를 낮춰 말했다. 마치 그녀를 걱정하는 척 어조를 바꿨다.

"아니, 아니야. 그래, 짐작하고 있었네."

황후가 떨리는 목소리를 다듬었다. 하지만 평소와는 다른 그녀의 반응에서 나는 확신할 수 있었다. 황후는, 1황자가 2황자를 제 손으로 죽였다는 사실을 모르고 있었다. 짐작도 하지 못하고 있었다. 그리고 그것을 내 입을 통해 듣게 된 것이다.

이제 그녀는 이 일에 대해서 나름대로 조사를 시작할 것이다.

나는 황후의 혼란에 더 큰 혼란을 얹기로 마음먹었다. 그녀와 시선을 마주친 채, 목소리를 더욱 낮추어 속삭이듯 말을 이었다.

"하면, 혹 이것도 모르고 있으셨습니까?"

"무엇 말인가?"

"황태자 전하께서 황후마마 몰래 마술사와 결탁했다는 것을요."

비밀 이야기를 하듯 속삭였다. 황후의 눈동자가 흔들렸다. 하지만 여전히 나와 눈을 마주치고 있었다. 나는 지금 이 순간을 위해, 역겨운 황후와 얼굴을 마주하고 오찬을 나누고 있는 것이다. 나는 그녀의 눈을 그대로 마주쳤다. 그리고 이능을 사용했다.

'너 율란 소르트를 유산시킨 자는 2황비가 아니라 네 아들, 데비스 D. 마블라 소르트이다.'

혼란에 혼란을 더했다. 그것을 무시한 채, 나는 말을 이었다.

"2황비에게 황후마마를 유산시키라 사주한 것이 황태자 전하인 것을 말입니다."

황후의 입은 굳게 닫혀 있었다. 하지만 찻잔을 쥔 그녀의 손은 떨리고 있었다. 그 떨림이 심해 사기가 부딪치는 소리가 들려왔다.

그녀가 지금 무슨 생각을 하는지 나는 알 수 없었다. 하지만, 하나만큼은 정확히 알 수 있었다. 황후와 황태자의 그 끈끈했던 모자 사이의 정은 더 이상 굳건하지 못하다는 것을.

"제가 괜한 말을 한 것 같군요."

"아니, 아니네. 아니야. 한데……."

황후의 시선이 베른에게 닿았다. 음식을 나르는 시종들이야 디저트까지 끝났기에 부르지 않으면 오지 않는다. 지금 이 대화가 흘러 나갈까 봐 걱정하고 있는 것이 분명했다. 나는 안심하라는 표정을 지어 보였다.

"그는 걱정하지 않으셔도 됩니다. 제게 기사의 서약을 한 자입니다. 지금 이 일은 절대 밖으로 나가지 않을 거예요."

황후는 그나마 안심이라는 표정을 지었다. 기사의 서약이라는 것은 그렇게 가벼운 맹세가 아니었다. 무엇이 되었든, 제 주군의 말에 복종해야 되는 것이다. 내가 이렇게까지 말했으니 베른을 더 이상 걸고넘어지지 않을 것이다.

황후가 잠시 입을 다물었다. 무언가 생각하는 것이 분명했다.

"하지만, 나는 아직 자네 말을 전부 믿을 수가 없어."

"전부 믿으라고 강요하는 것이 아닙니다. 황후마마 나름대로 조사를 해보시길 바랍니다. 그렇게 되면 저를 믿게 되실 테니까요. 제가 사실이 아닌 것을 굳이 황후마마께 알려드릴 필요는 없으니까요."

나는 확신에 찬 어조로 답했다. 내 말에 거짓은 없었다. 지금의 황태자가 2황자를 독살한 것은 사실이었다. 황태자가 황후를 유산시킨 것은 사실이 아니었다. 하지만 그것은 황후의 안에서 확고한 기억이 되어 있었다.

물론 조사 도중에 의심이 들 수도 있었다. 하지만 황태자가 2황자를 독살한 것이 진실로 밝혀진다면, 황후는 나머지 하나 역시 진실이라고 받아들일 가능성이 높았다. 이성은 아니라고 말해도 마음은 그쪽으로 기울겠지.

그리고 모든 것이 사실로 밝혀지는 순간, 지금 모자 사이에 가 있는 금은 커다랗고 날카로운 간격을 만들게 될 것이다. 나는 그 틈을 노리고 있었다.

나는 여전히 혼란스러워하는 황후의 눈을 마주했다. 그녀가 입을 열었다.

"그래, 그리고 한 가지 더 궁금한 것이 있네."

황후는 입을 열고는 잠시 머뭇거렸다. 지금 하려는 말을 해도 되는지 다시 한 번 생각해 보는 모양이었다.

"왜 내게 이것을 알려주는 거지?"

황후는 복잡한 심정을 숨기지 않으려는 것처럼 보였다. 나는 이 질문을 예상하고 있었다. 당연한 의문이었다. 우리는 적이었다. 그래, 황후가 내게 이 질문을 한 것을 보면 그녀 역시 나와 우호적인 관계라는 생각을 전혀 하지 않고 있었던 것이 분명했다.

그녀가 속내를 보이는 이 질문을 한 이유는 하나였다. 그녀가 내 말을 믿으려 한다는 것.

나는 이 질문에 최대한 진실 되어 보여야 할 필요성을 느꼈다. 나는 황후를 똑바로 바라봤다. 마치 굳은 결의를 다진 것과 같은 표정을 지었다. 당신에게 복수하고 싶으니까, 라는 진심은 저 깊은 곳에 넣어두고는 한 자 한 자, 또박또박 그녀에게 전했다.

"살고 싶으니까요."

검지로 찻잔의 입구를 한 바퀴 쓸었다. 눈은 여전히 황후와 마주한 상태였다.

"저번에도 말한 적 있지만, 살고 싶기 때문입니다. 황성 밖에서 죽어 있던 저를 황성 안으로 데려오신 분은 황제 폐하이십니다. 그리고 지금은 저를 무척 아껴주시죠."

마음에도 없는 말을 지껄였다. 황제는 황후의 기억을 읽을 가능성이 높았다. 황후가 계속해서 살아 있고, 그녀의 태도가 바뀔수록 그녀의 기억을 읽을 가능성이 높았다. 그렇기에 나는 황제에 대한 반감을 드러내지 않아야 한다.

"하지만 살기 위해서는 황제 폐하가 아닌, 황후마마와의 관계가 중요하다고 생각했습니다. 황후마마께서는, 황제 폐하와 황태자 전하의 마음을 모두 얻으셨으니까요."

물론 입에 발린 말이었다. 진정으로 황후가 황제의 마음을 얻었다는 생각은 하지 않았다. 마음에도 없는 말을 하고는 숨을 한 번 쉬었다.

"황후마마의 한 마디 한 마디, 황후마마께서 마음먹으시기에 따라 황성 안에 사는 이들의 목숨이 좌지우지될 겁니다. 그러기에 저는 그 목숨을 가지고 협상을 하고자 하는 겁니다. 그리고 그 협상에는 진심만큼 중요한 것이 없다고 생각합니다."

나는 그녀를 바라보며 애써 가벼운, 그러면서도 부드러운 미소를 지어 보였다. 신뢰를 주려는 내 나름의 발버둥이었다.

"적어도 누가 진실로 황후마마를 대하고 있는지, 그것만은 알려드려야 한다고 생각했습니다. 적어도, 뒤에서 핏줄이라는 허울 좋은 관계에 갇혀 있으면 안 될 테니까요. 몇 번이나 같은 핏줄을 해한 자를 전적으로 믿는 황후마마께 제 목숨에 대한 간절함을 전하고 싶었습니다."

길고 긴 말을 전한 후, 케이크를 한 입 베어 물었다. 내 할 말은 끝이라는 표시였다.

"그것뿐인가?"

황후가 물었다. 내 말이 끝나고 조금의 시간이 지난 후였다. 그녀는 나름의 치열한 고민을 한 모양이었다. 그리고 어떠한 결론에 다가가고 있는 모양이었다. 방금 전과 달리 황후의 목소리는 꽤나 안정되어 있었다. 혼란스러워하던 표정 역시 점차 사라져 가고 있었다.

'그것뿐인가'라는 그녀의 질문. 나쁜 의미의 질문은 아니었다. 더불어, 나를 바라볼 때 그녀의 얼굴에 걸려 있던 가식적인 미소가 지금은 사라져 있었다. 그것이 지금, 내가 파악한 황후의 모습이 진실이라고 알려주었다.

나는 조금의 망설임도 없이 고개를 끄덕였다.

"살고자 하는 저의 목숨과 황후마마의 목숨을 걸고 하는 거래만큼 지금 이 자리에서 중요한 것이 어디 있겠습니까?"

목숨. 내가 저당 잡히기에도, 저당잡기에도 썩 괜찮은 것이었다. 제가 갈 수 있는 권력의 정점을 향해 발버둥 치는 그녀로서는, 목숨을 버리는 한이 있더라도 이루고 싶은 것이 있을 것이라고는 생각도 못 하고 있었다.

그녀는 잠시간 내 눈을 빤히 바라보았다. 나는 황후의 시선을 피하지 않았다.

"그렇군."

그녀가 낮게 중얼거리는 소리가 들렸다. 애써 짜내는 웃음을 보이지 않는 황후의 모습이 마음에 들었다. 황성에 들어온 이후로 제일 마음에 드는 오찬이었다.

이후로 황후는 내게 상당히 우호적이었다. 그녀는 그 이후로 몇 번 나를 불러 티타임을 가졌고, 서신을 주고받기도 했다. 그녀와 마주하는 틈틈이 나는 그녀의 기억을 읽었다. 황후는 나와 대화를 나눈 이후, 일절 황태자를 만나지 않고 있었다.

하루에 한 번씩 황태자와 만났던 황후였다. 서로 바쁠 때는 자주 만나지 못했지만, 바쁠 때를 제외하면 둘은 서로를 자주 찾았다. 겉으로 보기에는 평범한 모자지간이었다. 적어도 나와의 오찬 전까지는 그러했다.

하지만 그것이 요즘 깨어졌다. 고작 일주일이었지만, 황후는 여유가 생겼을 때조차도 황태자를 찾아가지 않았다. 황태자가 찾아왔을 때는 그의 방문을 피했다.

철저하게 황태자를 피하며 황후는 그의 행적을 조사했다. 이 년 전, 그날 만찬에 나왔던 와인을 조사했다. 그 이후, 두갈의 유통을 조사했다. 황태자의 어머니이기에 황태자의 최측근에게 더욱 쉽게 다가갈 수 있었다.

그리고 나는, 황후를 통해 모든 경로를 파악했다. 물증 확보에 대해서는 베른이 맡았다. 이 년 전, 2황자가 죽었던 바로 그날, 평소에 잘 들어오지 않던 두갈이 황성에 들어온 것. 들어와서 황태자의 성에 들어간 것. 그리고 굳이 그날, 황태자가 제 성의 요리사에게 2황자가 요즘 몸이 좋지 않다 말하며 두갈이 들어간 음식을 만들도록 한 것. 그리고 그것을 2황자에게 먹인 것. 황후는 그 모든 것을 조사했다.

두갈의 유통 서류는 그리 어렵지 않게 손에 넣을 수 있었다. 독이 아니었으니 2황자의 최측근들 역시 두갈에 대해 크게 경계하지 않고 있었다. 남은 것은 황태자의 요리사를 증인으로 섭외하는 것이었다.

모든 것을 조사한 이후, 황후는 더 이상 황태자를 찾지 않았다. 그리고 방금 전, 황후는 나를 찾아와 양피지를 쥐어주고 나갔다. 별다른 말은 없었다. 하지만 그 짧은 인사에서, 황후의 태도가 현저히 바뀐 것이 보였다.

바뀐 그녀의 태도는 상당히 익숙했다. 황족의 조찬 때 보였던,

황후가 황태자를 대하는 태도였다. 제 권력을 채워줄 것이라 믿는 자에게 보이던 신뢰가 이제는 내게 향해 있음을 알 수 있었다.

황후가 나간 후, 그녀가 내게 쥐어주고 간 밀봉된 양피지를 열어보았다. 그 안에는 내가 이미 본 내용이 적혀 있었다. 나는 알지만, 황후는 내가 알 것이라 확신하지 못할 내용. 황태자가 두갈을 유통시킨 경로, 날짜, 모든 것들이 적혀 있었다. 그리고 그 옆에는 한 가지가 더 적혀 있었다.

-내 아이들의 복수를.

휘갈겼지만 우아한 서체는 황후의 것이었다. 미소가 절로 올라왔다. 아무도 없는 곳에서 지어지는 미소는 숨길 것이 되지 못했다.

'내 아이들의 복수.' 그 아이들에 황태자는 존재하지 않았다.

✚

황후를 이용한 계획도 꽤 안정적으로 진행되고 있었다. 황태자역시 크게 걱정되지는 않았다. 황태자가 황후의 기억을 읽더라도 크게 상관없었다. 오히려 황태자에게 커다란 타격을 줄 사건이었다.

황후가 황태자를 만나지 않는 한, 황태자가 그 사실을 정확하게 알게 될 가능성은 현저히 낮았다. 추론을 할 수 있겠지만.

걱정되는 것은 황제였다. 그가 황태자에 대해 정확히 어떤 생각을 하고 있는지 알 수가 없었다. 그가 눈감아주는 죄의 크기가 어디까지인지도 알 수 없었다.

지금 황제에 제일 가까워져 있다는 황태자를 쳐도 그가 눈감을 지, 혹은 내 계획을 샅샅이 뒤져 방해할지 알 수가 없었다. 사실 후자의 태도를 취할 확률은 상당히 드물었다. 아니, 오히려 황제 는 지금 모든 것을 다 알고 있을 수도 있었다.

적어도 황제가 어디까지 알고 있는지, 그의 입장은 어떠한지에 대해 알아낼 필요가 있었다. 그리고 다행스럽게도, 내가 그를 필 요로 할 때 그가 나를 불렀다.

그리하여 나는 황제와 독대를 하게 되었다. 굳이 마주하고 싶 지 않은 자였다. 하지만 마주쳐야만 했다. 이전에는 멍청한 자인 줄 알았지만, 이제는 내 최후의 목표가 되어버린 황제가 내 앞에 서 옥좌에 앉아 있었다.

지금은 제일 높은 그곳에 앉아 있는 그가 입을 열었다. 부드럽 고 위엄이 넘치는 목소리였다. 여전히 날 향하는 그의 눈에는 마 치 가족이라도 보듯 따스함이 흐르고 있었다.

"가깝게 지내자고 몇 번이나 말했는데, 찾아오지도 않아서 언 제나 섭섭했다."

"송구하옵니다."

"아니, 사과를 듣자고 말한 것은 아니야. 하하, 내 아무래도 내 딸에게 단단히 밉보인 모양이구나."

"그럴 리가 있겠습니까? 제가 다시 위로 올라갈 수 있도록 발 판을 마련해 주신 분인걸요. 하나 제가 아델처럼 귀염성이 없어 살가운 딸이 되지 못할 뿐입니다."

"하하, 그래, 내 아들 하나 더 키우는 느낌이야."

이제는 별로 아무렇지 않게 그와 이야기를 나눌 수 있었다. 애써 의식적으로 감정을 억누르지 않아도 그를 향한 적의가 나오지는 않았다. 그의 말에 여상하게 대꾸했다. 정말로 그를 생각하지만 붙임성이 없다는 듯. 그저 그런 딸의 모습으로 그를 대할 뿐이었다.

대화는 별것 없었다. 그저 안부, 마치 나를 위하는 아버지인 척, 그런 아버지의 사랑에 몸 둘 바 모르는 딸인 척, 가증스러운 대화만이 오고갔다. 그렇게 영양가 없는 대화가 끝나고 그가 자세를 고쳐 앉았다. 조금 풀어졌던 자세에서 등을 펴고 옥좌에 기대었다. 황제의 위엄이 서린 자세였다. 나는 저 자세를 알았다. 중요한 말을 입에 올리고 싶을 때 취하는 표정과 자세였다.

"너를 부른 이유는 별것 아니란다. 그저 식사나 하며 이야기나 나누고 싶었을 뿐이야. 부녀 사이에 할 말이 많다고 생각해. 그 외의 관계에서도 할 말이 많다고 생각하고."

역시나 내게 하고 싶은 말이 따로 있는 것이 분명했다. 그의 말을 해석하자면 하나였다. 부녀 사이에서 나오는 말이 아니라면 황제와 후계자 사이의 이야기였다. 비록 내가 황태자는 아니었지만, 황태자를 제외하고는 황성 내에서 후계를 이을 수 있는 자였다.

즉, 그는 내가 황성 안에서 조용히, 위로 올라가기 위해 행동하고 있는 것에 대해 말하고자 함이 분명했다. 황후의 기억을 읽었음이 분명했다. 그녀의 행동이 최근에 달라진 것을 잡아내고, 그녀의 기억을 읽고, 나를 불렀을 것이라는 결론을 내렸다.

"황후마마에 관련된 질문을 하고 싶으신 것 같습니다."

"황후에 관련된 것도 궁금하기는 해. 2황비에 관련된 것도 궁금하고. 하지만, 나는 한 가지 더 궁금한 것이 있다."

의문이 들었다. 황후와 관련한 질문이 아니라고? 나는 황제가 황후와 황태자에 대한 것을 물어볼 것이라 생각했다. 황후가 2황자의 진짜 사인을 몰랐던 만큼, 황제도 모르고 있었을 것이라 생각했으니까. 하지만 황제가 내게 말하고자 한 것은 황후에 관한 것도, 2황비에 관한 것도 아니었다.

그 두 개가 아니라면, 황제가 궁금해할 것은 딱 하나만이 남아 있었다.

시선을 올려 그를 바라봤다. 그는 여전히 웃는 낯이었다. 표정 변화라고는 찾아볼 수 없었다. 도무지 어떤 감정을 갖고 있는지 알 수 없는 표정으로 입을 열어, 그는 내게 예상했던 질문을 던졌다.

"그래, 카르디안에 다녀왔다고 들었다. 그리고 그곳에서 한 남자를 만났다고 들었어. 내 말이 맞느냐?"

나는 잠시 생각을 골랐다. 어떻게 보면 그가 내게 꼭 물어봤어야 할 법한 질문이기도 했다. 사실 왜 이제 와서야 묻는지 모를 질문이기도 했다.

우선은 황제의 질문에 대답을 해야 한다. 하지만 그렇다 한들 그에게 진심을 보일 수는 없었다. 그때의 감정을 보여서는 안 된다. 하지만 그렇다고 거짓을 고해서도 안 된다. 황제는 만만치 않은 자였다. 내 진심을 드러내서도 안 되고, 거짓을 말해서도 안 된다. 나는 최대한 감정을 뺐다. 담백함을 담아내 입을 열었다.

"네, 그리고 만나서는 안 되는 남자를 만난 것도 사실입니다."

황제는 고개를 끄덕였다. 표정은 평소 그대로였다. 도대체 무엇을 원하는지 여전히 알 수가 없었다.

"그가 누구인지 알고 있느냐?"

여전히 평온한 표정이었다. 나는 주변을 살폈다. 알현실 안에는 아무도 없었다. 이 안에는 나와 황제, 둘뿐이었다.

애초에 그가 나를 이곳에 부른 이유가 이거였겠지. 그것을 말하기 위해 사람들이 아무도 이 안에 들어오지 못하게 했다. 그것은 즉, 황제가 마술사와 결탁하는 것을 아는 자가 없다는 것이었다. 하긴, 이 나라에 마술에 대해 긍정적으로 생각하는 사람은 없었다. 그럴 수밖에 없었다. 마(魔)라는 단어 자체가 괜히 붙은 것이 아니었다. 그저 힘을 위해, 제 목적을 위해 사용할 그런 수단이 아니었다.

꽤나 큰 단서였다. 그 단서를 머릿속에 집어넣으며 황제의 질문에 답했다.

"예, 알고 있습니다."

"어떻게 알았느냐?"

어떻게 알았나. 황제의 질문에서 나는 잠시 멈췄다. 이것을 뭐라 대답해야 할까? 과연 진심으로 대답해야 할까?

'어떻게'에 대한 답은 하나였다. 저절로 알 수 있었다. 그냥, 그를 보는 순간 그가 네르아테안이라는 것을 알 수 있었다. 추론도, 짐작도 아니었다. 그저 그렇게 내 안에서 말하고 있을 뿐이었다.

나는 말을 고르다가, 그냥 사실대로 말하는 것을 선택했다.

"못 믿으실지 모르겠지만, 그건 저도 어떻게 설명 드릴 수가 없습니다."

사실이었다. 나는 그때 그가 별다른 말도, 행동도 하지 않았음에도 그가 네르아테안이라는 것을 느꼈다. 말 그대로 느낀 것이었다. 지금 생각해도 이유는 알 수 없었다.

"그냥 그를 마주쳤고, 그가 네르아테안이라는 것을 알게 되었을 뿐입니다."

내 말에 그의 표정이 바뀌었다. 이전에는 알 수 없었지만 지금 황제의 표정은 알 수 있었다. 커다란 흥미였다.

"그 이전에 네르아테안의 존재를 알지 못했느냐?"

"알고는 있었습니다. 저를 죽이려고 한 방법 중에 하나가 마술인데, 마술에 대해 제가 알지 못하면 안 된다고 생각했으니까요. 더불어 마술사의 정점에 있는 자라면 말입니다."

"많은 것을 공부한 모양이야."

"다시 황성에 돌아오기 위해 조금 노력했을 뿐입니다."

나는 황제가 무엇을 원하는지 알지 못했다. 그렇기에 긴장으로 심장이 조여왔다. 이 안에는 아무도 없다. 차라리 가신이나 시종, 사용인 그 누구라도 이 안에 있을 때가 안전했다.

알현실 한편에는 황제가 즉위할 때 선황제에게 하사받는 검이 장식되어 있었고, 그 검은 진검이었다. 그것을 전부 제한다 하더라도 마술사와 결탁한 황제는 위험했다.

아직 아무것도 알아내지 못한 상태에서 황제를 상대하는 것은 상당히 불리했다. 더불어 지금 말하고 있는 내용들은 굉장히 중대하고 위험한 것들이었다. 황제와 결탁한 마술사에 대한 것들.

황제가 고민에 빠지는 것이 보였다. 나는 머리를 굴렸다. 황제에 대해서 뒷조사를 한 것처럼 보이면 안 된다. 황제에 대해 많은 것을 파악한 것으로 보이면 안 된다.

내가 멍청해 보인다는 의미가 아니었다. 누군가를 파악하고, 누군가에 대해 정보를 캐는 것은 그를 무너뜨리기 위한 적으로 생각했을 때 가능한 행동들이었다. 그것들을 들켜서는 안 된다. 나는 황제와 마술사의 관계를 몰라야 한다. 나는 황제의 목적을 짐작하지 못했어야 한다. 나는 황제를 노리지 않으니까. 내가 노리는 것은 황위지, 황제의 목숨이 아니니까.

스스로 그렇게 되뇌며 입을 열었다.

"한데, 제가 카르디안에서 네르아테안에게 들은 것이 있습니다. 그 뜻을 정확히 이해할 수가 없는데, 폐하라면 아실지도 모른다고 생각합니다."

나는 그때의 소름 끼치는 광경이 황제가 내게 주는 선물이라고 반복하던 네르아테안을 기억했다. 사실 나는 그 의미에 대해 어느 정도 파악하고 있었다.

황제와 네르아테안은 결탁했고, 그곳의 기묘한 학살은 황제의 소행이었다. 나는 그 시골에서 끔찍한 삶을 살았다. 선물이라면 그것에 대한 복수일 가능성이 높았다.

내 육 년을 끔찍하게 만든 시골 사람들에게 대신 복수해 준 것. 그들을 마술의 제물로 바친 것.

나는 마술의 제물이 된다는 것을 알고 있다. 제물로 삼켜진다는 것은 끔찍한 고통을 동반한다. 사지가 뜯기고 산 채로 장기를 먹힌다. 겪은 적이 없지만 마치 겪은 것처럼 온몸이 아파왔다. 그 고통을 황제 역시 알고 있는지는 모르겠지만, 황제는 나를 인간 취급도 하지 않던 카르디안의 사람들을 제물로 바쳤다. 그리고 그것을 내게 선물이라고 말했다.

나는 이 연결고리를 안다. 하지만 알고 있으면 안 되는 연결 고리였다. 지금은 무지해야 했고, 궁금해 해야 했다.

"그때, 그자가 말했습니다. 카르디안의 기묘한 풍경이 황제 폐하께서 제게 주시는 선물이라고 말입니다."

더불어 마술에 반감을 가진 것을 표하면 안 된다. 황제는 마술사와 결탁한 상태였다. 그것도 마술사 중에서도 제일 악독하고 실력이 좋은 네르아테안과.

황제는 그와 상상하기도 힘든 끔찍한 일을 계획하고 있었다. 기존에 갖고 있던 황제에 대한 증오에 그의 인간의 도리를 포기한 행동이 더해져 증오가 더욱 커졌다.

하지만 이 감정은 숨기고 그에게 물었다. 정말 궁금하다는 듯한 표정을 지었다. 단순히 호기심, 그것만 가지고 있는 듯 가장했다.

"정말 모르고 있느냐? 내 딸이라면 왠지 답을 알고 있을 것 같은데."

정말로 만만치 않은 자였다. 그는 나를 다시 시험대 위에 올려놓고 있었다. 나는 이 시험에서 절대 낙제하면 안 된다.

황후를 들쑤신 것, 2황비를 이용한 것. 그 모든 것들이 황제에게는 중요하지 않았다. 아니, 어쩌면 황제는 그런 수단보다는 무언가, 조금 다른 것을 기대하고 있는 듯했다.

머리를 굴려야 한다. 황제가 노리는 것. 우선 필요한 것은 내가 마술에 반감이 없다는 것을 표현해야 한다는 것이다. 하지만 객관적으로 나는 마술에 반감을 가질 수밖에 없었다. 이것을 어떻게 포장해야 할까? 내가 마술에 목숨을 잃을 뻔했음에도 마술에 반감을 갖지 않을 적절한 핑곗거리를 생각해 내야 한다.

우선은 황제의 질문에 대한 답을 하기로 했다. 대충 시간을 벌며 적절한 핑계를 생각해야 한다. 빠른 시간 내에.

"확실한 답은 모릅니다만, 짐작 가는 것은 있습니다."

"말해보게."

어디까지 말해야 할까? 황제가 원하는 것이 뭘까? 대충 짐작 가는 것은 있었다. 하지만 그것이 정답일 것이라는 확신은 들지 못했다. 하지만 회피하는 것도 좋지 않았다. 그리고 결심했다. 큰 도박이었다. 잘못하면 큰 역풍을 맞을 수도 있지만 이것이 최선이라는 생각이 들었다. 나는 입을 열었다.

"그가 네르아테안이 맞고, 네르아테안이 제게 그곳에서의 모든 것들이 아바마마의 선물이라고 했습니다. 하여, 저는 네르아테안과 아바마마께서 꽤 막역한 사이라고 생각했습니다. 그리고 아바마마께서는 지금 아무도 없는 자리에서 저를 부르셨습니다. 사실 이 전까지는 계속해서 의문이 머릿속을 배회했습니다. 어째서 네르아테안이 아바마마를 언급했을까, 아바마마의 선물이라는 것은 도대체 어떤 의미일까? 감을 잡을 수 없었습니다. 하지만 지금 아바마마와 독대한 후, 조금 짐작이 들었습니다."

나는 황제의 얼굴을 바라봤다. 황제는 여전히 같은 표정을 짓고 있었다. 내게 무엇을 원하는지 아직도 알아낼 수가 없었다. 그렇다고 내가 하려던 말을 중간에 바꿀 생각은 없었다. 나는 계속 말을 이었다.

"어떻게 된 것인지는 모르겠지만, 마술로 카르디안의 사람들을 어디론가 사라지게 했다면, 그 사람들이 나를 끔찍하게 살도록 만든 것을 누군가 알고 있다면, 그리고 그들이 사라진 것이 내게 선물이 될 수 있다면…… 여기까지 생각하자 내릴 수 있는 결론은 하나였습니다. 아바마마께서는 네르아테안과 결탁하셨고, 마술에 손을 대셨습니다. 카르디안의 기현상은 아바마마의 행적입니다. 혹 제 추론이 틀렸습니까?"

길게 답변을 토해냈다. 내 대답에 황제가 크게 웃음을 터뜨렸다. 하하하, 둘뿐인 알현실에 번져 나가는 끔찍한 웃음이었다. 광기에 사로잡힌 웃음 같기도 했다.

황제의 웃음이 잦아들었다. 입에는 아직 떠나지 않은 미소가 맺혀 있었다. 하지만 눈빛은 여전히 시험자의 눈빛이었다. 날카로운 눈을 내게 향하고는, 그가 내게 물었다.

"그래, 내 딸아. 내 선물은 어떠했느냐?"

황제가 어떤 의도인지 읽어야 했다. 나는 황제의 시선을 피하지 않았다. 기억은 읽을 수 없으니, 표정을 읽어야 한다.

지금 이 질문을 하는 의도가 무엇인가? 황제가 굳이 나를 불러 이 질문을 하는 의도가 도대체 뭐지? 어째서 그는 내가 그의 계획을 알아냈다고 화를 내지 않는가? 아니, 화가 나지 않은 척하는 것인가? 아니야. 황제는 지금 화가 나지 않았다.

나는 시험에 통과했나? 그의 표정을 다시 한 번 살폈다. 그와 눈을 마주한 순간 알 수 있었다. 아니, 아니었다. 나는 아직 그의 시험을 통과하지 못했다. 그래, 아직은 아니었다. 머리를 굴려야 한다. 질문을 받고 입을 여는 그 찰나 동안 머리를 팽팽 돌렸다. 황제가 원하는 것. 황제의 저의가 뭐지?

그가 마술사와 계약한 것을 내가 알아낸 것이 중요한 것이 아니다. 굳이 이 방 안에서 모든 사람을 물러가게 한 뒤, 나와 이 이야기를 나누는 이유.

나는 입을 열었다. 얼굴에는 최대한 진심의 미소가 걸려 있기를 바라며.

"선물은 감사하게 잘 받았습니다. 혹 그에 보답하는 선물이 없을까 생각하게 될 정도로요."

머리를 굴리고 굴릴수록, 그가 이 자리에 나를 부른 이유는 하나였다. 내가 그의 행동에 반기를 드는지 알아보기 위한 것. 이제야, 여기까지 와서야 황제가 진정으로 원하는 것이 뭔지 알 것 같았다.

저와 뜻을 같이하는 자. 저와 같은 곳을 보는 자. 황제는 그런 자를 바라고 있었다. 그래, 그렇기에 나 이전에 황태자를 선택한 것이었다. 황태자는 이미 마술에 손을 댔으니. 그는 황태자가 자신의 뒤를 이을 것이라 생각하고 있었다.

내 대답에 황제가 잠시 말을 멈추었다. 잠깐의 침묵 후 그가 입을 열었다. 얼굴에는 여전히 석연치 않은 빛이 자리 잡고 있었다.

"하나 네르아테안은 네가 그리 좋아하지 않는다 하던데."

"좋아하지 않은 것이 아니었습니다. 저는 그것이 폐하의 선물이라고 생각하지 못했을 뿐입니다. 사실, 황태자의 함정인지 의심하고 있었습니다. 그렇기에 경계했고, 딱 그 자리에 네르아테안이 나타난 것입니다. 그리고 지금, 아바마마 앞에 이렇게 서기 전까지도 저는 여전히 의심하고 의심할 수밖에 없었지요. 가야 하는 목표에 다다르기도 전에 터무니없는 함정에 걸려서는 안 되니까 말입니다."

숨을 들이마셨다. 잠시 말을 고르고는, 다시 이었다.

"하나 지금 이 자리에서 황제 폐하와 대면하고 나니, 이제야 마음이 놓입니다. 폐하께서 황태자 전하와 손을 잡은 것이 아니라면 말이죠."

말을 끝맺고는, 황제의 얼굴을 살폈다.

나는 지금, 황태자와 나를 견주었다. 그러고는 묻고 있었다. 누구의 손을 들어줄 것인가에 대해. 내가 파악한 것이 맞는 것인가. 황제는, 내 손을 들어줄 것인가?

무거운 침묵이 흘렀다.

"하하하하하하!"

이내 황제가 호탕하게 웃기 시작했다. 그 웃음이, 지금까지의 웃음과는 미묘하게 분위기가 달랐다. 인자해 보이던 웃음, 제 딸을 보던 웃음은 맞았다. 하지만 평소 황족을 대하던, 그리고 황성 사람들을 대하던 그 웃음에서 무언가 한 꺼풀 내려놓은 웃음이었다.

"이제는 네가 나를 떠보는구나."

"기실 이번뿐만이 아닌 걸 아바마마께서도 아시지 않으십니까?"

그가 가면 중 하나를 벗었다. 그의 얼굴에 씌어져 있는 가면이 몇 겹인지 나는 알 수가 없었다. 하지만 그중 하나는 벗겨졌다. 그가 지금 낸 시험을, 나는 통과한 것이 분명했다. 벗겨진 그의 가면에, 나 역시 가면을 벗은 것처럼 보이기로 했다.

내 말에 그의 웃음이 끊이지 않았다. 나는 그의 말이 이어질 때까지 기다렸다.

"하하하! 그래, 이제야 좀 부녀지간 같구나."

우스운 이야기였다. 이렇게 날을 세우는 것이 부녀지간 같을 리가. 하지만 그의 말이 무슨 의미인지는 알 것 같았다. 속내를 조금 내보이는 것, 그것을 말하고 있는 것이었다.

황제의 저의를 생각해 보자. 그가 마술에 손을 댄 이유. 아직은 그가 어느 정도 스케일의 마술에 손을 댔는지 정확히 알 수 없었다. 하지만 그가 손을 댄 마술은, 고작 누구 하나를 해하는 시시한 규모의 마술이 아니었다.

내 감이 맞다면, 그는 대륙의 정점에 다다르기 위해 거대한 마술을 사용하고자 하고 있었다. 많은 자의 목숨을 제물로 삼아.

"한데 마술에 대한 두려움은 없느냐?"

나는 이전에 마술 때문에 황성에서 쫓겨났다. 마술에 대한 증오가 없는지 물어보는 것이 분명했다. 나는 입가의 미소를 지우지 않았다.

"그것이 두려웠다면 지금 황후마마와 왕래하는 일조차 없었을 것입니다."

"하하, 그래, 네 말이 맞아. 그렇다면, 네 목표는 어디냐?"

"아바마마께 황관을 받는 것입니다. 물론, 아바마마를 포함한 모두가 인정할 수 있는 황관을 말입니다. 그러기 위해서는 불필요한 것들은 가능하면 치우고 싶습니다."

그리고 나는 여기에, 한 가지 큰 모험을 하기로 다짐했다. 황제가 마족을 소환하기로 한 것. 황제의 성정을 시험하고 싶었다.

"가치 있는 자와 가치 없는 자의 목숨에 대한 경중은 다르지 않습니까?"

지금까지 황제의 행보를 알아내고, 판단한 결과, 황제에 대한 결론은 하나였다. 권력욕이 지대한 자, 제 목표를 위한 것이라면 손속에 자비를 두지 않는 자. 제 기준에 합당하지 않는 자라면 황제 안에서는 하찮았다. 기대에 부합하지 않은 자들은 없애도 되는 자들이었다. 그것이 마농 변방의 작은 시골 사람들이었고, 카르디안의 농민들이었고, 지금의 2황비였고, 과거의 나였다.

그 안에서 하등 쓸모가 없는 자. 하지만 다시 제 눈에 든다면 가치가 올라간다. 그 안에서 사람은 두 가지였다. 가치 있는 자와 가치 없는 자.

그가 원하는 후계자를 이제는 알 것 같았다. 저와 같은 가치관을 가지는 자. 불필요한 자는 없애고, 필요한 자는 옆에 둘 수 있는 자. 그렇기에 황제에게 필요한 자가 되기 위해 발버둥 치는 자.

그래서 필요한 자가 되면, 불필요한 자를 가감 없이 내칠 줄 아는 자. 목숨에 경중을 달리 매길 줄 아는 자.

그것이 황제가 생각하는 제 뒤를 이을 후계자의 요건이었다.

황제가 크게 웃었다. 기분 좋은 웃음이었다.

"내 딸이 이렇게 훌륭하게 자란 모습을 보니 마음이 아주 좋아."

나는 정답을 맞혔다. 그의 얼굴에 흐뭇한 미소가 걸렸다. 그의 말에 나도 모르게 잡고 있던 긴장의 끈이 풀어지는 것이 느껴졌다. 다행이었다. 그리고 동시에 그 웃음이 역겨웠다.

내가 가정했던 것들을 지금 눈앞의 황제가 수긍했다. 그는 생명에 경중을 두는 자였다. 그는 죽여도 되는 자와 죽이기에 아까운 자를 나눴다. 나는 그 '죽여도 되는 자'였기에, 그의 생각을 도무지 달갑게 받아들일 수가 없었다. 그것을 뱃속 깊이 숨겼다.

나는 미소를 지었다. 드레스 자락을 들어 올리며 예를 올렸다. 어쩌면, 지금 우리 둘의 얼굴에는 똑같은 미소가 걸려 있겠지.

"이제야 아바마마께 인정을 받는 것 같아 기분이 좋습니다."

"네가 기쁘다니 나도 기쁘구나. 그래, 나도 내 딸 덕에 배운 것이 있어."

"그것이 무엇인지 여쭤도 되겠습니까?"

"내 사람으로 만들 때는 성급하게 생각하면 안 된다고 말이야. 육 년 전의 일은 진심으로 미안해하고 있다."

그의 사과는 사과가 아니었다. 생명에 대한, 지옥 같던 내 과거에 대한 사과가 아니었다. 제 섣부른 선택에 대한 후회였다. 그것을 미안함으로 가장하고 있을 뿐이었다.

악귀 같은 황제가 사과 같은 것을 할 리가 없었다.

"아바마마께 그 부분에 대한 사과는 받고 싶지 않습니다."

나는 그의 후회를 부정할 것이다.

"허어, 어째서냐?"

"황제의 자리에 대해 망설이시는 폐하의 모습을 보고 싶지 않습니다. 제가 쫓는 것은 우뚝 서 있는 아바마마의 뒷모습이기 때문입니다. 그렇기에, 질문이 있습니다."

입에 발린 말 뒤에 내 본래 목적을 덧붙였다. 만약 황제가 황비를 처벌한 것에 대한 내 감상과, 나와 황후와의 관계를 물으려한 것이었다면, 나는 이 질문을 하려 했다.

돌고 돌아서 여기까지 왔지만, 나쁠 것은 없었다.

"혹 2황자의 독살에 대해 알고 계셨습니까?"

"2황자는 심장마비로 죽었다만."

황제도 모르고 있었다. 그래, 이것은 황태자의 독단적인 행동이었다. 아니, 어쩌면 알고 있을 수도 있었다. 사실이 무엇인지 황제가 내뱉는 말은 믿을 수가 없었다. 어찌 됐든, 황제는 내게 2황자의 진정한 사인에 대해 모른다고 답했다.

그가 잠시 말을 멈췄다가, 다시 입을 연다.

"따로 알고 있는 것이 있는 게로구나."

"황태자가 2황자를 독살하였습니다. 두갈을 이용해서, 아바마마와 함께했던 마지막 만찬에서 말입니다."

"확실한가?"

"예, 증거 자료도 전부 모아났습니다. 하여, 진정으로 묻고 싶은 것은 이것입니다."

황제가 나를 빤히 바라보았다. 내 질문을 기다리는 표정이었다.

"후계의 권한을 가진 자가 저와 똑같은 권한을 가진 자의 목숨을 해하는 것에 대해, 어떻게 생각하십니까? 가령, 2황자의 사인이 독살인 것을 알고 계셨다면, 황태자를 처벌하셨을 생각이십니까?"

"당돌한 질문을 하는구나."

"아바마마의 등에 닿기 위해 필요한 질문이라고 생각합니다."

당신의 등에 칼을 꽂기 위해, 꼭 필요한 질문이었다. 황제가 고민한다. 그가 고민하는 모습을 보는 것은 처음이었다.

내가 물은 것은 단 하나였다. 내가 황태자에게 해를 입힌다면 그것을 눈감아줄 것이냐는 질문. 그는 내 질문의 의도를 파악한 것이 분명했다.

"형제를, 그것도 후계를 같은 피가 흐르는 자가 처리한다는 것은 막중한 책임이 뒤에 따르게 될 것이다. 알고 있나?"

나는 놀란 마음을 애써 숨겨야 했다. 반응이 예상외로 너무 정상적이었기에. 황제가 이런 정상적인 질문을 던질 것이라고는 상상조차 하지 못했다.

"그들의 어깨 위에 올라갔던 책임들을 전부 네가 져야 한다는 의미다."

"……알고 있습니다."

지극히 정상적인 반응에 나도 모르게 한 박자 쉬고는 대답했다. 내 답에 그가 웃었다. 처음 보는 웃음이었다. 마치, 내 마음을 이해한다는 듯한 웃음.

"그럼 되었다, 내 딸아."

그의 입에서 내가 원하던 말이 흘러나왔다. 나와 황태자의 싸움에서 내가 승리한다면, 황제는 내 손을 들어줄 것이라고 그가 말하고 있었다. 황제는 그것이 의도적으로 벌려진 판이라고 하더라도 눈감아줄 것이라고 말했다.

그 안의 무엇을 건드린 것인지는 모르겠지만, 황제는 이제 나를 인정했다. 조금 전보다 훨씬 전적으로.

황제와의 독대는 생각보다 얻을 것이 꽤 많았다. 이제 나는 특별히 잘못을 저지르지 않는 이상, 황제의 눈 밖에 나지 않을 것이다. 더불어, 황태자를 처리하는 데에 있어서도 황제의 참견을 피할 수 있을 것이다.

내가 하려는 것은 황태자를 그 자리에서 사살하려는 것이 아니었다. 황태자를 황태자의 자리에서 끌어내리는 것이다. 다시는 위로 올라가지 못할 정도로. 그리고 내 손으로 그의 끝을 처리하는 것이다. 그리고 황제는 내가 황태자를 그 자리에서 끌어내리는 것에 대해 용인해 줄 것이 확실했다.

그렇게 나름대로 만족하며 본성에서 나오고 있을 때였다. 익숙한 얼굴이 복도 끝에서 걸어오는 것이 보였다.

증오해 마지않는 남자와 눈을 마주쳤다. 마주친 그의 눈에 불꽃이 이는 것이 보였다. 분노이자 증오였다. 나는 그 감정을 받아내며 살갑게 웃어보였다.

"황태자 전하를 뵙습니다."

"너, 무슨 짓이지?"

"저는 전하께서 무슨 말씀을 하고 계시는지 알아들을 수가 없답니다. 가뜩이나 이렇게 우연히 마주친 복도에서 하시는 말씀은 말입니다."

"가증스러운 표정은 집어치우도록 해. 무슨 속셈이야, 무슨 꿍꿍이지?"

"저는 황태자 전하의 머릿속에서 거하는 자가 아닙니다. 주어와 목적어를 정확히 말해주셨으면 합니다."

"어마마마께 무슨 짓을 한 거지?"

"황후마마의 일을 왜 제게 물으시는지요."

"네가 어마마마를 만난 그날 이후로 나를 찾아오시지 않는데, 그럼 그게 네 짓이지 누구 짓이란 말이냐!"

화를 주체하지 못하는 모습이었다. 제 감정을 컨트롤하지 못하는 모습이었다. 적어도 황태자는 똑똑한 자로 알고 있었다. 지금 이런 모습을 보일 자는 아니라고 알고 있었다.

하긴, 생각해 보면 그럴 수밖에 없었다. 황태자는 지금 제 감정을 조절할 수가 없는 상황이었다. 이능이 있지만, 알 수 있는 것이 없으니까. 이능으로 모든 것을 컨트롤할 수 있다고 생각하던 그가 오랜만에 다다른 벽일 것이다. 탄탄대로를 달려오던 자가 커다란 벽에 가로막힌 기분이겠지.

그가 황후와 마주하지 않는 이상, 내가 황후와 어떤 이야기를 나누는지 알 수 있는 것이 없을 것이다. 황후는 황태자와의 접점을 모두 차단했다. 그 와중에 황태자의 귀에 나와 황후가 빈번하게 만난다는 것이 계속해서 들어갔겠지. 왜냐면 그 소문은 내가 흘렸으니까.

그는 더 이상 이성을 잡고 있을 수가 없는 것이다. 조소가 치밀어 올랐다. 환희도 함께 올라왔다.

"황후마마께서 황태자 전하를 찾아가지 않으신단 말입니까? 저는 모르고 있던 사실인데요. 그럼 전하께서 황후마마를 찾아뵈면 되지 않습니까? 아, 혹 황후마마께서 전하의 방문 역시 거절하시는 것입니까?"

정말 궁금하다는 표정을 지어 보였다. 황태자는 내가 어떤 의도로 말하는지 알고 있겠지. 속으로 조소를 삼킨 채, 황태자의 표정을 살폈다. 그의 표정이 와락 무너지는 것이 보였다. 그 꼴이 우스워 웃음이 나오려는 것을 집어삼켰다.

"하, 황성이 네 손안에 있는 것처럼 느껴지는가?"

"그럴 리가요. 저는 일개 1황녀일 뿐이고, 황제 폐하의 뒤를 이을 분은 황태자 전하이신걸요. 손안에 모든 것을 쥔 느낌을 가질 수 있는 분은 황태자 전하시겠지요. 혹시 모르지 않습니까? 계속 그 자리에서 최선을 다한다면 떠나간 황후마마와 폐하의 관심이 돌아올 수도요."

나는 얼굴에서 미소를 지우지 않았다. 이성을 잃은 채 무너져 내리는 황태자의 표정이 썩 보기 좋았다.

황태자가 갑자기 내 쪽으로 다가오더니, 나를 공격할 듯 빠르게 손을 뻗어왔다. 그 앞을 베른이 막아섰다. 손은 허리의 칼집에 얹은 채였다.

"무례하다!"

"제 주군은 1황녀 전하입니다. 황녀 전하께서는 그 누구의 손길도 허락하지 않으셨습니다. 제게 불충을 논할 수 있는 것은 황녀 전하뿐입니다."

"괜찮아요, 베른."

나를 가로막은 베른에게 말했다. 그제야 그는 한 발 옆으로 비켜섰다. 황태자는 더 이상 나를 공격할 의향은 없어 보였다. 그렇게 무식하게 나를 공격할 자가 아니기도 했다.

나는 아무 일도 없었다는 것처럼 입을 열었다.

"아니면, 제 성으로 같이 가시겠습니까?"

평정심을 유지하는 나와 평정심을 잃은 황태자. 이미 승자는 정해져 있었다.

황태자의 표정은 분노 그 자체였다. 그가 얼굴을 찌푸린 채 내게 물었다. 그 표정에 내가 황성에 돌아오던 날 보였던 그 여유는 사라져 있었다.

"무슨 속셈이지?"

"속셈이라니요. 꽤 오랫동안 황태자 전하께서 황후마마를 뵙지 못한 것 같아 얼굴이라도 보여 드릴까 싶을 뿐인걸요. 오늘 황후마마께서 제 성에 오시기로 했으니까요."

안부 인사를 묻듯 가벼운 언사였다. 입가에 미소는 지우지 않았다. 그가 나를 빤히 바라보다가 입을 열었다.

"안내해."

그리하여 황태자와 레이퓌르성으로 향했다.

"전하, 응접실에 황후마마께서…… 황태자 전하를 뵙습니다."

내가 들어오자 말을 전하기 위해 이쪽으로 오던 시녀가 잠시 말을 멈칫하고는 황태자에게 예를 올렸다. 황후는 지금 응접실에 있을 것이 뻔했다.

황제와의 대화가 생각보다 길어졌기에 그 뒤에 잡혀 있던 황후와의 약속에는 늦은 상태였다. 내가 황태자를 굳이 내 성에 데려온 이유도 여기에 있었다. 거짓이 아니라 진실로 내 성에 황후가 있다는 것을 보여주기 위해서.

"잠시 채비를 마칠 때까지 황후마마께 말 좀 전해주겠어요? 늦어서 죄송하다는 말과 황태자 전하를 대동한 상태라고 말이에요."

말을 마치고는 드레스룸으로 들어갔다. 채비라고 할 것도 없었다. 겉에 걸치고 있던 숄을 벗어 글레나에게 맡기고, 머리를 잠시 다듬을 뿐이었다. 황태자는 밖에 세워둔 채.

엄연한 무시였다. 그는 나보다 지위가 높은 사람이었다. 하지만 그것을 내가 신경 써야 할 필요는 없었다.

그리고, 어떻게 보면 차라리 밖에 잠시 세워두는 것이 나을 것이다. 나는 황태자의 기다림의 결과를 알고 있으니까. 십분 남짓의 시간이 지난 후, 황태자가 있는 곳으로 나갔다. 응접실에 다녀온 시녀가 쪼르르 내게 따라붙었다.

"황녀 전하."

"무슨 할 말이라도 있나요?"

시녀가 내 옆에서 잠시 머뭇거렸다. 그럴 수밖에 없었다. 그녀가 내뱉을 말은 눈앞에 있는 황태자의 심기를 완전히 거스르는 한마디일 테니까.

"황후마마께서 황태자 전하를 뵙고 싶지 않으시다고······."

그녀가 말끝을 흐렸다. 황태자의 눈치를 살피는 것이 빤히 보였다. 그의 표정이 왈칵 무너졌다. 화를 꾹꾹 눌러 집어삼키는 모습이 퍽 인상적이었다. 어쩌면 절망이 스쳐 지나간 것도 같았다.

나는 그 옆에서 웃음을 짓지도 않은 채, 짐짓 미안한 척 입을 열었다.

"이런, 죄송합니다. 여기까지 모시고 왔는데, 이렇게 허무하게 귀한 발걸음을 돌리게 하다니 마음이 편치 않네요."

황태자가 목소리를 높이려다가 꾹 눌러 삼키는 것이 보였다. 화를 애써 억누르는 모습이었다. 이 성은 내 성이다. 내 성의 사용인들이 보지 않는 척 이쪽을 흘끔거리고 있었다. 그들 앞에서 제 나름의 체면을 차리고 있는 것이 분명했다.

그가 한쪽 입술을 틀어 올렸다.

"후계의 자격이 있다고 기고만장하고 있구나."

"그럴 수밖에요. 황태자 전하 앞에서 기고만장할 정도의 이능이라고 생각합니다."

"나보다 네 능력이 더 뛰어나다는 말이냐?"

"그런 의미로 말할 생각은 없었습니다만, 그렇게 들렸다면 의미는 제대로 전달된 모양입니다. 아, 황후마마와의 약속 시간에 너무 늦었네요. 조만간 오라버니의 생일 연회에서 뵐 것이 기대됩니다."

나는 무릎을 살짝 굽히며 그에게 말했다. 살포시 얹는 웃음은 덤이었다. 부드러운 웃음, 부드러운 행동 하나하나가 누가 봐도 명백한 도발이었다. 나는 그것을 노리고 있었다.

나는 그가 요즘 다시 두갈을 유통한다는 사실을 알고 있었다. 그 두갈을 어디에 쓸지는 굳이 알려고 하지 않아도 알 수 있었다. 그 사용을 조금 더 빨리 앞당기는 것이 목적이었다.

그의 표정이 눈에 띄게 구겨졌다가 다시 돌아왔다. 금세 그의 얼굴에 돌아온 평정에서, 그가 지금 무슨 생각을 하는지 알 수 있었다.

"그래, 내 생일이 퍽 기대가 되는군."

그가 등을 돌려 나갔다. 나는 드레스를 살짝 들어 올려 그가 보이지 않을 인사를 건넸다.

내 성의 응접실에 황후가 앉아 있는 광경이 이제는 꽤나 익숙했다. 황후는 아델라이네만큼이나 나를 자주 찾았다. 그런 모습에서 그녀가 얼마나 초조한지 알 수 있었다. 황후는 제 손으로 제 핏줄을 버렸다. 그리고 그다음으로 선택한 권력의 기둥이 나였다.

그녀는 죽은 자식들에 대한 슬픔과 황태자에 대한 배신감만으로 나를 찾는 것이 아니었다. 나는 그렇게 확신했다. 황후와 여러 번 만나며 알 수 있는 사실들이었다.

그녀는 불안해졌다. 제 손으로 제 핏줄을 해하는 자라면, 그것도 동복의, 같은 파벌이라고 할 수 있는 자들을 권력에 대한 욕심 때문에 죽일 수 있는 황태자라면, 그 칼이 저를 향하지 않을 것이라는 보장을 그녀는 할 수가 없는 것이었다.

언젠가 그 욕심의 칼날이 저를 향할 수도 있을 것이라는 그 두려움이, 그녀의 발길을 내게 향하도록 만든 것이었다.

우리는 그렇게 아슬아슬한 공생을 선택했다. 황후와의 만찬이나 티타임 때마다 그녀는 숙성된 포도가 첨가되지 않은 디저트류를 선물로 가져왔고, 나 역시 마찬가지였다. 나름의 신뢰를 쌓아가는 과정이었다.

생사의 기로에서 맞잡은 손이었다. 퍽 낭만적인 티타임이 그렇게 며칠간 계속 진행되고 있었다.

황후가 찻잔을 입에 대었다가는, 잔받침 위에 내려놓았다. 은은한 차향이 응접실을 가득 채웠다.

"황태자가 다녀갔다고 들었네."

"예, 황후마마께서 보시는 걸 원치 않는다고 전해 들었습니다. 혹시 제가 잘못 들은 걸까요?"

"아니, 아니야."

내 질문에 황후가 전면으로 부정했다. 나는 살구 타르트를 한 입 베어 물었다. 은은하게 퍼지는 향이 마음에 들었다. 눈앞의 황후를 바라보며 침착한 어조로 물었다.

"아니면 혹 후회가 되시는지요."

"내 아들을 외면한 것에 대한 후회 말하는 건가?"

"그것을 포함한 모든 것 말입니다."

그 모든 것에는 나와 손을 잡은 것 역시 섞여 있었다. 황후가 미소를 지었다. 나를 마주할 때마다 그녀의 표정이 어떻게 변해왔는지 꽤 오랫동안 봐온 나로서는, 지금의 웃음이 얼마나 진실 된 미소인지 알 수 있었다.

그녀는 가볍게 고개를 저었다.

"아니, 그럴 리가 있나. 차기 황제라는 든든한 버팀목이 내 우군이 되었는데 말이야."

황후는 이제 철저하게 내 편이었다. 나는 몇 번이나 그녀의 처벌을 눈감아줄 것이라 안심시켰고, 그녀는 그것을 믿었다.

황후는 불안했다. 제일 효율적으로 황제에 닿을 수 있는, 제 아들이라는 줄을 스스로 놓아버렸다. 그것으로 권력에서 밀려날까 극도로 불안해하고 있었다. 그녀가 그렇게 불안해하고 필사적인만큼, 그녀가 나를 믿게 만드는 것은 쉬웠다.

"그래도 모자간의 남은 회포라도 푸시지 않은 것에 대해 후회하셨을까 조금 걱정이 되어서 말이에요."

"자네는 가끔 사람의 정을 무시하는 경우가 있어. 혹 내가 황태자의 얼굴을 봤다가 정에 이끌리면 어쩌려고 하는가?"

향이 풍부한 타르트를 한 입 더 베어 물었다. 터지는 과즙이 시럽과 섞여 상큼했다. 맛을 음미하며 웃기지도 않은 걱정을 들었다. 나는 최대한 진실 되어 보이는 웃음을 지었다.

"황후마마라면 결국 저와 같은 선택을 하실 거라 믿으니까요."

"육 년 전에도 이렇게 자네와 차라도 한잔할 걸 그랬어. 그랬다면 많은 것이 바뀌었을 텐데 말이야."

"그때 마시지 못한 차를 지금 마신다고 생각해요. 앞으로도 같이 차를 마실 날은 많지 않겠습니까?"

앞으로 우리가 나눌 차는, 그리고 식사는 무수히 많다. 나는 당신의 목숨을 살려줄 것이라고, 다시 한 번 말하는 확답이었다. 내 대답에 황후의 표정이 한층 더 밝게 펴지는 것이 보였다.

그녀 안의 불안함은 어느새 사라졌다. 질문의 횟수가 줄어들고 있었고, 나를 바라보던 의심의 눈초리가 사라진 상태였다.

참 우스운 자였다. 남의 목숨을 가볍게 여기는 자가 제 목숨은 움켜쥐고 놓으려 하지 않으려 발버둥 치고 있었다. 제 가족보다 권력이 중요한 여자. 나는 과연 그녀를 용서할 수 있을까?

"그리 말해주니 고맙네."

그녀가 황태자에게나 보여주던 미소를 내게 보여주었다. 그 미소를 받으며 생각했다.

나는 절대 그녀를 용서할 수가 없다.

닫힌 창문 틈으로 제법 찬 공기가 느껴졌다. 완연한 겨울이었다. 창밖에는 앙상한 가지만 남은 나무가 바람에 흔들리고 있었다. 상당히 마음에 드는 날씨였다. 건조하고, 서늘한 것이 누군가의 추락을 맞이하기에 적합했다.

황후가 잠시 창밖을 바라보고는, 내게 시선을 돌렸다. 추운 공기를 데워주는 차를 들어 한 모금 마셨다.

"그래, 곧 황태자의 생일 파티구나."

"열흘 정도 남은 것으로 알고 있습니다."

"조심하게. 두갈의 유통이 보고서에 다시 적혀 나오기 시작했어. 언제 그가 자네를 노릴지 몰라."

황후는 내 걱정을 하고 있었다. 정확히 말하자면, 황후의 목숨 줄을 쥐고 있는 내 눈치를 보고 있었다. 권력을 따르는 자는 한번 파악하면 오히려 그 안을 들여다보기가 쉬웠다.

"네, 조심해야지요. 그가 생각보다 참을성이 없을 수도 있으니 말이에요."

나 역시 그가 지금 받아낸 두갈을 언제 사용할지 확신하지 못한다. 하지만 가늠할 수는 있었다.

오늘 나의 명백한 도발. 그리고 벽에 부딪쳐 버린 황태자. 그가 두갈을 사용할 시기는 머지않을 미래였다. 그와 내가 공식적으로 마주치는 곳.

황태자의 생일 연회.

✤

열흘은 생각보다 빨리 지났다. 대회의에 참석한 디온이 들러 안부를 묻고 가기도 했다. 그리고 여전히 공작저에서 보낸 보석 및 드레스들이 선물로 들어오기도 했다. 황태자의 생일 연회는 황제의 생일 연회 다음으로 큰 행사였다. 그만큼 디온이 신경을 쓸 수밖에 없었다.

사실 따지고 보면 내가 황성으로 돌아온 이후 계속해서 선물을 보내는 디온이었지만, 최근 들여보내 오는 드레스의 스타일이 달라지고 있는 것을 보면 황태자의 생일을 염두에 두고 있는 것이 확실했다.

나는 디온에게 두갈의 유통에 대한 것을 알리지 않았다. 하지만 그는 황태자가 두갈을 다시 황성에 들여오는 것을 알고 있었다. 유일하게 황성에서 독으로 사용될 수 있는 것이 두갈이기 때문에 언제나 그것에 예민하게 반응하고는 했다.

나를 만나러 와서는 해독제를 확인하고 갈 정도였으니. 언제나 품에 넣고 다니는지, 적당한 대비는 하고 있는지, 계속해서 확인하는 디온에게 괜찮다고 고개를 끄덕여 주었다.

심지어는 그가 건넸던 양보다 줄어 있는 것에 추궁하기까지 했다. 혹 목숨이 위험한 적이 있었는데 숨긴 것은 아닌지에 대해. 나는 혹시 모를 사태에 대비해 베른에게 맡겨놨다고 고백하며 필사적으로 디온을 안심시켜야 했다.

하지만 그런 디온에게도 내 계획의 전부를 밝힐 수는 없었다. 어쩔 수 없는 일이었다. 황태자는 무슨 일이 있더라도 디온의 기억을 읽을 것이 분명했으니까. 끄것을 막아야 했다.

계획을 공유할 자는 베른이었다. 베른은 늘 나와 대동했다. 황태자의 생일 연회까지 내가 그를 만나지 않는 한, 베른 역시 그를 만나지 않을 것이니.

준비는 철저했다. 큰 변수가 생기지 않는 이상, 내가 당할 일은 없었다. 그리고 오늘이 황태자의 생일 연회였다.

"황태자 전하의 연회는 라이산더 홀에서 열린다고 합니다."

드레스 뒤에 달린 버튼을 채워주며 글레나가 말했다.

"알고 있어요."

드레스는 하얀색을 선택했다. 전체적으로 화이트에 포인트 부분을 금으로 장식한 드레스는 고급스러워 보였다. 뿐만 아니라 황태자의 생일이라는 경사를 축하하기에도 적절한 의상이었다. 오늘의 생일 파티는 황태자의 큰 기쁨이 될 테니 그것을 크게 축하

할 수 있을 것이다.

황태자의 생일 연회는 라이산더 홀에서 열린다. 나의 환영식이 라이산더 홀에서 열린 것은 귀족들을 놀라게 할 만한 사건이었지만 황태자의 생일 연회가 라이산더 홀에서 열린 것은 놀랄 거리는 아니었다. 황태자의 공식 행사는 라이산더 홀에서 열리기 마련이었고, 황제는 그것을 별다른 어려움 없이 허가했기 때문에.

내 환영식이 열린 지 채 한 달도 지나지 않은 시기였다. 사람들은 지금의 상황과 내 환영회를 빗대어 이야기하고 있었다.

그리고 그것이 황태자를 더욱 초조하게 만들 것은 당연했다.

치장을 끝내고 드레스룸을 나와 계단을 내려갔다. 오늘 내 에스코트를 해줄 자는 디온이었다. 당연하다는 듯 아무런 의논 없이 결정된 일이었다. 한 칸 한 칸 내려가는 계단 아래에는 디온이 서 있었다.

평소보다 풍성한 치맛자락이 다리를 휘감는 것이 느껴졌다. 어깨에 걸친 숄에는 특별히 디자이너에게 부탁해 작은 주머니를 달았다. 그곳에는 두갈을 해독하는 해독제가 들어 있었다.

내가 걸어오는 모습을 디온이 잠시 말없이 쳐다보았다. 내가 다가가자 로비에 서 있던 그가 걸음을 떼었다. 자연스럽게 내게 뻗어오는 손이 기분이 좋았다.

"그 드레스를 입으실 줄은 몰랐습니다."

"이것도 디온이 보낸 건데요?"

"예, 제가 생각하기에 벤지의 취향과 제일 다르다고 생각한 드레스였습니다."

"그런데 왜 보냈어요?"

"……잘 어울리실 것 같아서 보냈습니다."

"그래서 잘 어울려요?"

"네, 굉장히."

그가 미소 짓는다. 평소보다 눈빛이 조금 더 그윽한 것도 같았다. 그는 가끔 그랬다. 제가 보내놓은 선물이면서, 그것을 착용하는 나를 언제나 눈을 떼지 않고 바라보곤 했다. 그 시선에 부끄러워하는 것은 나뿐이었다. 하지만 그것 역시 좋았다.

가시밭과 같은 황성 안은 디온을 만날 때만큼은 잘 닦인 포장도로 같았다. 그의 웃음을 보고 있자면 치솟던 분노가 조금은 가라앉는 것을 언제나 느꼈다.

"언제나 고마워요."

그리고 미안해요, 라는 말은 속으로 삼켰다. 그에게 모든 계획을 말할 수 없는 것에 대한 사과를 지금조차도 건넬 수가 없었다. 이때만큼 이능이 이렇게 짜증 날 수가 없었다. 하지만 이것이 없었다면 내가 여기까지 올 수도 없었겠지.

양날의 검. 어서 빨리 이능을 가진 다른 자를 없애고 싶은 마음뿐이었다. 그들을 없애고 나면, 내가 가진 이능조차도 없애고 싶었다.

"고맙다는 말씀은 하지 않으셨으면 좋겠습니다."

그가 잡고 있던 내 손을 그의 입가에 가져갔다. 검을 잡아 거친 손과는 달리 부드러운 그의 입술이 손등에 닿았다 떨어졌다.

"당연한 것에 대한 감사 인사는 받고 싶지 않습니다."

나를 담는 그의 눈빛이 변하지 않기를 바라며, 나 역시 그의 눈을 바라보고 웃을 뿐이었다.

오랜만에 디온의 손을 잡고 걷다 보니 어느새 라이산더 홀 앞이었다. 홀 앞에는 내 환영식에 그랬던 것처럼 화려한 마차들이 줄 서서 세워져 있었다. 우리는 걸어 연회장으로 들어가는 커다란 문 앞에 도착했다.

황제와 황후는 이미 도착해 이 문 너머 연회장 안에 있을 것이다. 연회장으로 들어가는 커다란 문 앞에는 오늘의 주인공인 황태자가 먼저 도착해 있었다. 나를 맞이하는 황태자의 모습은 이전에 내게 보여줬던 모습들과는 상당히 다른 모습이었다. 차분했다. 담담했으며 여유로웠다.

"생일 축하드립니다, 황태자 전하."

내 옆에서 디온이 먼저 인사를 올렸다. 나 역시 그의 말을 받아 입을 열었다.

"생일 축하드려요, 오라버니."

진심이라고는 한 톨도 담겨 있지 않은 인사를 건넸다.

황태자가 하, 가벼운 웃음을 짓는 것이 보였다. 입꼬리가 말려 올라갔다. 누가 봐도 진심으로 짓는 웃음이 아니었다. 하지만 그 비웃음에마저 여유가 흐르는 이유는 무엇일까?

"아바마마의 총애를 가득 받는 여동생의 축하 인사라니 아주 영광스러워."

"아직 황태자 자리에 계시지 않습니까? 고작 1황녀에게 영광스럽다니요. 말을 아끼세요."

"그래, 황태자로서 말을 아껴야지. 그래도 내 생일인데 작년보다 이렇게 인원이 줄어 있다니, 조금 안타까워. 그렇지 않나, 아델라이네?"

황태자가 갑자기 같이 서 있던 아델라이네로 주제를 옮겼다.

"아쉽지만 괜찮아요, 제게는 언니가 있으니까요."

하지만 아델라이네의 반응은 예상외였다. 그녀는 해맑게 웃고 있었다. 악의라고는 느껴지지도 않는 그 한마디에 황태자의 얼굴에 순간적으로 짜증이 스쳐 지나가는 것이 보였다.

아델라이네가 노리고 그런 말을 한 것인지 아닌지는 알 수 없었다. 그렇기에 황태자의 기분을 더욱 상하게 한 것이 분명했다.

"2황녀, 아델라이네 D. 마이라 소르트 전하 드십니다!"

타이밍도 좋게 홀 안에서 외침이 들려왔다. 나는 아델라이네를 향해 가볍게 웃어줬다.

오늘 아델라이네의 에스코트는 베른이 맡았다. 그녀에게는 공식적인 정인도 없고, 사랑하는 사내도 아직 없었다. 그런 그녀에게 베른을 추천한 것은 나였다. 둘이 같이 아카데미도 다녔으니 그리 이상해 보일 것은 없었다.

내 미소에 그녀가 다시 밝게 웃어보이고는 등을 돌렸다. 열리는 문 안으로 그녀가 사라졌다.

곧 내 이름이 호명될 것이다. 나는 디온 쪽으로 한 걸음 더 다가섰다. 나는 디온의 손 위에 가볍게 오른손을 올렸다. 시선을 돌려 황태자를 향해 생긋 웃어줬다.

"제 선물보다는 황후마마의 선물을 기대하세요. 지금까지 많이 공들이신 모양입니다. 혹시 아십니까? 황후마마께서 화해의 선물이라도 내미실지."

그리고 곧이어 홀 안에서 커다란 목소리가 들려왔다.

"1황녀, 벤지안스 D. 마블라 소르트 전하 드십니다!"

내 이름이 먼저 호명됐다. 나는 황태자에게서 등을 돌렸다. 연회의 주인공은 마지막에 등장하는 법이었다.

"저는 먼저 이미 익숙한 홀 안에서 기다리겠습니다."

굳이 한 번 더 그의 신경을 긁는 말을 하고는 발걸음을 뗐다. 등 뒤 황태자의 표정이 어떨지 나는 알 수가 없었지만, 아무래도 상관없었다.

호명되고 들어간 홀 안에는 이미 도착한 귀족들이 가득이었다. 차기 황제에 제일 가까운 자의 생일이었다.

그 명성에 맞게 홀은 황태자를 상징하는 바이올렛빛으로 화려하게 꾸며져 있었다.

연회장 안에서는 맛있는 냄새가 풍겨 나오고 있었다. 환영식 연회와는 다르게, 연회장 안에는 커다란 테이블이 여러 개 있었다. 단상에서 제일 먼 곳에는 남작가만이 앉을 수 있는 테이블, 그 앞에는 자작가, 그 앞에는 백작가 이렇게 계급대로 테이블이 있었고, 그 옆에는 귀족들이 서 있었다. 아직 들어오지 않은 황족들을 기다리는 자들이었다.

준비된 자리에 앉지도 못하고 서 있는 귀족들을 지나쳤다. 오늘 카펫은 바이올렛이었다. 두터운 카펫 위를 디온의 손을 잡고 걸었다. 나와 그는 공식적인 정인이지만, 아직 약혼식을 치른 상태는 아니었다.

그렇기에 나는 단상을 올라 황족의 의자에 앉았다. 그곳에는 황후와, 황제가 앉아 있었다. 황후는 내게 인자한 미소를 지어 보였다. 가식적이지 않은 미소였다. 나는 그에 상응하는 미소를 지어 보였다.

디온은 나를 자리까지 에스코트해 주고는 공작가의 자리로 향했다. 공작가와 황족의 자리는 별로 멀지 않았다. 베른은 아델라이네를 자리에 안내해 주고, 내가 들어오자 자연스레 내 뒤에 섰다. 베른은 내 뒤로 오면서도 아델라이네와 눈을 몇 번 마주치며 웃었다. 아무래도 무슨 이야기를 나눈 모양이었다.

"무슨 재미있는 이야기라도 했어요?"

"그…… 냥, 아카데미에서 있던 이야기를 조금 나눴을 뿐입니다."

아무 생각 없이 던진 질문에 베른이 눈에 띄게 당황한 표정을 지었다. 예상치 못한 반응이었다. 나는 눈을 가늘게 떴다.

"베른, 혹시 아델한테 마……."

음이라도 있는 건가요? 이어지려는 다음 말이 뚝 끊겼다.

"황태자 전하 드십니다!"

커다란 외침이 홀을 울렸다. 드디어 이 생일의 주인공이 등장했다. 귀족들이 허리를 숙이고 나와 황후는 자리에서 일어났다. 우선은 오늘의 행사에 집중할 때였다. 베른과 아델라이네는 조금 후에 생각해야 했다.

준비된 자리로 향하는 위풍당당한 그의 몸짓이 마음에 들었다. 몰락 직전에, 그가 한껏 제 인생에 만족하기를 원했다. 그만큼 추락의 경사가 가파를 테니. 그가 지금 이 순간 무엇을 꾸미고 있는지는 알 수 없었지만, 알 것도 같았다.

황태자가 바닥에 깔린 두터운 카펫을 밟고, 단상 앞에 섰다.

"황제 폐하를 뵙습니다."

먼저 황제에게 인사를 올렸다. 그러고는 몸을 살짝 돌려 황제 옆의 황후에게 향했다. 황후의 표정은 온화했고, 평안했다. 침착했으며 무표정이었다. 그 앞에서 격정적으로 흔들리는 표정을 가진 자는 황태자뿐이었다.

"오랜만입니다, 어마마마."

"그래, 생일 축하한다, 아들아."

황후가 진심이 담기지 않은 미소로 답했다. 그녀의 미소는, 내게 처음 짓던 그 미소와 상당히 닮아 있었다.

옆에서 보는 황태자의 얼굴을 확실하게 알아챌 수는 없었지만, 마치 제 감정을 추스르기라도 하듯 꽉 맞물리는 입가가 보였다. 그가 인사를 하고는 거칠게 몸을 돌려 내 쪽으로 다가왔다. 최대한 담담함을 유지하려는 표정이 퍽 인상적이었다.

"이것이었군. 네 계획이 이거였어. 그렇게 어마마마를 꾀어낸 건가?"

목소리를 낮춰 아무도 듣지 못할 소리를 지껄이고 있었다. 알 수 없는 내용이었다. 하지만 이내 무슨 말을 하고 싶은지 파악할 수 있었다.

"이능을 사용하셨군요. 훌륭하십니다."

"네년의 그 웃음이 언제까지 입가에 걸려 있는지 보도록 하지."

"육 년 전에도 빼앗지 못한 웃음을 지금 어찌 뺏을 수 있다고 생각하시는지는 모르겠지만, 응원해 드리겠습니다. 오라버니."

베른은 내 뒤에서 고개를 숙이고 있었다. 최대한 황태자와 눈을 마주치지 않기 위해 내가 지시한 바였다. 나는 내 계획을 베른을 제외하고는 아무에게도 말하지 않았으니까.

거칠게 몸을 돌려 황태자가 제 자리로 향했다. 황족이 전부 자리에 착석한 이후에도 꼴같잖은 축사가 이어졌다. 신녀의 기도문이 끝나고, 귀족들이 한 명씩 나와 선물을 바쳤다.

길다면 길고, 짧다면 짧은 시간이 지나고, 공식적인 순서는 전부 지났다. 음식들이 나올 차례였다. 아까부터 홀을 가득 메우던 음식 냄새에 사람들의 표정 위로 기대가 떠올랐다.

사용인들이 음식들을 나르기 시작했다. 황족에게는 전속 시종장이 따라붙어 음식을 날랐다. 평소보다도 특별히 신경 쓴 요리들이었다. 호사스러운 연회였지만, 황족의 생일만큼 대단한 행사도 드물 테니 어쩌면 당연한 대접이었다.

식사는 애피타이저인 샐러드로 시작하는 전형적인 코스 요리였다. 메인디시가 나오기 전, 옆에 놓인 잔에 시종들이 돌아다니며 와인을 따르기 시작한다.

와인, 짙은 포도 향이 났다. 디온과 시선이 마주쳤다. 걱정이 가득 담긴 표정이었다. 괜찮아요. 입모양으로 말하며 그에게 고개를 끄덕여 줬다.

정말 괜찮으니까. 황태자가 어떤 자인지 나는 알 수 있으니까. 그가 언제 어디에 두갈을 사용하는지 나는 알고 있으니까, 그것을 알아내기 위해 지금까지 모든 증거 자료를 모았으니까. 오늘은 괜찮았다.

나를 담당하는 시종이 스테이크를 가져왔다. 접시에 스테이크와 곁들인 먹음직스러운 채소들을 확인했다. 그리고 안심했다.

와인을 한 모금 마시고, 내 앞에 놓인, 알맞게 구워진 스테이크를 썰었다. 그리고 입으로 가져갔다. 베어 나오는 육즙이 일품이었다. 목으로 넘어가는 부드러움 역시 마음에 들었다. 조금 말라 오는 목에 와인을 들어 목을 축였다.

그리고 순간이었다.

머리가 핑 돌았다. 뇌가 회전을 서서히 멈추는 것이 느껴졌다. 눈이 갑자기 감겨왔다. 급작스러운 졸음이었다.

이 증상, 알고 있었다. 두갈. 나는 힘겹게 손을 들었다. 숄의 해독제를 꺼내야 했다. 하지만 마음대로 움직이지 않았다. 손발이 저려오기 시작했다.

지금, 몇 초가 지났지? 아니, 해독제.

"베른, 해독……."

시야가 뒤집어졌다. 앞이 깜깜하다.

"벤지!"

내 이름을 부르는 커다란 목소리가 들렸다. 디온의 목소리였다. 다급한, 혹은 절박한 목소리. 하지만, 지금, 나는 졸렸다. 아무런 생각이 들지 않았다. 몰려오는 잠이 숨을 앗아가는 것이 느껴졌다. 호흡이 조금씩 가빠져 온다. 억지로 눈을 치뜨고 있는 것조차 힘들었다. 감고 싶다. 그렇게 자고 싶다. 그 원초적 감각만이 나를 지배하기 시작했다. 그리고 그대로 눈을 감았다.

그렇게 눈을 감으려는 찰나였다. 까마득한 정신 틈에서, 입에 무언가가 닿는 것이 느껴졌다. 액체였다. 무의식적으로 그것을 삼켰다.

정신이 돌아오기 시작했다. 멈추었던 뇌가 사고하기 시작했다. 나는 내가 어디에 있는지 파악했다.

"벤지! 폐하, 의사를!"

희미한 기억 속에서 들려오는 것은 디온의 목소리였다. 그래, 그는 내 계획을 몰랐다.

엉덩이에 딱딱한 바닥이 느껴졌다. 등에는 익숙한 따뜻함이 느껴졌다. 누군가가 내 등을 받치고 있는 것이 틀림없었다. 그것은 보지 않아도 알 수 있었다. 디온이겠지. 계속해서 그의 다급한 외침이 들려왔다. 홀을 가득 채우는 웅성거림이 서서히 내 정신을 맑게 만들었다.

바닥을 짚었다. 내가 있는 곳은 의자 아래였다.

"하아……."

토해내듯 막혔던 숨을 내뱉었다. 무뎌졌던 감각들이 서서히 돌아오고 있었다. 휘몰아치던 졸음이 사라졌다. 가까스로 눈꺼풀을 올렸다. 흐릿했던 시야가 조금씩 맑아졌다.

"잡아와요."

내 말이 끝나기가 무섭게 베른이 달려갔다. 저릿했던 방금 전의 느낌이 아직도 생생했다. 죽음의 문턱에서 돌아온 느낌이었다. 생각보다 두갈로 인한 죽음은 편했다. 스스로 목숨을 끊을 일이 있다면 사용하고 싶다 생각될 정도로.

추슬러 일어나려는 나를 디온이 부축했다. 하얗게 질린 얼굴이었다.

일어나며 잠깐 비틀거렸다. 계획대로였다면 일부러 독에 중독될 뻔한 자의 몸 상태를 보여주기 위한 몸짓이었겠지만, 운이 좋은지 아닌지 지금은 정말로 일어나기가 힘들었다.

손과 발이 덜덜 떨렸다. 그것이 육안으로 보일 정도였다. 디온이 그런 나를 부축했다. 나는 그의 품에 거의 안기다시피 기대어 있었다. 나만큼은 아니었지만 그의 손이 떨리는 것이 느껴졌다.

지금 내가 그에게 드는 감정은 하나였다. 미안함. 아무도 듣지 못할 목소리로 그것을 그에게 속삭였다.

"미안해요."

"무슨 말씀이십니까, 설마, 전부 알고, 계획하고 계셨던 것입니까?"

언성이 조금 높아졌다. 하지만 누군가가 들을 수 있는 크기는 아니었다. 나는 아무런 대답도 할 수가 없었다. 내 침묵에 그 역시 입을 다물었다.

다시 한 번 그와 눈을 마주했다. 그래, 저 표정을 잘 알고 있었다. 울 것 같은 표정이었다. 무언가가 그 속을 할퀴고 가서, 아픈 자의 눈빛이었다. 그것이 나를 아프게 했다.

문득 그가 위태롭다는 생각이 들었다. 그래, 그가 이렇게 반응할 것을 알고 있었다. 알고도 계획한 것이었다. 하지만 상상만 한 것과 눈으로 본 것의 차이는 극심했다.

"디온."

뭐라 말이라도 걸어야 할 것 같았다. 이대로는, 위태로웠다. 지금 이 순간을 계속해서 벼르고 있던 그 의무감이 머릿속에서 순식간에 사라졌다. 우선순위가 삽시간에 바뀌어 버린다. 그를 안심시켜야 했다. 무엇에의 안심인지는 확신할 수 없지만, 안심시켜야 했다. 무어라 말을 건네려 입을 연 순간이었다.

"아닙니다! 저는 아무것도 모릅니다!"

비명과도 같은 외침이 홀 안을 울렸다. 그 목소리는 점점 가까워지고 있었다. 누군지 보지 않아도 알 수 있었다. 뒤이어 베른의 목소리가 들렸다.

"전하, 시종장과 요리사입니다."

베른의 목소리가 나를 다시 현실로 데려왔다. 여전히 손발이 덜덜 떨렸다. 다리에 힘이 풀려 있었다. 이미 힘이 풀린 다리에 높은 굽의 신발은 내 몸을 지탱하기에 퍽 힘들었다.

하지만 버텨야 했다. 속이 메스꺼웠다. 받아들여서는 안 되는 음식이 속을 한바탕 헤집어놓은 느낌이었다.

나는 디온을 바라봤다가, 눈을 감았다. 그리고 다시 떴다. 마주친 그의 얼굴은 여전히 울 것 같은 표정이었다. 무엇이 그리 억울한지, 무엇이 그리 악에 받쳤는지, 무엇이 그렇게, 그를 괴롭게 하는지 모른 척하고 싶었지만 그렇게 할 수가 없었다.

"미안해요."

다시 한 번 작게 속삭였다. 지금 그에게 할 말은 그 말밖에 없었다. 제 주변의 누군가를 잃는다는 것에 지독한 트라우마를 가진 그였다. 그런 그 안의 스위치를 누른 것은 나였다. 지독한 자괴감이었다. 하지만 어쩔 수 없었다.

하지만 지금은, 내가 할 일을 해야 했으니까. 나는 몸을 바로 세웠다.

"벤지, 괜찮느냐?"

황후가 자리에서 일어나 이쪽으로 빠른 걸음에 달려왔다.

"뭐 하는가! 어서 황의를 데려오지 않고!"

얼굴이 하얗게 질린 황후가 내 손을 맞잡았다. 그 옆에서 황제가 어의를 데려오라 명하고는 내게 다가왔다. 그의 얼굴에는 걱정과 함께 자랑스러운 표정 역시 걸려 있었다.

"성으로 돌아가 쉬지 않아도 되겠느냐?"

그의 부드러운 물음에 나는 고개를 저었다. 행동 하나하나가 힘들었다. 하지만 최대한 담담한 어투로 답하고 싶었다.

"우선 황의를 이곳으로 불러 진단을 받아보는 것이 좋을 듯합니다. 고귀하신 황태자 전하의 생일 연회인데 고작 휘청거린 것한 번으로 망칠 수는 없지 않습니까?"

앞뒤가 맞지 않는 말이었다. 연회는 이미 망쳤다. 하지만 이렇게 잘 차려진 무대를 내 발로 차버릴 수는 없었다.

귀족들의 시선이 이쪽으로 향한 것이 보였다. 모두 어떤 움직임도 보이지 못한 채 자리에 앉아 있었다. 이쪽으로 모두의 이목이 집중되고 있었다.

나를 걱정하는 표정을 지어 보이는 황제, 황후, 그리고 아델라이네의 얼굴을 한 번 훑고는 황태자의 얼굴을 바라봤다. 그 역시 당황한 표정이었다. 당혹이고, 걱정이었다. 하지만 황태자의 걱정은 다른 종류겠지.

황태자는 황후의 기억을 읽고도 두갈을 이용한 독살을 강행했다. 이유야 하나겠지. 죽은 자는 말을 하지 못하니까. 이미 죄인의 신분인 황후의 말은 더 이상 아무도 믿지 않을 테니까.

조사 중에 알게 된 사실이 있었다. 두갈의 독성 자체가 아직 넓게 알려진 사실이 아니었고, 그렇기에 소르트에는 해독제가 보편화되지 않은 상태였다.

황태자는 그저 오늘 나를 죽이고 내 입을 막으려 했던 것이다. 이렇게 살아난 내 앞에서 그가 얼마나 당황하고 있을지는 묻지 않아도 뻔한 것이었다.

황의가 통로를 통해 급하게 달려오는 것이 보였다. 헐레벌떡 달려와 숨을 고르고는 내 몸의 상태를 확인했다. 나는 그것을 가만히 기다렸다. 맥을 짚고 이것저것 확인을 끝마친 의사의 얼굴에 의문이 스쳐 갔다. 잠시 망설이다가 그가 말문을 열었다.

"한 번도 본 적 없던 증상입니다."

"그것이 무슨 말인가?"

황태자가 짐짓 걱정하는 척 물었다. 아무것도 모르는 척 시치미를 떼는 모습이 가증스러웠다. 제 속은 진탕일 것이 뻔한데, 그것을 애써 숨기고 있는 것이 우습기도 했다.

나는 손을 저었다.

"계속 말해봐요."

힐끔, 내 안색을 살핀 황의가 말을 이었다.

"기맥이 죽었다가 살아온 자의 맥입니다. 속이 진창이시고, 하마터면 심장마비로 사망하실 뻔…… 아."

여기까지 말하던 의사가 입을 다물었다. 마치 무언가 생각났다는 듯 멈춘 내용이었다.

홀 안 모두의 이목이 그에게 쏠린 것이 보였다. 황의가 황제의 눈치를 보았다. 그것을 알아챈 황제가 의아한 표정으로 황의를 바라보았다.

"무슨 일인가?"

"본 적 있는 증상이긴 하오나, 제가 입에 담아도 될지……."

"말해보게."

황제의 명이 떨어졌다. 잠시 황후, 그리고 황태자의 눈치를 보던 황의가 입을 열었다.

"황녀 전하의 증상이, 일전에 본 적이 있는 증상이긴 하온데, 확실히 똑같지는 않아 입에 올리기가 망설여지기는 합니다. 하나 확실히 본 적이 있는 증상입니다."

"어디서 봤나요?"

나는 그를 재촉했다. 내 입으로 말하는 것보다 황성 의사의 말이 훨씬 신빙성이 있었다. 그의 말이라면 아무도 증상에 대해 의심하지 않을 것이다.

"돌아가신, 2황자님과 똑같은……, 증상이십니다. 마치 인위적인 작용처럼 몸을 무언가가 한바탕 헤집었습니다. 하나, 그 원인을 소인이 도무지 알 수가 없어서…… 죄송하옵니다. 두 번째 불충에 달게 벌을 받겠습니다!"

그가 조금 떨리는 목소리로 말을 끝맺으며, 황제 앞에서 머리를 조아렸다.

2황자의 죽음은 지독한 불운이었다. 그때는 황태자가 정해진 시기도 아니었다. 그리고 조사 결과, 그때 당시 1황자보다 2황자가 더욱 황태자에 유력한 인물이었다는 것을 알게 됐다.

유능한 황태자 후보의 죽음은 굉장히 불운한 사태였고, 그것을 함부로 입에 담는 것이 어려울 수밖에 없었다. 나는 덜덜 떨고 있는 황의를 바라봤다. 기대한 대로 아주 잘 말해주었다. 타인의 입에서 나온 모범 답안이 썩 마음에 들었다.

"그렇겠죠. 그럴 수밖에요."

나는 황의의 말을 받았다. 무엇인가 알고 있다는 듯 던진 내 말에 작게 웅성거리던 좌중이 침묵했다.

"무엇인지 알고 있는 건가, 벤지?"

입을 연 자는 황후였다. 그녀가 말을 맞춰주었다. 역시 그녀는 똑똑하고 눈치가 빠른 여자였다. 내가 하고자 하는 것이 무엇인지 순식간에 파악한 것이 분명했다.

"트레팔을 하루에 두 번씩 마시고 있지만, 트레팔조차 들지 않는 독이 있다고 알고 있습니다."

"독살이라니요?"

"그럼 아까 베른이 먹인 것은 해독제인 모양이군."

여기저기서 숨을 들이켜는 소리가 들렸다. 아무것도 모르는 아델라이네가 화들짝 놀라고, 황후가 말을 덧붙였다.

지금 내뱉은 말이 공작위가 앉아 있는 테이블부터 웅성웅성 뒤로 퍼지고 있었다. '독살'이라는 단어가 수도 없이 그들의 입에 오르내리는 소리가 들렸다. 새하얗게 질린 요리사가 황급히 뛰쳐나왔다. 쾅, 커다란 소리로 무릎을 꿇고 황족들 앞에 머리를 조아렸다.

"아니옵니다! 소인은 독을 넣지 않았습니다! 정말입니다! 믿어주십시오! 절대, 그런 반역 무도한 짓은 저지르지 않았습니다!"

뒤이어 시종이 뛰어나와 주방장 옆에 무릎을 꿇었다.

"저는 주방장이 준 음식을 그대로 받아왔을 뿐입니다! 기필코 맹세할 수 있습니다! 음식을 황녀님께 가져다 드리는 동안에 그 무엇도 첨가하지 않았습니다!"

"저 역시 마찬가지입니다!"

그 둘이 필사적으로 항변했다. 그들은 진심이었다. 그들이 말하는 모든 것들이 진실이었다. 그렇기에 다급하겠지. 나는 주방장에게 질문을 던졌다.

"무엇을 넣었죠?"

오늘 메뉴를 물어보는 것처럼 평온한 내 말에 주방장이 잠시 멈칫하는 것이 보였다.

"예?"

"오늘, 내 요리에 특별한 재료가 들어갔잖아요. 무엇을 넣었죠?"

"그, 그야, 아, 두갈. 두갈입니다!"

그가 내 질문에 반사적으로 답했다가 화들짝 놀랐다. 재빨리 제 말에 변명하듯 설명을 덧붙인다.

"하나 두갈은 독이 아닙니다! 그저 약재 중 하나일 뿐입니다!"

"그래요. 독이 아니에요. 하지만 황성에서 쉽게 쓰던 재료도 아니죠. 아니, 애초에 음식 재료로 자주 쓰이는 재료가 아니에요."

내가 그의 말에 긍정하자 그의 얼굴에 화색이 돌았다. 빠져나갈 구멍을 찾은 표정이었다. 그가 커진 목소리 그대로 외치듯 말을 이었다. 다급한 그의 목소리는 홀 안을 쩌렁쩌렁 울리고도 남았다.

"예! 하나 제 생각이 아니었습니다! 황태자 전하께서 황녀 전하께서 몸이 좋지 않다며 두갈을 추천하셨습니다! 분명 밖에서, 그것도 북쪽에서 종종 쓰이니 황녀 전하의 입에도 맞을 것이라고 설명해 주셨습니다!"

외치듯 터져 나온 주방장의 대답이 굉장히 마음에 들었다. 모두의 시선이 황태자에게 향했다. 이 와중에도 표정을 유지하는 황태자가 대단해 보일 지경이었다.

황태자가 이쪽으로 한 발 내디뎠다. 그의 표정에는 불쾌함이 덧씌워져 있었다.

"그래, 내가 내 여동생의 입맛에 맞을 것 같아 두갈을 추천했는데, 그게 무슨 잘못이라도 있는가?"

"아니요, 표면적으로는 없지요."

나는 애써 디온의 눈을 보지 않았다. 여기까지 내가 말하고 행동하는 것을 본 이상 그는 알고 있을 것이 분명했다. 이 모든 것은 내가 계획한 것이라는 것을. 그것이 너무 미안했다.

그의 눈을 피하며 말을 이었다.

"하지만."

나는 베른에게 손을 내밀었다. 내 손에 그가 품 안에 넣어뒀던 양피지 몇 개를 꺼내 올렸다. 황태자 모르게 손에 넣은 증거 자료들이었다.

"오라버니께서는 황성에서는 쓰이지도 않던 두갈을 갑자기 유통했습니다. 오라버니의 생일쯤에 말이에요. 황성 안에서는 아무도 먹지 않던 두갈을, 제가 몸이 좋지 않다는 말 같지도 않은 이유를 대면서 말이죠. 그 유통 문서에는 두갈의 유통을 명한 황태자 전하의 직인이 찍혀 있고요."

"내 동생께서는 계속 문제 될 것이 없는 것을 입에 올리고 있구나."

황태자가 내 말을 중간에 잘랐다. 그의 눈이 흔들렸다가 순식간에 제자리를 찾는 것이 이제는 경이롭기까지 했다. 문득 속이 역류하는 느낌이 들었다. 두갈의 후유증이 분명했다. 그것을 가까스로 꾹꾹 누르며 말을 황태자의 말을 받았다.

"그리고 그 두갈은 이 년 전에도 유통됐어요. 황태자 전하의 손에 의해서 말이에요. 그리고 그 두갈은 그대로 주방으로 들어갔어요. 지금 제가 거하고 있는 레이퓌르성의 주방장이 조리해서 이제는 목숨이 다한 2황자의 접시 위에 올라갔죠."

나는 시선을 똑바로 황태자에게 향했다.

"오늘처럼 말이에요."

나는 내 손안의 문서들을 황제에게 넘겼다. 그가 그 문서를 확인했다. 황제에게 별다른 감정의 변화는 없었다. 마치 예상하던 바를 받아들이는 것처럼.

황태자가 고개를 모로 기울였다. 웃기지도 않는다는 말을 하고 있다는 것처럼 그가 제 표정을 가장하고 있었다.

"그러니까 그것이 무슨 문제라도."

애써 평정을 유지하는 황태자의 눈을 똑바로 마주쳤다. 얼굴에는 미소를 걸어줬다. 내 얼굴이 부디 사색일지언정 당당하길 바라며.

"이상하지 않나요? 오라버니께서 마치 숙성된 포도와 두갈이 만나면, 독과 같은 반응을 일으킨다는 것을 알고 있는 사람처럼 행동하는 것이. 아마 여기 있는 귀족들 대부분이 알지 못할 그 사실을 아는 것처럼 행동한 것이 아주 이상합니다. 그리고 아주

공교롭게도 오라버니께서 유통한 그 두갈이 이 년 전 2황자의 접시 위에, 그리고 지금은 제 접시 위에 올라온 것이 저는 지금 너무나도 이상합니다. 그렇지 않나요, 오라버니?"

내 말이 끝나자마자 그가 입을 달싹였다. 무언가 변명하려는 눈치였다. 나는 황태자의 말을 가로막았다.

"혹시 숙성된 포도와 두갈이 반응하지 않는다고 말씀하실 의향이라면, 지금 여기서, 두갈과 와인을 동시에 섭취함으로 오라버니의 결백을 증명하는 것을 권하고 싶습니다."

충분히 가능한 변명이었다. 모든 정황이 그의 죄를 입증하고 있었지만 나는 몰라요, 라고 말한다면 어쩌면 넘어갈 수도 있는 사항이었다. 새삼스레 황태자가 머리를 잘 굴렸다는 생각이 들었다.

"아니, 그건 그럴 수도 있어. 하지만 나는 두갈과 와인이 반응하는 것을 몰랐다. 오늘 처음 듣는 이야기인걸. 더불어, 한 발 양보해 내가 벤지안스 너를 노릴 수는 있다고 쳐. 하지만 그 누구도 아닌 내 동복동생을 죽일 정도로 패륜아라고 생각하는 것은 내게 내려진 너무 악독한 평가 아닌가?"

말하는 그의 입꼬리가 떨려왔다. 마지막 발악이었다. 절대, 제 어머니만큼은 제게 등을 돌리지 않을 것이라는 믿음 때문이기도 했다. 그는 아직 황후를 믿고 있었다. 황후의 모성애를 믿는 것인지, 아니면 권력에의 욕심을 믿는 것인지는 몰랐다.

하지만 그런 황태자의 기대는 철저하게 박살났다.

"하, 그런 사람이 어미의 배 속에 있는 동생을 노렸습니까?"

황후의 비명과도 같은 노성이었다.

"무슨 소리입니까, 어마마마?"

평정을 유지하던 황태자의 표정이 순식간에 깨졌다. 제 모든 예상이 어긋난 표정이었다.

이 상황은 내 계획에 없던 것이었다. 내가 황후에게 맡긴 것은 계획을 망치지 않는 것, 그뿐이었다. 하지만 황후는 철저하게 나를 도와줄 생각인 모양이었다. 아니면, 황태자에게 느꼈던 진심 어린 배신감을 지금 내뱉는 것일 수도 있었다.

"2황비가 죽어 안심했겠지. 그녀에게 마술사를 붙여준 자가 누군지 아무도 몰랐을 테니. 내가 네 어미가 아니었다면, 아들의 성에 사적으로 출입할 수 있는 내가 아니었다면 아무도 그 사실을 몰랐을 것이다!"

"모함입니다! 어마마마! 도대체 무슨 소리를 하고 계신 겁니까!"

황태자가 억울함에 몸부림쳤다. 절규와도 같았다. 믿었던 황후가 저를 공격하고 있다. 그나마 유지되던 황태자의 가면이 산산조각 났다. 그래, 기억이 저런 식으로 조작되었구나. 황태자는 간곡하게 매달렸다. 하지만 황후에게 그의 목소리는 들리지 않는 모양이었다.

"동복동생을 죽인 것도 모자라, 배 속의 황손을 해해? 그리고 그것을 어미에게 숨겨! 내 위신을 떨어지게 해! 아들이라는 자가!"

"하, 설마 1황녀의 말을 믿으시는 겁니까! 도대체 어떤 말을 들으신 겁니까! 제가 페리클레즈를 죽였을지언정 어마마마의 태아는."

여기까지 말하고 황태자가 입을 멈추었다. 헉 숨을 들이켰다. 홀 안에는 칼날 같은 침묵만이 감돌았다.

페리클레즈. 2황자의 이름이었다. 제 손으로 죽여 버린 동생. 나는 비집고 새어 나오려는 웃음을 삼켰다. 제 손으로 제 무덤을 팠다.

예상치 못한 상황에 스스로 엮여 들어가, 결국 자신의 입으로 죄를 입증해 버리고 말았다. 얼마나 어리석은지, 얼마나 그 끝이 추악한지. 너무 우스워서 힘껏 웃고 싶은 것을 억눌렀다. 이 갑작스런 자백에 침묵은 깨질 줄을 몰랐다. 중후하고 낮은 목소리가 그 침묵을 가르고 홀 안을 울렸다.

"황족 사살을 네 입으로 말했구나, 데비스."

황제였다. 황제의 얼굴에는 별다른 표정이 없었다. 화도, 분노도, 그 무엇도 아니었다. 그렇다고 기쁨도 아니었다. 나는 그 표정을 잘 안다. 그리고 황태자도 잘 알고 있을 표정. 황태자는, 시험에서 탈락했다.

황태자가 변명하듯 떠듬떠듬 입을 열었다.

"아닙니다, 폐하, 이것은 말실수로."

"실수로 진실을 말해 버렸네요."

나는 그의 말을 잘랐다. 얼음장과 같은 침묵 사이로 내 목소리가 담담하게 울려 퍼졌다. 그가 고개를 쳐들어 나를 노려보았다. 그의 안색은 하얗게 질려 있었다. 이렇게 사색이 되어버린 황태자의 얼굴은 처음이었다.

"아닙니다, 폐하. 제가 어찌, 어떻게 같은 가족을 해하겠습니까!"

"아니라고 하기에는 이미 지은 죄가 너무 많잖아요, 오라버니."

이어서 입을 연 자는 이외의 인물이었다. 아델라이네가 황태자의 눈을 똑바로 바라보았다. 그리곤 제 팔을 가리고 있던 장갑을 벗겨냈다. 하얀 장갑이 벗겨지자 그 안에 있던 흉측한 흉터가 모습을 드러냈다.

"이 팔이 도대체 뭘 의미하는 것 같나요?"

아델라이네의 얼굴에 자리하고 있는 것은 처음 보는 증오였다. 끔찍한 증오, 그것과 무게를 같이하는 두려움이 아델라이네의 얼굴에 걸려 있었다. 그녀가 황태자의 시야에 팔을 쭈욱 내밀었다. 그가 더 잘 볼 수 있도록.

"오라버니께서는 언니가 아카데미에 있을 때부터 언니가 살아 있는 것을 알았어요. 어디에 있는지 몰랐을 뿐이었죠. 위치조차 모르는 사람을 죽이기 위해서 필요한 것은 마술이었어요. 그러고는 언니를 죽이기 위해 마술사와 계약했죠. 반동은 제게 오게 만들었고 말이에요. 아카데미에서 언니는 화재 때문에 죽을 뻔했지만 살아났고, 저는 오라버니의 마술이 실패로 돌아가자 그 반동을 제 팔에 받았어요. 마술에까지 손댄 사람이, 과연 윤리에 어긋나는 짓을 하지 않는다고요? 저는 당신의 그 천대와 인간 같지 않은 취급을 십오 년 동안 받아왔어요! 인간의 가면으로 악마의 얼굴을 숨긴 채 날 그리 대했단 말이에요! 아바마마, 지금 황태자 위에 올라 있는 데비스 D. 마블라 소르트는 독살에 더해 마술에 대해서도 죄가 있어요! 부디 선처하지 마시기를!"

고발이었다. 그리고 그동안 억눌러 왔던 복수심이기도 했다. 나는 아델라이네와 사전에 계획하지 않았다. 하지만 그녀는 이렇게 나를 도와주고 있었다. 그동안 황태자가 얼마나 악질적인 짓을 하고 다녔는지 알 수 있었다.

장내가 술렁거렸다. 아무도 감히 크게 소리를 내지는 못하지만 그들의 얼굴에 떠오른 표정들이 무엇인지 정확히 알 수 있었다.

경악, 충격, 그리고 경멸.

어미의 배 속 아이를 유산시키고 동복동생을 죽인 패륜아, 마술을 쓰고 그 반동을 이복 여동생에게 걸어버린 극악무도한 자. 그리고 그로 인해 생긴 최대의 피해자인 2황비와 3황자, 4황자.

지금 이 자리에서 황태자는 제 아버지인 황제를 제외하고는 모두를 해치려 한 자나 마찬가지였다. 두 발로 걸어 다니는 악귀.

"큭…… 크하하하하하하!"

갑작스러운 웃음소리가 들렸다. 황태자였다. 즐거운 웃음이 아니었다. 아무것도 담기지 않은 허탈한 웃음이었다.

그의 얼굴은 새하앴다. 그대로 몇 걸음 비틀거리며 걸어가던 그가 의자에 걸려, 그 의자 위에 주저앉았다. 그때까지도 그의 웃음은 끊이지 않았다. 아무것도 담기지 않은 그의 웃음이 홀 안을 가득 메웠다. 그 웃음에 가로막혀 아무도 그 어떤 소리조차 내지 못하고 있었다.

"하…… 하하."

웃음이 멈추었다. 그는 쇳소리를 내며 숨을 몰아쉬었다. 고개를 들어 나를 바라봤다. 웃지 않은 눈에 올라간 입꼬리는 보기 좋은 표정이 아니었다.

"그래, 벤지안스. 내 여동생. 자랑스러운 내 여동생. 온갖 황족을 손에 넣은 내 여동생! 그래, 이게 네 생일 선물이었나?"

"예, 알아주시니 감사합니다. 마음에 드셨습니까?"

애써 태연한 척 답했다. 점점 몸에서 힘이 빠져나가고 있었다. 독을 중화시켰다고 그 여파가 완전히 사라지는 것이 아닌 모양이었다. 하지만 그것을 티 내지 않으려 참아냈다.

디온이 나를 빤히 바라보는 것이 느껴졌다. 나를 바라보는 그의 얼굴에 분노가 없는 것이 더욱더 미안했다. 외려 담긴 것이 한 없는 걱정이라, 그리고 알 수 없는 고통이라 그의 얼굴을 바라보다가 속으로 되뇌었다. 미안해요.

"하하하! 폐하를 회유하고 어마마마까지 손에 넣었어! 결국 제 피를 이은 아들을 제 손으로 해하게 해! 대단해. 이 많은 귀족들의 앞에서 나를 끌어내려, 바닥으로 처박아 버려! 대단한 능력이야."

황태자가 잡아먹을 듯 나를 노려보았다. 낄낄거리는 웃음이 사이사이 새어 나왔다. 모든 걸 내려놓은 자의 모습이었다.

"제 핏줄을 손으로 잘라내고, 권력에 빌붙으시니 기분이 좋으십니까? 그렇게까지 해서 권력에 목을 매셔야 했습니까? 저와 같이 마술에 손을 대셨잖습니까. 일말의 죄책감도 느껴지지 않으시는 겁니까? 제게 마술을 가르쳐 준 자가 어마마마 아니셨습니까? 십대에 접어든 순간부터 십대를 벗어나는 순간까지 저는 어마마마에게 마술에 대해 들었습니다. 그렇게 당신의 손으로 해하려 한 1황녀에게 몸을 위탁하는 것이 그리도 기쁘십니까? 마지막 눈앞에 내려진 권력이 그리도 흡족하십니까!"

눈을 치뜨고 황후에게 외치던 그가 휙, 황제를 바라보았다.

"폐하, 아바마마. 그리하여, 황태자인 나를 벌하실 겁니까? 황제 시해라는, 그것도 마술을 통해서 이 제국의 황제를 없애 버리려고 한 거대한 역모까지 저지른 황후는 용서하시고! 저를 벌하실 생각이십니까! 마지막까지 제 힘으로 위까지 아득아득 올라오라 가르치신 당신이 말입니다!"

악이었다. 마지막 발악. 내가 바라보는 황태자의 모습이 그러했다. 웃었다가, 눈살을 찌푸렸다가. 그래, 지금은 울 것 같은 표정이었다. 위를 향하던 자의 비참한 말로였다. 그것이 너무나도 마음에 들었다. 너무나도 흡족했다.

황제가 황태자를 빤히 바라보다 입을 열었다.

"아들아, 너는 내가 용납할 수 있는 범위를 벗어났다, 그것은 이 앞에 있는 모든 귀족들이 보고 들었기에 알 수 있지. 나는 내 비를, 딸들을, 아들들을 해한 자를 그대로 둘 수 없어. 나는 너를 용서할 수가 없다."

황제가 말했다. 선고였다. 황태자의 끝을 내리는 선고.

"그리고 황후에 대한 처벌권은 내 손을 떠나 지금 벤지안스에게 있다. 그녀의 죄로 인해 목숨을 잃을 뻔한 자가 내 딸이니 말이야. 누명에서 벗어나 제 발로 살아 황성까지 돌아온 내 딸이 기특해서 그녀의 청을 들어주기로 했어."

제 아들의 끝을 고하며, 아무런 감정의 고조도 느껴지지 않는 모습이었다. 그 모습에 소름이 돋았다. 이 아비규환 안에서, 제일 담담한 자는 황제였다.

모든 일을 계획한 자는 나였다. 그렇기에 내가 담담한 것은 황태자를 떨어뜨리기 위해서는 어쩔 수 없는 일이었다. 하지만 황제는 아니었다. 눈앞에서, 제 가족들이 모두 엮인 혈극이 펼쳐지고 있었다.

그것을 담담하게 바라보고 냉정한 판단을 하는 황제라니. 그의 안에서 가족이라는, 황족이라는 존재가 어떻게 위치하고 있는지 뼈저리게 알 수 있었다.

"그래서 말인데 내 딸아."

황제가 나를 부르며 황태자에게서 내게로 시선을 돌렸다.

"황후의 벌은 어떻게 할 생각이냐?"

이 질문을 여기서 할 줄은 몰랐다. 적어도 황태자가 감옥에 간 후, 혹은 황태자의 목이 떨어진 후, 그때가 돼서야 내게 물을 줄 알았다. 하지만 그 질문은 지금 내게 날아왔다.

"황후마마께서는 과거 2황자를, 그리고 저를 죽이려는 데비스의 소행을 파헤치는 데에 혁혁한 도움을 주셨습니다."

황후와 시선이 마주쳤다. 그녀는 웃는 낯이었다. 나를 깊이 신뢰하는 얼굴이었다. 나는 그녀의 신뢰 어린 미소에 같이 미소를 지어줬다. 그러고는 말을 이었다.

"하나, 제국에서 금기로 여기는 마술에 손을 댄 것, 그리고 그것을 이용해 황제 폐하를 해하려 한 대역죄를 어떻게 용서하겠습니까."

여전히 웃는 낯으로 말을 이었다. 그녀가 절대 바라지 않았을 내용을.

황후의 표정이 그대로 굳었다. 그녀의 몸 또한 모든 움직임을 멈추었다. 황후의 주변으로 시간이 멈춘 것과 같았다. 그녀는 내 말을 믿지 못하겠다는 듯 나를 바라보고 있었다.

나는 여전히 황후에게 미소를 지어줬다. 그러고는, 내가 뼈저리게 하고 싶었던, 숨기고 눌러왔던 그 한마디를 내뱉었다.

"황후 역시 그에 상응하는 벌을 받아야 하지 않겠습니까?"

장내는 조용해졌다. 모든 시간이 멈춘 것 같았다.

"말도 안 되는 일이다. 아니야. 잘못 말한 거야? 그렇지?"

황후가 내 쪽으로 다가섰지만, 나는 미동도 하지 않았다. 아니, 굳이 말하자면 움직일 힘조차 없었다. 내 앞을 자연스레 베른과 디온이 막아섰다. 그들은 내가 황후를 어떻게 대했는지 알고 있었다.

"1황녀, 자네가 말했지 않나! 내 죄를 무죄로 해준다며. 그래서 내 핏줄을 해하는 것을 눈감았는데!"

"아니요, 황후마마께서는 같은 핏줄을 죽인 그가 언제 황후마마의 등에 칼을 꽂을지 몰라 두려우셨던 거지요. 저를 신뢰한 것은 아니지 않습니까?"

"아니, 난 너를 신뢰했어. 신뢰하지 않았다면, 이렇게, 그렇게!"

그녀는 이제 보이는 것이 없는 모양이었다. 탁 풀린 동공으로 내게 달려들었다. 베른이 그녀를 잡아채며 내게 오지 못하게 막았다. 황후의 눈에서 초점이 사라졌다. 현실을 믿지 못하는 그 광기가 그녀의 눈에 넘실거렸다.

"벤지안스! 네년! 이럴 수는 없다! 내가 어떻게 여기까지! 어떻게!"

절규가 홀 안을 쩌렁쩌렁 울렸다. 그 절규에 섞여 낮은 웃음소리가 들려왔다. 그리고 그 웃음이 이내 크게 번져 갔다. 하하하하, 어울리지 않는 웃음소리가 홀을 가득 채웠다. 황태자였다.

맘껏 웃던 그가 숨을 몰아쉬며 쇳소리를 내었다. 그 웃음에는 광기, 그것만이 들어 있었다. 난장판이었다. 너무나도 만족스러운 광경이었다.

"그만하시지요. 꼴이 추잡합니다, 어마마마."

황태자가 황후에게 다가갔다. 그가 한 발 다가갈수록 황후는 한 발 물러섰다. 갈피를 잡지 못하는 것이 분명했다.

"처음부터 놀아나셨습니다. 저 계집의 손에 놀아났습니다, 전부. 전부 말입니다."

황태자가 웃었다. 킬킬 기분 나쁜 웃음이 새어 나왔다. 그 웃음에 묻어 나오는 것은 포기였다.

"어마마마, 인정하시지요. 우리가 졌습니다. 당신의 손으로 직접 저를 끌어내리시고, 스스로 몰락하셨습니다."

"아니다! 아직 아니야! 나는! 아직, 몰락하지 않았다! 내 힘은 아직 황성에 있어!"

황후가 소리쳤다. 황제는 침묵했고, 나는 미소 지었다. 그녀는 내게 닿지 못했다.

기사들이 들어왔다. 황제가 부른 것이 틀림없었다. 기사들에게 팔이 붙들리며 실성한 듯 악다구니를 써대는 황후, 그 옆에서는 제정신이 아닌 듯 웃고 있는 황태자. 모든 것이 통제 불가능한 상황이었다.

식사는 아직 끝나지 않았다. 사실 모두 식사를 계속해도 괜찮았다. 하지만 그 누구도 이 만찬을 끝맺을 만한 배짱을 가진 자는 없었다. 나 역시 식사를 끝내지 못했다. 하지만 그에 못지않은 포만감이 차올랐다.

기사들에게 끌려가며 채 황후가 몸부림쳤다. 아름다웠던 드레스가 흐트러지고, 틀어 올린 머리카락이 점점 풀려 내렸다. 정수리에 올렸던 황후를 상징하는 티아라가 떨어져 바닥에 경쾌한 소리를 자아냈다. 높은 굽을 가진 화려한 구두가 바이올렛 카펫 위에 나동그라졌다.

그 모습을 바라보던 황태자가 몸을 돌려 나를 바라보았다. 아무것도 담겨 있지 않은 표정이었다. 이제 그는 웃지도, 울지도, 아무런 표정도 아니었다.

"축하한다, 벤지안스 D. 마블라 소르트. 네 승리다."

말을 끝내고는 스스로 팔을 내밀었다. 그 팔을 기사 둘이 잡아 끌었다. 황태자가 등을 보이며 단상에서 멀어져 갔다.

점점 그 모습이 흐릿하게 보였다. 아까부터 속에서 들끓던 무언가가 역류한다. 따뜻한 것이, 그리고 얼핏 붉은빛이 보인 것도 같았다. 겨우겨우 지탱했던 다리에서 모든 힘이 빠져나간다.

"벤지!"

그 목소리가 마지막이었다. 시야가 깜깜해졌다. 설마 이대로 죽는 건가? 아직은 안 되는데. 생각이 끝맺을 겨를도 없이, 뇌의 회전이 끊긴다. 두 번째 기절이었다.

✤

눈을 떴다. 별거 아닌 행동인데 그것이 힘들었다. 눈꺼풀이 너무나도 무거웠다. 얇게 뜨는 그 시야에 익숙하지 않은 빛이 들어왔다. 눈이 절로 찌푸려졌다.

몸을 일으켰다. 오른팔로 지탱해 들어 올리는 몸이 쇳덩이처럼 무거웠다. 쓰러진 건가? 그래서 지금은 살아 있는 건가? 며칠이 지났지? 아니, 몇 시간? 디온은? 온갖 생각이 머릿속에 회오리쳤다. 그래, 디온은? 디온한테 사과해야 하는데. 화들짝 놀라 일으키는 시야에 들어오는 것이 있었다. 익숙한 실루엣이었다. 그 실루엣은 팔짱을 끼고 그대로 멈추어 있었다. 자는 건가? 의문과 동시에 속이 뒤집히는 것이 느껴졌다. 가슴 부근부터 아랫배까지 진창이었다. 두갈의 후유증이 분명했다.

"윽……."

아마 그때 토한 것이 피가 맞는 모양이었다. 엄청나게 아픈 것은 아니었지만 그렇다고 완전 멀쩡한 것도 아니었다. 부스럭대는 소리를 들은 모양인지 익숙한 인영이 화들짝, 고개를 들었다.

"일어나셨습니까?"

"……디온."

그의 얼굴에 피곤한 기색이 가득했다.

"괜찮으십니까?"

목소리가 잠긴 것이, 그 역시 썩 편하게 자지는 않았다는 것을 보여주고 있었다.

지금 몇 시지? 나는 커튼을 열려고 손을 뻗었다. 몸이 찌뿌듯하여 제대로 움직여지지 않았다. 도대체 얼마나 누워 있었길래?

"가만히 계십시오."

"나, 얼마나 누워 있었어요? 아니, 디온 얼마 동안 여기에 있었어요? 공작저에는 안 갔어요? 잠은?"

그가 언제나 보여주던 깔끔한 모습이 크게 흐트러진 것은 아니었다. 하지만 그렇다고 칼 같은 단정함도 아니었다. 꽤 오랫동안 여기 있던 것 같은 모습이었다.

"꼬박 하루 동안 누워 계셨습니다. 황의가 약을 지어 조금씩 입에 넣어주었습니다. 그래도 아직 완쾌되기에는 이르다 들었습니다. 속은 괜찮으십니까?"

"조금 쓰린 것 빼고는 괜찮아요. 아니, 그것보다 왜 공작저에 안 가고 여기에 있어요."

미안하게. 뒷말은 생략했다.

그가 나를 빤히 바라보았다. 그 눈에 담긴 감정을 읽어낼 수조차 없었다. 너무나도 많은 감정이 담겨 있어서, 그가 지금 어떤 마음인지 단 하나도 파악해 낼 수가 없었다.

내 말에 디온이 마른세수를 했다. 깊은 한숨이 딸려 나왔다.

"도대체, 저를 어떻게 생각하시는 겁니까?"

"네?"

"어떻게 제가 공작저로 돌아갈 수 있을 것이라 생각하시는 겁니까?"

조금 격앙된 어조였다. 나는 입을 다물었다. 그가 오르도 때문에, 그리고 나 때문에 남들과 다툴 때 빼고 이렇게 격앙된 목소리를 들어본 적이 있던가?

그가 입을 꾹 다물었다. 그 안에서 무언가 삼키는 것이 느껴졌다. 그가 일어나서 침대 왼편에 있는 테이블로 걸어갔다. 앉아 있던 부근의 옷이 구겨져 있는 것이 보였다. 언제나 빳빳하게 유지하던 그의 옷이 구겨져 있었다. 그것이 더더욱 내게 죄책감을 안겨주었다.

그가 테이블에서 무언가를 가져왔다. 작은 접시에 담긴 수프와 스푼이었다.

"일어나시면 드셔야 한다고 황의가 말하고 갔습니다."

"……고마워요."

도대체 무슨 말을 해야 할지 알 수가 없었다. 나는 그가 가져다준 스프를 목으로 넘겼다. 고소한 냄새가 나는 묽은 수프였다. 식었다고 역하지도 않았고, 맛도 나름 괜찮았다.

꾸덕한 수프가 아니라 물과도 같은 액체라 분명 목이 막힐 일이 없는데도 넘기기가 너무나도 힘들었다. 두갈의 후유증인지, 아니면 디온에 대한 미안함 때문인지 도무지 가늠할 수가 없었다.

나는 다 먹은 그릇을 내려놨다. 먹기가 너무나도 힘들었지만, 먹지 않는다면 디온이 어떻게 나올지 상상조차 할 수가 없었다.

디온이 그 그릇을 받아 테이블에 올리기 위해 돌아섰다. 그 뒷모습이 내게 원망이라도 쏟아내는 것 같았다. 나는 그것이 너무나도, 너무나도 미안했다. 그 감정을 도무지 참지 못하고 입 밖으로 내뱉었다.

"미안해요."

걸어가던 그가 우뚝 멈췄다. 탁, 테이블 위에 그릇이 놓이는 소리가 방 안에 울려 퍼졌다. 테이블에 손을 기댄 채로, 잠시간 서 있던 그가 뒤돌아섰다. 언제나 부드럽던 그 녹안이 마구잡이로 헤집어져 있었다. 아, 그래. 그 눈에는 상처가 가득했다.

"굳이 꼭, 그러셔야 했습니까?"

디온의 목소리가 억눌려 있었다. 원망 어린 눈빛이 나를 향해 있었다. 그의 푸르른 녹안을 마주 보기가 힘들었다.

나는 그가 무엇을 말하는지 알고 있었다. 굳이 그렇게 스스로의 목숨을 담보로 해야만 했는지 묻는 것일 테지. 나는 아무 말도 할 수 없어서 또다시 입을 다물었다.

"그러셨겠지요. 탁월한 계획이었습니다. 성공적이었지요. 그 방법이 최선의 방법이었습니다. 압니다, 아는데! 그런데!"

소리치던 그가 입을 꾹 다물었다. 속으로 꾹꾹 무언가를 억누르는 것이 보였다. 화인지, 울음인지 무엇인지, 혹은 그 전부인지 알 수가 없었다.

"죽을 뻔하지 않으셨습니까. 베른 경이 조금만 늦게 해독제를 꺼냈다면, 혹여나 데비스가 베른 경을 저지했더라면, 그랬다면!"

그는 위태로워 보였다. 이런 적은 처음이었다. 그가 내게 소리를 지르는 것도, 나 때문에 무너질 것 같은 것도 처음이었다. 예전에 내 이능의 비밀을 알게 됐을 때와는 너무나도 다른 모습이었다.

그의 목소리가 떨렸다. 안으로 삼키는 목소리였다.

"그랬다면, 여기에 계시지 못하시는 것 아닙니까? 또, 그 누구도 아니, 모두가 제 옆에서 사라지는 것 아닙니까? 그걸 제가 어떻게 견디라고."

절규에 가까웠다.

"다른 누구도 아닌, 당신이 내 눈앞에서 사라지는 걸 제가 어떻게 견딥니까? 그 가능성, 그 손톱만큼의 가능성조차도 이런데."

그는 눈물 흘리지 않았다. 하지만 흔들리는 그의 목소리가 지금 그가 울고 있다고 내게 알려주고 있었다.

"정말로 목숨을 잃으셨다면, 저는 어떡해야 한다는 말입니까."

그가 한숨을 토해내듯 마지막으로 뱉어낸 말이었다.

"미안해요. 할 수 있는 말이 이것밖에 없어서 미안해요."

차마 입술이 떨어지지 않았다. 차라리 내게 등을 돌리고 떠나가는 것이 나을 텐데. 아니, 그렇다면 나는 또 견딜 수가 없겠지. 그리고 알고 있었잖아. 내가 그렇게 한들 그는 나를 절대 떠나지 않을 거란 걸. 전부 다 알고 있었잖아. 치가 떨릴 정도로 이기적이었다.

만약 시간을 되돌려서, 다시 황후와 황태자를 끌어내릴 계획을 생각하라 하더라도, 나는 같은 계획을 짤 것이다. 왜냐면, 디온이 나를 떠나지 못할 걸 알고 있으니까. 스스로에게 혐오감이 밀려왔다. 그 모든 말을 숨기고 할 수 있는 말은 하나밖에 없었다.

"나 같은 것 때문에 아파하지 말아요. 미안해요."

나 때문에 아파하지 않았으면 좋겠다. 이런 이기적인 마음 때문에 그가 아파하지 않았으면 좋겠다. 하지만 이것 역시 이기적인 마음일 뿐이겠지.

나는 나도 모르게 일어났다. 정신을 차리고 보니 그에게 걸어 가고 있었다. 쓰린 속도 하등 방해가 되지 않았다. 이유는 그저 하나였다. 내가 지금 그에게 다가가지 않으면, 그가 무너질 것 같 아서.

"죽을 생각이 없었어요. 죽고 싶다는 생각조차 하지 않았어요."

사실이었다. 하지만 죽어도 상관없다고 생각하기는 했다. 죽을 각오를 하지 않으면 그들을 끌어낼 수 없다고 생각했다. 하지만 그러면서도 드는 생각이 있었다. 계획을 짜면서 문득문득 치솟던 생각.

"디온 곁에서 떠나고 싶지 않았어요. 떠날 수가 없다고 생각했 어요."

그를 떠날 수가 없다. 떠나고 싶지가 않았다.

"그래서, 필사적으로 살 궁리를 했어요. 절대적으로 살 수밖에 없다고 생각했어요. 말하지 못해서 미안해요. 하지만, 또 그때로 돌아가게 된다면, 다른 계획을 짜겠다고 약속하지 못하는 것도 미안해요. 내가, 이렇게 이기적이라서, 너무 미안해요."

나는 그의 손을 꼭 잡았다. 그가 나로 인해 무너지지 않았으 면. 그것 하나만을 바랐다.

거의 하루를 꼬박 자고 일어난 거라 몸을 움직이는 것이 어색 했다. 하지만 쓰러지기 직전만큼 힘이 없지는 않았다. 적어도 걸 을 수는 있었다. 나는 오른손으로 그의 손을 잡았다. 거칠면서도 따뜻한 손이 여전히 사랑스러웠다. 그 익숙한 감촉을 느끼면서 생각했다. 절대 그의 곁을 떠날 수가 없다고.

아직 밝지 않은 새벽빛이 커튼 틈으로 들어와 그의 얼굴을 비쳤다. 그의 눈에 물기가 비쳐 보였다. 나는 나도 모르게 한 손을 올려 그의 뺨을 감쌌다.

"그러니까 울지 말아요."

그는 울지 않았다. 하지만 나오는 말이었다. 이 말을 하지 않으면 그가 정말로 울어버릴 것 같아서. 그가 나를 빤히 바라보았다. 눈물 한 줄기가 그의 뺨에 흘러내렸다. 나는 그것을 손으로 닦았다. 그 모습이 너무나도 마음이 아파서, 그의 눈을 피할 수가 없었다.

맞잡은 손을 그가 고쳐 잡았다.

"······당신에게 화난 것이 아닙니다. 제게 화난 것입니다. 벤지에게 목소리를 높여서는 안 됐는데, 눈을 감고 쓰러져 가던 당신의 모습이 계속 눈앞에서 아른거렸습니다. 어쩔 수 없다는 것을 알면서, 그리고 제게 그 계획을 말하지 못하는 이유를 전부 알면서, 아니, 알고 있기 때문에 그것이 너무 화가 났습니다."

디온이 말을 잠시 멈추고는 깊은 한숨을 내쉬었다.

"벤지에게 아무런 도움도 되지 못하는 것 같아서. 베른 경조차 알고 있던 그 계획을 제가 알고 있지 못하고 있어서. 결국, 완벽한 당신의 계획에 탄복하면서도, 그 계획에 일조조차 하지 못했다는 것이, 그 사실 자체가 너무 저를 한없이 작게 만들어서, 그래서 그랬습니다. 그러니까."

그가 다른 손으로 그의 뺨을 감싸고 있던 내 손을 잡아왔다. 내가 잡았던 손을 자연스럽게 빼 올려 내 뺨을 닦아주었다.

"그러니까 울지 마십시오."

"어······."

화들짝 놀라 내 얼굴을 만져 보았다. 나도 모르게 울고 있던 모양이었다.

"어, 그러니까, 이건."

말을 더듬었다. 내가 그 앞에서 울 자격이 어디에 있다고. 그에게 위로받을 자격도 없는데. 그런데 내 통제를 벗어나 눈물이 흘렀다.

"불안했습니다. 저는 당신이 제 곁에 없는 것을 도무지 상상조차 할 수가 없는데, 벤지는 그것을 염두에 두는 것 같아서 너무나도 불안했습니다."

"아니에요. 절대, 그럴 리가 없잖아요."

디온이 없으면 숨조차 쉴 수가 없는 게 난데. 내 말에 그가 엷게 웃었다. 한결 가라앉은 미소였다. 하지만 그 안에 깔려 있는 불안은 도무지 어찌할 수가 없었다.

"예, 알고 있습니다. 그러니 약속 하나만 해주실 수 있겠습니까?"

나는 말없이 고개를 끄덕였다. 그것이 무엇이든 간에 지금 나는 그의 말을 거부할 수가 없었다.

"혹시라도, 그러지 않으셨으면 좋겠지만, 만에 하나라도 벤지의 다음 계획에 벤지의 목숨이 담보로 들어 있다면 그곳에 제 목숨도 넣어주십시오. 당신 곁에서 절대로 떨어지지 않도록."

"무슨."

극단적인 약속이었다. 그는 내가 안전한 계획을 세우지 않을 것이라 확신하고 있었다. 그래서 그 계획에 들어 있는 내 목숨에 제 목숨을 얹었다. 당황스러운 약속이었다.

무어라 말하려는 내 말허리를 그가 잘랐다.

"약속해 주십시오."

그의 눈이 말하고 있었다. 그렇지 않으면 절대 굽히지 않겠다고. 나는 그 말을 차마 부정할 수가 없었다.

"네, 약속할게요."

그래서 나는 마지못해 대답했다. 그제야 디온은 환하게 웃었다. 그 모습이 너무나도 눈부셨다. 그 미소에 나는 깨달았다. 그가, 내가 살아가는 것을 담보로 잡아버렸다는 것을. 하지만 그 깨달음보다 그의 웃음이 너무 눈이 부셔서 나는 그저 말없이 그의 얼굴을 바라볼 수밖에 없었다. 그가 이렇게 잘생겼었나?

이상한 충격에 멍하니 서 있는데 갑자기 내 몸이 번쩍 들렸다.

"황의가 절대 안정을 권했습니다."

귓가에서 와 닿는 기분 좋은 그의 목소리에 심장박동이 더더욱 빨라지는 것이 느껴졌다. 이게 속이 쓰린 건지, 열이 나는 건지 도무지 알 수가 없었다.

"먼저 소리 지른 건 디온이었잖아요."

"죄송합니다. 거기에 관해선 할 말이 없습니다. 그러니 지금부터라도 절대 안정을 취하셔야 합니다."

디온은 그대로 침대 위에 나를 눕혔다. 그의 얼굴에는 진심으로 미안한 기색과 걱정이 뚝뚝 떨어지고 있었다. 이렇게 만들 생각은 아니었는데. 나는 푹신하고 커다란 베개에 몸을 반쯤 기댄 상태로 디온을 가만히 바라봤다.

"디온."

그리고 그를 부른 것은 내 의지가 아니었다.

"이리 와봐요."

"예?"

"할 말이 있어요. 좀만 더 가까이."

의아한 표정을 지으며 다가오는 그의 얼굴에 재빠르게 입술을 부딪쳤다. 쪽 소리가 났다가 금세 사라졌다.

"미안해요."

말하고서는 바로 침대에 누워 버렸다. 도무지 눈을 마주칠 수가 없어서.

잠시간의 침묵이 흘렀다. 뭐지, 왜 가만히 있지. 표정을 확인해야 할 것 같은데, 하고 시선을 돌린 순간 그 자리에서 꼼짝도 하지 않고 멍하니 나를 바라보던 디온과 눈이 마주쳐 버렸다. 그리고 그 눈빛을 이길 수가 없어서 눈을 꾹 감아버렸다.

아니, 어쩌면 입에 닿아오는 깊은 부드러움을 견딜 수가 없어서.

나라가 뒤흔들리고 있었다. 황성 안의 상황들이 너무나도 빠르게 변화했다. 2황비와 황후의 사산과 유산이 연이어서 발생했다. 황후를 유산시켰다는 2황비의 죄가 밝혀지고, 2황비를 따라 3황자, 4황자가 잡혀 들어갔다. 그들은 처형당해 목숨을 잃었다.

이것만으로도 커다란 사건인데, 얼마 지나지 않아 황태자의 죄가 밝혀졌다. 더불어 황후의 죄 역시 재조명됐다. 그 둘은 동시에 연회장에서 끌려 나갔다. 황족이 아닌 죄인의 신분으로.

대륙을 물들이지 않을 수가 없는 사건이었다. 황후의 역모 죄는 밝혀진 상태였다고 해도 황태자는 아니었다. 그는 언제나 인품이 올바르고 황제의 자리에 적격인 사내였다. 하지만 그는 순식간에, 그의 생일에서 죄인이 되었다. 나 때문에.

그날 이후로 나에 대한 평판이 좋지만은 않았다. 분명 죄인들은 그의 죄에 상응하는 죗값을 받은 것이다. 하지만 그 죄가 전부 밝혀지게 만든 것은 나였다.

머리가 있는 자들이라면 알 수밖에 없었다. 이 황성에 휘몰아치는 피바람의 중심에 내가 있다는 것을. 하지만 그 누구도 나를 드러내 놓고 비난하지 못했다. 황태자의 죄가 모든 귀족이 모인 자리에서 공개적으로 밝혀졌기 때문에. 황태자와 황후파가 손쓸 여력도 없이 모든 것이 끝이 났다. 누구의 농간이라고 말할 수도 없었으며, 어떤 핑계도 댈 수가 없었다. 모두가 고개를 끄덕일 법한 죄목이었다. 둘은 비슷한 수준의 중죄를 저질렀고, 그에 준하는 중벌을 받아야 했다.

그 죄들이 나로 인해 밝혀졌다 한들, 나를 못마땅해 한들 나를 절대 끌어내릴 수가 없다. 내가 지금 소르트 황가에 존재하는, 후계를 이을 자격이 있는 유일한 핏줄이니까.

구두 굽이 마찰하는 소리가 바닥을 울렸다. 황성의 대리석 바닥이 아니었다. 회색의 울퉁불퉁한 돌을 잘 깎아내 만든 바닥이었다. 감옥으로 가는 길이 고급스럽지 않은 것은 당연했다.

황후와 황태자는 공개 처형은 면할 수 있었다. 2황비보다 조금 더 고귀한 핏줄인 덕이었다. 덕분에 나는 황후에게 직접 찾아갈 수 있었다.

베른과 간수 몇 명을 대동했다. 황후가 아무것도 모른 채 죽도록 내버려 두고 싶지 않았다. 그녀에게 진실을 낱낱이 말해주고 싶었다. 제가 한 실수가 무엇인지 깨닫고 후회하며 최대한 고통스럽게 죽었으면 좋겠다. 그 마음을 담아 황후가 갇혀 있는 곳으로 향했다.

먼 곳에서 황후라고는 알아보지도 못할 정도로 처참한 몰골을 하고 있는 여자를 발견했다. 나는 그녀에게 다가갔다. 나를 따라온 간수들과 베른은 잠시 시야만 닿는 곳에 세워뒀다.

그녀에게 다가가 인사를 건넸다.

"잘 지내셨나요, 황후마마. 아니, 이제는 율란이라고 불러야겠지요."

황후의 꼴은 너저분했다. 평소에 잘 관리하던 피부가 거칠어진 것이 한눈에 보였다. 옷은 마구잡이로 더러워져 있었다. 언제나 아름답게 가꿨던 모든 것들이 망가져 있었다. 내 목소리에 그녀가 고개를 번쩍 치켜들었다. 그 눈에는 초점 잃은 원망이 한가득이었다.

"네년! 여기가 어디라고 와!"

"아직 당신의 위치를 파악하지 못하는 모양입니다, 율란."

"내 위치라니, 아니, 아직 아니다. 내게는 아직 후작가가 있어. 아버지께서 나를 버렸을 리가 없다!"

"기대에 부응하지 못하는 대답이겠지만, 후작은 어제 내게 직접 와 충성을 맹세하고 갔습니다."

내 한마디에 그녀의 눈이 크게 흔들렸다.

"거짓말!"

"거짓인들 무슨 상관일까요? 당신과는 상관없는 일 아닌가요? 하물며 사실인들 당신과 상관이 없기도 하고요."

나는 가만히 서서 그녀와 말을 주고받았다. 그녀의 눈에 점점 초점이 돌아오는 것이 보였다. 그녀의 눈에 가득 차 있는 것은 끝 간 데 없는 원망이었다.

"여기에 왜 왔지? 이렇게 나를 놀리기 위해 이 자리에 친히 납시었나? 잘난 1황녀 전하께서?"

"놀리다니요, 어찌 감히 전 황후마마께 제가 그런 짓을 하겠습

니까? 당신은 내일 교수형을 당해요. 그저 그전에 알려 드릴 것이
있어서 찾아왔을 뿐이에요."

황후는 여전히 나를 노려보고 있었다. 그녀의 적의가 나를 꿰
뚫어 버릴 것만 같았다. 그것이 퍽 마음에 들어 나는 가볍게 웃
었다. 내 웃음에 그녀가 답했다.

"궁금하지 않아."

"당신이 궁금할지 그렇지 않을지 나는 상관없어요. 죽기 전에
아들에 대한 건 알아야 되지 않겠어요? 뭐, 별로 중요한 건 아니
지만 말이에요."

"아들? 데비스……?"

뜻밖의 대답인 모양인지 그녀의 눈이 흔들렸다. 의문이 가득이
었다. 나는 말을 이었다.

"그는 당신 배 속 아이를 죽이지 않았어요. 뭐, 물론 2황자를
해친 건 맞지만, 그 이후로 어머니의 등에 칼을 꽂을 생각조차 하
고 있지 않았어요. 짐승 새끼도 천륜은 안다고 하던가요."

가만히 침묵하며 듣고 있던 그녀의 눈빛이 순식간에 바뀌었다.
혼란 그리고 불신.

"아니, 아니야. 내가 직접 봤어! 데비스가 방에서 나를 해하는
마술사와 내통하는 것을……!"

"이능, 궁금하지 않아요? 도대체 어떤 이능이기에 과거를 속속
들이 알고 있는지, 증거를 전부 다 파헤칠 수 있는지, 궁금하지
않아요?"

그녀가 잠자코 입을 다물었다. 나는 웃었다. 목소리를 최대한
낮췄다. 그녀와 나만 들리도록.

"기억을 읽을 수 있어요. 그리고 이능을 강하게 타고나면 기억

을 바꿀 수 있어요. 나처럼."

황태자조차도, 제 아들조차도 말하지 않았을 이능의 비밀을 그녀에게 말했다. 황후의 눈이 크게 흔들렸다.

"아니야! 거짓이야!"

처절한 부정이었다. 그녀의 처절한 외침이 너무나도 듣기 좋았다.

"내가 왜 이 말을 굳이 이 퀴퀴하고 냄새나는 감옥에서, 당신의 얼굴을 마주하며 말하고 있을까요?"

"아니다! 그놈은, 데비스는 나를 노렸어!"

나는 그녀의 어째서 그렇게 극도로 부정하는지 알았다. 내 말이 사실임을 알고 있으니까.

"당신이 후회하며 죽었으면 좋겠거든. 몸부림치며, 억울해하며. 처참하게 죽었으면 좋겠거든. 알고 있잖아. 내가 한 말에 거짓이 없다는 것 이제 알고 있지 않아?"

"네년! 벤지안스! 왜! 도대체 어째서 이렇게까지 하는 거지? 끌어내리는 것은 황태자 하나면 족하지 않는가! 어째서! 나까지! 왜 내 손으로 내 아들을 해하게 만들어!"

그녀가 바닥을 기어 이쪽으로 다가왔다. 그러나 발에 채워진 족쇄 때문에 이쪽으로 닿지 못했다. 하지만 그녀의 손은 바닥을 계속해서 긁어댔다. 쇠사슬이 철그렁 소리를 내며 메아리처럼 지하 감옥을 울려댔다. 황후가 내 쪽으로 향하기 위해서 바닥을 긁어대자 손톱이 벗겨졌다. 바닥에 있는 핏자국들이 어떻게 생겼는지 알 수 있었다.

"황태자 자리만 차지하면 되는 거 아니었나! 다른 방법이 있을 수 있는 것 아니었어! 왜! 나를! 데비스를!"

"왜? 왜냐고? 정말 궁금해서 묻는 건가요? 당신은 나를 해했고, 내 어머니를 해했어. 당신이 그리도 뒤에서 받쳐 주는 황태자 때문에 오르도가 죽었고, 디온이 죽을 위기에 처했었지. 그리고 결국."

내가 죽었어. 당신 때문에. 소르트 황가의 그 지긋지긋한 악의가 겹치고 겹쳐 나를 죽이고, 또 죽이고 죽였지.

"나를 이 지경으로 만들었지. 적어도 내가 당한 것은 당신이 그대로 당했으면 좋겠어. 가족에게 배신당하고, 당신의 배로 낳은 자식이 제 등에 칼을 꽂을까 벌벌 떨다가 결국 당신이 낳은 그 자식 새끼의 등에 당신이 칼을 꽂아버렸으면 좋겠어."

웃음이 절로 나왔다. 입꼬리가 올라갔다.

"그리고 후회했으면 좋겠어. 당신이 남의 손 위에서 놀아났다는 걸 깨달았을 때의 그 패배감을 느꼈으면 좋겠어. 당신이 무시하고 무시했던 사람의 손바닥 위에서 놀아나 제 스스로 나락으로 굴러떨어지는 멍청함을 깨달았으면 좋겠거든. 그리고 그 모든 것을 깨달았을 때 결국 당신은 빛이라고는 볼 수 없는 지옥이었으면 좋겠어. 그곳에서 당신이 내지르는 처절한 절규. 모든 것을 보고 싶었거든."

황후의 표정이 점점 일그러지는 것이 보였다.

"그러기 위해서 2황비를 이용했지. 상당히 성가신 단계였지만 굉장히 흡족한 결과가 나왔잖아. 황태자를 끌어내리고 당신의 정신이 산산조각 나게 만들었잖아. 그러니까 마지막으로 당신한테 부탁할 것이 있어요."

나는 그녀가 내 숨은 저의를 알아차리길 바랐다. 소르트 황가 전체에 대한 내 복수를.

"나를 위해서 조금만 더 처참하게 죽어주시겠어요? 황후마마."

"설마 네가 원한 건……!"

그녀의 눈이 크게 떠졌다. 아마 내 목표를 알아챈 모양이었다. 나는 그녀의 뒷말을 잘랐다. 그녀가 유추한 것이 틀렸을 수도 있지만 맞을 수도 있으니. 내게서 몇 걸음 떨어진 곳에 서 있던 기사들에게 명령했다.

"눈을 뽑고 혀를 잘라요. 아무것도 볼 수도, 말할 수도 없게 조치해요. 물론 지혈하지 않아도 좋아요."

기사들이 질린 표정을 지어 보였다. 하지만 이내 내가 명령을 번복하지 않을 것이라는 것을 알아챈 모양인지 황후에게 다가갔다. 이어지는 그녀의 절규가 감옥 안을 쩌렁쩌렁 울렸다.

한때는 황성을 호령했던 여인의 절규가 이곳에 가득 찼다.

"아니야! 나는 지지 않았어!"

악다구니를 쓰는 황후가 속박되었다. 혀가 잘리고, 눈이 파였다. 나는 그 모습을 끝까지 바라봤다. 유모를 처벌한 이후로 처음 드는 통쾌함이었다.

소르트 황가를 멸문시킨다. 2황비를 없애고, 3황자와 4황자를 없앴다. 황태자를 끌어내렸고, 황후가 처형당한다. 모든 것이 흘러가야 할 방향대로 흘러가고 있었다. 이제 남은 것은 황제. 그리고.

"아델라이네……."

갑자기 목이 꺼끌꺼끌해졌다. 어째서인지 알 수가 없었다. 하지만 더 이상 생각이 나아가지 않았다. 2황녀, 아델라이네. 그녀를 처리해야 한다. 그래야 소르트 황가가 멸문하니까. 그래야지 소르트 황가의 대가 끊길 테니까. 그렇다면, 어떻게?

"전하. 처리했습니다."

멍해진 머리를 현실로 불러오는 베른의 목소리가 들렸다. 간수들이 피가 뚝뚝 떨어지는 칼을 털어내는 것이 보였다.

"가죠."

나는 생각을 멀리 밀어냈다. 최소한 지금은 생각하고 싶지 않았다. 그런 것을 생각할 겨를이 없었다. 나는 곧 황태자가 될 테고, 그전에 모든 것을 깔끔하게 처리해야 했다. 할 일이 많았다.

3. 만개한 꽃

"데비스가 자결했다고 합니다."

뜻밖의 말이었다. 나는 목소리가 들려온 곳으로 고개를 돌렸다.

"데비스가 자결을 했다고요?"

말을 꺼낸 베른을 바라보며 되물었다. 정보를 가져온 자는 베른이었다.

"처형당하기 직전에 자결했다고 합니다. 순식간에 일어난 일이라 손쓸 겨를도 없었다고 합니다."

"아쉽네요."

걸음을 걸으며 답해줬다. 진심이었다. 정말로 아쉬웠다. 나는 지금 황태자 즉위식에 향하고 있었다. 얼마 전의 사건으로 비어버린 자리를 적합한 자가 채워야 했다. 장소는 라이산더 홀이었다. 그리고, 황태자위에 오르는 자는 바로 나였다.

그리고 전 황태자인 데비스의 처형은 황태자 즉위식이 끝난 직후였다. 내 눈앞에서 거행되는 처형이었다. 나는 그를 한껏 비웃고, 모멸감을 준 후 처형을 집행할 생각이었다.

아마 그는 그것을 예상했을 수도 있었다. 아니, 어쩌면 하늘에 닿을 수도 있던 자리에서 내려가 그 자리를 내가 채우는 것을 견디지 못할 수도 있었다. 상당히 아쉬우면서도 그다운 죽음이었다. 나처럼, 소환된 마족에게 뜯겨 죽었으면 좋겠지만 이미 죽은 자의 목숨을 어찌할 수는 없었다.

내 말에 베른이 잠시 입을 다물었다.

"전하께서 원하시는 것은 피의 통치입니까?"

낮은 목소리가 물어왔다. 그 목소리에는 미미한 걱정이 담겨 있었다. 예상치도 못한 질문에 나는 베른을 잠시 바라봤다. 짙은 회색빛에 검은 눈을 가진, 꽤나 수려한 베른의 얼굴이 가라앉아 있었다. 나는 그가 걱정하는 것이 무엇인지 알 것 같았다.

"내게 충성을 맹세한 것을 후회하나요?"

일상처럼 물었다. 갑자기 베른이 그 자리에 우뚝 섰다. 그러고는 이내 무릎을 꿇는다. 그의 갑작스러운 행동에 뒤를 따라오던 행렬이 멈추었다. 우리를 바라보는 표정에는 의아함이 가득이었다. 베른이 허리를 숙이고, 고개를 숙였다.

"송구하옵니다. 용서해 주십시오. 감히, 충심이 흔들렸다 말하고자 하는 것이 아니었습니다."

나는 순간 얼이 빠졌다. 그리고 순간적으로 기억해 냈다.

그래, 베른은 아카데미에서도 융통성이 없었다. 이건 디온과는 다른 의미였다. 군인 집안에서 자라 갖는 딱딱함이었다. 신분보다는 그가 맹세한 충성 때문에 지금 이 상황을 만들어낸 것이 분명했다. 그 충성심은 좋았지만 지금은 아니었다.

"일어나요. 이러다 늦어요. 이런 반응을 원하고 물어본 것은 아니에요. 얼른 일어나요, 명령이에요."

내 말에 그가 몸을 일으켰다.

"충심을 의심한 것이 아니에요. 사람이라면 후회할 수도 있는 부분이라고 생각하니까 말이에요. 사람 가치관이 다 같을 수도 없고."

"이상한 소리를 하십니다."

"예?"

"충성을 맹세했다는 것은 온전히 기사로서 주군에게 흡수가 된다는 것입니다. 신하로서 주군의 행동에 후회를 할 틈은 없습니다. 주군이 가는 길이 제 길이며, 그분의 삶 역시 제 길인 것입니다. 제가 여쭤본 이유는, 충성을 맹세한 자로서 주군의 길에 각오를 해야 하기 때문이었습니다."

나는 그의 말에 순간적으로 머리가 띵해지는 것을 느꼈다. 나는 황녀로서의 기억과 지구에서의 기억을 전부 갖고 있다. 그것이 섞인 상태에서 충성이라는 것을 그리 무겁게 생각하지 않고 있었다. 하지만 주군, 충성, 신뢰. 이 단어들이 가지는 것들은 내가 생각하는 것보다 더욱 깊은 것이 분명했다.

책임감이 들었다. 이래서는 안 된다. 내 목표는 황제가 아니다. 그렇기 때문에 나는 내 목표를 이룬 후, 그들을 버릴 것이다. 사실, 내가 살아 있을지조차 가늠할 수 없었다. 산다 하더라도, 나는 황제가 아니었다.

입을 열었다. 내가 할 수 있는 말을 해야 했다.

"피의 길을 갈 수도 있어요. 하지만, 황제가 된 후에는 전에 없이 어진 정치를 할 거예요."

왜냐하면, 대륙을 다스리는 것이 내가 될 리가 없으니까. 원작은 끝이 제일 아름다웠다. 내가 죽든, 그렇지 않든, 소르트를 제일 잘 통치할 수 있는 자는 디온이었다.

"그때, 내가 어떤 선택을 하더라도 베른은 내 말을 따라야 해요. 내 명령을 받든다면 말이에요. 아, 물론 정치적인 성공에서 멀어지게 두지는 않을 거예요."

베른은 꽤나 훌륭한 인재였다. 그는 황제를 지켜야 한다. 베른이 나를 빤히 바라보더니 짧게 답했다.

"주군의 명에 언제나 충성하는 것이 기사의 도리입니다."

나는 눈을 감았다가 떴다. 어느새 가까워진 라이산더 홀이 눈앞에 보였다. 내가 생각한 끝이 다가올수록, 해결해야 할 것이 많았다. 생각지도 못한 것들이었다. 나는 그것들을 뒤로 미뤘다. 사람과의 관계를, 그 처리를 뒤로 미뤘다. 조금만 나중에 생각하자. 그래, 우선은 황제에게 복수하는 것이 급선무였다. 나는 그것을 향해 걸음을 내디뎠다.

라이산더 홀 앞에 도착했다. 이전과는 굉장히 다른 모습이었다. 내가 황성에 들어온 지 한 달도 되지 않았지만 많은 것이 바뀌었다. 내가 황성에 돌아온 후 두 번 황실의 행사가 거행되었다.

그리고 그 행사마다 홀의 입구에 황족들이 서 있었다. 그 적지 않은 황족이 어느새 고작 둘로 줄었다. 홀 입구에는 황제와 아델라이네만이 서 있었다.

"태양에 닿은 자, 황제 폐하를 뵙습니다."

황제에게 예를 갖췄다. 그의 표정이 좋았다. 이전에는 분산된 것 같았던 관심이 내게 몰려 있었다. 나를 바라보는 그 눈에는 기대와 뿌듯함이 담겨 있었다.

"훌륭하게 자라주어 고맙다."

"저야말로 이 자리까지 이끌어주셔서 감사할 뿐입니다, 아바마마."

드레스를 살짝 들어 올려 황제에게 인사했다. 지금만큼은 진심으로 그에게 웃어 보일 수 있었다. 그 옆에서 아델라이네가 쪼르르 달려와 내 앞에 섰다.

"언니, 축하해요. 아니, 황태자 전하, 축하드려요."

그녀가 드레스 자락을 살짝 들어 올렸다. 그 모습에서 진심으로 뿌듯함이 흘러나왔다. 제 오라버니와 어머니는 잊은 모습이었다. 그녀의 얼굴을 바라보자 또다시 체한 듯 무언가가 막혀왔다.

"고마워. 아델이 많이 도와줘서 여기까지 올 수 있었어. 그리고 편하게 말해. 굳이 전하라고 붙일 필요는 없어."

말을 내뱉는 목구멍이 따갑다. 마치 가시라도 박힌 것처럼 까끌까끌거리는 느낌이었다. 진심이 담기지 않은 내 대답에 그녀가 활짝 웃었다. 그것이 이상하게 보기가 싫어 시선을 돌렸다.

"황제 폐하와 1황녀 전하 드십니다!"

때마침 안에서 커다란 목소리가 울려 퍼졌다. 황제가 인자하게 내 등을 두드렸다. 나는 홀 바닥에 깔린 카펫을 밟고 걸었다.

내 바로 옆으로 황제가 따라왔다. 그 뒤로 아델라이네가, 그리고 그 뒤로 황족들의 직속 기사들이, 그 뒤로 소르트의 깃발과 여신의 문양이 그려진 깃발을 든 기사들이 따라 들어왔다.

라이산더 홀에 들어오는 것이 이번이 세 번째였다. 그래서인지 이제는 꽤나 익숙했다. 저 앞 익숙한 단상 위로 걸어갔다. 단상 바로 아래에 일렬로 선 공작들의 모습이 눈에 들어왔다. 그곳에는 디온도 있었다.

이제는 허리를 숙인 귀족들의 모습조차도 너무나도 익숙했다. 황족들이 모두 단상 위에 올라서자, 곧이어 시종의 외침이 또다시 홀을 울렸다.

"대신관께서 드십니다!"

문이 열리고는 금색 실이 수놓아진 새하얀 의상을 입은 대신관이 들어왔다. 원래대로라면 그녀는 이렇게 자주 모습을 드러내는 존재가 아니었다. 황태자의 즉위식에서, 아니, 황제의 즉위식에서조차도 그녀는 그렇게 자주 나타나지 않았다. 내가 배운 소르트의 역사에서 그러했다. 하지만 내가 이곳에 있을 때는 달랐다. 내가 그녀를 마주한 것만으로도 세 번이었다.

이전이라면 웅성대며 놀랐어야 할 귀족들조차도 지금은 별로 놀란 기색이 없었다. 마치 예상했다는 반응들뿐이었다. 그녀가 걸어오자 모두가 살짝 고개를 숙여 기도하는 자세를 취했다.

대신관이 귀족들 사이를 걸어 내게 다가왔다. 그녀가 나를 보며 살짝 웃었다. 여전히 그 눈을 마주쳐도 아무것도 읽히지 않았다.

대신관의 뒤에는 수행원 둘이 따라오고 있었다. 한 명의 손에는 성수가 들어 있는 잔이, 또 한 명의 손에는 천에 쌓인 기다란 성검이 들려 있었다. 그 모든 것들이 황태자의 즉위식에 필요한 것들이었다.

원칙대로라면 황태자의 즉위식 때 여신의 성수에 손을 담그는 의식이 있어야 했다. 그 후 여신의 검을 쥐고 신녀의 앞에서 기도를 올려야 했다. 하지만 데비스의 황태자 즉위식 때 이 일련의 과정들이 생략됐다. 그 사실은 이번에 황태자 즉위식을 준비하면서 알게 된 것들이었다.

여신의 신성력이라는 것이 그리 약하지가 않다. 신의 신성력은 황제가 될 자를 축복하는 동시에 그가 마에 물들었을 경우 그것을 밝혀내는 능력을 가진다. 만약 단순히 물든 것이 아니라 마술사와 계약했다면 그것을 알아내고, 마술사와의 연결고리를 끊는다. 동시에 마술에 손댄 자를 잡아내 처단한다. 하지만 데비스의 황태자 즉위식에서는 그 과정이 생략된 상태였다.

황제의 명령과 데비스의 청, 그리고 황후 외척 세력까지 합세해 밀고 나간 결과였다고 한다. 그들이 댄 명분은 하나였다. 고리타분한 옛날의 법칙은 생략하는 것이 좋다는 것. 거대한 황족의 힘은 바른 말을 하는 귀족들을 찍어 눌렀고, 데비스는 아무런 걸림돌 없이 황태자위에 올랐었다.

그리고 당연하게도, 내 즉위식 때는 그 절차가 다시 부활했다. 황태자의 생일에서 줄줄이 터져 나오던 황족들과 마술사와의 내통이 귀족들을 두려움에 떨게 한 것이 틀림없었다. 부활한 오늘의 이 모든 과정이 내 정당성을 알려줄 것이었다.

황제가 나를 축하하고 대륙의 번영을 바라는 축사를 마쳤다. 대신관이 내 앞으로 걸어왔다. 여전한 표정이었다. 신성해 보이는 외양, 살짝 짓는 미소.

"당신에게는 여신의, 그리고 창조주의 축복이 닿을 것입니다."

언제나 같은 헛소리였다. 하지만 평소와는 다른 것이 하나 추가되어 있었다.

창조주라는 단어. 창조주? 창조주과 여신은 같은 존재가 아닌 건가? 창조주라는 것은 책에서조차도 거론되지 않았던 것으로 알고 있었다. 신학에서도 배우지 않았던 부분이었다. 나는 반사적으로 그 단어에 대해 반문했다.

"창조주?"

내 질문 그녀가 생긋 웃었다. 내 질문에 대한 답인지, 그저 대신관으로서의 축복을 읊는 것인지 도무지 알 수가 없었다.

"여신님과 창조주의 신탁에 따라, 나 바이네스티아 다비네는 대신관의 위치를 빌어 벤지안스 D. 마블라 소르트, 현 황태자 전하께서 신전의 도움이 필요할 때, 언제든지 힘을 빌려 드릴 것을 다비네님의 이름으로 약속드립니다."

숨을 삼키는 소리가 여기저기서 들려왔다. 나 역시 벙찐 표정으로 그녀를 바라봤다. 그녀가 말없이 웃더니 수행원이 건네는 성수를 받아 내 앞으로 한 걸음 다가왔다. 성수가 담긴 성배를 내 앞에 내밀었다.

성배에 검지와 중지를 넣어 성수를 찍어내고, 내 이마와 코, 그리고 턱에 순서대로 성수를 발랐다.

"대신전으로 오셔야 합니다."

속삭이는 소리가 들렸다. 나는 고개를 들어 대신관의 눈을 마주쳤다. 그녀는 평소와 같은 자애로운 미소를 띠고 있었다.

여전히 속내를 가늠조차 할 수 없는, 마치 초월한 무언가의 미소였다. 하지만 그 위로 조금의 엄숙함이, 그리고 평소보다 더욱 무거운 진지함이 덧씌워져 있었다.

"이야기가 다시 쓰이기 시작했습니다. 큰 틀이 변하기 시작했어요. 저는, 그리고 여신은 창조주의 뜻에 따라 당신에게 커다란 도움을 드릴 수 있어요."

여전히 내용을 정확히 이해하기 힘들었다. 하지만 그녀는 지금 내게 도움을 약속하고 있었다. 조용히 말하는 것을 보아하니 황제의 시선을 피해 내게 말하고 있는 것일 수도 있었다.

나는 고민에 잠겨 그녀를 바라보다가 그녀의 고갯짓에 퍼뜩 정신을 차렸다. 오른손을 잔에 담갔다가 빼고는 왼손을 다시 성배에 넣었다. 다시 빼는 왼손을 찬란한 빛을 내는 성수가 적시고는 청량한 기운을 내며 사라졌다.

대신관이 몸을 돌려 왼쪽의 수행원을 바라보자, 그가 기다란 것을 감싸뒀던 하얀 천을 걷어냈다. 천이 사라지자 긴 상자가 나왔다. 은과 금으로 장식된 날개 모양의 문양이 백색의 상자를 수놓고 있었다. 화려하기보다는 성스러워 보였다.

대신관이 그것을 받아 들고, 상자를 열자 그 안에는 검이 뉘여 있었다. 날은 투명했다. 하지만 날카로워 보였다. 검 손잡이에는 신전에서 주로 쓰는 금색과 소르트의 황성을 상징하는 푸른색이 날개 모양으로 새겨져 있었다.

그녀가 그 검을 상자에서 빼내어 건넸다. 나는 그것을 그저 바라만 보다가 그녀에게 질문을 던졌다.

"언제 찾아가야 한다는 말이죠?"

"그건 전하께서 알 수 있을 거예요. 당신이 같이 데려와야 할 사람이 누군지도 자연스레 알 수 있을 거예요. 언제 어떤 상황에서 마술과 맞닿은 자의 눈을 피해 대신전에 와야 그들에게 치명적일지 알게 되는 순간이 올 거예요. 그때, 지체 말고 찾아오세요. 모든 연은 그때를 위한 것이었습니다."

그 검을 받았다. 내 손 위에 검을 놓자 이 검이 어째서 성검인지 알 수가 있었다. 손부터 시작한 상쾌한 기운이 몸을 한 바퀴 휘돌았다. 황태자가 어째서 이 의식을 거부했는지도 알 것 같다. 아마 마술에 손댄 자가 이 성검을 받고 성수를 찍어 바르면 대단한 반동이 일어날 것이었다.

나는 손에 받은 검을 바로 세웠다. 검은 철제로 만든 다른 검과 달리 상당히 가벼웠다. 검신을 한 번 훑었다. 미미한 빛이 보이는 것도 같았다.

"많은 이야기를 하지 못해서 죄송해요. 제 위치가 그러해요. 여신의 대리자라는 위치는 제약이 많습니다. 그럼에도 한 가지는 정확하게 말해드릴 수 있답니다. 창조주께서는 당신의 행복을 빌어요. 당신을 지지합니다. 저조차도 놀랄 정도로 말이에요. 이 말조차 당신에게 와 닿지는 않겠지만, 제가 할 수 있는 말은 그저 하나예요. 저희는 언제나 벤지안스 당신의 행복을 빌어요."

이어지던 대신관의 말이 멈추었다. 나만 들을 수 있게 낮은 목소리로 말하던 대신관이 말을 급히 마무리했다. 언제나 내게 하던 말이었다. 하지만 지금은 조금 더 자세하고 직접적인 화법이었다. 그녀의 얼굴에서 진심이 묻어 나왔다.

대신관이 옅게 웃어 보이고는 몸을 돌렸다. 성수와 성검의 의식이 끝난 후에는 신녀의 기도가 이어진다.

"다비네의 번영 아래 소르트의 통치에 번영의 영광이 드리우길. 마의 무리가 1황녀 전하께 해를 가하지 못하기를 바랍니다. 황태자 전하의 앞날에 언제나 찬란한 빛이 함께하옵기를 다비네의 이름을 빌어 나 바이네스티아가 소망하고 확언하옵니다."

그녀가 몸을 돌리고는 선언하듯 기도한다. 시야를 가리고 있던 대신관이 내 앞을 비켜섰다. 그제야 보이지 않았던 시야 아래의 귀족들이 보였다.

순간이었다. 뚫린 창문에서 빛이 팽창했다. 밝았던 홀 안을 더 밝은 빛이 눈부시게 비추었다. 그 빛무리가 지닌 색이 잔 안에 담긴 성수와 비슷했다. 디온의 계승식 때 보았던 빛보다 한층 눈이 부신 빛이었다. 그 빛을 바라보는 귀족들의 표정에는 경악과도 같은 경외감이 담겨 있었다.

나는 그들을 훑고, 단상에서 나를 바라보던 아델라이네와 황제에게로 시선을 돌렸다. 아델라이네는 기쁘게 웃고 있었다. 하지만 그 옆 황제의 얼굴이 보이지 않았다. 눈부신 빛에 그의 표정이 가려져 있었다. 그리고 이내 사라진 빛 뒤로, 인자하게 웃는 황제의 얼굴이 눈에 들어왔다.

이상하리만치 온화한 웃음을 짓고 있는 황제의 눈을 마주하며 살짝 고개를 끄덕였다. 이상하게 밀려오는 불안감을 몰아내기 위해 손에 들린 검을 다시 한 번 꽉 쥐었다. 몸속을 도는 쾌청함이 울렁거리는 속을 안정시켜 주는 것이 느껴졌다. 그렇게 황태자 즉위식이 끝나가고 있었다.

✤

황태자가 되었다. 내가 부릴 수 있는 사용인들의 수가 늘어났고, 허용되는 공간들이 많아졌다. 무엇보다 제일 크게 달라진 점은 이제 내가 하는 행동에 크게 제약이 걸리지 않는다는 것이었다. 내가 커다란 잘못을 저지르지 않는 이상 내게 걸리는 제약은 없었다.

좋지 않은 점은 황제를 꽤 자주 대면해야 한다는 것과 정세에 관여해야 한다는 것이었다. 물론 정치에 관여하는 것의 좋은 점도 있었다. 공작들이 참여하는 회의에 황태자의 신분으로 참여할 수 있었고, 디온을 조금 더 자주 만날 수 있었다. 하지만 귀찮기도 했다. 황제가 될 목적이라면 기쁘겠지만 그것이 아니니까.

주변에서 황태자의 약혼에 대해 말이 나오고 있었다. 이미 공식적인 정인 사이고, 가문 역시 반대할 이유가 없었다. 하지만 이제야 성인식을 치른 나이인 내게 약혼식은 이르다는 것을 이유로 황제가 귀족들의 요구를 일단락시켰다. 그것이 표면적 이유인지 진짜 이유인지 나는 알 수가 없었다.

하지만 나는 그 흐름이 마음에 들었다. 복수의 끝이 다가오고 있었다. 황제를 끝낼 수 있는, 소르트 황가를 끝낼 수 있는 그 끝이 다가오고 있었다. 그 끝을 향해서 집중해 돌진하고 싶었다. 그것을 제외한 다른 것들을 신경 쓰고 싶지 않았다.

사실 그것이 내 진심인지 확신할 수는 없었다. 내가 생각한 그 끝의 뒤를 생각하고 싶지가 않았다. 내가 정한 끝의 뒤를 생각할수록, 자꾸만 속이 메스꺼워졌다. 나는 그 뒤를 단 한 번도 생각해 본 적이 없었다. 그 뒤를 생각할 때마다 디온의 말이 떠오르고 떠올랐다.

"벤지의 목적이 성공한 이후에는, 그 이후의 목적을 찾을 때까지 제 곁에 있어주십시오."

그 말이 떠오를 때마다 복잡해져 오는 머리를 가라앉히고 가라앉혔다. 그의 곁이라는 목적을 주었지만, 그래도 복수의 뒤는, 아직 내가 생각하기에 너무나도 벅찼다.

귀족들 사이에서는 내가 황태자가 된 것에 대해 다양한 반응이 있다고 들었다. 좋은 반응도 있지만, 영악하고 잔인하다는 평도 종종 들려왔다. 하지만 평민들에게는 달랐다. 그들은 나를 마치 악을 처단한 영웅처럼 생각한다고 했다. 영웅이라니, 그런 과한 평가는 아무리 생각해도 디온의 공일 가능성이 컸다. 기실 내가 한 행동을 객관적으로 사실만 퍼뜨리면 좋은 말이 나올 수도 있었다. 황성에 숨어 있는 죄인들을 색출한 것이 될 테니.

소르트에 도는 나에 대한 이야기 중 꼭 들어가는 말이 현 황태자의 정의로운 행동이라고 했다. 나는 그 말을 듣기가 너무나도 거북했다. 나에 대해 정의 운운하는 말을 들으면 속이 메슥거렸다. 소문을 종식시키기를 바라보았지만 디온도, 베른도 그것은 불가능하다고 전해올 뿐이었다.

그렇게 호평으로 위장한 새로운 황태자에 대한 평판이 대륙을 물들여 갔다. 디온도, 베른도, 글레나도, 황제도 그 평판을 꽤나 마음에 들어 했지만, 제일 환하게 웃으며 좋아하는 자는 아델라이네였다.

그녀는 황태자 즉위식 이후에도 계속해서 나를 찾아왔다. 이제는 하루 일과 중에 아델라이네와의 티타임이 잡힐 정도로. 그리고 이상하게도, 그녀와의 티타임이 점점 어려워지고 있었다. 마음 깊숙한 곳에서 우러나오는 거부감 때문이었다. 이유는 도무지 알 수가 없었다. 나는 그 거북함을 숨기며 아델라이네와 사이좋은 자매의 모습을 연출했다.

그녀와 나의 친밀한 사이 역시 좋은 평판에 한몫했을 것이 분명했다. 황태자로서의 삶은 상당히 피곤했다. 이 와중에 황제까지 끌어내릴 계획을 짜고 있자니 더더욱 머리가 아파왔다.

황제를 처치하기 위해 제일 먼저 해야 할 것은 그의 죄를 낱낱이 밝힐 수 있는 증거를 찾는 것이었다. 그러기 위해서는 마농을 찾아가야 했다. 소르트보다 먼저 학살이 일어난 마농에 가서 쉬얌과 대화를 나눠야 했다. 황제가 손대고 있는 마술에 대해 쉬얌이 그 나름대로 조사를 했을 것이다.

나는 서류를 바라봤다. 이것만 끝내고 마농에 합법적으로 갈 이유를 생각해 봐야 했다. 내게 밀려드는 서류를 읽고 사인을 하고는 옆으로 치웠다. 어찌 됐든 이 짓거리는 언제나 귀찮았다. 최대한 단순하게 대충대충 처리하는데도 전혀 줄어든다는 생각이 들지 않는 짓이었다. 옆에는 디온이 앉아 있었다.

"정치라는 건 역시 제 적성이 아닌 것 같아요."

작게 한숨을 내쉬며 그에게 말했다. 그가 가볍게 웃어주었다.

"잘하고 계십니다."

"탁월한 선배가 도움을 주고 있으니까요. 그러고 보니 디온은 아카데미 정치학에서도 수석이었죠?"

"벤지가 저만큼 아카데미를 다녔으면 저보다 훨씬 높은 점수를 받았을 겁니다."

"그건 아닐걸요."

왜냐면 나는 조건이 걸리지 않으면 수업조차 안 들을 거거든.

손에 든 종이를 대충 펄럭였다. 아무것도 하기 싫다는 마음이 뚝뚝 묻어나는 행동이었다. 할 일은 많은데 처리할 것도 많았다. 문득 아카데미에서 시험 공부를 하던 때가 생각났다. 그때도 옆에 디온이 있었고, 그에게 도움을 많이 받았다. 그와 함께 있는 시간이 좋으면서도 눈앞에 쌓인 종이 더미는 싫어서 짜증이 났다. 아카데미에서의 기억이 떠올랐고, 새삼 학생회가 떠올랐고, 얼마 전 내 환영식 때 아델라이네를 에스코트했던 베른이 떠올랐다.

"아, 그런데 디온. 내가 눈치가 없는 걸까요?"

"전하만큼 눈치가 빠른 분도 찾기 힘들 겁니다."

"나도 내가 눈치가 없다고 생각하지는 않았는데요."

"무슨 일 있으십니까?"

내 착각일수도 있지만 베른이 아델라이네를 에스코트했던 날, 그의 눈은 줄곧 아델라이네를 좇고 있었다. 그 후 아델라이네는 계속 내 성에 찾아왔다. 그때는 또 특별한 것은 없었는데, 어쩔 수 없이 둘이 인사할 때마다 묘한 기류가 흐르는 것 같기도 했고 또 아닌 거 같기도 했다.

"별건 아니고 베른이랑 아델라이네요."

나는 주변을 잠시 둘러봤다. 베른은 내게서 다섯 걸음 정도 떨어진 곳에 서 있었다. 나는 최대한 그가 듣지 못하도록 목소리를 낮췄다.

"둘 사이에 뭔가 있는 것 같아서요. 아카데미에서도 그랬는데 내가 눈치를 못 챈 건가요?"

"연애 감정 말씀하시는 겁니까?"

나는 고개를 끄덕였다.

"그 부분에 대해서라면 저 역시 중점으로 두고 관찰하지 않는 바라……. 한데 2황녀 전하와 베른 경이 서로에게 마음이 있으면 무슨 문제라도 있습니까?"

정치적인 문제는 없었다. 그저 내가 멸문시켜야 하는 황족과 나를 호위하는 직속 호위기사가 연애 감정으로 엮인다면 조금 귀찮아질 뿐이었다.

만약 둘의 마음이 쌍방향이라면 내가 아델라이네를 처리했을 때, 베른이 어떤 태도를 보일지 확신할 수 없었다. 그래, 내가 아델라이네마저 내 손으로 죽였을 때. 또 다시 가슴이 묵직하게 내려앉았다.

"아니요, 문제 될 건 없어요. 베른은 내 호위기사고 아델은 요즘 자주 찾아오니 눈에 보여서요."

"불러서 물어볼까요?"

"아, 아니요!"

나는 다급하게 디온을 말렸다. 만약 둘이 서로에게 어떠한 감정이 있더라도, 그걸 듣고 싶지 않았다.

"그냥 둘의 일이니까 둘이 알아서 해결하게 내버려 두는 게 좋을 거 같아요. 내 착각일 수도 있고요."

변명처럼 이어진 내 말에 디온이 나를 바라보다가 이내 고개를 끄덕였다. 괜히 이 주제를 꺼내서 디온에게 쓸데없는 오해를 불어넣은 건 아닌가 하는 생각도 들었다. 하지만 아까부터 베른이 이쪽을 조금씩 쳐다보고 있어 더 이상 이 주제로 말하기도 힘들었다.

나는 다시 내 앞에 놓인 서류로 시선을 돌렸다. 괜한 생각을 머릿속에서 치워 버리고 다시 마농에 갈 방법을 생각해야 했다. 그러기 위해선 내가 캐낸 정보와 쉬얌이 캐낸 정보를 취합해 황제의 만행을 막기 위한 더 효율적인 방법을 찾아야 했다.

물론 쉬얌을 이곳에 부르는 방법도 있었다. 하지만 쉬얌을 이곳에 오게 하는 것은 굉장히 위험했다. 아직 이능을 가진 황제가 남아 있으니까. 그렇기에 얼른 일을 처리하고 마농으로 가야 했다.

머릿속에서 잡생각을 떨쳐 내려고 아까보다 집중해서 서류를 처리하다 보니 좀 더 빠른 속도로 일을 처리할 수 있었다. 쌓여 있던 서류가 하나둘 치워졌다.

나는 마지막 서류를 집어 들었다.

"음?"

그 서류에는 익숙하진 않지만 몇 번 봤던 인장이 찍혀 있었다.

"외교 문서인데, 직인이 마농이네요."

손에 든 서류를 고쳐 잡고는 내용을 쭉 읽어 내렸다. 그 내용은 생각보다 심각했다. 이전부터 마농과 소르트의 사이가 썩 좋지 않은 것은 알고 있었다. 소르트가 마농보다 강대국이기는 했지만 마농은 소르트가 가볍게 찍어 누를 수 있는 나라가 아니었다.

그런 마농의 변방을 소르트가 건드렸다. 그것에 관해 계속해서 마농과 소르트는 서찰을 주고받았던 모양이었다. 하지만 지금 보고 있는 서류는 그것보다는 조금 무거운 내용이 담겨 있었다. 이전에 계속해서 외교적 문제를 문서화시켜 사신을 통해 주고받았다면, 지금은 중요 책임자를 마농으로 보내줄 것을 요구하고 있었다.

마농에서 그 서찰이 도착한 것은 바로 오늘 아침이었다. 사신이 여기에 도착하는 시간을 생각해 보면, 아마 마농이 서찰을 보낸 시점은 내가 황태자가 되고 별로 지나지 않은 시기일 것이다. 나는 그 서류를 빤히 바라봤다. 종이를 펴 제일 위를 찾아 올라가 발신자를 찾았다.

'라마난 옴카르.'

예상에 정확히 부합하는 자의 이름이 적혀 있었다. 쉬얌의 본래 이름이었다. 그 이름을 읽음과 동시에 아카데미에서 봐왔던 그의 능글맞은 웃음이 떠올랐다. 그가 어떤 생각으로 이 서신을 보냈는지도 알 것 같았다.

소르트와 마농 간의 위태로운 균형을 언급하며 중요한 자를 보내라는 것이 마농의 요구였다. 그리고 이 서류의 처리는 내 손안에 떨어졌다. 소르트에서 중요한 자는 몇 되지 않았다. 공작이나, 황태자나 황제.

하지만 황제가 직접 움직일 수는 없다. 물론 공작이 외교 사신으로 그곳에 갈 수도 있었다. 하지만 쉬얌이 원하는 자는 굳이 깊게 생각하지 않아도 알 수 있었다. 내가 황태자가 되자마자 이런 서신을 보낸 것 자체가 그가 원하는 사람을 뚜렷이 가리키고 있었다.

이제 막 황태자가 된 1황녀, 나를 지목하고 있었다.

"마농에 가야겠어요."

나는 서류를 내려놓으며 말했다. 내 예감이 맞다면, 쉬얌은 분명 무언가를 알아낸 것이 분명했다. 디온의 시선이 나를 바라보았다. 그럴 줄 알았다는 표정이었다.

"혼자 가실 생각입니까?"

"같이 갈래요?"

공작까지 대동할 핑계는 여러 가지 많았다. 황태자와 공작의 대동은 권력적으로 저쪽을 압박할 수도 있었다. 물론 표면적인 이유였다.

"물론입니다."

디온은 일초의 고민도 없이 답했다.

황제에게 마농에 사절단으로 가는 것을 허가받는 건 썩 어렵지 않았다. 그에 더해 정치적 견해를 말하며 디온의 동행을 요구했고 황제는 수락했다.

황제는 내게 마농의 꾐에 넘어가지 말 것을 몇 번이고 반복해 내게 말했다. 황제의 심중을 어느 정도 알 것 같았다. 그는 평화를 원하지 않는다. 지금 당장은 아니더라도 마농과 전쟁이 일어나면 그것을 피하지 않을 자였다. 아니, 지금 당장 마농과 전쟁이 일어나도록 가속화시키고 싶어 하는 자였다. 애석하게도 나는 그가 원하는 바를 들어줄 의향이 전혀 없었다.

마농으로 떠나는 사절단들의 준비는 끝이 났다. 내 전속 시녀인 글레나와 전속 호위기사인 베른, 그리고 디온. 그 뒤를 세그다드가의 기사들과 황성의 기사들이 따라붙는다.

황성을 떠나기 전 날, 아델라이네가 찾아왔다. 아델라이네는 며칠간 황성에 혼자 남는 것을 아쉬워했지만, 그녀까지 데려갈 수는 없었다. 디온은 공작이고 정무에 참여한다는 핑계라도 있었지만 아델라이네를 데려가기 위해선 댈 핑계가 없었다. 뿐만 아니라 그녀를 굳이 데리고 가고 싶은 생각도 들지 않았다.

나는 사절단과 마농으로 향했다. 소르트에서 마농까지는 그리 오래 걸리지 않았다. 거리상으로는 적어도 오 일은 이동해야 하는 거리였지만 그 시간을 이동진이 절반 이상 단축해 줬다.

이동진을 이용해 국경 근처로 가고, 전방의 군사 기지에서 말을 빌려 국경을 넘어갔다. 마농으로 넘어가는 국경에는 마농의 사신이 기다리고 있었다. 그는 꽤 친절했다. 아마 쉬얌의 명령이었겠지. 그 역시 우리와 전쟁을 전제로 부른 것이 아니었다. 계약의 이행, 그것을 위한 정보의 공유가 그의 목적이 분명했다.

우리는 마농의 변방에서 하루를 머문 후 수도로 향했다. 고작 옆 나라인데 소르트와는 다른 광경이 펼쳐졌다. 소르트가 웅장한 느낌이었다면 마농은 이국적인 화려함을 갖고 있었다.

건물들의 색감이 강렬했고, 붙어 있는 집집마다 그 층이 높고 장식이 많았다. 우리는 길게 깔린 포장도로 위로 사신을 따라 말을 타고 걸었다. 마농의 성이 점점 가까워졌다. 흰색 성벽에 창틀, 지붕이 짙푸른 색으로 장식이 되어 있었다. 직선보다는 곡선으로 이루어진 성이 멀리서 봐도 화려해 보였다.

성에 가까워질수록 성 앞에 서 있는 인영이 눈에 들어왔다. 오랜만에 보는 익숙한 자였다. 짙은 피부색에 검은 머리, 검은 눈. 탄탄하게 잡힌 근육에 큰 키를 가진 사내. 쉬얌이 웃으며 우리를 반기고 있었다.

말이 성문 앞에서 멈췄고, 우리는 자연스레 말에서 내렸다.

쉬얌이 다가왔다. 그는 여전히 웃는 낯이었다. 아카데미를 떠나 다시 마농의 왕자가 되었지만 걸친 옷을 제외하고 그의 모습은 변한 것이 없었다. 쉬얌은 능글맞은 웃음을 머금은 채 작게 허리를 숙여 인사했다.

"안녕하십니까, 사절단 여러분. 마농에 오신 것을 환영합니다. 마농의 왕세자 라마난 옴카르입니다. 아버지를 대신해 소르트의 귀한 객들을 맞이하러 나왔습니다. 먼 길 오느라 고생하셨을 텐데 안쪽으로 안내하지요. 자틴, 여기까지 수고했어."

내 기억과 같은 미소를 지으며 쉬얌이 진지한 어조로 인사를 건넸다. 소르트와는 다른 마농 특유의, 색감이 강한 파란 천을 덧댄 회색 제복을 걸쳐 입은 그의 모습이 낯설었다.

꽤나 진중한 그의 모습이 적응하기가 힘들었다. 언제나 싱글싱글 웃으며 나른한 어투로 말하던 그에게선 묵직한 진중함은 찾아보기 힘들었다. 혹시 그의 쌍둥이는 아닐까? 라고 생각될 정도로 진지한 모습이었다. 그러면 처음부터 내게 반말을 할 것 같았으니까.

나는 아카데미에서 봤던 모습과는 사뭇 다른 그의 모습에 잠시 말을 멈췄다가 입을 열었다.

"벤지안스 D. 마블라 소르트입니다. 만나서 반가워요."

"디르케온 세그다드입니다. 만나서 반갑습니다."

형식적인 인사를 마친 후 앞장서는 쉬얌을 따라 회의실로 들어갔다. 이쪽은 호위와 시녀를 제외하고는 나와 디온 둘이었고, 마농 쪽은 쉬얌 한 명뿐이었다. 하지만 불만이라고는 전혀 없어 보였다. 외려 그것이 당연하다고 생각하는 것처럼 보였다.

회의실 문을 지나 의자에 앉았다. 그리고 회의실 문이 닫혔다.

"하아, 답답해서 죽는 줄 알았네."

문이 닫히는 소리가 들리자마자 쉬얌이 크게 기지개를 켰다. 그가 모자를 벗으며 말했다. 빙글거리는 미소는 그대로였다.

"오랜만이야, 세그다드 공작도 오랜만입니다. 거기 처음 보는 사람들도 반갑습니다. 아, 말을 높여야 하나. 죄송합니다, 과거의 연에 집착해 저도 모르게 편한 말이 나와 버렸습니다."

갑작스레 말을 높인다. 하지만 쉬얌 특유의 나른하면서 가벼운 분위기는 돌아와 있었다. 느른한 말투 역시 그대로였다. 이제야 내가 아는 쉬얌 같았다. 내심 혹시나 쌍둥이라도 보냈나 싶어 살짝 세웠던 경계가 대번에 풀어진다. 그의 말에 나 역시 답해줬다.

"편하게 말해요. 듣는 나도 닭살이 돋으려 하거든요."

"아, 그럼 고마워. 그런데 공작께서 좀 못마땅한 표정이신데."

"상관없습니다."

"죄송합니다, 제가 좀 느슨한 것을 좋아해서 말이지요. 그래도 공작의 정인께 손 하나 까딱하지 않을 테니 표정 풀어주셨으면 합니다."

능글맞게 웃으며 선의 경계를 왔다 갔다 하는 것이 딱 쉬얌이었다. 안심이 되면서도 여전히 이상하게 한 대 때려주고 싶은 면모 그대로였다.

나는 그를 바라보며 작은 한숨을 내쉬었다.

"쌍둥이라도 되는 줄 알았네요."

"뭐 이런 걸 가지고. 고마워."

"칭찬 아닌데요."

"응, 알고 있으니까 답한 거야."

그가 대수롭지 않다는 듯 말하며 줄을 당겼다. 시종이 들어와 다과를 두고는 다시 나갔다. 쉬얌이 누군가를 찾듯이 무리를 둘러보았다.

"어라, 아델은 안 왔네."

"얼마 남지 않은 황족인데 다 올 수는 없으니까요."

"하긴 그건 그래. 어찌 됐든 축하해. 보통은 아닐 거라고는 생각했는데 사실 이 정도일 거라고는 생각 못 했거든."

"칭찬으로 듣겠습니다."

로제안 차를 티스푼으로 한 바퀴 휘저으며 대수롭지 않게 답해줬다. 그에 쉬얌이 웃음을 터뜨렸다. 오랜만에 듣는 웃음이었다.

"하하하! 칭찬을 곧이곧대로 듣는 걸 보니까 여전히 아쉬워. 평민 소년이었으면 더없이 좋았을 텐데 말이야. 아아, 물론 그저 아쉬움을 표현한 거니 표정 푸세요, 세그다드 공작. 물론 마벨, 아, 이제는 벤지안스라고 해야 하나?"

새삼스레 허락을 구하는 그를 살짝 흘겨봤다.

"편한 대로 불러요. 언제부터 다른 사람 의견을 신경 썼다고 일일이 물어보고 있어요?"

나는 별로 남이 나를 대하는 데에 신경 쓰지 않았다. 외려 오랜만에 만난 그가 내게 깍듯이 존댓말로 황태자라 칭하는 것이 더없이 어색했다. 내 대답에 그가 씨익 웃더니 눈썹을 살짝 찡그렸다. 하지만 기분 나쁜 표정은 아니었다.

"날 너무 안하무인 취급하는 거 아니야? 아무리 그래도 제국의 황태자한테 함부로 대할 사람은 아니라고."

쉬얌이 한숨을 쉬며 얼굴 앞으로 손을 휘저었다. 그 모습이 과장된 것을 보아하니 진심으로 마음이 상한 것은 아닌 모양이었다. 내가 별다른 반응이 없자, 살짝 구겼던 얼굴을 펴 다시 쉬얌 특유의 표정을 만들어냈다.

"그래, 그럼 마벨이라고 부를게. 마벨이 황태자가 될 거라고 생각은 했지만 이렇게 빠른 시일 내에 가능할 거라고는 생각도 못 했거든. 황성으로 돌아간 지 한 달도 안 돼서 찍은 정점이라니. 생각만 해도 너무 짜릿하잖아? 다시 한 번 황태자가 된 걸 축하해. 그리고 고맙기도 하고."

"뭐가요?"

"적절한 핑계로 적절한 시기에 우리의 계약을 이행할 수 있어서 말이야. 빠른 시일 내에 황태자가 되지 않았더라면 상황이 좀 심각해질 수도 있었거든. 어쩌면 내가 신분을 숨기고 소르트 아카데미에 들어갔다는 걸 공공연히 떠들어대야 했을 수도 있고. 그건 좀 많이 쪽팔린 짓이거든."

무엇이 쪽팔린 짓이냐고 물어보려다가 이내 이해하고는 작게 고개를 끄덕였다. 하긴, 아무리 제국이라지만 일국의 왕자가 소르트에 신분을 숨기고 잠입 행세를 한 걸 제 입으로 떠들어대는 건 썩 보기 좋은 꼴은 아닐 것이다.

"마벨이 적절한 타이밍을 맞춰준 덕에 적절한 시기에 볼 수 있어서 참 다행이야. 아, 그런데 뒤쪽 분들에게는 미안하지만 사절단들끼리만 하고 싶은 말이 있어서……. 가능하겠습니까? 물론 베른 경에게도 미안하지만, 자리를 비켜줬으면 좋겠는데."

이제 슬슬 본론으로 들어가려는 모양이었다. 베른이 내게 시선을 보냈다. 직속 호위로서 내 곁을 비워도 되냐는 표정이었다. 나는 가볍게 고개를 끄덕였다.

"괜찮아요. 그리고 영 못 믿겠으면 디온을 믿어요. 여기서 검술 수업 때 디온을 이긴 사람은 한 명도 없었잖아요."

"그렇게 말하면 내가 좀 섭섭한데."

내 말에 쉬얌이 섭섭하다는 어투로 끼어들었다. 하긴, 그나마 디온과 꽤 길게 대련한 자가 쉬얌이었다. 그도 어쩌면 마농에서는 검술에 있어 일인자겠지. 물론 상관없는 일이었다. 나는 대수롭지 않게 답해줬다.

"사실이잖아요."

"사실로 나를 그렇게 공격해 버리면 또 할 말이 없고."

쉬얌이 어깨를 으쓱였다. 나는 디온에게 시선을 돌렸다. 그는 조금 걱정스러운 표정이었지만 쉬얌을 믿지 못하는 눈치도 아니었다. 나는 디온의 시선을 마주하며 물었다.

"괜찮겠죠?"

"상관없습니다."

디온이 부드럽게 답했다. 어쩌면 쉬얌을 믿는다기보다는 그가 파헤친 황제와 마술의 연관성을 듣고 싶은 것일 수도 있었다. 나는 뒤를 돌아 내 등 뒤에 서 있는 베른을 바라봤다.

"이 안에서는 디온에게 맡기려고요."

"저는 그럼 이만 나가보겠습니다."

베른이 짧게 목례 후 문으로 향했다. 그 뒤로 글레나도 함께 나갔다. 마농의 호위들 역시 마찬가지였다. 꽤 사람이 차 있던 이

회의실 안에는 이제 쉬얌, 디온 그리고 나, 셋뿐이었다.

나는 쉬얌을 바라보며 물었다.

"그래서 꼭 해야 되는 말이 뭡니까?"

"아, 말하기 전에 초대해야 할 사람이 둘 있어. 불러도 되려나?"

"별로 허락을 구하는 것처럼 보이지는 않는데요."

"가끔 이렇게 정곡을 콕콕 찌르면 좀 아프거든. 그런데 어쩔 수 없었어. 시간도 별로 없는데, 진행된 건 많지가 않아. 그런데 사태가 생각보다 좀 많이 심각하거든. 아, 걱정하지 마. 그 둘은 우리 계약에 도움이 되면 됐지, 방해가 되지는 않을 거야. 그런데 괜찮은 거야?"

그가 곁눈질을 하며 말했다. 그 눈짓의 끝에는 디온이 있었다. 쉬얌은 스스로 이능과 내 정체를 알아냈다. 디온이 우리의 계약을 알고 있는 것은 쉬얌도 알고 있겠지만, 나머지는 그가 확실히 알고 있을 리가 없었다. 황제의 이능이 디온에게 닿는 것에 대해 걱정하는 것이 틀림없었다.

"알고 있습니다."

디온은 쉬얌이 무엇을 말하는지 알아챈 모양이었다. 표정 변화 없이 무덤덤하게 말하는 디온을 보고는 쉬얌이 미소 지었다. 그 미소는 아까보다 조금 가라앉아 있었다. 여전히 느른했지만, 가끔 그가 보여주던 예리함이 깔려 있는 미소였다. 이 이후에 진행될 대화는 그만큼 무거울 것이 틀림없었다.

쉬얌은 등받이에 등을 기대었다. 잠깐 무언가를 생각하는 모양이었다.

"그럼 상관없겠지. 아마 한 명은 이미 알고 있는 사람일 거야. 한 명은, 글쎄 마벨이랑 관련이 없는 사람은 아닌데."

쉬얌이 다시 한 번 줄을 잡아당겼다. 그가 말한, 우리의 계획에 도움이 된다는 두 명을 부른 것이 틀림없었다. 조금의 시간이 지난 후, 문이 열렸다. 들어오는 자는 쉬얌의 말대로 두 명이었다. 그리고 그중 한 명은 쉬얌의 말대로 굉장히 낯익은 자였다.

"이쪽은 잘 알고 있지?"

"안녕하십니까, 전하. 여기서 또 뵙니다. 눈이 뵈지 않으니 뵙는다 말하는 것이 맞는지는 모르겠지만 말이죠."

블레로의 길드장이었다. 세넨시아. 황가의 이능에서 벗어나기 위해 스스로 양쪽 눈을 파낸 자. 내게 정보를 물어주고 마술에 대해 파헤치던 그가 여기에 있었다.

"걱정하지 마시죠, 전하. 마농의 왕세자 저하 편에 선 것이 아닙니다. 그날 전하를 뵌 이후로 제 목이 곧장 떨어질 것 같아 잠시 이곳으로 피신했을 뿐입니다."

그가 손을 들어 올리며 말했다. 목이 떨어질 뻔하다니. 누군가의 위협을 받은 모양이었다. 그의 목숨을 노릴 만한 자는 한 명뿐이었다. 황제. 역시나 뒤로 불순분자를 처리하고 있는 모양이었다.

"알겠어요."

짧게 답하고는 그를 부축하고 있는 남자를 쳐다봤다. 이십대 후반, 많이 잡아도 삼십대 중반으로 보이는 사내였다. 제복의 가슴께에 놓여 있는 수가 그의 나라가 어디인지 말해주었다. 넥토즈를 상징하는 문양이었다.

타국의 등장에 조금 의아해졌다. 넥토즈가 굳이 이 자리에 참석할 필요가 있나? 하면서도 설마 하는 생각이 들었다. 나는 자리에서 일어났다.

미묘한 익숙함이 일었다. 분명 처음 보는 얼굴이다. 황성은 물론 아카데미에서도 넥토즈 사람을 본 적이 없었다. 하지만 묘하게 낯익었다.

이쪽으로 걸어온 두 사람이 내 앞에 섰다. 쉬얌 역시 자리에서 일어나 내 옆으로 다가왔다. 쉬얌은 그들과 짧은 인사를 나누고는 내게 넥토즈 사람을 소개시켜 주었다.

"그리고 이쪽은 넥토즈의 사절로 어제부터 마농에 거하는 후작, 콘트라토 모레티입니다. 서로 인사하시지요."

"벤지안스 D. 마블라 소르트입니다. 얼마 전에 황태자로 즉위했습니다."

"오랜만입니다. 디르케온 세그다드입니다 못 본 새에 공작으로 즉위했습니다."

나는 디온에게 시선을 돌렸다. 방금 그가 오랜만이라고 말했다. 디온이 알고 있는 자가 틀림없었다. 나는 다시 넥토즈의 사신을 바라봤다. 분명 어디서 봤는데.

그가 짧게 허리를 숙이고는 제 소개를 했다.

"안녕하십니까, 영광의 소르트 황태자 전하를 뵙습니다. 넥토즈의 외교 사신으로 마농에 파견 나온 콘트라토 모레티입니다. 그리고 오랜만입니다, 세그다드 공작 각하. 그때 축제 이후로 처음 뵌 것 같습니다."

순간 번뜩 어떤 기억 하나가 머릿속을 스쳐 지나갔다.

"아!"

갑작스럽게 내지르는 내 탄성에 쉬얌과 콘트라도의 의문 어린 시선이 내게 향했다. 담담한 표정을 짓고 있는 자는 디온뿐이었다. 부드러운 미소로 디온이 내게 물었다.

"기억나셨습니까?"

"네, 이제야 기억났네요. 반가워요. 이번에 공주님은 넥토즈에 두고 혼자 온 모양이네요."

그때 만난 자였다. 이제야 답답하던 것이 후련해지는 느낌이었다. 이어지는 내 인사에 그의 눈이 번쩍 떠졌다.

"목소리가 어쩐지 낯이 익다 했는데, 혹시 그때 공작님과 같이 계셨던 레이디입니까?"

"맞아요. 오랜만이에요. 이번엔 조금 다른 모습으로 인사드리네요."

기억났다. 어쩐지 익숙한 얼굴이다 싶었다. 나는 그를 만난 적이 있었다. 내가 디온을 만난 그 날, 유모의 손에서 벗어난 그날, 처음이자 마지막으로 축제를 즐겼던 날 만났던 넥토즈의 귀족이었다. 원작대로였다면 디온이 마주쳤어야 할 백금발 머리의 소녀를 만났고, 그녀 덕에 타국의 도움을 손에 넣었다.

그를 향해 드레스 자락을 들어 올려 한 번 더 인사를 건넸다.

"다시 한 번 반갑습니다, 소르트 황태자 전하. 짧은 회의겠지만 잘 부탁드립니다."

그가 정중하게 인사했다. 꽤 좋은 시작이었다. 잠시 일어났던 우리는 각자 자리를 찾아 앉았다. 쉬얌이 흥미로운 표정으로 우리를 번갈아 바라보았다.

"오, 둘이 아는 사이입니까?"

"어쩌다 보니 그렇게 됐네요. 그때 만났던 공주님은 잘 지내시나요?"

"예, 잘 지내고 계십니다. 여전히 말썽을 많이 부리셔 전하께서 걱정이 이만저만이 아니시지만 말입니다."

콘트라토가 웃으며 답했다. 선해 보이는 인상이 분위기를 편하게 만들어주었다.

"그때 평범한 분은 아닐 것이라 생각했는데, 이 자리에서 황태자 전하의 신분으로 만나 뵈니 제 보는 눈이 아직 건재한 것 같아 기쁩니다."

"그때 말한 인장에 새겨진 보답은 아직 유효한 것 맞나요?"

나는 빙긋 웃어 보이며 물었다. 콘트라토를 만났던 것도 꽤 오래전의 이야기였다. 괜스레 한마디 던져 그의 약속을 상기시켰다. 그가 웃으며 내 말에 답했다.

"물론입니다. 누구도 아닌 벤지안스 황태자 전하께 도움을 드릴 수 있어서 다행입니다. 그 아름다운 머리 색을 지닌 분을 다시 만나 뵐 수 있는 것 자체만으로 영광인데 도움까지 드릴 수 있어 더더욱 감격스럽군요."

그는 정말로 감상에 젖어 있는 것처럼 보였다. 그의 말이 진심이라고 내게까지 절절이 느껴졌다.

그가 머리 색을 말했다. 넥토즈의 왕족에서만 나는 색이었다. 넥토즈는 소르트의 속국이 되어 그 충성의 의미로 왕녀인 내 어머니를 바쳤다. 넥토즈의 백금발을 이어받은 소르트 제국의 황녀가 나였다.

아무래도 자신의 나라에서만 볼 수 있었던 색을 내게서 보니 감격스러운 모양이었다. 어쩌면 얼굴도 모르는 내 어머니와 각별한 사이였을 수도 있을 테지. 나는 그의 호의에 마주 웃어줬다.

"저는 계산적이라 큰 보답은 거절하지 않습니다."

"저 역시 바라는 바입니다."

그의 인성이 보였다. 그가 내게 내비치는 호의가 썩 괜찮아 보였다. 쉬얌이 데려온 인력이 꽤 마음에 들었다. 이쪽을 바라보는 쉬얌은 조금 놀란 눈치였다. 내게 넥토즈의 피가 흐르고 있는 것은 그도 알았겠지만, 넥토즈의 사신과 내가 아는 사이라는 것은 모르고 있었을 것이 분명했다.

쉬얌이 웃으며 한마디 끼어들었다.

"그래도 콘트라토 후작이 황태자 전하의 마음에 드신 것 같아서 다행입니다. 우리의 수석 임시 학생 대표께서는 이래봬도 꽤나 까다로워서 마음에 들기 쉽지 않은데 말입니다."

"그렇죠, 알고 지낸 지 몇 개월이 지났는데도 여전히 마음에 들지 않는 쉬얌을 보면 언제나 느껴요. 그래서 굳이 이렇게까지 모아두고 하고 싶은 말이 뭐죠?"

여전히 쉬얌다운 화법에 나도 적절히 받아쳤다. 오랜만에 아카데미에 다시 돌아온 기분도 들었다. 다들 입고 있는 옷도, 지위도 달랐지만 이상하게 친숙함이 느껴졌다. 그리고 순간적으로 깨달았다. 아, 내가 아카데미를 그리워하고 있는 거였나? 이상한 고민을 쉬얌의 대답이 끊었다. 그래, 쓸데없는 생각을 할 겨를은 없었다.

"아, 말하기에 앞서 이 길드장에게는 내가 접근했어. 마벨과 벤지안스의 정보를 뜯어내려고 갖은 애를 썼는데 입도 벙긋하지 않더라고. 괜히 마벨이 이자를 괴롭힐까 봐 하는 말이야."

"다른 사람을 효율적으로 괴롭히는 사람은 쉬얌이고요. 길드장까지 데려온 걸 보면 알아낸 것이 있는 모양인데 맞나요?"

"응 맞아. 다른 사람 다 내보내고 딱 이렇게만 모인 이유는 하나지, 뭐. 황제의 속셈에 대해 알아냈어. 생각보다 마술의 범위가 크더라고. 심각한 거는 이루 말할 데가 없고 말이야."

"마족을 소환하려는 것 말인가요? 아니면 마농과 전쟁을 일으켜 그 희생자들을 제물로 사용하려고 한 것?"

"둘 다 맞긴 맞아. 황성에 정신없는 일이 많이 일어난 걸로 알고 있는데 알아낸 건 많은가 봐. 전쟁 역시 황제가 원하는 것 같긴 한데, 사실 전쟁이 문제가 아니야. 글쎄, 문제가 아니라기보다는 그것보다 더 심각한 것이 있어."

"여기서 더 심각하면 어느 수준이란 말입니까?"

쉬얌의 표정이 점점 굳어갔다. 그에 못지않게 심각해진 디온이 물었다. 디온 역시 한껏 가벼워 보이는 쉬얌이 진지해진다는 것이 그리 좋은 징조는 아니라는 것을 알고 있는 사람 중 한 명이었다.

고개를 돌려 바라본 디온은 화가 나 있었다. 그는 소르트를 사랑하고 소르트라는 제국에 자부심이 있는 자였다. 하지만 황제의 행위는 그의 자부심을 무너뜨리고 있었다.

디온의 말에 쉬얌의 얼굴에서 미소가 사라졌다. 굉장히 좋지 못한 징조였다. 그가 언제나 갖고 있던 여유조차 느껴지지 않았다. 쉬얌이 평소보다 조금 낮은 목소리로 입을 열었다.

"넥토즈에서도 똑같은 학살이 일어났습니다."

그의 한마디에 내 귀를 의심했다. 소르트는 강대국이었다. 강대국 중에서도 강대국이었다. 이 대륙에서 소르트 제국의 크기는 대륙의 절반 정도를 차지하고 있을 정도였다. 하지만 그 정도로 강대국이라고 하더라도 사사건건 전쟁을 일으킬 수는 없는 노릇이었다. 더불어 한 나라의 국민을 무분별하게 학살할 수 있는 권리조차 없었다. 하지만 쉬얌의 입에서 나온 말은 황제가 그 선을 넘었다는 것을 말해주었다.

그의 말에 제일 처음 드는 생각은 설마, 라는 의심이었다. 그래, 나는 그 학살이 일어났다는 장소를 직접 본 적이 없었다. 내가 본 학살과 그들이 본 학살이 똑같은 현상인지 우선 확인해야 했다.

"잠시만요. 우선 그전에 확실하게 하고 싶은 것이 있어요. 그 학살이라는 것이 정확히 어떤 형태였죠?"

"일반적인 학살과는 달랐어. 핏자국이라고는 없었지. 마을에서 사람들만 증발한 것처럼 아무도 없었어. 식기부터 각종 농기구, 모든 것들이 그대로인데 사람만 사라져 있었어. 심지어 그날 그곳에 사찰을 보낸 국왕의 기사 둘 역시 사라졌어. 연기처럼 말이야."

"······똑같네요."

나도 모르게 중얼거렸다. 내가 본 것과 한 치의 오차도 없이 똑같은 풍경이었다. 그렇기에 학살이라고 명한 것이겠지.

옆에서 우리의 대화를 듣고 있던 콘트라토가 쓴웃음을 머금은 채 쉬얌의 말을 받았다. 그에게서 굳이 넥토즈의 학살에 대해 듣지 않아도 그 장면이 똑같을 것이라는 걸 알 수 있었다.

"그리고 소르트 국경과 밀접한 넥토즈의 변방 벤첸초에서도 정확히 같은 현상이 보였습니다. 넥토즈의 국민들 사이에는 몇 대 미스터리로 소문이 돌 정도로 말이지요."

"무언가 알아낸 것처럼 말하고 있는 걸 보니 황제가 마족을 소환하는 것 말고도 더 알아낸 것이 있는 모양입니다. 위치에 숨겨진 의미라도 알아낸 겁니까?"

걱정과 분노가 동시에 묻어 나오는 어조로 디온이 물었다. 그의 표정이 더없이 심각해지고 있었다. 그 역시 나와 똑같은 생각을 하고 있는 것이 분명했다.

어째서 소르트와 마농을 제외한 다른 나라를 황제가 건드릴 거라 생각하지 못한 것일까? 그럼 조금 더 빨리 이 사태를 해결할 방도를 찾지 않았을까? 의미 없는 후회였다. 회의실 안에 위치한 삼국 대표의 표정에는 동일한 표정이 걸려 있었다. 심각함을 토로하는 쓴웃음들. 디온의 질문에 쉬얌이 답했다.

"정확히 맞추셨습니다. 원래 이런 건 참모실에서 해야 태가 나는데 말입니다. 사안이 어쩔 수 없으니 눈감아주십시오."

쉬얌이 뚜벅뚜벅 걸어가더니 서랍을 열어 둘둘 말린 커다란 종이를 가져왔다. 우리들 사이에 위치한 커다란 테이블 위에 그 종이를 쫙 펼쳤다.

종이 위에 그려진 것은 지도였다. 대륙 공용어로 소르트, 마농, 넥토즈 등 나라와 주요 도시가 적혀 있었다. 쉬얌이 품에서 펜을 꺼내 한 바퀴 돌렸다.

"전쟁이 일어난 것도 아닌데 이걸 꺼내게 될 줄 몰랐군요."

쉬얌은 어이가 없는 모양인지 가볍게 한숨 섞인 조소를 짓고는 펜을 지도 위로 가져갔다.

"여기가 소르트의 카르디안, 여기가 마농의 비드햐, 여기가 넥토즈의 벤첸초. 그리고 여기, 소르트 남쪽의 세르피나에서 똑같은 학살이 어젯밤 일어났습니다."

"잠깐만요, 어제라니요?"

처음 듣는 말이었다. 소르트의 남쪽에서 또다시 학살이 일어났다고? 카르디안이 아닌, 세르피나에서 학살이 일어났다고 한다. 나는 그 말을 어디서 들은 적도, 그에 대한 정보를 얻은 적도 없었다. 황제도 막가는 건가? 제국 내에서 미스터리한 사건이 두 번이나 일어났다면 사람들 입에 오르내리지 않을 리가 없었다. 아니, 어쩌면 황제가 일을 서두르고 있을 수도 있다.

나는 길드장을 바라봤다. 내게 마술의 정보를 가져다줘야 하는 자는 길드장이었다. 눈이 보이지 않음에도 시선을 느낀 모양인지 그가 입을 열었다.

"전하 측에 소식을 보내놨는데 아마 국경에서 엇갈린 모양입니다."

변명하는 투도 아니었고, 거짓을 말하는 뉘앙스도 아니었다.

"······너무 갑작스러운데요."

"우선은 믿어줘. 내 말이 진짜인지 아닌지는 가서 확인하면 알 수 있을걸."

떨떠름한 내 반응에 쉬얌이 말했다. 내 말투에 담겨 있는 미심쩍음을 느낀 모양이었다. 그도 그럴 것이 직접 내 눈으로 본 것이 아니라 믿기가 힘들었다. 하지만 여기 모인 자들의 얼굴에 떠올라 있는 심각성을 보고 있자면 오히려 안 믿는 것이 어려웠다. 나는 고갯짓을 하며 그에게 말했다.

"우선 계속해 봐요."

쉬얌이 기다렸다는 듯이 펜을 들고는 지도 위에 무언가를 표시했다.

"카르디안, 세르피나, 비드햐, 벤첸초 여기를 이렇게 이으면."

그가 펜으로 선을 이었다. 완성된 도형은 한쪽 면이 찌그러진 사각형이었다. 다른 선들은 그 길이가 똑같은데 한쪽만 길이가 달랐다. 마치 미완성된 도형처럼.

"조금 애매한데요. 미완성된 도형 같아요."

"역시 감이 좋아. 세넨시아."

쉬얌이 세넨시아에게 눈짓을 보냈다. 세넨시아가 쉬얌의 말을 이었다.

"황제 폐하께서 생각보다 커다란 마술에 손을 대셨더랍니다.

심각하다고 하는 게 더 옳겠군요. 눈을 잃고 얻은 자유로 이것저 것 조사한 결과, 아, 보이지 않는데 어떻게 정보를 습득하는지는 묻지 말아주세요. 영업 비밀이거든요. 어쨌든, 십 년이 넘는 어둠 의 정보 길드장의 정보력으로 꽤 무서운 사실을 알아냈답니다."

잠시 말을 멈추더니 마치 어디 새어 나가면 안 되는 것처럼 세 넨이 목소리를 조금 더 낮췄다.

"오제(五祭)의 소환이라는 것이 있습니다. 마족을 소환하는 방 법 중에 최악이자 최고라고 마술사들 사이에 알려진 술법이지요. 최고라 알려진 이유는, 소환에 성공만 한다면 그 술법으로 소환 한 마족이 나라 하나는 멸망시킬 수 있을 정도의 무력을 갖고 있 기 때문입니다. 최악이라고 하는 이유는 그 소환을 성공시키기 위해서는 산 사람이 못해도 오백 명은 족히 필요하다는 겁니다. 제물로 말이지요."

아까보다 조금 더 심한 정적이 감돌았다. 주변이 그러든지 말든 지 세넨은 계속해서 말을 이었다.

"더불어 커다란 무력을 얻는 데에 비해 과거에 그 누구도 성공 하지 못했던 이유 중 하나는 이 소환 의식이 상당히 까다롭기 때 문이지요. 제물로 소환진을 그려야 합니다. 그리고 각각 최소 오 십 명의 제물을 오각형의 꼭짓점에서 바쳐야 합니다."

여기까지 들었을 때, 그들이 어째서 그들답지 않게 심각했는지 알 수가 있었다. 제물이 생각보다 많이 필요했다. 많은 수의 제물 이 필요할 수도 있다는 생각은 했다. 하지만 최소한 오백 명이라 니. 생각보다 그 수가 많았다.

그렇기에 도형이니, 위치로 소환진을 그리니 하는 것 따위의 너 무나도 비현실적인 생각은 머릿속에서 배제하고 있었다. 한 곳에서 최소 오십 명, 합해서 오백 명이라니.

그가 어째서 주변인들을 제외하고는, 있는지 없는지도 모를 변방의 시골을 타깃으로 삼았는지도 알 것 같았다. 다섯 구역의 사람들을 제물로 바칠 때까지 그것이 크게 사건화되면 목표를 이루기 힘들 테니까.

끄응, 작은 신음이 절로 나왔다. 그들이 어째서 그렇게 심각한 표정을 짓고 있는지 알 것 같았다. 그들의 설명을 들으며 나 역시 심각해지기 시작했다.

"그래서 그 네 곳을 연결한 도형이 한 쪽만 긴 사각형이었군요."

"예, 아직 소환에 필요한 도형은 완성되지 않았거든요."

"이대로라면 마지막 지역은………."

나는 지도에 표시된 지역을 훑었다. 내 시선이 흐르는 대로 쉬얌의 펜이 같이 움직였다. 정확히 내가 찾은 곳에 쉬얌이 표시를 했다. 그곳에 적힌 지명을 눈에 담았다.

"소르트의 엘란드가 되겠네요."

"그렇지. 딱 거기야. 엘란드는 수도에서도 멀리 떨어져 있고, 관광지도 아닐뿐더러 특별한 특징도 없어서 노리기도 제일 적절하지."

"그래도 혹시 모르니까 엘란드 근처인 타이네와 달른도 같이 가보는 게 좋겠네요."

"좋은 생각이야."

"마지막 한 군데라니……. 생각보다 의식이 너무 많이 진행됐어요."

"그래서 내가 급하다고 말한 거야. 벌써 네 곳이 충족됐거든."

아직 의식이 끝나지 않았다는 건 그나마 다행이었다. 하지만 급했다. 이제야 어째서 쉬쉬함이 급하다, 시간이 없다, 계속해서 말했는지 알 것 같았다. 다른 한 곳의 제물화를 황제보다 더 빠르게 막아야 했다.

구겨지는 내 표정을 바라보며 길드장이 계속해서 설명했다.

"그나마 다행인 점은 아직 오각형이 완성되지 않았다는 것입니다. 하지만 더욱더 커다란 문제가 있습니다."

절로 표정이 일그러졌다. 여기서 더 심각할 수가 있다는 말인가? 디온의 미간 역시 더욱 찌푸려지는 것이 보였다.

"남은 한 곳까지 제물화 돼서 오각형이 완성되면 조금 더 무섭고 심각해집니다. 이 오각형의 한가운데에 있는 곳이 어딘지 봐 주세요."

"……황성."

"맞습니다. 넓게 말하면 수도이지요."

황성, 그리고 수도. 거기까지 듣자 드는 생각이 있었다. 설마,

"설마 그 도형이 완성되면 소르트 수도의 사람들이 마술에 노출된다는 말입니까?"

내가 생각한 바를 정확히 집어내는 내용이었다. 그 말을 내뱉은 자는 디온이었다. 길드장이 쓰게 미소를 지었다. 그 쓴웃음이 의미하는 것은 긍정이었다.

"믿고 싶지 않겠지만 사실입니다. 정확히 말하자면, 지금 우리가 학살이라고 말하고 있는 기이한 현상이 수도에서 발생할 수도 있다는 이야기입니다. 한 번 더 풀어 설명하면, 수도 사람들이 전부 제물이 될 수 있다는 말이지요. 마족이란 제물이 많을수록 그 힘이 강해집니다. 황제는 그것을 노리고 있는 것이 틀림없어요."

"될 수도 있다는 말은, 무조건 가능하다는 말은 아닌 것 같은

데요."

끔찍한 내용이었다. 황제를 막아야 한다. 그가 강력한 힘을 얻게 내버려 둬서는 안 된다. 그리고 무엇보다, 나는 그 마족의 소환을 절대로 가만히 내버려 두고 싶지 않았다.

몇 번이나 악몽을 꾸고 또 꿨다. 마족에게 온몸이 뜯겨 먹히는 꿈. 언제나 그 악몽 안에서 나는 아팠다. 꿈은 아프지 않다고 누가 그랬던가? 꿈속에서도 아픔을 느낄 수 있었다. 내가 아닌, 책 속의 벤지안스가 겪은 일이었지만, 그 아픔은 내게도 찾아왔다.

'마족 소환'이라는 행위 자체가 내게 주는 거부감은 상상 이상이었다. 절대로 그 일이 일어나게 해서는 안 된다. 황제의 소환 의식에 어떤 허점이 있지는 않을까, 조금의 기대라도 걸어야 했다. 내 의심을 쉬얌이 읽어냈다.

"정확하게 맞췄어. 커다란 제물이 필요해. 마술과 반대 속성의 강력한 힘을 가진 자일 수도 있고, 신성력을 타고난 신녀일 수도 있고. 신이 준 능력을 가진 자일 수도 있어. 그 오각형의 중심에서 여신에 가까운 누군가를 죽여 제물이 되면, 동시에 수도 사람들이 제물이 되면서 마족이 소환되지. 그리고 그 마족은 황제의 수족이 될 테고 말이야."

"황제의 수족이요? 마족이 말인가요?"

"그래, 그래서 이 의식이 성공되게 놔둬서는 안 돼. 소르트의 황제가 마족을 손에 넣는다면 끔찍할 테니까. 그나마 다행인 것은 순서가 있다는 것이야. 다섯 지점을 연결한 후에라도, 제물이 바쳐져야 해. 그 제물만 바쳐지지 않으면 마술은 실패로 돌아가. 혹시 제물로 바쳐질 만한 사람, 대충 짐작 가는 사람이 있어?"

여신에 가깝다면 대신관이 제일 유력했다. 하지만 대신관을 노릴까? 그렇게 막나가는 사람일까? 대신전은 생각보다 경비가 철저했다. 무력이 약한 곳도 아니었다. 성기사들이 존재했다. 더불어 마술의 힘이 닿지 않는 성역과도 같은 곳이었다.

죽어도 되는 사람. 이능을 가지고 있어서 제물로 적합한 자. 제일 먼저 떠오른 사람은 다름 아닌 나였다. 하지만 나는 우선은 황태자였다. 나는 원작 소설을 생각했다. 그곳에서는 내가 아닌 데비스가 황태자였다. 그리고 저 조건에 부합하는 쓸모없는 자가 바로 나였다.

하지만 지금은 내가 황태자였다. 그렇다면 원작 속에서 쓸모없던 1황녀의 포지션에 속하는 자. 여기까지 생각하자 머릿속에 스쳐 지나가는 사람이 딱 한 명 있었다. 하지만 그는 죽었다. 그렇지만, 나는 그자의 시체를 본 적이 없다.

"전 황태자. 데비스 D. 마블라 소르트."

나를 제외하고 정확히 제물의 조건에 부합하는 자였다.

회의실 안에 울려 퍼진 내 목소리에 사람들의 시선이 내게 향했다. 한층 더 심각해진 표정들이었다. 쉬얌이 손에 든 펜을 테이블에 두어 번 톡톡 쳤다. 모두가 생각에 잠긴 듯 잠시간 침묵이 회의실을 채웠다. 먼저 입을 연 자는 쉬얌이었다.

"충분히 가능성은 있어."

확신할 수도 없었고 확신하기도 싫은 어조였다. 제 아들을 제물로 삼다니. 패륜도 그런 패륜이 없었다. 하지만 황제라면 그런 행위를 하고도 남을 사람이었다.

"황제라면 충분히 계획하고도 남겠죠."

"그런데 아직도 모르겠단 말이지."

"뭘요?"

"그가 도대체 왜 이런 대규모 마술을 하는지 말이야. 뭐가 아쉬워서 그러는지. 이미 제국의 황제잖아. 소르트는 대륙의 절반을 차지하고 있는데."

쉬얌이 인상을 잔뜩 찌푸린 채 말했다. 넌더리 치는 그의 표정에서 그가 정말 모르는 것이 아니라는 것을 알 수 있었다. 그저 황제가 이렇게까지 행동하는 것이 이해가 되지 않는 것이다. 물론 황제가 대륙 전체를 통치하려는 것, 거기까지는 이해했다. 그가 말하고자 하는 바는 금기에 손을 대면서까지 대륙을 단기간에 통치하고 싶은가의 문제였다.

"대륙의 절반으로는 만족하지 못하는 거죠. 대륙 전체를 다스리고 싶은 거예요. 아마 마족 소환에 성공하면 그 마족은 소환자의 명령을 듣겠죠?"

"네, 맞습니다. 그렇기 때문에 위험한 거지요."

"대륙을 통치하고 싶은 거예요. 지금 무력으로는 단기간에 통치가 불가능하다고 생각하니 마술에 손을 댄 것일 테고 말이에요."

권력욕이 강하다는 생각은 했다. 하지만 그 권력욕을 이렇게 표할 줄은 상상도 못 했다. 원작에서는 어땠지? 그래, 원작에서는 황태자가 소환을 시도했다.

내가 벤지안스가 된 후로 흐름이 바뀌기 시작했을 것이다. 대신관은 큰 흐름이 바뀌고 있다고 말했다. 즉, 원래는 황제를 처리했어야 하는 모종의 사건이 생략됐을 수도 있었다. 하지만 또 그렇게 생각하기에 황제는 그렇게 만만한 상대는 아니었다.

내가 알고 있는 황제의 성정이라면 황태자나 황후에게 당하지 않았을 것이다. 만약 그가 혼자 이 대륙을 평정하고 싶었다면 왜 몇 번이나 내 가치관을 시험해 본 것일까?

어떤 질문을 던져도 확답할 수 있는 것은 없었다. 그저 확실한 것은 하나, 황제는 미쳤고, 그 광기가 그의 권력욕과 이능과 맞물려 거대한 결과를 자아내고 있다는 것이다. 생각보다 상황이 심각했다.

"타개 방법은 알고 있습니까?"

디온이 심각한 어조로 세넨에게 물었다. 세넨 역시 진지한 어투로 대답했다.

"대충 짐작만 할 뿐입니다. 전례에 없던 일이라 해결 방법조차 알 수가 없습니다. 그저 마술사들 사이에 마족을 소환하는 방법으로 전승될 뿐이거든요. 과거에 시도하려는 자는 몇 있었지만 법이 있고, 황제가 있고, 대신관이 있기에 번번이 실패했습니다. 하지만 이번에는 사태가 좀 다르지요."

"황제가 시도하고 있으니 말입니다."

디온의 말이 묵직하게 얹어졌다. 디온의 입에서 폐하라는 명칭이 떨어졌다. 황가에 충성하고 소르트를 사랑하는 그가 폐하가 아닌 그저 황제라고 말했다. 그조차 받아들일 수 없는 사안인 것이 분명했다.

세넨시아 역시 더없이 진지했다. 그를 만난 이후로 처음 보는 깊은 진지함이었다.

도대체 황제는 어떤 정치를 원하는 거란 말인가? 대륙 통치를 위해 다른 자들을 가볍게 제물로 바치는 자가 정점에 앉는다면 도대체 어떤 일이 벌어질지, 상상조차 힘들었다.

회의실에 정적이 감돌았다. 몇 번이나 생각해도 어이가 없고, 동시에 심각한 상황이었다.

"대신관을 찾아가야겠어요."

직감적으로 깨달았다. 때가 되면 알 것이라 했던 대신관의 말이 본능처럼 머릿속에 떠올랐다. 그리고 그것이 지금일 것이다. 아니, 확실히 지금이었다.

"도움이 될 것 같아?"

쉬얌이 물어왔다. 그 표정에는 긴박함과 걱정이 묻어 나왔다. 대신관의 말을 전해도 되나 싶었지만, 상관은 없겠지. 나는 대답했다.

"황태자 즉위식 때 그녀가 찾아오라고 했어요. 아마 방법을 알고 있겠죠. 애초에 마신이 힘을 많이 잃은 이유 자체가 여신 때문이라고 하잖아요, 신학에서?"

"수업 열심히 들은 모양이네."

"최소한 디온 거 보고 필기는 했거든요."

"그래, 수석의 말이니까 믿어야지. 지금 제일 시급한 것은 최대한 빨리 정보를 공유할 수 있는 수단을 만드는 거야. 마벨이 가서 대신관에게 황제를 막을 방법을 알아낸 후에 최대한 긴밀하고 신속하게 우리와 정보를 주고받을 수단이 필요해."

맞는 말이었다. 하지만 여신의 목소리를 전하는 대신관이, 그것도 제일 영향력이 큰 대신관이 있는 곳은 소르트였다. 넥토즈의 사신과 쉬얌을 소르트에 들어오라고 하는 방법도 있었다. 하지만 우리는 지금 황제의 계획을 알아낸 상태였다.

이들이 들어온다면 황제를 마주할 테고, 황제가 이들의 기억을 읽지 않을 확률은 현저히 적었다. 그렇기 때문에 정보를 최단기간에 국경을 넘어 주고받을 수단이 필요했다. 하지만 마땅히 생각나는 것이 없었다.

"정보는 제가 전달하겠습니다."

확신 어린 목소리가 들려왔다. 시선을 돌렸다. 길드장, 세넨시 아였다. 그래, 그라면 가능했다. 하지만 동시에 불안했다.

그는 눈이 없다. 황제의 이능을 피해갈 수도 있었다. 그 말인즉 슨 내 이능을 피해갈 수도 있다는 말이었다. 과연 그를 믿어도 될 까 하는 걱정이 들었다. 우리가 교환할 정보는 절대 가벼운 정보 가 아니니까. 어떻게 보면, 현 황제를 무너뜨리는 정보였으니까.

내 걱정을 알아챈 모양인지 세넨시아가 말했다.

"하지만 불안하시겠지요, 제가 어둠의 정보를 다루던 놈이니까 요. 그래서 정보로는 신전을 통해 움직이겠습니다."

뜻밖의 말이었다. 그 말에 디온이 의문을 표했다.

"신전은 그렇게 단독으로 쓸 수 있는 것이 아닐 텐데?"

"생각해 보십시오. 신전에서는 마족의 소환을 막아야 하죠. 제 가 마술에 적대적이고 그것을 막으려 하며, 그것이 황태자 전하의 뜻이라는 것을 신녀들이 안다면 제가 가져온 정보들을 신관들이 이동진을 통해 소르트 곳곳에 세워진 신전으로 전달할 겁니다."

"어떻게 그렇게 확신하죠?"

대신관이 나를 신뢰할 수도 있다. 하지만 아닐 수도 있다. 대신 관이 여신의 은총을 받은 자라고는 하지만 천리안처럼 대륙의 모 든 것을 볼 수 있는 자는 아니었다.

그녀가 나를 그렇게까지 신뢰할까? 나라는 이유 자체만으로 과연 신녀도 아닌 자에게 이동진을 이용해 정보를 다루는 걸 허 락해 줄까? 내 의문에 세넨시아가 미소 지었다. 마치 내가 이 질 문을 던질 거라고 예상한 표정이었다.

"여신께서는 전하께 호의적이기 때문이죠. 그리고 제가 하는 행동은 전하를 돕는 행동이기 때문입니다. 높으신 분들께서 미천한 제 말을 믿지 못하실 수도 있겠지만, 이 바닥에서 정보만, 그것도 인간을 초월한 힘에 대한 정보만 몇 십 년 굴리다 보면 느껴지는 것들이 있답니다. 사람들의 흐름이 눈에 보이는 것은 아니지만 느껴지고, 흘러가고, 결국에 귀결되는 중심이 보입니다. 그리고 지금, 소르트의 중심은 전하입니다. 그것이 여신의 은총이죠."

대단히 확신이 서린 어조였다. 나는 세넨시아의 말에 멍하니 그를 바라봤다. 근거 없는, 아니, 그 나름의 근거가 있을 수도 있지만 그 결과로 나오는 결론이 내게는 너무 뜬금없었다. 길드장의 말이 꾸밈없는 그의 진심이라면, 그가 어째서 계속해서 나를 돕고, 내가 황녀가 된 후에도 나를 찾아와 정보를 주고, 결국에는 내 편에 서서 황제를 피해 제 눈까지 제거했는지 알 것 같았다.

무한한 신뢰였다. 그 부담감에 숨이 막힐 정도로 무한한 의지 표명이었다. 도대체 무엇 때문에? 신이 정말로 존재하기 때문인가? 비과학적인 것들을 설명할 신이 있어서, 이들이 그렇게 물질적이지 않은 것에 목숨을 거는 걸까?

길드장이 그랬고, 내게 충성을 맹세한 베른이 그랬고, 무한히 나를 믿어주는 디온이 그랬다. 나는 순간 말문이 막혔다가, 다시 입을 열었다.

"……여신을 믿으면 다들 그렇게 되나요?"

"어떤 걸 말씀하십니까?"

"부정확한 것에 맹목적이게 되냐는 말이에요."

"느낀 바대로 객관적이게 될 뿐입니다."

내 질문에 디온이 대답했다. 그래, 그 역시 처음부터 나를 믿고 있었다. 사랑하는 것은 그럴 수도 있다. 하지만 믿고 있었다.

"……그걸 주관적이라고 하는 거예요."

내 말에 디온은 그저 웃을 뿐이었다. 다시 생각해도 참 이해할 수가 없었다. 그런 내 기분을 아는지 모르는지 길드장이 계속해서 말을 이었다.

"공작 각하께서 제가 말하고자 하는 바를 말해주셨군요. 어찌 됐든, 정보상 활동을 하면서 예전부터 눈독들이던 정보 루트가 있었습니다. 제일 효율적인데 도무지 쓸 수 있는 방법이 보이지 않아 안타까워 잠도 못 잘 정도로요. 신전의 이동진을 사적인 정보로로 사용하면 긴밀함도, 신속성도 보장할 수 있게 되지요. 어떻습니까? 그 정보, 제가 날라다 드리겠습니다."

"난 찬성."

흥분해 점점 빨라진 길드장의 말이 끝나자마자 목소리가 들려왔다. 쉬얌이었다. 그가 오른손을 살짝 들어 올려 찬성을 표하고 있었다.

"저도 찬성입니다."

다음으로 말한 자는 넥토즈의 사신이었다. 그 둘의 시선이 디온과 내게 향했다. 얼른 결정하라는 표시였다. 내가 반대하면 어차피 그들의 의견이 필요 없을 테니. 나는 디온을 힐끔 쳐다봤다.

"저는 벤지의 뜻에 따르겠습니다."

저 말이 담고 있는 의견은 하나였다. 디온도 찬성이었다. 조금 미심쩍기는 했지만 방법이 없었다. 나 역시 가볍게 고개를 끄덕였다.

"방법이 없잖아요. 믿어보죠."

"좋습니다. 후후, 예전부터 그 정보로를 한 번 사용해 보는 것이 소원이었는데 이제야 사용하게 되는군요!"

심각한 분위기에 어울리지 않는 고취였지만, 오히려 그 모습이 더 큰 신뢰를 가져왔다. 잘하면 최고의 정보로를 확보할 수 있었다. 황제가 정확히 어떤 일을 꾸미고 있는지도 알아냈다. 이제 그것을 어떻게 막아야 할지 알아내야 한다. 더불어, 아직 제물화 되지 않은 마지막 장소를 황제보다 먼저 찾아가 그들을 대피시켜야 했다. 그리고 그곳에서 황제가 마술사와 내통하고 있다는 증거를 찾아야 한다.

그래야 황제를 공개적으로 끌어내릴 수 있다. 아직, 황제가 마술에 손을 댔다는 증거가 없었으니까. 현재 황제의 충신들은 내 말을 믿지 않을 가능성이 높았다.

급하게 할 일들이 많았다. 첫 번째로는 다섯 번째 지역이 제물화 되기 전에 황제보다 먼저 그곳으로 향해야 했다.

"우선 소르트로 돌아가 참사를 막아야겠어요."

하지만 혼자 갈 수는 없었다. 황태자는 사병을 가질 수 없고, 황제의 허가 없이 군대를 통솔할 수가 없었다.

군대, 여기까지 생각하자 떠오르는 자가 있었다. 루치스 후작, 베른의 아버지. 그가 급할 때 나를 도와준다고 했던 약속이 떠올랐다. 루치스 후작가는 군대를 통솔하는 가문이었다. 그가 내 말을 들을지 확신할 수는 없었다. 하지만 지금 내가 닿을 수 있는 최선의 무력은 근위대장인 루치스 후작이었다.

"황제의 눈을 피할 수 있겠어?"

"생각한 바가 있어요. 시간이 급박하네요."

디온을 회의에 참가시킨 이유가 있었다. 대신관이 내게 찾아오라 말했을 때, 그녀는 디온을 언급했다. 이능은 여신이 하사한 능력이었다. 그리고 그 여신에 밀접하게 닿아 있는 대신관이 디온을 꼭 데려오라고 언급했다.

굳이 다른 누구도 아닌 디온을, 원작의 주인공을 콕 집어 언급한 이유는 하나였다. 대신관은 디온에게 이능이 통하지 않게 하는 방법을 알고 있는 것이 틀림없었다.

"이거 가져가. 나는 표시해 둔 지도가 하나 더 있거든. 들키지 않게 조심하고. 아, 소르트에 들어가기 전에 불태우는 걸 추천해."

쉬얌이 지도를 말아 내게 건넸다. 나는 그것을 받았다. 이제 회의를 끝내야 할 때였다. 시간이 없었다.

네 번째 지역인 세르피나에서 학살이 일어난 것이 어젯밤이었다. 내가 이곳에 오기 직전, 혹은 직후. 그렇다면 다섯 번째 지역이 제물로 바쳐지는 날은 머지않을 것이다. 그 주기가 그렇게 말해주었다.

쉬얌이 자리에서 일어났다. 테이블에 얹어두었던 모자를 다시 쓰고는 미안한 표정을 지어 보였다.

"마벨만의 문제가 아닌데 마벨한테 전부 책임을 떠넘기는 것 같아서 미안한데."

언제나 뻔뻔하게 웃어 보이는 그였지만, 그래도 아군에게는 한없이 호의적인 자였다. 후에 디온에게 황제의 자리를 넘겨주고 난 뒤, 마농과 우호적인 관계를 갖는 것도 나쁘지는 않겠지.

"그럼 나중에 해결책 보내고 도와달라고 할 때 빼지 말고 도와줘요."

"하하, 그래. 회의는 이쯤에서 파하지."

말이 끝나자마자 디온이 자리에서 일어났다. 나 역시 마찬가지였다.

"아무래도 빨리 가봐야겠습니다. 다시 소르트에 도착하는 데에만 이틀이 걸리니까 말입니다."

"사절단으로 오셨는데 변변한 대접 하나 못 해서 죄송합니다."

쉬얌이 짧게 허리를 숙이며 사과했다.

"아닙니다. 저 역시 길게 있지 못해 죄송할 따름입니다. 다음에, 전부 해결된 후 다시 찾아오겠습니다."

"저는 대신전 안에 있을 겁니다, 전하. 그때 정보를 흘려주시면 마농과 넥토즈에 전달하도록 하지요."

넥토즈의 사신이 답했고, 길드장이 계획을 전했다. 우리는 모두 자리에서 일어났다. 여비를 풀 틈도 없이 다시 돌아가야 했다. 사절단이 하루 만에 자국으로 돌아가는 것은 이례적인 일이었다. 어쩌면 예의 운운하며 나라 간에 잡음이 생길 수도 있는 일이었다. 하지만 어쩔 수 없었다. 빨리 움직여야 했다. 황제를 막기 위해서. 그를 끌어내릴 마지막 복수를 위해서. 그가 커다란 힘을 손에 넣는 것을 막아야 했다.

회의실을 나와, 성을 나서는 우리에게 쉬얌은 마지막으로 깊게 허리를 숙였다. 그 모습에서 더없는 신뢰와 기대가 묻어 나왔다. 나와 디온 역시 맞인사를 해주었다. 계획의 성공을 위해서, 마농의 성을 뒤로한 채 서둘러 발걸음을 옮겼다.

소르트로 돌아가는 길이 왔던 길과 같았다. 그 시간 자체가 아까웠다. 하지만 할 수 있는 것이 없었다. 서찰을 보낸다 하더라도 중간에서 황제가 가로채면 정보가 새어 나간다. 우선은 이대로 무사히 소르트에 도착해야 했다.

가는 길에 여러 가지 생각이 들었다. 생각을 정리해야 했다.

정말로 황태자가 살아 있는 것일까? 자살은 황제가 지어낸 소문인 것이 맞을까? 원작에서는 황제가 죽고, 황태자가 마족 소환식을 거행한다. 하지만 애초에 원작에서 황제가 죽기는 했던 것일까? 무엇보다 그렇게 어마무시한 마족을 디온은 어떻게 처리했었지? 그래, 그것을 기억해 내야 했다.

결말 부분은 분명 기억하고 있었다. 세세하게는 아니어도 커다란 얼개는 기억하고 있었다. 황태자가 나를 제물로 사용했고, 나는 제물로 마족에게 뜯겨 죽었다.

그렇다면 다섯 지점의 제물화는 성공했고, 이능을 가진 나를 제물로 쓰는 것까지 성공했다는 말이었다. 그 이후로 마족이 소환됐을 테고, 마족을 제 수족으로 만들기 위해 수도의 사람들을 제물로 만들 차례가 남았을 것이다.

단 하나 남은 단계였다. 마족이 황태자의 수족이 되는 그 고리를 디온이 끊어냈다. 어떻게?

원작에서는 디온이 주인공이었고, 디온의 능력이 부각됐다. 디온은 올곧고, 머리가 비상했다. 여러 방면에서 앞서가는 자로 서술됐다. 그중에서 제일 크게 부각된 뛰어난 능력.

디온에게 천재라는 호칭까지 붙여가며 부각된 능력. 검술. 디온은 검에 타고난 재능이 있었다. 그 검술이 부각되기 위해서 필요한 것은 하나였다. 검. 그래, 성검. 여신의 힘이 깃든 검이었다. 더불어 황제가 될 자만 만질 수 있는 검이었다.

그것이 여신이 찾아오라고 한 이유일 것이다. 성검은 신전에서 보관하고 있다. 나는 디온에게 시선을 돌렸다.

"디온."

"알아낸 것이 있습니까?"

"성검이에요. 황제보다 빨리 성검을 손에 넣어야 해요. 그가 알아채기 전에, 빨리."

그것이 우리가 해야 할 일이었다. 모든 것은 대신전으로 가서 들어야 했다. 소르트에 도착해 최대한 빨리 말을 몰았다. 성검을 손에 넣는 것과 다섯 번째 지역인 엘란드에 먼저 도착하는 것, 둘 사이에서 고민한 결과 우리는 성검을 먼저 손에 넣는 것을 택했다.

성검이 핵심 키였다. 황제에게 성검을 뺏기면 차선책도 뭣도 없다. 글레나와 베른을 제외하고는 전부 돌려보냈다. 행선지는 알리지 않았다.

우리는 서둘러 대신전으로 향했다. 황제가 알아채기 전에 빨리 해결책을 찾고 성검을 손에 넣어야 했다. 황제라면 금세 우리가 대신전으로 향했다는 것을 알아낼 것이 분명했다.

대신전의 문을 열기 직전이었다. 물음이 들려왔다.

"제가 함께 들어가도 되겠습니까?"

디온이었다. 그의 얼굴에는 걱정이 묻어 있었다. 나는 당연하다는 듯 그에게 답했다.

"디온이 가야 해요. 디온이 해결할 수 있어요. 아니, 디온이 해야 해요."

"제가 성검을 쥘 수 있다고 말씀하시는 겁니까?"

"네. 그럴 수밖에 없어요."

"하지만 성검을 쥘 수 있는 자는 황제가 될 사람밖에 없습니다."

나는 입을 다물었다. 그래, 그 말이 맞았다. 성검을 쥘 수 있는 자는 황제밖에 없었고, 디온은 그 황제의 자리에 앉을 사람이었다. 그렇기에 디온은 성검을 손에 쥘 수가 있다. 하지만 나는 디온에게 그 이유를 말해줄 수가 없었다. 내가 아닌 당신이 황제가 되기 때문에 당신은 성검을 손에 넣을 수 있어요, 그렇게 말할 수가 없었다. 디온은 내 목표가 제위에 올라가는 것이라 생각하고 있었으니까.

잠시 내 입에 머무는 침묵에 디온의 얼굴에 묘한 빛이 떠올랐다. 그가 잠시 무언가 생각하는 듯 말을 멈췄다가 입을 열었다.

"이능은 생각을 읽는 것이 아닌 것 맞습니까?"

"맞아요."

그의 말 그대로였다. 이능은 생각을 읽는 것이 아니라 그 사람이 보고, 듣고, 말한 것을 읽어내는 것이었다. 갑작스러운 이능에 대한 질문이었다. 디온의 머리에 떠오르는 무언가가 있는 것이 틀림없었다.

어쩌면 그는 내가 어떤 기억을 바꿨는지 알아챘을 수도 있다. 하지만 그것을 입 밖에 내지 않았다. 황제가 알아서는 안 되니까. 그리고 디온은 황제 역시 이능을 갖고 있다는 것을 알고 있으니까. 그가 가볍게 웃어 보였다.

"다행이군요."

뜬금없는 말이었다. 하지만 그의 한마디에서 나는 한 가지는 뚜렷이 알 수 있었다. 내 목표가 황제가 되는 것이 아니라는 것을 눈치챈 모양이었다.

"눈치…… 챘어요?"

나는 조심스레 그에게 물었다. 그가 평소와 같은 미소를 입에 걸었다.

"무슨 소리인지 모르겠습니다."

아무래도 무언가 눈치챈 것 같았다. 그럼에도 내 계획을 황제에게 들킬까 말하지 않고 있었다.

"……고마워요."

스스로 조심하는 그의 모습에 나도 모르게 감사 인사가 나왔다. 디온이 내 손을 부드럽게 잡아끌었다.

"시간이 급합니다. 들어가시죠."

아무것도 알아듣지 못한 척 신전 문을 여는 그를 따라 대신전 안으로 들어갔다. 대신관을 본 적은 몇 번 있었지만 황성에 돌아온 이후로 대신전에 직접 온 것은 처음이었다.

신녀들이 기다렸다는 듯 우리를 안내했다. 지성소였다. 아무도 의문을 표하지 않았고, 그렇게 신녀들을 따라 나는 지성소의 문 앞에 섰다. 여전히 성스럽고, 웅장하고, 깔끔해 보이는 지성소의 문이 열리자, 그 안에는 이제는 익숙한 대신관이 앉아 있는 모습이 보였다.

"어서 와요. 벤지안스. 디르케온."

우리가 갑작스레 방문했음에도 그녀의 반응은 태연하기 그지없었다. 마치 우리가 올 것을 이미 알고 있었던 것처럼.

"지금 올 것을 알았다는 어조네요."

"오늘이라고 생각하지는 않았어요. 조만간이라고 생각하고 기다렸을 뿐이에요."

대신관의 얼굴에는 평소처럼 자애로운 미소가 걸려 있었다. 나는 여전히 그녀의 그런 행동이 마음에 들지 않았다. 언제나 답을 회피하고, 안개가 낀 듯 모호한 답변을 내놓는다. 그렇기에 그녀를 대할 때면 나도 모르게 항상 삐딱한 태도가 나오곤 했다. 지금처럼.

"우선 물어보고 싶은 것이 있어요."

"물어보세요."

"대답해 주겠다고 말해요. 약속해요. 나는 더 이상 참을 수가 없어요."

내가 들어도 공격적인 어조였다. 조금 언성을 높인 내 모습에 디온이 조금 놀란 얼굴로 나를 바라봤다. 하지만 나는 그저 대신관의 눈만 바라볼 뿐이었다.

내 날카로운 말에도 대신관은 눈썹 하나 찌푸리지 않았다. 그녀가 살짝 미소를 띤 얼굴로 손을 한 번 휘저었다. 갑자기 주변이 느리게 움직이는 기분이 들었다. 순간이었다. 커다란 장막이 그녀와 내 주위로 솟구쳐 올랐다.

그것은 빛이었다. 여러 번 봤던 성수의 색, 그리고 즉위식 때 터져 나오던 신성한 빛의 색이었다. 그것이 디온까지 제하고 나와 대신관을 한가운데 둔 채 위로 솟구쳤다.

대신관과 나를 제외하고는 모든 자와 모든 공간과 차단된 상태였다. 갑자기 빠르게 솟구친 빛이었음에도 아무런 위협도 느껴지지 않았다. 오히려 안락하고 친숙했다. 불투명한 빛의 장막 너머로 사람들의 움직임이 그대로 멈춘 것이 보였다. 아무래도 시간의 흐름까지 다르게 흐르도록 만드는 모양이었다.

나는 멍하니 그것을 바라보다가 대신관에게 시선을 돌렸다.

"뭐죠?"

"영역을 벗어난 것을 들을 수 있는 자가 있고, 없는 자가 있습니다."

"디온은 없는 자란 말이고요."

"원한다면 듣게 할 수는 있습니다. 하지만 기억할 수 있을지는 미지수예요."

디온이 내가 다른 곳에서 온 것을 알게 된다면, 내가 완전한 벤지안스가 아니라는 것을 알게 된다면 어떤 반응을 보일까? 혹시 내게 등을 돌리지는 않을까? 상상하고 싶지 않았다.

"아니요, 괜찮아요. 이렇게까지 한다는 건, 드디어 대답해 줄 의사가 있다는 거겠죠?"

"물론 모든 것은 아니에요. 하지만 아마 당신이 궁금해하는 것은 답할 수 있을 거예요. 여태까지 미안했어요."

가능하다고 말한다. 모든 것을 알고 싶은 생각은 없었다. 이 세계의 모든 것을 알고 싶지도 않았다. 하지만 왜, 이제 와서. 복수의 끝에 다다른 이제 와서 내 질문에 답한다는 말인가?

여기에 오자마자 도움을 받았다면, 오르도를 도울 수 있지 않았을까? 디온을 도울 수 있지 않았을까? 내가, 황녀가 되지 않아도 되지 않았을까? 나는, 복수에 목숨 걸지 않고 그들과 따스한 티타임을 가질 수 있지 않았을까?

여기까지 생각하자 문득 의문이 들었다. 나는, 지금 복수의 길을 걷는 것을 후회하는 것일까? 아니, 그럴 리가 없었다. 이제 마지막 단계였다. 결코, 나는 복수를 후회하지 않는다. 복잡해지는 마음에 울컥, 짜증이 치밀어 올랐다.

"왜, 지금까지는 내 질문에 그렇게 모호한 대답을 할 수밖에 없던 거죠?"

나도 모르게 언성이 높아졌다. 화가 났다. 왜 여태까지, 아무것도 답해주지 않았는지. 그리고 왜 이제 와서 답을 하겠다고 말하는 건지.

"당신이 원했던 것을 위해서는 그래야 했습니다."

"내가 원했던 거요?"

"당신의 복수와 당신의 행복. 그것이 벤지안스가 원한 것이에요."

"내가 여기에 와서 원한 건 복수지 행복을……."

행복을 원치 않은 것은 아니었다. 하지만 내 우선적인 목표는 복수였다. 하지만 대신관은 이전의 모호한 대답에서도 내 행복을 위해서라고 말했다. 그리고 지금, 마치 그 행복을 내가 간절히 원한 것처럼 말하고 있었다.

당신의 행복. 불행하게 죽은 사람은 다시 살아나면 행복을 원한다. 그리고 나는 복수를 끝내면 행복할 수 있을 것이라 생각해서 복수를 시작했다. 아아, 그래. 생각해 보면 복수의 시작은 거기에 있었다. 하지만 내가 복수에 성공한다고 과연 행복할까? 행복해야만 했다. 이건 내 의무나 마찬가지였다. 하지만, 대신관이 말한 행복은 이 행복과는 거리가 멀어 보였다.

그리고 그 행복을 내가 원했다고 말했다. 벤지안스가 원한 것이라고, 여기까지 생각한 순간 퍼뜩 고개를 들었다. 나는 대신관을 쳐다봤다.

"내가 원한 건가요, 아니면 벤지안스가 원한 건가요?"

"벤지안스가 원했고, 당신이 원했지요."

눈썹을 찡그렸다. 이해하기가 힘든 말이었다. 나는 벤지안스가 죽고 난 후로 들어온 것이 아니었다. 나는 벤지안스가 죽기 전에 들어왔다. 내가 벤지안스가 된 것은 그녀가 백치로, 기억을 잃고 살아가던 때였다. 벤지안스는 주인공이 아니었다. 그녀는 그때 당시 백치였다. 그리고 원작대로라면 지금까지도 기억을 찾지 못할 것이다.

그녀는 아직 복수를 원할 때가 아니었다. 그녀가 복수를 원했다면, 그리고 죽기 전에 이루지 못한 행복을 원했다면, 그것은 바로 그녀가 죽고 난 후일 것이다.

거기까지 생각하자 스쳐 지나가는 것들이 있었다. 원작과 달랐던 신녀들의 태도. 갑자기 여신의 축복을 받기 시작한 벤지안스. 결정적으로, 네르아테안의 마술이 듣지 않던 나.

네르아테안이 말했었다. 내가 마신을 만난 적이 있다고. 그렇기에 마신의 힘이 먹히지 않는다고. 그는, 내가 들어온 소설 〈저주받은 아이〉의 결말에서나 있었던 일을 내게 말했다. 시간상 그럴 수가 없는데.

나는 대신관을 바라봤다. 이 질문을 던져야 했다. 그녀는 답해 줄 것이다. 그런 확신이 들었다.

"이 세계의 이야기가 끝났나요?"

그녀는 이것이 무엇을 의미하는지 정확히 이해할 것이다. 소설이, 원작이, 완결이 났나요? 오래오래 행복하기 위한 이야기가 끝이 났나요?

"예, 이야기가 끝이 났습니다."

내가 들어온 것이 완결이 난 후인가요? 그 질문에 대신관이 긍정을 했다. 그렇다면, 도대체 뭐가 어떻게 되는 거지? 그녀가 완결이 났다고 말했다. 그렇다면, 원작 소설은 끝이 난 것이다.

너무나도 커다란 혼란이었다. 머리가 아무것도 이해하지 못하고 있었다. 그렇다면 지금 내가 있는 곳은 어디지? 이것은 어떤 이야기지? 나는 계속 내가 읽었던 소설을 생각하고 행동하고 있었다. 하지만 이것이 완결이 난 이후라면, 내가 있는 곳은 어디지?

이것들을 물어야 했다. 이것이 다른 소설, 다른 이야기라고는 상상조차 할 수 없을 정도로 모든 것이 똑같이 흘러갔으니까. 질문을 던지려 입을 열려는 순간이었다. 대신관이 말을 이었다.

"그리고 다시 시작했어요."

예상치도 못한 답변이었다.

"무슨 소리죠?"

"이야기가 끝나는 순간 벤지안스가 간절하게 바랐습니다. 그리고 당신이 간절히 바랐어요. 행복하기를 간절히 바랐습니다. 그리고 그것을 창조주가 간절히 바랐어요. 그래서 시간 축이 비틀렸습니다."

시간 축이 비틀렸다. 내가 해석할 수 있는 바는 하나였다. 원작이 원작대로 완결 난 후, 다시 과거로 돌아왔다. 그리고 돌아온 과거에 지금의 내가 들어왔다.

그렇다면 벤지안스는? 그녀는 이미 죽은 상태가 아닌가? 아니, 그렇다면 다시 산 건가?

"그럼 벤지안스는."

어떻게 된 거죠? 내 질문에 대신관이 내 말을 잘랐다.

"당신이 벤지안스입니다."

대신관의 표정이 단호했다. 단호한 어조였다.

"당신이 벤지안스 D. 마블라 소르트입니다. 그것 하나만은 변할 수가 없어요."

분명 이것이 완벽한 답은 아님에도 혼란이 조금 가라앉았다. 나는 벤지안스가 아닌가, 벤지안스는 죽은 건가 하는 의문에 그녀는 아니라고 내게 답해준 느낌이었다. 잠시 생각하고는 그녀에게 다른 질문을 던졌다.

"흐름이 바뀌기 시작했다는 건, 뭘 의미하죠?"

"창조주께서 시간에 틈이 생겼다는 걸 이제야 알아챘어요."

창조주. 그래, 갑자기 창조주라는 존재가 그녀의 입 밖으로 나오기 시작했다.

"창조주가 누구죠?"

"정확한 것은 말할 수 없어요."

역시나 대신관은 중요한 부분에 대한 답은 하지 않았다. 나는 인상을 찌푸렸다.

"하지만. 창조주는 당신도 잘 아는 사람이에요."

"제가요?"

내가 잘 아는 사람? 잘 아는 사람들은 많았지만, 이야기가 뒤틀린 것을 알면서까지 나를 도와줄 사람은 많지 않았다. 먼저 생각나는 사람은 오르도였다. 하지만 오르도는 창조주라고 할 수가 없었다. 그는 이곳에 와서 만난 사람이고, 창조주라고 하기에는 여러 가지로 말이 되지 않았다. 속에서 후보들을 생각하고 지워나가다가 문득 떠오르는 것이 있었다.

－마리, 나는 네가 억지로 웃지 않았으면 좋겠어. 후회하지 않았으면 좋겠어. 즐거웠으면 좋겠어. 네가 원하는 모든 것이 이루어졌으면 좋겠어. 언제나 네가 행복했으면 좋겠어. 그리고 네 곁에 언제나 너를 사랑하는 친구들이 있다는 것을 기억해 줬으면 좋겠어. H.R.

축제에서 봤던 메시지. H.R. 그 이니셜에 정확히 부응하는 사람은 혜림이었다. 내가 〈저주받은 아이〉를 읽게 된 것도 혜림이의 집이었다.

"혹시 혜림이인가요?"

"저는 창조주의 이름을 알지 못합니다."

내 목소리에 다급함이 묻어 있었다. 하지만 대신관은 그저 웃을 뿐이었다. 그 모습이 대답하지 않겠다는 의지로 보였다. 하지만 나는 계속 솟아오르는 질문을 던지고 싶었다. 실마리라도 갖고 싶었다.

"창조주는 내가 후회하지 않길 바라나요?"

"네."

"내가 원하는 모든 것을 이루기를 바라나요?"

"네."

"내가 행복하길 바라나요?"

"언제나처럼요."

창조주가 그녀라고 확신할 수 없었다. 하지만 그래도 그 한 줄기 희망만으로 울컥, 눈물이 차올랐다.

이제야 이해가 가기 시작했다. 어째서 신녀들이 나를 대하는 태도가 달라진 건지, 그런데도 어째서 원작의 흐름은 그대로 흐르고 있던 건지, 그것이 왜 바뀌고 있던 것인지. 모든 것들이. 나는 나오려는 눈물을 애써 참아냈다. 이 시간이 끝나면 디온과 대화를 하게 될 것이다. 그때 동요했던 감정을 들키고 싶지 않았다. 눈을 두어 번 꾹꾹 누르자 겨우겨우 감정이 진정되는 것이 느껴졌다. 그러다가 문득, 또 한 가지 의문점이 떠올랐다.

"그럼, 나는, 누구죠?"

"당신은 벤지안스예요. 벤지안스 D. 마블라 소르트. 그것이 당신입니다. 알고 있다시피 말이에요."

벤지안스는 죽었다. 다른 건 몰라도 이거 하나만은 명확하게 기억하고 있었다. 마술의 제물이 된다는 것은, 영혼까지 마족에게 먹히는 것을 의미했다. 시간이 되돌아온 것이라면, 벤지안스는 그대로 사라진 것이다. 하지만 그녀는 행복을 바랐다. 그녀는 어째서 끝까지 불행하냐고, 왜 나는 행복하지 못하냐고. 여신이 정말로 존재한다면 행복을 달라고, 그렇게 울부짖었다. 그 부분이 나를 죽음으로 이르게 했다. 그렇기에 알 수 있었다. 그녀는 여신을 저주하면서도 간절히 바랐다. 행복을 내 손안에 달라고. 그리고 여신은 그녀의 기도를 들어주기 위해 시간 축을 비틀었다.

그래서, 그래서 내가 왔다. 왜, 어떻게 온 것인지 나는 알 수가 없었다. 하지만 한 가지는 알 수 있었다. 나는 행복하기 위해 여기에 왔다. 하지만, 어떻게?

"어떻게 해야 행복해지죠?"

"그것은 저희도 알 수가 없습니다."

그녀가 웃었다. 따뜻한 웃음이었다. 나를 비난하려는 웃음은 아니었다. 하지만 그것이 답답했다. 나는 무엇이 행복한 것인지 알 수가 없으니까. 인상을 찌푸렸다. 그렇다면 어떻게 해야 하는 건지. 이렇게 계속 복수를 다짐해도 되는 것인지.

내 표정을 바라보던 그녀가 입을 열었다. 여전히 자애롭고 따스한 미소였다. 따스한 미소, 그녀의 미소가 따스하다는 생각을 한 적은 이번이 처음이었다.

"뜻하는 대로 하세요. 사랑하는 사람을 사랑하고, 애정을 품고, 화를 내고, 울고, 웃으세요. 하고자 하는 대로 행동하세요. 시간의 축은 그렇게 만들기 위해 당신을 이곳으로 데려왔거든요. 이야기의 주인공은 디르케온뿐만이 아니랍니다."

그녀가 웃었다. 우리 주변으로 솟았던 빛의 벽이 순식간에 사그라졌다. 빛이 사라지자 나타난 디온은 빛기둥이 치솟기 전과 똑같은 모습 그대로였다.

다른 질문을 던질 수가 없었다. 마치 영역 밖의 이야기는 여기까지라고 말하는 것과 같았다. 멈췄던 디온이 나와 대신관에게 물었다. 미미한 걱정을 담은 표정이었다.

"제가 들어도 되는 말입니까?"

"물론이지요."

대신관이 웃었다. 이제 마술을 막을 방법에 대해 물어보라는 의미였다. 나는 그렇게 웃어 보이는 대신관을 멍하게 바라볼 뿐이었다.

"묻고 싶은 것이 있어서 온 것 아닌가요?"

잠시간 멍하게 있던 나를 대신관이 일깨웠다. 그래, 너무 정신을 놓고 있었다.

"아, 맞아요."

생각을 정리하려고 애썼다. 하지만 정리할 생각이 별로 없었다. 그냥, 이유를 알게 됐을 뿐이었다. 왜 그랬는지. 어째서 갑자기 내가 축복을 받았는지, 어째서 이야기가 틀어지기 시작하고도 괜찮은 건지.

"괜찮으십니까?"

조금 멍하게 있다가 퍼뜩 정신을 차린 내게 디온이 물었다. 걱정스러운 어조였다. 그는 방금 전 빛의 기둥이 치솟았다는 사실조차 모르고 있을 가능성이 높았다. 내가 갑자기 정신을 차리지 못한 것으로 보였겠지.

"괜찮아요. 잠깐 생각할 것이 있었어요."

나는 이내 생각을 뿌리쳤다. 성검이 우선이었다. 그것을 손에 넣어야 했다. 눈앞의 대신관에게 시선을 돌렸다. 성검의 행방을 물어야 했다.

"성검이 아직 황제의 손에 들어간 건 아니죠?"

"다행스럽게도 아직 대신전에 보관 중입니다."

"그거 좀 빌려주겠어요?"

"물론이지요."

대신관이 미소 지으며 답했다. 큰일이 아니라는 표정이었다. 우리의 대화에 디온이 멍한 얼굴로 바라보았다.

"그렇게 쉽게 빌릴 수 있는 것입니까?"

"뭐를요?"

"성검 말입니다."

여전히 믿지 못하겠다는 듯 말하는 디온이었다. 그럴 법도 했다. 성검이라는 것은 역사적으로 황제의 손안에만 떨어졌으니까. 성검에 있어서 대신관은 그저 그 검을 맡아주는 자일 뿐이었다.

"자격이 있는 자들에게는 쉽게 가는 것이지요."

대신관이 빙긋 웃었다. 그녀는 뒤돌아 몇 걸음 걸어 테이블 위에 있는 상자를 가져왔다.

분명 성검은 지성소 더 안쪽에 있는 걸로 알고 있었다.

황태자가 될 때, 그리고 황제가 될 때 성검을 쥐는 의식을 끝내면 성검은 다시 대신전으로 돌아온다. 그리고 그 성검은 지성소보다도 더 깊은, 대신전의 제일 안쪽에 자리하게 된다. 이렇게 바깥에 준비됐다는 듯이 우리에게 건네줄 수 있는 것이 아니었다.

그 검을 대신관은 이 근처에서 가져왔다. 우리가 이곳에 와 성검을 요구할 것을 기다리고 있었던 것이 틀림없었다.

성검을 들고 우리에게 다가오는 대신관을 바라보다가 디온에게 시선을 돌렸다.

"디온이 들어요."

"예? 하지만 성검은 황제가 될 수 있는 자만 잡을 수 있는 것이라고 들었습니다."

별로 표정 변화가 없던 그의 얼굴에 의문, 그리고 곧바로 거부감이 떠올랐다. 그의 말이 사실이었다. 성검은 황제만이 들 수 있었다. 하지만 나는 확신할 수 있었다. 대신관의 말이 사실이라면 디온은 성검을 들 수 있다. 원작에서도 가능했다. 그럴진대 이미 성검을 한 번 쥐었던 디온이 그것을 손에 넣지 못할 리가 없었다.

"괜찮아요. 들어봐요. 마술에 손댄 자만 아니라면 부작용 같은 건 없을 거예요."

어느새 대신관이 이쪽으로 다가와 우리에게 검을 내밀었다. 나는 그녀에게서 검을 받지 않은 채 여전히 디온을 바라보았다. 그의 눈에는 여전히 저항과도 같은 빛이 담겨 있었다. 어떻게 감히, 그의 얼굴은 그렇게 말하고 있었다.

"하나 성검을 드는 것 자체가 반역에 가까운……."

"내가 황태자인데 무슨 상관이에요. 그리고 보세요. 대신관이 내가 들어야 한다고 강요하지 않고 있잖아요. 무엇보다 디온이 들 수 있다면 훨씬 좋아요. 디온도 알고 있다시피 나는 검술에 재능이 하나도 없어요. 휘두르는 것조차 힘들어요. 만약 들고 싸울 수만 있다면 디온이 드는 것이 낫지 않겠어요?"

디온은 들 수 있었다. 객관적으로도 그러했고 주관적으로도 그러했다. 그는 분명히 성검을 들 수 있을 것이다.

내 말에도 디온은 한동안 머뭇거렸다.

"들어봐요."

나는 그런 디온의 행동을 재촉했다. 디온이 망설이다가 성검에 손을 뻗었다. 조심스럽게 검을 쥐더니, 그가 검을 상자에서 꺼내 올렸다. 그가 검을 꺼내 올리는 순간, 투명한 검신 안에는 빛이 흘렀다. 처음 보는 광경이었다. 그의 표정에 의아함이 떠올랐다.

모든 것이 그에게는 의문투성이겠지. 황제만이 잡을 수 있는 성검을 그가 잡았다. 그리고 그 안에 빛이 가득했다. 그 빛의 색은 이전에 디온의 계승식에서, 그리고 내 즉위식에서 봤던 그 색과 동일했다. 그 성스러운 빛이 투명한 검신 안을 비추었다.

그는 검을 쥔 채 터져 나오는 빛을 한동안 바라보았다. 그의 얼굴에는 작은 혼란의 빛이 감돌고 있었다. 디온은 나를 봤다가, 제 손안의 성검을 봤다가, 다시 나를 바라보았다.

"이상한 반응 있어요?"

"아니요, 없습니다만."

내 질문에 그는 말을 끝맺지 못했다. 그는 조금 놀란 얼굴이었다. 왠지 그의 모습이 단순히 성검의 주인이 된 데에 대한 의문만은 아닌 듯 보였다.

"뭐 이상한 거 있어요?"

"제 기억을 한번 읽어보시겠습니까?"

내 질문에 나온 그의 답변은 내 예상과는 다른 것이었다. 그가 제 머리를 가리키며 말했다.

"기억을요?"

"아무거나 말입니다."

당최 왜? 이유를 알 수가 없었다. 나는 벙찐 표정으로 대신관과 디온을 번갈아 쳐다봤다. 대신관은 그저 웃고 있을 뿐이었다. 얼떨떨한 듯 내게 시선을 보내는 자는 디온이었다.

기억을 꼭 읽어야 하나? 싶다가 그냥 디온의 엊저녁 메뉴를 생각하고 그와 눈을 마주쳤다. 별것 아닌 기억 역시 읽을 수 있을 터니.

나는 그대로 눈을 깜빡였다. 그저 암흑이었다. 이능을 사용했을 때 아무것도 보이지 않는 것은, 이능을 가진 황족을 마주했을 때, 그리고 대신관을 마주했을 때뿐이었다. 하지만 지금 디온의 눈을 마주했을 때, 내 이능에는 아무것도 읽히지 않았다.

"안 읽혀……."

"이능이 들지 않습니까?"

"안 들어요. 이거, 혹시 내 기억은 읽혀요?"

"이능을 사용할 수는 없는 모양입니다."

서로를 바라보는 눈에 얼떨떨함이 있었다. 아마 대신관은 알고 있을 것이다. 대신관에게 질문을 던졌다.

"혹시 성검을 들면 이능이 들지 않는 건가요?"

"정확히는 성검을 소유하면, 입니다. 소르트의 성을 잇지 않은 자가 말이에요."

그녀가 말하는 바는 정확했다.

디온은 황제였다. 시간이 되돌아왔지만 황제였다. 성검을 쥐는 순간 그가 다시 주인이 된 것이다. 원작의 결말에서 디온이 그랬던 것처럼.

"하지만 일반인은 성검을 제대로 들 수조차 없는 걸로 알고 있습니다."

디온이 의아함이 가득 담긴 얼굴로 말했다. 그가 나와 대신관을 번갈아 쳐다보았다. 대신관이라면 성검이 누구에게 속하는지, 어떤 상황에서 제힘이 발휘되는지 알고 있음에 그에게 답을 요하는 시선이었다.

그런 디온의 시선에 대신관은 그저 웃을 뿐이었다. 마치 그 웃음이 내게 모든 설명을 맡긴다는 의미 같기도 했다.

나는 디온을 바라봤다. 내가 디온의 기억을 읽을 수 없다면,

내가 이전에 그에게 사용했던 이능 역시 무효화되었을 가능성이 컸다.

"디온, 혹시, 기억이 바뀌었나요?"

"······예. 벤지의 목적이 바뀌었습니다."

그런 것이었구나. 원작에서 주인공인 디온이 황가의 이능을 피해 그들에게서 이길 수 있던 이유가 성검에 있었다.

"혹시 성검을 쥔 자는 전부 이능을 피해가나요?"

혹시나 하는 불안이었다. 만약 성검을 쥐기만 하는 것으로 이능을 피해간다면 이 성검은 커다란 장애물이 될 수도 있었다. 내 질문에 대신관이 가볍게 고개를 저었다.

"아니요, 성검의 주인 될 자격이 있는 자만 이능을 피해갑니다."

"내가 생각한 이유가 맞나요?"

"저는 벤지안스가 어떤 이유를 생각하고 있는지 몰라요."

그녀가 의뭉스럽게 웃었다. 디온에게 그 이유를 말해줄 의향이 없는 것인지, 혹은 그녀 역시 확신할 수 없기 때문인지, 정확한 이유는 알 수 없었다. 이내 대신관은 뒤돌아 걸음을 옮겼다. 지성소 입구로 향하는 걸음이었다.

"시간이 없어요, 벤지안스."

여전히 온화한 표정이었다. 하지만 그녀의 목소리에서는 긴박감이 묻어 나오고 있었다.

"곧 황제가 올 거예요. 성검을 찾으러 오는 것인지 다른 이유 때문인지는 나도 알 수가 없어요. 하지만 지금 황제가 대신전으로 오고 있어요."

나와 디온의 눈이 마주쳤다. 그와 내가 생각하는 것은 단 하나였다. 어서, 최대한 빨리 황제의 눈을 피해 이 대신전을 나가야 했다. 우리의 생각을 읽기라도 한 모양인지 대신관의 걸음이 조금 더 빨라졌다. 지성소의 문이 열렸다. 그녀의 걸음에 지성소 앞 성 기사들이 가볍게 허리를 숙였다.

"신녀들만이 사용하는 문이 있어요. 말은 그쪽으로 이미 옮겨 뒀어요. 다행스럽게도 아직 다섯 번째 제소(祭所)에 네르아테안이 도착하지 못했어요. 하지만 생각보다 빨리 도착할 거예요. 창조주 와 여신의 힘이 최근에 강하게 부응하기 시작했어요. 원래대로라 면 창조주는 마신의 편에도 여신의 편에도 서지 않아요. 하지만 지금 창조주는 여신의 편에 서려고 하고 있어요."

창조주가 여태까지 중립이었다고? 새로운 정보였다. 하지만 창 조주에 대한 일이 그녀에게 썩 중요한 일이 아닌 모양인지 그녀는 다급한 목소리로 계속 말을 이었다.

"그걸 알아챈 네르아테안이 마신에게 힘을 주기 위해 빠르게 움직일 거예요. 하지만 창조주 덕에 이렇게 제가 적극적으로 벤지 안스를 도울 수 있게 되었어요. 아마 네르아테안은 그들의 계획이 더 힘들어지기 전에 마족을 소환하려 할 거예요."

앞장서는 대신관이 향하는 곳은 우리가 들어온 곳과는 다른 통로였다. 우리는 그녀의 뒤를 따라 걸었다. 마신의 힘이 대륙에 미치지 않게 하는 것이 대신관의 의무였다. 그녀라면 그 외에도 오제(五祭)의 소환을 막을 수 있는 방법을 알고 있지 않을까?

"다섯 번째 제물화를 막는 방법 말고는 다른 방법은 없나요?"

"있기는 하지만 힘들어요. 제물화가 끝난 곳에 도착해서 지하 깊숙이 박혀 있는 제단을 파괴하면 돼요. 하지만 웬만한 신력을 보유한 자가 아니고서는 그 근처에 가는 것도 힘들어요. 파괴하 는 것은 더더욱 힘들고 말이에요. 또 한 가지 방법은 시전자를 죽이는 거예요."

"그게 제일 쉬운 방법인 것 같은데요."

"아니요, 시전자는 둘이에요. 네르아테안과 황제. 그리고 제물을 바치는 그 순간부터 그들은 마신의 힘을 조금씩 빌려올 수 있어요. 마신의 힘을 빌린다는 것은 천명을 늘릴 수 있다는 말이에요. 소환 의식이 시작된 이후로 소환 의식이 끝날 때까지 그들은 쉽게 죽지 않아요. 심장을 여러 번 찔러야 해요. 목을 베도 다시 살아나요. 그들은 그만큼 마신의 은총을 얻었으니까요."

지독한 방법이었다. 몇 번을 찔러야 하는지, 몇 번을 베어야 하는지 정확한 것이라고는 하나도 없었다. 대신관이 말을 이었다.

"기회가 닿는다면 황제가 죽을 때까지 심장을 찔러도 좋아요. 그들은 불사가 아니에요. 죽일 수는 있을 거예요. 하지만 쉽지 않을 뿐이에요. 최대한 모든 방법을 이용하세요. 대신전은 이곳에서 최대한 해야 할 일들을 하고 있겠어요."

대신전에서 할 수 있는 일. 최대한 제를 막기 위해 여신 혹은 창조주의 힘을 빌리는 일일 것이다. 혹은,

"아, 성기사를 보내어 황제를 막는 것은 안 되나요?"

성기사가 있었다. 귀족가에서 사병을 소유하는 것은 불법이지만 신전만은 달랐다. 황제 근위대와 성기사는 명백히 다른 갈래였다. 어쩌면 무력에서 성기사를 사용할 수 있지 않을까? 하지만 돌아오는 대답은 부정적이었다.

"벤지안스, 우리는 황제의 뜻을 따라야 한다는 굴레에 갇혀 있어요. 성기사들은 지금 황제의 자리에 앉아 있는 사람에게 칼을 들이밀 수 없어요. 그것이 신력으로 보호되고 있는 이치예요."

그녀가 나를 바라보며 말했다. 이제야 황제가 무얼 믿고 그렇게

행동했는지 전부 알 것 같았다. 성기사는 황제의 행동을 막을 수 있는 유일한 무력임에도 황제의 앞을 막을 수가 없다. 황제가 지금 황제 위에 앉아 있는 동안에는 언제나 그러했다.

"신전이 인정하는 황제는 무엇이죠?"

"황위에 앉아 사람들의 인정을 받은 사람입니다."

"그럼, 황제위에서 내려온 자는 황제가 아니라는 말인가요?"

"물론입니다, 벤지안스."

길이 보이는 것 같았다. 황제위에 앉아 있기 때문에 황제라면, 그를 황제위에서 끌어내리면 된다. 무슨 수를 써서라도. 내 질문에 대신관이 긍정했다. 앞서가던 그녀가 걸음을 멈추었다.

"도착했어요. 그대들을 황성으로 데려다줄 말은 이 문 뒤에 있을 거예요. 무운을 빕니다, 벤지안스, 디르케온."

대신관의 한마디에서 황제와의 싸움이 눈앞으로 훌쩍 다가왔다는 것을 깨달았다. 대신관이 도와주고 있지만 수세에서 밀리는 싸움이었다. 적어도 내가 느끼기엔 그러했다.

"……제가 막을 수 있나요?"

"그대들이 막을 수 있어요."

나는 마지막으로 대신관의 얼굴을 바라봤다. 급박함 속에서도 그녀는 미소를 잃지 않고 있었다. 고작 그 몇 마디 나눴다고, 고작 몇 가지 진실을 알려줬다고 더 이상 그녀가 야속하지 않았다. 적어도 지금은 아군이라는 생각이 들었다.

"……또 봐요."

머뭇거리며 내뱉은 인사에 그녀가 웃어 보였다.

"물론이지요."

디온이 말 위에 올라탔다. 그가 내 손을 끌어 제 앞에 앉혔다.

나는 디온의 앞에 올라타 그녀를 한 번 돌아봤다.

황제가 지금 대신전으로 오고 있는 이유는 무엇일까? 이 이후에 어떻게 될까? 그 무엇도 확신할 수 없었다. 우선 나는, 내가 할 수 있는 일을 해야 했다.

"이럇!"

말의 옆구리를 차는 소리와 함께 몸이 뒤로 쏠렸다. 시야에 잡히던 광경이 빠르게 스쳐 지나갔다. 말은 최대한의 속력을 내고 있었다.

우선 할 수 있는 것은 다 해야 했다. 황제가 마족을 소환하도록 두어서는 안 된다. 황제의 소환 의식이 생각보다 빨리 진행되고 있었다. 단순히 누군가를 공격하는 것이 아닌 인간을 제물로 바쳐서 하는 거대한 마족 소환이었다. 여신으로 치자면 누군가가 여신의 곁을 수호하는 천사를 소환한다는 것과 마찬가지였다. 그만큼 거대한 계약이었다.

그렇기에 카르디안의 학살 이후로 다음 학살을 준비하는 데 시간이 걸려 우리에게 조금의 여유라도 있으리라 생각했다.

이가 저절로 악물렸다. 황후와 황태자, 그들을 처리했지만 이제는 사라져 버린 그들에게 계속해서 짜증이 치밀어 올랐다. 애초에 그들을 제거하지 않아도 되었다면 이렇게 늦어지지 않았을 텐데. 조금 더 빨리 이 사태를 방지할 수는 없었나 싶으면서도 이것이 최선이라는 것이 자꾸만 화가 났다.

말은 어느새 황성 안으로 들어가고 있었다. 나와 디온의 얼굴을 아는 기사들은 우리의 출입을 막지 않았다. 금세 내 성 앞에 다다랐다. 말에서 내려 빠르게 성 쪽으로 걸음을 옮겼다. 우선 넥토즈와 마농에 서신을 보내 땅속에 묻혀 있는 제단을 파괴하도록 지시할 생각이었다.

옆에서 걸음을 같이하는 디온을 바라봤다. 그의 손에는 대신 전에서 가져온 성검이 쥐여져 있었다. 검집에 가려진 검신은 이곳에서는 그 빛을 발하지 않았다.

"디온, 성검을 꼭 갖고 다녀요. 그리고 황제가 부르면 응하지 말아요. 일주일만, 아니, 그보다 더 적게 걸릴 수도 있어요."

황제는 그의 기억을 읽을 수 없다. 하지만 그것조차 위험할 수도 있었다. 그가 성검이 우리 손에 들어왔다는 것을 알아채곤, 성검을 빼앗기 위해 함정을 판 후 그곳에 디온을 부를 수도 있었다.

"계획 중인 것이 있습니까?"

"황제가 되려고요."

디온이 묻고 내가 답했다. 황제가 된다. 되어야 한다. 나는 결단코 황제가 될 생각이 없었다. 하지만 수단으로서 황제가 되어야 한다. 그것만이 지금의 황제를 폐위시키고, 그의 죄를 낱낱이 고하고, 군대를 통솔하고, 각국과 더욱 쉽게 연락할 수 있는 방법이었다.

내 말에 디온의 눈이 크게 떠졌다. 그가 들은 것을 확인하려는 듯 입을 열었다.

"제가 해석한 것이 맞습니까?"

"역모를 꾀한다고 하는 것이 옳을까요?"

"마땅히 되어야 할 분이 황제가 되는 것이라 생각합니다."

그렇게 대답하는 디온의 표정은 굳건했다. 그는 내가 황제의 길을 선택했다고 믿고 있는 것이 분명했다. 아니, 그라면 내가 황제의 길을 선택할 의도가 아니라는 것을 알아챘을 수도 있었다. 하지만 역시나 그라면, 내가 황제의 길을 걷도록 등을 밀어줄 것이다.

나는 그것을 원치 않았다. 나에게도, 디온에게도 내가 황제가 되는 것은 수단이어야 했다. 때문에 나는 그의 질문에 단호하게 대답했다.

"아니요."

그가 의아한 표정으로 나를 쳐다보았다. 나는 그의 눈을 마주했다. 그의 눈에 떠오른 의아함을 내 굳건함으로 뚫어내야 했다. 나는 그에게 내가 원하는 바를 똑똑히 전해야 했다.

"디온. 황제는 디온이에요."

"무슨, 말씀을 하시는지 모르겠습니다."

디온은 내가 무엇을 말하는지 알아들은 게 분명했다. 더군다나 이능이 풀렸다면 그럴 수밖에 없었다. 하지만 그는 그것을 부정하고 있었다. 그 증거로 그의 어조에는 의아함보다는 못마땅함이 담겨 있었다.

"나는 황제가 될 자격이 없어요."

"벤지만큼 황제에 적합한 자가 없습니다."

그가 내내 하던 말이었다. 나는 고개를 가로저었다. 나는 절대 황제가 될 만한 사람이 아니었다. 나는 소르트를 사랑하지 않는다. 소르트의 미래를 생각하지 않는다. 소르트뿐이 아니었다. 나는 내 먼 미래조차 보지 못하고 있었다.

그의 눈을 똑바로 마주했다. 내 뜻을 전하고 싶어서. 목소리에 힘을 실었다.

"디온, 황제는 말이에요. 미래를 보는 자에게 필요해요. 내가 보는 미래는 복수까지가 끝이에요. 그리고 그 뒤의 미래는 디온의 옆 말고 생각해 본 적이 없어요. 그 뒤의 미래는, 소르트의 미래는 디온만이 보고 있어요. 당신만큼 올곧고, 소르트를 사랑하고, 이 대륙을 사랑하는 자는 없어요."

"……어째서 그렇게 확신을 하고 계십니까?"

"나는 모든 걸 알고 있으니까요."

처음으로 돌아오는 디온의 질문에 한 번도 한 적 없는 한마디를 던지며 나는 미소를 보였다.

사실이었다. 나는 알고 있었다. 이유를 묻는다면 답할 수는 없지만, 나는 그가 올곧고, 소르트를 사랑하고, 이 미래를 바라볼 수 있는 자라는 것을 알고 있었다.

디온이 나를 멍하게 쳐다보았다.

"터무니없는 말인데도 벤지가 말을 하니 이상하게 믿음이 갑니다만."

"사실이니까요. 모든 걸 알고 있는 내가 말하는데, 그 성검은 디온을 주인으로 인식했어요. 이게 무슨 의미인지 알고 있잖아요."

"하나 성검은 벤지도 가질 수 있습니다."

"어쩔 수 없는 소르트의 피에 속한 것과 핏줄을 초월한 소유. 무엇이 더 강하다고 생각해요?"

그 누구라도 받아들일 만한 한마디였다. 하지만 디온의 표정은 단호했다.

"받아들일 수 없습니다."

올곧은 그의 대답에 나는 애매하게 웃어 보였다. 내 복수가 끝나가고 있었다. 이 복수의 끝이 성공이든 실패든, 끝나가고 있었다. 조금씩 미뤄뒀던 이야기를, 내가 느껴왔던 것을 그에게 말해야 했다.

"디온 있잖아요. 나는 알고 있어요."

"무얼 말입니까?"

"복수가 끝나면 나는 끝이에요."

"무슨 뜻입니까?"

그의 표정이 굳었다. 예상한 반응이었다. 이럴까 봐 말하지 않고 있었는데. 나는 그의 손을 조금 더 세게 잡았다.

"디온이 아니었으면 나는 황제와 함께 죽겠다 생각했을 거예요. 아니라고 말하지 말아요. 나는 알고 있어요."

디온의 눈동자가 흔들렸다. 마주한 표정에서 그가 내 말에 충격을 받았다는 것을 알 수 있었다. 하지만 나는 내가 하고자 하는 말을 해야 했다.

"그런 자가 당신이 사랑하는 소르트를 통치할 수는 없어요."

그것이 커다란 이유였다. 내가 황제가 되는 것은 내가 사랑하는 사람을 기만하는 것과 같은 행동이었다. 그것이 합리화일지언정, 적어도 내 안에서는 그러했다.

디온은 입을 다물었다. 잠시 동안 그는 아무 말도 입 밖에 꺼내지 않았다.

"적어도, 모든 것이 끝난 후 말씀하십시오. 아직은 납득하기가 힘듭니다."

그는 겨우겨우 말을 내뱉었다. 적어도 그 안에 굽힐 수 없는 단호함은 없었다. 나는 그저 웃으며 고개를 끄덕였다. 여기까지가 당장에 그가 굽힐 수 있는 마지노선일 것이다. 그의 말대로 그 후는 모든 것이 끝난 후 말해야 했다.

성으로 들어가 메인 룸의 문을 열기 직전에, 나는 디온에게 한 가지 부탁을 했다. 이동진을 통해 다섯 번째 제물화 구역인 엘란드로 향하고 있는 네르아테안의 행적을 파악할 수 있는지 알아볼 것. 어차피 이동진은 황성 안에도 있었다. 그리 멀지 않을 곳이었다. 그 짧은 시간 동안 최대한 많은 일을 해야 했다.

나는 디온을 보내고, 방문을 열었다. 그곳에는 대신전에 들르기 전, 먼저 보낸 베른과 글레나가 있었다.

"베른, 루치스 후작가에 서신을 보내면 언제쯤 도착하죠?"

두꺼운 외투를 벗어 글레나에게 건네며 베른에게 물었다. 우선은 꽤 많은 수의 기사가 필요했다. 그들과 신성력이 뛰어난 자들을 함께 이미 제물화가 끝난 마을에 보내야 했다. 하지만 황성에 주둔하고 있는 군대를 사사로이 쓰는 것은 불가능했다. 그들에게 명령을 내린다면 황제 직전에 그 사실이 귀에 들어가는 자는 근위대장이었다.

즉, 그 근위대장을 설득하면 어느 정도의 무력은 사용할 수 있는 셈이었다. 그리고 그 근위대장은 일전에 내게 도움을 주겠다 사사로이 약속했던 와비엔 루치스였다.

내 말에 베른이 부복하고는 물어왔다.

"아버지가 필요하신 겁니까, 후작가가 필요하신 겁니까?"

"정확히는 와비엔 후작의 군사력이 필요해요."

"아버지께서는 쉽게 힘을 빌려주시지 않을 겁니다."

"굳이 누군가와 싸울 필요는 없어요. 그냥 부탁할 것이 있는데, 무력이 조금 필요할 뿐이에요."

"아버지께서는 수도에 계십니다. 보시겠습니까?"

"아니요. 그가 믿는 기사 다섯과 그 안에 적힌 자를 데리고 남부의 세르피나에 보내라고 전해줘요. 이 서신과 함께 말이에요. 지금 시간이 없거든요. 그리고 황제가 부르기 전까지 절대 황성에 들어오지 말라고도 전해줘요."

베른이 잠시 고개를 들었다. 그의 얼굴에 미미한 걱정의 빛이 어렸다.

"아버지께서 전하를 믿지 않을 수도 있습니다."

"베른은 믿잖아요."

베른의 눈이 크게 떠졌다.

"와비엔 후작은 그의 아들을 믿고, 그의 아들인 당신은 당신의 주군을 믿잖아요. 그걸로 됐어요. 이 서신을 전해줘요. 내가 본 루치스 후작이라면 베른의 말을 믿을 거예요."

사실 후작이 나를, 그리고 그 서신 안의 내용을 믿을지 확신할 수는 없었다. 하지만 할 수 있는 것은 전부 해야 했다. 나는 서신에 황제의 만행을 빼곡하게 적어놓은 상태였다.

제물화가 끝난 곳에 기사들을 데려갈 것. 그 기사들과 같이 데려가야 할 자는 대신관 후보 중 한 명이었다. 대신관 후보가 될 정도로 신성력이 남들보다 배는 강한 자들이다. 제단을 파내는 일은 그런 자와 꼭 함께해야 하는 일이었다.

내게서 서신을 받아 제 품 안에 넣은 베른이 몸을 일으켰다. 그러고는 조심스레 내게 물었다.

"무슨 일이 벌어지고 있는지 물어도 되겠습니까?"

"아직은 아니에요. 미안해요."

"……제국에 해가 되는 일입니까?"

"내가 하는 일이요?"

"아니요, 전하께서 막고자 하는 일 말입니다."

"치자면 그렇긴 하네요."

"제가 할 수 있는 일은 없습니까?"

베른 역시 제국을 사랑하는 자였다. 융통성이 없기는 베른도

매한가지였다. 그가 할 일, 생각하다가 답을 했다. 그는 그저 그가 하던 일을 그대로 하면 충분했다.

"내가 죽지 않게 해요. 디온 혼자서는 벅찰 거예요. 우선은 후작에게 서신을 전하고 와요. 그때까지 디온이 이곳에 있을 거예요."

"분부 받들겠습니다."

그가 몸을 돌려 빠르게 사라졌다.

이제 다섯 군데 중 마지막인 엘란드로 가서 제를 막아야 한다. 대신관의 말대로라면 네르아테안이 그곳으로 이미 출발했을 것이 분명했다. 그곳으로 가서 어떻게든 막아야 한다. 디온의 성검을 이용해서라도. 대규모의 군사들을 엘란드를 향해 움직일 수는 없었다. 그것은 황제에게 너무 빤히 보이는 처사였다.

급박하게 방에서 나가려는 순간이었다. 문을 두드리는 소리가 들려왔다.

"전하, 2황녀 전하께서 방문하셨습니다."

평소보다 조금 더 급한 시녀의 목소리였다. '지금 바빠요'라며 그녀의 방문을 거절하려는 순간이었다. 문이 벌컥 열리며 동시에 아델라이네가 들어왔다. 평소 그녀가 그렇게 조용한 타입은 아니었다. 하지만 지금 그녀는 굉장히 다급해 보였다. 빠른 걸음으로 종종거리며 들어온 그녀가 나를 불렀다.

"언니!"

"아델."

"언니, 할 말이 있어요."

아델라이네가 내 앞에 섰다. 그녀의 낯빛이 좋지 않았다. 평소와는 확연히 달랐다. 상황이 급하지만 않았다면 그녀에게 무슨 일이냐고 물어봤을 것이었다. 하지만 지금은 갈 길이 바빴다.

"미안, 지금 할 일이 너무 많아."

나는 그녀를 지나쳐 갔다. 아니, 지나치려 했다.

"언니! 안 돼요! 이것만큼 급한 일일 수가 없어요."

빠르게 발걸음을 옮기는 내 팔을 아델라이네가 잡아챘다. 나는 그녀가 그렇게 다급한 것을 본 적이 없었다. 아델라이네의 목소리가 조금 가라앉아 있었다. 평소의 명랑한 목소리가 아니었다.

그녀를 이렇게 급하게 만들 수 있는 일이 있었나? 그래, 있었다. 그녀가 이렇게 다급해질 수 있는 일은 두 가지뿐이었다. 가족, 그리고 마술. 그 두 가지가 동시에 얽힌 일이 지금 벌어지고 있었다. 나는 걸음을 멈췄다. 혹시 지금 일에 대한 실마리를 그녀가 알아챈 것은 아닐까?

"무슨 일인데 이렇게 급해?"

"언니도 알고 있었어요?"

그 질문을 던지는 아델라이네의 표정은 다급하기 그지없었다. 난데없는 질문이었다. 무엇을 말하는지 알 수가 없었다.

"뭘 말하고 있는지 모르겠어."

"아바마마께서."

여기까지 말했을 때 그녀가 전달하고자 하는 것을 어느 정도 알 수 있었다. 내 예감이 맞을 것 같았다. 그녀는 황제와 마술에 관한 일로 나를 찾아온 것이다. 여전히 내 팔을 붙잡은 채 그녀가 말을 이었다.

"아바마마께서 마술에 손을 댔다는 사실을 알고 있었어요?"

"그걸 어떻게 알았어?"

반사적으로 반문했다. 아델라이네가 알아서는 안 됐다. 어떤 경로에서든, 그녀가 그 사실을 알아서는 안 됐다.

왜? 왜 그녀가 알아서는 안 되지? 명확한 이유는 찾을 수가 없었다. 하지만 내 머릿속에서는 계속 아델라이네가 그 사실을 알아서는 안 된다고 속삭이고 있었다. 공격적인 어조로 던져진 내 질문에 아델라이네가 나를 잡았던 손을 놓았다.

"언니도 알고 있었어요?"

"어떻게 알았냐고 묻고 있잖아."

말에 힘이 들어간다. 아델라이네의 눈이 크게 흔들리는 것이 보였다.

"언니도, 언니도 마술에 손을 댔어요?"

그녀는 내 말에 대답하지 않고 있었다. 대신 내게 또 다른 질문을 던졌다. 그녀의 얼굴에 떠오른 것은 끝없는 불신이었다. 그리고 두려움이었다. 그래, 대답을 듣기 위해서는 우선 그녀를 진정시켜야 했다. 그녀가 어떻게 이 사실을 알게 되었는지 들어야 했다. 그래야지 그녀가 황제의 이능을 피하도록 만들 수 있었다.

여기까지 생각하고 나서야 어째서 그 이유가 그리도 궁금했는지 알 수 있었다. 황제가 아델라이네에게까지 손을 뻗치도록 만들고 싶지 않아서.

한 발 물러난 그녀에게 내가 한 발 다가갔다.

"아니. 절대 아니야."

"하지만 그걸 어떻게 믿어요? 폐위된 전 황태자가 마술에 손을 댔고, 2황비인 저희 어마마마도, 그리고 황후도, 이제는 소르트의 황제이신 아바마마께서도 마술에 손을 댔는데. 모두가 마술사와 결탁했는데, 언니는 아니라고 어떻게 믿어요?"

그녀의 목소리가 떨리고 있었다. 내게 말하면서 그녀는 내 눈을 마주치지 못하고 있었다. 안 돼. 기억을 읽어야 해. 누가 아델라이네에게 그 사실을 알렸는지 알아내야 했다. 어서. 그래야지 차선책을 생각할 수 있다. 나는 그녀를 달래야 했다. 최대한 부드러운 어조로 입을 열었다.

"너는 마술에 손대지 않았잖아."

"······!"

"그런데 왜 나를 못 믿어?"

불신에 가득 차 있던 눈동자가 조금씩 돌아온다. 나는 그녀에게 한 발 더 다가갔다. 그녀가 고개를 들었다. 나는 아델라이네를 바라봤다.

"······정말이에요?"

그녀의 목소리는 여전히 떨리고 있었다. 그에 반대로 나는 최대한 차분한 목소리를 내려고 노력했다.

"알고 있잖아. 마술에 손댄 사람은 성검을 손에 쥘 수가 없어. 그리고 나는 즉위식 때 성검을 손에 쥐었어."

"맞아요. 미안해요. 아바마마까지 마술에 손을 댔다는 것이 너무 충격적이라 그 누구도 믿기가 힘들었어요."

"이제 말해봐. 누가 아바마마께서 마술에 손을 댔다고 말했어?"

이제야 그녀가 내 눈을 똑바로 바라봤다. 누가 2황녀에게 황제의 중죄를 알렸지?

"······아바마마께서요."

기억을 읽는 것과, 아델라이네의 입에서 그 말이 튀어나온 것은 거의 동시였다. 나는 한순간 그 자리에서 굳어 있었다. 왜? 어째서? 황제가 어째서 스스로 2황녀에게 마술사와 결탁한 것을 시인했지?

황제의 뒤를 이을 내게 알리는 것과, 아무런 후계의 자격이 없는 2황녀에게 알리는 것은 커다란 차이가 있었다. 황제는 아델라이네에게 제 잘못을 알릴 타당한 이유가 없었다. 그녀의 의사가 필요 없었으며, 그녀의 가치관을 시험할 필요도 없었다.

지금 남아 있는, 그가 시험할 사람은 오직 나뿐이었다. 거기까지 생각이 닿자 그제야 알 수 있었다.

"하, 하하."

이유를 알자마자 허탈한 웃음이 입술 새로 흘러나왔다. 걸려들었다. 황제가 친 거미줄에 걸려들고 말았다. 내 안색을 살피며 아델라이네가 조심스럽게 말을 이었다.

"아바마마께서 스스로 마술에 손을 댔다고 말씀하시면서 제 의중을 물어보셨어요."

"그래서?"

"저는 대답을 못 하고 나왔어요. 그리고 어디로 가야 할지 몰라서 언니를 찾아왔어요."

아델라이네를 이용해 나의 의중을 떠본 것이 틀림없었다. 아마 그는 나를 확실하게 믿기가 힘들었을 것이다. 그래서 내 주변인들을 언제나 끊임없이 살폈을 것이다. 황제는 내가 그를 믿는다는 증거를 발견하지 못했을 것이다. 하지만 그렇다고 내가 그에게 반기를 들고 있다는 확실한 정황 역시 잡아내지 못한 것이다.

그리고 지금, 내가 마농을 다녀온 후 움직임이 이상하다 느꼈을 것이다. 이에 황제는 마지막 수를 둔 것이다. 아델을 이용하는 수단. 그리고 내가 거기에 넘어간 것이다. 바보처럼.

"아델."

"언니?"

"내가 말할 때까지 황제를 찾아가지 마."

우선은 그녀를 황제와 만나게 해서는 안 된다. 그리고 만나지 않는 그 잠시 동안 어떻게든 황제를 황제 위에서 끌어내면 된다. 최소한 황성의 권한이 내 손안에 들어올 때까지만 아델라이네를 황제와 만나지 않게 해야 한다. 단호한 내 말에 아델라이네의 표정이 난감하게 굳었다.

"하지만 아바마마께서 언니가 돌아오면 그날 만찬을 갖자고 하셨어요. 그걸 빠지면……."

"만찬?"

뜬금없는 만찬이었다. 그것도 나를 불렀다. 그의 속내가 빤히 보였다. 황제가 어떤 생각을 하고 있는지 알 것 같았다. 아델라이네의 기억을 읽고, 제가 원하던 반응이 아니면 그 자리에서 나를 처리할 심산인 것이 분명했다.

더더욱 아델라이네가 황제를 만나도록 둘 수 없었다.

"만찬이고 황명이고 뭐고 필요 없어. 그 자리에 나가지 마. 아델, 마술에 대해 긍정적이야? 네가, 네 어머니가 모두가 마술로 어떤 꼴이 됐는지 알고 있으면서도 마술에 손을 댄 황제에게 살갑게 대할 수 있어?"

아델라이네가 입술을 꽉 깨물고는 고개를 저었다. 그녀의 표정에서 나오는 것은 황제에 대한 적대감이었다. 이제 그녀는 제 아비인 황제에게 더 이상 호의적이지 못한 상태였다. 무언가 골똘히 생각하던 아델라이네가 내게 질문을 던졌다.

"하지만, 지금 대화를 아바마마께 말하지 않으면 되지 않아요? 여기에 언니랑 나밖에 없는데."

"이능이 있잖아. 이능 때문에, 빌어먹을 이능 때문에 안 돼. 모든 것을 다 알게 될 거야."

나도 도대체 어째서 이 이야기를 아델에게 하고 있는지 알 수가 없었다. 하지만 계속해서 수면 위로 떠오르는 감정은 분노였다. 무엇에 대한 분노? 황제가 나를 떠봐서? 내가 또다시 그의 수법에 말려들어서?

아니, 그것뿐만이 아니었다. 물론 아델라이네에게 거짓을 고하고 그녀를 이용할 수도 있었다. 하지만 내키지가 않았다. 도대체 왜? 알 수가 없었다. 이유를 도무지 알 수조차 없었다.

"너 스스로 눈을 뽑아낼 생각이 없으면 절대 황제를 만나지 마. 황제와 눈을 마주하면 나와 한 대화, 네가 들은 것, 본 것 모두 그게 알게 돼. 절대, 절대로 내가 부를 때까지 황제에게 가지 마. 알겠어?"

화가 났다. 도대체 왜 화가 나는지 알 수가 없었다. 하지만 화가 났다. 황제는 그녀가 아버지라고 생각하는 자였다. 황제는 아델라이네를 아끼는 듯 행동했고, 아델라이네는 그런 황제를 따랐다. 그것은 그녀가 아카데미에 있을 때부터 알고 있던 사실이었다.

그런 자가 아델라이네를 제 목적을 위한 패로 사용했다. 황제의 성정이라면, 아델라이네가 제 몫을 다하지 않으면 그녀의 숨통을 끊을 것이 분명했다. 황제는 그런 자였으니까.

그래서 화가 났다. 내가 하는 짓과 다를 바가 없는데. 아니, 다를 바가 없어서 화가 났다.

"알겠어요."

몰아붙이는 내 말에 아델라이네는 고개를 끄덕였다. 그녀의 얼굴에는 불안함이 가득했다. 사태가 그리 낙관적이지 않으리라는

것을 깨달았음이 분명했다. 마술사와 손을 잡은 황족들을 전부
처단한 황제가 그 스스로 마술사와 결탁하고 있었다. 이 사실을
듣고 그녀 스스로 깨달은 것이 없을 리가 없었다.

다시 한 번, 그녀에게 다짐을 들으려는 순간이었다.

"벤지!"

노크도 없이 문이 벌컥 열렸다. 급박한 발걸음이었다. 열린 문
으로 들어오는 자는 디온이었다. 그의 표정이 다급해 보였다.

"엘란드가."

엘란드, 다섯 번째 제물화에 필요한 지역이었다. 그 첫마디에
서, 그의 표정에서 나는 그가 그다음에 꺼낼 말이 썩 좋지 않은
것이란 걸 알 수 있었다. 황급히 들어온 디온의 손에는 방금 전
신전에서 받아온 성검이 들려 있었다. 아델라이네의 눈이 그곳으
로 향했다.

"성검……?"

아델라이네의 눈이 디온의 성검에 닿았다. 디온이 황급히 검을
제 뒤로 숨겼다. 하지만 이미 눈에 담긴 성검을 어떻게 할 수가
없었다.

나와 디온은 침묵했다. 아델라이네는 머리가 나쁜 자가 아니었
다. 나름의 생각을 할 줄 아는 소녀였다. 원작의 서술에 의하면
꽤나 영특한 소녀였다. 그것이 불안했다. 그녀가 무언가를 알아채
지 않기를 속으로 간절히 바랐다.

방 안에는 잠시간의 침묵이 가라앉았다.

"성검……. 마술."

아델라이네가 홀린 듯이 중얼거렸다. 거기까지 중얼거린 아델
라이네가 손바닥으로 제 입을 막았다. 잠시 숨을 삼켰다가, 천천

히 손을 떼어냈다.

"나는, 아무것도 몰라요. 아무것도 못 봤어요."

그녀는 뒷걸음질 치며 고개를 저었다.

"정말이에요. 아무것도 몰라요."

하지만 나는 알 수 있었다. 그렇게 말하는 그녀의 모습은 절대로 아무것도 모르는 자의 행동이 아니었다.

어떻게 해야 하지? 그녀의 기억을 바꿔야 하나. 하지만 그녀의 기억을 바꿀 수가 없었다. 이능은 이미 한 번 사용됐다. 머리를 맹렬히 굴렸다. 하지만 마땅한 방법이 생각나지 않았다. 모든 것이 꼬였다.

"제 성으로 돌아갈게요. 절대, 절대로, 절대로 아바마마를 만나지 않을게요. 절대로."

그녀가 그대로 뒤를 돌아 거의 달리듯이 방을 빠져나갔다. 두꺼운 문이 쾅 하고 닫히는 소리가 울렸다.

저 뒤를 따라가야 했다. 최소한 그녀를 만나 무언가 대책이라도 세워야 했다.

"도대체 무슨 일입니까?"

"황제가 아델라이네를 이용해서 내 의중을 떠봤어요. 아델라이네를 찾아가야겠어요."

말이 서둘러서 입 밖으로 나왔다. 뒤통수가 쎄하게 당겨져 오는 느낌이었다. 예상치도 못한 변수가 끼어들었다. 아델라이네에게는 지금 사태를 알리지 않을 생각이었다. 그녀에게 알리는 것은 위험했으니까. 내게도, 그녀에게도. 하지만 모든 것이 꼬여 버렸다.

디온이 얼른 발걸음을 옮기려는 내 앞을 가로막았다. 급한 표정이었다.

"무엇이 더 급한지는 모르겠으나 급한 일이 있습니다."

"뭐예요? 설마."

디온의 굳은 표정을 마주 봤다. 그의 표정이 좀처럼 펴질 생각을 하지 않고 있었다. 그가 굳은 얼굴로 어렵사리 입술을 떼었다.

"엘란드에 다른 네 곳과 똑같은 현상이 일어났다고 합니다."

그의 입에서 나오는 내용은 그의 심각한 표정에 퍽 어울리는 것이었다. 나도 모르게 입술을 깨물었다. 어떻게 해야 하지. 머리가 터질 것만 같았다.

"데비스를 찾아야 해요. 제물을 막아야 해요. 칼을 꼭 쥐고 있어요. 우선은 아델을 따라가야겠어요. 너무 빨리 제 성으로 갔잖아요. 어떻게든 말하면서 우리가 성검을 갖고 있고 황제의 계획을 알고 있다는 사실을 들키지 말아야 해요."

우선은 황제가 움직였다. 아델라이네에게 마술사와 계약했다는 것을 말했다는 것은 그의 계획이 거의 막바지에 다다랐다는 이야기였다. 아델라이네를 설득해 황제를 폐위시킬 방법을 모색해야 했다. 혼자 황제의 죄를 외치는 것보다 황족 두 명이, 더 나아가 귀족들의 말이 더욱 신빙성을 가져다줄 것이니.

나는 급하게 몸을 돌려 방 밖으로 나섰다. 디온이 옆에서 빠르게 따라왔다.

아델라이네의 성으로 향했다. 내 성에서 아델라이네의 성까지는 별로 멀지 않았다. 치마를 들고 거의 달리다시피 걸었다. 사태가 너무나도 급박했다. 얼마나 빨리 뛰어갔는지 시야에 아델라이네는 보이지 않았다. 빠르게 걸어 도착한 아델라이네의 성은 이상하게 정신이 없었다. 평소와 달리 너무 부산스러웠다.

"황태자 전하를 뵙습니다."

성 입구에 서 있던 기사가 인사를 건넸다. 성문 앞에는 평소와 달리 시녀들이 빠르게 움직이고 있었다. 평소에는 보이지도 않던 시종 역시 부산스럽게 움직이고 있었다. 불안함이 치밀어 올랐다. 성 안에 들어가 시녀장을 붙잡았다.

"성이 이상하게 부산스러운 것 같은데, 내 기분 탓인가요?"

"아, 황제 폐하께서 찾아오셨습니다."

디온과 눈이 마주쳤다. 날카롭게 통하는 무언가가 있었다. 아마 지금 그와 나는 같은 심정일 것이었다.

빨리, 아델라이네가 황제를 마주하기 전에 빨리 그녀를 만나야 한다. 어떻게든 아델라이네를 만나고…… 만나서 어떻게? 그래, 그녀를 설득해야 한다. 황제를 끌어내리자고.

하지만 지금은 황제가 이 성 안에 있었다. 머리가 복잡했다. 아델라이네와 황제가 만나지 않았을까? 만났을까? 만약 만나기 전이라면, 어떻게 해야 하지? 성검을 아델라이네의 손에 들려줘야 하나? 그럼 성검이 이능을 막아주기는 할까? 그녀의 눈을 가릴까? 황제를 죽여 버릴까?

걸음이 빨라지기 시작했다. 길고 풍성한 드레스가 오늘따라 더욱더 거치적거렸다. 드레스를 잡고 빠르게 걷기 시작했다. 뛰는 건지 걷는 건지 알 수가 없었다.

메인 홀을 지나, 계단을 올랐다. 층간을 올라 아델라이네의 방이 있는 층에 다다랐다. 평소와 달리 시녀들의 표정이 조금 굳어 있었다. 아델라이네와 황제는 사이가 좋은 부녀지간이었다. 사용인들의 표정이 굳어 있을 이유가 없었다. 도대체 무슨 일이 일어나고 있는 거지?

황제가 굳이 지금 여기에 왔다. 왜? 만찬에 나가지 않는 것은 가능했다. 하지만 방문한 황제를 거절하는 것이 과연 가능할까?
아델라이네는 황제를 거절했을까? 거절하려 했을까?

이상하게 불안했다. 빠르게 걸음을 옮겨 통로를 걷기 시작했
다. 눈앞에 그녀의 방이 점점 보이기 시작했다. 그 순간이었다.

"꺄아아아악!"

난데없는 비명이 들려왔다. 귀를 찢을 듯이 날카로운 소리였다.
여자였다. 아델라이네인가? 아니야. 아델라이네의 목소리가 아니
었다. 그렇다면 누구지? 도대체 어떤 일이지? 앞을 막고 있는 시
녀들을 지나쳤다. 나도 모르게 달리고 있었다. 급한 마음에 그녀
들을 밀쳤다. 시녀들이 이쪽으로 모여들었다.

"비켜요."

나는 그쪽으로 달려갔다. 내가 낼 수 있는 최대한의 속력이었
다. 그 순간이 너무 길었다. 그렇게 달려 비명이 들려왔던 방 앞
에 도착했다. 방문은 닫혀 있었다. 그 앞에는 시녀들과 기사들이
서 있었다.

저 안에 황제가 있다. 내 직감이었다.

나는 빠르게 문 앞으로 향했다. 손을 뻗어 방문을 열려고 했
다. 하지만 내 행동은 가로막혔다. 황제의 기사인지 아델라이네의
기사인지 모를 자들이 내 앞을 막아섰다.

"안에 폐하가 계십니다."

기계처럼 고저 없이 말하는 그 모습에 짜증이 확 치밀어 올랐
다.

"알고 있어요."

대답하며 문 앞으로 다시 손을 뻗었다. 그들이 강경하게 내 앞
을 가로막았다.

"아무도 들이지 말라고 하셨습니다."

그들의 말에 나는 고개를 치켜들었다. 화가 머리끝까지 뻗쳐올랐다. 안에서 다시 비명 소리가 났다. 무슨 일이 있음이 분명하다. 그런데 문 앞을 막아? 황족이, 황제의 딸이, 2황녀가 안에서 어떤 꼴을 하고 있을지 모르면서 문 앞을 막아?

"비켜! 나는 아바마마를 뵈어야겠다."

그대로 돌진하는 내 앞을 기사들이 막아내려고 손을 뻗었다. 하지만 그보다 더 빨리 그들의 팔을 낚아채는 자는 디온이었다.

그는 낚아챈 기사의 팔을 그대로 뒤로 꺾고, 손을 올려 무방비 상태인 기사의 목을 가격했다.

그렇게 한 명이 쓰러졌다. 그 후는 보지 않아도 알 수 있었다. 차례로 한 번, 두 번, 그리 화려하지 않은 디온의 손에 세 명의 기사가 무릎을 꿇었다.

기사는 많지 않았다. 네 명뿐이었다. 그중 세 명을 제압했다. 디온의 손에 들린 성검이 나머지 한 명의 목에 가 닿았다. 성검으로 사람을 죽일 수가 있나? 그건 잘 모르겠다. 어쨌든, 누구나 그 성검의 생김새를 볼 수 있는 위치에 디온이 꺼내놓았다.

지금 이 자리에서 성검의 생김새를 모르는 자는 없었다. 적어도 이 대륙 안에서는 그러했다.

"문, 열어요."

내 목소리가 낮게 깔렸다. 화에 짓눌려 깔린 목소리였다. 명령과도 같은 내 말에 끼이익, 문이 열리는 소리가 들렸다.

문 틈새로 방 안의 풍경이 눈에 들어왔다. 보여서는 안 되는 광경이, 점점 눈에 들어왔다. 눈앞에 펼쳐진 광경에 나는 할 말을 잃었다. 제일 먼저 눈에 들어오는 것은 붉은 액체였다. 그 액체가 어떤 것인지 나는 너무나도 잘 알고 있었다. 피, 그리고 그 위에 쓰러져 있는 사람. 그 소녀는 아델라이네였다.

심장이 쿵 떨어지는 것 같았다. 나는 그녀를 이용하고 있었다. 아니, 이용하고 있다고 생각했다. 하지만 쓰러져 있는 그녀를 보는 순간, 그리고 그 앞에 원흉으로 보이는 황제를 보는 순간, 내가 얼마나 안일하게 아델라이네를 대하고 있었는지 알 수 있었다. 매일같이 찾아오는 아델라이네에게 어느 순간부터 정을 붙였다. 그녀가 쓰러져 있는 순간 드는 감정이 그러했다.

"아델! 뭘 보고 있어! 지혈해!"

반사적으로 목소리가 터져 나왔다. 나는 생각할 겨를도 없이 쓰러져 있는 그녀를 향해 달려갔다. 황제가 그 옆에 서 있는 것이 보였다.

"내 딸아."

"입 닥쳐."

황제의 표정은 구겨지지 않았다. 슬퍼하지도 않았다.

"아델라이네가 당신한테 무슨 짓을 했지? 당신한테 어떤 잘못을 했어? 그녀가 무슨 잘못을 했길래, 당신 딸을 당신 손으로 죽여. 왜!"

"결국 힘의 길에서 벗어난 방법을 택하는구나."

그는 안타까운 눈으로 나를 내려다보았다. 나는 이제 그가 무엇에 대해 안타까워하고 있는지 알 수 있었다. 힘을 추구하지 않고 인간의 도리를 선택한 내가 안쓰러운 것이었다.

나는 입술을 짓씹었다. 화가 치밀어 올랐다. 당신은 어디까지. 어째서, 당신을 믿고 따르는 자까지 해해?

과거의 내가, 그리고 지금의 아델라이네가 황제에게 바랐던 것은 단 하나였다. 아비의 사랑.

그것을 배신했다. 황제는 그것을 철저하게 배신했다. 모든 것을 가진 자가 그것 하나 줄 수 없어서, 제 딸을 또다시 해했다.

"아무 잘못도 없는 딸을 해했으면서 지금 나에게 그 길로 오라고?"

"아델을 짐이 해한 것이 아니라 하면 짐과 함께 같은 길을 가겠느냐?"

그의 목소리에는 아직도 나를 설득하려는 기색이 남아 있었다. 문밖에서 의사가 치료할 물품을 가지고 이쪽으로 달려오는 것이 보였다. 나는 아델라이네를 안고 있던 손을 놨다. 자리에서 일어났다. 내 손에는 여동생의 피가 묻었다.

이 꼴을 보고도, 제 짓이 아니라고 말해.

"거짓말하지 마."

"진실이다. 아델은 이 아비를 보자마자 칼을 꺼내 스스로의 목을 찔렀어. 왜인지는 나도 모르겠구나. 나는 내 둘째 딸이 스스로 목숨을 끊기 전에 첫째 딸인 너를 만나고 왔다는 것밖에 알지 못해."

그의 말을 듣자마자 아델라이네를 바라봤다. 그녀의 손에는 칼이 쥐어져 있었다. 티타임에나 쓸 법한 별로 날이 서지 않은 칼이었다. 그것을 손에 들고 있었다.

심장이 덜컹 내려앉았다. 그 모습을 보는 순간, 황제의 말을 듣는 순간, 그의 말이 사실이라는 것을 알 수 있었다. 그녀가 죽을 이유는 있어도 황제가 그녀를 죽일 이유는 없었다. 디온은 내 지척에서 긴장한 채 서 있었다. 언제라도 내 명령을 받기 위해서.

황제의 시선이 디온에게 닿더니 그의 손에 들린 성검에서 멈췄다. 황제는 다시 시선을 돌려 나를 똑바로 바라봤다.

"짐은 그 이유를 알겠는데, 자랑스러운 내 딸은 그것을 모르는구나."

"헛소리하지 마. 믿지 않아."

"너희의 계획을 알아냈고, 그것을 내게 들키지 않기 위해 자결을 택했군. 보지 않아도 알 수 있어."

더 이상 듣고 싶지 않았다. 나 때문에, 내 계획을 알아서 스스로 목숨을 끊으려고 시도한 것이라는 황제의 말을 부정할 수가 없었다. 정황상 그것이 맞았으니까.

거부할 수 없는 황제의 방문이었고, 나는 이 일을 예상하지 못한 채 그녀에게 황제를 만나지 말 것을 강요했으니까. 어떻게 생각해도 아델라이네 스스로 한 짓이 맞았다. 그렇기에 더 이상 황제의 말이 듣기가 싫었다.

"디온!"

나는 그의 이름을 크게 불렀다. 그가 순식간에 내 앞으로 다가섰다. 디온의 등에서 분노가 느껴졌다. 성검이 황제의 목에 겨눠졌다.

황제의 목에 검이 닿는 순간, 투명한 검신 안에 연기처럼 떠돌던 밝은 색의 빛이 순식간에 사라졌다. 그리고 그 안을 채우는 건 시커먼 연기였다. 마치 빛을 잠식하는 어둠과 같았다.

대륙에서, 적어도 황성에서 지내는 자들은 그것이 무엇을 의미하는지 알고 있었다. 최소한 황성에 대해서, 황족에 대해서, 여신에 대해서, 마술에 대해서 공부한 자들이라면 그것이 의미하는 바를 모를 리가 없었다.

성검의 변화는 단 하나의 사실만을 말하고 있었다. 황제가 마술에 손을 댔다는 것.

여기저기서 숨을 삼키는 소리가 들려왔다.

"결국 네가 선택한 것이 이것이냐."

탄식처럼 그가 말을 뱉었다. 잠시 멈췄던 성검이 디온의 힘에 의해 횡으로 그어졌다. 커다란 회전이, 그가 황제의 목을 벨 의도였다는 것을 보여주었다.

"꺄악!"

시녀들의 외침이 들려왔다. 목이 떨어질 것이라 예상한 자들의 비명이었다. 하지만 그 자리에 떨어져 나온 황제의 목은 없었다. 치솟아야 할 붉은 피도 없었다.

성검이 지나간 자리에는 아무것도 없었다. 그 자리에는 검은 가루가 흩날리다가 사방으로 퍼져 나갈 뿐이었다. 카르디안에서 네르아테안이 그랬던 것처럼.

"도망갔군요."

숨을 내뱉듯 디온이 말했다. 모두가 숨죽이고 있었다. 몇몇은 그 자리에 주저앉는 것이 보였다. 모두가 패닉이었다.

순식간에 일어난 일이었다. 아무도 황제가 마술에 손을 댈 것이라 생각하지 못하고 있었다. 게다가 이렇게 순식간에 마신의 힘을 빌어 도망갈 정도면 여신보다 마신을 더 추앙한다고 해석할 수도 있었다. 그 사실에 모두가 충격에 휩싸여 있었다.

"아델은요?"

그것들을 무시한 채 나는 아델에게 다가갔다. 살아야 한다. 죽어서는 안 된다. 나 때문에, 내 가족이 또다시 죽어서는 안 된다. 설마 죽었나? 또? 이렇게?

그제야 머릿속에 드는 사실이었다. 벼락처럼 한 가지가 머릿속에 내리꽂혔다.

아델을, 동생이라고 생각하고 있었다. 그녀 역시 나와 똑같은 길을 걷지 않게 해줘야 한다고 생각하고 있었다. 내 과거와 아델라이네를 동일시하고 있었다. 그리고 결국, 또다시 나 때문에 그녀가 죽음의 문턱에 서 있었다. 아델의 목을 지혈하고 있던 의사가 고개를 들었다.

"숨을 쉬십니다."

"신전으로 데려가요! 빨리! 시녀, 전속 시녀!"

내 말에 중년의 여자가 인파 속에서 걸어 나왔다.

"저, 전하, 저입니다."

"같이 가요. 가서 절대 죽지 않게 간호해요. 명령이에요."

"분부 받들겠습니다, 전하!"

손톱을 까득 깨물었다. 예상치도 못한 사태였다. 머리가 뒤죽박죽이었다. 바닥에 흥건한 피가 눈에 밟혔다. 아델을 따라가야 하나?

열기가 머리로 치솟는 기분이었다. 초조하게 물어뜯는 손을 누군가가 부드럽게 끌고 갔다. 시선을 올렸다. 디온이었다. 걱정이 가득한 표정이었다. 하지만 여전히 진중한 표정이었다.

"흔들리지 마십시오."

그가 내 손등을 한 번 쓰다듬어 내렸다.

"해야 할 것을 하십시오. 아델라이네 전하는 무사하실 겁니다. 우선은 그렇게 믿으십시오."

그의 한마디에 들끓었던 속이 조금 가라앉았다. 그래, 해야 할 것을 해야 했다. 지금이 적기였다. 아델라이네는 무사할 것이다. 여신의 말을 믿자. 창조주를 믿자. 우선은 믿어보자. 무사할 것이라 믿으며 머리를 굴렸다.

황제가 도망쳤다. 이건 도망친 것이었다. 무엇을 위해? 뻔했다. 그의 목적을 위해. 그렇다면, 황제를 막기 위해서 내가 할 수 있는 최선의 길은 무엇인가?

하나였다. 모두에게 명령을 내릴 수 있는 위치가 되는 것. 내가 황제가 되는 것. 나는 디온을 바라봤다.

"디온, 성검을 잠시 빌려줘요."

"원래 벤지의 것이었습니다."

나는 그것을 받았다. 지금만큼은 내가 갖고 있어야 했다. 성검을 검집에 넣었다. 그것을 고쳐 들고 걸었다.

이 성의 사용인들, 황제가 데려온 기사들, 황제의 직속 시종, 모두가 이 자리에 있었다. 이 혼돈 속에서 그들은 이 방 안에 모두 모여 있었다. 나는 그들을 향해 걸었다. 모두가 허리를 숙이는 것이 보였다. 그들은, 누구에게 충성을 바쳐야 할지 알고 있는 것이 틀림없었다. 나는 검을 들지 않은 왼손으로 한 명씩 지목했다.

"당신, 그리고 당신. 증인이 되어줘야겠어요. 황제가 마술에 손 댔다는 증인. 그리고 그 뒤를 내가 이을 만한 타당성이 있다는 증인. 그리고 디온, 귀족들을 호출해 주세요. 황제의 즉위식을 위한 고틀리프 홀로."

"명 받들겠습니다, 폐하."

디온이 무릎을 꿇었다. 그 뒤를 이어 모두가 무릎을 꿇었다. 2황녀 성에서 일어난 소란에 이쪽으로 출동했던 모두가 무릎을 꿇었다.

"명 받들겠습니다, 폐하!"

나는 부복하며 외치는 자들의 사이를 걸어 고틀리프 홀로 향했다.

긴급 소환이었다. 귀족들이 새로운 황제를 맞이하기 위해, 이 동진을 이용해 성으로 도착하고 있을 것이다.

나는 최소한의 채비를 마쳤다. 황성 안이 급박하게 돌아가고 있었다. 황성 안의 사용인들은 아무도 내가 하는 바를 거역하지 않았다. 아델라이네의 성에서 있던 모든 일들이 빠르게 황성 안에 퍼져 나가고 있었다.

고틀리프 홀 앞에 도착해 디온이 걸쳐 주는 황의를 어깨에 둘렀다. 홀의 문이 열렸다. 급하게 소환된 귀족들이 홀 안을 지키고 있었다. 그들의 얼굴에서 긴박한 표정과 미미한 반발이 보였다. 간략한 전말을 듣고 모였겠지만, 자세한 것은 알지 못하고 있는 것이 분명했다.

누구라도 마찬가지였다. 아무런 언질도 없이 황제가 바뀐다. 말도 안 되는 일이었다. 하지만 나는 그 일을 해내야 했다.

나는 귀족들 사이로 걸어 들어갔다. 그들이 허리를 숙이며, 황태자에게 보이는 예를 갖췄다. 나는 단상 위로 올라갔다. 연회도, 연주도, 그 무엇도 없었다. 단상과 바닥에 깔린 카펫과 최소한의 예를 갖춘 귀족들 그뿐이었다. 하지만 그것으로 족했다.

"신전의 가호는 생략합니다. 내 손안에 있는 것이 어떤 검인지 알고 있다면 대신관의 방문을 말하는 자는 없을 것이라 생각합니다."

홀 안에 내 목소리가 울려 퍼지며 순식간에 조용해졌다. 나는 성검을 모두가 보이도록 세웠다. 손으로 그것을 치켜들었다. 목소리를 높였다. 내 목소리가 홀 안을 울릴 수 있도록. 모두 똑똑히

들을 수 있도록.

"황제는 국법을 어겼다. 마술에 손을 댔고, 마족 소환을 위해
자국의 백성뿐 아니라 국경을 넘어 타국의 백성들을 제물로 바쳤
다. 지금 소르트는 시급한 상태다. 황제는 오제(五祭)의 소환을
시도했으며, 약 삼백 명의 목숨을 제물로 삼았다. 그는 마족을 소
환하기 위한 제단을 차례차례 만들어왔으며, 오늘 이 성검으로
그의 죄가 낱낱이 밝혀졌다."

사람들의 얼굴이 심각하게 굳는 것이 보였다. 나는 그들이 그
렇든 말든 계속 말을 이었다.

"황제는 최악의 마술사 네르아테안과 손을 잡았으며 여신이 아
닌 마신의 가호를 받고 있다. 그 극악한 죄질에 대해 황위를 초월
한 신법으로 황제, 클리시스 D. 마블라 소르트를 폐위하며, 그
뒤를 나 벤지안스 D. 마블라 소르트가 이어받는다."

성검에서 빛이 터져 나왔다. 갑작스러운 반응이었다. 그럼에도
검을 끝까지 잡고 있었다. 나는 지금, 당장 그들의 앞에서 황제여
야 했다.

홀 내가 조용해졌다. 쿵, 소리가 나기 시작했다. 한 명으로 시
작한 황제에게의 맹세였다. 그것을 시작으로 한 명씩 무릎을 꿇
었다.

"황제 폐하게 충성을!"

모두의 충성이 내게 향하는 것을 보았다. 이로써, 나는 모두에
게 명령을 내릴 수 있는 위치가 되었다.

황제 즉위식은 그것으로 끝이었다. 본래대로라면 행렬을 하고,
성을 옮기고, 만인의 앞에서 신전과의 교류 역시 알려야 했다. 하
지만 그 과정들이 생략됐다. 길거리에는 그저 내 초상화가 걸렸

을 뿐이었고, 신문을 통해 사람들 사이에 널리 퍼져 나갔을 뿐이었다.

보수적인 귀족들은 그 모든 절차를 밟아야 한다고 주장했지만, 현 시국을 핑계로 모든 것들을 생략할 수 있었다. 그만큼 사태가 시급했다. 새로운 황제의 즉위와 동시에 국적(國賊)이 생긴 것이나 마찬가지였다. 더 이상 시간을 끌 수가 없었다.

황제가 지금 하려는 마족 소환식이 어떤 것인지 알리고, 변방에서 일어난 학살에 대해 귀족들에게 알렸다. 마농과 넥토즈에 관한 것까지 모두. 그제야 귀족들은 사태의 심각함을 파악했다.

그래도 절차를 무시하지 못하는 융통성 없는 귀족들이 모든 것이 해결된 후에 정식 즉위식을 거행할 것을 요구했다.

나는 수용했다. 어차피 그때가 되면 황제는 내가 아닐 것이니.

귀족들에게 공고가 내려졌다. 폐제(廢帝)의 죄목을 낱낱이 고한 문서들이었다. 귀족들은 혼란에 휩싸였다. 우습게도 폐제는 제 계획을 다른 자들과 공유하지 않았다. 그가 그의 입으로 스스로가 마술사와 계약했다는 것을 말한 사람은 나밖에 없었다. 이걸 기뻐해야 할지 분노해야 할지 알 수도 없는 노릇이었다.

폐제의 죄목은 제국 전역에 널리 퍼졌다. 성기사로 이루어진 군대가 신녀들을 앞세우고 제를 올린 다섯 군데에 파견됐다. 마족 소환의 제소(帝所)를 파괴하기 위한 병력이었다.

넥토즈의 사신에게는 그가 도움을 주기로 약속한 인장을 보냈다. 조금 더 요긴하게 쓰일 곳이 있을까 여러 번 머리를 굴렸지만, 마땅히 생각나는 것이 없었다. 넥토즈에 들어가는 소르트의 군대를 막지 말아달라는 내용이 적힌 서신을 그의 약속이 담긴 인장과 함께 보냈다. 인장이 의미하는 바는 하나였다. 목숨을 걸어서라도 내 말을 수행해 줄 것. 무슨 수를 써서라도.

마농은 별로 걱정할 것이 없었다. 왕세자가 쉬얌이었다. 그의 말이 꽤 큰 무게를 지니고 있을 것이었다. 그는 제 나름의 방법으로 소르트에서 보낸 사신과 협상을 할 것이다.

아델라이네는 아직 눈을 뜨지 못하고 있었다. 숨은 쉬지만 일어날 기미가 보이지 않는다고 했다. 그녀는 스스로 제 목을 찔렀다. 자칫 잘못하면 즉사인 곳이었다. 그나마 다행인 것은 그녀가 사용한 칼이 티타임에나 쓰일 법한 버터나이프라는 것이었다. 물론 칼끝이 무딘 만큼 깊게 찔러 넣느라 더욱더 고통스러웠겠지.

아델라이네를 생각할 때마다 가슴 언저리가 꽉 막히는 기분이었다. 가족이라고 생각했던 자를 잃었다. 더 이상의 가족은 없다고 생각했다. 실제로 그렇게 생각했으니까. 모든 것이 나로 인해 벌어진 일이었다. 오르도도, 아델라이네도 전부.

그렇기 때문에 더더욱 황제를 무너뜨려야 했다. 하지만 그러고 나면 아델라이네는? 소르트의 멸문이라는 내 계획은? 그렇다면 아델라이네가 이대로 죽어야 할까? 여기까지 생각하자 내 스스로가 소름 끼쳤다.

그녀는 죽으면 안 된다. 하지만 소르트의 가문이 대를 이어서는 안 된다. 머릿속에 떠오르는 것은 하나밖에 없었다. 차기 황제를 디온으로 내정해 놓고, 내가 이 사태를 디온과 함께 해결하는 것. 제국을 넘어서 대륙 전역에 중요한 역할을 한다면 제국의 대신들은 그 당사자들의 말을 듣지 않을 수가 없을 것이다.

나는 내 다음 대를 이을 황제로 세그다드 공작을 세우겠다는 칙서(勅書)를 작성했다. 더불어 성검을 든 디온의 모습을 최대한 귀족들에게 많이 노출시켰다. 성검을 든 자가 황제라는 인식을 자연스럽게 그들 머리에 새겨두기 위해서.

모든 것들이 정신이 없었다. 하루하루가 긴박했다. 회의는 계속해서 진행됐다. 안면만 익혔던 귀족들과의 회의였다. 하루에도 몇 번씩 진행되는 회의에는 절차도 없었고 국의(國儀)도 없었다.

그에 귀족들의 얼굴에는 가끔 경악의 빛이 서렸다. 그중 제일 큰 것은 디온의 성검에 대한 것이었다. 나는 그들의 항의를 가볍게 무시했다. 모두 필요에 의한 것이었다. 그들이 적응을 하고 못하고는 필요가 없었다. 현 사태에서 내게 협조를 하지 않는다는 것은 스스로의 목숨을 내놓는다는 것이나 마찬가지였으니까.

세 번째 회의가 끝났다. 귀족들 중 반은 나가고 반은 자리를 지키고 있을 때였다. 문 너머로 노크 소리가 들렸다.

"루치스 후작이 황제 폐하께 알현을 요청합니다."

"들어오라 해요."

내가 황제가 되기 전 수도를 떠났던 자였다. 문이 열리고 그가 들어왔다. 의복을 제대로 갖추고 들어오는 후작의 표정이 썩 좋지 않았다.

"폐하의 즉위를 경하드리옵니다. 명을 받들고 나가 있던지라 즉위식에 참석하지 못한 점 용서해 주십시오."

"괜찮아요. 더 시급한 일에 다녀와 줘서 고마워요. 제단은 어떻게 되었죠?"

"실패했습니다."

그가 허리를 깊게 숙이며 고했다. 예상했던 결과였다. 대신관이 그녀의 입으로 힘든 일이라고 말했다. 거의 불가능에 가까운 일이라고.

입술을 까득 깨물었다. 넥토즈와 마농에서도 오늘 아침에 연락이 왔다. 모두가 실패했다. 이제 남은 방법은 수도에서 바쳐질 마지막 제물을 막는 것뿐이었다. 그렇다면 데비스를 찾아야 한다.

나는 데비스와 폐제를 찾을 수색대를 보냈다. 그들이 수도를 샅샅이 뒤지도록. 이제는 내가, 그리고 디온이 뛰어다녀야 할 때였다. 머리를 굴려야 했다. 분명 제일 적합한 위치가 있을 것이다.

대신관을 찾아가야 하나? 아니면 길드장을 불러서 머리를 맞대봐야 하나? 언제 터질지 모르는 폭탄을 안고 있는 기분이었다. 깊은 한숨을 내쉬었다. 회의실에 있는 모든 귀족들의 얼굴에 어둠이 내려앉았다. 루치스 후작이 가져온 게 절대 좋지 않은 소식이라는 것은 여기 있는 누구라도 알고 있었다. 나는 입을 열었다.

"여기서 이럴 시간이 없어요. 데비스를 찾아야 해요."

"하나 폐태자는 자결했습니다."

아, 이들은 데비스가 살아 있을 거라는 생각을 못하고 있지. 아직 남아 있는 귀족들을 둘러봤다. 폐제의 의식을 막기 위해 데비스에 대한 것을 말해야 했다.

"지금 폐제가 준비하는 의식의 제일 마지막에 필요한 제물은 여신의 은총을 받은 자예요. 가령 이능을 타고난 자 같은 사람 말이에요. 이 중 폐태자의 시체를 본 자가 있나요?"

내 말에 모두가 입을 다물었다. 데비스가 스스로 목숨을 끊었다는 이야기는 들었지만 그 시체를 보거나 처리한 자는 아무도 없었다.

"아마 데비스는 살아 있을 거예요. 폐제가 의식을 성공시키기 위해 그를 빼돌렸겠죠. 폐제와 더불어 데비스를 찾도록 해요."

"알겠습니다. 폐하!"

귀족들이 납득했는지 고개를 끄덕였다.

"그리고 폐하."

내 말이 끝나자마자 루치스 후작이 급박하게 말을 받았다. 그의 표정은 조금 전보다 더욱 어두워져 있었다. 마치 조금 전 실패를 고한 것은 일도 아니라는 듯이.

여기서 더 심각해질 일이 무엇이 있지? 오제의 소환에서 다섯 군데가 전부 제물화가 되었다. 폐제의 행적은 묘연했으며, 제단을 파괴하려는 시도 역시 전부 물거품이 되었다. 지금 당장 수도 어딘가에서는 데비스가 제물이 될 수도 있었다. 이 시급한 상황에서, 더 심각한 일이 있다는 말인가? 나 역시 굳은 표정으로 그에게 물었다.

"뭐죠?"

"기사가 사라졌습니다."

"뭐라고요?"

반사적으로 되물었다. 기사가 사라졌다. 말도 안 되는 일이었다. 누가 황제이든, 황제의 근위대는 황제에게 속한다. 황제가 바뀌면 그들은 현 황제에게 속하는 것이다. 어떻게 그들을 통제한 거지? 얼마나 그들을 데려간 거지?

"몇 명이나요?"

"이백여 명의 인원이 빠져나갔습니다. 모두들 꽤 실력이 좋은 자들입니다."

실력이 좋은 이백 명의 기사들은 절대 적은 수가 아니었다. 이백 명이라면 소규모로 학살을 벌이거나, 작은 장소를 해하기 위해서는 충분한 병력이었다.

그런 자들을 왜 데리고 갔지? 누군가와 싸워야 해서. 어디서? 누구와 대치를 시켜야 해서? 아니, 그것들보다 더 중요한 질문이 있었다.

"언제요?"

"방금 전입니다."

번쩍 고개를 들었다.

"방금 전?"

폐제가 다시 돌아왔다. 소환의 의식으로 완성된 오각형 정가운데에 위치한 것은 수도였다. 그 수도의 한가운데는 황성. 그래, 정가운데에 위치한 것은 이 황성이었다.

방금 전에 병력이 움직였다고? 그렇다면 그가 이 안에 있다는 이야기였다. 어떻게? 어떻게는 생각하지 않아도 알 수 있었다. 아델라이네의 방에서 쉽게 빠져나간 그가 다시 들어오지 못한다는 보장도 없었다. 그는 지금, 황성 안에 있다.

목이 바짝 말라왔다. 왜 황성에? 어디를 노리고?

이백여 명의 군사가 필요한 곳. 어디든 군대가 필요하기는 하다. 하지만 그는 네르아테안과 같이 어딘가로 옮겨갈 수 있는 능력을 손에 넣었다. 그런 자가 들어가지 못할 곳. 무력을 써서 들어가야 하는 곳.

"황성 안의 신전으로 군사들을 보내요!"

둘 중 하나였다. 황성 안의 신전, 아니면 대신전. 대신전은 황성과 별로 멀지 않았다. 대신전에는 대신관이 있지만 그녀는 이미 폐제의 손에 당했을 수도 있었다.

어떻게 해야 하지? 한 곳에만 집중할 수는 없었다. 우선은 나눠져야 했다. 나는 회의실에 남아 있던 디온에게 시선을 돌렸다.

"디온, 대신전으로 가요."

"폐하, 혼자 가면 위험합니다."

"폐제와 내가 마주치면 아마 어느 정도 시간을 끌 수 있을 거예요. 대신전에 갔다가, 사람이 없으면 곧바로 이쪽으로 달려와요. 시간을 절대 지체하지 말아요."

디온의 얼굴에서 걱정이 뚝뚝 흘렀다. 하지만 그렇다고 한 군데를 포기할 수는 없었다. 최대한의 방법을 써서 서둘러야 했다. 빠르게 움직여야 했다.

그에게 말한 후 베른에게 시선을 돌렸다. 현재 기사를 통솔할 수 있는 자가 내 옆에 있었다. 이백 명의 기사는 잃었다 하지만 그보다 훨씬 많은 수의 병력이 있었다. 그 병력을 반으로 나눠 한쪽은 디온에게, 한쪽은 내 쪽으로 데려갈 생각이었다.

"베른, 기사들을 끌고 따라와요. 루치스 후작, 나머지 기사들을 데리고 디온을 따라가요."

그들이 허리를 깊게 숙여 답했다. 나는 디온에게 다가섰다.

"디온, 아마 신전 근처에 다다르면 느낄 수 있을 거예요. 특히 그 검을 들고 있으면 더더욱. 신전에서 마술의 기운이 느껴지지 않으면 꼭 이쪽으로 달려와요."

"부디 무사하십시오."

"난 죽지 않아요. 잘 부탁해요. 나 역시 디온이 걱정돼요. 하지만 막아야 할 것은 막아야 하잖아요? 우리 최대한 빨리 움직여요. 대신전에 폐제가 없으면 내게로 와요. 황성의 신전에 그가 없으면 나도 최대한 빨리 대신전으로 갈게요."

"믿겠습니다."

"나도요."

애써 웃어줬다. 그 역시 힘겹게 웃어 보였다. 진심 어린 미소는 나올 수가 없었다.

디온은 허리를 짧게 숙이고는 회의실 밖으로 나갔다. 그의 걸음이 급했다. 회의실 안 귀족들이 술렁이기 시작했다.

"수도의 사람들을 최대한 빨리 수도 밖으로 대피시켜요. 그건 당신들이 할 수 있는 일이에요. 알고 있죠? 만에 하나, 살아 돌아와서 사람들을 버리고 혼자 도망친 자가 있다면 황명으로 가문을 멸족하고 대대로 제국에서 추방할 겁니다."

"명 받들겠습니다, 폐하!"

그들을 뒤로하고 나와 베른, 그리고 기사들 역시 빠르게 움직이기 시작했다.

폐제가 황성에 들어왔다가 나갔다. 아니, 어쩌면 지금도 황성 안에 있을 수도 있다. 나는 황성 안에 위치한 신전으로 발걸음을 옮겼다.

황성 안의 신전은 경비가 삼엄하지 않은 편이다. 황성의 경비 자체를 뚫어야 하기 때문이었다. 다른 말로 하자면 그만큼 제일 난이도가 높은 신전이기도 했다. 하지만 우선 황성 안에 들어온 후에는 그만큼 경비가 허술한 곳도 없었다. 물론 성기사가, 그리고 기사들이 신전을 지키고는 있지만 다른 곳에 비하면 미미한 수준이었다. 황성 안에 있는 자가, 그것도 권력을 가졌던 자가 군대를 끌고 공격하려고 하면 터무니없이 무너질 수밖에 없는 곳이 황성 안에 위치한 신전이었다.

반 정도는 직감이었다. 폐제라면 이곳을 노릴 것이라는 직감. 데비스를 제물로 삼고 나면, 그 이후에는 그 안의 신녀들, 그리고 아델라이네, 모두를 효율적으로 사용할 수 있는 곳이 황성 안의 신전이었다.

신전에 다가갈수록 사태가 심각하다는 것을 알 수 있었다. 멀리서도 신전의 하얀 벽에 묻어 있는 핏자국이 보였다. 흘러내리는 핏자국은 이 참상이 이제 막 일어난 일이라는 것을 여실히 보여 주었다.

신전 근처에 쓰러져 있는 병사가 있었다. 마치 물길이 만들어진 것처럼 바닥엔 피가 흥건했다. 그럼에도 쓰러진 병사들은 숨을 쉬고 있었다. 얕은 신음을 내뱉고 있었다.

고작 몇 초 전이다. 목을 뚫리고도 죽지 않을 정도의 찰나였다. 나는 신전 입구를 향해 달렸다. 가벼운 옷과 부츠를 선택한 것은 신의 한 수였다. 치마 밑단이 피에 젖었다. 부츠에 붉은 액체가 첨벙대는 것이 느껴졌다. 그것이 중요한 것이 아니었다. 신전 지적의 길목에 신녀들과 그 앞을 지키던 성기사들이 쓰러져 있었다. 신전 정문 앞이었다.

숨을 크게 들이마셨다. 순간적으로 숨이 턱 막혔다. 불쾌한 공기였다. 신전에서 느낄 수 있는 공기가 절대 아니었다. 신전의 문에 손을 댔다. 끼이익, 문이 소리를 내며 열렸다. 언제나 성스러웠던 신전 안이 눈에 들어왔다.

신전 안, 기도하는 곳 위에는 누군가가 서 있었다. 그 형체를 알아보기도 전에, 그가 내게 말을 걸어왔다.

"오랜만이야, 자랑스러운 내 여동생. 아니, 이제는 황제 폐하라고 해야 하나?"

그 안에서 나를 반기고 있는 것은 데비스였다.

"역시나 살아 있었군요."

예상한 대로였다. 데비스는 죽지 않고 살아 있었다. 폐제는 데비스를 마지막 의식을 위해 살려두고 있었다. 그는 아마 저와 손을 잡으면 다시 힘을 준다거나 하는 말로 데비스를 꼬여냈을 것이다.

내 말에 그가 과장되게 감탄하는 표정을 지어 보였다.

"호오, 이것까지 예상한 바인가 봐?"

"제물로 쓰일, 남은 황족이라고 하면 그쪽밖에 없으니까 말이에요. 황제가 그쪽을 어떻게 생각하는지도 모르면서 잘도 기어들어 왔네요."

"아직도 네가 아바마마의 총애를 받고 있다고 생각하나?"

"애석하게도 당신이 그리도 원하던 황위는 내 손안에 들어왔어요."

"하지만 진정한 힘은 우리들 손안에 들어올 예정이야."

뜬구름 잡는 이야기였다.

"폐제가 감언이설로 잘 구슬린 모양이네요."

"그리고 자비로운 아바마마께서 네가 우리와 손을 잡는다면 네 목숨도 살려줄 것이라 약속했지. 배신한 자도 살려주겠다는 자비가 얼마나 대단해."

그의 얼굴은 의기양양했다. 이제는 숨기지 않는 광기마저 보였다. 신전 밖에서는, 그리고 이 안에서는 거친 함성 소리와 날붙이들이 부딪치는 소리가 들려왔다. 그들은 치열했다.

나는 내 앞에서 웃고 있는 데비스를 바라봤다. 코웃음이 나왔다.

"데비스, 당신이라면 어느 정도 머리를 굴릴 줄 아는 자라고 생각했는데 지금 굉장히 실망이 커요."

시간을 끌어야 했다.

"오제의 소환 의식에 당신과 나 둘이 전부 살아남는다? 말도 안 되는 말이죠. 둘 중 하나는 반드시 죽어야 해. 당신이 여기에 있는 걸 보니까 근처에 폐제와 네르아테안이 있겠군요. 나오시죠,

폐제 클리시스. 당신이 어떤 생각을 하고 있는지 알고 있으니까."

대신전과 황성은 그리 멀지 않았다. 더불어 디온이라면 금방 다녀올 수 있을 것이다. 디온이 여기에 오기 전에 폐제를 눈앞으로 끌어내야 한다. 내 말이 끝남과 동시에 발소리가 들렸다. 데비스가 서 있던 밝은 곳과는 달리 그 뒤 어두운 곳에서 익숙한 인영이 걸어 나왔다.

찢어발기고 싶은 얼굴이었다. 그의 낯짝은 여전히 웃는 얼굴이었다.

"역시 내 기대를 한 몸에 받던 내 딸이야. 내 계획을 다 알아내고 왔느냐?"

알 수 없는 미소를 짓고 있는 폐제였다. 지금 이 상황에서조차도 여유로운 미소를 짓고 있다는 것이 소름 끼쳤다.

"모든 걸 다 알지는 못하지. 하지만 최소한의 것들은 알고 있어. 모든 것을 당신 손 위에 두고 조종하려고 하지. 내게 죄가 없다는 것을 알고도 나를 죽였을 때도, 2황비가 마술에 손을 댔다는 것을 알고 있었음에도, 당신은 무언가를 위해 입을 다물었어. 난 이제 그게 뭔지 알 것 같은데."

"네가 무엇을 알아냈을지 나도 궁금하구나."

"진정한 후계자. 당신이 소환한 마족을 대대로 물려받아 온 대륙을 제국의 아래에 두고 공포로 통치할 수 있을 자. 왜냐면 그어느 마술을 뒤져도 완벽한 불사의 술은 없거든. 당신은 소르트가의 권력이 대대로 이뤄지기를 바라고 있어. 당신이 엄선한 당신의 핏줄을 통해서. 어때, 내 말이 틀린가?"

이것이 나의 결론이었다. 내가 생각했을 때는 그러했다. 마술은 영생을 가져다주지 못한다. 그 죽음이 몇 십 년 미뤄지기는 하겠지만 그는 언젠가 죽음을 맞이할 것이다. 머리를 굴리고 굴리고 또 굴렸다. 명확히 파악할 수는 없었지만 어렴풋이 예상하는 것은 있었다. 그에게 권력은 지금 당장 그의 손안에 있는 권력뿐이 아니었다. 통제권이었다.

제 손으로 이 제국을, 대륙을, 더 나아가 여신까지 통제하고 있다는 그 희열을 느끼고 싶은 것이겠지. 영생을 원한 것이 아니다. 제 손으로 써 내려갈 소르트의 미래를 원한 것이었다. 그것이 그에게는 곧 권력이나 마찬가지일 테니까.

내 말이 들어맞은 모양인지, 그의 웃음이 더욱 짙어졌다.

"이 아버지는 말이다. 네가 내게서 등을 돌린 것이 너무 안타깝다. 이렇게나 똑똑한데 말이야. 선을 하나만 넘으면, 나와 같은 길을 걸을 수 있을 텐데 그 선을 넘지 않는 것이 아비로서 너무 안타깝단다."

그의 표정에 진심 어린 표정이 걸려 있었다. 지금 이 상황에서야 표정다운 표정이 걸린다는 것이 어이가 없을 지경이었다. 이 상황에서 지을 수 있는 표정이 고작 안타까움이라는 것도 너무 어이가 없었다.

그의 말이 마음에 들지 않았다. 그는 마치, 내가 그와 똑같은 사람이라는 듯 말하고 있었다. 나는 그것을 전면 부정했다.

"나는 당신과 달라."

"하지만 알고 있지 않느냐? 네가 황성에 돌아온 이후로, 모든 죽음은 네가 만들어냈다는 것을."

그의 말투는 여전히 인자했다. 여전히 웃는 낯짝이었다. 그래서 그것이 칼날과도 같았다. 순간적으로 숨이 막혀왔다. 그의 말에 틀린 것이 없었다. 하지만, 그럼에도 나는 그와 다르다. 합리화인지, 무엇인지 알 수가 없었다. 하지만 어떤 무엇이든지간에 나는 그와 다르다. 그래, 그것이 사실이었다.

"적어도 당신과는 달라. 나는 내게 직접적으로 해를 끼친 사람만을 죽였어."

"하지만 너는 살아 있지 않느냐? 너는 숨을 쉬고 있지 않느냐? 황성에 돌아와, 황제가 되지 않았느냐? 복수라고 하기에는 네가 잃은 것이 많이 없지 않으냐?"

그는 말하는 내내 진심으로 의아한 표정이었다. 하지만 그래, 그것이 다른 것이다. 이제야 알 것도 같았다. 어째서 그가 나를 제 뒤를 이을 자라 생각했는지. 그와 내가 하는 행동이 같다고 생각했는지.

타인의 시선으로 보기에 나와 폐제의 행보는 다를 바가 없을 수도 있었다. 그와 나 둘 다 자신의 목적을 위해 누군가의 목숨을 꺾었다. 하지만 타인의 목숨을 꺾기 전에, 꺾인 것은 나의 목숨, 그리고 벤지안스의 목숨이었다.

그들은 내가 잃은 것이 없다고 생각하고 있었다. 폐제가 나를 제 후계자로 점찍었던 이유를 알 것 같았다. 그의 입장에서 나는 잃은 것이 많지 않은 사람이었다. 목숨을 잃지도 않았으며 결국 살아 돌아와 황태자의 자리에 올랐다. 벼랑 끝에 서본 적 없는 내가 나의 목적을 위해 타인의 목숨을 꺾었다. 황제는 그것이 마음에 들었던 것이다.

그 모습이 마치 저와 같았겠지. 내가 목적을 위해 사소한 자의 목숨은 해하는 그와 같아 보였을 것이다. 하지만 나는 이미 목숨을 잃었다. 나의 목숨을, 그리고 벤지안스의 목숨을.

그래, 이것은 우리의 처절한 복수였다.

나는 고개를 들어 그를 똑바로 바라봤다.

"나는 적어도 내 목숨을 걸었어. 당신과는 달리."

그래, 나는 목숨을 걸었다. 이미 죽어 사라졌고, 다시 돌아와 또다시 목숨을 걸었다. 눈앞에 있는 저들을 무너뜨리기 위해.

그를 바라보며 한 명을 더 찾기 시작했다. 신전 안에 폐태자와 폐제가 나타났다. 그럼 네르아테안은? 이 소환 의식에 있어서 제일 중요한 사람 중 한 명이 네르아테안이었다. 하지만 그는 보이지 않았다.

데비스는 반쯤은 정신이 나간 듯한 번들번들한 눈으로, 그리고 그 뒤에서 폐제가 흡족한 미소를 지으며 나를 바라보고 있었다. 반쯤 열린 문 바깥이 소란스러웠다. 들어올 때 잠시 일었던 충돌은 이미 소강된 상태였다. 그들의 승패는 알 수가 없었다. 첫 번째 충돌 후 다시 발생한 소란이었다.

칼과 칼이 부딪치는 소리가 들렸다. 비명과 함성 비슷한 것이 멀리서부터 다가오는 것이 느껴졌다. 디온이 온 것이 틀림없었다. 성검이 그에게 있었다.

조금만 더, 시간을 끌어야 한다.

"제 목숨은 부지한 채 권력만을 위해 다른 사람들을 끔찍하게 벌레 취급하는 당신들과는 달리, 나는 당신과 데비스, 황후, 그리고 소르트의 멸문만을 바랐어."

아델라이네가 머릿속에 스쳐 지나갔다. 나는 그녀를 죽일 수 없을 것이다.

"멸문이 가능할까, 그것까지는 모르겠지만 말이야. 적어도 소르트의 핏줄이 황제 위에 앉게 하지는 않을 거야."

"그것참 애석하구나."

폐제가 웃었다. 그가 손을 앞으로 뻗었다. 그가 뻗은 손에 검은 기운이 비쳤다. 불길했다. 방금 전 불쾌했던 공기에 더해 숨이 막히기 시작했다. 이 느낌, 익숙한 느낌이었다. 학살이 일어났던 카르디안에서 느꼈던 감각이었다.

직감적으로 알 수 있었다. 마술이 짙어지면 느껴지는 이것이 무엇을 의미하는지 나는 알 수가 있었다. 그가 제를 준비하고 있었다.

그가 손을 높이 들었다. 그의 눈이 닿은 곳은 의기양양하게 서 있는 폐태자였다. 그는 제 뒤에서 어떤 일이 일어나는지 보지 못하고 있었다. 그럴 줄 알았다. 그는 폐태자를 후계로 생각했을 리가 없었다. 그의 안에서 한 번 탈락은 영원한 탈락이니까.

검은 기운이 폐태자를 감싸기 시작했다. 그를 제물로 삼기 위한 행동이 틀림없었다. 저 제물화가 절대 이뤄져서는 안 됐다.

'빨리, 제발.'

성검이 막을 수 있다. 성검만이 막을 수 있다. 그제야 폐제가 기사들을 빼낸 이유도 알 수 있었다. 그만큼의 시간을 벌기 위해.

'빨리, 디온.'

그가 이쪽으로 성검을 들고 와줘야 했다. 그 간절함을 담아 크게 소리쳤다.

"디온!"

문 쪽에서 쾅 소리가 들렸다. 아니, 부서진다고 표현하는 것이 옳을 듯했다. 발소리가 점점 가까워졌다. 누군가가 도착한 것이 틀림없었다. 그것이 디온이어야 하는데. 그렇게 간절히 바랐다. 바람과 같은 것이 내 옆을 스쳐 지나간다. 그리고 그것은 검은 연기를 두른 폐태자에게 돌진했다.

간발의 차였다.

검은 연기 가운데에 하얀 빛이 우두커니 꽂혔다. 검은 연기가 검신 안으로 흡수되듯 사라졌다. 기이할 정도로 밝았던 신전의 빛이 순식간에 사라지고 갑작스레 어둠이 도래했다. 기이한 어둠이었다. 아무것도 보이지가 않았다.

그리고 장막이 거둬진 듯 또 순식간에 시야가 밝아졌다. 디온이 쥐고 있는 검에서 빛이 뻗어 나오고 있었다.

폐태자의 입에서 검은 액체가 흘러나왔다. 심장에서도 마찬가지였다. 그가 무릎을 꿇으며 바닥으로 무너져 내렸다. 긴장으로 참고 있던 숨이 터져 나왔다.

막았다. 다행이다. 소환에 필요한 제물화를 막았다.

그렇게 생각하는 순간이었다.

바로 뒤에서 목소리가 들려왔다. 익숙한 목소리였다. 안타까운 목소리였다.

"애석하구나."

폐제였다. 그가 왜 내 뒤에 있지? 고개를 돌렸다. 폐제가 있어야 할 곳에 그가 없었다. 보이지 않았다. 왜? 생각하는 순간이었다.

"벤지!"

찢어지는 듯한, 비명과도 같은 디온의 목소리가 울려 퍼졌다. 그가 처절하게 나를 부르고 있었다. 데비스의 심장에서 성검을 빼내 나를 향해 절박하게 달려오는 그의 모습이 보였다. 도대체 왜?

"제물의 완성이다."

속삭이는 듯한 기이한 목소리, 거북한 목소리, 들어봤던 목소리, 절대 들려서는 안 되는 목소리, 네르아테안의 목소리가 귓가에서 울려 퍼졌다. 그 목소리에 순식간에 깨달음이 밀려왔다.

이 소환 의식의 제물은, 나였다.

나를 잡는 손길은 아무것도 없었다. 나의 움직임을 막는 물리적인 방해는 없었다. 하지만 움직일 수가 없었다. 네르아테안이 나를 잡고 있는 것도 아니었고, 폐제가 나를 잡고 있는 것도 아니었다.

시야에 보이는 모든 것들이 슬로 모션 같았다. 모든 것이 느리게 재생되고 있었다. 이쪽으로 달려오는 디온도, 지척에서 웃고 있는 폐제의 모습도 모든 것이 느리게 움직이고 있었다.

"고맙다, 내 딸."

지긋지긋한 폐제의 목소리가 영상을 늘린 것처럼 느리고 낮게 들렸다. 그가 짓는 끔찍한 웃음마저도 느리게 그리고 선명하게 다가왔다.

지독한 절망감이었다. 또다시, 패배였다. 발버둥 치고 발버둥 쳤지만 원작과 달라진 것이 없었다. 모든 것이 패배였다. 또다시 그 마족에게 내 온몸을 갈가리 찢겨 먹힌다.

검은색 노이즈처럼 시야가 가려졌다. 깜빡, 눈을 감았다 떴다. 밝게 비추던 신전에 어둠이 덧씌워졌다.

다시 한 번 눈을 감았다 뜬다. 하지만 그 시야에 잡히는 것은 하나도 없었다.

천천히 움직이던 폐제도, 기사들도, 검은 피를 쏟으며 쓰러진 황태자도, 절박했던 디온도, 그 누구도 무엇도 없었다. 고요뿐이었다. 마치 다른 공간 같았다. 끝없는 어둠만이 있는 다른 공간. 이 까마득한 어둠 건너편에서 짐승이 목소리를 감추는 소리가 들렸다.

이 경험, 익숙했다. 익숙할 리가 없는데 익숙했다. 이 이후 무슨 일이 일어날지 나는 정확하게 알고 있었다. 저 형체를 정의할 수 없는 마족은 내게 달려들어 내 사지를 물어뜯을 것이다.

날카로운 이빨이 내 왼쪽 팔을 먼저 물어뜯는다. 피부가 파이고 뼈가 뜯겨 나가는 고통. 그다음엔 오른팔로 이어진다. 사지, 그다음엔 배, 머리, 마지막으로 심장.

살과 뼈가 뜯겨 나가는 소리가 선명히 들리는 기분이었다. 그 고통이 갑자기 온몸을 휘감는 것처럼 선명했다. 영혼에 아로새겨진 기억.

나는 한 발 뒤로 물러섰다. 저 짐승이, 아니, 정확히 말하자면 저 마족이 익숙했다. 이전에 본 적이 있었다. 아니, 본 적이 없음에도 익숙했다. 강렬하게 머릿속에 새겨진 형상이었다. 한 걸음 더 뒤로 물러났다. 본능적인 움직임이었다.

[괜찮아.]

목소리가 들렸다. 화들짝 놀라 고개를 뒤로 돌렸다. 그리고 나는 순간 멈출 수밖에 없었다.

그래, 이 목소리는 익숙한 목소리였다. 익숙하다 못해 내가 입을 열 때마다 들을 수 있는 목소리였다. 그럴 수밖에 없었다. 내 목소리였으니까.

눈을 다시 한 번 감았다가 떴다. 소녀가 있었다. 이 어둠 속에서도 이상하게 눈에 똑똑히 보이는 소녀가. 거울 속에서나 보던 소녀가 있었다. 너무나도 익숙한 사람. 눈앞에 서 있는 소녀는 나였다. 아니, 나인가?

"벤지안스?"

혼란 속에서 내뱉은 말이었다. 목소리가 갈라져 나왔다. 이 극심한 어둠 속에서 그녀만 밝게 빛나고 있었다. 그녀가 웃었다. 포근하고 따뜻한 미소였다. 내가 짓는 미소와 전혀 다른 웃음.

[괜찮아. 저것은 널 해치지 않아.]

한껏 긴장한 나와는 달리 그녀는 여유로운 모습이었다. 나는 그 자리에서 잠시 멈췄다. 왜, 어째서 내가 이 자리에 있지? 눈앞에 왜 내가 있지?

가능성은 하나밖에 없었다. 나는 죽었다. 나는 사후 세계를 알지 못한다. 하지만 어렴풋이 짐작할 때, 사후 세계가 있다면 죽은 영혼들이 모이는 곳일 것이다. 지금처럼. 하지만 왜 눈에 보이는 영혼이 벤지안스뿐인지는 알 수가 없었다. 당황에 빠져 입을 열었다.

"나, 죽은 건가?"

[아니, 아직은 아니야.]

눈을 깜빡였다. 아니라고 했다. 확언이었다. 아직이라면, 곧 저 마족이 나를 죽인다는 이야기일까?

"그렇다면 이제 곧 저 마족이 나를 다시 집어삼키는 거야?"

[아니, 그것도 아니야. 한 번 바쳐진 제물은 다시 제물이 될 수 없어. 이미 먹힌 존재나 마찬가지거든.]

그녀가 또 한 번 웃었다. 미안함이 담겨 있기도 했고, 기쁨이 담겨 있기도 했다. 그녀의 표정이 만족스러워 보여서 나는 멍하니 그 모습을 바라보고 있을 수밖에 없었다.

내 얼굴로 짓는 그 미소가 너무나도 어색했다. 나와 다른 것이라고는 머리 길이밖에 없는 그녀가 나와 전혀 다른 행동을 하고 있다는 것이 기이하게 느껴졌다.

나는 가만히 서서 그녀를 바라봤다. 내 뒤에서는 여전히 짐승이 그르렁거리는 소리가 들려왔다. 하지만 벤지안스는 그것 따위는 신경 쓰지 않는 모양이었다.

"그럼 나는 어떻게 너를 만날 수 있는 거지?"

[끝이 다가오잖아.]

나는 눈살을 찌푸렸다. 끝? 무엇에 대한 끝이라는 말인가?

[네가 알고 있던 이야기의 끝이 다시 다가오고 있어. 그리고 그 또 다른 이야기는 나 때문에 시작된 거거든. 너는 나잖아. 다른 결말에서 나는 내 마지막을 보고 싶었어. 네가 원하는 것을 간절히 바라듯, 나 역시 간절히 바랐거든.]

그녀가 눈매를 접어 웃었다. 그 모습이 꽤나 아름다웠다. 이 어둠 속에서 홀로 밝게 웃는 그녀의 모습은 현실감이 없어 보였다. 하지만 그것과는 별개로 나는 그녀에게 무슨 말을 해야 할지 알수가 없었다. 그녀가 간절히 바란 것은 나와 마찬가지로 복수의 성공일 텐데, 공교롭게도 나는 실패했다.

'……실패했을 텐데.'

고개를 들어 그녀를 바라봤다. 그녀가 입을 열어 작은 목소리로 말했다.

[고마워.]

"나는 네 감사를 받을 만한 사람이 아니야."

[그건 네가 정하는 게 아니야.]

혼란스러웠다. 그녀는 마치 복수가 성공한 것처럼 말하고 있었다. 나는 그녀를 가만히 바라봤다. 그녀가 웃었다. 내 얼굴로 이렇게 싱그럽게 웃을 수 있다는 것을 처음 깨달았다. 하지만 그 웃음이 마냥 말랑하지만은 않았다. 웃음 끝에 단호함이 묻어 나왔다.

[복수를 해줘서 고마워.]

"그건 내 복수였는데."

[내 복수이기도 하지.]

그녀가 내게 한 발 다가왔다. 벤지안스가 손을 내밀었다. 나는 그 손을 잠시 바라봤다. 이건 마술의 의식 중 하나가 아닐까? 또 다른 제물화가 아닐까? 하지만 그렇다고 치기엔, 이 어둠 속에서 혼자만 형체를 보이는 그녀가 의아했다. 그래, 어떻게 보면 성스러워 보이기까지 했다.

망설이다가 그 손을 잡았다. 나와 달리 허리쯤에 닿는 그녀의 머리가 찰랑였다. 손이 맞닿자 그녀가 몸을 돌렸다. 그 앞으로 나를 이끌었다. 뒤에서 거대한 형상이 함께 움직이는 것이 느껴졌다. 나는 뒤를 바라봤다. 어둠 속에서 그 실루엣이 조금씩 보였다.

거대한 개 같기도 했고, 맹수 같기도 했고, 조류 같기도 했다. 무엇이라고 정의 내릴 수가 없었다. 그것이 뒤에서 우리와 속도를 맞춰 천천히 따라왔다. 우리를 따라오는 것인지, 제 갈 길을 가는 것인지는 알 수가 없었다. 따라온다기보다는 무언가를 찾고 있는 모양새였다. 예를 들자면 제물과 같은 것. 그 마족은 우리를 발견하지 못하고 걷고 있었다.

나는 벤지안스를 따라 걸었다. 캄캄한 어둠 속 전방 앞에 가느다란 틈이 보였다. 틈에서는 빛이 새어 나왔다. 틈새의 건너편이 밝은지는 알 수 없었다. 하지만 이 까마득한 어둠에 비한다면 밝을 것이다. 그저 느낌이었다.

그 틈 앞에서 벤지안스가 멈추었다.

[자, 다시 돌아가. 마지막은 네 눈으로 봐야지.]

부드러운 목소리였다. 애정이 듬뿍 담긴 목소리였다. '너는?' 하고 물으려는 순간이었다. 그녀가 내 등을 툭 틈 안으로 밀었다.

절벽에서 떨어지듯 심장이 쿵, 떨어진다. 기이한 낙하감은 순간이었다. 발이 딱딱한 땅을 딛는 느낌에 감았던 눈을 떴다. 다시

뜬 눈에는 익숙한 장면이 보였다. 아까 낀 검은 노이즈는 사라져 있었다. 그럼에도 어둠이었다. 성스러워야 할 신전 안에는 검은 안개가 가득했다. 안개라고 해야 할지, 장막이라고 해야 할지 알 수가 없었다.

그 안에서 밝게 빛나고 있는 것은 성검뿐이었다. 밝게 빛나고 있는 검의 형상이 디온의 위치를 알려주고 있었다.

"으아아아아아아!"

절규가 들려왔다. 디온의 목소리였다. 이 어둠을 찢어버릴 듯한 절규였다. 한 번도 들어본 적 없는 끔찍한 통곡이었다. 그가 성검을 곤추세운 채 폐제에게 달려들고 있었다. 어둠 속에서 그 모습이 또렷하게 보였다. 그 이유가 디온의 검에서 나오는 빛 때문인지 혹은 다른 이유 때문인지는 알 수가 없었다. 내 주변을 휘몰아치는 검은 안개가 그것을 가렸다가, 시야를 풀어줬다가 나를 안달 나게 하고 있었다.

"와라, 할파스여."

희열에 가득 찬 폐제의 목소리가 들렸다. 마족 소환을 성공했다는 기쁨에 가득 찬 목소리였다.

검은 안개가 걷힌다. 아니, 정확히 말하자면 그 안개는 폐제를 중심으로 흡수되듯 빨려가고 있었다. 그를 중심으로 시작된 회오리가 모든 것을 집어삼킬 듯 강력해지고 있었다. 소환의 시작이었다. 보이지는 않지만 여기저기서 두려움에 사로잡힌 신음 소리가 들려왔다. 디온은 여전히 그 안개에 갇혀 울부짖고 있었다.

디온.

나는 살아 있어요. 아직 여기 있어요. 전해야 했다. 입을 열었다. 하지만 목소리가 나오지 않았다.

[아직이야.]

내 목소리였다. 화들짝 놀라 주변을 살펴봤다. 하지만 그녀의 모습은 보이지 않았다. 보이는 것은 눈앞에서 양팔을 벌리고 마족을 맞이하는 폐제의 모습뿐이었다.

"내게 이 대륙을 집어삼킬 수 있는 힘을!"

거대한 바람이 불어왔다. 검은 회오리가 신전 안에 휘몰아쳤다. 신전은 그 어둠을 감당하지 못하고 부서져 내렸다. 정확히 말하자면, 가루가 되어 흩어지고 있었다.

나는 내 앞에서 검은 틈새가 벌어지는 것을 보았다. 검은 안개보다 더욱 짙은 어둠이었다. 그 틈새 안쪽은 무엇도 보이지 않는 어둠이었다. 직감적으로 깨달았다. 이 틈이 내가 나온 틈이구나.

거대하고 흉측한 검은 것이 틈을 비집고 나왔다. 모두의 시선이 그곳으로 향했다. 모두가 경악에 가득 차 비명조차 내지르지 못했다. 모두가 그것이 무엇인 줄 알고 있었다. 마족이었다. 검은 것은 대륙의 그 어떤 것으로도 정의 내리지 못할 형상을 띠고 있었다.

그것이 내 눈을 바라보았다. 위아래로 나를 훑는 모양새였다. 그것이 입을 벌린다. 그 입안이 훤히 보였다. 나를 갈기갈기 찢어 먹었던 거대한 이빨이 보였다. 그리고 그 뒤로 자리한 것은 거대한 어둠. 아무것도 없는 블랙홀과 같은 것이었다. 그 안에서 뿜어져 나오는 불쾌한 기운이 점점 내게 다가왔다.

설마 먹히는 건가. 눈을 질끈 감았다. 하지만 커다랗고 붉은 동공은 갑작스런 고함에 나를 꿰뚫지 못했다. 입을 다문 마족이 천천히 몸을 틀었다. 이제야 풀어진 시야로 디온이 이쪽으로 달려왔다. 성검을 짓쳐 들고 달려왔다. 그의 적의는 이 마족에게 닿아 있었다.

나는 직감적으로 알 수 있었다. 디온의 힘으로 이 마족을 죽일 수는 없다. 성검으로는 해치울 수 없다.

멈춰!

말하려는 순간이었다.

[없다.]

끔찍한 목소리였다. 여자의 목소리도, 노파의 목소리도, 아이의 목소리도, 남자의 목소리도 아닌, 하지만 그 모든 것이 담긴 목소리가 울려 퍼졌다. 머리를 쥐고 흔드는 것 같았다.

그것에 돌진하던 디온이 순간 멈춰 섰다.

[제물이 없다.]

나를 향하던 마족이 천천히 뒤를 돌았다. 그것이 너무 거대해 방향을 튼다고 해야 할지, 그저 움직인다고 해야 할지 어떻게 말해야 할지 알 수가 없었다. 정확한 것은, 그 마족의 눈이 나를 벗어났다는 것. 그 눈은 이제 내가 아닌 폐제를 향해 있었다.

"그럴 리가 없다."

환희에 젖어 있던 폐제의 목소리가 흔들리는 것이 느껴졌다. 검은 회오리의 틈으로 폐제의 표정이 보였다. 입꼬리는 웃고 있었다. 하지만 얼굴에 혼란이 어려 있었다. 이 마물이 무엇을 말하고 있는지 알지 못해 오는 혼란.

[없어. 없다. 적합한 것이 없어. 아무것도 없다!]

"무슨 말도 안 되는 소리인가. 제물은 이미 바쳤거늘. 저기에 저렇게!"

거친 목소리였다. 다급한 목소리였다. 그 와중에도 디온은 마족에게 다가가고 있었다.

"디온! 공격하지 말아요!"

다급함에 소리쳤다. 목소리가 들렸다. 디온이 그 자리에서 움직임을 멈추고 나를 바라보았다.

"벤지……?"

모두의 시선이 내게 향했다. 폐제의 시선 역시도. 네르아테안의 시선 역시도. 그들의 얼굴에 떠오른 표정은 의아함, 혼란, 혼돈, 그리고 경악이었다. 폐제가 정신을 차리지 못하고 멍하니 마족을 바라보다가 입을 열었다. 저를 휘감는 혼란을 이기지 못한 채 부르짖었다.

"저기 제물이 있다! 여신의 축복을 한 몸에 받은 자, 황족의 핏줄을 이어받은 자, 강력한 이능을 타고난 자! 조건에 부합되는 제물이 저기에 있는데!"

[찌꺼기는 먹지 않는다.]

"뭐?"

[바친 제물을 또 바치는구나. 나를 우습게 보았구나. 없어. 적합한 제물이 없어!]

찌꺼기. 아, 깨달음이었다. 어째서 벤지안스가 내게 인사를 했는지. 어째서 그녀가 끝이라고 했는지. 마술은 나를 비껴간다. 제물화는 아니라고 생각했겠지. 하지만 제물화 역시 나를 비껴간다. 왜냐면, 그들에게 있어서 나는 이미 먹고 남은 찌꺼기였으니까. 이제 흥미 없는 찌꺼기.

순간이었다. 그 한마디를 끝으로 그 거대한 검은 것이 그대로 황제 앞으로 이동했다.

[배가 고파. 차원을 이동하는 것은 배가 고프다.]

"저기에, 제물이! 내 딸이!"

[맛있어 보이는구나.]

만족스러운 음성이 공간을 메웠다. 아무것도 보이지 않지만 그 거대한 형태가 웃는 것도 같았다.

[네가 맛있어 보여.]

"아니다! 나는 제물이 아니다! 힘을⋯⋯."

발악하던 목소리가 끊겼다. 또다시 찾아온 침묵이었다. 모두가 숨을 죽였다. 폐제의 발악 후, 바로 이어진 것은 뼈를 짓씹는 소리였다. 나는 이 소리를 알았다.

맨 처음에는 왼쪽 팔, 그다음에는 오른쪽 팔, 그리고 머리, 하지만 정신은 남아 있다. 그렇게 가슴, 배, 내장, 다리. 모든 것이 차례로 날카로운 이빨에 먹힌다. 그 느낌이 무엇인지, 나는 알고 있었다. 내가 먹혔을 때 그러했으니까.

이것은 반동이었다. 마술 실패의 반동. 찢어질 듯한 절규가 들렸다.

"아아아아아아아아악! 왜! 아니야!"

고통스러운 비명이 들렸다. 그것은 우드득, 뼈가 무언가에 바스라지는 소리가 날 때 들렸고, 지익, 살점이 뜯어지는 소리가 날 때 들렸다.

"제물이, 저기!"

비명은 계속됐다. 뼈와 살점이 뜯겨지는 소리가 지속되는 동안, 처절한 비명이 계속됐다. 만찬을 즐기는 짐승의 소리가, 우걱우걱 무언가를 먹어 치우는 짐승의 소리가 계속됐다. 한동안 계속됐던 뼈를 씹어 먹는 소리가 멈추었다. 알 수 있었다. 그것의 식사가 끝났다. 마족이 나를 바라보았다. 그것이 내 쪽으로 다가왔다.

[신기한 존재군.]

그것이 흥미롭게 나를 바라보았다.

[맛이 궁금해.]

그것의 눈이 나를 이리저리 훑는 것이 느껴졌다.

[하지만 배가 부르다.]

그 한마디가 끝이었다. 그것이 몸을 돌렸다. 열린 검은 틈으로 소환됐던 마족이 빠져나갔다. 그리고 동시에 하늘을 검게 물들었던 구름들 사이로 빛이 내려앉기 시작했다. 검은 구름들 사이로 내리는 빛줄기들은 장관과도 같았다. 처음 내리쬔 빛이 비추는 곳은 폐제가 서 있던 곳이었다.

그곳엔 검은 피가 흥건했다. 뜯겨져 나간 옷자락이 보였다. 폐제가 입고 있던 것이었다. 그것을 시작으로 새어들어 온 빛은 새하얀 신전을, 신전을 물들인 붉은 피들을 비추기 시작했다.

[네 손으로 끝을 만든 기분은 어때?]

그녀의 목소리가 들렸다. 여전히 모습은 보이지 않았다. 내 손으로 만들었다고? 의문이 들었다. 내 손으로 만든 것인가?

[네 손으로, 그리고 내 손으로.]

그녀의 목소리에서 만족스러운 웃음이 들려왔다. 틈으로 새어 나오던 빛은 이제 거의 모든 어둠을 몰아낸 상태였다. 하지만 아무 소리도 들리지 않았다. 나 홀로 어떠한 빛에, 어떠한 공간에 갇힌 느낌이었다. 시간이 멈춘 것도 같았다.

한 폭의 그림처럼, 내리쬐던 빛이 멈춰 있었다. 들리지 않는 말들이, 사라지는 어둠이, 그 안에서 들려오는 만족스러운 내 음성이 알려주고 있었다. 모든 것이 끝났다.

내 복수는 승리했다. 소르트가 무너졌다.

그래서, 기뻤다. 나는 성공했다.

"하하하하하하!"

빌어먹을 소르트 황가. 빌어먹을 폐제, 폐태자, 황후, 유모, 소르트의 모두가 죽었다. 내 손으로 끝냈다.

"하, 하하."

성취감이 몰려왔다. 그리고 기뻤다. 그래, 기뻤다. 즐거워야 했다. 모든 것이 만족스러워야 했다. 하지만, 그 충족이 어둠과 함께 빛에 파묻혔다.

내 입에서 흘러나오던 웃음이 점점 사그라졌다. 기쁨과 동시에, 허무했다. 만족감이 손에 쥔 모래처럼 손가락 틈 사이로 흘러내리는 것 같았다. 이곳으로 들어와, 이 몸으로 들어와 보낸 네 달 남짓의 세월이 가루가 되어 날아가는 기분이었다.

충족과는 별개였다. 기쁨과는 별개였다. 나를 지탱하고 있던 커다란 뿌리가 빠진 것 같았다. 이제, 지탱할 것이 사라진 기분이었다. 복수의 성공이란 내게 그러했다. 내가 죽고, 벤지안스가 죽고 내 가족들이 죽었다. 끝났다. 사라졌다. 서로 칼을 겨누고 심장을 도려내고, 죽였다. 노리고 꾀어내고, 먹혔다. 모든 것이 끝났는데.

"하하……."

허탈했다. 후련하지만 그것이 다였다. 이제 나는 무엇을 해야 하지? 내가 해야 할 것은 황제? 아니, 황제는 내 길이 아니었다. 자리에 주저앉았다. 온몸에서 모든 힘이 빠져나가는 기분이었다.

아프지는 않았다. 하지만 이상하게도 서 있을 수가 없었다. 그 것이 물리적인 이유 때문인지, 심리적인 이유 때문인지는 알 수가 없었다.

속삭이는 목소리가 들렸다.

[이대로 끝내고 싶어?]

응. 이대로. 온 힘을 다해 고개를 끄덕였다. 이제 됐어. 난 할 일을 다 했어. 나는, 중심이 사라진 나는, 황제가 될 수 없어. 그러니까 이제 편해지자. 눈을 감았다. 순간이었다.

"벤지!"

목소리가 들렸다. 언제나 내게 따뜻함을 말하던 목소리. 부드럽게 내 이름을 부르던 목소리였다. 그 목소리가 절박함을 담아 내 이름을 부르고 있었다. 감은 눈 사이에 빛이 한줄기 내리쬐는 기분이었다. 덮인 눈꺼풀 사이로 내려앉은 어둠에, 한 줄기 포근한 빛이 비춰지는 기분이었다.

그래, 있었다. 그가 만들어준 미래. 내가 사랑하는 사람이 만들어준 미래. 그의 옆에서 함께할 미래. 눈을 번쩍 떴다. 아니, 뜨고 싶었다. 하지만 모든 것이 암흑이었다. 몸을 움직일 수가 없었다. 이 느낌을 아주 잘 알고 있었다. 숨도 쉬지 않는 것. 끝, 죽음.

따뜻함을 담은 내 목소리가 귓가에 울려 퍼졌다.

[푹 쉬어, 벤지안스.]

✠

어둠의 장막에 가로막혔던 제국의 하늘에 빛이 내리쬔 것은 순간뿐이었다. 직후 소르트를 물들이는 것은 빗소리였다.

나라는 혼란에 빠졌다. 그럼에도 빠르게 진정됐다. 완벽한 진정은 아니지만, 근 한 달 동안 휘몰아친 황가의 몰락에 비하면 눈에 띌 만한 진정세였다.

새로운 황제가 죽은 지 딱 이틀째 되는 날이었다. 그 이틀 동안 비는 끊이지 않고 내렸다. 마치 하늘이 선황의 죽음을 기리기라도 하듯 비는 계속해서. 폐제와 폐태자의 죽음이 확인됐다. 성검에 찔린 폐태자는 숨을 쉬지 않았다. 그럼에도 황성 안의 사람들은, 그리고 소르트의 국민들은 폐태자가 또다시 어디선가 살아 있진 않을까 하는 불안감에 떨었다.

그러한 사람들을 안심시키기 위함인지 폐태자의 시체는 불에 타 재가 되어 사라졌다. 마술 실패의 반동으로 힘을 절반 이상 잃어버린 네르아테안은 그 자리에서 체포되어 참형에 처해졌다.

단 한 번으로 죽지 않는 그의 목은 수십 번 단두대에 올랐고, 그의 심장 역시 수십 번 창에 찔려 결국 참혹하게 목숨이 끊겼다. 표면적으로 소르트를 물들이던 불안은 그렇게 소강되었다.

황좌는 비지 않았다. 누군가는 임시라고 말하기도 했다. 그 자리에 앉은 자에게 뭐라고 하든지 간에 황좌에 앉은 자가 곧 황제였다. 하지만 황제의 대가 바뀌었다.

물론 반발도 많았다. 아델라이네 D. 마이라 소르트가 살아 있지만 그녀는 아직 침상에서 눈을 뜨지 못하고 있었다. 이능을 가진 황족들이 전부 죽었고 지금 소르트에 유일하게 살아 있는 황족이 아델라이네였다. 보수파 귀족들은 아델라이네를 제위에 올려야 한다고 주장했다.

하지만 선황의 의지가 압도적인 힘을 발휘했다. 더불어 서거한 전 황제는 소르트의 영웅이었다. 선황이 황성에서 2황비와 폐태자와 황후, 그리고 폐제를 단기간에 처단한 일은 일종의 영웅담처럼 소르트 백성들의 입을 떠돌았다.

긴가민가하던 선황의 행보는 마족의 소환을 막았을 때 의심조차 할 수 없는 선으로 정의되었다. 선황 벤지안스는 여신의 축복을 등에 업고 악을 자행하는 자를 처단했다. 그것이 소르트를 지배하는 여론이었다.

선황은 그들에게 있어 구국의 영웅이나 마찬가지였다. 그렇기에 선황의 의지는 압도적이었다. 서거하기 직전, 황성에 남기고 간 다음 대의 황제를 가리키는 칙서는 그 누구도 거부할 수 없는 영웅의 마지막 명령이었다.

황제가 된 자는 소르트의 성을 가지지 않은 자였다.

디르케온 세그다드.

선황은 마치 스스로의 죽음을 예견한 듯 차기 황제를 지명하고 목숨을 다했다. 소르트 거리 곳곳에는 그녀의 죽음을 기리는 근조기가 걸렸다. 모두가 영웅의 죽음을 슬퍼했다. 급작스런 즉위였고 동시에 급작스러운 죽음이었다. 나라가 그나마 정리가 된 것은 차기 황제의 즉위가 빠르게 이뤄진 것도 있었다.

하지만 현 황제의 상태는 썩 좋지 않았다. 사랑하는 사람을 잃은 자가 이성적일 리가 없었다. 그는 이틀 내내 실의에 빠져 있다고 모두가 입을 모아 이야기했다. 그는 선황의 죽음에 제 목숨을 얹은 상태였다. 그가 아직 스스로 목숨을 다하지 않은 이유는 하나였다.

제 손으로 사랑하는 자의 죽음을 확인해야 하기에. 만약, 장례의 마지막에서 선황의 죽음을 확인한다면 그 역시 목숨을 유지하지 않을 것이 분명했다.

비는 여전히 대륙을 적시고 있었다.

놀랍게도 많은 수의 사람들이 선황의 죽음에 눈물을 흘렸다. 직접 만나지 못한 사람들임이 분명한데, 그들은 선황의 서거를 슬퍼하고 있었다.

회색 로브를 눌러쓴 두 사람이 황성으로 향하는 사람들의 대열을 뚫고 지나갔다. 수많은 사람들이 모였지만 실의에 빠져 힘없이 걷는 그들 사이를 빠르게 뚫고 지나가는 것은 생각보다 쉬운 일이었다.

다른 자들과 달리 서두르는 그 걸음은 이내 황성 앞에서 멈추었다. 황성 앞 기사들의 창이 교차되어 그들의 출입을 막았기 때문이었다. 맨 앞에 선 이가 서서히 로브를 벗어내었다.

"대, 대신관님!"

로브 안의 얼굴을 본 자들이 경악 어린 얼굴로 입을 열었다. 대신관이 성기사도, 신녀도 대동하지 않고 황성에 온 적이 없었으니까. 하지만 그들을 마주하는 대신관의 표정은 평온하기 그지없었다.

"여신의 음성을 현 황제에게 전해야 해서 이렇게 급하게 왔어요. 문을 열어주겠어요?"

성문은 생각보다 쉽게 열렸다. 이래도 되나 싶을 정도로. 하지만 조금만 생각해 보면, 마족의 소환식이 실패한 직후이니 그럴 수도 있겠다 싶었다.

황성에 들어가 그렇게 걸었다. 로브를 뒤집어쓴 작은 체구의 두 사람에 황성 사용인들의 시선이 집중됐다. 하지만 그 옆에서 호위하듯 걷고 있는 두 명의 성기사들 덕에 의심의 눈초리는 거둬졌다.

아무도 그들의 행보를 막지 않았다. 그렇게 걷고 또 걸었다.

성 입구에서 황제에게 가기 위해서는 신전을 지나야 했다. 황성 안의 신전은 폐허나 마찬가지였다. 보수 공사를 하고 있기는 하지만 이틀 전 날아가 버린 벽과 지붕은 아직 복원되지 않았다.

하지만 그 근처에 흥건했던 피들은 깔끔하게 사라져 있었다. 그리고 대신 그들의 죽음을 기리는 작은 비석들이 신전 주위로 둘러세워졌다. 그 주변을 지나다니는 사용인들의 눈에는 슬픔이 가득했다.

그런 그들을 지나쳤다. 원래대로라면 황제를 만나기 위해서는 알현실이나 응접실, 회의실로 향해야 했다. 하지만 실의에 빠진 황제는 국장 날짜가 다가오는데도 침소에서 나오지 않고 있었다.

그렇게 걸어 로비를 올라, 침소 앞에 도착했다.

"폐하, 대신관이십니다."

아무 소리도 들리지 않았다. 문이 열리지 않았다. 설마. 너무 늦었나? 덜컥 겁이 났다. 최대한 서둘렀다. 하지만 그럼에도 이틀이 지났다. 심장이 빨리 뛰기 시작했다. 그런 내 기세를 느끼기라도 한 모양인지 대신관이 입을 열었다.

"문 열어요."

"하나 폐하의 명이 떨어지지 않았습니다,"

황제의 처소 앞을 지키던 기사가 난처한 표정을 지어 보였다. 그는 황제의 명을 들어야 하는 자였다. 하지만 그의 사정을 봐줄 여유가 더 이상 없었다.

"디온에게 대신관 후보가 왔다고 전해주십시오."

어떻게든 그가 알아들을 수 있는 말을 해야 했다. 그래서 던졌다. 그러면 알아들을 수 있지 않을까 생각해서 내뱉은 말이었다.

갑작스레 침소의 문이 열렸다. 나는 강한 그의 힘에 따라 순식간에 안으로 끌려갔다. 끼이익 소리를 내며 닫히는 문틈 사이로 대신관의 목소리가 새어 들어왔다.

"창조주의 인도는 여기까지입니다."

그 말을 끝으로 쾅, 문이 닫혔다. 하지만 디온의 귀에는 그 큰 소리조차 들리지 않는 모양이었다. 디온이 내 팔을 꽉 잡는다. 아프지는 않았다. 하지만 힘이 들어가 있었다. 그의 손이 떨리는 것이 느껴졌다.

뒤집어쓴 로브 아래로 그의 표정이 뚜렷이 보였다. 고작 이틀이었다. 선황이 죽은 지 고작 이틀 만에 그는 너무나도 수척해져 있었다.

"디온."

나는 그의 이름을 불렀다. 그의 표정에 혼란이 떠올랐다가, 절망 안에서 희망이 꽃피는 표정이 떠오른다. 하지만 그럼에도 이틀간 그를 괴롭혔던 그의 절망이 너무나도 커 보였다. 내 부름에 그의 녹안이 흔들렸다.

그가 떨리는 손으로 내가 덮어쓰고 있던 로브를 뒤로 젖혔다. 로브가 벗겨지자 혹시 들킬까 봐 염색약으로 바꿔 버린 머리 색이 드러났다.

그의 눈이 크게 떠졌다. 나는 그의 얼굴을 보며 도대체 어떤 표정을 지어야 할지 알 수가 없었다. 그가 몇 번이나 입을 열었다가 닫았다가, 겨우 토해내듯 한마디를 토해낸다.

"제가, 꿈을 꾸는 것은 아니지요."

"이것 봐요. 내가 황의가 잘 어울릴 것이라 말했잖아요."

그의 말에 도무지 어떤 대답을 해야 할지 모르겠어서, 그의 소매를 만지작거리다가 입을 열었다. 어떤 표정을 지어야 할지도 모르겠어서, 괜히 웃음을 지어 보였다. 하지만 나도 모르게 목소리가 떨리고 있었다.

그가 내 얼굴로 손을 뻗었다. 떨리는 그의 손가락이 내 뺨에 닿았다. 그의 손이 내 눈가를 쓸었다가 뺨을 쓸었다가, 뺨을 감쌌다. 마치 내 존재를 확인하는 듯 조심스러운 손길이었다.

"또 꿈에 마벨일 때의 모습으로 나타난 건 아니시지요."

그의 목소리가 점점 잠기고 있었다. 나는 고개를 저었다.

"미안해요. 최대한 빨리 오고 싶었는데."

내 얼굴을 감싼 그의 손이, 검을 쥐어 굳은살이 박인 그의 엄지손가락이 내 뺨을 한 번 더 쓸어내렸다. 그의 손길에서 절박함이 묻어 나왔다. 그의 눈에서 눈물이 흘러내렸다. 나는 그의 눈을 바라보며 애써 웃어 보였다. 나까지 울면 안 될 것 같아서.

"환상이 아니라고 말씀해 주십시오."

"아니에요. 나는 살아 있어요."

"꿈이 아니라고 말씀해 주십시오."

"디온이 눈을 감고 떠도, 나는 다시 이 자리에 있을 거예요."

그가 나를 제 품으로 잡아당겼다.

"디온, 비에 젖어요."

하지만 그의 귀에 내 말이 들리지 않는 모양이었다.

"너무하십니다."

처음 내뱉는 말은 원망이었다. 하지만 목소리에, 묵직했던 절망 속에, 희망이 자리하고 있었다.

"몇 번이나 속을 졸이게 하시는 겁니까?"

목소리가 떨려오고 있었다.

'디온이 힘들어할까 봐 최대한 빨리 오고 싶었어요.'

말이 입 밖으로 나오지 않았다. 목이 꽉 막혔다. 미안하고, 고맙고, 보고 싶었고, 그러다가 내 얼굴을 확인조차 하지 못하고 그가 목숨을 다할까 봐 두려웠다.

"죽었다고 했습니다. 모두가 맥을 짚었고, 죽음을 확신했는데."

"살고 싶었으니까요."

끝을 잇지 못하는 그의 말에, 나는 그의 눈을 마주하며 답했다. 그래, 나는 알고 있었다. 나는 죽었다. 내가 느낀 것은 명백한 죽음이었다. 눈을 뜬 것도 대신전에 비치된 관 안이었다.

나는 분명 죽어 있었다. 하지만 살고 싶었다. 절대 죽을 수 없다는, 죽어서는 안 된다는 그 목적만이 가득했다. 디온의 옆에서 살아야 한다는 그 단 한 가지가 뿌리 되어 박혀 있었다. 그래서 눈을 떴다. 나는 그의 녹안을 바라봤다.

"디온이 말했잖아요. 죽지 말라고. 당신의 옆에서 있으라고. 사실 나는 잘 모르겠어요. 내가 어떻게 살아야 할지, 무엇을 해야할지, 이제 무엇을 바라는지. 아무것도 모르겠어요. 내가 그렇게도 원했던 복수는 결국 끝났으니까요. 하지만……."

나는 손을 뻗었다. 디온의 얼굴에 손을 갖다 댔다. 그가 하고 있는 것처럼.

"적어도 내가 있을 곳은 찾았어요."

자세를 고쳐 잡았다. 눈물이 멈추지 않았다. 마주한 디온 역시 마찬가지였다.

"디르케온 세그다드, 디온의 옆자리. 그곳이 제가 있을 자리더라고요."

웃었다. 눈물이 계속해서 흘렀지만 어쩔 수 없었다. 그냥, 그렇게 웃음이 났다. 당신의 옆이 내가 있어야 할 자리라고. 그것을 깨닫고, 그 옆자리에 결국 내 발로 다시 찾아왔다. 모든 허무의 어둠 속에서 찾은 것은 디르케온, 디온이라는 빛이었다.

"절대 떠나지 마십시오."

내 말에 그가 답했다.

'말하지 않아도 그럴 거예요.'

답은 하지 않았다. 그냥 고개를 끄덕일 뿐이었다. 그가 엄지로 내 눈물을 닦아주었다. 나는 나 역시 그러고 있었다는 사실을 깨달았다.

누가 먼저랄 것도 없었다. 입술이 포개지고, 혀로 부드럽게 내 입술을 두드리는 그의 인사를 받아냈다. 다시 돌아온 것에 대한 열렬한 환영과도 같아서, 이 순간이 영원했으면 좋겠다고 계속해서 되뇌었다.

행복? 아직은 잘 모르겠다. 하지만 이것 하나만큼은 알 수 있었다. 나는 그들이 그렇게도 말해왔던 행복에 첫 발을 내디뎠다는 것을.

✠

국장은 무사히 치러졌다. 일주일간 제국은 비탄에 잠겼다. 그나마 다행인 것은, 정인을 잃고 슬픔에 잠겼던 황제, 디르케온 세그다드가 제정신을 차렸다는 것이었다.

이틀간 두문불출하던 그가 멀쩡한 모습으로 나타났다. 그에 제국민들은 모두가 안심했다.

여신의 총애를 받는다는 것은 상상 이상으로 편한 일이었다. 여신 덕에 소르트 국민들의 기억을 대거 바꿨다. 물론 지금 이후로 이런 대국민 사기극 같은 일이 어렵겠지만, 제일 중요한 일에 한 번이라도 이렇게 여신의 힘을 빌려 쓸 수 있다는 것이 다행이었다.

나는 살아 있음에도 내 시체는 존재했다. 도대체 어떤 방법을 사용한 것인지는 알 수가 없었다. 물론 나와 정확히 같은 얼굴은 아니었다.

디온을 제외하고 제국민들이, 황성의 사람들이 나의 얼굴을 잊도록 만들었다. 존재까지 잊게 만들 수는 없었다. 하지만 적어도 선황으로서의 내 얼굴이 사라지는 것은 가능했다. 나는 모두의 기억에서 내 얼굴을 삭제하고, 동시에 내 이능 역시 삭제했다.

나는 이능을 상실했다. 내가 눈을 감았을 때, 다시 만난 벤지안스에게 부탁한 일이었다. 여신의 은총을 받는다면, 내가 창조주의 관심을 받는다면 내 부탁을 들어달라고 말했다.

제국민들의 기억을 바꾸고, 내 국장을 무사히 치르고, 내 이능이 사라진 것은 전부 벤지안스와 대화한 후 일어난 일들이었다. 그렇기에 안심이었다. 적어도 그녀는 여신의 곁에 있다고 생각이 되니까.

디르케온이 황제가 된 후, 세그다드 공작가의 가주가 연달아 죽은 사건이 다시 수면 위로 떠올랐다. 이제는 황가가 되어버린 공작가의 과거 사건은 과거와 중요도를 달리했고, 여러 가지 조사 아래 그들의 죽음 역시 폐제와 폐태자의 소행이라는 것이 밝혀졌다. 이미 죽어 사지가 잘려나간 둘의 시체는 어떠한 죄도 다시 받을 수는 없었다. 하지만 제국의 백성들은 그들에게 저주를 퍼부어댔다.

내가 아이릭이라는 이름의 소년이 되어 황제의 전속 시종이 된 지 한 달이 다 되어가고 있었다. 실제로 황제의 전속 시종이라면 귀족가에서 데려오는 것이 정석이었으나, 나는 전 대신관 후보라는 거짓말로 쉽게 그 반발을 누를 수 있었다.

그리고 여신의 은총이라는 뒷배를 이용해 남들과 조금 다른 생활을 하는 것도 그리 어렵지 않았다.

황성에서의 생활은 생각보다 편안했다. 서류를 정리하고, 가져다주고, 디온의 옷매무새를 다듬어주고, 식사를 관리하는 등 잡일만 하면 하루 일과가 끝이었다. 황태자 및 황제의 직무에 짓눌려 있던 과거에 비하면 꿀과 같은 나날이었다.

디온의 서재를 정리하고 있는데, 밖에서 노크 소리가 들려왔다.

"폐하께서는 회의에 참석하여 자리에 계시지 않습니다."

그래, 이렇게 그의 스케줄을 알고 사람을 방에 들이는 것도 내가 해야 할 일 중 하나였다. 책임지지 않고 할 일만 한다는 것은 썩 편했다.

황제의 부재에 발을 돌려야 할 자가 문을 열었다. 서재의 문이 끼이익 소리를 내며 열렸다. 그 문밖으로 모습을 보인 자는 베른이었다. 그가 서류를 손에 들고는 안으로 들어왔다. 그의 하는 모습을 보고 있자니 한숨이 절로 났다. 하아, 작은 한숨을 내쉬었다. 서재의 문이 닫혔다. 황제의 서재 안에는 그와 나 둘뿐이었다.

"베른, 상당히 융통성 없는 사람인 줄 알았는데 이럴 때 보면 아니란 말이에요."

"폐하, 넥토즈에서의 서신입니다."

내 말은 들리지도 않는다는 듯 서류를 내게 내미는 그였다. 이번에는 큰 한숨이 절로 나왔다. 그는 여전히 나를 폐하라고 불렀다. 이유는 알 수 없었지만 베른은 나를 기억했다. 아니, 베른뿐만이 아니었다. 아델라이네도, 쉬얌도, 넥토즈국의 사신도, 나를 기억했다.

처음에 그들은 인지부조화에 시달렸다. 그들의 눈에 내가 살아 있는데, 모두가 내가 죽은 줄 알고 있었으니까. 황태자로, 그리고 황제로 활보했던 내 얼굴을 모두가 몰라보았다. 하지만 이내 디온의 행동과 내 태도를 보고는 벤지안스와 아이릭이라는 시종이 동일인이라는 것을 납득하게 되었다. 그리고 그 이후로 늘 이런 식이었다.

베른은 나와 단둘이 있을 때면, 혹은 내가 벤지안스라는 것을 아는 자와 함께 있을 때면 나를 폐하라고 불렀다. 문제는 그 행동을 아무도 제지하지 않는다는 것이었다.

나는 소년처럼 다시 짧아진 머리카락을 긁적였다. 융통성이 있는 건지 없는 건지 모를 그를 빤히 바라보고는, 입을 열었다.

"베른, 디온이 황제가 된 지도 한 달이 지났어요."

"알고 있습니다."

"그럼 나를 부르는 그 호칭 좀 어떻게 해봐요."

"이게 편합니다."

"이제 와서 융통성 없는 척하지 말고요."

"그냥 폐하께서 폐하께 서신을 전해주시면 됩니다."

"알았으니까 줘봐요."

손으로 얼굴을 덮고 한숨을 내쉬었다. 그리고 손을 내밀었다. 내 손에 그가 서신을 건넸다. 그것을 읽어 내렸다.

디온은 과거 소르트에 비해 조금 더 유연한 외교 방식을 취했다. 그것에 대한 외교 서신이었다. 도대체 이것을 나한테 왜 전해주는지 알 수가 없었다.

"이걸 도대체 왜 나한테 주는 거예요? 나 이제 정세에 관여하고 싶지 않은데요."

그가 잠시 나를 빤히 바라보다가 물었다.

"정말 다시 황제가 되실 생각은 없으십니까?"

한동안 잠잠해졌다 싶더니 또 이 질문이었다. 나는 손을 내저었다.

"정말로 없어요. 됐죠? 나 나가볼게요. 시종은 할 일이 참 많거든요."

단호한 내 대답에 그의 표정이 와락 구겨졌다. 무어라 더 말하려는 그의 옆을 지나가며 그의 말을 잘랐다.

"아, 그리고 마농에 있는 아델라이네에게서 서신이 왔는데, 자꾸 그 질문 던지면 이 서신은 안 보여줄 거예요."

내 말에 더욱 구겨지는 베른의 표정을 바라보며 유유히 문을 열고 서재를 나섰다. 품에 두꺼운 책과 서류를 가득 안고 걷는 기분이 썩 나쁘지 않았다.

여전히 겨울이었다. 하지만 해가 지났다. 정말 모든 것을 끝내기라도 하듯 한 해의 마지막에 모든 일이 끝났고, 새하얀 눈과 함께 새로운 것들이 새로운 해에 시작됐다.

디온이 황제가 되고, 국장이 치러지고, 모든 일이 해결되고 조금씩 새로운 물결에 사람들이 적응할 때쯤 아델라이네가 눈을 떴다. 유일하게 남은 적통 황녀의 존재는 다시 계승권 다툼에 불을 지폈다.

아델라이네는 논란이 일어남과 동시에 제 황위 계승권을 포기했다. 모두가 말려도 그녀는 눈 하나 깜빡하지 않았다. 그리고 마농으로 유학을 갈 것을 요구했다. 당분간 소르트라는 제국을 떠나고 싶다는 것이 그녀의 요구였고, 당연히 그녀의 바람대로 모든 것이 이뤄졌다.

내 예상대로 아델라이네와 베른 사이에는 친구 이상의 감정이 흐르고 있었다. 베른에게 보낸 아델라이네의 서신이 시종의 실수로 내 손에 떨어졌을 때 확실히 알 수 있었다. 물론 쌍방의 마음인 줄은 알 수 없었지만, 내 손에 아델의 편지가 있다는 사실은 베른을 충분히 흔들어놓을 수 있었다.

✣

"정말 다시 황제가 되실 생각은 없으십니까?"

"말투가 또 돌아왔어요."

"이마저도 제 마음대로 하지 못한다면 황제가 된 이유가 무엇이겠습니까?"

"그거 상당히 모순적인 발언인데요."

나는 그의 품에 안겨 대답했다. 처음부터 남장을 해야겠다는 생각을 한 건 아니었다. 디온의 옆에 자연스럽게 있을 방법을 찾다보니 전속시종이 좋았고, 그러기 위해서는 남장을 하는 것이 편했다. 대신관과 함께 들어온, 대신관 후보였던 자가 이제는 황제의 시종을 한다. 썩 괜찮은 과정이었다.

어찌 됐든, 시종이라는 위치는 디온의 옆에서 계속 서 있기에 상당히 편했다. 이렇게 그의 사적인 공간에서조차도.

그가 나를 껴안은 팔에 조금 더 힘을 줬다. 갑작스레 배를 압박해 오는 느낌에 그를 바라봤다. '어디서 나쁜 걸 배웠어요?' 라는 뜻을 담아서. 하지만 그는 그것을 가볍게 무시했다.

"말 돌리지 마십시오. 정말, 황제로 돌아가실 생각이 없으십니까?"

"그 말 오늘 또 들을 줄은 몰랐네요. 말했잖아요. 그들은 내 얼굴을 기억하지 못해요."

"하지만 벤지에 관한 것이라면, 제아무리 다비네 여신이라도 당신의 말을 들어줄 겁니다."

"그거 굉장히 신성 모독적인 발언 같았어요."

"사랑하는 사람끼리는 닮아간다고 하지 않습니까?"

나는 입을 떡 벌렸다. 디온은 이전의 그였다면 하지 않을 말을 가끔 불쑥불쑥 하고는 했다. 베른의 말에 의하면 나를 닮아간다고 하는데, 이걸 좋게 받아들여야 할지 알 수가 없는 노릇이었다.

잠시 당황했던 표정을 지우고는 그의 팔을 살짝 툭툭 쳤다. 조금 힘을 빼달라는 의미였다. 그러자 그의 팔 힘이 조금 느슨해지는 것이 느껴졌다. 나는 자세를 고쳐서 몸을 돌려 그와 마주 앉았다. 여전히 그의 무릎 위였지만 별로 개의치 않았다. 그의 진지한 눈을 보며 나 역시 단호하게 말했다.

"지금 내가 살아 있었다고 나타나면 소르트 제국민들이 어떻게 생각하겠어요."

"기뻐서 환성을 내지를 겁니다."

덤덤하게 답하는 그를 빤히 바라보다가 눈썹을 조금 찌푸렸다. 아무래도 베른 말이 맞는 거 같기도 하고.

"역시 황제가 되더니 조금 변한 거 같아요, 디온."

"칭찬으로 듣겠습니다."

"세상에, 이런 것까지 닮지 말아요. 나 조금 무서워지려고 해요."

내 말에 디온은 대답하지 않고 나를 가만히 바라보았다. 장난인 듯 내뱉는 말과는 달리 그의 얼굴은 진중했다. 몇 주간 묻지 않아 포기한 줄 알고 있었는데 아닌 모양이었다. 나는 손가락으로 뺨을 긁적였다.

"대답은 언제나 똑같아요. 돌아갈 생각은 티끌만큼도 없어요."

"하지만 그 자리에 제일 잘 어울리는 것은 벤지입니다."

"그거 알아요?"

조금 미소 지으며 그에게 물었다. 그의 간절함과 다른 내 평온한 어조에 그가 미간을 찌푸렸다. 나는 검지로 그의 미간을 살살 문질렀다.

"지금 당장 누군가가 소르트 제국민 전체를 죽여 버리겠다고 하면 디온은 화가 나겠죠? 가슴 깊은 곳에서부터 분노할 거예요. 그자를 반드시 잡아 처벌하고 싶을 거예요. 당신이 사랑하는 소르트를 멸망하게 만들고 싶어 하니까요."

그가 말없이 나를 바라봤다. 나는 그것을 긍정으로 받아들였다.

"하지만 있잖아요. 내가 디온을 사랑하지 않았다면, 소르트를 멸망시키려고 온갖 애를 쓸 사람이 나였을 거예요."

"하지만 그때와 지금은 다릅니다. 결과는 달라졌습니다."

그의 표정은 여전히 단호했다. 그 안에 아쉬움이 보였다. 그가 내게 이 질문을 할 때마다 보였던 표정이었다.

나는 언제나 조금씩 회피했던 대답을 이제는 해야겠다고 생각했다. 나는 황가의 핏줄을 이었음에도 제국을 사랑하지 않는다고, 당신 외에 나는 관심이 없다는 것을 고해야 할 때였다.

"만약 내가 황제일 때, 누군가가 소르트를 멸망시키겠다고 하면 나 역시 화가 날 거예요. 귀찮은 일 하나가 더 생겨 버린 거거든요. 하지만 나에게는 딱 그 정도일 뿐이에요. 나라를 위한 애국심 같은 것이 없어요. 물론 디온이 사랑하는 소르트가, 제국이 부서지지 않았으면 좋겠어요. 그렇다면 디온이 슬퍼할 테니까요."

나는 한 번 말을 끊었다. 디온이 무어라 반박이라도 하려는 듯 입을 열었지만 내가 말을 잇는 것이 더 빨랐다.

"하지만 나한테 이유는 그것 하나뿐이에요. 디온이 없었다면 최소한의 애를 쓰다가 에라이, 다 죽어버리라지 하고 손을 뗄 거예요. 그게 내 안에 있는 애국심이에요. 그래서 나는 황제가 될 수 없어요."

그가 조금 언짢은 표정을 지었다. 내가 제국을 사랑하지 않기 때문이라기보다는, 그가 생각하는 나와 내가 말하는 내가 다르기 때문이리라.

"그러시지 않을 거라는 것을 알고 있습니다."

"디온에게 보여주는 모습으로 판단하면 안 돼요. 나 생각보다 굉장히 무책임한 사람이거든요."

"하지만 제가 알고 있는 벤지는."

그가 제 생각을 필사적으로 피력했다. 하지만 아까와는 표정이 달라져 있었다. 아마 내가 생각하는 바가 그가 생각하는 황제 위에 적합한 자가 가질 자세와 꽤 거리감이 있기 때문이겠지.

그를 설득할 때는 지금이었다. 나는 그의 말을 중간에 가로막았다.

"그러니까 이 말이 무슨 말이냐면 말이에요."

그가 궁금하다는 표정으로 나를 바라보았다.

"디온한테 모든 걸 맡기고 놀고먹겠다는 이야기예요. 이 정도는 해줄 수 있죠?"

웃음을 지어 보였다. 꽤 뻔뻔해 보일 웃음이었다. 디온은 나를 빤히 바라보다가 피식 웃음을 터뜨렸다.

"어, 웃었어요. 그럼 받아들인 걸로 할게요."

"놀고먹는 건 좋으니 제 곁에만 있으시면 됩니다."

작은 한숨 후에 이어진 말이었다. 그의 팔이 허리를 감아왔다. 단단한 팔이 안정적이었다. 따뜻했다. 그래, 정말로, 진짜로 디온의 곁이었다.

"당연한 걸 말하지는 말고요."

팔을 그의 목에 걸었다. 내 얼굴에 웃음이 걸렸다. 여전히 뻔뻔해 보일까? 아니면 조금은 행복해 보일까? 무엇이든 상관은 없었다. 적어도 디온의 표정이 행복해 보였다. 그것으로 됐다. 그렇다면 나도 행복했다.

⚜

[872년, 12월 23일] 51대 황제, 벤지안스 D. 마블라 소르트 즉위 일주일 만에 서거하다.

[872년, 12월 24일] 디르케온 세그다드, 선황의 칙서에 적힌 황명에 따라 제위에 오르다.

[872년, 12월 31일] 2황녀 아델라이네 D. 마이라 소르트, 황위 계승권을 포기하다.

[874년, 7월 18일] 제국 최초로 마농과 평화 협정을 맺다.

[876년, 2월 9일] 대신관 후보 에르킨, 소르트 황가에 입적되어 에르킨 D. 마블라 세그다드의 이름을 받는다.

[891년, 6월 31일] 에르킨 D. 마블라 세그다드, 황태자에 즉위하다.

[899년, 1월 15일] 52대 황제 디르케온 세그다드, 황태자에게

황위를 양위하다.

[930년, 11월 23일] 황제 디르케온 세그다드, 75세의 나이로 서거하다.

……소르트 제국의 역사에 있어 여신 다비네의 손길이 직접 개입한 시기는 단 한 번뿐이었다.

역사상 제일 짧은 벤지안스 D. 마블라 소르트의 칠 일간의 통치기간이었는데, 혹자는 이 비정상적으로 짧은 기간을 두고 제국의 난세를 극복하기 위한 여신의 강림이 아니었나 논하기도 한다.

황녀의 신분에서 벗어났을 때조차 여신의 은총을 받았던 벤지안스 D. 마블라 소르트는, 황가로 돌아온 후에도 여신의 은총 아래 악을 처단하는 선황(先皇)의 면모를 보였다고 전해져 내려온다.

(중략)

52대 황제 디르케온 세그다드의 업적 중 제일 큰 것으로는 종전을 들 수 있다. 속국이지만 첨예한 대립 속에 있던 타국과 재협약을 맺음으로써 그들이 불만을 잠재웠으며, 오랜 기간 아슬아슬한 평화를 유지하던 마농과 처음으로 완벽한 평화 조약을 맺어내기도 했다.

어질지만 강한 정치로 나라를 안팎으로 강하게 만든 황제였으나 그의 뒤를 따라다니는 유일한 결함이 있다면, 그가 일평생 혼인을 하지 않았다는 데에 있다. 그는 즉위부터 양위까지 단 한 명의 비도 두지 않았는데, 당대의 정계에서는 정인이었던 선황의 죽음에서 이유를 찾는다.

그의 즉위 후 몇 년간 계속되던 후계의 논란은 그가 후계자를 입양함으로 종식된다. 하지만 그가 입양한 황자 에르킨 D. 마블라 세그다드에 대한 온갖 추측이 사람들의 입에 오르내린다. 자라날수록 황제 디르케온 세그다드와 비슷해진 황자의 외양 때문인데, 공식적인 자리에서 용감한 대신들이 이를 몇 번 거론했지만, 황제의 침묵으로 완벽한 해답은 찾지 못하였다.

(중략)

51대 황제와 52대 황제의 즉위 기간에는 재미있는 소문이 소르트를 물들였는데, 극히 일부의 제국민들 사이에서 서거한 선황 벤지안스 D. 마블라 소르트를 보았다는 목격담이 돌았다는 것이다. 이에 정치 사회학자들은 구국의 영웅의 귀환을 간절히 바라는 국민들의 마음이 낳은 소문이라고 해석한다.

벤지안스 D. 마블라 소르트의 업적에 대해서는 여러 음유시인들의 입을 통해 노래되었으며, 그 내용 중에는 그들의 염원인 선황의 생존을 담은 노랫말도 전해져 내려온다.

외전

외전

"마농이요?"

황제의 침소에서 이것저것 정리를 하고 있던 시종, 아니, 정확히 말하자면 시종으로 제 신분을 숨긴 소녀가 뒤를 돌아봤다. 의외라는 어조에 비해 그녀의 표정에는 큰 변화가 없었다.

"싫으십니까?"

"아니요, 싫은 건 아닌데 그냥 갑작스러워서요."

그녀가 볼을 긁적이며 말했다. 시종으로서의 일은 다 끝났다. 사실 일할 거리도 별로 없었다. 황제는 가만히 있고 시종이 잡일을 다 해야 했는데, 사람들이 보지 않을 때는 디르케온이 벤지안스의 일들을 도맡아 했다.

그럴 때마다 벤지는 당황스러웠다. 저는 이제 황녀도 아니고 황제도 아니다. 디르케온보다 신분이 낮았다. 그런데 그가 하는 꼴을 보고 있자면 마치 제가 황제라도 되는 듯했다. 처음에는 말려도 봤지만 들어먹질 않자 이제는 눈치 싸움이라도 하듯 그가 일에 손을 대기 전에 재빨리 끝내 버리곤 하는 그녀였다.

지금도 마찬가지였다. 디르케온이 보지 않을 때 일을 끝내놓으려 했는데, 그가 그녀에게 다가왔다. 그녀의 손에 들린 서책을 빼내 책상 옆의 책꽂이에 두는 디르케온의 행동에 벤지는 그저 망연하게 제 손을 바라볼 뿐이었다.

"그거까진 내가 하려고 했는데요."

"그거 하나 못 가져다 둘 정도로 무능한 사람은 아닙니다."

허……. 벤지안스는 정말 할 말이 없었다. 그게 그 말에 이어지는 것은 아닌 것 같은데요. 내뱉으려던 말은 디르케온이 저를 번쩍 안아 드는 바람에 끊겼다.

에효, 말을 말아야지 생각하며 벤지는 그의 무릎 위에 앉았다. 이제는 부쩍 자연스러워진 스킨십이었다. 근육으로 꽤 딱딱한 무릎 위에 어디가 편안한지 알 수 있을 정도였으니까.

"그런데 갑자기 웬 마농이에요?"

"벤지를 너무 황성 안에만 가둬두는 것 같아서 말입니다. 너무 일만 하는 것도 별로 좋지 않다고 합니다."

볼에 가볍게 입을 맞추고는 디온이 부드럽게 웃었다. 디르케온은 항상 겉으로는 아무 걱정 없다는 듯 웃어 보였지만 내심 미안한 마음이 컸다. 다시 벤지를 황제 자리에 앉히는 것은 포기한 지 오래였다. 하지만 그렇다고 이렇게 일만 시키고 싶지도 않았다. 그 마음에 벤지안스를 몇 번이나 말려봤지만 그러면 무엇을 하냐며 끝까지 시종 자리를 고집하는 그녀였다. 그리고 디르케온은 그녀에게는 맥을 추지 못했다.

걱정을 듬뿍 담은 그의 말에 벤지의 얼굴에는 민망함이 가득

찼다. 아니, 일을 하게 해줘야 내가 쉴 생각이라도 들지.

"너무 일만 했다고 말하면 내가 조금 민망해요."

"쉬지 않고 일만 한 건 맞지 않습니까?"

사실관계만 두고 보자면 맞기는 했다. 기실 따지고 보면 죽다 살아와 육 개월 동안 한시도 제대로 쉰 적이 없는 상태였다. 하지만 또 따지고 보자면 벤지안스의 입장에서야 적당히 뺄질대고 적당히 할 만한 단순 업무만 맡았는지라 노는 마음으로 임했다.

더불어 직전에 해왔던 직무가 황제의 직무였으니 그와 비교해 봤을 때 시종의 임무가 그리 어렵지도 않았다. 어마무시하게 바쁜 황제에 비해 그 직속 시종이라는 자의 업무가 이 정도까지 없어도 되나 싶을 정도였다.

물론 그 밑바탕에는 그녀를 고생시키지 않으려는 디르케온의 노력과, 그 노력으로 대신 죽어 나가는 베른이 있었기에 가능한 일이었지만. 하지만 그런 세세한 모든 사실관계를 떠나서 순전히 디르케온의 주관적인 시점이 강하게 작용하고 있었다. 그가 사랑해 마지않는, 제 전부와도 같은 벤지가 쉬지 못하고 무리를 하다가는 그녀의 몸과 정신이 버티지 못할 것 같았다.

게다가 시종으로 지내면서도 벤지안스는 여전히 긴장한 채 생활했다. 그녀의 남장이 먹히지 않을 순간이 언젠가 올 것이고, 그것을 그 둘은 삼십대 중반쯤으로 보고 있었다. 그 이후에는 신전에 돌아갈 계획을 세웠다. 그때가 되면 누군가를 입양이라도 해서 황태자를 만든 후 디르케온이 황위를 내려놓을 준비를 진행할 생각도 있었다. 물론 지금과 같은 잠자리라면 입양보다 정말 피를 이은 아이가 될 수도 있겠지만. 만약 그렇게 된다면 또 걱정거리가 생기는 것이다. 그 아이는 어떻게 숨기며, 어떻게 잘 양육

할지에 대한 걱정.

물론 모든 것들은 미래의 일이었다. 그것은 그때 가서 걱정한다 하더라도 지금 걱정거리가 없는 것은 아니었다. 혹시 지금 벤지의 정체를 들키면 어쩌나 몇 번 진실을 아는 자들이 걱정을 내비쳤고, 디르케온은 벤지 몰래 대신관에게 물었다. 결국, 그럴 경우 여신이 그들의 기억을 조작해 주겠다는 대신관의 대답을 들었다. 역시나 여신의 은총은, 그리고 창조주의 관심은 참 편한 거구나, 벤지는 그때도 생각했다.

완벽하게 해결되지 않은 것들은 있었지만, 그렇다고 그것이 아무런 해결책이 없는 것은 아니었다. 지금은 충분히 현실을 즐길 만하다고 생각했다. 하지만 그것은 그녀의 생각일 뿐이었다. 진심의 걱정을 담아 묵묵히 마주해 오는 디르케온의 눈을 바라보며 벤지가 천천히 고개를 끄덕였다. 긍정 아니면 다른 선택지는 없어 보여서.

디온은 등 돌려 안고 있던 그녀의 얼굴을 돌려 마주했다. 이런 대답들은 눈을 마주하고 들어야 했다. 평소에는 이래저래 잘 빠져나가는 그녀였지만 눈을 마주하고 받아낸 약속은 깨지 못하는 편이었다.

이번만큼은 꼭 쉬게 하겠다는 다짐을 담아 바라보는 디르케온의 눈을 벤지도 마주 보았다. 저 눈빛은 흔들린 적이 없었다. 오롯이 그녀를 담는 푸르른 녹안. 그가 살갑게 눈꼬리를 휘어 웃었다. 그 웃음이 너무 달았다.

"동의하신 겁니다."

"동의를 내가 할 수 있는 거긴 해요? 디온이 가면 나는 자연스럽게 동행해야 하는 거 아닌가?"

"시종직은 휴가라는 말입니다."

대뜸 날아드는 말에 벤지안스의 얼굴에 의아함이 내려앉았다.

"응? 그럼 그 자리는 누가 메워요? 시종은 아무나 하는 거 아니잖아요. 나름 잡일 덩어리에다가 옮기는 건 중요 문서들밖에 없어서 마땅히 맡길 사람도 없는 걸로 알고 있는데요?"

"그런 건 걱정하지 않으셔도 됩니다."

뒤따라오는 디르케온의 대답이 단호했다. 당신은 아무런 걱정도 하지 마십시오, 라고 못 박아두는 것이었다.

아무리 생각해도 제가 할 일을 도맡아 할 만한 인력이 없는데 도대체 누구를 말하는 것일까? 생각해도 답은 나오지 않았다. 그저 휴식이라고 하니 디르케온을 믿고 당분간 쉬어볼까, 벤지안스는 그저 그렇게 생각하며 입을 다물 뿐이었다.

⚜

"그, 나 대신 업무를 다한다는 사람이 베른이었어요?"

벤지안스는 어이가 없다는 듯 질문을 던졌다. 정작 그 질문을 받는 당사자는 뻔뻔한 얼굴이었다. 도대체 그게 무슨 문제냐는 표정이었다.

"예."

아무런 감정의 동요도 없이 담담하게 답해오는 디르케온을 말없이 잠시 바라보았다. 이 남자, 정말 많이 변한 것 같은데.

"베른은 디온의 호위기사이자 소르트의 근위대장 임무를 다하고 있는 걸로 알고 있었는데요."

"호위를 받아야 하는 자가 호위를 하는 자보다 실력이 좋으니다른 일이라도 도맡아서 해야지요. 어차피 국경을 넘어가면 마농 측에서도 호위기사를 두어 명 더 보낼 테고 말입니다.”

아까부터 죽일 듯이 디온을 노려보는 베른을 바라보며 벤지는 입을 열었다가 닫았다.

'그러다가 디온이 베른의 손에 죽을 것 같은데요.'

말은 속으로 삼켰다. 이 말을 해봤자 아무런 소용이 없다는 것을 벤지안스는 아주 잘 알고 있었으니까.

'원래 이런 남자였나.'

하지만 또 생각해 보면 디온은 그녀의 일에 한정적으로 제 생각을 밀어붙일 때가 많았다. 그리고 지금 그의 손에 황제라는 권력이 떨어졌다. 디르케온은 벤지안스를 위해 그 권력을 남용하고 있었다. 정작 당사자는 아니라고 했지만 벤지안스의 눈에는 남용이었다. 그래도 그 부분만 제하면 우수한 황제로 소르트를 통치하고 있으니 사람들은 아무런 불만이 없었다.

아니, 애초에 디르케온의 정인이 살아 있고, 그가 그녀에게 간이고 쓸개고 다 빼주고 있다는 사실을 아는 이가 없으니 불만이 있을 리가 없었다. 베른을 제외하고는.

오늘도 황실의 근위대에서는 베른의 욕이 꽃피겠구나, 생각하며 벤지안스가 시선을 앞으로 향했다. 이동진에서 나와 마농과의 국경으로 가는 길은 별로 길지 않았다.

감회가 새로웠다. 이전에 이 길을 갔을 때는 여유가 없었다. 아니, 사실 그때뿐만이 아니었다. 복수에 성공하기 전까지 그녀에게 여유라는 것은 단 하나도 없었다.

황제가 선물해 준 황토색의 말은 승차감이 꽤 좋았다. 그 위에서 깊게 숨을 들이마셨다. 녹음이 코를 간질였다. 봄이었다. 소르트 서쪽과 마농의 봄은 제법 길었다.

과거의 일이 까마득했다. 고작 반년 전 일이지만 십 년은 넘게 지난 일 같았다. 사실 아무렇지도 않냐 물어본다면 그것은 아니었다. 다시 살아난 직후에도 악몽은 꽤 자주 지속됐다. 꿈속에서 죽은 폐제가 나타났고, 폐후가 나타났고, 폐태자가 나타났다. 그들은 지독히도 그녀를 괴롭혀 댔다. 이것으로 너의 저주받은 삶이 끝날 것 같으냐, 언제나 속삭였다.

하지만 그 전과 다른 점이라면, 그 꿈의 끝에 디르케온이 나타난다는 것이었다. 그리고 그는 언제나 그녀의 손을 따뜻하게 마주 잡고 말없이 꿈에서 빠져나왔다. 그렇게 눈을 뜨면 언제나 그의 품 안이었다. 그러면 그제야 그녀는 숨을 고르고 평안하게 잘 수 있었다.

그것이 몇 번 지속되었고, 점차 그녀를 괴롭히는 지독한 악몽은 연기처럼 사라지고 있었다. 남은 것은 따스한 디르케온의 손뿐이었다.

"작약이 피었습니다."

"여기도 이런 꽃이 피네요."

"자주 올 수 있을 겁니다."

당신께서 살아 계시니까요. 뒷말이 들린 것도 같았다. 들리지 않은 말에 벤지안스는 그저 웃어주었다.

이번 소르트 황제의 마농 방문은 마농과의 친선 도모를 핑계로 두고 있었다. 본래대로라면 황제의 행렬이 길었어야 했지만, 디르케온은 그것을 한사코 거부했다. 과거 제국의 암운을 거두는 데에 큰 도움을 준 국가가 마농이었다. 그런 국가를 방문하는 데에 괜히 제국의 국력을 과시하고 싶지 않다는 것이 표면적 이유였다. 하지만 그의 본마음은 그저 하나였다. 이것은 친선 교류를 빙자한 여행이기 때문에. 그것을 모르는 나머지 사람들은 황제의 현안에 박수를 보냈다.

간소한 행렬에서 앞서 걷는 사람은 황제, 그리고 그 뒤 신관의 위치에 벤지안스가 있었고, 호위의 위치에 베른이 있었다. 베른은 호위보다는 근위대장임에 황제와 제일 가까운 자리였다. 하지만 단순히 호위대장이라고 하기에 베른이 하고 있는 일들은 잡일들이었다. 황제의 짐을 하나 옮길 때마다 까드득 이를 가는 소리가 들린 것 같았지만, 벤지는 제 착각으로 치부하기로 했다. 내가 한 짓도 아닌데 괜히 죄책감 가질 필요 없으니까. 이왕 휴가를 받은 김에 까짓것 마음 놓고 놀기로 했다. 그 모습이 베른의 눈에 띄어 더더욱 까드득 이를 갈았다는 것은 근위 기사들만 아는 사실이 되었다.

벤지는 오늘 황제의 시종이 아니라 그의 행렬을 축복하는 신관의 임무를 맡았다. 같은 사람이지만 옷이 사람을 만든다고, 그녀가 신관의 옷을 입는 순간 성스러운 여신의 종처럼 보였다. 잡일을 도맡아 하는 직속 시종에서 벗어났음을 알리는 의상에 아무도 그녀에게 일을 시키지 않았다.

벤지는 다시 한 번 고개를 돌려 베른을 바라보았다. 아무래도 제 호위기사로 있을 때보다 더 가혹한 환경인 것 같은데, 기분 탓이겠지.

어찌 됐든 결론적으로는 편했다. 그의 말대로 여행이나 해볼까. 날씨는 좋았고 꽃 내음은 향긋했다. 어느새 마농이 가까워지고 있었다.

"오랜만입니다."

예의 바르게 인사를 하지만 쉬얌의 시선은 디온에게 아주 잠시 머문 후, 신관복을 차려입은 자에게 향했다. 그 시선을 디온이 한 발 옮겨 차단했다. 디온의 행동이 무엇을 의미하는지 금세 알아챈 쉬얌이 가볍게 어깨를 으쓱였다. 쉬얌이 어떤 행동을 하든지 간에 디온은 제 할 말을 먼저 내뱉었다.

"오랜만입니다, 라마난 옴카르."

당연히 오가야 할 인사였다. 황제와 왕 사이에 먼저 예를 담은 인사를 나눠야 했다. 둘은 손을 맞잡았다. 친목의 악수였다. 하지만 그 악수가 마냥 친근해 보이지만은 않았다. 세게 쥐어오는 그 악력에 쉬얌의 눈썹이 조금 움찔했다. 그 강한 악수를 풀고 디온을 바라보는 시선이 '이것 봐라?'와 유사했다.

은근히 따가운 시선을 받으면서도 디온의 표정은 한결같았다. 오히려 도전적인 것처럼 보였다.

"앞으로 마농에서의 생활을 잘 부탁드립니다."

디르케온은 여전히 그가 마음에 들지 않았지만, 이제는 황제와 동맹국인 왕의 관계다. 굳이 사사로운 감정으로 관계를 악화시킬 필요는 없는 것이다. 쉬얌은 앞뒤 사정을 다 알고 있는 몇 되지 않는 자들 중에 한 명이었다. 디온은 그것이 마음에 들지 않았다.

그녀의 존재가 이 대륙에서 지워진 후 반년 정도가 지났다. 그 정도의 기간이 지나자 디온은 벤지를 기억할 수 있는 자와 아닌 자의 그 기준을 대충은 알 수 있었다.

그녀 안에서의 중요도였다. 그리고 그녀는 인정하지 않았지만 쉬얌, 아니, 라마난은 그녀의 안에서 꽤 중요한 위치에 있던 모양이었다. 그것이 마음에 들지 않았다.

따지고 보면 베른도, 라이도, 센도, 심지어 블레로 길드장까지도, 그녀의 주변에 남자는 무수히 많은데도 쉬얌은 정말이지 이상하게 마음에 들지 않았다. 하지만 디온은 그것을 겉으로 티 내지 않았다. 물론 이것조차 스스로의 생각이지만.

"두 번째 마농의 방문을 환영합니다. 좋은 목적으로 귀한 손님을 마농에 초대하니 정말 기쁘군요."

"저 역시 또다시 방문하게 되어 기쁩니다."

"선황제의 일은 안타깝게 생각하고 있습니다. 타국의 황제이기도 했지만 과거의 친우였기에 한 번 들렀어야 했는데. 마농의 사정이 여의치 않아 방문하지 못했던 점 양해해 주셨으면 합니다."

"……서신에서 충분히 진심이 읽혔으니 신경 쓰지 않으셔도 됩니다."

"그렇다면 다행이네요."

과거에는 왕자와 공작의 대화였다면 이제는 황제와 왕의 대화였다. 마농의 정계 싸움은 소르트보다는 덜했다. 사실 소르트 정도로 즉위 싸움에 피바람이 불기도 쉽지 않았다. 멸문이나 마찬가지였으니. 이미 내정된 태자가 쉬얌이었고, 그는 그리 큰 문제없이 왕이 되었다. 물론 그 과정에 몇몇의 귀족들을 처리해야 하는 수고는 있었지만 그 정도는 쉬얌에게 어려운 일이 아니었다.

예의만이 가득 담긴 인사가 끝난 후, 쉬얌의 시선이 벤지안스를 향했다.

"이번에 여신의 총애를 가득 받는 자가 신관으로 따라왔다고 들었습니다."

그의 표정에 더욱 짙은 미소가 걸렸다. 쉬얌은 알고 있었다. 저 머리가 짧은 신관이 벤지안스라는 것을 모를 리가 없었다. 겉모습이 과거 마벨의 모습과 같은데 모를 리가.

악에 피는 꽃

"선황제의 뒤를 이어 또다시 여신의 총애를 가득 받는 자라니, 소르트의 영광이 부럽습니다."

"과찬이십니다."

그 시선을 받은 벤지안스가 틀에 박힌 답을 내뱉었다. 저 웃음이 불안했다. 저자의 저 웃음이라면 분명 무언가 자신을 곤란하게 만들 대사를 생각하고 있을 텐데, 지금은 곤란했다. 아직까지 주변에 소르트의 사람이 많았다. 보는 눈이 많으니 자신은 여전히 시종이자 신관이었다.

'제발 누군가 방해해 줘.'

속으로 중얼거리는 순간이었다.

"베른!"

멀찍이서 낭랑한 목소리가 들려왔다. 밝고 명랑한 소녀의 목소리였다. 멀리서 이쪽으로 달려오는 푸른색 물결이 눈에 보였다. 아델라이네가 흰색과 코발트색이 어우러진 드레스를 들고는 빠르게 걸어왔다. 기실 뛰어오는 것이나 마찬가지였다.

아델라이네는 그들 앞에 도착해서는 숨을 골랐다. 그녀의 시선이 베른에게 향했다가 벤지안스에게 옮겨진다. 초롱초롱하게 빛났던 그녀의 눈이 곱게 휘어진다. 반가움이 가득이었다.

"언, 아니, 소르트의 폐하를 뵙습니다."

아델라이네는 저도 모르게 언니라고 말하려던 것을 집어삼키고는 디르케온에게 인사를 올렸다. 너무 보고 싶었다. 죽었다가 다시 살아난 언니였다. 그 건강이 너무 걱정됐지만, 언니의 뜻을 위해 소르트에 오래 머무르지 못하고 바로 마농으로 건너왔다.

그녀 나름대로 마농에 적응해 가며 잘 살고 있었지만 그래도 제 언니가 계속 걱정됐던 건 사실이었다. 몇 번이나 서신을 주고

받고, 그 안에서 이제 정말 괜찮아졌단 걸 알았지만 그래도 눈으로 보는 것과는 커다란 차이가 있었다.

"오랜만이다, 아델라이네 D. 마이라 소르트."

디온이 예의상 그녀의 인사를 받았다. 저 둘의 마음을 알 것 같았다. 벤지안스는 아닌 척했지만 소르트의 핏줄 중에 유일하게 남겨둔 혈육이 아델라이네였다. 실제로 여동생이 죽을 뻔했을 때 불같이 화를 내기도 했다.

여러 가지 벤지안스의 태도를 봤을 때, 아델라이네 역시 벤지안스에게 얼마나 소중한 가족인지 알고 있었다. 그래서 얼른 그 둘만의 자리를 마련해 주고 싶었다.

그저 겉으로 빙빙 도는 실속 없는 대화를 지속하다 보니 어느새 마농의 성 안이었다. 디르케온은 따라온 기사들을 밖으로 내보냈다. 커다란 응접실 안에는 쉬얌과 디르케온, 베른, 벤지안스 그리고 아델라이네뿐이었다. 즉, 벤지안스가 벤지안스임을 아는 자들뿐이었다.

"이제 밖으로 나가보십시오."

"신관이 필요한 거 아니었어요?"

"겉치레라는 것은 오기 전부터 눈치채고 있지 않으셨습니까?"

"짐작은 했지만 진짜였네요?"

"게다가 지금은 보는 눈도 많지 않습니다. 애초에 벤지의 휴식을 위한 마농행이었으니 상관없습니다."

"잠깐 잠깐, 친선 도모 아니었습니까?"

그들의 대화를 듣던 쉬얌이 끼어들었다. 그의 얼굴에 억울함과 섭섭함이 덕지덕지 묻어 있었다. 물론 인위적으로 만들어낸 표정이었다. 소르트의 황제가 행렬을 간소하게 줄이고 벤지안스를 신관으로 데려온다고 했을 때부터 이곳에 오는 이유는 대충 짐작하고 있었다. 하지만 괜히 몰랐던 척, 이렇게 섭섭한 척이라도 하면 나중에 콩고물이라도 떨어지지 않을까? 퍽이나 치사한 마음이었지만 한 나라의 왕이 돼서 제국을 상대로 치사할 수도 있지, 라고 생각할 뿐이었다.

"괜히 섭섭한 척하지 말아요. 그것 가지고 섭섭해했으면 진작 섭섭해서 죽었어야 했을 사람이잖아요. 행렬 줄어든다고 했을 때부터 의도 알았을 사람이 무슨 섭섭을 논하고 있어요."

"허…… 무슨 소리야, 마벨? 지금 설마 마벨의 모습이라고 더없이 신랄해지려는 건 아니겠지?"

"겉모습과는 상관없으니 괜히 디온에게서 말도 안 되는 조항 뜯어내려고 하지 말아요."

"허, 참. 이거 연인 없는 사람은 서러워서 살겠나."

"부러우면 만들든가요."

생긋 웃으며 덧붙이는 말에 쉬얌은 할 말을 잃었다. 원래도 뻔뻔하고 대처하기 힘든 자였지만 지금은 더했다. 무어라 반박하려는 쉬얌의 대답을 기다리지 않고 벤지안스는 자리에서 일어나 아델라이네의 손목을 잡고 문으로 향했다.

"자, 그럼 나는 동생이랑 대화 좀 하고 올게요. 싸우지 말고 대화로 풀어요. 친선 서약은 나중에 내가 확인할 테니 허튼 생각 하지 말고요, 쉬얌. 폐제 없앤 건 나니까요."

그 말을 마지막으로 그녀는 왼손을 흔들며 응접실의 문을 열었다. 어, 하며 언니를 따라 나가는 아델라이네를 마지막으로 탁, 응접실의 문이 닫혔다. 마지막까지 과거 그들의 계약을 상기시키는 벤지안스였다. 그런 그녀를 눈만 끔뻑이며 바라보다가 쉬얌이 한마디 덧붙였다.

"어째 더 난관이 높아진 것 같습니다?"

순식간에 전개된 장면을 바라보다가 디온이 가볍게 웃었다. 주변의 눈을 벗어나 거칠 것이 없어진 벤지안스는 정말이지 천하무적이었다.

함께 응접실에서 나온 자매는 어느새 발걸음을 맞춰 걷고 있었다. 성에서 나와 조금 걷자 커다란 호수가 나왔다. 바닥이 다 비치는 맑은 호수에는 검은색, 붉은색, 황색의 물고기가 헤엄쳤다. 따스한 바람이 아델라이네의 머리를 휘감았다 다시 날아갔다.

둘은 호수 옆에 안치된 테이블에 앉아 있었다. 쉬얌이 마련해 준 그들만의 공간이었다. 둘만을 위한 공간이라 하기는 힘들었으나 벤지안스를 위한 공간은 맞았다. 소르트에서 벤지안스가 온다는 이야기를 듣고 아무나 함부로 드나들 수 없는 공간을 만들었다. 편하게 벤지안스를 아는 자들과 이야기를 하려면 그 방법밖에 없었다.

이러니저러니 해도 그는 벤지안스와 말이 잘 통했고, 그 재미를 잃고 싶지 않았으니까. 제일 경관이 좋은 곳에 개인 공간을 만들고 왕명으로 아무도 출입할 수 없게 만든 곳이 이곳이었다.

노란색부터 보라색까지 은은하게 변해가는 꽃나무가 환상적이었다. 그 아래 그 빛을 받아 잔잔히 흔들리는 호수는 이 세상의 것이 아닌 것 같았다. 이 광경은 소르트에서 볼 수 없는 경관이었다. 마농의 봄이 사무치도록 아름답다는데 그것이 사실인 모양이다, 생각하며 마벨은 아델라이네의 어깨에 붙은 꽃잎을 털어주었다.

"아직도 폐하는 언니한테 말을 높이네요."

"그러게 말이야."

곤란하게 내뱉은 그녀의 말에 아델라이네가 청아하게 웃음 지었다.

"그래야 폐하다워요."

"불경죄로 잡혀갈걸."

"그래봤자 마농인걸요."

그렇게 말하는 아델라이네를 빤히 바라보았다. 곱게 접히는 눈매와 부드럽게 올라가는 입꼬리가 편안해 보였다. 이전과는 확실히 다른 모습이었다.

"많이 밝아졌구나."

정말 많이 밝아졌다. 이전에 아델라이네가 보여줬던 웃음은 웃음이 아니었다는 것을 최근 들어서야 알 수 있었다. 어쩌면 벤지안스가 벼랑 끝에 서 있었기에 잡아채지 못했던 위태로움이었을 수도 있었다. 아델라이네는 황성에서 점점 정신이 무너지고 있었다. 그리고 마지막 실낱같은 희망을 제 언니에게 걸었다.

"그럼요, 누구 덕분인데요."

아델라이네는 그것이 제 인생에서 최고의 선택이라고 생각했다. 이제는 두려운 것이 없었다. 물론 작은 두려움이야 있겠지만 반년 전처럼 저를 땅속으로 끌고 내려갔던 지독한 어둠이 사라졌다.

그래서 언니에게 언제나 고마웠다. 그녀의 목표는 언니였다. 마농에서의 공부로 아델라이네는 대충은 알게 되었다. 언니가 황성에 돌아와서 했던 행동들은 역사에 길이길이 남을 것이다.

그래서 지금 언니가 너무 아깝기도 했다. 분명 그녀가 소르트를 통치하면 대륙 정복도 허황된 이야기가 아닐 것이다. 하지만 이것은 언니의 선택이었다. 언니의 선택은 언제나 옳았다. 그리고 언니가 제게 말했다.

"아델라이네, 너는 너의 행복에 최선을 다해줬으면 좋겠어. 내 주변의 누군가가 불행한 건 더 이상은 싫거든."

그래서 아델라이네는 저의 행복을 생각하기로 했다. 언니가 행복해 보이니까, 언니를 몰아갈 말은 속에 꾹꾹 넣어뒀다. '폐하랑 은 잘 지내요?' 하고 아델라이네가 질문을 하려는 찰나였다.

"베른이랑은 잘돼가고?"

갑자기 들어오는 벤지안스의 물음이었다.

"네?"

그리고 아델라이네는 화들짝 놀랐다. 제가 언제 언니에게 연애 상담을 한 적이 있던가? 아니, 애초에 베른과 연인 사이라 말한 적이 있었나? 그런 말을 한 적이 없는 것 같은데. 물론 베른의 안 부나 베른 주변의 귀족이 여식에 대해 몇 번 물어본 적은 있었다. 하지만 그게 연인 관계로 보였나? 아닐 텐데.

누가 봐도 당연한 것을 아델라이네는 끙끙대며 머리를 굴리고 있었다. 눈에 띄게 놀라는 동생을 바라보며 벤지안스는 가볍게 웃었다.

"뭘 그렇게 놀라? 서로 마음을 확인한 사이 아니었어?"

"아니에요!"

"흐음?"

"아니, 그러니까. 베른 경이 저한테 마음이 있는 건 맞고요."

"하지만 서신에 적혀 있는 걸로 봤을 땐."

"언니, 서신도 읽었어요?"

아델라이네가 자리에서 벌떡 일어났다. 그제야 벤지는 아차 싶었다. 이건 비밀이었는데. 베른이 몇 번 연애 상담을 시도해 와 말해주면서 본 적이 있었다. 물론 반협박적인 벤지안스의 강요 때문에 보여준 것이었지만.

"베른이 속앓이 중인 것 같아서 상담할 사람이 필요했나 봐."

하지만 사실대로 말할 수는 없었다. 그래서 그녀는 거짓말을 하기로 했다. 들키면 어때랴. 아델라이네의 말대로 이곳은 마농인 것을.

벤지안스의 말에 자리에서 일어나 몇 번이나 입술을 오물거리던 아델라이네가 다시 자리에 털썩 앉았다. 거의 포기나 마찬가지였다.

"하아."

아델라이네가 포옥 한숨을 쉬고는 손으로 작은 얼굴을 감쌌다. 그 행동에서 고민을 안고 있다는 모습이 보였다.

"언니. 그는 정말 저를 좋아하는 걸까요?"

"응?"

그리고 아델라이네는 그 고민을 입 밖으로 내뱉기로 마음먹었다. 하지만 그 질문을 받은 벤지안스는 당황스러웠다. 이건 또 무슨 소리지? 벤지안스는 순식간에 난관에 봉착했다. 둘은 서로 마음을 확인한 사이가 아니었나? 거의 공식적인 정인 아니었어? 그런데 왜 제 동생은 자신에게 이런 것을 물어보는 것일까?

"당연히 좋아하지."

그 질문에 벤지안스는 긍정의 답을 내놓기로 했다. 몇 번 그녀에게 보였던 베른의 행동을 보면 그러했다. 베른처럼 딱딱하고 무뚝뚝한 자가 얼굴을 붉히는 일이 그렇게 흔할 리가 없었다.

"그렇다면 도대체 왜 그러는 걸까요?"

얼굴을 파묻고 있다가 번쩍 든 아델라이네의 눈에는 조금의 눈물이 맺혀 있었다. 순간 벤지안스는 울컥하는 기분이 들었다. 감히 내 여동생을 울려? 하지만 그녀 스스로는 정확히 어떤 이유인지 알 수가 없었다.

"베른 경이 괴롭혀?"

"아니요! 오히려 잘 대해주세요. 하지만 그의 마음을 모르겠어요. 일정 선 이상 다가오질 않는다고요. 다정하게 안부를 묻지만 그것뿐이에요. 심지어 다른 남자가 있고 그걸로 제가 행복하다면 됐다고까지 말하는데."

벤지안스는 입을 떡 벌리고 싶은 걸 참아냈다. 혹시 첫 연애인가? 도대체 왜 좋아하는 사람한테 저런 말을 하지, 싶다가도 옆에서 보아온 베른이라면 그럴 수도 있겠다 싶었다. 과할 정도로 융통성이 없는 자였다. 군인 집안에서 태어나 그런가 싶기도 했다. 살면서 디온보다 융통성이 없는 자를 찾기도 힘들었는데 그가 베른이었다.

디르케온은 황제가 되고 나서 조금씩 융통성이라는 것이 생기기 시작했다. 그런 디르케온에게 휘둘리는 것이 여전히 각목 같은 베른이었다. 그래, 그러면 제 나름의 애정관 때문에 그렇게 말할 수도 있겠다 싶었다.

"그만큼 너를 사랑하는 것 아닐까? 그냥 네가 행복하다면 본인도 행복한 것처럼 말이야."

"물론 저도 그렇게 생각했어요. 하지만 서신만 주고받다 보니 자꾸 헛된 생각이 드는걸요. 얼굴이라도 보면 알겠지만 이렇게 멀리 떨어져 있는데 알 수가 없잖아요."

"요는 아델도 베른 경이 좋다는 이야기네. 그런데 왜 마음을
안 받아주는 거야?"

"고백한 적이 없는걸요!"

"아……."

탄식이었다. 정말, 연애 초보들도 이런 초보들이 없었다. 주고
받은 서신을 몇 개 훔쳐본 결과 누가 봐도 둘은 서로에게 마음이
있는 것이 확실한데 왜 당사자들만 삽질을 하는 것인지 알 수가
없었다. 하지만 또 돌이켜 생각해 보면 본인도 그랬다. 하긴 원래
다들 남 연애 상담은 잘해주지만 당사자 연애는 못 한다고 한다.
딱 그 꼴이었다.

혼자 속으로 고개를 주억거리는 벤지에게 아델라이네가 제 속
마음을 꺼냈다. 계속 혼자 끙끙댔던 문제였다.

"고백해야지 제가 받아주든지 말든지 하죠."

"그럼 베른이 고백하게 만들면 된다는 이야기지?"

"하지만 그렇다고 해도……."

"해도?"

"원거리 연애잖아요."

정말 뜬금없는 이유라 벤지안스는 잠시 할 말을 잃었다. 원거리
연애. 그래 원거리 연애가 아주 거지 같은 건 그녀도 알고 있었다.
하지만 그것이 제 동생의 입에서 나올 줄이야.

"그리고 눈에서 멀어지면 마음에서 멀어진다는 말도 있고"

"지금까지도 거의 원거리 연애 아니었어?"

"공식적인 정인이 아니었는걸요."

"문제는 공식적인 것인지 아닌 것인지의 문제인 거네, 그럼."

"……굳이 치자면 그렇죠."

"공식적이 되면 소르트의 귀족가의 여식들이 베른 경을 넘볼 일도 없고 말이야."

아델라이네는 베른의 곁에 자신보다 더 아름답고 잘난 다른 영애들이 다가갈까, 그리고 그녀들이 베른의 시선을 잡아챌까 계속 걱정하고 있었다. 벤지안스의 입장에서는 도저히 이해가 가지 않는 걱정이었지만 당사자가 그렇다니 그저 그러려니 할 뿐이었다. 하지만 그래도 동생이 안심은 하게 해주어야지. 해결책은 하나였다. 둘이 공식적인 연인이 되는 것. 하지만 돌아온 대답은 예상치 못한 대답이었다.

"하지만 감히 제가 그래도 될까요?"

무슨 소리지? 벤지안스는 눈앞에서 깊은 걱정에 잠겨 있는 제 여동생을 바라봤다. 조금 전은 그저 연애에 고민 많은 한창 십대 소녀의 모습이었다. 하지만 지금은 그것이 아니었다. 조금 더 무거운 고민이 그녀의 마음을 차지하고 있는 것처럼 보였다.

"응? 무슨 소리야?"

자격이라니. 아델라이네가 자격 부족을 운운할 처지가 아니었다. 비록 계승권을 포기했지만, 그녀는 황녀였다. 그것도 소르트의 유일한 핏줄을 지니고 있는 적통 황녀. 그런 그녀가 자격을 운운하다니, 벤지안스는 잘못 들었나 싶어 동생을 그저 바라볼 뿐이었다. 아델라이네는 손끝을 쪼물거리며 계속 말을 이었다. 아무래도 자격 부족이라는 말이 진심인 모양이었다.

"저는 이제 아무 힘도 없는 황녀잖아요. 물론 계승권이야 제 손으로 내던졌지만요. 소르트의 성을 갖고는 있지만 겉으로 보기에는 아무 힘이 없어 타국으로 망명한 황녀일 뿐이에요."

아델라이네의 말을 듣던 벤지안스의 미간이 찌푸려졌다. 망명이라니. 누가 봐도 유학인데 남이 그걸 망명으로 볼 수도 있다 혼자 생각한 모양이었다. 설마 마농에서 따돌림이라도 당하는 것일까? 혹은 소르트의 귀족들이 말하는, 계승권을 잃은 황녀는 존재 의미가 없네 뭐네 하는 말 같지도 않은 뒷이야기를 들은 것일까?

벤지의 굳어지는 표정을 잘못 이해한 모양인지 아델라이네가 서둘러 제 말에 뒷말을 보탰다.

"아, 물론 이걸 탓하는 건 아니에요! 저는 지금 생활에 만족하고 있어요. 폐하께서는 시대에 나올까 말까 하는 성군이시고, 저는 그렇게 나라를 잘 다스릴 자신도 없고요. 여기서 각국의 정치 및 경제에 대해 심도 있게 공부하는 것도 마음에 들어요. 하지만 그것과 베른 경의 옆에 설 수 있는 자격은 전혀 다른 거잖아요."

아델라이네는 베른의 얼굴을 떠올리기라도 하는 듯 허공을 바라봤다가 다시 말을 이었다.

"그는 영웅과도 같은 전 벤지안스 황제를 도와 승승장구 중인 루치스 후작가의 자제분이에요. 더불어 그 유능함까지 인정받아 황제의 호위는 물론 근위대장직까지 올라갔잖아요, 그 젊은 나이에. 그뿐만이 아니라 키도 크고, 잘생겼고……."

아델라이네의 눈동자가 또르륵 굴렀다. 허공을 바라봤다가 땅을 바라봤다가. 이 대목에서는 작은 한숨까지 내쉬고 있었다. 벤지안스는 조금 어이없다는 표정으로 아델라이네를 바라봤다. 벤지안스가 그러든지 말든지 아델라이네는 제 할 말을 계속 내뱉었다.

"솔직히 어느 집안의 자제를 옆에 데려다놓는다 한들 빠질 것이 없는데. 그 옆에 타국으로 망명한."

"유학한."

벤지안스는 듣다못해 그 부분만은 수정하기로 했다. 조금 놀란 표정으로 벤지안스를 바라보다가 냉큼 다음 말을 잇는다.

"아, 네. 유학. 어쨌든, 타국으로 유학한, 몇몇 황제파의 눈엣가시와 같은 이름뿐인 황녀인 제가 서는 게 과연 맞는 일일까요. 아니, 그럴 자격이 저한테 있기나 할까요."

"그건 아델 네가 너무 그를 과대평가하는 것 같은데……."

베른이 잘난 건 맞지만 그렇게까지 완벽한 남자는 아니었다. 하지만 그 말에 아델라이네는 그저 작게 웃을 뿐이었다.

"그건 언니라서 할 수 있는 말이에요."

"음."

"제가 언니의 여동생이라는 것을 제하고 본다면, 전부 맞는 이야기라고 생각해요. 아니, 확신해요."

벤지안스는 할 말을 잃었다. 객관적으로 치자면 그렇게까지 틀린 이야기는 아니었다. 하지만 아델라이네는 유난히 극단적으로 생각하고 있었다. 선황의 여동생이라는 것이 그렇게까지 하찮은 위치가 아니었다.

"별로 그렇게 걱정할 일은 아닌 것 같은데."

"네?"

"네 입으로 네가 내 동생이라며. 선대 황제가 영웅이라며. 그리고 내가 선대 황제지. 너는 그 선대 황제가 총애하던 여동생이고 말이야."

벤지안스는 제 입으로 스스로를 영웅이라 칭하는 것을 싫어했다. 과거 소르트의 핏줄로 지냈던 일을 계속 끌고가고 싶지 않다는 이유 때문에. 하지만 그 위치에서 오는 이득을 외면할 정도의 성정도 아니었다. 그것도 이렇게 제 사람을 위로하는 데에 쓰이는 이득이라면 충분히 사용할 가치가 있다고 생각했다.

"게다가 경제학으로는 이름난 빈타아카데미 학술원에서 경제학을 배우잖아. 심지어 그곳의 장학생이야. 고귀한 소르트의 직계 혈통에 미모도, 학식도 전부 갖춘 내 여동생이 뭐가 모자라서 자격을 운운해. 그렇지 않아?"

"그건……."

"그리고 실속 없는 귀족들은 생각하지도 말아. 아마 아델과 베른이 공식적인 정인이 된다면 들고 일어날 귀족들은 현(現) 반황제파일 테니까. 그리고 너도 알고 있다시피 반황제파들은 디온의 손에 힘을 무지막지하게 잃었어. 그자들이 들고 일어난다 한들 네게는 아무런 여파가 없을 걸?"

"네?"

"당연하잖아. 네가 네 입으로 계승권을 포기했다고 하더라도 마농으로 훌쩍 떠나 경제와 정치학을 공부하고 있어. 소르트의 핏줄인 황녀가 타국에서 정치와 경제를 공부한다. 그 모습이 적통을 부르짖는 귀족들에게 어떻게 보일까? 말하지 않아도 알 거라고 생각해. 아마 지금 소르트의 귀족들이 뒤에서 그런 말 같지도 않은 이야기를 하는 이유는 또다시 소르트에 황제 쟁탈전으로 인한 피바람이 불까 우려하는 거겠지."

말하면서 벤지안스는 손가락을 두어 번 톡톡 두드렸다. 생각하다 보니 또 기분이 나빠지는데. 감히 자기네들 이익 다툼에 아델을 데려다가 휘두르려 하다니. 불쾌한 기분을 그대로 안은 채 벤지안스가 말을 이었다.

"그런 온건파들이 조금 더 디온 쪽으로 힘을 붙여주고 싶어서 외려 너를 깎아내리고 있고. 이 상황에서 네가 베른의 정인임을 발표하고 네 스스로 소르트 성을 버린다면, 실낱같은 희망의 끈마저 사라져 버리는 쪽이 과연 어딜까?"

장황한 그녀의 설명에 아델라이네는 그저 눈을 깜빡이며 벤지안스를 바라볼 뿐이었다. 난 분명히 아카데미, 그것도 일반 생도들보다 한 단계 높은 학술원에서 정치와 경제를 배우고 있는데, 언니는 왜 나보다 더 정세에 대해 잘 아는 걸까?

말하며 벤지안스는 썩 기분이 좋지 않은 것을 느꼈다. 소르트를 떠나 마농으로 유학을 간다는 동생을 잡지 않은 이유 중에는 그녀가 소르트에서 정계 싸움에 휘말리지 않기를 원한 것도 있었다.

아델라이네는 황제 자리를 원치 않았다. 아니, 오히려 필사적으로 거부했다. 그녀는 제위 싸움에 치를 떨었다. 벤지안스는 그런 아델라이네의 마음을 파악했고, 그녀에게 유학을 권했다. 그녀는 본래 활발하고 당찬 성격이니 타국에 가더라도 잘 해낼 것이라 생각했으니까. 하지만 어디서 수군대는 소리를 들은 모양이었다.

"아마 그런 이야기들은 소르트에서 유학 온 별 볼 일 없는 귀족들에게 들었을 것 같은데. 맞아?"

"……네."

"그럼 무시하도록 해. 네 자격 문제가 아니라 그저 귀족들의 정계 싸움에 네 이름이 휘말려 들어간 것뿐이니까. 게다가 선황의 동생에게 감히 자격 운운하는 자가 있다면 디온이 가만히 있지 않을걸?"

감히 디르케온의 앞에서 선황의 가치를 논하다니. 그것은 그의 반심을 사는 것을 각오한 행동일 것이다. 주르륵 늘어지는 언니의 말에 아델라이네는 마땅히 반박할 말이 없었다. 하나하나 전부

옳은 이야기였으니까.

어어, 하며 고개를 저도 모르게 고개를 끄덕이는 동생에게 가볍게 웃어주었다. 그러고는 시선을 아델라이네의 조금 뒤로 향했다. 아까부터 어떤 인영이 이쪽으로 다가오고 있었다. 짙은 회색의 머리 색과 훤칠한 키는 단 한 명만을 의미하고 있었다. 베른 루치스.

제 이야기 하는 줄은 어떻게 알고 왔대, 벤지안스는 속으로 웃음을 삼키며 아델라이네의 뒤쪽으로 시선을 던졌다.

"그리고 베른은 전혀 다르게 생각하고 있는 거 같은데."

벤지안스는 베른 쪽으로 고갯짓을 했다. 그 방향은 정확히 아델라이네의 뒤를 가리키고 있었다. 그 고갯짓에 아델라이네의 고개가 뒤로 돌아갔다.

헉, 하고 단말마가 나온 것도 같았다. 그녀의 표정은 보지 않아도 알 것 같았다. 대여섯 걸음 떨어져 있던 베른이 이쪽으로 다가왔다. 그 모습을 보며 벤지안스는 자리에서 일어났다. 이제 제 할 일을 다 했다는 듯 벤지는 손을 휘휘 흔들며 자리를 피했다. 성큼성큼 걸어 이쪽으로 다가오고 있는 베른의 눈을 한 번 마주쳐 줬다. 그를 지나치며 벤지안스는 베른만 들리도록 작게 속삭였다.

"베른 경, 내가 도와준 것 잊지 말아요?"

"……명심하겠습니다."

점점 멀리 사라지는 벤지안스를 보며 베른은 속으로 생각했다. 또 쓸데없는 도움을 받아버렸다고. 속으로 제 실책 아닌 실책을 곱씹고 있는데, 청아한 목소리가 그의 귀에 들어왔다. 계속해서 듣고 싶던 목소리였다. 어쩌다 보니 타국으로 가버려 제 마음을 전할 수도 없었다. 그런 아델라이네의 목소리가 떨리고 있었다.

"……다 들었어요?"

속으로 제 실수를 다시 한 번 자책했다. 왜 하필 그 타이밍에 와서는. 하나라도 그녀에게 나쁜 모습을 보여주고 싶지 않았는데. 하필이면 제일 치졸해 보이는 엿듣기라니.

베른은 저도 모르게 변명거리를 입 밖으로 꺼내기 시작했다.

"……그게, 의도한 것이 아니라 폐하께서 신관을 찾으셔."

그의 변명은 금방 끊겨 버리고 말았다. 눈앞의 소녀는 그런 변명이 중요한 것이 아니었다. 더 중요한 것이 있었다. 얼마나 그와의 관계를 담판을 짓기 위해서 기다리고 기다렸는지 모른다. 잠도 설쳤다. 오늘 그를 볼 수 있다 해서 평소보다 두 시간은 먼저 일어나 치장을 하기도 했다. 하지만 그는 이 순간에도 변명이나 하고 있었다. 이제는 안 되겠다. 대답을 꼭 들어야 했다.

"그럼, 그럼요. 그럼 대답은요?"

"예?"

"다 들었으면 대답이 있을 거 아니에요. 나 베른 경 좋아해요. 아니, 사랑해요. 나 지금 의도치 않게 고백한 거 아니에요? 고백을 기다리려고 했는데 별로 그럴 필요 없단 걸 알았어. 그러니까 빨리 대답해요."

대답이라고 해야 할까? 아니, 그전에 고백은 남자인 제가 하고 눈앞의 이 소녀가 대답을 해야 하는 거 아니었을까? 하지만 이내 그런 쓸데없는 법칙 같은 건 눈앞의 사랑스러운 소녀에게는 소용이 없다는 것을 다시 한 번 생각했다. 아무리 그래도 같은 핏줄은 닮는 모양이다. 실속 없는 법칙 같은 건 아무렇지 않다는 듯 깨버리니까.

"저의 정인이 되어주시겠습니까?"

얼굴이 훅 달아오르는 기분이었다. 하지만 그래도 할 말은 해야 했다. 이렇게 고백할 생각은 아니었다. 이번이 기회라고 생각했고 조금 더 로맨틱한 분위기에서, 조금 더 좋은 모습을 보여주며 하고 싶었는데. 하지만 이내 깨달았다. 그녀와 있는 순간순간이 로맨스라는 것을. 한쪽 손을 내밀고 하는 진심 어린 고백에 잠시간의 침묵이 이어졌다.

고개를 푹 숙이고 있던 베른이 조금 시선을 들었다. 아델라이네의 눈에 반짝이는 것이 있었다. 설마 우는 건가? 덜컥 겁이 난 베른이 한 발자국 그녀에게 다가갔다.

"아델?"

거절이면 어쩌지? 설마 이렇게 끝나는 건가? 하지만 다가오는 대답은 절대 다른 종류였다.

"그걸 왜 이제야 말해!"

여전히 청아한 목소리였다. 그리고 진심이 뚝뚝 묻어나는 목소리였다. 타박하는 목소리였지만 그것이 거절이 아니라는 것은 누가 봐도 알 수 있었다. 소년보다 이제는 청년의 냄새가 물씬 나는 베른이 팔을 뻗어 아델라이네를 제 품에 안았다. 그녀의 푸른 머리가 찰랑이며 단단한 팔 안에 갈무리되었다.

✢

마농은 소르트와 계절을 공유했다. 소르트의 겨울은 지났고, 그것은 마농 역시 마찬가지였다. 청아한 푸른 하늘 아래 꽃나무에서는 노란색의 꽃잎들이 따뜻한 봄바람에 살랑이며 떨어지고 있었다.

쉬얌이 마련한 개인 공간은 참 유용하게 이용됐다. 마치 개인 면담처럼 벤지안스와 대화를 하려는 사람들이 많았다. 그리하여 제일 짜증을 안게 된 자는 디르케온이었다. 아무리 생각해도 소르트에서 벤지안스와 더 많이 붙어 있던 것 같았다.

이곳에 오니 아델라이네가 쉴 새 없이 그녀를 찾아왔다. 오랜만에 만나는 가족 간의 상봉을 방해할 수는 없었다. 그것만도 내키지 않았는데 그다음 타자는 쉬얌이었다. 거절하고 싶었지만 제가 무어라고 거절한단 말인지. 벤지안스가 잠시 대화를 하고 온다고 말하니 그저 보낼 뿐이었다. 그래서 이번의 벤지안스와 독대 상대는 쉬얌이었다.

벤지안스는 제 앞에 놓인 찻잔을 들어 올렸다. 그녀가 좋아하는 로제안 차였다. 은은한 차 향은 여전히 마음에 들었다. 한 모금 차를 마시고는 여상한 축하 인사를 건넸다.

"왕위에 오른 것 축하해요, 쉬얌."

"라마난이거든."

무엇이 마음에 들지 않는지 쉬얌이 불퉁하게 답했다. 다른 사람들이 전부 모여 있을 때는 그나마 웃는 낯이었다. 하지만 지금은 아니었다. 따지고 보면 벤지안스를 다시 만난 순간부터 평소보다 불만이 많아 보이기도 했다. 화가 난 것은 아니고, 무언가 짜증이 난 건 분명한데 그 이유를 알 수가 없었다. 그래서 벤지안스는 그저 평소처럼 대하기로 했다.

"라마난이라고 부를까요?"

"맘대로 해."

"그럴 줄 알았어요. 그리고 라마난, 쉬얌, 계속 왔다 갔다 말하는 거 귀찮잖아요. 학생회들은 쉬얌이라고 부르고 있는 거 다 알고 있어요."

"언제부터 그들 신경을 썼다고."

"죽었다 살아났으니 안 하던 짓도 해볼까 해서요."

아무렇지도 않게 제 죽음을 내뱉는 벤지안스를 보며 쉬얌의 미간이 확 구겨졌다.

그래, 이것이 마음에 들지 않았다. 정작 죽었다 살아났으면 염세적이게 되든가, 죽음을 보고 왔으면 조금 슬퍼하든가. 아니, 사실 그녀가 슬퍼하는 것을 바란 것은 아니었다. 그냥 그녀가 제 죽음을 너무 아무렇지도 않게 여기는 것 같아서 그것이 마음에 들지 않았다. 그것은 그녀의 옆에서 계속 그녀를 알게 모르게 응원했던 사람으로서 갖고 있는 일종의 서운함이었다.

"⋯⋯난 네가 황제가 될 줄 알았다."

차를 마시던 벤지안스는 고개를 들어 섭섭한 기색이 역력한 그의 얼굴을 바라보았다. 그를 알게 된 이후로 처음으로 보는 표정이었다. 진지한 낯이야 몇 번 봤지만 뭐랄까, 마음의 벽을 하나 더 허문 느낌이 언뜻 들었다.

"유감이네요. 쉬얌이라면 내가 황제가 되지 않을 것이라는 걸 알고 있을 줄 알았거든요."

"⋯⋯그래서 황제가 될 줄 알았지."

"쉬얌도 가끔 사람 못 알아듣게 말할 때가 있다는 생각 안 해 봤어요?"

"젠장, 디르케온이 절대 너만은 죽지 않게 할 거라 생각했다는 말이야. 황제가 되지 않으려는 건 알았지만, 이상하게도 네가 황제가 되지 않는다는 건 네가 스스로⋯⋯."

쉬얌이 중간에 멈추고는 잠시 말을 골랐다.

"스스로 네 목숨을 버릴 때뿐이라고 생각했으니까."

전에 없이 진지했다. 언제나 자신만만한 웃음을 얼굴에 걸고 있던 그였다. 하지만 지금은 그런 것이 전혀 없었다.

벤지안스는 지금 그가 그녀를 정말 그저 한 사람의 인격, 그리고 조금 더 긴밀한 친우로 대하고 있다는 것을 깨달았다.

"쉬얌 정말, 디온만 아니었으면 소르트까지 먹어버렸을 것 같은데요."

"그래, 그 팔불출기도 이제 적응이 되려고 하네. 정말 그 마벨이 이렇게 제 연인에게 껌뻑 죽는 여자가 될 줄 상상이나 했을까!"

"죽었다 살아나면 사람이 변한다잖아요."

쉬얌은 어깨를 으쓱이며 아무렇지 않게 답하는 벤지안스를 빤히 바라보았다. 눈앞에서 태연하게 제가 죽을 뻔했던 사건을 이야기하는 그녀를 바라보며 쉬얌은 포기하기로 마음먹었다.

벤지안스는 원래 이런 여자였다. 무얼 바라고 한 말인지. 그녀를 사랑하는 디르케온도 참 고생 꽤나 했을 것이라는 생각마저 들었다. 그리고 새삼 그녀가 대단했다. 죽음 아니면 황제, 그의 머릿속에는 두 가지 계책밖에 떠오르지 않았다. 하지만 그녀는 그두 개를 전부 잡았다.

자신이었다면 도무지 선택하지 못할 삶이었다. 모두에게 잊혀지는 삶이라니. 존재감을 내비치며 살아야 하는 쉬얌에게는 불가했다.

"……설마 살아 있는데도 황제가 되지 않는 방법을 찾아냈을 줄이야. 꿈에도 상상하지 못했어."

"……그러게 말이에요."

벤지안스는 무어라 답해야 할까 고민하다가 별 의미 없는 대답을 내놓았다. 원래는 정말로 죽으려고 했거든요, 하고 답하려 했지만 그 말은 끝끝내 내뱉지 않았다. 지금도 쉬얌의 표정이 썩 기분 좋아 보이지 않은데 그 한마디까지 덧붙였다가는 왠지 한 번도 본 적 없는 무시무시한 얼굴을 보게 될 것만 같아서.

그가 빙빙 돌려 말하고는 있지만 그녀는 한 가지는 분명히 알 수 있었다. 쉬얌이 그녀의 죽음을 달가워하지 않는다는 것을.

벤지안스는 무심하게 말했다.

"살았으니 됐잖아요."

쉬얌의 귀에 그것은 일종의 위로처럼 들렸다. 그녀는 제가 무엇을 섭섭해하고 있는지 알고 있는 것이었다. 그래서 더욱 표정이 구겨졌다.

"정말이지 새삼스레 느끼는 거지만 너는 나보다 더해."

"그게 확실히 욕인 건 알겠어요."

"아니까 다행이지. 이건 알라고 하는 말이니까."

언제나 모든 걸 다 안다는 듯 웃었던 쉬얌이었다. 이렇게 표정을 구기는 모습을 보고 있자니 벤지는 이상하게 만족스러웠다. 항상 자신감에 가득 차 있던 왕자, 아니, 이제는 마농의 왕이 된 쉬얌이 이렇게 표정을 구기는 것을 과연 언제 또 볼 수 있을까? 지금 독대 상황이니 이런 대화나 하고, 이렇게까지 제게 스스로의 감정을 내비치는 것이다. 아마 이 방을 나가고 주변에 보는 눈이 많아지면 자신은 타국의 신관, 혹은 소르트 황제의 전속 시종으로 행동해야 한다. 하지만 이 안에서는 그저 친우일 뿐이었다.

벤지안스는 그래서 기분이 좋았다. 누군가와 연을 쌓고, 정을 쌓고, 호의적인 감정을 교류한다는 것이 이렇게 기분이 좋은 일이구나 깨닫게 했다.

물론 소르트의 황성 안에서도 황성 나름대로 친분이 있는 자
들과 대화할 수 있었다. 그러나 그렇다 한들 격식에 자유로운 것
은 아니었다. 겉으로 보이는 격식에 여전히 얽매였다. 하지만 지
금은 아니었다. 이곳은 소르트가 아니었다. 보는 눈이 그렇게 많
지도 않았다. 과거의, 더 나아가 지금까지 이어지는 친우와 허물
없이 대화했다. 그것이 썩 만족스러웠다. 그래서 벤지안스는 소리
내 웃었다. 디온이 왜 여행을 제안했는지 알 것 같았다.

그 웃음을 쉬얌이 멍하니 바라봤다. 이렇게 웃을 줄 아는 사람
이었나? 그 웃음이 너무나도 따뜻해 보여 쉬얌의 입가에도 절로
미소가 걸렸다. 그것은 그가 언제나 짓던 권위자의 웃음이 아니
었다.

아무렴 어떤가. 쉬얌은 줄곧 궁금했던 질문을 하기로 다짐했다.

"황성 생활은 어때?"

"태어난 이래로 제일 만족스러운 것 같아요, 여러 가지로 말이
에요."

활짝 웃으며 그녀가 대답했다. 웃음이 만개한 그녀의 얼굴은 밝
디밝았다. 무엇인지 모르겠지만 쉬얌은 이제 되었다고 생각했다.

"다녀오셨습니까?"

황제에게 마련된 침실로 자연스럽게 들어오는 벤지안스를 굳이
문 앞까지 다가와 디온이 맞이했다. 이제는 그 모습도 익숙하다
는 듯 벤지안스는 자연스럽게 그의 손에 깍지를 낄 뿐이었다.

"기다렸어요? 바쁜 일은 없고요?"

"친선 교류를 빌미로 휴가 나온 것이라 생각하고 좀 쉬었습니
다. 어디 다녀오셨습니까?"

"쉬얌이랑 이야기 좀 하고 왔어요. 디온, 생각보다 가끔 땡땡이
도 칠 줄 아네요."

"융통성을 기르라 하시지 않았습니까? 그런데 쉬얌이라 부르기
로 한 겁니까?"

땡땡이가 융통성인가 싶기도 했지만 벤지는 그냥 넘기기로 했
다. 요리조리 말로 잘 빠져나가는 디온이었다. 괜히 시답잖은 일
에 시비 거는 것은 그만두기로 했다.

"네. 아무래도 그때 이어진 인연이라 그런지 라마난이라는 이
름이 영 입에 안 붙네요."

"쓸데없는 말은 하지 않았습니까?"

"의외로 쓸데없는 말은 하지 않더라고요."

"그럼 다행이군요."

디르케온의 말 뒤로 잠시 아무런 답이 돌아오지 않았다. 그의
얼굴에 무언가 고민하는 기색이 선뜻 비쳤다. 도대체 무슨 대화
를 하고 온 걸까. 그녀의 허리를 끌어안으며 디온이 생각했다.

"쉬얌도 충격적이었나 봐요."

"무엇이 말입니까?"

"내 죽음 말이에요."

디온의 얼굴에는 기가 막힌다는 표정이 떠올랐다. 말문도 막혔
다. 도대체 이 사람은 자신의 존재감이 어느 정도라고 생각하는
건지.

그녀를 알고 있던 자 중에 그녀가 죽고 나서 충격에 빠지지 않
은 자가 있기는 했을까? 확신하는데 없었다.

디르케온은 조금은 어이가 없다는 듯 그녀를 빤히 바라보다가
한숨을 내쉬었다. 아무래도 말해줘야 할 것 같다. 그렇다고 들을

는지는 모르겠지만.

"그걸 그렇게 쉽게 언급할 수 있는 자는 벤지뿐일 겁니다."

"그런가요?"

"정말이지, 벤지는 벤지에 대해 조금 더 잘 알아야 할 필요가 있습니다."

나는 나에 대해 잘 알고 있는데요. 마주쳐 오는 그녀의 눈이 그렇게 말하고 있었다. 디르케온은 이번에도 설득을 포기하기로 했다.

그것보다 아무래도 쉬얌이 그녀에게 그녀의 죽음에 대해 언급한 모양이었다. 그 역시 충격적이었다 말하는 걸 보아하니, 쉬얌 역시 그녀의 죽음이 꽤나 슬펐던 모양이었다. 역시나 마음에 들지 않았다.

"근데 전부터 궁금했던 건데요."

"……?"

"디온은 왜 유독 쉬얌을 싫어하는 거예요?"

디온은 말문이 막혔다. 설마 방금 제 기분을 읽은 걸까? 아니면 과거부터 궁금했던 건데 이번 주제가 쉬얌이라 그저 물어본 걸까? 어떤 이유에서건 디르케온은 선뜻 답할 수가 없었다. 이유를 말하고 싶지 않은 것이 아니었다. 스스로도 이유를 잘 알 수가 없었다.

그런 디온의 침묵을 다르게 해석한 모양인지 벤지안스가 말을 이었다.

"디온이 그렇게 감정적이지 않은 사람이라는 건 옆에서 계속 봐와서 알고 있는데 이상하게 유독 쉬얌과 있을 때는 좀 감정이 격해지는 것 같아서요."

"······오해입니다."

"흐음, 아닌 거 같은데."

"······그건 저도 잘 모르겠습니다."

"라이벌 의식?"

"······."

"그것도 아니라면, 음, 어 설마 그때 나한테 동성애에 관대하다 해서? 아니면 아카데미에서 처음으로 내 정체를 알게 돼서? 이 안에 답이 있나?"

진심으로 골똘히 생각하며 하나하나 이유를 꼽는 그녀를 빤히 바라보다 디온이 한숨을 깊게 내쉬었다. 그가 두 팔을 벤지안스의 어깨에 걸치고는 그녀 머리 위로 푹 고개를 숙였다. 그의 부드러운 입술이 정수리 위로 느껴졌다.

"그만 말하십시오."

디온은 무어라 답해야 할지 알 수가 없었다. 아무래도 저 이유가 전부 다인 것 같았다. 쉬얌은 저와 검술로도 비등비등했고, 머리도 좋았다. 공부하는 것을 본 적이 없는데 성적은 언제나 상위권이었다.

게다가 사람을 잘 볼 줄 알았고, 이용할 줄 알았고, 분위기 흐름을 읽어 제게 유리하게 만들 줄 아는 자였다. 결국 그 역시 마농을 다스리는 유능한 왕이 되었다. 과거 유일하게 남자로서 벤지에게 다가가기도 했다. 게다가 겉으로 보기엔 외양 역시 준수한 편이었다. 키도 훤칠했고 검술로 다져진 몸도 다부졌다. 조금 검은 피부에 흑발에 흑안, 이국적인 외모에도 불구하고 잘생겼다는 게 그를 본 많은 영애들의 평이었다.

그가 한동안 말이 없자 디온의 팔을 비집고 나온 벤지가 고개를 들었다.

"설마 화났어요?"

그녀의 얼굴에는 걱정스러운 표정이 가득이었다. 화가 나다니. 말도 안 되는 말이었다. 그가 화를 낼 사안이 아니었다. 오히려 부끄러웠다. 그가 말이 없자 벤지안스의 눈썹이 아래로 더 처졌다. 디르케온은 저도 모르게 그녀의 이마에 키스를 해주었다.

정말 이 사람한테는 어쩔 수가 없었다. 제 쪼잔함을 밝히는 그 질문이 너무하다고 생각을 했으면서도 저 푸른 눈동자만 보면 사랑스럽다는 기분 외에는 아무것도 느끼지 못하게 되는 것이었다. 디르케온은 시선을 위로 향하며 물어오는 그녀를 품에 꼭 안았다.

"아니요. 스스로 치졸해지는 기분이라 그렇습니다."

디르케온은 작은 한숨이 절로 나왔다. 질투를 하기엔 벤지와 쉬얌, 둘 사이에 제가 그럴 만한 건더기가 없었다. 그런데 또 그녀의 주변에서 그나마 남자로서 알짱거리던 남자가 쉬얌이었다. 당사자들은 분명 아니라고 할 테지만, 누가 봐도 아니지만 그로서는 신경이 쓰였다. 하지만 그렇다고 무어라 말할 수도 없는 노릇이었다. 누가 봐도 그 둘은 그저 친구였으니까. 제가 봐도 그런데 남이 보기에는 어떨는지.

더불어 그녀의 인간관계에 강제적으로 간섭하고 싶지도 않았다. 그녀는 그녀로서 행복했으면 좋겠다고 생각했으니까. 그럼에도 라마난이 마음에 들지 않는 것은 어쩔 수 없었다. 그가 봐도 잘난 자였으니까. 그래서 저도 모르게 라이벌 의식이 생긴 모양이었다.

그리고 그걸 제 정인에게 들켰다. 스스로가 정말 치졸해 보이기 짝이 없었다.

"아니요. 절대 아닌데요."

벤지안스는 그의 말을 대차게 부정했다. 아, 이 남자 또 말도 안 되는 걸로 나한테 미안해하고 있구나. 그럴 필요 전혀 없는데. 그리고 치졸한 걸로 치자면 스스로도 한 치졸 했다. 과거 동생을 질투하고, 그 주변 여자들을 질투하고, 떠날까 두려워하고. 세자면 끝도 없었다.

"그게 치졸한 거라면 나도 한 치졸 하거든요."

"굳이 위로하실 필요 없습니다."

"진짠데."

"대체 언제……,"

"그건 비밀이구요."

싱긋 웃으며 벤지가 디온의 입에 쪽 하고 입을 맞췄다. 가끔 이렇게 기습적으로 입맞춤을 할 때가 있었다. 처음에는 놀랐지만 디온도 이제는 이것이 입막음용이라는 것을 알았다. 그럼에도 싫지 않은 건 눈앞의 여자가 제 전부나 마찬가지기 때문이겠지.

"곧 황성에 좋은 소식이 있을 것 같아요."

벤지안스는 말을 돌리기로 했다.

"결국 아델라이네와 베른의 마음이 통했나 보군요."

"디온은 정말 눈치가 빠른 것 같아요."

"벤지에게 많이 배웠죠."

"말은 잘해."

"하지만 아델라이네는 아직 1학년이지 않습니까?"

"곧 방학이니 약혼식은 하러 돌아오겠죠."

벤지안스가 활짝 웃었다. 디온도 덩달아 기분이 좋아졌다. 그녀의 행복이 제 행복이라고 몇 번이나 말해왔다. 그리고 그 마음에는 단 한 톨의 거짓도 없었다.

"아, 그런데."

기분 좋아 보였던 그녀의 얼굴에 한 줄기 그림자가 내려앉았다. 무언가가 그녀의 심기를 거스른 것이었다. 하지만 디온은 그마저도 마음에 들지 않았다.

"아직도 하이넨 공작이 황제의 적통성을 운운하나요?"

"……무언가를 들으셨습니까?"

"부정하지는 않네요."

"보수 중에서도 극단적인 보수를 달리는 자라 설득이 쉽지 않습니다. 더불어 과거 세그다드가와 어깨를 나란히 할 정도의 대귀족 가문이다 보니 처리도 용이하지 않고 말입니다."

"여신에게 말해볼까요?"

어쩌면 디온이 자존심 상해할 만한 제안일 수도 있었다. 하지만 디온은 별로 상관하지 않는 모양이었다. 그도 그럴 것이, 그가 황제의 자리에서 수많은 귀족들의 지지를 받은 큰 이유가 여신의 강대한 축복 때문이기도 했기에.

"아닙니다. 곧 귀찮은 일은 전부 사라질 겁니다. 제가 제위에 오른 후로 저에 대한 공격을 눈감은 적이 있습니까?"

"없어요. 하지만……."

'모든 일은 나 때문이잖아요.'

벤지안스가 말을 흐렸지만, 디온은 그 뒤에 무슨 말이 올지 알고 있었다. 그것이 싫었다. 그래서 가급적이면 아직도 저를 강하게 반대하는 세력이 남아 있다는 것을 벤지에게 알리지 않은 것이었는데. 아무래도 아델라이네와 대화를 하면서 무언가 들은 모양이었다. 아델라이네도 눈치가 없는 자가 아니니 그런 것을 미주 알고주알 일러바치진 않았을 것이다. 그저 지나가는 말 하나로 소르트의 정세를 조금 더 세세하게 파악했을 것이다. 제 정인은 그런 것을 파악하는 데에 도가 튼 여자였으니까.

"벤지의 뒤를 이어 황제가 된 것은 제 선택이었습니다. 그 상황에서 거절하려면 어떻게든 거절할 수 있다는 것을 알고 있잖습니까?"

디온이 끌어당기는 바람에 벤지는 그의 품에 좀 더 파묻히게 되었다. 코와 코가 맞닿았다.

"제가 원한 것은 그저 벤지가 제 곁에 있는 것이었습니다. 그리고 지금 그러하고요. 저는 지금 행복합니다."

"디온은 이제 어떻게 하면 내가 입을 다물게 되는지 너무 잘 알아요."

숨결이 느껴질 정도였다. 지금도 지척인데, 그가 조금 더 다가왔다. 디르케온의 팔이 허리를 감아왔다.

"그래서 싫으십니까?"

"싫다는 말은 안 했는데요."

간질거렸던 숨이 삼켜진다. 여전히 그의 입맞춤은 기분이 좋았다.

✦

벤지안스는 요 며칠간 성이 이상하다고 생각했다. 며칠이라고 해봤자 이틀이고, 마농에 머문 것은 고작 일주일뿐이지만 왕성 안의 분위기는 대충 파악하고 있었다. 금세 가까워질 것이라 생각했던 아델라이네와 베른은 생각보다 서로 거리를 유지하고 있었다.

겨우겨우 잠자리에서 눈을 뜨는 벤지안스의 귀에 언제 들어도 기분 좋은 목소리가 들려왔다.

"푹 주무셨습니까?"

"으응, 일찍 일어났네요."

"공식적인 행사가 있다고 합니다. 꼭 참석하라고 하던데."

"공식적인 행사요? 무슨?"

어제까지만 해도 행사에 대해선 아무런 언급이 없었는데. 이렇게 급작스럽게 공식 행사가 잡히기도 하나? 아니면 우리한테만 말하지 않은 건가? 진실을 알 수가 없었다.

"저도 이곳에 오기 전에 듣지 못했는데, 아무래도 라마난의 즉위와 소르트와의 친선 교류가 겹치며 부랴부랴 만들어낸 행사 같습니다."

"마농도 생각보다 즉흥적이네요. 쉬얌은 그렇지 않을 줄 알았는데."

"어떻게 보면 라마난이기 때문에 그럴 수 있다는 생각도 듭니다."

그렇게 듣고 보니 또 그럴듯했다. 왠지 쉬얌이라면 내 뜻대로 해, 라며 공식 행사를 급하게 만들어낼 것 같기도 했다. 하지만 여전히 미심쩍은 건 마찬가지였다.

"이제 꿈은 꾸지 않으십니까?"

"네."

벤지안스는 눈을 들어 그를 바라봤다. 오랜만에 듣는 질문이었다. 악몽 이야기였다. 복수에 성공하기 전 하루가 멀다 하고 꾸었고, 복수에 성공 후 일주일에 두세 번은 꾸었다. 하지만 이내 잦

아들었다. 눈을 뜨면 그의 손을 잡고 있던 그 순간부터 그러했다. 벤지안스는 그것이 디온 덕이라는 것을 아주 잘 알고 있었다.

"오랫동안 꾸시지 않았습니다."

"어…… 그렇네요. 한 달은 넘은 것 같아요."

"벤지의 하루가 매일 좋은 것으로 채워졌으면 좋겠습니다."

그 말에서 진심이 뚝뚝 묻어 나왔다. 일전에 그에게 말한 적이 있었다. 당신의 손을 잡고 자면 이상하게 악몽을 꾸지 않는다고. 그 이후부터 잘 때는 꼭 손을 잡고 자는 그였다. 그리고 특별한 일이 없는 이상 그녀가 일어날 때까지 먼저 손을 거두지 않았다. 그것이 벤지는 사무치도록 고마웠다.

구원이 있다고 한다면 아마 디르케온일 것이다.

"고마워요. 매일매일 말이에요."

"가끔 벤지는 제가 할 말을 대신 하는 경향이 있습니다."

"같은 마음이라 그렇다고 생각해요, 우리."

디르케온이 밝게 웃었다. 가볍게 디온과 버드키스를 나눈 벤지안스는 나갈 채비를 시작했다. 공식 행사라니 참석하기는 해야 했다. 하지만.

"아무래도 이상한데."

"무엇이 말입니까?"

"전부요."

이건 근거 없는 생각이 아니었다.

"언니, 설마 결혼식 거행했어요?"

이것이 아델라이네의 마지막 말이었다. 벤지안스는 마농으로 여행 온 김에 동생의 아카데미에도 방문할 생각이었다. 하지만 아델라이네는 그것을 한사코 거부했다.

"언니 보려고 잠시 휴학계 냈어요. 소르트의 황족이 폐하를 알현하러 간다는데 말릴 수 있는 아카데미가 어디 있겠어요."

여기까지는 그러려니 했다. 하지만 그 이후부터 무언가가 이상했다. 아델라이네가 저를 만나기를 꺼려했다. 아델라이네뿐이 아니었다. 쉬얌과 베른도 그러했다. 모두가 한 번에 그러니 이상하다는 생각만 들 뿐이었다. 벤지안스의 의심을 들으며 디르케온 역시 고개를 갸웃했다.

"그러고 보니 라마난이 말하길 벤지도 꼭 오라고 하더군요."

"나를요?"

"과거 소르트 대신관 후보이자 여신의 총애를 받으며 현 황제의 최측근 중 하나인 시종의 축복을 받고 싶다고는 하는데⋯⋯."

"역시 미심쩍은데요."

"저만 그렇게 생각한 것이 아닌 모양입니다."

"요즘 사람들 분위기가 이상하다는 생각 안 했어요?"

"그것 역시 저만 느낀 모양이 아닙니다. 어제부터 이상하게 베른 경이 눈에 안 보이더군요."

"아델라이네도 마찬가지예요. 아, 쉬얌도요. 아델라이네는 맨날 언니, 언니 하면서 찾아오던 앤데 갑자기 어제부터 오질 않아요. 적어도 후식 티타임 같이하자며 찾아올 앤데 말이에요."

"쉬얌 역시 이곳에 온 이후로 대련 신청을 계속했는데 정확히 어제부터 잠잠하더군요. 만나면 평소보다 더 기분 나쁜 웃음만 걸고 인사하고 말입니다."

"어, 그건 저한테도 그랬어요. 그 웃음 원래부터 마음에 안 들기는 했는데 요즘은 이상하게 신나 보이더라고요."

"그자가 신나서 좋을 건 없으니까 말입니다."

둘은 눈이 마주쳤다.

"꼭 가야 할까요?"

"저도 내키지는 않지만 명목상 친선 방문이니까 거절하는 건 외교 간에 좋지 않을 듯싶습니다."

벤지안스는 한숨을 내쉬었다. 분명 뭔가 꾸미고 있는 건 맞는데 뭔지 알 수가 없었다.

한편 디르케온은 등 뒤로 한 줄기 식은땀이 흐르는 것을 느꼈다. 정말 벤지는 눈치가 빠른 여자였다. 저마저도 들키면 절대 안 된다. 모든 것이 물거품이 된다. 어떻게든 그녀를 공식 행사라고 이름 붙여진 그곳에 데려가야 했다.

그런 디르케온의 생각을 아는지 모르는지 무언가 곰곰이 생각하던 벤지안스가 퍼뜩 고개를 들었다. 무언가 묘안이 생각난 모양이었다.

"생각을 해봤는데요. 이대로 당하고만 있는 건 좀 억울하지 않아요?"

"무슨 대안이라도 생각이 났습니까?"

"오랜만에 한번 꾸며볼까요? 마농에는 마농 스타일의 예쁜 모자가 많더라고요."

"모자는 갑자기 왜…… 설마."

"오랜만에 화장이라는 것을 해볼까 해서요."

그녀의 계획은 하나였다. 디르케온에게 애인이 생긴 척하는 것.

이전부터 장난 삼아 말해왔던 것이었다. 하지만 실제로 행동에 옮길 생각은 단 한 번도 하지 않았다. 너무 위험하니까. 하지만 그것을 실행에 옮기자고 그녀가 말했다. 당연히 디르케온은 일언 지하에 거절했다.

"위험합니다."

"뭐가 위험해요. 우리에겐 여신의 가호가 있는걸요."

"그거 무척 신성 모독적인."

"평소 디온이 하던 말을 생각해 봐요."

"……에스코트하겠습니다."

언제나 그녀에게 여신의 가호를 빌리라고 말해왔던 디르케온이 었다. 그렇기에 그는 입을 다물어 버렸다. 그렇게 그들의 역공이 시작되었다.

벤지는 오랜만에 화장이라는 것을 하기로 했다. 이곳에 떨어지고 나서는 남장을 했다. 최대한 소년으로 지내야 했기에 화장은 꿈도 꾸지 못했다. 그 이후 황성에 돌아왔을 때는 황녀로 지냈기에 시녀들이 그녀의 치장을 도맡았다. 그리고 그 이후에는 역시나 짧은 머리로 지냈다.

굳이 남장을 할 생각은 없었다. 하지만 굳이 누가 봐도 여자인 모습을 보여 현 황제인 디온에게 추문이 생기게 하고 싶지는 않았다. 사실 여자가 시종 좀 하면 뭐가 어떤가 싶었지만 꽉 막힌 귀족들이 대부분이니 어쩔 수 없이 그러려니 할 뿐이었다. 그래서 벤지는 꽤 오랫동안 스스로 화장을 할 기회가 없었다.

"화장을 하실 줄 아십니까?"

"원래 꽤 했었는데 많이 까먹었네요. 음, 이 정도면 되겠어요."

디르케온은 황제의 명으로 아델라이네의 시녀들에게서 화장도구를 챙겼다. 그리고 모두 입을 다물 것도 명했다. 아마 이 일은 밖에 새어 나가지 않을 것이다. 미심쩍게 쳐다보는 그녀들의 시선을 견뎌내야 했지만 꾹 참아냈다. 어차피 누군가가 곁에 새로 들어왔다 소문이 나도 잠시뿐이다. 그리고 그 여자는 과거부터 현재까지 제 정인인 벤지안스다, 라고 스스로 생각하며 디온은 애써 그 시선을 참아냈다.

그렇게 디온이 나름의 고충을 겪어가며 받은 그 화장품들이 꽤나 마음에 든 모양인지 벤지안스는 제 모습을 요리조리 살펴보았다. 그러고는 몇 개를 골라 손에 들었다. 디온은 봐도 뭔지 모르겠지만 벤지가 꽤 흡족한 표정이라 그저 가만히 있기로 했다.

"자, 이제 한 시간 후에 오도록 해요."

"예?"

"나도 치장이란 걸 해야 할 거 아니에요."

"어째서 제가 여기 있으면 안 되는……."

"서프라이즈잖아요."

"……."

"깜짝이라는 게 괜히 있는 거겠어요?"

"그건 저들에게나 해당하는 이야기 아니었습니까?"

"으음, 아니에요. 이따 봐요. 오래는 안 걸릴 거예요. 알았죠? 이따 봐요."

그는 벤지에게 등을 떠밀려 쫓겨났다. 눈앞에서 탁, 하고 닫힌 문을 디온은 멍하게 쳐다봤다. 방금 무슨 일이 일어난 거지? 이렇게 기다려야 하는 건가? 하지만 눈앞에서 닫힌 문은 열릴 생각을 하지 않았다.

그리고 정말로 한 시간 정도의 시간이 흘렀다. 그동안 디르케온은 문 앞을 서성이며 조마조마한 마음으로 그녀를 기다렸다. 제가 왜 이런 초조함을 느껴야 하는지는 모르겠지만. 삼십 분이 세 시간 같았고 한 시간은 열 시간 같았다. 그리고 이내 끼익 문이 열렸다.

"어라, 왜 여기 있어요? 설마 계속 여기서 기다린 건 아니죠?"

"……시간이 딱 맞은 모양입니다."

그런 디르케온을 잠시 의심으로 바라보던 그녀가 이내 그 시선을 거두었다. 그러고는 그 앞에서 한 바퀴 팽그르르 돌았다. 그녀가 오랜만에 입은 하얀 원피스가 넓게 원을 그렸다.

짧은 머리를 가릴 가발이 없어 모자를 썼다. 다행인 것은 마농의 여자들 사이에 모자가 유행인 것이었다. 지금 그녀는 누가 봐도 머리를 틀어 올린 여자의 모습이었다. 그것도 무척 아름다운.

"어때요, 괜찮아요?"

"꼭 이렇게 입고 가셔야겠습니까?"

그래서 디르케온은 그것이 마음에 들지 않았다.

"왜요, 이상해요?"

"누구에게도 보이고 싶지 않습니다."

"그 이야기는 일주일에 두세 번은 듣는 이야기라 별로 감흥이 없어요. 마치 평소와 같다는 이야기로 들린단 말이에요. 나름 화장 잘됐다고 생각했는데."

화장이 별로인가? 중얼거리는 벤지안스를 디온은 빤히 바라봤다. 저 여자를 어떻게 해야 할지 모르겠다.

"이대로 침실로 데려가고 싶습니다. 라마난의 초대 따위 무시하고 소르트에 돌아가기 전까지 벤지와 함께하고 싶습니다. 사실대로 고하면 그 이후에도 계속. 그리고 저와 같은 감정을 다른 사람들이 보고 똑같이 느낄까 겁이 납니다."

"와아, 그런 낯부끄러운 말을 잘도."

"지나치게 아름답습니다."

눈이 시릴 정도로. 한 번도 그에게 그녀가 아름답지 않은 적은 없었다. 본인은 머리카락도 자르고 항상 선머슴 같다 이야기하지만 절대 아니었다. 머리카락으로, 옷차림으로 가릴 수 있는 존재감이 아니었다. 가끔 잠에서 깰 때마다 그는 언제나 옆을 살폈다. 혹시 말없이 그녀가 어디론가 사라져 버리지는 않을까 싶어서.

그럴 때마다 그녀는 그에게 웃으며 말했다. '잘 잤어요?' 그 한마디가 그에게 얼마나 구원인지 몰랐다.

디르케온은 매일매일 그녀에게 구원받고 있었다. 그녀는 그것을 알까? 귀까지 빨개져 멋쩍게 웃는 그녀를 다시 눈에 담았다. 그녀와 이렇게 평생 함께해도 괜찮은 걸까?

디온이 조심스레 허리를 숙였다. 입술과 입술이 닿았다. 이제는 부쩍 익숙해진 입맞춤이었다. 혀와 혀가 얽힌다. 농밀한 입맞춤도, 가끔 달뜬 듯 새어 나오는 숨소리도 하나하나 사랑스러웠다. 정말이지, 이대로 둘만 있고 싶었다. 하지만 지금은 그럴 때가 아니었다.

"이제 가야 할 것 같습니다."

그보다 더 급한 것이 있었다. 평소답지 않은 그의 모습에 '응?' 벤지가 잠시 갸웃거렸다. 이렇게 금방 뽀뽀로 끝내고 행사에 먼저 참석하자고 하던 남자가 아니었는데. 하지만 서둘러 향하는 디르케온의 뒷모습을 따를 뿐이었다.

그렇게 디르케온의 뒤를 좇아 도착한 곳에서 벌어지는 광경은 상상도 못 한 것이었다. 그곳에서 기다리던 자들이 그들에게 성큼성큼 다가왔다. '왜 공식 행사라며 사람이 많이 없지?' 하고 생각한 순간이었다.

　"잠시 양국 간의 문제로 긴히 할 말이 있습니다."

　"무슨 소리."

　"잠시만 시간을 빌려주시지요."

　두 남자가 공격적으로 걸어오더니 갑자기 디온의 팔을 잡고는 질질 끌고 갔다. 비단 쉬얌뿐만이 아니었다. 베른 역시 다른 팔을 잡고 끌고 갔다.

　이건 국법에 맞지 않았다. 벤지는 '그런데 왜 아무도 말리지 않지?' 하고 주변을 둘러봤지만 소르트에서 함께 온 정예병들이 없었다. 도대체 뭘 꾸미고 있는 거지? 아무것도 파악하지 못한 채 디온은 말 그대로 질질 끌려갔다. 황제가 된 이후로 처음이었다. 나름 검술에서 날고 긴다 하는 저 둘의 악력을 혼자 막아내기가 힘들었다.

　그렇게 질질 끌려가는 디온을 어, 하며 바라보던 벤지에게 익숙한 얼굴이 다가왔다. 허겁지겁 아델라이네가 이쪽으로 서둘러 가까이 왔다.

　"언니, 잠깐만요."

　"아델?"

　"잠깐 쉬얌과 황제 폐하가 둘이서만 할 이야기가 있대요."

　"하지만 신관이 필요하다고……."

　"방금 전에 쉬얌, 아니, 마농의 왕이 말하면서 언니를 잘 부탁한다고 했, 응?"

여기까지 와서 얼굴도 보지 않고 속사포처럼 뱉어내던 아델라이네가 퍼뜩 정신을 차린 듯 눈을 껌뻑였다. 마치 봐서는 안 되는 것을 본 얼굴이었다.

"어, 언니?"

"음?"

"언니, 어떻게 알고 있었어요?"

"무슨……."

분명 무언가 꾸민 게 확실했다. 하지만 벤지안스는 의도치 않게 그들의 허점을 찌른 것이 분명했다.

"나를 뭐로 보는 거야. 그거 하나 모를 줄 알고?"

뭔지는 모르겠지만 우선 아는 척 해보기로 했다. 이렇게 시간을 조금 끌며 생각해야 했다. 저들은 과연 어떤 걸로 나를 속이려 했던 걸까?

화장을 하고 원피스를 입고 나타난 자신에게 알고 있었냐고 물어본다. 제가 여장이라고 해야 하는지 모를 여장을 했더니 어떻게 알았냐고 물어보는 것은 과연 무엇일까? 알 것도 같았지만 아, 하고 떠오르는 것이 없었다.

"하지만, 어, 배신자? 아닌데 그럴 리가 없는데. 아무리 언니라 해도 우리가 얼마나 철저했는데."

한 가지 단서만 더 있으면 바로 알 것 같은데. 눈앞에서 동생은 여전히 혼란스러워 하고 있었다. 그때였다. 익숙한 목소리가 들려왔다.

"아델, 왜 여기에."

너무나도 익숙한 자들이었다. 아카데미에서 수도 없이 마주쳤던 자들이었다. 그런 자들이 여기에 왜?

"센? 어, 그리고 페리넨? 라이까지?"

네 명의 시선이 허공에서 교차했다. 벤지를 제외한 그들의 표정은 하나였다.

'망했다.'

그리고 벤지안스의 머리에 순간적으로 스쳐 지나가는 것이 하나 있었다.

디르케온과 같이 와서 그녀가 화장을 하자 들켰다고 생각한 아델라이네의 반응. 그에 더해 소르트에서도 만나기 힘든 자들까지 굳이 마농으로 불렀다. 이렇게 하면 그녀가 벤지안스임을 아는 자들은 거의 다 모인 것이나 마찬가지였다.

그렇다면 단 하나밖에 없었다.

"그러니까 내 결혼식을 준비했다, 그 말이지?"

벤지의 말에 네 명은 말없이 고개를 끄덕였다.

"그걸 왜 숨겨?"

"그거야 당연히! 깜짝으로 해주면 더 뜻깊잖아요. 감동적이고."

"그리고?"

"그리고……, 왠지 언니가 한사코 거절할 거 같아서."

"내가?"

"죄송해요."

"죄송해할 거까지는 없는데."

벤지는 눈을 들어 죽을죄를 지었다는 듯 고개를 숙이고 있는 세 명을 바라봤다.

내가 이렇게까지 무서운 이미지였나? 나름 이들에게는 잘해줬다고 생각했는데. 이쯤 다시 인간관계를 생각해 봐야 하나 싶기까지 했다. 벤지는 눈앞에서 죽을상을 짓고 있는 넷의 분위기를 풀어주기로 했다. 절대 나쁜 의도가 아니었다. 그리고 왠지 이 주동자가 누군지 알 것 같았다. 철저하게 숨기려면 제 최측근까지 속이거나 그를 한통속으로 만들어야 한다. 아니면 그 최측근이 주도하거나. 그리고 그녀에게 제일 가까운 최측근은 단 한 명이었다.

벤지안스는 속으로 계산하기 시작했다. 아무리 봐도 주동자는 한 명이었다. 디르케온 세그다드. 제 정인.

"좋은 마음으로 한 거잖아. 괜찮아. 그리고 라이까지 와줬네요. 고마워요."

"……빠져서는 안 되는 자리라고 생각했으니까요."

이제 막 소년 티를 벗고 있는 금발머리의 주인이 멋쩍게 웃었다. 그의 집안은 과거 폐태자파였다. 하지만 그의 집안이 벤지안스를 공격하려 할 때 필사적으로 막은 자가 라이였다. 하지만 강경한 그들의 모습에 어쩔 수 없이 라이의 가문은 작아질 수밖에 없었다. 그렇기에 그녀와 디르케온에게 반감을 가질 수도 있었지만 그럼에도 와준 라이였다. 고마운 마음이 들지 않을 리가 없었다.

"그럼, 결혼식 이대로 진행해도 되는 거예요?"

새삼 흐르는 훈훈한 분위기에 아델라이네가 고개를 퍼뜩 들고는 물어왔다. 방금 전과 분위기도 너무 상반돼서 내가 속아 넘어갔나 생각이 들 정도였다.

"전부 준비해 놓은 것 아니었어?"

"그건 맞지만…… 그렇다고 이렇게 됐는데 언니가 싫어하면 억지로 진행할 수는 없으니까요."

의기소침해져 작게 중얼거리는 목소리였다. 이 상황까지 왔는데 안 하는 것도 어불성설이었다. 더불어 디르케온의 이 행태를 그냥 넘어가고 싶지도 않았다. 무언가 그를 확 놀라게 해주고 싶다는 생각이 들었다.

"여기까지 온 거 하지 말라고 하기도 좀 뭐 하잖아."

"그러면!"

"대신 지금부터 내 질문에 한 치의 거짓도 없이 대답해야 해. 맹세할 수 있지?"

"네, 당연하죠."

"이거 디온도 알고 있지?"

아델라이네, 셴, 그리고 페리넨은 이내 그 대답을 무르고 싶다 생각했다. 아아, 폐하께 어마어마하게 찍힐 것이 뻔했다.

질질 끌려오듯 쉬얌이 준비해 놓은 응접실로 들어온 디온이 이 내 몸을 바로 했다. 그를 끌고 들어온 쉬얌과 베른도 이내 팔에 힘을 풀었다.

"이제 된 건가?"

"와, 이제 연기까지 완벽하게 해내는 겁니까?"

"필요하다면 해야죠. 베른 경, 벤지에게는 들키지 않았겠지?"

"아델라이네 말에 의하면 아직 완벽하다고 합니다."

"아직이라는 것은……."

"벤지안스님이 함부로 방심할 수 있는 분이 아니라는 것은 폐 하께서 더욱 잘 알고 계시지 않습니까?"

"그런데 벤지안스는 왜 꾸미고 온 거랍니까? 설마 들킨 건 아 니겠죠?"

"그녀만큼 주변 기류를 잘 읽을 수 있는 자가 어디 있겠습니까. 주변이 이상하다며 놀라게 해주자더니 결국 그렇게 됐습니다."

"하하, 진짜 도무지 얕볼 수가 없는 사람입니다. 자, 그럼 기억에 길이 남을 결혼식을 준비해 드리죠."

쉬얌이 박수를 짝짝 두 번 쳤다. 그러자 문이 열리더니 밖에서 대기하고 있던 자들이 들어왔다. 그중 한 명의 손에는 결혼 예복이 들려 있었다. 검은 바지와 새하얀 상의였다. 고작 옷만 보았음에도 디온의 심장이 쿵쿵 조금 빠르게 뛰기 시작했다. 갑작스럽게 찾아온 울렁거림이었다. 설렘이 과해 심장이 울렁거렸다.

부부라고 할 수도 없던 사이였다. 정인, 연인, 부인, 반려자, 별별 단어를 다 갖다 댔지만 이상하게 미안했다. 결국 마땅한 해결책을 찾지 못해 그녀와 공식적으로 결혼하지 못한 것도 미안했고, 그녀가 그녀 스스로를 숨기고 살아가게 하는 것 같아서 그것도 미안했다.

물론 벤지가 듣는다면 말 같지도 않은 소리 하지 말라고 타박을 줬겠지만 그것이 디온의 생각이었다. 그래서 그녀가 원하는지는 잘 모르겠지만 무언가 특별한 것을 해주고 싶었다.

꼭 결혼식이 아니어도 좋았다. 그녀의 인생에 깊게 남는 그런 행사 같은 것, 이벤트 같은 것. 자신과 벤지가 그들 자체로 있을 수 있는 그런 순간. 그리고 그런 순간이 지금이었다.

그녀가 어떻게 반응할까? 놀랄까, 기뻐할까? 아니, 혹시 화내면 어쩌지? 걱정도 들었다. 설렘과 걱정, 모든 것이 한데 어우러졌다. 단 한 번도 느끼지 못한 감정이라 그는 이 감정을 무엇이라 표현할지 적절한 단어를 찾기가 힘들었다.

준비는 생각보다 오래 걸렸다. 실제로도 오래 걸렸지만 그의 체감으로는 더더욱 오래 걸렸다. 결혼이라는 것이 이렇게 긴장되는 것이었나?

디온은 모든 준비를 마치고 밖으로 나왔다. 역시나 벤지는 보이지 않았다. 저도 평소에 비해 준비 시간이 길었지만 벤지는 더 걸릴 것이다. 일반적으로 여자가 치장 시간이 더 걸리기도 한데 그에 더해 결혼을 위한 치장이었다. 지금 당장에라도 그녀를 보러 들어가고 싶었지만 그것은 안 될 일이었다. 조금만 참자, 생각했다. 하지만 그런 디르케온의 기대를 확 앗아가는 소란이 있었다. 갑자기 신부 측 준비실에서 큰 소리가 들렸다.

"지금 장난쳐?"

이건 분명 벤지의 목소리였다. 그는 그녀가 소리를 높이는 것을 한 번도 들어본 적이 없었다. 화들짝 놀라 기다리던 것도 잊고 그쪽으로 다가갔다. 설마 제 잘못인가. 하지만 일전에 그녀가 말한 적이 있었다.

결혼식을 싫어하는 것이 아니라고. 결혼식을 할 만한 조건이 되지 않기에 억지로 진행시키면서까지 할 필요가 없다 생각했다고. 그래도 만약 한다면 그녀의 기억을 갖고 있는 자들만 모인 자리에서 작게 했으면 좋겠다고.

그래서 그것을 들어주고 싶었다. 그런데 무언가 잘못된 걸까? 누가 말릴 새도 없이 디온의 발걸음이 소리가 들리는 쪽으로 향했다.

"감히 날 속이다니. 내가 평민이 됐다고 무시하는 건가요?"

확실했다. 벤지의 목소리. 다가갈수록 느낄 수 있었다. 옆에서 아델라이네가 애를 쓰며 말리는 소리가 들렸다. 문 앞을 지키고 있던 센과 페리넨, 그리고 라이가 보였다. 그들이 어쩔 줄 모르고 안절부절못하고 있었다.

"무슨 일인가?"

"그것이, 선황께서 저희가 폐하를 기만했다고 생각하시어……."

더 이상 말을 잇지 못하겠다는 듯 그들이 눈을 질끈 감았다. 정신없던 센까지 절레절레 한숨을 쉬는 걸 보아하니 사태가 상당히 심각한 모양이었다.

"디온은? 디온은 어디 있죠? 설마 디온도 한통속인가요? 어서 디온을 데려와요."

큰일 났다 싶었다. 그저 기쁘게 해주고 싶어서 준비한 깜짝 이벤트일 뿐인데. 그래서 그녀가 평소에도 보기 힘들던 최측근들을 전부 불렀다. 모두와 한 번쯤은 편한 시간을 갖고 싶다고 해서.

아무도 듣지 못하게 해달라고 쉬얌에게 부탁했다. 말이 결혼식이지 그저 제 사랑을 맹세하고 싶었다. 몇 번이나 운을 떼봤지만 그녀는 그것에 부정적인 반응이 아니었기에 괜찮겠지 싶었다. 하지만 아닌 모양이었다. 그녀가 이리도 싫어할 줄 몰랐다. 이러다가는 그녀가 겨우겨우 마음을 연 주변의 사람들마저 그녀 안에서 튕겨져 나갈 것 같았다.

이렇게 겨우 찾은 행복을 무너뜨릴 수는 없었다. 디온의 걸음이 빨라졌다. 어떻게든 용서를 빌어야 했다. 기만한 것이 아니라고. 당신을 위해서 당신만을 생각해서 행한 일이라고. 내가 잘못했다고.

그렇게 생각하며 문을 열었을 때였다.

"벤지, 제가 큰 잘못을."

"디온에게 내가 이렇게 기쁘다는 걸 알려줘야 할 것 아니에요."

문이 열리자마자 마주한 그녀의 얼굴은 절대 화난 얼굴이 아니었다.

"예?"

"당신한테 얼마나 기쁜지 알려야 한다구요."

오히려 웃고 있었다. 웨딩드레스는 한사코 거부했을 줄 알았는데, 그녀는 머리부터 발끝까지 신부의 모습이었다. 문을 열자마자 마주한 그녀가 활짝 웃었다.

순간 그의 눈에는 벤지안스밖에 보이지 않았다. 뒤따라 베른과 쉬얌이 들어왔고, 한 발 더 빠르게 들어온 센과 페리넨이 있었고, 분명 벤지의 옆에는 아델라이네가 있었다. 사람이 없는 것이 아니었다. 하지만 그 누구도 보이지 않았다.

그뿐만이 아니었다. 배경은 날아갔고, 갑자기 장소가 뿌옇게 흐려지는 기분이 들었다. 그리고 그 한가운데에 제가 사랑해 마지않는 여자가 서 있었다.

그의 눈에는 새하얀 웨딩드레스를 입고 티아라에서 이어지는 베일을 올린 오직 한 명만이 눈에 들어올 뿐이었다. 오로지 그 한 사람만이 이 안에서 존재감을 내뿜고 있었다. 그리고 디온은 생각했다. 아, 여기서 또 반할 수가 있구나.

"뭘 그렇게 바보 같은 표정이에요. 내가 그거 하나 모를 줄 알았어요?"

한동안 디온은 그 자리에 멈춰 서 있을 수밖에 없었다. 그 모습을 벤지는 다르게 해석한 모양인지 고개를 갸웃했다.

"어라, 많이 충격받았어요? 미안해요. 그럴 의도는 아니었는데. 그래도 나만 빼고 전부 날 속인 건 좀 갚아줘야 직성이 풀릴 것 같았어요. 미안해요, 내가 이런 성격인 걸."

그녀를 바라보며 디온이 한 걸음 다가섰다. 그 걸음이 조심스러웠다. 천천히 그가 다가갔다. 시간이 멈춘 것 같았다. 아델라이네가 그 모습을 바라보면서 입을 가렸다. 관전하는 사람이 감격에 젖는 순간이었다.

휘익, 휘파람을 불려던 센의 입을 라이가 틀어막았다. 여기서 초를 칠 수는 없지. 모두가 숨죽인 그곳에서, 디르케온이 한쪽 무릎을 꿇었다.

"제 곁을 선택해 주셔서 감사합니다. 그렇게 구원해 주셔서 감사합니다. 감히 바라건대 앞으로도 제 곁에 당신으로 남아주실 수 있겠습니까?"

갑작스러운 프러포즈였다. 하지만 우러나오는 진심이었다. 그건 이곳에 있는 모두가 알 수 있었다. 그 모습을 바라보던 모두가 생각했다. 저렇게 끊임없이 반하는 자도 드물 것이라고.

영원을 부탁하는 그의 말에 벤지가 더욱 환하게 웃었다. 눈물이 나올 것도 같았다. 결혼이니 뭐니 그런 이유보다는, 그래, 이게 사랑받는 거구나, 이렇게 그의 곁에 평생 남아도 되는 거구나 싶어서.

"물론이죠."

목이 메어 조금 뜸을 들였지만 답은 하나였다. 당신 곁에는 내가 있다는 것. 그 마지막 죽음의 순간에서 돌아온 이유는 순전히 디온, 당신 때문이라는 것. 말해야 하는데 감정이 북받쳐 나오지가 않았다.

그때였다. 쉬얌이 손뼉을 짝짝 쳤다.

"자, 여기서 이렇게 있지 말고 가자고."

말이 끝남과 동시에 아델라이네와 베른이 움직여 벤지안스가 있던 방의 뒷문을 열었다. 문을 연 곳에는 쉬얌이 특별히 출입 금지를 요청해 놓았던 정원이 보였다.

평소와 다른 점이라면 문에서부터 호수까지 이르는 길에 붉은 카펫이 깔려 있다는 것이었다. 바람이 불어 그 길 양옆에서는 색색의 꽃이 흩날렸다. 카펫이 끝나는 곳에는 대신관이 서 있었다.

'도대체 저 거물을 어떻게 섭외한 거지?'란 생각이 들었으나 모두가 당연하다는 얼굴이라 벤지안스는 그냥 입을 다물기로 했다.

결혼식은 조촐했다. 아무에게도 알리지 않아야 했다. 쉬얌에게 목숨을 걸어 충성을 맹세한 두 명을 제외하고는 그 아무도 그들의 결혼식을 도와주지 않았다.

귀족의 입장에서 손수 무언가를 한다는 것에 거부감이 느껴질 수도 있었지만 이 정도면 어떠랴 싶었다. 사실 좋은 장소를 빌리고 카펫을 깔고 리본 몇 개를 건 것을 제외하고는 아무것도 없었다.

하지만 그래서 마음에 들었다. 결혼식의 규모는 문제가 아니었다. 저를 알고 있던 사람들이 전부 이곳에 모여 있었다. 쉬얌, 라이, 센, 페리넨, 아델라이네, 베른, 아, 그러고 보니 한 명이, 라고 생각한 그때였다.

"이야, 잠시만요. 이거 저 빼놓고 벌써 시작한 건 아니지요?"

블레로 길드장 세넨시아까지. 고작 일곱 명이었다. 하지만 그것으로 충분했다.

마땅한 음악 소리도 없었다. 하지만 그들은 그대로 걸어 대신관 앞에 섰다. 대신관이 틀에 박힌 기도문을 읊기 위한 성전을 펼쳤다. 평소에도 신앙심이라고는 별로 없던 그들은 형식적으로 들으려 생각했다. 하지만 이내 대신관은 그 성전을 덮었다. 꽤 묵직한 책이 굳게 닫히는 소리가 들렸다.

"여신의 축복이 가득인 걸 아는데 기도문을 읽어 뭐 하겠어요. 모든 것은 그대들의 뜻대로."

대신관이 웃었다. 상상치도 못했다는 듯 모두가 입을 벌려 그녀를 바라볼 뿐이었다. 하지만 그런 것 따위 벤지안스와 디르케온에게는 아무런 걸림돌이 되지 않았다.

그들은 서로만을 바라보고 있을 뿐이었다. 쉬얌이 벨벳의 쿠션을 내밀었다. 그 위에는 반짝이는 한 쌍의 반지가 놓여 있었다. 벤지안스의 눈동자를 닮은 푸른빛과 디르케온의 눈동자를 닮은 녹색이었다.

"벤지의 마지막에 제가 있었으면 좋겠습니다."

"디온의 마지막 역시 내가 남았으면 좋겠어요."

반지는 서로의 손가락에 딱 맞았다. 그들처럼.

둘은 마주했다. 결혼을 할 수 있을 것이라고는 생각지도 못했다. 둘 다 마찬가지였다. 아델라이네가 먼저 서신을 보내지 않았다면, 옆에서 베른이 부추기지 않았다면, 몇 번이나 학생회들이 찾아와 확 프러포즈 해버리라고 닦달하지 않았다면 생각도 하지 않았을 것이다.

더불어 쉬얌이 마농 왕성의 한편을 빌려주지 않았다면 불가능했을 것이다. 그래서 모든 것이 감사했다. 고마웠고, 과거 그들에게 했던 것들이 미안했고, 그래서 더욱 이 끈을 놓고 싶지 않다고 생각했다. 모든 이 인연을.

둘의 입술이 마주쳤다. 가볍게 시작한 그들의 키스는 조금 길어졌다. 깊지만 부드러웠고, 뜨거웠지만 경건했다.

그 둘의 위로 새하얀 빛이 내려앉는다. 여신의 축복이었다.

-네가 행복했으면 좋겠어.

지금 이 순간 그 옛날 축제에서 보았던 카드가 생각나는 건 왜일까? H.R, 한국에 두고 온 친구가 보낸 것과도 같던 그 편지.

문득 떠오르는 그 한마디에 벤지가 다시 한 번 디온의 목에 팔을 감았다. 마음이 먹먹했다. 너무 행복하면 눈물이 난다는 것이 사실일까?

고마워요. 사랑해요. 말하는 대신 다시 그의 입에 입술을 대었다. 부드러운 그 감촉이, 마치 그와 같았다.

-네가 행복했으면 좋겠어. 후회하지 않았으면 좋겠어.

그리고 이제 그녀는 대답할 수 있었다. 응, 나는 행복해. 그럼 됐다. 그녀는 이제 그렇게 생각할 수 있었다.

⟨The End⟩